韓立平　注譯
彭國忠　校閱

新譯陸游詩文選

三民書局　印行

國家圖書館出版品預行編目資料

新譯陸游詩文選 / 韓立平注譯,彭國忠校閱.——初版二刷.——臺北市: 三民, 2019
面; 公分.——(古籍今注新譯叢書)

ISBN 978-957-14-5768-0 (平裝)

845.23 102003715

© 新譯陸游詩文選

注譯者	韓立平
校閱者	彭國忠
發行人	劉振強
著作財產權人	三民書局股份有限公司
發行所	三民書局股份有限公司
	地址 臺北市復興北路386號
	電話 (02)25006600
	郵撥帳號 0009998-5
門市部	(復北店) 臺北市復興北路386號
	(重南店) 臺北市重慶南路一段61號
出版日期	初版一刷 2013年4月
	初版二刷 2019年4月修正
編號	S 033350

行政院新聞局登記證局版臺業字第〇二〇〇號

ISBN 978-957-14-5768-0 (平裝)

http://www.sanmin.com.tw 三民網路書店

刊印古籍今注新譯叢書緣起

劉振強

人類歷史發展，每至偏執一端，往而不返的關頭，總有一股新興的反本運動繼起，要求回顧過往的源頭，從中汲取新生的創造力量。孔子所謂的述而不作，溫故知新，以及西方文藝復興所強調的再生精神，都體現了創造源頭這股日新不竭的力量。古典之所以重要，古籍之所以不可不讀，正在這層尋本與啟示的意義上。處於現代世界而倡言讀古書，並不是迷信傳統，更不是故步自封；而是當我們愈懂得聆聽來自根源的聲音，我們就愈懂得如何向歷史追問，也就愈能夠清醒正對當世的苦厄。要擴大心量，冥契古今心靈，會通宇宙精神，不能不由學會讀古書這一層根本的工夫做起。

基於這樣的想法，本局自草創以來，即懷著注譯傳統重要典籍的理想，由第一部的四書做起，希望藉由文字障礙的掃除，幫助有心的讀者，打開禁錮於古老話語中的豐沛寶藏。我們工作的原則是「兼取諸家，直注明解」。一方面熔鑄眾說，擇善而從；一方面也力求明白可喻，達到學術普及化的要求。叢書自陸續出刊以來，頗受各界的喜愛，使我們得到很大的鼓勵，也有信心繼續推廣這項工作。隨著海峽兩岸的交流，我們注譯的成員，也由臺灣各大學的教授，擴及大陸各有專長的學者。陣容的充實，使我們有更多的資源，整理更多樣化的古籍。兼採經、史、子、集四部的要典，重拾對通才器識的重視，將是我們進一步工作的目標。

古籍的注譯，固然是一件繁難的工作，但其實也只是整個工作的開端而已，最後的完成與意義的賦予，全賴讀者的閱讀與自得自證。我們期望這項工作能有助於為世界文化的未來匯流，注入一股源頭活水；也希望各界博雅君子不吝指正，讓我們的步伐能夠更堅穩地走下去。

新譯陸游詩文選　目次

文選

導讀

一、陸游的生平及詩歌創作

陸游，字務觀，別號放翁。越州山陰（今浙江紹興）人。陸氏「宗於舜，繫於齊」（《山陰陸氏族譜》），戰國時齊宣王子通，封於平原陸鄉，始受陸姓。「陸氏自漢以來為天下名族，文武忠孝史不絕書」（〈右朝散大夫陸公墓誌銘〉），漢代陸賈子孫過江，定居吳郡。吳郡陸氏一支於唐末遷嘉興，徙錢塘，吳越時再徙山陰魯墟，是為陸游所屬一脈。此脈曾一度衰落，棄官業農百餘年，原因之一即在於「唐亡，惡五代之亂，乃去不仕」（同上）。至宋真宗大中祥符間，陸游的高祖陸軫始以進士起家，官吏部郎中，直昭文館。陸軫有二子，長子陸琪，曾任萬載縣令；次子陸珪，為國子博士。陸珪子陸佃，字農師，即陸游祖父，徽宗朝官至尚書左丞，贈太師，封楚國公。陸佃乃著名經學家，為王安石弟子，著述甚豐，尤精於《禮》。《宋史・陸佃傳》言其「居貧苦學，夜無燈，映月光讀書。躡屩從師，不遠千里。過金陵，受經於王安石。……著書二百四十二卷，於《禮》家名數之說尤精，如《埤雅》、《禮象》、《春秋後傳》皆傳於世。」又據陸游〈聞鞞鼓序〉，神宗元豐初，置武學。陸佃「以三館兼判學事，今學制規模多出於公，而策問亦具載家集中。」陸佃主管武學，即朝廷培養軍事人才的機構。由此可見，陸游的勤奮好學、喜言恢復，實是受到家學的影響。陸佃子陸宰，字元均，號千巖，即陸游之父，北宋末官轉運副使，南渡後，多與主戰派人物交遊，為秦檜所嫉，故政治上受到壓抑，長期投閒置散，未能施展抱負，然其主張恢復之志為陸游所繼承。陸宰為著名藏書家，紹興十三年（西元一一四三年），南宋朝廷建立祕書省，下詔令陸宰錄所藏書，凡一萬三千餘卷，於是「四庫所藏，多其本也」（《嘉泰會稽志》）。

宋徽宗宣和七年（西元一一二五年）十月十七日平旦，陸宰正由壽春趕赴京師（開封），途中泊舟淮河之岸，風雨大作，陸游就在這時降生了。陸游曾作詩詠其事：「我生急雨暗淮天，出沒蛟鼉浪入船。白首功名無尺寸，茅檐還聽雨聲眠。」（〈十月十七日予生日也，孤村風雨蕭然，偶得二絕句。予生淮上，是日平旦大風雨駭人，及予墮地雨乃止〉）這駭人的大風雨，似乎也預示了陸游漂泊起落的一生。是年，父親陸宰三十八歲，祖父陸佃已卒二十三年。宰共生四子，陸游排行第三。陸游母唐氏，為唐介女孫、詩人晁沖之（字叔用）女甥。劉克莊稱讚晁沖之詩「意度宏闊，氣力寬餘，一洗詩人窮餓酸辛之態。其律詩云『不擬伊優陪殿下，相隨于蔿過樓前』，亂離後追書承平事，未有悲哀警策於此句者。……他作皆激烈慷慨，南渡後，惟放翁可以繼之。」（〈江西詩派小序・晁叔用〉）如是，陸游在家族關係之外，於詩風上亦與晁沖之有淵源，可為研讀《劍南詩稿》之參考。陸游之以務觀為字，向有二說，葉紹翁《四朝聞見錄》卷乙云：「蓋母氏夢秦少游（秦觀，字少游）而生，公故以秦名為字而字其名。」此為筆記家叢殘小語，實不可信，當從王應麟《困學紀聞》：「《列子》曰：『務外游不如務內觀。』陸游字務觀，本此。」《列子》此句接云：「外游者求備于物，內觀者取足于身。取足于身，游之至也；求備于物，游之不至也。」陸游名、字由來雖屬細事，然誠如于北山先生所言，於此「亦可以覘其家世與道家思想之關係」（《陸游年譜》）。

就在陸游出生的宣和七年十月，金主完顏晟下詔南伐。金兵攻陷了朔州、代州，進圍太原，宋徽宗趙佶憂惶不知所為，傳位於太子趙桓，是為欽宗，於明年改元靖康。靖康元年九月，金人攻陷太原；閏十一月，復陷汴京，欽宗至金營請降。次年二月，金主下詔廢趙佶、趙桓為庶人，大肆搜刮京城財物，計有金七萬五千七百兩、銀一百十四萬五千兩、衣緞四萬八十四匹。三月至四月，金帥退師，趙佶、趙桓及皇太后、皇后、太子、諸親王妃嬪從行。五月，趙構即皇帝位於南京，是為高宗，改元建炎，北宋滅亡。陸宰此時由直祕閣轉運副使罷官，攜家眷由滎陽寓所南遷壽春，中原大亂，渡淮河，歸山陰舊廬，因聞金兵將繼續南侵，故又攜眷赴東陽山中避亂，至紹興九年（西元一一三三年）陸游九歲時，始返回山陰故鄉。陸游追憶此時經歷的詩歌如「我昔生兵間，淮洛靡安宅」（〈予素不工書故硯筆墨皆取具而已作詩自嘲〉），「我生學步逢喪亂，家在中原厭犇竄。淮邊夜聞敵馬嘶，跳去不待雞號旦。人懷一餅草間伏，往往經旬不炊爨」（〈三山杜門作歌〉）。三、四歲時的記憶歷歷如在目前，雖不排除詩歌虛構的可能，但此番經歷對陸游一生襟懷心志影響之巨，則皦然可知矣。

陸游十二歲即能作詩文，以門蔭補登仕郎，這是一個正九品的文散官。陸游少年時勤學嗜書，常諷讀至深夜，「但喜寒夜永，那知睡味濃」（〈老病追感壯歲讀書之樂作短歌〉）。尤喜讀陶淵明詩，為之廢寢忘食，「年十三四時，侍先少傅居城南小隱，偶見藤床上有淵明詩，因取讀之，欣然會心。旦且暮，家人呼食，讀詩方樂；至夜，卒不就食。」（〈跋淵明集〉）陶詩的影響在陸游一生各期創作中都留有痕跡，或淺或深，中間雖有所疏離，到晚年則又回歸了對陶詩風格的推崇。陸游於當代詩人中，則頗景慕呂本中與曾幾。少年時代即喜讀呂本中詩，且願學習模仿（〈呂居仁集序〉）。十七八歲時，則從曾幾遊（〈贈曾溫伯邢德允〉）。呂、曾二人皆屬「江西詩派」，啟南渡詩史之堂涂，開中興詩壇之鎖鑰，然陸游於此二人及「江西派」詩風因襲少、變革多，面目與之迥然不同，已然自成一家，成就亦超越兩位前輩。

約在二十歲時，陸游與唐婉結婚，一、二年後即仳離。〈釵頭鳳〉、〈沈園〉、〈夜聞姑惡〉等作品，大約多與此事相關。

紹興二十三年（西元一一五三年），陸游參加鎖廳試。這是宋代為現任官員考取進士而舉行的特殊考試，陸游已蔭補為登仕郎，故只得赴鎖廳試。鎖廳者，「言鎖其官廳而往應試也。雖中，止遷官而不予科第」（袁枚《隨園隨筆》）。陸游在考試中展現了自己的才學，考試官陳之茂（字阜卿）欲擢舉為第一，但因為秦檜的孫子秦塤也參加了這次鎖廳試，陳之茂此舉便得罪了秦檜，「檜怒，至罪主司」（《宋史・陸游傳》）。次年試禮部，主司復置陸游前列，然終為秦檜所黜落。所幸秦檜在一年後去世，沒有大施打壓。陸游有詩紀其事，詩題為〈陳阜卿先生為兩浙轉運司考試官，時秦丞相孫以右文殿修撰來就試，直欲首送，阜卿得予文卷，擢置第一，秦氏大怒。予明年既顯黜，先生亦幾陷危機。偶秦公薨，遂已，予晚歲料理故書，得先生手帖，追感平昔，作長句以識其事，不知衰涕之集也〉。直到紹興二十八年（西元一一五八年），陸游三十四歲時，才真正出仕，為福州寧德縣（今寧德市）主簿。次年調為福州決曹，遊南臺江，作有〈度浮橋至南臺〉一詩，氣勢壯偉，感慨遙深，已呈露陸游初期詩歌的特色，即趙翼《甌北詩話》所言：「挫攏萬有，窮極工巧，而仍歸雅正，不落纖佻，此初境也。」

紹興三十年，陸游自福州北歸，赴行在，除敕令所刪定官。次年罷官返里，於冬季再入都，官玉牒所。是年九月，金主完顏亮大舉南侵；十一月，虞允文敗金軍於采石，完顏亮旋為其部下所殺，金軍北遁；十二月，宋高宗趙構由臨安赴建康，陸游當時也在送駕之列。趙構一改過去的逃跑政策，這一舉動激勵了士氣，感動了陸游，作有〈聞武均州報已復西京〉。陸游在以後遠離朝廷的歲月中，也不時回想這一幕，對宋高宗的評價也比較高，彷彿忘了岳飛被害之事，「仁和館外列鵷行，憶送龍舟幸建康。舍北老人同甲子，相逢揮淚說高皇。」（〈庚申元日口號六首〉）紹興三十二年六月，趙昚即位，是為宋孝宗。宋孝宗是一位頗有作為的君主，上任後銳志恢復，任命主戰派的張浚為樞密使，都督江淮軍馬，開府建康。但因為出兵輕率，宋軍旋即潰敗於符離，宋孝宗下「罪己詔」。隆興二年十二月，宋朝與金人簽訂「隆興和議」。此後，雖然趙昚依然懷有北伐的心願，乾道年間也曾令虞允文在四川積極部署，但終因南宋「財屈兵弱」，高宗又「主於安靜」(《鶴林玉露》)，外加當時金朝「家給人足，倉廩有餘」，正當「小堯舜」的昌盛時期（《金史・世宗本紀下》），南宋無隙可乘，故宋孝宗的恢復之志便日漸消沉，趨於安靜了。

宋孝宗即位後，雖然重用陸游，但好景不長。紹興三十二年，孝宗賜陸游進士出身，除樞密院編修官兼編類聖政所檢討官，與范成大、周必大等人同朝。陸游還為二府（中書省、樞密院）起草與夏國書，代撰〈蠟彈省札〉，頗受器用。但幾個月後，隆興元年（西元一一六三年）三月，陸游即遭貶出朝，除左通直郎通判鎮江府（今鎮江）。陸游作有〈訴衷情〉一闋追憶此期生活：「青衫初入九重城，結友盡豪英。蠟封夜半傳檄，馳騎諭幽并。時易失，志難成，鬢絲生。平章風月，彈壓江山，別是功名！」功名既然不能在政治事業中求得，那就只能寄託於江山風月中了。

在鎮江通判任上，陸游恣情山水以寄託懷抱，其間遊多景樓，踏雪登焦山觀《瘞鶴銘》刻石，與韓元吉、章甫、何偁等人往還酬唱，詩作頗豐，並把與韓元吉的唱和之作結集為《京口唱和集》。韓元吉長陸游七歲，主張恢復，其詩蒼鬱俊勁，對陸游詩風的形成具有一定影響。乾道元年七月，陸游改任通判隆興（今南昌）軍事，然次年即因「力說張浚用兵」的罪名遭言官彈劾，返回山陰，卜居鏡湖三山。閒居三年餘，至乾道五年十二月，始以左奉議郎差通判夔州（今夔州）軍州事，次年閏五月十八日啟行，十月二十七日至夔州。陸游將途中所歷撰成《入蜀記》四卷，同時創作了許多描繪山川風物的優美詩篇，所謂「葭葦之蒼茫、鳧鴈之出沒、風月之清絕、山水之夷曠，疇昔嘗寓於詩而未盡其髣髴者，今幸遭之」（韓元吉〈送陸務觀序〉）。

乾道八年，四川宣撫使王炎辟陸游為司幹辦公事兼檢法官。陸游正月啟行，三月抵達南鄭（今陝西漢中市南鄭縣）。是年十一月，因宣撫使王炎被朝廷召還，陸游改除成都府安撫司參議官，遂離開南鄭赴成都。陸游抵達成都後，歷權通判蜀州事、攝知嘉州事、攝知榮州事、四川制置使司參議官，至淳熙五年春，奉詔離蜀東歸。陸游在南鄭度過了約八個月，在蜀地生活了約五年。南鄭「北瞰關中，南蔽巴蜀，東達襄鄧，西控秦隴」（顧祖禹《讀史方輿紀要》），向為秦蜀之巨鎮，在南宋為西北國防前線，乃宋金必爭之地。南鄭前線豐富、深廣而新奇的生活，使陸游的愛國情懷愈加高漲，恢復之志更為強烈。詩歌題材得以擴大、思想境界得以提升。風格漸趨雄奇宏肆、豪邁悲慨。蜀地詩歌，則延續了南鄭詩歌的風貌，而於藝術技巧上益加成熟。陸游在嘉州刊刻唐代詩人岑參的遺詩，又在少陵草堂拜杜甫遺像，岑參的雄奇宏肆與杜甫的沉鬱頓挫，亦成為陸游蜀地詩歌風貌的有機組成部分。與此內容變化相應，在詩歌體式上亦多選擇更為自由舒展的古體、歌行，且將其間所作三十首古律編為《東樓集》。代表作如〈山南行〉、〈南鄭馬上作〉、〈成都行〉、〈觀大散關圖有感〉、〈金錯刀行〉、〈九月十六日夜夢駐軍河外遣使招降諸城覺而有作〉、〈關山月〉等。「放翁詩之宏肆，自從戎巴蜀，而境界又一變」（趙翼《甌北詩話》），陸游完成了詩風的第一次變化。

陸游在劍南「作為歌詩，皆寄意恢復，書肆流傳，或得之以御孝宗，上乙其處而韙之」（《四朝聞見錄》卷乙），於是在淳熙五年春，「孝宗念其久外，趣召都下」（陸子虡〈劍南詩稿跋〉）。歸途中飽覽名勝古跡，拜程頤祠宇、蘇軾遺像，憑弔屈原、杜甫、黃庭堅，陸游創作了許多山水行旅佳作。是年秋，陸游抵杭州，召對，除提舉福建路常平茶事。淳熙六年，改除朝請郎提舉江南西路常平茶鹽公事。淳熙七年夏，「江西水災，奏撥義倉賑濟，檄諸郡發粟以予民，召還。給事中趙汝愚駁之，遂與祠。」（《宋史》本傳）對於此次水災及賑濟之事，陸游有〈仲夏小旱方致禱忽大雨連日江水為漲喜而有作〉、〈大雨逾旬既止復作江遂大漲〉等詩紀之。也許孝宗欲嘉獎陸游賑災之舉，故予以「召還」朝中，似欲任為朝官。但陸游尚未入都，由建安北還至嚴州時，即得旨許免入奏，仍除外官。旋為給事中趙汝愚彈劾，遂奉祠。淳熙八年，除提舉淮南東路常平茶鹽公事，三月又遭臣僚彈劾，原因是陸游「不自檢飭，所為多越於規矩」（《宋會要輯稿》）。於是從淳熙八年到淳熙十三年，陸游在家鄉賦閒了五年。此間所作詩歌，收復之志、愛國情懷絲毫未減，然陸游自蜀歸來即屢遭挫折，君門萬里，仕途坎壈，又加年齒日增，壯志未酬，故與蜀地詩篇相較，此期詩歌少了些豪縱不羈，而多了些沉鬱悲憤，甚而淒涼潦倒，憂愁自傷。風格更為雄渾悲壯、沉著雋永，是陸游詩歌創作的成熟期。代表作如〈北窗〉、〈書悲〉、〈夜泊水村〉、〈感憤〉、〈夜聞秋雨感懷〉、〈秋雨嘆〉、〈病起〉、〈書憤〉等。

淳熙十三年，陸游除朝請大夫，起知嚴州，赴臨安行在，過闕陛辭，孝宗囑咐陸游道：

「嚴陵山水勝處，職事之暇，可以賦詠自適。」（《宋史》本傳）孝宗「勉以屬文」（〈嚴州到任謝表〉），這種囑咐也許令陸游內心頗為失望，因為這等於向陸游宣告，皇帝只看重他的詩文，而非經世濟時的政治才能。是年春，陸游在臨安與眾多文友詩俊如楊萬里、尤袤、張鎡等宴飲酬唱，名篇〈臨安春雨初霽〉、〈飲張功父園戲題扇上〉即作於此時。名流會聚，傳誦一時，《後村詩話》、《浩然齋雅談》皆有記述，且又演為風流韻事。

淳熙十三年七月，陸游到嚴州任上。十四年冬，於嚴州郡齋刻成《劍南詩稿》二十卷，凡二千五百二十四首，門人蘇林收輯，鄭師尹為序。這應是陸游詩歌的第一次刊印。當世詩人如楊萬里、張鎡、姜特立、樓鑰、韓淲等，率多題詠。十五年七月，任滿返故鄉；冬，除軍器少監，入都。在朝多所論列，主張恢復。十六年春，除朝議大夫禮部郎中；七月，兼實錄院檢討；十一月二十八日，因遭諫議大夫何澹彈劾，罷官返里。陸游的政治生涯，於焉正式結束，其後除在嘉泰二年入都修史外，其足跡便未再至臨安都城。是年春，學士院缺員額，周必大曾薦舉陸游；尤袤權中書舍人兼直學士院，亦曾薦舉陸游自代。然這兩次薦舉，都被孝宗否決了。看來，宋孝宗真是不喜歡陸游，這是陸游仕途失敗的致命根源。

自宋光宗紹熙元年（西元一一九〇年）至宋寧宗嘉泰二年（西元一二〇二年），陸游在故鄉閒居了十多年。雖遠離朝廷，屢受裁抑，陸游仍不忘懷國事，恢復之志凜然無稍回撓；同時因身處鄉野，貼近農民，又創作了不少賦詠田園生活的詩歌，關懷民生疾苦。於慷慨激昂之外，又兼有樸素自然、清麗雋永的風格。後者的比重亦日趨增大，代表作如〈晚春感事〉、

〈村居初夏〉、〈以事至城南書觸目〉、〈山家暮春〉、〈春晚雜興〉、〈舍北搖落殊佳偶作〉、〈小舟遊西涇度西岡而歸〉、〈舍北行飯書觸目〉等，綽有王孟韋柳之趣。至於主張恢復的愛國詩篇則一如既往，沒有中斷。

嘉泰二年五月，朝廷以孝宗、光宗兩朝實錄及三朝史未就，宣召陸游提舉佑神觀兼實錄院同修撰兼同修國史，免奉朝請，於六月十四日入都。嘉泰三年四月十七日，陸游除寶謨閣待制（《宋史》本傳作「寶章閣」，誤，寶章閣至寶慶二年始設置）。陸游上《孝宗實錄》五百卷、《光宗實錄》一百卷，隨即致仕，五月十四日離京，從此足跡未再至杭州都城。不久，陸游之子子遹，即因致仕之恩而得以補官。陸游入都修史，雖有不忘當世之意，然亦不排除為子蔭封的初衷。

開禧二年（西元一二〇六年），時韓侂冑正主持北伐，陸游雖在鄉間閒居，依舊關懷國事，作詩歌頌抗金義舉，積極擁護出師，關注戰爭動態，如〈初夏閑居〉其二、〈觀邸報感懷〉、〈雨夜〉、〈賽神〉、〈夏夜〉、〈感中原舊事戲作〉等。是年秋，陸游之子子遹編《劍南詩稿續稿》為四十八卷。開禧三年，陸游晉封渭南伯。是年北伐失敗，十一月韓侂冑被殺，陸游作有〈讀書雜言〉、〈書文稿後〉二詩，對朝廷屈從金人意旨殺韓侂冑表示悲惋；作〈兩雁〉、〈書感〉，顯示與金人誓死鬥爭的決心，恢復之志未嘗因戰敗而動搖。

嘉定二年（西元一二〇九年）春，陸游遭劾，落寶謨閣待制。十二月二十九日（西元一二一〇年一月二十六日）卒，享年八十五歲（關於陸游卒年，《宋史》本傳作嘉定二年，《山陰陸氏族譜》作「嘉定二年十二月二十九日卒，年八十五」。清錢大昕《陸放翁先生年譜》據陸游詩「嘉定三年正月後，不知幾度醉春風」之句，證陸游卒於嘉定三年，年八十六。于北山《陸游年譜》據陸游弟子蘇泂〈金陵雜興二百首〉第十六首「三山摻別是前年，除夜還家翁已仙」之句，證陸游應卒於嘉定二年除夜之前。于北山又言嘗得《山陰梅湖陸氏譜》與手抄本《世德堂陸氏宗譜》，病卒年月亦皆與《山陰陸氏族譜》同）。陸游臨終，賦〈示兒〉詩：「死去元知萬事空，但悲不見九州同。王師北定中原日，家祭無忘告乃翁。」感激忠憤，寤寐不忘中原，千載而下讀之，猶為之長慟不已。陸游卒後二十五年（西元一二三四年），金為蒙古族元太宗所滅；卒後七十年（西元一二七九年），元軍攻陷崖山，南宋亡。

二、陸游與南宋「中興詩壇」

在南宋詩史中，陸游與楊萬里、范成大、尤袤並稱「中興四大家」。四家並提，首倡者應為楊萬里。其〈千巖摘稿序〉云：「余嘗論近世之詩人，若范石湖之清新、尤梁溪之平淡、陸放翁之敷腴、蕭千巖之工致，皆余之所畏者云。」此序作於紹熙二年（西元一一九一年）。慶元六年（西元一二〇〇年），楊萬里作〈謝張功父送近詩集〉：「近代風騷四詩將，非君摩壘更何人。」自注：「四人：范石湖、尤梁溪、蕭千巖、陸放翁。」稍後在嘉泰三年（西元一二〇三年），楊萬里又作〈進退格寄張功父姜堯章〉：「尤蕭范陸四詩翁，此後誰當第一功。新拜南湖為上將，更差白石作先鋒。」「四家說」之外，楊萬里又提出了「五家說」：「自隆興以來，以詩名者：林謙之、范至能、陸務觀、尤延之、蕭東夫。」（〈石湖先生大資參政范公文集序〉）楊萬里又在《誠齋詩話》中說：「今四海之內，詩人不過三四。」可見「四家說」或「五家說」並非為了湊足一個數字，而確為楊萬里所許可的當世詩傑之數。

與楊萬里的標舉相呼應，作為「四家」之一的尤袤也標舉「四家說」。據姜夔《白石道人詩集》自序載尤袤語：「近世人士喜宗江西，溫潤有如范致能者乎？痛快有如楊廷秀者乎？高古如蕭東夫，俊逸如陸務觀，是皆自出機軸，亶有可觀者。又奚以江西為？」姜夔又言：「誠齋之說政爾，昔聞其歷數作者，亦無出諸公右，特不肯自屈一指耳。」尤袤卒於紹熙五年（西元一一九四年），其品評四家詩之語雖不能詳考作於何時，然姜夔既云「昔聞其歷數作者」，則當在楊萬里品評四家之後。楊萬里與尤袤都很謙虛，在標舉「四家」時都沒有將自己列入，若將各自一併列入，則綜合二說，去其重複，總共得「五家」，即陸游、楊萬里、范成大、尤袤、蕭德藻。

宋末，方回在此基礎上又予以反覆強調：「乾淳以來，尤范楊陸蕭，其尤也。」（〈送羅壽可詩序〉）「自乾淳以來，誠齋、放翁、石湖、遂初、千巖五君子，足以躪江西，追盛唐。」（〈曉山烏衣圻南集序〉）「南渡後詩人，尤延之、蕭千巖、楊誠齋、陸放翁、范石湖其最也。」方回之前，劉克莊已認為蕭德藻不能與另四家匹配，方回又進一步將此「五家」精簡為「四家」：「宋中興以來，言治必曰乾淳，言詩必曰尤楊范陸，其先或曰尤蕭，然千巖蚤世不顯，詩刻留湘中，傳者少，尤楊范陸特名擅天下。……至阜陵在宥，而四鉅公出焉，非以其渾大典正與諸老並歟？誠齋時出奇峭，放翁善為悲壯，然無一語不天成，公與石湖，冠冕佩玉，度騷媲雅，蓋皆胸中貯萬卷書，今古流動，是惟無出，出則自然。」〈跋遂初尤先生尚書詩〉「乾淳以來，稱尤楊范陸；而蕭千巖東夫、姜梅山邦傑、張南湖功父亦相伯仲。」〈讀張功父南湖集序〉因為早世聲名不顯，詩作散佚嚴重，蕭千巖逐漸下降至第二「梯隊」。方回之後，「四大家」之說漸成定論，如徐伯齡《宋詩家數》：「乾淳間，又有尤楊范陸四巨擘」，胡應麟《詩藪》：「南宋尤楊范陸輩」，全祖望〈宋詩紀事序〉：「建炎以後，東夫之瘦硬、誠齋之生澀、放翁之輕圓、石湖之精緻，四壁並開。」近代以來，梁昆《宋詩派別論》、胡適《國語文學史》、劉經庵《中國文學史綱》等採用「南宋四大家」之稱，錢鍾書《宋詩選注》、游國恩《中國文學史》等則採用「中興四大詩人」之稱。

《詩・大雅・烝民序》：「任賢使能，周室中興焉。」北齊顏之推《顏氏家訓・涉務》：「江南朝士，因晉中興，南渡江，卒為羈旅。」王觀國《學林・中興》：「中興者，在一世之間，因王道衰而有能復興者，斯謂之中興。」中興，謂某一朝代中途振興，轉衰為盛；亦為偏安之諱稱。高宗趙構即皇帝位於南京，改元建炎，南宋開始，即可稱為宋朝之中興。宋人所謂「中興以來」，大抵從宋高宗即位開始，如《宣和遺事》前集：「在後高宗中興，定都杭州。」然而若以國家振興的標準衡之，則趙構昏庸無能，秦檜專柄擅權，高宗一朝邊境不寧、政治腐敗，真正的中興實始於宋孝宗即位。

「宋中興以來，言治必曰乾淳」，乾道、淳熙為宋孝宗的兩個年號。孝宗即位之初即銳志恢復，「卓然為南渡諸帝之稱首」（《宋史・孝宗本紀》），「在位二十八年，勵精求治，久而不倦」（樓鑰〈少傅觀文殿大學士致仕益國公贈太師謚文忠周公神道碑〉），「寤寐食息，不忘求賢，當是時，魁壘奇傑之士布在朝廷」（真德秀〈劉閣學墓誌銘〉）。孝宗一朝政治開明，士氣激昂，學術繁盛，開創乾淳盛世，實現了南宋的「中興」。「乾淳之際，國境寧謐」（袁桷〈跋汪氏推恩誥〉），「一時士學之懿、人才之盛，幾及嘉祐、慶曆之際。」（吳澄〈葉氏謦譚序〉）「乾淳之風，比跡三代」（吳泳〈賜許應龍辭吏部兼侍讀不允詔〉），「至阜陵立，歷隆興、乾道以至淳熙，始可謂之升平」（方回《瀛奎律髓》卷五）。

「四大家」主要活動於孝宗一朝，其詩歌創作的高峰、個人詩風的確立亦皆發生於乾道、淳熙間。孝宗的第一個年號為「隆興」，楊萬里提出「五家說」時限定了一個時段，即「隆興以來」，可見他並沒有忽略整個高宗朝的詩歌成就。「四大家」之前的陳與義、曾幾、呂本中、王庭珪、王十朋、韓元吉等人，皆能自名一家，影響後世。因此，將陸游、楊萬里、范成大、尤袤並稱為「中興四大家」時，此「中興詩壇」之時間範圍，應主要指孝宗在位的二十八年，若再作前後延伸，則上可略推至高宗朝末年，即秦檜去世之後；下可略延至光宗朝五年，及寧宗朝初年，即「開禧北伐」之前。

三、陸游的詩歌風格

陸游的詩歌風格，楊萬里曰「敷腴」，尤袤曰「俊逸」，朱熹賞其「和平粹美」，方回評為「悲壯」、「豪宕豐腴」，羅憼則謂「天才豪邁，筆勢遒勁，屬事比偶，不煩繩削」（〈澗谷精選陸放翁詩集序〉），李東陽批評其「直率」（《麓堂詩話》），朱彝尊則嫌其「太熟」（〈書劍南集後〉），姚鼐感其「激發忠憤，橫極才力」（〈今體詩鈔序目〉），洪亮吉推為「沉鬱」（《北江詩話》），全祖望譽為「輕圓」（〈宋詩紀事序〉），陳衍則以為「工妙閎肆」（《石遺室詩話》）。

「俊逸豪宕」，謂其才氣俊發、詩情洋溢。「工妙圓熟」，即沈德潛評其近體所謂：「對仗工整，使事熨貼，當時無與比埒。」（《說詩晬語》卷下）方回謂：「學唐人丁卯橋詩，逼真而又過之者，王半山、陸放翁。集中多有其作。」（〈滄浪會稽十詠序〉），亦就陸游詩之工巧而言也。又因陸游篇章繁富，詩作過萬，遂不免意多雷同，有「直率」、「太熟」之弊。

「悲壯沉鬱」，則因其詩多言恢復之志、愛國之忱，而又仕途坎懍、壯志未酬，故集中「憤」詩特夥。紀昀稱賞〈書憤〉（白髮蕭蕭臥澤中）一詩，謂此詩乃「放翁不可磨處。集中有此，如屋有柱，如人有骨。」（《瀛奎律髓》評語）無獨有偶，李調元亦謂放翁〈感憤〉（今皇神武是周宣）一詩乃「《渭南》、《劍南》二集壓卷。」（《詩話》卷下）梁啟超〈讀陸放翁集〉云：「詩界千年靡靡風，兵魂銷盡國魂空。集中什九從軍樂，亙古男兒一放翁。」

皆將陸游此類愛國之作視為其創作中的最高成就，的為公論。

所謂「敷腴」，大約饒足豐厚之謂也，含景與情二者言之。吳喬《圍爐詩話》中一段評語，有助於理解「敷腴」之審美特徵：「篇中必有一聯致語，蔥翠欲滴；間出新脆語，如二月海棠，妖艷撩人。」「輕圓敷腴」之美，乃南宋中興詩壇總體特徵之一，用糾江西派詩「生澀奧僻」之偏。翁方綱《石洲詩話》云：「自後山、簡齋抗懷師杜，所以未造其域者，氣力不均耳。降至范石湖、楊誠齋，而平熟之徑，同輩一律。」以「平熟」反江西詩風，其法則在增多寫景言情的分量，「重返」自然，而避免議論說理；新而不澀，注重詞藻，不避豔麗語，所謂「蔥翠欲滴」是也。楊萬里、范成大等中興詩人亦顯露此種特色，而陸游詩於詞藻上尤為明顯突出，故丁儀《詩學淵源》謂：「讀《劍南集》，常疑放翁為唐人。」以上諸評各有偏重，綜合起來，大約可以把握陸游詩歌的思想內容與藝術特色。

在詩歌體式上，陸游雖以律詩見長，名章俊句，層見疊出；然古體詩亦頗有成就。趙翼即評其古體之作曰：「古體詩才氣豪健，議論開闢，引用書卷，皆驅使出之，而非徒以數典為能事。意在筆先，力透紙背。有麗語而無險語，有豔詞而無淫詞。看似華藻，實則雅潔，看似奔放，實則謹嚴。此古體之工力更深於近體也。」(《甌北詩話》卷六)

嘗試論之，陸游詩歌主要呈現為兩種風格：一、俊逸豪宕、敷腴閎肆；二、閒淡簡遠、工致輕圓。而前者在乾道、淳熙間較為突出；後者則在孝宗遜位之後，慶元、嘉泰年間漸趨明朗，成為陸游晚年的詩風祈向。

四、陸游的詩風變化與詩學思想

趙翼在《甌北詩話》中指出陸游詩風的兩次轉變：「挫攏萬有，窮極工巧，而仍歸雅正，不落纖佻，此初境也」，「放翁詩之宏肆，自從戎巴蜀，而境界又一變。及乎晚年，則又造平淡，並從前求工見好之意，亦盡消除，所謂『詩到無人愛處工』者，劉後村謂其皮毛落盡矣，此又詩之一變也。」這兩次變化，即中年由藻繪工巧轉向雄奇宏肆，晚年復由雄奇宏肆轉向簡淡自然。

第一次詩變發生於「從戎巴蜀」之後，此亦為研究者所普遍接受。陸游自己也對這次變化非常自覺，於紹熙三年（西元一一九二年）作〈九月一日夜讀詩稿有感走筆作歌〉，詩云：

我昔學詩未有得，殘餘未免從人乞。力孱氣餒心自知，妄取虛名有慚色。四十從戎駐南鄭，
酣宴軍中夜連日。打球築場一千步，閱馬列廄三萬匹。華燈縱博聲滿樓，寶釵艷舞光照席。
琵琶弦急冰雹亂，羯鼓手勻風雨疾。詩家三昧忽見前，屈賈在眼元歷歷。天機雲錦用在我，
剪裁妙處非刀尺。世間才傑固不乏，秋毫未合天地隔。放翁老死何足論，廣陵散絕還堪惜。

劉大杰《中國文學發展史》：「這首詩說明了他中年詩風的轉變，並且認識到現實生活

對於作品的重要關係。」錢鍾書《宋詩選注》：「詩人決不可以關起門來空想，只有從遊歷和閱歷裡，在生活的體驗裡，跟現實——『境』——碰面，才會獲得新鮮的詩思——『法』。像他自己那種獨開生面的、具有英雄氣概的愛國詩歌，也是到西北去參預軍機以後開始寫的。」于北山《陸游年譜》：「豐富深廣的社會生活，使務觀創作題材、思想境界日趨開展與擴大。真摯深切之愛國情感，雄奇奔放之藝術風格，益加突出與鮮明，在其一生創作道路上具有劃時代之意義。」

陸游從戎南鄭後領悟「詩家三昧」，創作取得重大突破，從而與早年「殘餘未免從人乞」的階段告別。在此期間，陸游寫了許多雄奇宏肆的長篇歌行，如〈遊錦屏山謁少陵祠堂〉、〈九月十六日夜夢駐軍河外遣使招降諸城覺而有作〉、〈長歌行〉、〈樓上醉歌〉、〈夏夜大醉醒後作〉、〈關山月〉、〈冬夜聞雁有感〉、〈雨夜不寐觀壁間所張魏鄭公砥柱銘〉、〈醉中懷江湖舊遊偶作短歌〉等。這些創作實績印證了陸游的中年詩變，正如〈示子遹〉所云「中年始少悟，漸若窺宏大」，即對雄奇宏肆詩風的自覺追求。當時陸游眼前的場景是打球閱馬、豔舞縱博、琵琶鼓樂，觀陸游所用之詞「縱」、「豔」、「急」、「亂」、「疾」，可見令陸游醉心的正是迥異於越中的新鮮怪奇之境。乾道九年（西元一一七三年）陸游攝知嘉州事，曾刊刻岑參詩集並作跋文：「予自少時，絕好岑嘉州詩。往往在山中，每醉歸，倚胡床睡，輒令兒曹誦之。至酒醒，或睡熟，乃已。嘗以為太白子美之後，一人而已。」（卷二十六）陸游自幼即喜好岑參詩，從戎南鄭親睹邊地風光，使他更有意追摹岑參詩的雄奇宏肆。陸游中年所作七言歌行風格多似岑參，即如乾道九年所作〈九月十六日夜夢駐軍河外遣使招降諸城覺而有作〉，錢鍾書在《宋詩選注》中就評論道：「這一首紀夢詩可以算跟岑參『夢中神遇』，內容和風格都極像岑參的〈白雪歌〉、〈輪臺歌〉、〈天山雪歌〉、〈走馬川行〉等等。」

第一次詩變發生在乾道八年從戎南鄭之後，此已為學界之共識。而第二次詩變的具體時間，卻迄今無定論。陸游詩由雄奇宏肆轉向簡淡自然乃一漸變過程，自淳熙十六年孝宗遜位，陸游遭彈劾，從此閒居故鄉，此種詩風逐漸明朗起來。然陸游對此種詩風持有自覺之主張與追慕，據我們考察，則在嘉泰三年（西元一二〇三年）前後較為顯豁。自嘉泰二年五月，陸游奉詔入朝修孝宗、光宗兩朝實錄，至是年四月十七日，進實錄畢，上疏致仕，五月十日離京，此後未再入都，一直終老故鄉。生活環境的閒適決定了其詩風的祈向，此從其論詩之語中亦可得到佐證。

在陸游《劍南詩稿》中，提出「閒澹」、「簡淡」、「平淡」、「淡泊」之詩風主張者，約有八首，除一首作於嘉泰二年外，其餘七首皆作於嘉泰三年後，即閒居越中之日：

（一）嘉泰二年（西元一二〇二年）春，七十八歲：

詩句雄豪易取名，爾來閒澹獨蕭卿。蘇州死後風流絕，幾許工夫學得成。（〈題盧陵蕭彥毓秀才詩卷後〉其一）

（二）開禧元年（西元一二〇五年）秋，八十一歲：

客中得友絕清真，蓋未傾時意已親。枕冷不知清夜夢，眼明喜見老成人。河傾斗落三傳漏，霧散雲歸兩幻身。心亦了然知是妄，覺來未免一酸辛。（〈乙丑七月二十九日夜分夢一士友風度甚高一見如宿昔出詩文數紙語皆簡淡可愛讀未終而覺作長句記之〉）

（三）開禧元年（西元一二〇五年）冬，八十一歲：

老向浮生意漸闌，飄然俟死水雲間。龜支床穩新寒夜，鶴附書歸舊隱山。無意詩方近平淡，絕交夢亦覺清閒。一端更出淵明上，寂寂柴門本不關。（卷六十四〈幽興〉）

（四）開禧二年（西元一二〇六年）冬，八十二歲：

絕跡市朝外，結廬雲水間。心平詩淡泊，身退夢安閒。有酒旋尋伴，無門那說關。桐江故不遠，日暮趁潮還。（卷六十七〈閒趣〉）

（五）開禧二年（西元一二〇六年）冬，八十二歲：

池水車初滿，荊籬補已成。身閑詩簡淡，心靜夢和平。雁後寒鴉至，楓先柏葉赬。居然足幽興，未歎歲崢嶸。（卷六十九〈幽興〉）

（六）開禧三年（西元一二〇七年）秋，八十三歲：

秋色滿江干，江楓已半丹。身閑詩簡淡，道勝夢輕安。偃蹇憐腰折，清臒鄙麵團。何妨杵衣夜，又見歲將殘。（卷七十二〈秋夜〉）

（七）嘉定元年（西元一二〇八年）夏，八十四歲：

名山處處得幽尋，破硯時時出苦吟。上藥和平無近效，古詩簡淡有遺音。蘇門隱去聞孤嘯，

栗里歸來弄素琴。尚恐俗塵除未盡，每思雪夜宿東林。（卷七十七〈暑中自遣〉）

（八）嘉定二年（西元一二〇九年）秋，八十五歲：

小詩閑淡如秋水，病後殊勝未病時。自翦矮箋謄斷稿，不嫌墨淺字傾敧。（卷八十四〈嘉定己巳立秋得膈上疾近寒露乃小愈〉其八）

同樣，嘉定元年（西元一二〇八年）所作〈曾裘父詩集序〉中，陸游也表達了對「沖淡簡遠」的追慕：「古之說詩曰言志。夫得志而形於言，如皋陶、周公、召公、吉甫，固所謂志也。若遭變遇讒，流離困悴，自道其不得志，是亦志也。然感激悲傷，憂時閔己，托情寓物，使人讀之，至於太息流涕，固難矣。至於安時處順，超然事外，不矜不挫，不誣不懟，發為文辭，沖淡簡遠，讀之者遺聲利，冥得喪，如見東郭順子，悠然意消，豈不又難哉！」陸游認為，安時處順中所作沖淡簡遠之詩，要比流離困悴中所作感激悲傷之詩，更為難能可貴，因前者對作者心靈境界的要求更高。

又慶元二年（西元一一九六年）所作〈跋淵明集〉云：「吾年十三四時，侍先少傅居城南小隱，偶見藤床上有淵明詩，因取讀之，欣然會心，日且暮，家人呼食，讀詩方樂；至夜，卒不就食。今思之，如數日前事也。」（卷二十八）嘉泰元年（西元一二〇一年）所作〈跋王右丞集〉云：「余年十七八時，讀摩詰詩最熟，後遂置之者幾六十年。今年七十七，永晝無事，再取讀之，如見舊師友，恨間闊之久也。」（卷二十九）陸游少年時期即有閱讀陶、王詩的經歷，晚年重新拾起，如故友重逢，閱讀嗜好的轉變亦可為其詩風轉變之佐證。

而最能體現陸游詩風觀念之轉變的，當屬嘉定元年（西元一二〇八年）八十四歲所作〈示子遹〉，詩云：

我初學詩日，但欲工藻繪。中年始少悟，漸若窺宏大。怪奇亦間出，如石漱湍瀨。數仞李杜牆，常恨欠領會。元白才倚門，溫李真自鄶。正令筆扛鼎，亦未造三昧。詩為六藝一，豈用資狡獪。汝果欲學詩，工夫在詩外。（卷七十八）

詩言「中年始少悟」，即〈九月一日夜讀詩稿有感走筆作歌〉所謂「詩家三昧忽見前」，此後詩風漸窺「宏大」、「怪奇」。繼言對李杜、元白、溫李的評價。《論語・子張》：「子貢曰：『譬之宮牆，賜之牆也及肩，窺見室家之好。夫子之牆數仞，不得其門而入，不見宗廟之美，百官之富。』」《左傳・襄公二十九年》：「（吳公子札）請觀於周樂，使工為之歌〈周南〉、〈召南〉，曰：『美哉！始基之矣，猶未也，然勤而不怨矣。』……自〈鄶〉以下無譏焉。」詩中運用這些典故，意謂自己的詩不及李杜，而超過元白、溫李。同年所作〈宋都曹屢寄詩且督和答作此示之〉也表達了對元白、溫李相近的評價：「古詩三千篇，刪取財十一。每讀先再拜，若聽清廟瑟。《詩》降為《楚騷》，猶足中六律。天未喪斯文，杜老乃獨出。陵遲至元白，固已可憒疾。及觀晚唐作，令人欲焚筆。」

「筆扛鼎」出自韓愈〈病中贈張十八〉：「龍文百斛出，筆力可獨扛。」陸游〈北窗〉云：「老氣尚思吞夢澤，壯游曾是釣巴江。寒生事業秋毫盡，筆力終慚鼎可扛。」陸游謙虛說自己尚未至筆可扛鼎之境，「扛鼎」當是比喻詩歌內容上的豐贍與技巧上的高超，即指內容上挫籠萬類、包羅巨細，形式上因難見巧、變幻多姿。「筆力扛鼎」見於《劍南詩稿》、《渭南文集》中者，約有以下數例：

> 文章與畫共一法，腕力要可回千鈞。錙銖不到便懸隔，用意雖盡終苦辛。（卷十六〈夜夢與數客觀畫有八幅龍湫圖特奇客請予作詩其上書數十字而覺不復能記明旦乃追補之亦彷彿夢中意也〉）

> 臥龍山前秋雨晴，鄭子過我如夙昔。照人眉宇寒巉巉，懸知筆有千鈞力。鏡湖歲暮霜葉空，乃聞載酒同諸公。歸來湖山皆動色，新詩一紙吹清風。文章要須到屈宋，萬仞青霄下鸞鳳。區區圓美非絕倫，彈丸之評方誤人。（〈答鄭虞任檢法見贈〉）

> 君復仲先真隱淪，筆端亦自斡千鈞。閑中一句終難道，何況市朝名利人。（〈讀林逋魏野二處士詩〉）

> 名者，士所願也，而或懼太早，何哉？吾測之審矣。少而得名，我不能不矜，人不能不忌。以滿假之心，來讒慝之口，幾何其不蹎也！吾元歸年甫二十，筆力扛鼎，不患無名，患太早耳。（〈跋晁百谷字敘〉）

〈答鄭虞任檢法見贈〉中以「筆力千鈞」作為「圓美」的反面，以標舉文追「屈宋」之目的，與「屈賈在眼元歷歷」之意相合，可證〈九月一日夜讀詩稿有感走筆作歌〉中「詩家三昧」之審美內涵正與「筆力扛鼎」相一致。

「筆扛鼎」乃陸游就自己中年詩變而言，意指中年詩歌的雄奇宏肆。此種宏肆奇險之詩風，在晚年陸游看來仍不免雕琢之病，且頗傷「骨氣」，「琢琱自是文章病，奇險尤傷氣骨多」（〈讀近人詩〉）。陸游晚年追慕簡淡自然的詩風，渾然天成、粹然無瑕成為審美祈向。嘉泰四年所作〈陸伯政山堂類稿序〉云：

> 古之學者，始於家塾鄉校而貢於天子之辟雍，始於抱關擊柝而至於公卿，始於賦物銘器、師旅會盟之辭而至於陳謨作誥，其所遇雖不同，然於明聖人之道、闡性命精微之理則一也。周衰，道術裂於百氏，士各以所見著書授徒，於是稽之堯舜禹文王周公孔子之遺書，始有大不合者。今六經散缺不全，而諸子之書則往往具在。又其辭怪偉辯麗，足以動蕩世之耳目，乃欲學者之文辭一合於道而不悖戾於經，可謂難矣。

此雖為論學談文之語，然其對「怪偉辯麗」之批評，亦可為晚年反省怪奇詩風之佐證。正是在第二次詩變的背景下，陸游〈示子遹〉對第一次詩變進行了反省，認為自己中年創作的那些漸趨宏大、怪奇間出的詩歌，存有明顯的雕琢痕跡，依然沒有領會李杜詩之真義，依然沒有到達「詩家三昧」的真境。「正令筆扛鼎，亦未造三昧」，「正」與「亦」兩個虛字的運用，可以覘見陸游所欲強調的意旨。

與〈示子遹〉同時所作詩篇多可供參證：或追慕古詩的質樸簡淡，如〈暑中自遣〉：「上藥和平無近効，古詩簡淡有遺音。」〈嘉定己巳立秋得膈上疾近寒露乃小愈〉其八：「小詩閑淡如秋水，病後殊勝未病時。」或展現信筆成詩、邂逅天成的創作境界，如〈作雪寒甚有賦〉：「老人別有超然處，一首清詩信筆成。」〈古驛〉：「舊友凋零歸夢想，新詩邂逅得天成。」〈文章〉：「文章本天成，妙手偶得之。粹然無疵瑕，豈復須人為。」〈病中作〉：「用功若到無功處，千載乘雲不足言。」或稱賞陶詩的天然化工，如〈讀陶詩〉：「陶謝文章造化侔，篇成能使鬼神愁。君看夏木扶疏句，還許詩家更道不？」或批評近代詩人的雕琢奇險，如〈讀近人詩〉：「琢琱自是文章病，奇險尤傷氣骨多。君看大羹玄酒味，蟹螯蛤柱豈同科。」

朱熹〈答徐載叔〉云：「放翁之詩，讀之爽然，近代唯見此人為有詩人風致。如此篇者，初不見其著意用力處，而語意超然，自是不凡，令人三歎不能自已。」羅大經《鶴林玉露》亦云陸游詩「晚年和平粹美，中原承平時氣象，朱文公喜稱之」，「朱文公於當世之文，獨取周益公；於當世之詩，獨取陸放翁。蓋二公詩文氣質渾厚故也。」朱熹所稱賞之詩，不用力，渾厚者也。

陸游〈題廬陵蕭彥毓秀才詩卷後〉其二云：「法不孤生自古同，癡人乃欲鏤虛空。君詩妙處吾能識，正在山程水驛中。」這首詩乃放翁名作，被用以代表陸游的詩學思想。而此詩的前一首很少受到注意，即〈題廬陵蕭彥毓秀才詩卷後〉其一：「詩句雄豪易取名，爾來閒淡獨蕭卿。蘇州死後風流絕，幾許工夫學得成。」這兩首詩作於嘉泰二年春，正在陸游第二次詩變時期。詩風「雄豪」只是容易「取名」，易引人矚目，而「閒淡」卻是更難企及的境界。陸游在第一首詩中推尊「簡淡」之後，緊接著第二首就說詩之妙正在「山程水驛」中。可見，在陸游的詩學思想中，「閒淡」與「山程水驛」並不矛盾。以往對於陸游的研究，每論及「山程水驛」，每論及現實生活對於詩歌創作的影響，總過於強調陸游從戎南鄭後的雄奇宏肆之詩，而對於閒淡簡遠之詩則有所忽略，似乎簡淡之詩便與現實生活的關係疏遠了。其實在陸游豐富多彩的詩篇中，超越「閉門覓句」、走進「山程水驛」之後的創作碩果，既有雄奇宏肆的愛國豪情，也有閒淡簡遠的山水幽興。「雄豪」與「簡淡」因時而異、因境而異，皆是「山程水驛」中的「詩」。

五、陸游的影響

以今日的評價標準衡以中興四大家，陸游的成就洵為四家之首，然而在陸游生前，其影響似乎不如四大家中的另一位：楊萬里。

南宋有一詩人陳造（西元一一三三—一二〇三年），年輩略晚於陸游，著有《江湖長翁集》四十卷。雖原集已佚，《全宋詩》中尚收有其詩二千餘首，作品不可謂不夥，然詩名不著，現今宋代文學研究界似已將其忘卻，不禁令人惋惜。而早在陳造生前，當時的著名詩人范成大已發出相似的感喟：「使遇歐蘇，盛名當不在少游下。」（《姑蘇志》）范成大卒於紹熙四年（西元一一九三年），在陳造卒後六年、范成大卒後十六年，即嘉定二年（西元一二〇九年），陳造之子陳師文攜父遺著，乞序於陸游，陸游在序中稱讚陳造「居今行古，卓然傑立於頹波之外」，且復感喟：「乃寓吾嘆以慰其子，且以慰長翁於地下云」，不到一年後，陸游也隨即逝世了。

如果陳造生前即得陸游為其文集序，是否會享有范成大所期許的「盛名」？陸游生前在南宋詩人心目中是否為「歐蘇」一輩人物？後一問題似乎更難以回答。南宋自高宗時代的呂本中、曾幾相繼沒世之後，至理宗時代的劉克莊崛起之前，中間這一段六七十年的詩壇繁盛期，雖才人輩出、佳作璀璨，卻始終難以找到如北宋歐陽修、蘇軾、黃庭堅那樣獨領風騷、眾望所歸的文壇、詩壇盟主。與此相反，陸游、范成大、楊萬里、尤袤卻則是「四壁並開」、同岑異苔，相互媲美爭豔，彷彿各自為政，而他們的門下也沒有出現如「少游」（秦觀）這樣的傑出人物，傳其衣鉢，紹其統緒。其中，只有楊萬里似乎幸運些，有兩位「接班人」，〈進退格寄張功父姜堯章〉云：「新拜南湖為上將，更差白石作先鋒。」但姜夔《白石道人詩集》與張鎡《南湖集》原集均已散佚，姜夔以詞名世，詩名不著；張鎡則詩名、詞名於後世均不顯。詩壇沒有盟主雖令人惋惜，但從另一個側面看未嘗不是件好事，它顯示了在同一時代、同一輩作家中，個人風格的凸顯，詩壇的豐富多姿。

陸游與楊萬里可謂南宋中興詩壇的「屹然雙峙」，這可從當日其他詩人的品評文字中得到印證。項安世（西元一一二九—一二〇八年）〈書懷〉云：

君如快馬捷先鳴，上便追風不計程。楊監西江推格律，陸郎東海服才情。栽培花木心無事，彈壓湖山句有聲。如許清名剛不惜，苦來蠻角建愁城。

楊萬里淳熙十四年遷祕書少監，十六年召為祕書監。陸游淳熙十六年除禮部郎中，隨即被彈劾罷官，閒居故里山陰。由詩中「楊監」、「東海」諸語，可推知項安世此詩約作於淳熙十六年之後。詩中將陸、楊並提，可見二人齊名詩壇之事實。而「西江」、「東海」二語，亦道出當日二人因分居浙江、江西兩處，未能力量合聚，遂形成詩壇無獨霸之盟主，勢力遭瓜分之局面。又趙蕃（字昌甫，西元一一四三—一二二九年）〈贈尤檢正四首〉其四云：

季秋過廬陵，客有示新錄。尤楊兩詩翁，間以嚴州陸。澧蘭與沅芷，頓覺無芬馥。何況破囊中，欲探還自忸。

此詩稱陸游為「嚴州陸」，陸游淳熙十三年除朝請大夫，知嚴州，淳熙十五年任滿。稱尤袤為「尤檢正」，尤袤淳熙十四年遷樞密檢正兼左諭德，除太常少卿（吳洪澤《尤袤年譜》）。趙蕃此詩約作於淳熙十四年間。

趙蕃初識楊萬里於淳熙七年，楊萬里甚推許趙蕃，將他列入「隆興以來以詩鳴者」的名單之中。趙蕃〈寄誠齋先生〉亦欲拜其為盟主：「四海推鳴鳳，孤生悵跕鳶。」趙蕃居江西信州玉山，屬於楊萬里「西江」的勢力範圍，但趙蕃詩風與誠齋不同，似不欲效其故態，而對於「東海」的陸游卻更為敬重和偏愛。淳熙十三年、十四年趙蕃謁陸游於嚴州，有〈呈陸嚴州五首〉，其四云：「一代文翰主，百年風月懷。於今則所獨，視古良與偕。」推許陸游為詩壇盟主。又有〈呈陸嚴州二首〉，其一云：「一代詩盟孰主張，試探源委見深長。家聲甫里歸嚴瀨，句法茶山出豫章。」陸游與趙蕃交情甚篤，韓淲《昌甫詩編》云：「昌甫詩編成甫題（蕃弟），放翁文物海山知。交情生死人誰識，千古絕弦鍾子期。」放翁至戲稱趙昌甫為「阿昌」（〈故人趙昌甫久不相聞寄三詩皆傑作也輒以長句奉酬〉）。陸游卒後，趙蕃曾收集放翁手跡，題句於上（韓淲《澗泉集》卷十四〈題昌甫所得陸待制手書次韻昌甫之題句〉）。

以上將二人並舉，似未有軒輊。然楊萬里在當日的勢力似更大些，陸游自己首先就說：「我不如誠齋，此評天下同。」（〈謝王子林判院惠詩編〉）此非僅為謙語，當時稱許楊萬里為盟主的情況。慶元四年（西元一一九八年），周必大作〈跋楊廷秀贈族人複字道卿詩〉：

誠齋家吉水之湴塘，執詩壇之牛耳，始自宗族，延及郡邑，孰非闖李杜之門、晞歐蘇之蹤者？粵無鎛、燕無函、秦無廬、胡無弓車，夫人能為之，尚可以社名乎？家生執戟郎又拔乎其萃者也。

謂楊萬里已為江西吉水一帶詩壇盟主，勢力範圍由宗族延及郡邑。而觀周必大對陸游的評語，其中卻無「執詩壇之牛耳」之類的話，如慶元元年（西元一一九五年）所作〈題曾伯震所得子中兄二絕〉：

三十年前曾以一二寄予，今詩人陸務觀一見，謂「句法入律，無愧古人」，識者以為名言。

紹熙四年又作〈跋南豐黃世成銘文〉：

不輕許可如陸子靜，而序之以銘；老於文學如謝昌國，而弔之以文；楊廷秀今之歐陽公也，挽君有詩；李子經鄉之泰伯也，哀君有辭。兼是四者，傳之後世，非大幸歟？

比楊萬里為當今之歐陽修，即文壇盟主之謂也。

嘉泰三年（西元一二〇三年）所作〈跋陸務觀送其子龍赴吉州司理詩〉：

> 吾友陸務觀，得李、杜之文章，居嚴、徐之侍從，子孫眾多如王謝，壽考康寧如松喬。詩能窮人之謗，一洗萬古而空之。

周必大只以詩人目放翁，雖言其子孫眾多，然並未提及陸游詩在山陰地區的影響，可見陸游未能「執詩壇之牛耳」。朱熹〈跋周益公楊誠齋送甘叔懷詩文卷後〉云：「退傅精勤小物，無有入於無間；老監縱橫妙用，諸相即是非相。」謂楊萬里之詩「縱橫妙用」，又言「江西之詩自山谷一變，至楊廷秀又再變」，雖然他欣賞陸游的「詩人風致」、「和平粹美」，但論及當世的影響力，則也不得不承認陸游不如楊萬里。

陸游對詩壇盟主的自覺意識，不如楊萬里強烈，也許是個中原因之一。楊萬里詩中「詩壇」、「夏盟」等語，出現頻率遠較放翁為多，如「詩壇正欠風騷將」（〈和易公立投贈之句〉），「無端橫欲割詩壇」（〈讀唐人及半山詩〉），「但登詩壇將騷雅」（〈正月十二日遊東坡白鶴峰故居其北思無邪齋真跡猶存〉）等，共計約十首詩用「詩壇」一語，而出現「夏盟」一語者亦有七處之多，如〈和姜邦傑春坊再贈七字〉「一聽梅山主夏盟」。而陸游《劍南詩稿》卻無一「詩壇」、「夏盟」之語，似可謂陸游乃孤獨之詩人。由是可見，楊萬里領袖詩壇之自覺意識，較放翁為濃厚強烈。

陸游此種意識之不甚強烈，原因在於陸游不願以詩人自居，而欲成就一番功名事業，其評價杜甫亦復如是，即不欲世人僅以詩人目之也。楊萬里則更專注於詩藝之增進創新，其淳熙十五年作〈和段季承左藏惠四絕句〉其一云：「個個詩家各築壇，一家横割一江山。祇知輕薄唐將晚，更解攀翻晉以還。」淳熙十六年作〈跋徐恭仲省幹近詩三首〉其三云：「傳派傳宗我替羞，作家各自一風流。黃陳籬下休安腳，陶謝行前更出頭。」所言雖皆有關詩歌創新之理論，然著眼處則在詩壇上佔一不可動搖之地位。

而在〈杉溪集後序〉中，楊萬里的盟統意識就表現得更為明顯了：

古今文章，至我宋集大成矣。蓋自奎宿宣精，列聖製作，於是煥乎之文日月光華，雲漢昭回，天經地緯，衣被萬物，河嶽炳靈，鴻碩挺出。在仁宗時，則有若六一先生主斯文之夏盟；在神宗時，則有若東坡先生傳六一之大宗；在哲宗時，則有若山谷先生續〈國風〉、〈雅〉、〈頌〉之絕弦。視漢之遷、固，卿、雲，唐之李、杜、韓、柳，蓋奄有而包舉之矣。中更群小，崇奸絀正，目為僻學，禁而錮之，蓋斯文至此而一厄也。惟我盧陵，有瀘溪之王、杉溪之劉兩先生，身作金城，以郛此道。自王公游太學，劉公繼至，獨犯大禁，挾六一、坡、谷之書以入，晝則庋藏，夜則翻閱。每伺同舍生息燭酣寢，必起坐吹燈縱觀三書。逮暇，或哦詩句，或績古文，每一篇出，流布輦轂，膾炙薦紳，紙價為貴（高）。嗟乎！若兩先生，當妖禽群啾，而發紫鸞之鳴；抑揚驟歌，而奏清廟之瑟。鷸冠毳服之競麗，而覯黃收純衣之制。其有大勳勞於斯文，其偉乎哉！予生十有七年，始得進拜瀘溪而師焉，而問焉，其所以告予者，太學犯禁之說也。後十年，又得進拜杉溪而師焉，而問焉，其所以告予者，亦太學犯禁之說也。今兩先生遠矣，予亦老而歸休矣。

該序作於嘉泰三年（西元一二〇三年）秋冬之際。序文簡要梳理了北宋自歐陽修以來的詩文統緒，盛讚黃庭堅的詩歌創作能紹承《詩經》之精神，認為北宋歐、蘇、黃三位先賢主夏盟，從而造就宋代文章「集大成」的輝煌局面，與漢代司馬遷、班固、司馬相如、揚雄及唐代李白、杜甫、韓愈、柳宗元相較，有過之而無不及。宋室南渡以來，中雖更群小之厄，然尚有盧陵王庭珪（瀘溪）、劉才邵（杉溪）二位先生承北宋文章之統緒。接著敘述楊萬里自己師從二位先生的經歷。言外之意，二先生之後，主斯文之夏盟的重任，便自然落到楊萬里的肩上了。淳熙十五年，楊萬里作〈盧溪先生文集序〉，認為王庭珪能紹承歐陽修之文統，可為上文之補充：

（王庭珪）少嘗見曹子方，得詩法。蓋其詩自少陵出，其文自昌黎出，大要主於雄剛渾大云。清江劉清之子澄評先生之文，謂盧陵自六一之後，惟先生可繼，聞者韙焉。

楊萬里「文統」意識之自覺，主夏盟之自我期許，皆非陸游所可比擬。周必大所稱讚「今之歐陽公也」，楊萬里實比陸游更有資格勝任。

陸游的地位逐漸超過楊萬里，是在晚宋時期。當時的詩壇領袖劉克莊，推陸游為南宋詩人第一：「近歲詩人，雜博者堆隊仗，空疏者窘材料，出奇者費搜索，縛律者少變化。惟放翁紀問足以貫通，力量足以驅使，才思足以發越，氣魄足以陵暴，南渡而後，故當為一大宗。」又言：「放翁學力也，似杜甫；誠齋天分也，似李白。」（《後村詩話》）將陸游擬杜甫，已含有視陸游為南宋第一詩人的判斷。宋末林景熙〈王脩竹詩集序〉亦云：「前輩評宋南渡後詩，以陸務觀擬杜（甫）。」這種評價，後世一直未有中斷，如王士禎《帶經堂詩話》：「南渡氣格，下東都遠甚，惟陸務觀為大宗。」宋犖《漫堂說詩》：「南渡後，陸游學杜蘇，號為大宗。」姚鼐〈今體詩鈔序目〉：「放翁激發忠憤，橫極才力，上法子美，下攬子瞻，裁制既富，變境以多。」洪亮吉《北江詩話》卷三「南宋之文，朱仲晦大家也；南宋之詩，陸務觀大家也。」翁方綱《石洲詩話》：「操牛耳者，則放翁也。」又云：「平生心力，全注國是，不覺暗以杜公之心為心，於是乎言中有物，又迥出誠齋、石湖上矣。」除了將陸游與杜甫相媲美外，南宋以後還流行著「小太白」的說法，據毛晉〈劍南詩稿跋〉：「孝宗一日御華文閣，問周益公（必大）曰：『今代詩人，亦有如唐李太白者乎？』益公以放翁對。由是人竟呼為小太白。」陸游的一些優秀詩篇，確實兼容李白之豪宕曠放與杜甫之沉鬱悲痛。

近代以來，中國歷經患難，生死存亡關頭，陸游的愛國詩篇更是受到廣大讀者的推崇；在學術研究領域中，陸游亦是最為研究者關注的宋代文學家之一。

清彭元瑞編《南宋四家律選》評語曰：「惟《（唐宋）詩醇》獨標愛君愛國之語，其真始出。」（臺灣國圖藏本）陸游詩愛國之旨、放翁的真面目，雖前人即有相關論述；然古人對陸游其人其詩的評價，較為完整、客觀的，確實當屬清代《唐宋詩醇》評語。今抄錄原文於下，以作為對陸游其人其詩的總評：

宋人繼唐之後，不規規模擬前人，要以自成一家而止，然其體製雖殊，而波瀾未嘗二也。耳食之流，未窺古人門戶，於一代大家橫生訾議，而不善學者又徒襲其聲貌，亦兩失之矣。宋自南渡以後，必以陸游為冠。當時稱大家者，曰蕭楊范陸，楊萬里則曰尤蕭范陸，至劉克莊乃曰：放翁學力似杜甫，又曰南渡而下，放翁故為一大宗。朱子與徐賡載書：放翁詩讀之爽然，近代惟見此人為有詩人風致。今諸家詩具在，可與游匹者誰也？觀游之生平，有與杜甫類者：少歷兵間；晚棲農畝；中間浮沉中外，在蜀之日頗多；其感激悲憤、忠君愛國之誠，一寓於詩，酒酣耳熱，跌蕩淋漓；至於漁舟樵徑，茶椀爐熏，或雨或晴，一草一木，莫不著為詠歌，以寄其意，此與甫之詩何以異哉？詩至萬首，瑕瑜互見。評者以為譬之深山大澤，包含者多，不暇剪除蕩滌，非如守半畝之宮，一木一石，可屈指計數。可謂知言矣。若捐疵纇，存英華，略纖巧可喜之詞，而發其閎深微妙之指，何嘗不與李杜韓白諸家異曲同工，可以配東坡而無愧者哉！

五、陸游的文章

陸游不僅是一位偉大的詩人，也是傑出的文章家和史學家，撰有《渭南文集》、《家世舊聞》、《陸氏家訓》、《老學庵筆記》、《續筆記》、《南唐書》等，還曾經參與《孝宗實錄》五百卷和《光宗實錄》一百卷的編撰工作。陸游對自己文集的編定極為重視，據其幼子陸子遹〈渭南文集跋〉所記，陸游「未病時，故一編輯，而名以渭南」，「渭南者，晚封渭南伯，因自號為陸渭南。嘗謂子遹曰：『劍南乃詩家事，不可施於文，故別名渭南。如《入蜀記》、《牡丹譜》、《樂府詞》本當別行，而異時或至散失，宜用廬陵所刊《歐陽公集》例，附於集後。』所謂「廬陵所刊《歐陽公集》例」，即指南宋紹熙慶元年間周必大請廬陵名賢廣搜遺佚、彙集校訂而成《歐陽文忠集》一百五十三卷。由文集體例上的仿效歐陽修，亦能看出陸游對自己文章的期許。

陸游論文注重養氣，認為言為心聲，文如其人，〈上辛給事書〉言：「君子之有文也，如日月之明，金石之聲，江海之濤，瀾虎豹之炳蔚，必有是實，乃有是文。夫心之所養，發而為言，言之所發，比而成文，人之邪正，至觀其文則盡矣、決矣，不可復隱矣」，「賢者之所養，動天地，開金石，其胸中之妙充實洋溢，而後發見於外。氣全力餘，中正閎博，是豈可容一毫之偽於其間哉？某束髮好文，才短識近，不足以望作者之藩籬，然知文之不容偽也。

故務重其身而養其氣，貧賤流落，何所不有，而自信愈篤，自守愈堅，每以其全自養，以其餘見之於文。」

陸子遹〈渭南文集跋〉說陸游文章「於古則《詩》《書》《左氏》《莊》《騷》《史》《漢》，於唐則韓昌黎，於本朝則曾南豐是所取法。然稟賦宏大，造詣深遠，故落筆成文，則卓然自成一家，人莫測其涯涘。」陸游轉益多師，取精用弘，既有韓愈散文的氣勢，又有曾鞏散文的紆徐，形成自己清雅暢達、秀練修潔的風格。《四庫全書總目》評論陸游文章云：「游以詩名一代，而文不甚著。集中諸作，邊幅頗狹。然元祐黨家，世承文獻，遣詞命意，尚有北宋典型。故根柢不必其深厚，而修潔有餘；波瀾不必其壯闊，而尺寸不失。士龍清省，庶乎近之。較南渡末流以鄙俚為真切，以庸沓為詳盡者，有雲泥之別矣。游《劍南詩稿》有〈文章詩〉曰：『文章本天成，妙手偶得之。粹然無瑕疵，豈復須人為。君看古彝器，巧拙兩無施。漢最近先秦，固已殊淳漓。』其文固未能及是，其旨則可以概見也。」

清人彭元瑞在〈宋四六選序〉中談到南宋文章時說：「洎乎渡江之初，嗚者浮溪為盛。盤州之言語妙天下，平原之製作高幕中，楊廷秀箋牘擅場，陸務觀風騷餘力。」「風騷餘力」指出陸游文章中有一種詩人氣質。宋文普遍好發議論，相較而言，陸游不擅長宏篇大論，而是更注重情感的抒寫，其中既有造次不離的恢復情結，也有日常生活中的性靈流露，就後一點而言，陸游文章對晚明小品具有一定影響。

六、本書說明

本書共選陸游詩二百三十二首、文四十八篇，原文以錢仲聯《劍南詩稿校注》（上海古籍出版社一九八五年版）、《陸放翁全集》（世界書局一九三六年版）、《家世舊聞》（臺灣國家圖書館藏舊鈔本）為據。陸游的生平行實、作品繫年、題解部分，本書依照于北山《陸游年譜》、錢仲聯《劍南詩稿校注》；注釋部分，參考前人注本及相關工具書；研析部分，酌選古人評論以供讀者參考。詩歌以作年先後排列，文章以體裁排列。

選目的確定，綜合參考了劉辰翁《精選陸放翁詩集》、方回《瀛奎律髓》、清《御選唐宋詩醇》及今人朱東潤《陸游選集》、蔡義江《陸游詩詞選評》、王水照、高克勤《陸游選集》等。在斟酌過程中發現，古人選本和今人選本在篇目上差異甚巨。為向讀者展示陸游更多的優秀作品，我們確定篇目所遵循的原則是，在不遺漏名篇佳作的基礎上，較多選取了《瀛奎律髓》、《唐宋詩醇》中的入選作品，以儘量避免與今人選本的重複。《家世舊聞》雖已有北京中華書局出版的點校本，但對之進行注釋和翻譯，本書尚屬首次。全書中疏誤之處難免，祈各位專家和讀者不吝指正。

最後對向我們約稿和出版此書的三民書局表示誠摯的感謝。

詩　選

夜讀兵書

【題　解】此詩紹興二十五年（西元一一五五年）作於家鄉山陰。這是陸游早期的一首作品，時年三十一歲，表達了馳騁戰場的愛國志願。

孤燈耿❶霜夕，窮山讀兵書。平生萬里心，執戈王前驅❷。戰死士所有，恥復守妻孥❸。成功亦邂逅❹，逆料❺政自疏。陂澤❻號飢鴻，歲月欺貧儒。歎息鏡中面，安得長膚腴？

【注　釋】❶耿　照耀。《楚辭‧離騷》：「跪敷衽以陳辭兮，耿吾既得此中正。」王逸注：「耿，明也。」❷執戈王前驅　《詩經‧衛風‧伯兮》：「伯也執殳，為王前驅。」❸妻孥　妻子和兒女。❹邂逅　偶然。❺逆

料 預料。❻陂澤 地勢低窪積水處。

【語譯】孤燈在秋夜裡閃亮，我在窮山僻壤讀兵書。我一直懷抱著馳騁萬里、為帝王殺敵的心願。戰死沙場也無所畏懼，終身與妻子兒女相守，是士的一種恥辱。功成名就是可遇不可求的，不必作太多的預料。聽見飢餓的鴻雁在水澤中號叫，歲月漸漸從我的生命中流逝。對著鏡子中的自己不禁嘆息，如何才能永不衰老？

【研析】陸游〈聞鼙鼓序〉：「元豐初，置武學。先太師以三館兼判學事，今學制規模多出於公，而策問亦具載家集中。」先太師謂祖父陸佃，他曾主管武學，即朝廷培養軍事人才的機構。由此可見，陸游之喜言恢復，喜談兵論武，實是受到家學的影響。詩末用「飢鴻」來象徵「貧儒」即陸游自己，這是古典文學的一大傳統。從陶淵明〈飲酒〉：「栖栖失群鳥，日暮猶獨飛。」到阮籍〈詠懷詩〉：「孤鴻號外野，翔鳥鳴北林。」從張九齡〈感遇〉：「孤鴻海上來，池潢不敢顧。」到蘇軾〈卜算子〉：「時見幽人獨往來，縹緲孤鴻影。」再到辛棄疾〈念奴嬌〉：「醉裡重揩西望眼，唯有孤鴻明滅。」「鴻」作為貧士失職的象徵，貫穿了中國古典文學。

送曾學士赴行在

【題解】此詩紹興二十六年（西元一一五六年）四月作於山陰。曾學士，曾幾，南宋初期著名詩人。紹興二十六年三月，曾幾知台州，赴任前入都陛辭。

二月侍燕觴❶，紅杏寒未拆❷；四月送入都，杏子已可摘。流年不貸❸人，俯仰遂成昔。事賢要及時，感此我心惻❹。欲書加餐❺字，寄之西飛翮❻。念公為民起，我得怨乖隔❼？遙遙跂❽前旌❾，去去望車軛❿。亭鄣⓫鬱將暮，落日澹陂澤。敢忘國士風，涕泣效臧獲⓬。敬輸千一慮⓭，或取二三策⓮。公歸對延英⓯，清問⓰方側席⓱。民瘼公所知，願言寫肝膈⓲。向來酷吏橫，至今有遺螫⓳。織羅⓴士破膽，白著㉑民碎魄。詔書已屢下，宿蠹㉒或未革；期公作醫和㉓，湯劑窮絡脈。士生恨不用，得位忍辭責。併乞謝㉔諸賢，努力光竹帛㉕。

【注釋】❶燕觴　宴飲。❷拆　同「坼」。裂開；綻開。❸貸　寬恕。❹惻　憂傷；悲痛。《易・井》：「井渫不食，為我心惻。」❺加餐　慰勸之辭。謂多進飲食，保重身體。《後漢書・桓榮傳》：「願君慎疾加餐，重愛玉體。」❻翮　鳥羽的莖，借指鳥。❼乖隔　分離；別離。漢蔡琰〈悲憤詩〉：「存亡永乖隔，不忍與之辭。」❽跂　踮起腳跟而立，謂可以盼見。《資治通鑑・唐德宗興元元年》：「今雖盛強，其亡可跂立而待也。」❾前旌　帝王官吏儀仗中前行的旗幟。❿車軛　牛馬拉物件時駕在脖子上的器具。代指車。⓫亭鄣　本為古代邊塞要地設置的堡壘，此處則指供旅客休息的亭子，送別之處。⓬臧獲　古代對奴婢的賤稱。《荀子・王霸》：「大有天下，小有一國，必自為之然後可，則勞苦秏悴莫甚焉；如是，則雖臧獲不肯與天子易埶業。」⑬千一慮　《晏子春秋・雜下十八》：「嬰聞之：聖人千慮，必有一失；愚人千慮，必有一得。」⑭二三策　《孟子・盡心下》：「吾於武成，取二三策而已矣。」⑮延英　唐代宮殿名，此處借指南宋宮殿。⑯清問　清審詳問。《書・呂刑》：「皇帝清問下民，鰥寡有辭於苗。」⑰側席　指謙恭以待賢者。⑱肝膈　猶肺腑，比喻內心。⑲遺螫　猶餘毒。⑳織羅　謂無中生有、多方構陷。《舊唐書・酷吏傳上・來俊臣》：「招集無賴數百人，令其告事，共為羅織，千里響應。欲誣陷一人，即數處別告，皆是事狀不異，以惑上下。」㉑白著　正稅以外橫取於民的苛稅。《新唐書・劉晏傳》：「初，州縣取富人督漕輓，謂之『船頭』；主郵遞，謂之『捉驛』；稅外橫取，謂之『白著』。」㉒宿蠹　喻指積久的弊政。㉓醫和　春秋時秦國良醫。醫為職業稱謂，和是名字，見《左傳・昭公元年》。㉔謝　告知。《漢書・周勃傳》：「使人稱謝：『皇帝敬勞將軍。』」顏師古注：「謝，告也。」唐宣宗宮人韓氏〈題紅葉〉詩：「殷勤謝紅葉，好去到人間！」㉕竹帛　竹簡和白絹。古代初無紙，用竹帛書寫文字。引申指書籍、史乘。

【語　譯】二月陪您宴飲，那時紅杏因寒冷而尚未開花；如今四月送您入都城，杏子已經可以摘下了。歲月不等人啊，俯仰之間已為陳跡。師事賢者要及時，您現在要離去我感到無比悲傷。希望您多加保重。我想在給你的書信中寫上「加餐」二字。但一想到您是為了百姓而奔赴朝中任職，我又怎會埋怨彼此的分離呢？駕車已啟程，還依依不捨。落日西下，亭郭昏暗；河水上粼粼波光。我怎會忘記您的風度品格，我願意像奴僕一樣隨從您做事。我雖愚鈍，但所獻治國之策，或許有可取之處。您回到朝廷，皇上一定會特別重用您。百姓的困難是您所熟知的，希望您在皇上面前大膽地說出肺腑之言。酷吏的橫行霸道一直都存在，現在還有餘毒。構陷罪名欺壓百姓，苛捐雜稅使得民不聊生。雖然朝廷改革的詔書已多次下達，但那些積存已久的弊害恐怕一時難以根除；希望您成為國家的良醫，醫治百姓的創痛。身為士大夫，最大的遺憾是不被朝廷重用；一旦受重用了，就要擔負起責任。請您也告訴朝中的人，希望他們能一起建立功勳，名垂史冊。

【研　析】這年陸游三十二歲，三月曾幾改知台州，陸游寫了這篇送別詩。一年前即紹興二十五年，秦檜卒，宋高宗因此有了些改革的舉措。正如陸游在為曾幾寫的墓誌銘〈曾文清公墓誌銘〉中所言：「紹興二十五年，檜卒，太上皇帝當寧，慨然盡斥其子孫婣鄗，而收用耆舊與一時名士。十一月，起公提點兩浙東路刑獄。公老矣，而精明不少衰。去大猾吏張鎬，一路稱快。明年，知台州。」在這樣一個時期，陸游非常希望有所作為，只是未被朝廷重用，因此他把希望寄託在恩師曾幾身上。在革新方面，陸游並不樂觀，認為很多遺留問題非一時一刻能夠解決。于北山先生《陸游年譜》評此詩道：「反對苛重剝削，關心人民疾苦，此詩已可概見，為今後立朝論奏之嚆矢。」意謂陸游以後在朝中任職，所論奏的問題在此詩中已見端倪。從藝術上說，此詩語重心長，用詞簡古，開頭寫景，用「興」的手法；中間送別一段，也穿插了對周遭景致的點染，顯得不單調，收放自如。《唐宋詩醇》評道：「近工部，道義相勖，辭意俱古。」以為綽然有杜甫詩的風貌。

新夏感事

【題　解】此詩紹興二十六年四月作於山陰。詩中表現了對朝廷新政的樂觀心情。

百花過盡綠陰成，漠漠爐香❶睡晚晴。病起兼旬疏把酒，山深四月始聞鶯。近傳下詔通言路❷，已卜❸餘年見太平。聖主不忘初政❹美，小儒惟有涕縱橫❺。

【注　釋】❶漠漠爐香　熏爐裡的香氣繚繞。唐韋應物〈觀早朝〉詩：「禁旅下城列，爐香起中天。」❷近傳下詔通言路　李心傳《建炎以來繫年要錄》卷一七一：「上鑒秦檜擅權之弊，遂增置言事官。」陸游《渭南文集》卷三十二〈曾文清公墓誌銘〉亦云：「時太上懲秦氏專政之後，開言路，獎孤直，應詔論事者眾。」言路，指人臣向朝廷進言的途徑。漢陳琳〈為袁紹檄豫州〉：「操欲迷奪時明，杜絕言路。」紹興二十五年十月，秦檜死，《宋史》卷三十一載，高宗於是年十月下詔，「許秦檜在位之日，無辜被罪者自陳釐正」。李心傳《建炎以來繫年要錄》載：「紹興二十有五年十有一月……庚午，手詔近歲以來，士風澆薄，持告訐為進取之計，致莫敢耳語族談，深害風教。可戒飭在位及內外之臣，咸悉此意。有不悛者，令御史臺彈奏，當重置於法。」朝廷面貌有所改善。❸卜　推斷；預料。❹初政　即新政。❺涕縱橫　形容眼淚交錯眾多之狀。

【語　譯】百花都凋落時，綠色的樹蔭便形成了。傍晚時分爐香繚繞。因為剛生了病，我有好多天沒飲酒了；因為山村深僻，直到四月才聽聞黃鶯的鳴叫。近來朝廷下詔要廣開言路，我推斷在自己的餘生中將會見到太平盛世。賢明的君主不忘革新政治，我別無所報，只有眼淚縱橫。

【研　析】《唐宋詩醇》評道：「風調清蒼，立言得體。直是通達治理，非尋常嘲風弄月者比。」又云：「唐宋以來為此體者（七律），何翅千百人！求其十分滿者，唯杜甫、李頎、李商隱、陸游及明之空同、滄溟二李數家耳。」清彭元瑞《南宋四家律選》評曰：「通首似杜。」陸游最擅七律體詩，《劍南詩稿》所收詩第一首為〈別曾學士〉，據錢仲聯先生斷為紹興十二年所作。而所收七律詩作，第一首為〈二月二十四日作〉，作於紹興二十六年，第二首便是此詩，亦作於同年。《劍南詩稿》經陸游手訂，紹興二十五年秦檜死前，所作詩留存甚少，其七律詩作從紹興二十六年始。一般選本若要選陸游七律詩，第一首入選作品多為此首。詩中把國家形勢的反映、景物節氣的變化、自身生活的狀態三者結合得很好。從詩風上看，已初步形成陸游七律辭藻豐潤、情感充沛的特點。首句是歷來傳誦的名句，其實乃脫化自王安石〈初夏即事〉：「晴日暖風生麥氣，綠陰幽草勝花時。」他的〈半山春晚即事〉也說：「春風取花去，酬我以清陰。」陸游除此詩用王安石詩意，尚有〈野意〉一詩云：「綠陰清潤似花時」，以上幾句意思相彷彿。不過唯獨陸游的這句最富有理趣。花凋謝盡了，才會更深切地感受到綠陰的存在和意義。綠葉向來是給紅花當配角的，現在主角下臺，配角才引起注意。此句又暗喻秦檜死亡後，那些賢人志士才能進入宋高宗的視界，得以被起用。

度浮橋至南臺

【題解】此詩紹興二十九年（西元一一五九年）作於福州。陸游是年由寧德縣主簿調任福州決曹。浮橋，在並列的船、筏、浮箱或繩索上面鋪木板而造成的橋。南臺，山名。即釣臺山。在福建福州南閩江中，故亦曰南臺山。

客中多病廢登臨，聞說南臺試一尋。九軌❶徐行怒濤上，千艘橫繫大江心。寺樓鐘鼓催昏曉，墟落❷雲煙自古今。白髮未除豪氣在，醉吹橫笛坐榕陰❸。

【注釋】❶九軌 《周禮·考工記·匠人》：「國中九經九緯，經塗九軌。」軌，謂車轍的廣度。此處形容浮橋橋面寬闊，可容多輛車通行。❷墟落 村落。南朝梁范雲〈贈張徐州稷〉詩：「軒蓋照墟落，傳瑞生光輝。」❸榕陰 榕樹之陰。福州多榕樹，故福建福州以「榕城」為別稱。清朱文藻〈榕城詩話〉跋：「榕城者，閩中多榕樹……故閩城以是為號。」

【語譯】遠客福州，經常生病，因而很少登臨遊賞。聽說南臺很有名，於是去尋訪一番。浮橋架於怒濤之上，眾多車輛在行進。閩江中間航行著數不清的船。寺樓的鐘鼓聲催促晝夜的更替，村落上的雲煙自古至今繚繞不去。雖然我已長出白髮，但豪氣依舊，醉後在榕樹陰下吹笛。

【研析】錢鍾書先生《宋詩選注》選陸游詩第一首便是此詩。紹興二十九年，金人已開始謀劃南侵，陸游此時三十五歲，其七律詩已漸近成熟，學習杜甫似乎已惟妙惟肖，但唯獨缺少杜甫的沉鬱悲痛。杜甫詩的這一層質素，陸游要到三年以後即紹興三十二年所作的〈送七兄赴揚州帥幕〉才開始具備，那時金兵已發動南侵戰爭，現實生活終於真正引起了陸游的國仇家恨，我們下面也選了它。而這首詩的意義在於呈現陸游七律創作的才情與筆力，尤其頷聯描寫浮橋與閩江之景，頗為壯闊宏偉。《唐宋詩醇》評此詩道：「頷聯寫浮橋，語頗偉麗，五六雄渾。中興象自遠，有涵蓋一切之氣。」頸聯的「雄渾」源於杜甫詩，我們可以把這一首詩的頸聯與杜甫〈登樓〉中的頷聯相比較：「錦江春色來天地，玉壘浮雲變古今。」「古今」一聯從時空上拓展詩的包容力量，使之具有「涵蓋一切之氣」。但末句的「豪氣」則指向不明，陸游的內心似乎較隱晦。直到紹興三十一年末，宋高宗親自赴建康，到了前線，展示了朝廷迎敵作戰的姿態，陸游的收復河山之志才表達得清晰起來。

東陽觀酴醾

【題　解】此詩紹興三十年（西元一一六〇年）北歸途中作於東陽。紹興二十八年冬季，陸游始出仕，為福州寧德縣主簿，紹興二十九年調為福州決曹。本年正月任滿北歸。東陽，縣名，在浙江中部。酴醾，花名。本為酒名，以花顏色似之，故取以為名。《全唐詩》載〈題壁〉詩：「禁煙佳節同遊此，正值酴醾夾岸香。」

福州正月把離杯❶，已見酴醾壓架❷開。吳地春寒花漸晚，北歸一路摘香來。

【注　釋】❶離杯　指餞別之酒。北周庾信〈對宴齊使〉詩：「酒正離杯促，歌工別曲悽。」❷壓架　花開滿花架。

【語　譯】正月的時候，我離開福州，已見酴醾花開得很盛。吳地的春天比較寒冷，因此花開得很晚，我一路歸來的途中摘了不少，香氣不斷。

【研　析】春天所開之花中，酴醾一般是最晚的。因此《千家詩》收有宋人王淇〈春暮遊小園〉：「一從梅粉褪殘妝，塗抹新紅上海棠。開到酴醾春事了，絲絲天棘出莓牆。」酴醾開過之後，春天是真的結束了。天棘即天門冬。唐杜甫〈巳上人茅齋〉詩：「江蓮搖白羽，天棘蔓青絲。」楊倫箋注引《學林新編》：『『天棘蔓青絲』，蓋天門冬，亦名天棘。其苗蔓生，好纏竹木上，葉細如青絲，寺院庭檻中多植之可觀。』天棘的枝葉開始蔓延，正如陸游所說：「百花過盡綠陰成。」這首絕句頗有唐人風韻，最後一句尤見詩人的風采和浪漫。

聞武均州報已復西京

【題　解】此詩紹興三十一年（西元一一六一年）十二月作於臨安。武均州，武鉅，均州乃稱其官職。均州，為北宋京西路，治所在武當。西京，洛陽。《建炎以來繫年要錄》卷一九三：「紹興三十有一年冬十月，庚戌，武翼郎、知均州武鉅為武節郎、閤門宣贊舍人。以鉅言，招納到北界巡檢杜海等二萬餘人故也。……甲子，武節郎、閤門宣贊舍人知均州武鉅為果州團練使知均州，兼管內安撫使，節制忠義軍馬、……丙寅，知均州武鉅遣將與忠義軍復盧氏縣。」又卷一九五：「紹興三十有一年十有二月，丁未，均州鄉兵總轄杜隱等入河南府。」

白髮將軍亦壯哉！西京昨夜捷書❶來。胡兒敢作千年計，天意寧知一日回。列聖仁恩深雨露，中興赦令疾風雷。懸知❷寒食朝陵使❸，驛路❹梨花處處開。

【注釋】❶捷書　軍事捷報。《梁書・蔡道恭傳》：「寇賊憑陵，竭誠守禦，奇謀間出，捷書日至。」❷懸知　料想；預知。北周庾信《和趙王看伎》：「懸知曲不誤，無事畏周郎。」❸朝陵使　帝王派遣拜掃祖先陵墓的專使。宋孟元老《東京夢華錄・清明節》：「禁中前半月發宮人車馬朝陵，宗室南班近親，亦分遣詣諸陵墳享祀。」北宋黃帝陵寢多在今河南鞏縣，據《大清一統志》載：「宋宣祖永安陵，在鞏縣西南四十里；太祖永昌陵，在鞏縣西南四十里；太宗永熙陵，在鞏縣西南昌陵西一里；真宗永定陵，在鞏縣西南昌陵北十里；仁宗永昭陵，在鞏縣西南定陵西北五里；英宗永厚陵，在鞏縣西南昭陵西一里；神宗永裕陵，在鞏縣西南昭陵西三里；哲宗永泰陵，在鞏縣西南昌陵西。」❹驛路　驛道；大道。

【語譯】將軍雖已年邁卻依然豪壯，攻佔西京的捷報昨夜傳來。敵人妄想長久侵佔我們的土地，老天也沒料到我們這麼快就取得勝利。我朝的先帝給後人帶來雨露般的恩澤，現在朝廷正在中興，頒布赦令非常快。可以預料在不久的將來，收復故地，朝廷派專使去拜掃先帝的陵寢，一路上一定會開滿美麗的梨花。

【研　析】紹興三十一年十一月，觀文殿大學士新判潭州張浚改判建康。中書舍人督視江淮軍事府參議軍事虞允文督舟師擊敗金兵於東采石。金主完顏亮被其部下所殺，金軍北遁。在金軍南侵勢頭稍有緩減的情況下，宋高宗在十二月由臨安赴建康，由後方到前線，一改他過去的投降逃跑政策。陸游當時參加了給宋高宗的送行活動，這一舉動激勵了士氣，感動了陸游，他在以後的詩歌中常常追憶這一幕場景。第二年春天，宋高宗在建康接見了張浚，也召見了奉耿京命奉表前來的辛棄疾，補為右承務郎。是年六月孝宗即位。宋高宗退位前的一些舉動還是深得人心的。此詩作於宋高宗赴建康之後不久，從詩中「中興」這個詞，可見陸游對國家前途充滿了希望。中間二聯皆發議論，故末聯以遙想、以景語作結，跳離現實，增其韻致，用梨花的到處盛開比喻北方故地人民對宋代朝廷的歡迎，成為了名句，常被後人引用。

送七兄赴揚州帥幕

【題　解】此詩紹興三十二年（西元一一六二年）閏二月作於臨安，七兄為陸游仲兄陸濬，行七，因父恩補將仕郎，官至朝請大夫，知岳州。揚州帥，淮南東路安撫使，掌管一路軍事、政務。揚州，今屬江蘇省。幕，幕府，將帥在外之營帳，亦泛指軍政大吏的府署。

初報邊烽❶照石頭❷，旋聞胡馬❸集瓜州❹。諸公誰聽芻蕘策❺？吾

輩空懷畎畝憂❻。急雪打窗心共碎，危樓望遠涕俱流。豈知今日淮南路❼，
亂絮飛花送客舟。

【注　釋】❶邊烽　邊疆報警的烽火。唐沈佺期〈塞北〉詩之一：「海氣如秋雨，邊烽似夏雲。」❷石頭　古城名，又名石首城。故址在今江蘇南京清涼山。本楚金陵城，漢建安十七年孫權重築改名。城負山面江，南臨秦淮河口，當交通要衝，六朝時為建康軍事重鎮，唐以後城廢。❸胡馬　指金兵。❹瓜州　鎮名。在江蘇邗江縣南部、大運河分支入長江處，與鎮江隔江斜對，向為長江南北水運交通要衝，又稱瓜埠洲。唐張祜〈題金陵渡〉詩：「潮落夜江斜月裡，兩三星火是瓜州。」紹興三十一年冬，金兵大舉南侵，曾一度迫近南京，攻佔瓜州鎮。❺芻蕘策　喻淺陋的見解，多用作自謙之辭。芻蕘，割草採薪之人。唐劉禹錫〈為杜相公讓同平章事表〉：「輒思事理，冀盡芻蕘。」❻畎畝憂　在野之人的憂慮。畎畝，田地；田野。《國語．周語下》：「天所崇之子孫，或在畎畝，由欲亂民也。」❼淮南路　宋代路名，轄淮河以南地區，後分為淮南東路和淮南西路，東路治揚州。

【語　譯】石頭城剛有烽火報警，便得知金兵已大舉南下，攻佔瓜州。在朝的諸位公卿，有誰會採納我們小儒的建議呢？我們一腔憂國之懷只是徒勞。急速的雪打在窗戶上，我的心彷彿與雪花一同破碎；站在危樓上遠望國土，眼淚似與江水一起流淌。我沒有料到今日又要與兄長分別，紛亂的柳絮、飄飛的花瓣，彷彿是在送別您的離去。

【研　析】這是陸游最重要的七律作品之一。首聯交待時事，「初」、「旋」二字表現金兵南侵速度之快，同時也反襯出南宋朝廷的無能，沒有早作防備，手忙腳亂。這一隱含的意義，延宕到第三

句中方表露出來，陸游在追溯過去，責備那些朝中權臣在金兵南侵之前沒有早作準備。紹興三十一年九月金主完顏亮大舉南侵，據史料記載，在此之前，紹興二十八年五月，完顏亮與大臣李通等謀，欲再修汴京而徙都之，漸有南侵之意。時任權禮部侍郎孫道夫言：「中外籍籍，皆謂金人有窺江意。」宋高宗趙構曰：「朕待之甚厚，彼以何名興兵？」孫道夫曰：「興兵豈問有名？」太常博士杜莘老亦論金將敗盟，宜飭邊備，且曰：「勿恃其不來，恃吾有以待之。」紹興二十九年四月，國子司業黃中使金還，言：「彼國治汴京，役夫萬計，此必欲徙居以見逼，不可不早自為計。」宋高宗說：「但恐為離宮也。」以為黃中多慮了，人家只不過營造宮室而已。黃中又說：「臣見其所營悉備，此不止為離宮；若南徙居汴，則壯士健馬，不數日可至淮上。」但當時宰相沈該、湯思退均不聽用。以上史事，皆可與詩句互證，所謂「詩史」是也。紹興三十二年，大概就在作此詩後不久，陸游上〈條對狀〉，向朝廷獻上了七條治國之策，尤重對官員的選用，但朝廷對之似乎沒有什麼反應。《唐宋詩醇》評頸聯曰：「五句承上，但覺忠憤填胸，不復論其造句之警。此子美嫡嗣。他人不能到也。」評價甚高，說是得到杜甫詩的嫡傳。試比較杜甫的〈江漢〉：「片雲天共遠，永夜月同孤。落日心猶壯，秋風病欲蘇。」將內在情感的抒發與外在景致的描繪緊密結合、融會無間，物我一體，天地同感。杜詩的這種藝術風格在陸游這裡得到了繼承。「急雪」一聯構景抒情相當成功。「共」、「俱」二字可以理解為陸游與七兄，但理解為「心」與「急雪」「共碎」，「涕」與江水「俱流」似更有詩意，惟「江水」不見於字面，於「急雪」不對，微有瑕疵。從這首七律開始，陸游才真正接過了杜甫的「家當」。這是《劍南詩稿》中第一首藝術造詣高超的七律作品。這一方面需要詩人自己有一個磨煉砥礪的過程，另一方面也有時代因素，即處在金兵南侵這樣一個大背景中。

晚泊慈姥磯下二首 其一

【題　解】此詩乾道元年（西元一一六五年）七月作於赴隆興通判任長江途中。陸游於隆興二年（西元一一六四年）二月到鎮江通判任，是年改任隆興通判。通判，宋初始於諸州府設置，即共同處理政務之意。地位略次於州府長官。慈姥磯，在南京西南五十里長江中。磯，水邊突出的巖石。王象之《輿地紀勝》：「慈姥磯，在繁昌縣西北四十里慈湖鎮之北，磯上刻界碑二字，註云：北潤州上元界，南宣州當塗界。」

山斷峭崖立，江空翠靄❶生。漫多❷來往客，不盡古今情。月碎知流急，風高❸覺笛清。兒曹❹笑老子❺，不睡待潮平。

【注　釋】❶翠靄　蒼翠的雲氣、煙霧。晉陸機〈挽歌〉之二：「悲風徽行軌，傾雲結流靄。」❷漫多　猶言多。《文選》馬融〈長笛賦〉：「僬眇睢維，涕洟流漫。」呂向注：「漫，言多。」❸風高　風大。唐杜甫〈湖中送敬十使君適廣陵〉詩：「秋晚嶽增翠，風高湖湧波。」❹兒曹　猶兒輩。《史記・外戚世家褚少孫論》：「是非兒曹愚人所知也。」❺老子　陸游自稱。

【語　譯】山勢截斷，峭壁聳立；江面空闊，霧靄彌漫。旅客來往不斷，油然生古今之情。從月影破碎，可知長江流速甚急；風很大，笛聲更覺清曠。兒子嘲笑我，晚上不睡覺，等待著潮水平靜。

【研　析】這首五律也深得杜甫嫡傳。通篇寫景、抒情融合無間；比興手法，運用入神。首聯用了兩句複雜句，即一個句子中有兩個主謂結構，皆有實詞，意象密集，緊湊而不鬆懈。頷聯略作舒緩，用虛字斡旋。頸聯又用複雜句，氣勢又往上升。風高流急的自然景象，象徵著自己的襟懷，「碎」、「急」喻憂愁苦悶，「高」、「清」喻胸懷坦蕩。於是末句的「待潮平」便隨之有了寄託之意，即期待時局平定，國家太平。妙在這一層內心情感的抒發，又以「兒曹」的「笑」來逗出，極似杜甫的〈望月〉：「遙憐小兒女，未解憶長安。」將家事與國事聯繫在一起，又因陸游剛從京官遭貶謫出朝，故此時心情鬱悶而無法入眠。《唐宋詩醇》評：「格力殊健，起勢尤為挺拔。」

遊山西村

【題　解】此詩乾道三年（西元一一六七年）春作於山陰。山西村，在作者故鄉山陰。乾道二年陸游由隆興通判任上，因「力陳張浚用兵」，被免歸。

莫笑農家臘酒❶渾，豐年留客足雞豚❷。山重水複疑無路，柳暗花明又一村。簫鼓❸追隨春社❹近，衣冠簡朴古風存。從今若許閒乘月❺，拄杖無時❻夜叩門。

【注　釋】❶臘酒　臘月釀製的酒。❷雞豚　雞和豬。古時農家所養禽畜。《孟子・梁惠王上》：「雞豚狗彘之畜，無失其時。」唐劉禹錫〈武陵書懷五十韻〉：「來憂禦魑魅，歸願牧雞豚。」❸簫鼓　以擊鼓吹簫祭祀土神。王維〈涼州郊外遊望〉：「婆娑依里社，簫鼓賽田神。」蘇軾〈蝶戀花・密州上元〉：「擊鼓吹簫，卻入農桑社。」❹春社　古時於春耕前（周用甲日，後多於立春後第五個戊日）祭祀土神，以祈豐收，謂之春社。《禮記・明堂位》：「是故，夏礿、秋嘗、冬烝、春社、秋省，而遂大蜡，天子之祭也。」鄭玄注：「春田祭社。」❺乘月　趁著月光。《樂府詩集・清商曲辭一・子夜四時歌夏歌一》：「乘月采芙蓉，夜夜得蓮子。」❻無時　不定時；隨時。《儀禮・既夕禮》：「哭晝夜無時。」鄭玄注：「哀至則哭，非必朝夕。」

【語　譯】不要嘲笑農家臘酒的渾濁，豐年用美味的雞和豬招待客人。山水重疊彷彿沒有路的時候，又看見另一柳樹茂密、花朵鮮豔的村子。春社快到了，人們都吹簫擊鼓；他們的穿著簡樸，有古代遺風。如果從現在開始能悠閒地度日，我一定會經常到處遊覽，很晚回家。

【研　析】陸游詩歌中最為後人所熟悉的一聯句子便出自此首。「山重水複」一聯乃脫胎自前人詩句。錢仲聯先生的校注與錢鍾書先生的選註，都引了不少前人的詩，如李商隱〈夕陽樓〉：「花明柳暗繞天愁。」王維〈藍田山石門精舍〉：「遙愛雲水秀，初疑路不同；安知清流轉，忽與前山通。」柳宗元〈袁家渴記〉：「周行若窮，忽又無際。」盧綸〈送吉中孚歸楚州〉：「暗入五路山，心知有花處。」耿湋〈仙山行〉：「花落尋無徑，雞鳴覺有村。」王安石〈江上〉：「青山繚繞疑無路，忽見千帆隱映來。」錢鍾書先生《宋詩選注》比較諸詩說：「要到陸游的這一聯才把它寫得『題無剩義』。」《唐宋詩醇》評：「有如彈丸脫手，不獨善寫難狀之景。」不過兩位錢先生，似乎都沒有注意到更早一些的陶淵明，他在〈桃花源記〉中寫道：「晉太元中，武陵人，捕魚為業，緣溪行，忘路之遠近。忽逢桃花林，夾岸數百步，中無雜樹，芳草鮮美，落英繽紛。漁人甚異之。復前行，欲窮其林。林盡水源，便得一山。」所引最後兩句便是所有這些詩的本源，文已逗詩意，只尚未形成詩句而已。窮盡之後復有所收穫，這種人生哲學大概是古人非常喜歡的吧，有老莊的意味在。

霜風

【題解】此詩乾道三年十月作於山陰。寫貧困中之心境。

十月霜風吼屋邊，布裘未辦一銖❶綿。豈惟飢索鄰僧米❷，真是寒無坐客氈❸。身老嘯歌悲永夜❹，家貧撐拄❺過凶年。丈夫經此寧非福，破涕燈前一粲然❻。

【注　釋】❶銖　古代衡制中的重量單位。為一兩的二十四分之一。《孫子・形篇》：「故勝兵若以鎰稱銖，敗兵若以銖稱鎰。」❷豈惟飢索鄰僧米　本自韓愈〈寄盧仝〉：「至今鄰僧乞米送，僕忝縣尹能不恥。」❸真是寒無坐客氈　本自杜甫〈戲簡鄭光文虔兼呈蘇司業源明〉：「才名三十年，坐客寒無氈。」氈，羊毛或其他動物毛經濕、熱、壓力等作用，縮製而成的塊片狀材料，有保溫等性能。《周禮・天官・掌皮》：「共其毳毛為氈，以待邦事。」❹永夜　長夜。杜甫〈宿府〉：「永夜角聲悲自語，中天月色好誰看。」❺撐拄　支撐；維持。漢陳琳〈飲馬長城窟行〉：「君獨不見長城下，死者骸骨相撐拄。」❻粲然　笑貌。《穀梁傳・昭公四年》：「軍人粲然皆笑。」

【語　譯】十月的霜風在屋外吼叫，我貧窮得只能穿布衣。我不僅飢餓得向鄰居索米，而且連供客人坐的氈也沒有。老邁的我在漫長寒夜中嘯歌，勉強支撐著度過這凶年。想到自己身為大丈夫，經歷這樣的遭遇未必不是福，便破涕而笑了。

【研　析】因為是年遭遇饑荒，收成不好，閒居家鄉的陸游生活上便有些困難。嘆貧嗟困也是杜甫詩的一項內容，陸游也從這類題材的詩歌中去學習杜甫的筆法、格調。頷聯兩句具體寫自己的貧困之狀，但是陸游還是不忘化用古人陳句，對仗巧妙。頸聯寫自己在這種貧困生活環境下的表現，悲愁但是很頑強。最後則將情感作一昇華，從積極樂觀方面來看待這場饑荒。以「撐拄」對「嘯歌」，詞采上也比較生新。

投梁參政

【題解】此詩乾道六年（西元一一七〇年）閏五月作於臨安。據《入蜀記》，陸游閏五月二十日至臨安，六月一日離去，此詩殆作於將離臨安之時。梁參政名克家，字叔子，泉州晉江人。紹興三十年廷試第一。乾道五年二月，拜為端明殿學士。簽樞密院事。六年，參知政事。七年，兼知院事。八年，為右丞相兼樞密使。卒謚文靖。

浮生❶無根株，志士惜浪死❷。雞鳴何預人，推枕中夕起❸。游也本
無奇，腰折❹百僚底。流離鬢成絲，悲吒❺淚如洗。殘年走巴峽❻，辛苦
為斗米❼。遠銜三伏❽熱，前指九月水❾。回首長安城❿，未忍便萬里。
袖詩叩東府⓫，再拜求望履⓬。平生實易足，名幸污黃紙⓭。但憂死無聞，
功不挂青史。頗聞匈奴亂，天意殄蛇豕⓮。何時嫖姚師⓯，大刷渭橋恥⓰？
士各奮⓱所長，儒生未宜鄙。覆氈草軍書⓲，不畏寒墮指⓳。

【注　釋】❶浮生　語本《莊子・刻意》：「其生若浮，其死若休。」以人生在世，虛浮不定，因稱人生為「浮生」。❷浪死　徒然死去；白白送死。前蜀貫休〈行路難〉詩：「九有茫茫共堯日，浪死虛生亦非一。」❸雞鳴二句　《世說新語・賞譽》「劉琨稱祖車騎為朗詣」劉孝標注引晉孫盛《晉陽秋》：「(祖逖)與司空劉琨俱以雄豪著名。年二十四，與琨同辟司州主簿，情好綢繆，共被而寢。中夜聞雞鳴，俱起，曰：『此非惡聲也。』每語世事，則中宵起坐，相謂曰：『若四海鼎沸，豪傑共起，吾與足下相避中原耳。』」後以「雞鳴」為身逢亂世當及時奮起之典。❹腰折　《晉書・隱逸傳・陶潛》：「吾不能為五斗米折腰，拳拳事鄉里小人耶！」後以「折腰」為屈身事人之典。❺悲吒　悲嘆；悲憤。《文選》郭璞〈遊仙詩〉之五：「臨川哀年邁，撫心獨悲吒。」李善注：「吒，嘆聲也。」❻殘年走巴峽　陸游乾道五年十二月六日得報，以左奉議郎差通判夔州軍州事，乾道六年啟程，是年陸游四十六歲。❼斗米　見注❹。❽三伏　即初伏、中伏、末伏。農曆夏至後第三庚日起為初伏，第四庚日起為中伏，立秋後第一庚日起為末伏，是一年中最熱的時候。❾九月水　長江九月水落，入峽舟行艱險。❿長安城　借指南宋都城臨安。⓫東府　樞密院。⓬望履　望見鞋子。求見的謙詞。語本《莊子・盜跖》：「孔子復通曰：『丘得幸於季，願望履幕下。』」⓭黃紙　指古代銓選、考績官吏，登記姓名，上報朝廷使用的黃色紙張。⓮蛇豕　長蛇封豕。比喻貪殘害人者，此處指金人。語出《左傳・定公四年》「吳為封豕長蛇，以薦食上國」晉杜預注：「言吳貪害如蛇豕。」⓯嫖姚師　指霍去病的軍隊。南朝梁范雲〈效古〉詩：「昔事前軍幕，今逐嫖姚兵。」⓰渭橋恥　唐代宗時，吐蕃二十餘萬兵渡渭橋，入侵長安，代宗奔峽州。⓱奮　發揚；振奮。《詩・大雅・常武》：「王奮厥武，如震如怒。」⓲覆氈草軍書　《北史・陳元康傳》載，陳元康隨高歡出征，值天寒雪深，便令人舉起氈子，於其下作軍書。⓳墮指　謂凍掉手指。《漢書・高帝紀下》：「上從晉陽連戰，乘勝逐北，至樓煩，會大寒，士卒墮指者什二三。」

【語　譯】人生如飄萍無根，有志之士最遺憾自己死得沒有價值。雞鳴與人有何關係呢，但古人因為壯志未酬所以半夜就起床。我本來就是凡人，沉淪下僚。四處漂泊，已漸衰老。每念國事就會悲嘆流淚。年紀很大了還要去巴峽為官，如此辛苦只為了衣食。冒著酷暑，不畏路途艱險。回首望都城，不忍就此離去。我如今來拜謁您，希望得到您的指教。我的名字已經記錄在朝廷的黃紙上，此生也該滿足了。只是憂慮到死都沒有建立功名，留傳千古。最近聽說金人內部起亂，想是老天在懲罰他們吧。我期待著朝廷的軍隊能攻入敵營，收復江山，洗刷恥辱。士人應該都施展各自的才幹，如我這樣的讀書人不應該遭輕視。因為他們雖不能上場殺敵，卻也可以起草文書，不畏天寒地凍。

【研析】此詩為陸游投贈上級官員之作，目的是為了表達自己的志向，希望能夠被重視，乃至被賞識提拔。詩歌為五言古體，這種體裁比較莊重。前四句為第一段，分別以比興、典故出之。先說「根株」，再言「惜浪死」；先說「雞鳴」，再言「中夕起」，結構對稱，皆是由物及人，寫來富有意蘊，曲折跌宕。後四句為第二段，總述自己的志向和遭際，用語謙遜。再後六句為第三段，回到當前，說此次遠赴西部為官，乃是迫於身計，但還是依戀著都城臨安，其實是依戀京官。由「回首長安城」，順勢便引出了此次的上詩拜謁。再六句為第四段，說此次前來拜謁，陳明自己的志向，希望有所作為，不甘一生庸庸碌碌。最後八句為第五段，說現在金國有內亂，應該趁此時機大舉北伐，洗刷恥辱。自己一介書生，雖不能奮勇殺敵，但也可以作出自己的貢獻，比如在極度嚴寒的天氣下起草軍書。以「寒墮指」作結，既有典故，又形象生動，餘韻不絕。

宿楓橋

【題解】此詩乾道六年六月作於江蘇蘇州。楓橋，橋名。在江蘇蘇州閶門外寒山寺附近。本稱封橋，因唐張繼〈楓橋夜泊〉詩而相沿作楓橋。陸游乾道五年十二月，得報差通判夔州。此詩即作於赴任夔州（今四川奉節）途中。陸游《入蜀記》：「（六月）十日至平江，以疾不入。沿城過盤門，望武丘樓塔，正如吾鄉寶林，為之慨然。宿楓橋寺，前唐人所謂『夜半鐘聲到客船』者。」

七年不到楓橋寺❶，客枕依然半夜鐘❷。風月未須輕感慨，巴山❸此去尚千重。

【注釋】❶七年不到楓橋寺　陸游隆興二年春赴鎮江通判任時經此，至是已閱七年。❷半夜鐘　張繼〈楓橋夜泊〉：「姑蘇城外寒山寺，夜半鐘聲到客船。」❸巴山　巴，古國名，位於今四川東部一帶地方。為秦惠文王所滅，置巴蜀和漢中郡。巴山，也叫大巴山、巴嶺山。在陝西西鄉西南，支脈綿亙數百里，跨南鄭鎮巴和四川的南江、通江等縣。亦泛指四川境內的山。此處指代夔州。

【語譯】我有七年沒到楓橋寺了，客船伏枕依然還可以聽到那古老的鐘聲。面對此地的風景，我不應輕易就生發感慨；因為離我的目的地還有無數重山水，還有許多令人感慨的景致。

【研 析】第二句中的「半夜鐘」，很容易便讓人聯想起唐代張繼的詩。《唐宋詩醇》評：「所謂一番拈起，一番新也。」意思說，雖然陸游化用了唐人詩，但能夠寫出自己的新意。宋詩比唐詩多議論，這首絕句便體現出來。陸游說聽聞這古老的鐘聲不必急著感慨，因為一路上還有很多艱險曲折，很多風景名勝，如果輕易就感慨，可能這情便不夠用了。張繼的那首「愁」懷非常明顯，直抒胸臆。而宋人卻喜歡抑制自己的情緒，經過幾番醞釀沉潛，篩過一層，方淡淡地表出，餘韻深長。此詩的特色在於不專寫一時一地之感，如果這樣寫，很難超過張繼；所以陸游避重就輕、旁敲側擊，將楓橋寺之感輕描淡寫，而偏說此後要經歷許多山川，便把整個路程的羈旅之懷抒寫出來，可謂匠心獨具。

雨中泊趙屯有感

【題 解】此詩乾道六年七月作於趙屯。趙屯，在彭澤縣（今江西北部）。陸游《入蜀記》：「（七月）二十七日，五鼓，大風自東北來，舟人不告，乘便風解船，過雁翅夾，有稅場，居民二百許家，岸下泊船甚眾。遂經皖口至趙屯。未朝食，已行百五十里，而風益大，乃泊夾中。皖口即王師破江南大將朱令贇水軍處。趙屯有戍兵，亦小市聚也。」

歸燕羈鴻共斷魂，荻花❶楓葉❷泊孤村。風吹暗浪重添纜❸，雨送新寒半掩門。魚市人煙橫慘淡❹，龍祠❺簫鼓鬧黃昏。此身且健無餘恨，行路雖難莫更論。

【注　釋】❶荻花　多年生草本植物，與蘆同類，生長在水邊，根莖都有節似竹，葉抱莖生，秋天生紫色或白色、草黃色花穗，莖可以編席箔。❷楓葉　楓香樹之葉。因其葉經霜變紅，有「紅楓」、「丹楓」之稱。《楚辭・招魂》：「湛湛江水兮上有楓，目極千里兮傷春心。」❸纜　繫船的粗繩或鐵索。南朝宋謝靈運〈登臨海嶠與從弟惠連〉詩：「日落當棲薄，繫纜臨江樓。」❹慘淡　暗淡；悲慘淒涼。南朝宋劉義慶《世說新語・言語》：「經吳中，已而會雪下，未甚寒。諸道人問在道所經，壹公曰：『風霜固所不論，乃先集其慘澹；郊邑正自飄瞥，林岫便已皓然。』」❺龍祠　祭祀龍王的祠廟。

【語　譯】鴻、燕似與我一樣在羈旅中憂愁痛苦，我的船在一片楓葉荻花中停泊下來。因為風大浪高，增添了繫船的纜繩；寒雨降落，人家都掩著門。魚市上人煙稀少；祭祀龍王的祠廟在黃昏裡熱鬧起來。所幸我的身體還康健，路途的艱辛就不必去提了吧。

【研　析】首句用比興之法，客子眼中的鴻、燕也彷彿體味到了自己的哀愁。下句用白居易〈琵琶行〉：「潯陽江頭夜送客，楓葉荻花秋瑟瑟。」首聯先以動物、植物來烘托自己的心情。頷聯具體寫「雨中停泊」。頷聯的句式巧妙，用「吹」字、「送」字先把自然景物彼此關聯起來，然後在每句的後三個字承接以人的活動，上句是船上，下句是岸上。一句之中信息量大，字字筆力千鈞，如箭不虛發。頸聯寫「趙屯」，魚市上人煙稀少了，到哪裡去了呢；原來都去龍祠裡去參加祭祀活動了。魚市的「慘淡」本令人傷感，龍祠的「熱鬧」更加重了傷感，因為熱鬧終究是別人的。末聯寫「有感」，以身體尚健康來安慰自己，排解羈旅之憂。《唐宋詩醇》評：「三四風景颯然，五六亦稱。」

哀郢 其一

【題解】此詩乾道六年九月作。據陸游《入蜀記》，陸游九月八日抵達江陵境，二十七日離江陵。郢，古邑名，春秋戰國時楚國都城。今湖北江陵紀南城，楚文王定都於此。西元前二七八年秦拔郢，地入秦，地在紀山之南，故稱為紀郢，又因地居楚國南境，故又稱為南郢。《楚辭・九章》有〈哀郢〉。

遠接商周祚最長❶，北盟齊晉勢爭強❷。章華❸歌舞終蕭瑟❹，雲夢❺風煙舊莽蒼❻。草合故宮惟雁起，盜穿荒冢有狐藏。〈離騷〉未盡靈均❼恨，志士千秋❽淚滿裳。

【注釋】❶遠接句　楚國遠承商、周二代，歷史悠久。祚，國運。❷北盟句　戰國時齊、晉皆在楚國北部，楚與齊、晉聯盟與秦國爭強。❸章華　即章華臺，楚離宮名。故址在今湖北監利西北，晉杜預以為春秋時楚靈王所建，臺高十丈，基廣十五丈。❹蕭瑟　凋零；淒涼。《楚辭・九辯》：「悲哉！秋之為氣也。蕭瑟兮，草木搖落而變衰。」❺雲夢　古藪澤名。古代說法不一，綜合古籍記載，先秦兩漢所稱雲夢澤，大致包括今湖南益陽、湘陰以北、湖北江陵、安陸以南、武漢以西地區。❻莽蒼　空曠無際貌。唐杜牧〈上宰相求湖州第二啟〉：「如登高四望，但見莽蒼大野，荒墟廢壠，悵望寂然，不能自解。」❼靈均　戰國楚文學家屈原字。《楚辭・離騷》：「名余曰正則兮，字余曰靈均。」❽千秋　千年。形容歲月長久。舊題李陵〈與蘇武〉詩：「嘉會難再遇，三載為千秋。」

【語　譯】楚國遠接商周，國運最長，曾經與齊、晉二國結盟以爭強秦國。但是章華臺的歌舞終於還是逝去了，雲夢一帶的風煙還是與過去一樣蒼茫。故宮雜草叢生，只有大雁偶來逗留；墳墓被盜，狐狸經常出沒。一曲〈離騷〉並沒有寫盡屈原的愁恨，時隔千年，有志之士依然因此而淚流滿襟。

【研　析】此詩為詠古抒懷之作，借古寫今。首聯寫楚國曾經的強盛，借喻宋代朝廷曾經也有興盛之時。頷聯頸聯都是寫景，區別在於頷聯用楚地名，跨越時空，涵蓋古今，風調蒼勁闊大，乃用大筆揮舞。頸聯則但寫眼前景，乃用細筆勾勒，具體細緻，寫出一片淒涼荒蕪之景。景致有了，動物有了，最後方有人物登場。說屈原之恨深廣沉痛，一首〈離騷〉並不能抒寫盡。「志士」既是泛指，又是自謂，可謂千古同慨。此題原有二首，第二首中說：「天地何心窮壯士，江湖自古著羈臣。淋漓痛飲長亭暮，慷慨悲歌白髮新。」第一首重在寫景，第二首重在抒懷。

重陽

【題解】此詩乾道六年九月重陽作於塔子磯。陸游《入蜀記》：「（九月）九日，早謁后土祠，道旁民屋苫茅皆厚尺餘，整潔無一枝亂。掛帆抛江行三十里，泊塔子磯。江濱大山也。自離鄂州，至是始見山。買羊置酒，蓋村步以重九故屠一羊，諸舟買之，俄頃而盡。求菊花於江上人家，得數枝，芬馥可愛，為之頹然徑醉。夜雨極寒，始覆絮衣。」

照江丹葉一林霜，折得黃花❶更斷腸。商略❷此時須痛飲，細腰宮❸畔過重陽。

【注釋】❶黃花　指菊花。《禮記・月令》：「（季秋之月）鞠有黃華。」陸德明〈釋文〉：「鞠，本又作菊。」❷商略　脫略；放任不羈。《三國志・蜀志・楊戲傳評》：「楊戲商略，意在不群。」❸細腰宮　楚離宮名。《墨子・兼愛中》：「昔者，楚靈王好士細要，故靈王之臣皆以一飯為節。」唐杜牧〈題桃花夫人廟〉詩：「細腰宮裡露桃新，脈脈無言幾度春。」

【語譯】紅色的霜葉照著江水，折了菊花更令我感傷。重陽節的時候我正經過細腰宮，應該痛飲一番才行。

【研　析】此首寫景細潤，抒情婉轉，寥寥數筆，意蘊深厚。「痛飲」的背後有無限的羈旅之懷、失路之悲。但一切都沒有說白，只在最後一句中提了「細腰宮」，於是便有了歷史的厚重和滄桑之感，懷悼楚國，亦是懷悼南渡之前的宋朝。王士禎評曰：「偶與友人論宋人絕句，若放翁『照江丹葉一林霜』，『舟中一雨掃飛蠅』，『江上荒城猿鳥悲』諸篇，皆可直追唐音。」

松滋小酌

【題　解】此詩乾道六年十月作於松滋渡。松滋縣，在江陵府（今湖北）。陸游《入蜀記》：「（十月）三日……自離塔子磯，至是始望見巴山。山在松滋縣。泊灌子口，蓋松滋、枝江兩邑之間。松滋晉縣，自此入蜀江；枝江唐縣，古羅國也。江陵九十九洲在焉。晉柳約之羅述甄季之聞桓玄死，自白帝至枝江，即此地也。歐陽文忠公有〈枝江山行〉五言二十四韻。蓋文忠赴夷陵時，自此陸行至峽州。故其〈望州坡〉詩云：『崎嶇幾日山行倦，卻喜陵頭見峽州。』灌子口，一名松滋渡。」

西遊六千里，此地最淒涼。騷客❶久埋骨❷，巴歌❸猶斷腸。風聲撼
雲夢❹，雪意❺接瀟湘❻。萬古茫茫恨，悠然付一觴。

【注　釋】❶騷客　一般泛指詩人、文人。此處指屈原，戰國時楚詩人，憂憤國事，投江而死。《史記・屈原賈生列傳》：「(屈原)於是懷石遂自投汨羅以死。」汨羅江，湘江支流。在湖南省東北部。陸游此時路經湘江，故思及之。❷埋骨　埋葬屍骨。《後漢書・度尚傳》：「磐埋骨牢檻，終不虛出，望塵受枉。」❸巴歌　巴地的民歌。❹雲夢　見〈哀郢〉詩注。❺雪意　將欲下雪的景象。宋王安石〈欲雪〉詩：「天上雲驕未肯同，晚來雪意已填空。」❻瀟湘　湘江與瀟水的並稱，多借指今湖南地區。唐杜甫〈去蜀〉詩：「五載客蜀郡，一年居梓州；如何關塞阻，轉作瀟湘遊?」

【語　譯】遠離家鄉，已走了六千里路，這松滋渡是最淒涼的地方。屈原死去已很久了，此地的民歌聽著依然讓我傷懷。雲夢上空風聲震動，瀟湘之水綿延天際，似欲降雪。這萬古的愁恨，只有付諸酒杯了。

【研　析】這首五律悠揚婉轉，愁恨綿綿。這種藝術效果的取得，當部分緣於陸游在句式上的安排。中間兩聯的句式都為簡單句，頷聯為主謂結構；頸聯為主謂賓結構。沒有用複雜句式，故意象顯得鬆散而不密集，氣勢平緩悠揚。句中又多用楚地地名，沉澱了很多歷史內涵。「撼」字筆力重，令人想起唐代孟浩然的「波撼岳陽城」；而下句的「接」字筆力則輕，所謂「雪意」大概指瀟湘上空的雲朵，「接」字形容雲水相連，混溶一片。《唐宋詩醇》評道：「五六翛然意遠，兼有沉雄之氣。孟浩然云：『獵響驚雲夢，漁歌激楚詞。』妙處故應遜此。」

繫舟下牢溪游三游洞二十八韻

【題解】此詩乾道六年十月作於峽州（今湖北宜昌）。陸游《入蜀記》：「（十月）八日，五鼓盡，解船過下牢關。夾江千峯萬嶂，有競起者，有獨拔者，有崩欲壓者，有危欲墜者，有橫裂者，有直坼者，有凸者，有窪者，有罅者，奇怪不可盡狀。初冬草木皆青蒼不彫。西望重山如闕，江出其間，則所謂下牢谿也。歐陽文忠公有〈下牢津〉詩云：『入峽山漸曲，轉灘山更多。』即此也。繫船與諸子及證師登三游洞，躡石磴二里，其險處不可著腳。洞大如三間屋，有一穴通人過，然陰黑峻嶮尤可畏。繚山腹，傴僂自巖下至洞前，差可行，然下臨溪潭，石壁十餘丈，水聲恐人。」此段日記散文描寫山峰形狀和遊歷過程，頗可與本詩相比較。下牢溪、三游洞，在峽州。

舊觀三峽❶圖，常謂非人情。意疑天壤間，豈有此崢嶸。畫師定戲
耳，聊欲窮丹青。西游過沔鄂❷，莽莽千里平。昨日到峽州，所見始可
驚。乃知畫非妄，卻恨筆未精。及茲下牢戍，峰嶂畢自呈。下入裂坤軸❸，
高騫插青冥❹。角勝❺多列峙，擅美❻有孤撐。或如釜上甑❼，或如坐後

屏。或如倨❽而立，或如喜而迎。或深如螺房❾，或疏如窗櫺。峨巍冠冕古，婀娜髻鬟❿傾。其間絕出者，虎搏蛟龍獰⓫。崩崖凜⓬欲墮，修梁架空橫。懸瀑瀉無底，終古何時盈？幽泉莫知處，但聞珩珮⓭鳴。怪怪與奇奇，萬狀不可名。久聞三游洞，疾走忘病嬰。竇⓮穴初漆黑，傴僂⓯捫壁行。方虞⓰觸螫蛇，俯見一點明。扶接困僮奴，恍然出瓶甖⓱。穹窿廈屋寬，滴乳⓲成微泓。題名歐與黃⓳，雲蒸⓴蒼蘚平。穿林走驚麏㉑，拂面逢飛鼪㉒。息倦盤石上，拾樵置茶鐺㉓。長嘯答谷響，清吟和松聲。辭卑不堪刻，猶足寄友生㉔。

【注釋】❶三峽　四川、湖北兩省境內，長江上游的瞿塘峽、巫峽和西陵峽的合稱。晉左思〈蜀都賦〉：「經三峽之崢嶸，躡五屼之蹇滻。」❷沔鄂　代指湖北。❸坤軸　古人想像中的地軸。晉張華《博物志・地》：「崑崙山北地轉下三千六百里，有八玄幽都，方二十萬里。地下有四柱，四柱廣十萬里，地有三千六百軸，犬牙相舉。」❹青冥　形容青蒼幽遠，指青天。《楚辭・九章・悲回風》：「據青冥而攄虹兮，遂儵忽而捫天。」❺角勝　較量勝負。❻擅美　專美；獨享美名。❼釜上甑　古炊器。斂口，圜底，或有二耳。其用如鬲，置於灶口，上置甑以蒸煮，盛行於漢代，有鐵、銅、陶等製。❽倨　傲慢不遜。《左傳・襄公二十九年》：「直而不倨。」

杜預注：「倨，傲。」❾螺房　以房屋比喻螺殼之大。❿髻鬟　古時婦女髮式，將頭髮環曲束於頂。唐孟浩然〈美人分香〉詩：「髻鬟垂欲解，眉黛拂能輕。」⓫獰　兇猛，兇惡。⓬凜　可敬；畏懼。⓭珩珮　佩玉。⓮竇　孔穴；洞。《禮記．禮運》：「（禮義）所以達天道，順人情之大竇也。」鄭玄注：「竇，孔穴也。」⓯傴僂　俯身。宋歐陽修〈醉翁亭記〉：「前者呼，後者應，傴僂提攜，往來不絕者，滁人遊也。」⓰虞　憂慮；憂患。⓱瓶罌　亦作「瓶甖」。泛指小口大腹的陶瓷容器。唐杜牧〈雨中作〉詩：「濁醪氣色嚴，皤腹瓶甖古。」⓲乳石灰岩洞中懸在洞頂上像冰錐的物體，由含碳酸鈣的水溶液逐漸蒸發凝結而成。⓳題名歐與黃　陸游《入蜀記》有記載：「又一穴，後有壁可居。鍾乳歲久垂地若柱，正當穴門，上有刻云：『黃大臨弟庭堅同辛紘子大方紹聖二年三月辛亥來遊。』旁石壁上刻云：『景祐四年七月十日夷陵歐陽永叔』下缺一字，又云『判官丁』，下又缺數字。丁者，寶臣也，字元珍。今丁字下二字亦髣髴可見，殊不類元珍字。又永叔但曰夷陵，不稱令。洞外溪上又有一崩石偃仆，刻云：『黃庭堅弟叔向子相姪同道人唐履來游，觀辛亥舊題，如夢中事也。建中靖國元年三月庚寅。』按魯直初謫黔南，以紹聖二年過此，歲在乙亥，今云辛亥者誤也。」⓴雲蒸　水氣升騰。㉑麕　亦作「麏」，獐子。哺乳動物。狀似鹿而小，無角；毛粗長，背部黃褐色，腹部白色；行動靈敏，善跳，能游泳。㉒鼪　鼬鼠。俗稱黃鼠狼。㉓茶鐺　煎茶用的釜。㉔友生　朋友。《詩．小雅．常棣》：「雖有兄弟，不如友生。」

【語　譯】以前看三峽圖，覺得其艱險不合人情。於是懷疑天地間，怎會有這種地方呢。大概是畫圖的人自己想像出來的吧，不過是想窮盡繪畫的技巧。我這次西行為官，過了湖北後，地勢平整，一望千里。昨天到達峽州，親自見到三峽，被震驚了。才知道畫師並沒有虛造，而且他的筆力尚未精到，圖畫與現實還有距離。現在來到下牢關，峰巒疊嶂都一一呈現在我面前。山峰深插地面，高聳雲天。眾多峰巒彼此較量，一座孤峰獨自展現俊美之姿。有的如古炊器，有的如座椅後的屏風，有的傲慢地站立，有的高興地歡迎我，有的深邃像螺殼，有的疏廣像窗戶。又像戴著巍峨的帽子，又像女子婀娜的髮髻。其中最突出的山峰，好比龍虎爭鬥。山峰崩斷欲裂開，橋樑架在半空。瀑布一瀉千里，自古以來沒有停止。幽深的泉水不知在哪裡，只聽到它的響聲。千奇百怪的形狀，難以用語言來形容。很久就聽說三游洞了，我急切地想去看個究竟，不顧自己身體病弱。洞穴裡漆黑一片，我彎著身子摸索洞壁前行。正擔憂碰到毒蛇，俯視見到一點亮光。僮奴們辛苦地扶持著我，終於走出了狹窄的通道，來到寬敞的洞裡，岩洞滴乳。我看到洞中有歐陽修與黃庭堅的題字，字跡已有殘缺模糊處。我們穿越樹林，驚動獐子和鼯鼠。在盤石上休憩，撿拾柴火煮茶喝。長嘯吟詩，山谷松樹都有回應。我的詩句拙劣，雖不值得刊刻，卻可以寄給朋友欣賞。

【研　析】《唐宋詩醇》評道：「語奇句老，頗近昌黎。視〈南山〉，蓋具體而微爾。」這首五言長詩很有韓愈的風格，明顯有學習〈南山〉詩的痕跡，〈南山〉詩中用了許多「或」字句，鋪排描寫各種各樣的形態。陸游此詩中間一段描寫三峽之狀，可謂深得韓詩三昧。其中有些比喻都富有創造性，顯示了陸游的構思精巧，比如「螺房」這個詞，據我們的考索，清代以前似乎沒有第二個人在詩中用過了。全詩大體上可以分成四個段落，第一段寫入三峽前的情境。先由三峽圖入手，表達作者的懷疑，不相信有此景，從而與後面親歷其境的驚奇行程對比，為後面蓄勢。第二段寫山峰，主要用排比手法，一一羅列，展現了豐富的想像力，妙喻疊出。第三段寫三游洞內的情景，由外入裡。先寫入洞的困難，通道的狹窄，作者不寫自己的辛苦，卻寫童僕扶持自己，從側面烘托，筆法跌宕。然後從狹窄的通道進入洞內，豁然開朗。第四段寫遊覽之後的休憩，以喝茶吟嘯之悠閒舒坦，減緩全詩行進的節奏。赴夔州通判任的一路上，陸游飽覽了祖國的大好河山，從前在書本上感受學習到的詩歌創作技巧，終於有了施展運用的機會。或驚奇險怪，或蒼茫壯闊，或清曠悠遠，不同的自然景觀，要求不同的詩歌寫作方法來予以表現。因此，唐人詩歌中五彩繽紛的詩風技巧，如孟浩然、岑參、李白、杜甫、韓愈、白居易等等，都被陸游汲取到自己的詩作中來，從而成為一位集大成的偉大詩人。

秋風亭拜寇萊公遺像

【題解】此詩乾道六年十月作於巴東縣。陸游《入蜀記》：「（十月）二十一日……謁寇萊公祠堂，登秋風亭，下臨江山。是日重陰微雪，天氣飂飄，復觀亭名，使人悵然，始有流落天涯之嘆。」秋風亭，為寇準所建。寇準，字平仲，少力學有器識，舉進士，為巴東令，後封萊國公。

江上秋風宋玉悲❶，長官手自葺茅茨❷。人生窮達誰能料，蠟淚成堆又一時❸。

【注釋】❶宋玉悲　宋玉〈九辯〉首句為「悲哉！秋之為氣也」，故後人常以宋玉為悲秋憫志的代表人物。宋玉，戰國時楚人，辭賦家。或稱是屈原弟子，曾為楚頃襄王大夫。❷茅茨　茅草蓋的屋頂。亦指茅屋。❸蠟

淚成堆又一時　歐陽修〈歸田錄〉：「鄧州花蠟燭名著天下，雖京師不能造。相傳是寇萊公燭法。公嘗知鄧州，早貴，事豪侈，每飲賓席，常闔扉輟驂以留之。尤好夜宴劇飲，未嘗點油，雖溷軒馬廄，亦燒燭達旦。每罷官去，後人至官舍，見廁溷間燭淚凝地，往往成堆。杜祁公為人清儉，在官未嘗燃官燭，油燈一炷，熒熒然欲滅，與客相對清談而已。二公皆名臣，而奢儉不同如此。然祁公壽考終吉，而萊公晚有南遷之禍，遂歿不返。雖其不幸，亦可以為戒也。」

【語　譯】江上秋風起，令我想起宋玉的悲愁。這是寇萊公早年親自修葺的茅屋。人生窮達誰能預料呢？寇萊公得志以後，便也開始奢侈的生活了。

【研　析】陸游途過巴東，弔寇萊公遺像，遂作此詩，抒發人生變幻、窮達難料、今昔對比之感。而如此重大的主題，陸游卻巧妙地通過「蠟淚」這一意象來傳達，可謂「四兩撥千斤」。陸游以為寇準「燒燭達旦」為富貴以後事，王士禎《居易錄》提出相反意見：「陸務觀過巴東弔寇萊公，有詩云：『人生窮達誰能料，蠟淚成堆又一時。』蓋以蠟淚成堆為公貴後事耳。予讀《後山談叢》云：『萊公性豪侈，自布衣，夜常設燭廁間，蠟淚成堆。及貴，而後房無嬖幸。』則自其微時已然，既為宰相，乃所謂『無地起樓臺』相公也。此萊公英雄本色，所以不可及。」但後人站在放翁這一邊的比較多，張宗泰〈書陸務觀秋風亭拜寇萊公遺像詩後〉便同意放翁觀點：「蠟淚成堆正其貴後事，而放翁用事不誤。」高步瀛《唐宋詩舉要》亦如此：「放翁之意，蓋謂在巴東時儉約，而後官達則豪侈也。」《唐宋詩醇》評曰：「感慨係之，其風調自佳。」

瞿唐行

【題解】此詩乾道六年十月作於夔州。陸游《入蜀記》：「(十月)二十六日，發大溪口，入瞿唐峽，兩壁對聳，上入霄漢，其平如削成，仰視天如疋練。然水已落，峽中平如油盎。過聖姥泉，蓋石上一罅，人大呼於旁則泉出，屢呼則屢出，可怪也。晚至瞿唐關，唐故夔州。」瞿塘，峽名。為長江三峽之首，也稱夔峽，西起四川奉節白帝城，東至巫山大溪。兩岸懸崖壁立，江流湍急，山勢險峻，號稱西蜀門戶。峽口有夔門和灩澦堆。唐杜甫〈秋興〉詩之六：「瞿唐峽口曲江頭，萬里風烟接素秋。」

四月欲盡五月來，峽中水漲何雄哉！浪花高飛暑路雪，灘石怒轉晴天雷。千艘萬舸不敢過，篙工柂師❶心膽破。人人陰拱❷待勢衰，誰敢輕行犯奇禍。一朝時去不自由，山腹空有沙痕留。君不見陸子歲暮來夔州，瞿唐峽水平如油。

【注釋】❶篙工柂師　掌篙的船工和掌舵的船師。❷陰拱　暗地裡拱手默默祈禱。《漢書・黥布傳》：「陰拱而觀其孰勝。」斂手曰拱。

【語　譯】在四、五月之交的時候，瞿塘峽水何其雄壯！浪花高飛好比熱天下大雪，灘石激蕩彷彿晴天霹靂。千萬艘船隻都不敢渡過，篙工柂師都害怕極了。船上的旅客各個都默默祈禱平安，誰敢輕舉妄動闖下大禍？但是等到季節變換，這凶險的峽水也會回復平靜，水勢退去，只剩下沙痕存留。我是歲末來夔州，這瞿塘峽水不是平靜如油嗎？

【研　析】這首詩的構思頗具匠心。一直讀到詩的結尾，讀者才會發現，原來此詩從開頭第一句，一直到倒數第三句，全都是陸游想像中的情景。陸游作此詩在乾道六年十月，有他的日記可以作證，也就是詩中所言「歲暮」。於是開頭所言「四月欲盡五月來，峽中水漲何雄哉」，只是陸游遐想中的情景。前八句對峽水的描繪，通過船上之人的反應，以側面之法予以襯托。尤其是「人人陰拱」的細節描繪，非常生動寫實。當然，這種藝術想像不是沒有根據。陸游所描繪的峽水凶險之景，也是現實中存在的。他一定或者親歷或者聽聞，在類似的險惡之水中航行。九十兩句說，這峽水雖然奈何不了它，但只要一朝「時去」，即發生季節變化，它也會沉靜下來，潮水退去，只留沙痕。這裡陸游用了比擬的手法，把峽水比作人生、世事，盛衰交替，浮沉輪換，都是不可避免的，是由不得自己的。領悟這層道理後，再面對世事人生的種種不如意甚或艱難的遭際，便可以不必繫懷了。這也可視為是一首成功的說理詩，形象生動。

風雨中望峽口諸山奇甚戲作短歌

【題解】此詩乾道七年（西元一一七一年）四月作於夔州試院。陸游時為州考監試官。陸游〈會王樵秀才書〉：「某鄉佐洪州，適科舉歲，當以七月到官，遂泊舟星子灣，幾月，聞已鎖院，不敢進，非獨畏監試事煩，實亦羞為之。今年在夔府，府以四月試，試前嘗白府師，願得移疾，已見許矣，會部使者難之，某駑弱，畏以避事得罪，遂黽勉入院。」峽口，瞿塘峽口。

白鹽赤甲❶天下雄，拔地突兀❷摩蒼穹。凜然猛士撫長劍，空有豪健無雍容。不令氣象少渟滀❸，常恨天地無全功❹。今朝忽悟始歎息，妙處元在煙雨中。太陰❺殺氣橫慘澹，元化❻變態❼含空濛❽。正如奇材遇事見，平日乃與常人同。安得朱樓高百尺，看此疾雨吹橫風。

【注釋】❶白鹽赤甲　白鹽、赤甲，皆山名，據《正德夔州府志》，白鹽山在夔州府城東十七里，崖壁高峻，色若白鹽。赤甲山在府城東十五里，土石皆赤，如人袒臂。唐杜甫〈入宅〉詩：「奔峭背赤甲，斷崖當白鹽。」❷突兀　高聳貌。《文選》木華〈海賦〉：「魚則橫海之鯨，突杌孤遊。」李善注：「突杌，高貌。」❸渟滀如水匯聚、停留。❹全功　功業完美，澤被萬物。《列子・天瑞》：「天地無全功，聖人無全能，萬物無全用。」唐韓愈〈杏花〉詩：「冬寒不嚴地恒泄，陽氣發亂無全功。」❺太陰　指陰濕、陰霾。《韓詩外傳》卷五：「歛乎太陰而不濕，散乎太陽而不枯。」唐儲光羲〈新豐道中作〉詩：「太陰蔽皋陸，莫知晚與早。」❻元化　造化；天地。唐陳子昂〈感遇〉詩之六：「古之得仙道，信與元化並。」❼變態　謂變化成不同情狀。❽空濛　迷茫貌；縹緲貌。南朝齊謝朓〈觀朝雨〉詩：「空濛如薄霧，散漫似輕埃。」

【語　譯】白鹽、赤甲這兩座山稱雄天下，從地下突兀升起，直觸碰到天際。這山峰好似嚴肅的猛士撫摸長劍，雖然有一腔豪氣但缺少從容淡定之懷。氣象雖好，卻少含蓄醞釀；因此我常為天地間沒有十全十美之物而遺憾。今天風雨交加，我再來看這山峰，忽然領悟，原來奧妙正在這煙雨迷濛之中。但見陰霾充滿殺氣，慘淡無光；天地形成不同情狀，一片迷茫。這正如有特殊才幹的人，平日無事時與凡人一樣；一到時代需要他的時候，他的重要性才凸顯出來。要是此刻有一座高樓，登樓觀看此峽口風雨之景該多好。

【研　析】此詩與上面那首〈瞿唐行〉的寫作手法類似，皆是通過景象的描繪最終要說明一個道理，但讀來卻無絲毫枯燥的說理味。哲理的引出，是如此自然巧妙。這緣於陸游觀察景物的細緻，與豐富飽滿的想像力。前六句寫峽口在平日的景象，後四句寫風雨中景色的變換。於兩端景物描寫中，陸游又穿插進自己的情緒反應，先是遺憾其少渟滀，後來才發現妙處。由此便自然引申出一個道理，真正的人才，在平時與凡人沒什麼兩樣，隱沒在人群中，而在關鍵時刻，他便會挺身而出，奮不顧身。南朝詩人鮑照有一首〈代出薊北行門〉，說：「時危見臣節，世亂識忠良。」也是這個意思。「妙處元在煙雨中」，這層意思北宋詩人蘇軾在〈飲湖上初晴後雨〉中已發之：「山色空濛雨亦奇。」引出道理後，詩歌並沒有結束。陸游說還想登上高樓，好好欣賞這風雨中山水之景。表達了陸游愛惜人才，渴慕英雄之意。他在蜀中結識的人才獨孤景略，便屢屢出現在此後的詩歌中，對獨孤景略的早逝極為痛惜。《唐宋詩醇》評：「奇思橫出，傑語迭見。」

晚晴聞角有感

【題解】此詩乾道七年夏作於夔州。角，畫角，古時軍中一種樂器。

暑雨初收白帝城❶，小荷新竹夕陽明。十年塵土青衫❷色，萬里江山畫角聲。零落親朋勞遠夢，淒涼鄉社❸負歸耕。議郎❹博士❺多新奏，誰致當時魯二生❻？

【注釋】❶白帝城　古城名。故址在今四川奉節東瞿塘峽口。北魏酈道元《水經注・江水一》：「江水又東逕魚復縣故城南，故魚國也……公孫述名之為白帝，取其王色。」唐李白〈早發白帝城〉詩：「朝辭白帝彩雲間，千里江陵一日還。」❷青衫　泛指官職卑微者所服之衫。宋歐陽修〈聖俞會飲〉詩：「嗟余身賤不敢薦，四十白髮猶青衫。」❸鄉社　猶鄉里、故鄉。❹議郎　官名。漢代設置，為光祿勳所屬郎官之一，掌顧問應對，無常事。❺博士　古代學官名。六國時有博士，秦因之，諸子、詩賦、術數、方伎皆立博士。漢文帝置一經博士，武帝時置「五經」博士，職責是教授、課試，或奉使、議政。❻魯二生 《史記・劉敬叔孫通列傳》：「叔孫通使徵魯諸生三十餘人。魯有兩生不肯行。曰：『公所事者且十主，皆面諛以得親貴。今天下初定，死者未葬，傷者未起，又欲起禮樂。禮樂所由起，積德百年而後可興也。吾不忍為公所為。公所為不合古，吾不行。公往矣，無汙我！』叔孫通笑曰：『若真鄙儒也，不知時變。』」後因以「魯二生」指保持儒家節操，不與時俗同流合汙。陸游用此典，意謂朝廷中多逢迎之輩，而少有骨氣之人。陸游另有〈雜感五首以不愛入州府為韻〉：「君看魯二生，亦豈聖人偶。凜然諸儒間，人可我獨不。」

【語譯】白帝城的暑雨剛剛停止，小荷與新竹上反射著明亮的夕照。我十年在外漂泊，衣上沾滿塵土，祖國江山綿延萬里，時聞畫角之聲。與親戚朋友分離，煩勞他們牽掛；故鄉久未歸去，辜負了耕種生活。朝廷裡的官員多有奏議，但誰能保持當時「魯二生」的節操呢？

【研析】作者聽聞畫角之聲，有所感觸，遂作此詩。一二寫景，點題中「晚晴」二字；三四寫景兼寫自己，點題中「畫角」二字。「十年」、「萬里」之對，綽有杜詩風韻。五六即題中「有感」，二句一意，皆懷念故鄉之情。末二句抒發不得意之感，謂朝廷屢有新政發布，卻終究沒有起用自己。《唐宋詩醇》評最後二句曰：「游嘗與范成大論東坡『遙知叔孫子，已致魯諸生』句，謂為意深語緩。此詩結意雖顯，亦有不盡之致。」指的是陸游在〈施司諫註東坡詩序〉中與范成大的談話，陸游認為蘇軾「遙知叔孫子，已致魯諸生」深有寄託：「建中初，韓曾二相得政，盡收用元祐人，其不召者亦補大藩，惟東坡兄弟猶領宮祠。此句蓋寓所謂不能致者二人，意深語緩，尤未易窺測。」蘇軾原詩只說「已致」，似讚揚之詞，而「魯有兩生不肯行」則是言外之意，陸游認為蘇軾以「魯二生」比喻自己與弟蘇轍，以示不滿之意。《唐宋詩醇》則認為陸游此詩較蘇軾原詩，似稍顯直露了。

夜登白帝城樓懷少陵先生

【題解】此詩乾道七年夏作於夔州。杜甫客夔州時，有〈白帝城樓〉、〈白帝城最高樓〉、〈白帝樓〉諸詩。少陵先生，杜甫，字子美，號少陵野老。

拾遺❶白髮有誰憐，零落歌詩遍兩川❷。人立飛樓今已矣❸，浪翻孤月尚依然❹。升沉❺自古無窮事，愚智同歸❻有限年。此意淒涼誰共語，夜闌❼鷗鷺起沙邊❽。

【注釋】❶拾遺　官名，唐武則天時置左右拾遺，掌供奉諷諫。杜甫在唐肅宗時曾擔任左拾遺。❷兩川　唐元和後，分劍南道為西川節度使與東川節度使，泛指蜀地。❸人立飛樓今已矣　本自杜甫〈白帝城最高樓〉：「城尖徑仄旌旆愁，獨立縹緲之飛樓。」❹浪翻孤月尚依然　本自杜甫〈宿江邊閣〉：「薄雲巖際宿，孤月浪中翻。」❺升沉　升降。謂仕途得失進退。唐李白〈送友人入蜀〉詩：「升沉應已定，不必問君平。」❻同歸　語出《易・繫辭下》：「天下同歸而殊塗，一致而百慮。」原謂天下萬事初雖異，然終究同歸於一。❼夜闌　夜將盡時。唐杜甫〈羌村〉詩之一：「夜闌更秉燭，相對如夢寐。」❽鷗鷺起沙邊　用杜甫〈旅夜抒懷〉：「飄飄何所似？天地一沙鷗。」

【語　譯】有誰會憐惜杜甫憂慮國家早生白髮，他在四川漂泊，作了許多詩歌。那曾經站在高樓上的人已經辭世了，而當年波浪中翻滾的月影如今還在。自古以來，人事的沉浮悲歡總在不斷上演；而無論智者愚人，總要走完有限的一生。這種淒涼之感有誰可以訴說？夜盡了，但見沙邊的鷗鷺又飛起來。

【研　析】陸游登上杜甫曾經登過的白帝城，追憶這位偉大的詩人。首聯總述杜甫在四川的漂泊經歷與詩歌創作，四川的詩歌在杜甫的創作生涯中達到了巔峰。一個「遍」字既寫出杜甫的漂泊不定，來往奔波；也寫出杜甫詩歌在蜀地的廣泛流傳。頷聯則化用杜甫的詩歌，表達物是人非之意。妙在用了兩個虛詞「已矣」、「依然」，表達了陸游的緬懷之情，無奈、傷感。頸聯則跳開去，抒發對世事人生的感慨。人生有限，世事浮沉，千古同慨。結尾則又回到杜甫、也回到現實。「鷗鷺」既是陸游眼前所見，又是經常出現在杜甫詩中的意象。「天地一沙鷗」，沙鷗、杜甫、陸游，這三者彷彿不分彼此。從此詩可以見出陸游對杜詩的熟悉程度，頻頻化用杜甫詩句，風格也相近。

岳池農家

【題　解】此詩乾道八年（西元一一七二年）春作於岳池（今四川岳池縣）。刻畫農家之樂。

春深農家耕未足，原頭叱叱❶兩黃犢❷。泥融無塊水初渾，雨細有痕秧正綠。綠秧分時風日美，時平未有差科❸起。買花西舍喜成婚，持酒東鄰賀生子。誰言農家不入時，小姑畫得城中眉❹。一雙素手無人識，空村相喚看繅絲❺。農家農家樂復樂，不比市朝爭奪惡。宦遊❻所得真幾何❼，我已三年廢東作❽。

【注釋】❶叱叱　牛鳴聲。❷黃犢　小牛。唐杜甫〈百憂集行〉：「憶年十五心尚孩，健如黃犢走復來。」❸差科　指差役和賦稅。唐杜甫〈遭田父泥飲美嚴中丞〉詩：「差科死則已，誓不舉家走。」❹小姑畫得城中眉　本自朱慶餘〈近試上張水部〉：「妝罷低聲問夫婿，畫眉深淺入時無。」《後漢書・馬廖傳》：「長安語曰：『……城中好廣眉，四方且半額。』」❺繅絲　抽繭出絲。南朝宋鮑照〈夢還〉詩：「孀婦當戶笑，繅絲復鳴機。」❻宦遊　謂外出求官或作官。《史記・司馬相如列傳》：「〔相如〕素與臨邛令王吉相善，吉曰：『長卿久宦遊不遂，而來過我。』」❼幾何　若干；多少。《詩・小雅・巧言》：「為猶將多，爾居徒幾何？」❽東作　謂春耕。《書・堯典》：「寅賓出日，平秩東作。」孔傳：「歲起於東，而始就耕，謂之東作。」

【語譯】春晚時節，農家的耕種尚未結束，田野上兩頭小黃牛在叫喚。泥土與水相融，秧苗在細雨中一片蔥綠。此時風和日麗，太平無事，沒有差科。到西舍買花，正逢人家新婚；去東鄰喝酒，祝賀他生了兒子。誰說農家土氣不時髦？年輕姑娘能照城裡的式樣畫眉毛。誰說她們的素白之手無人識？全村的人都趕來欣賞她們在繅絲。農家的快樂是無窮的，不像城市裡爭名奪利。我外出為官究竟得到了什麼呢？眼看已經三年沒有親自耕種了。

【研　析】陸游對農村生活是非常熟悉的，他的好多詩篇描繪農村勞作的景象，而且不時將耕作工具、耕作方法、耕種對象這些罕被前代詩人關注的事物，做成巧妙的對子用在自己的律詩裡，以達到生新獨造的藝術效果。大概陸游早年出仕前、晚年閒居家鄉後，有過不少親自耕種的經歷。嘉定二年陸游去世那年，所作〈新年書感〉便說：「朋舊何勞記車笠，子孫幸不廢菑畬。」兒輩們堅持耕種生活，給他以欣慰和歡樂。這首七言歌行每四句一轉韻，全詩十六句共分四段。第一段描寫岳池農村田野之景，用擬聲詞狀黃牛的鳴叫，首先給全詩帶來身臨其境的效果。第二段用了頂針手法，「綠」字重複，使詩脈連貫。這才開始表現人，陸游的買花飲酒，襯出農家結婚生子之喜慶。第三段寫農家女子的美麗與勤勞。眉毛學習城裡的式樣，表現愛美之心、追逐時尚；「空村相喚」從側面表現女子手的美麗與技藝熟練。第四段由讚揚農家之樂反觀自身。這首歌行，從讚美農家淳樸這一層看，無多新意，因為這是歷來詩人常用的創作主題。但每一首歌行，都可以記述一些前人未寫過的細節、情景。陸游這首歌行的新意，就在於記述了「空村相喚看繅絲」這一景象。古代成功的詩人每當寫農村詩，就彷彿變成了攝影家，用自己的筆墨攝取一些新鮮之景。

山南行

【題解】此詩乾道八年三月初抵南鄭時作。山南，道名，為唐貞觀初置十道之一。因在終南山華山之南，故名。轄境包有今湖北長江以北、漢水以西、陝西終南山以南、河南嵩山以南、四川劍閣以東、長江以南之地。

我行山南已三日，如繩大路東西出。平川沃野望不盡，麥隴❶青青桑鬱鬱。地近函秦❷氣俗豪，鞦韆❸蹴鞠❹分朋曹。苜蓿❺連雲❻馬蹄健，楊柳夾道車聲高。古來歷歷興亡處，舉目山川尚如故。將軍壇❼上冷雲低，丞相祠❽前春日暮。國家四紀失中原❾，師出江淮❿未易吞；會看金鼓從天下，卻用關中作本根⓫。

【注釋】❶麥隴　亦作「麥壟」。麥田。南朝宋王僧達〈答顏延年〉詩：「麥壟多秀色，楊園流好音。」❷函秦　古時秦國處於今陝西、甘肅一帶，有函谷關，故稱函秦。❸鞦韆　民間傳統體育運動。在木架或鐵架上懸掛兩繩，下拴橫板。人在板上或站或坐，兩手握繩，利用蹬板的力量身軀隨而前後向空中擺動。相傳為春秋齊桓公從北方山戎引入。一說本作千秋，為漢武帝宮中祝壽之詞，取千秋萬歲之義。後倒讀為秋千，又轉為「鞦韆」。唐杜甫〈清明〉詩之二：「十年蹴踘將雛遠，萬里鞦韆習俗同。」❹蹴鞠　我國古代的一種足球運動。用以練武、娛樂、健身。傳說始於黃帝，初以練武士。戰國時已流行。《史記・扁鵲倉公列傳》：「(項）處後蹴踘，要蹶寒，汗出多，即嘔血。」❺苜蓿　古大宛語buksuk的音譯。植物名。豆科，一年生或多年生。原產西域各國，漢武帝時，張騫出使西域，始從大宛傳入。又稱懷風草、光風草、連枝草。花有黃紫兩色，最初傳入者為紫色。可供飼料或作肥料，亦可食用。《史記・大宛列傳》：「(大宛)俗嗜酒，馬嗜苜蓿。漢使取其實來。於是天子始種苜蓿、蒲陶肥饒地。及天馬多，外國使來眾，則離宮別觀旁盡種蒲萄、苜蓿極望。」❻連雲　與天空之雲相連。形容高遠、眾多。《文選》潘岳〈秋興賦〉：「高閣連雲，陽景罕曜。」❼將軍壇　拜將壇，相傳漢高祖拜韓信為大將，築此以受命。❽丞相祠　諸葛亮的祠廟。❾國家句　自宋欽宗靖康二年中原淪陷，至此已四十六年，近四紀。十二年為一紀。❿師出江淮　陸游有〈代乞分兵取山東箚子〉主張固守江淮以圖徐進。⓫會看金鼓從天下兩句　陸游認為當以關中為反攻金兵的根據地。《宋史・陸游傳》：「王炎宣撫川陝，辟為幹辦公事。游為炎陳進取之策，以為經略中原，必自長安始；取長安，必自隴右始。當積粟練兵，有釁則攻，無則守。」

【語　譯】我來到山南已經三天了，直如準繩的大路連接東西。田野平曠肥沃，青青的麥子茂密的桑樹。此地與函谷相近，故民風豪放，大家都在打鞦韆、踢球，相互競賽。苜蓿眾多，馬非常健壯，道旁都是楊柳，行車的聲音很響。自古至今興亡之處，在我面前清晰呈現；舉目遠望，那些山川並沒有什麼變化。將軍壇上冷雲低垂，丞相祠前夕陽斜照。自國家南渡至今，已經有四十八年了。如果從江淮出師北伐，未必容易消滅敵人；如果王師大舉進攻，我希望能用關中作為根據地。

【研　析】此首詩抒寫了陸游初到南鄭時的所見所思。此地不像南宋江南一帶的城市，「小樓深巷」，人口富庶；而是遼遠廣闊，一望無際。以「繩」比喻大路筆直，頗有新意。山南鞦韆之俗，陸游詩中屢言之，除此之外，它如〈憶山南〉：「打毬駿馬千金買。」〈春晚感事〉：「寒食梁州十萬家，鞦韆蹴鞠尚豪華。」〈感舊〉：「路入梁州似掌平，鞦韆蹴鞠逞清明。」在描繪現實之景後，陸游面對河山，追懷起古代的名將。通過描寫遺跡的冷落蕭瑟，來隱約表達自宋室南渡之後，國家的軍事、邊防一直荒廢無成效。陸游最後表達了自己的北伐之策，認為應以關中作為根基。這一主張見於陸游的〈代乞分兵取山東劄子〉：「竊見傳聞之言，多謂敵兵困於西北，不復能保京東。加之苛虐相承，民不堪命，王師若至，可不勞而取。若審如此說，則弔伐之兵，本不在眾。偏師出境，百城自下，不世之功，何患不成？萬一未至盡如所傳，敵人尚敢旅拒，遺民未能自拔，則我師雖眾，功亦難必，而宿師於外，守備先虛。我猶知出兵京東以牽制川陝，彼獨不知侵犯兩淮荊襄以牽制京東邪？為今之計，莫若戒敕宣撫司，以大兵及舟師十分之九固守江淮，控扼要害，為不可動之計；以十分之一，遴選驍勇有紀律之將，使之更出迭入，以奇制勝，俟徐鄆宋亳等處撫定之後，兩淮受敵處少，然後漸次那大兵前進。如此，則進有闢國拓土之功，退無勞師失備之患，實天下至計也。」與陸游相似，辛棄疾〈美芹十論〉則主張出兵江淮，收復山東，然後取河北，最後收復中原。雖然方式略有不同，但恢復之志卻是相同的，只是共同的願望都未實現。

游錦屏山謁少陵祠堂

【題解】此詩乾道八年九、十月間作於閬中（今四川閬中）。錦屏山在閬中之南，嘉陵江南岸，上有杜甫祠堂。

城中飛閣❶連危亭❷，處處軒窗臨錦屏。涉江親到錦屏上，卻望城郭如丹青❸。虛堂❹奉祠子杜子，眉宇❺高寒❻照江水。古來磨滅知幾人，此老至今元不死。山川寂寞客子迷，草木搖落壯士悲。文章垂世自一事，忠義凜凜❼令人思。夜歸沙頭雨如注，北風吹船橫半渡。亦知此老憤未平，萬竅❽爭號泄悲怒。

【注釋】❶飛閣　架空建築的閣道，亦泛指高閣。《三輔黃圖・漢宮》：「帝於未央宮營造日廣，以城中為小，乃於宮西跨城池作飛閣，通建章宮，構輦道以上下。」❷危亭　聳立於高處的亭子。唐白居易〈春日題乾元寺上方最高峰亭〉詩：「危亭絕頂四無鄰，見盡三千世界春。」❸丹青　丹砂和青雘，可作顏料，後引申為圖畫。❹虛堂　高堂。南朝梁蕭統〈示徐州弟〉詩：「屑屑風生，昭昭月影。高宇既清，虛堂復靜。」❺眉宇　眉額之間。面有眉額，猶屋有簷宇，故稱。亦泛指容貌。❻高寒　謂人品格清峻。❼凜凜　威嚴而使人敬畏的樣子。唐王勃〈慈竹賦〉：「氣凜凜而猶在，色蒼蒼而未離。」❽萬竅　指大地上大大小小的孔穴，此處指錦屏山的洞穴。《莊子・齊物論》：「夫大塊噫氣，其名為風。是唯無作，作則萬竅怒呺。」

【語譯】城中閣與樓高高相連，到處的軒窗都可以看到錦屏山。渡過江水親自來到錦屏山，再回過頭望江對岸的城郭，就彷彿如畫一般。高曠的祠堂裡供奉著杜甫，他的面容威嚴與清峻照耀江水。古往今來多少人默默死去，而這位老人至今不朽。山川寂寞蕭條令客子昏沉，草木凋零衰敗讓壯士悲愁。杜甫的詩歌流傳千古是一回事，而他的凜凜忠義卻是更值得後人深思的。夜晚歸去，沙岸上下起大雨，猛烈的北風把船吹到江心。想來是因為杜甫的憂憤並未平息，風雨眾多洞穴爭著鳴叫，彷彿是替他泄憤。

【研　析】陸游寫杜甫的幾首詩都很不錯。杜甫詩不朽，後人追懷杜甫之詩也沾上了光，可能會隨之不朽，因為喜愛杜甫的讀者也想知道歷代詩人對杜甫的態度。大概由於這層因素，陸游寫杜甫時，除了一腔敬畏、思念之情外，也似乎在暗地裡與杜甫「較勁」，彷彿使出渾身解數要把詩寫好，不願在這位詩聖面前丟臉。這首詩的藝術性便非常高，顯示了陸游七古詩創作的本領。四句一轉韻，分為四段。第一段寫入杜甫祠堂之前的情境。妙在先不寫錦屏山，而是來一個閒筆，寫錦屏山對岸的城樓。這是陸游的出發之處，城樓正對著山，任何一個位置都能看見山。三四句寫涉江登山，又妙在先不寫山上之景，而是又來一個閒筆，寫回頭望城郭之景。這種結構回環往復，抑揚跌宕，其法當緣自李白〈下終南山過斛斯山人宿置酒〉：「暮從碧山下，山月隨人歸。卻顧所來徑，蒼蒼橫翠微。」總之不肯平鋪直敘，弄出些曲折，便有了詩意。第一段雖是明寫對岸的城郭，其實也暗寫了錦屏山。「處處」可見山，可以想見山勢之高；城郭如「丹青」，可以想見山上煙雲繚繞、空濛一片。第二段直接寫祠堂，錦屏山到底如何便略去不寫了，因為若再花筆墨寫山景，便容易喧賓奪主。「眉宇」一句寫出了杜甫的精神和人格。「文章」兩句本來可以接著「此老」句，因為都是對杜甫的評價。但陸游卻插入「山川」兩句，點綴景物，使抒情議論不一發無餘，而是有頓挫。最後一段寫遊山歸來，風雨交加、萬竅鳴叫，陸游把它想像成杜甫的泄憤，既是說杜甫也是說自己。雖然忠義凜凜，卻壯志未酬，生命逐漸逝去。「忠義凜凜令人思」，是全篇的中心，道德與詩藝是兩回事，陸游認為前者更重要。〈讀杜詩〉說：「後世但作詩人看，使我撫几空嗟咨。」同樣，陸游也不希望後人只把自己看作詩人。《唐宋詩醇》評曰：「傷今懷古，懷抱略同。慨焉寤嘆，如見其人，亦以寫其胸臆耳。」陸游的七古都不是很長，以中短篇為主，筆墨精煉，結構緊湊，氣勢充沛，藝術性很高。

歸次漢中境上

【題　解】此詩乾道八年十月歸次興元府境作。歸次，及；至。漢中，秦置，唐升為興元府，明改為漢中府，今在陝西南鄭。

雲棧❶屏山❷閱月遊，馬蹄初喜蹋梁州❸。地連秦雍❹川原壯，水下荊揚❺日夜流。遺虜❻孱孱❼寧遠略，孤臣❽耿耿❾獨私憂❿。良時恐作他年恨，大散關⓫頭又一秋。

【注　釋】❶雲棧　懸於半空中的棧道。唐王建〈送李評事使蜀〉詩：「轉江雲棧細，近驛板橋新。」❷屏山　錦屏山。❸梁州　三國蜀置，晉因之，隋廢，唐復置。興元初，升為興元府。今在南鄭縣東。❹秦雍　古秦地。

指今陝西西安一帶。唐李白〈為宋中丞請都金陵表〉：「決洪河，灑秦雍，不足以蕩犬羊之羶臊。」❺荊揚　荊州和揚州，亦泛指長江中下游地區。漢阮瑀〈為曹公作書與孫權〉：「聞荊揚諸將，並得降者。」❻遺虜　猶殘敵，指金人。《魏書・匈奴劉聰等傳序》：「唯夫窮髮遺虜，未拔根株；徼垂殘狡，尚餘栽蘖。」❼孱孱　軟弱怯懦，無所作為。《舊唐書・杜讓能傳》：「朕不能孱孱度日，坐觀淩弱。」❽孤臣　孤立無助或不受重用的遠臣。南朝梁江淹〈恨賦〉：「或有孤臣危涕，孽子墜心，遷客海上，流戍隴陰。」❾耿耿　忠誠。❿私憂　私自擔憂。《戰國策・東周策》：「今大王縱有其人，何塗之從而出？臣竊為大王私憂之。」⓫大散關　關名，在陝西寶雞西南的大散嶺上，也稱散關。南宋與金在西面以大散關為界。

【語　譯】連著幾月遊覽了棧道和屏山，如今到達梁州令我欣喜無比。此地連接秦雍，川原遼闊；長江朝向荊揚，日夜流淌。金人膽小怯弱，怎會有深謀遠略？我忠心耿耿，為朝廷憂慮。現在是出兵收復河山的好時機，錯過了恐怕會留下遺憾；我在大散關又浪費了一年時光。

【研　析】乾道八年正月，陸游被王炎辟為幕府，為左承議郎權四川宣撫使司幹辦公事兼檢法官。同年十月，宣撫使王炎被召還，幕僚皆散去。陸游除成都府安撫司參議官。「良時」一語，錢仲聯先生箋曰：「（陸）游主張由漢中以恢復關陝，今王炎內調，良時失去，故詩語云爾。」在陸游看來，王炎的內調表明朝廷政策有所改變，宋孝宗已擱置北伐的計畫。陸游也由南鄭前線退到後方成都，詩歌表達了對朝廷政策的失望，也抒發了壯志難酬、人生空度的悲哀。三四兩句寫梁州之景，雄偉壯闊，頗具感染力。結以「又一秋」，無限低回。《唐宋詩醇》評：「才氣慷慨，不詭風人。」

赴成都泛舟自三泉至益昌謀以明年下三峽

【題　解】此詩乾道八年十一月自南鄭赴成都道中作。十一月二日，自興元府啟程赴成都。三泉，在興元府，以界內三泉山為名。益昌，郡名，在四川。

詩酒清狂❶二十年，又摩病眼看西川❷。心如老驥常千里❸，身似春蠶已再眠❹。暮雪烏奴❺停醉帽，秋風白帝❻放歸船。飄零自是關天命，錯被人呼作地仙❼。

【注　釋】❶清狂　放逸不羈。晉左思〈魏都賦〉：「僕黨清狂，怵迫閩濮。」❷西川　蜀之西部。唐元和後，分劍南道為西川節度使與東川節度使。泛指蜀地。❸老驥常千里　三國魏曹操〈步出夏門行〉：「老驥伏櫪，志在千里。烈士暮年，壯心不已。」後常以喻有志之士雖年老而仍有雄心壯志。❹春蠶已再眠　蠶在生長過程中要蛻數次皮，每次蛻皮前有一段時間不動不食，如睡眠的狀態，故稱蠶眠。錢仲聯先生注：「(陸)游於隆興初自樞密院編修官任出為鎮江通判；乾道二年又自隆興通判免歸，故云再眠。」❺烏奴　烏奴山，一名烏龍山，在廣元縣，嘉陵江岸，峭壁如削，有洞不可上，昔李烏奴於此修寺，因名。❻白帝　古城名。故址在今四川奉節東瞿塘峽口。北魏酈道元《水經注・江水一》：「江水又東逕魚復縣故城南，故魚國也……公孫述名之為白帝，取其王色。」❼地仙 方士稱住在人間的仙人。道家修煉之人，常要遊深山，故陸游有此句。晉葛洪《抱朴子・論仙》：「按《仙經》云：『上士舉形昇虛，謂之天仙；中士遊於名山，謂之地仙；下士先死後蛻，謂之尸解仙。』」

【語　譯】我賦詩飲酒、狂放不羈，已近二十年了；如今又來到成都為官。我的內心如伏櫪的老驥，常有遠大的志向；怎奈遭到朝廷罷黜已不止一次了。在秋風暮雪中，我遊覽了烏奴山、白帝城。我的漂泊也許是老天決定的，卻被人錯誤地當作地仙。

【研　析】自紹興二十三年陸游二十九歲應試，之後三十四歲出仕為福州寧德縣主簿，到乾道八年已經過了二十年。首句表明陸游一直堅持自己的個性，雖然屢遭貶黜。三四兩句寫出現實與志向之間的矛盾。陸游這樣的句式很多，朱彝尊〈書劍南集後〉：「詩家比喻，六義之一，偶然為之可爾。陸務觀《劍南集》句法稠疊，讀之終卷，令人生憎。若：身似老僧猶有髮，門如村舍強名官。跡似春萍本無柢，心如秋燕不安巢。身似在家狂道士，心如退院病禪師。心似春鴻寧久住，身如秋扇合長捐。身似敗棋難復振，心如病木已中空。心似枯葵空向日，身如病櫟孰知年。家似江淮歸業戶，身如湖嶺罷參僧。……」朱彝尊一共搜集了三十九聯，也引到了此詩的頷聯。句式重複固然顯得陸游作詩太多，有些隨意；同時也可以從中見出陸游非常偏愛這一句式，它可以表達身心的矛盾、靈魂的痛苦。頸聯以「烏奴」對「白帝」，工整之極，烏、白之為顏色對頗平常，而奴與帝在身分上也有巨大反差。「停」字後接以「醉帽」也很有新意，陸游以「醉帽」指代自己，與首句「詩酒清狂」相呼應。《唐宋詩醇》為陸游的句式重複作辯護曰：「頷聯自佳。近人朱彝尊乃謂，比興之體可以偶見，摭其相類之句，以為前後稠疊。何乃吹毛求疵！」

劍門道中遇微雨

【題解】此詩乾道八年十一月自南鄭赴成都時作於劍門。劍門，縣名。境內有大劍山，相傳諸葛亮在此置劍門。在今四川劍閣東北。大劍山小劍山之間有棧道名劍閣，又名劍門關，相傳為諸葛亮修築，為川陝間的主要通道，軍事戍守要地。

衣上征塵❶雜酒痕❷，遠遊無處不消魂❸。此身合是❹詩人未？細雨騎驢❺入劍門。

【注　釋】❶征塵　指旅途中所染的灰塵，含有勞碌辛苦之意。❷酒痕　沾染上酒滴的痕跡。唐岑參〈奉送賈侍御史江外〉詩：「荊南渭北難相見，莫惜衫襟著酒痕。」❸消魂　即銷魂。靈魂離散。形容極度的悲愁、歡樂、恐懼等。唐綦毋潛〈送宋秀才〉詩：「秋風一送別，江上黯消魂。」❹合是　應該是。❺騎驢　古代詩人多騎驢。古畫有阮籍、杜甫等騎驢圖。梅堯臣〈詠王右丞所畫阮步兵醉圖〉：「獨畫來東平，倒冠醉乘驢。」又〈觀邵不疑學士所藏名書古畫〉：「首觀阮與杜，驢上瞑目醉。」自注謂：「阮籍，杜甫。」元吳師道〈跋跨驢覓句圖〉：「驢以蹇稱，乘肥者鄙之，特於詩人宜。(杜)甫旅京華，(李)白遊華陰，(賈)島沖尹節，(孟)浩然、鄭綮傲兀風雪中，皆畫圖物色也。」《唐詩紀事》載或有人問鄭棨近日有詩否，鄭棨答道：「詩思在灞橋風雪中驢子背上。」

【語　譯】我的衣服上沾滿塵土與酒漬，在外遠遊作官，處處都令我感傷悲愁。在雨中騎著驢進入劍門，我這種形象是不是一個詩人呢？

【研　析】此為陸游最有名的絕句之一，後世還有人將此詩作成畫。陸游自問現在騎驢之景，像不像個詩人呢？從陸游的自問中可以看出他的潦倒失意之懷。錢仲聯先生注：「此憤慨之言。時方離南鄭前線往後方，恢復關中之志不遂。『合是詩人未』者，不甘於僅為詩人也。」《唐宋詩醇》評：「筆墨之氣脫化殆盡。」「細雨騎驢入劍門」有兩方面寓意，「騎驢」為一層，注釋中已詳之；「入劍門」又是一層，錢鍾書《宋詩選注》云：「韓愈〈城南聯句〉說『蜀雄李杜拔』，早把李白杜甫在四川的居住和他們在詩歌裡的造詣聯繫起來；宋代也都以為杜甫和黃庭堅入蜀以後，詩歌就登峰造極。」從七言絕句的藝術性來看，此詩含蓄深婉，意在言外。「遠遊無處不消魂」，為一雙重否定句，有判斷，故顯出閱歷，顯出經驗，顯出老道。「此身合是詩人未」，問而不答，遂引人深思；「細雨騎驢入劍門」，以景語作結，遂引人聯想。

劍門城北回望劍關諸峰青入雲漢，感蜀亡事，慨然有賦

【題　解】此詩乾道八年十一月自南鄭赴成都時作於劍門。雲漢，銀河。蜀亡事，據《三國志・魏

志・鄧艾傳》，蜀漢後主炎興元年（西元二六三年），魏將鄧艾率兵偷越陰平小道攻蜀。後主劉禪恃劍門關天險，防務空虛，兵敗投降，蜀漢亡。陰平，今甘肅文縣西北。

自昔英雄有屈信❶，危機變化亦逡巡❷。陰平窮寇❸非難禦，如此江山坐❹付人。

【注釋】❶屈信　同「屈伸」。屈曲和伸舒。《易・繫辭下》：「往者屈也，來者信也。屈信相感，而利生焉。」❷逡巡　頃刻；極短時間。唐張祜〈偶作〉詩：「偏識青霄路上人，相逢秖是語逡巡。」❸窮寇　陷於困境的敵人。《逸周書・武稱》：「追戎無恪，窮寇不格。」❹坐　無故；徒然。《文選》鮑照〈蕪城賦〉：「孤蓬自振，驚砂坐飛。」李善注：「無故而飛曰坐。」

【語譯】自古以來，英雄都有得意與失意之時。危機和變化很快就會到來。陰平的敵人並不是很難抵禦，如此大好江山徒然交給他人。

【研析】此詩為詠史題材，同樣的感慨，前人也發過。《晉書・李特載記》：「（李）特隨流人將入於蜀，至劍閣，箕踞太息，顧眄險阻，曰：『劉禪有如此之地，而面縛於人，豈非庸才邪？』」《唐宋詩醇》評道：「劉禪庸主，譙周庸臣，七字中含多少感慨。」感嘆蜀亡，目的也是希望當今的朝廷能夠有所作為，不要像後主劉禪那樣昏庸。

東津

【題解】此詩乾道八年十一月作於綿州，在今四川成都。東津，在綿州縣東北，又名涪江。

歲暮涪江水歸壑，白沙渺然石犖角❶。蜀天常燠❷少雪霜，綠樹青林不搖落。闌干詰曲❸臨官道，煙靄參差望城郭。打魚斫膾❹修故事❺，豪竹哀絲❻奉歡樂。樂莫樂於新相知❼，美人一笑回春姿。四方本是丈夫事❽，安用一生無別離。

【注釋】❶犖角　怪石嶙峋貌。❷燠　暖；熱。❸詰曲　屈曲；曲折。唐宋之問〈秋蓮賦〉：「複道兮詰曲，離宮兮相屬。」❹打魚斫膾　本自杜甫〈觀打魚歌〉：「綿州江水之東津，魴魚鱍鱍色勝銀。漁人漾舟沉大網，截江一擁數百鱗。眾魚常才盡卻棄，赤鯉騰出如有神。潛龍無聲老蛟怒，迴風颯颯吹沙塵。饔子左右揮霜刀，鱠飛金盤白雪高。」斫膾，薄切魚片。唐段成式《酉陽雜俎．物革》：「進士段碩嘗識南孝廉者，善斫鱠，縠薄絲縷，輕可吹起，操刀響捷，若合節奏。」❺修故事　特指治饌之事。❻豪竹哀絲　指樂聲。絲，指絃樂器。竹，指管樂器。唐杜甫〈醉為馬墜諸公攜酒相看〉詩：「酒肉如山又一時，初筵哀絲動豪竹。」❼樂莫樂於新相知　《楚辭．九歌．少司命》：「悲莫悲兮生別離，樂莫樂兮新相知。」❽四方本是丈夫事　謂志向遠大，不株守於一地。《禮記・射義》：「男子生，桑弧蓬矢六，以射天地四方。」鄭玄注：「天地四方，男子有所事也。」

【語　譯】歲暮之際涪江水退入山壑，岸沙渺茫山石嶙峋。蜀地天氣暖熱，少有霜雪；青綠的樹林不會凋落。曲折的闌干臨著官道，透過參差的煙靄可以望見城郭。將打來的魚切成細片烹煮，彈琴吹笛以助歡樂。結識新朋友是最快樂的事，舞筵上美女的一笑似能挽回春色。遊走四方本就是男兒之事，一生拘守家中不經別離有何意義？

【研　析】陸游剛從南鄭前線離開，赴成都安撫司參議官任。心情抑鬱，此詩強作豪放之語，以慰己懷。〈東山〉（見下首）詩中所謂「聊將豪縱壓憂患」，可知陸游豪縱背後的真實情感。詩從東津之水寫起，言歲暮之時，潮水退卻，岸上沙石顯露出來。「渺然」、「犖角」雖是狀物，其實亦寫己懷，曲折不順也。接著由江水到樹林，由樹林到官道，到城郭，視角漸入人境。「打魚」句寫綿州之地飲食習俗，化用杜甫詩句，表達其豪壯之風。「哀絲」句寫宴飲之樂，復由之論及別離與相知，此中矛盾早已表達於《楚辭・九歌・少司命》中，新相知固然歡樂，但不免離家之悲苦。陸游認為離家遠行正是丈夫之事，不必悲苦，末二句極為振奮人心，慷慨豪邁。《唐宋詩醇》評：「深情老筆，視少陵二作，雖未敢旗鼓中原，亦當鴈行。同時諸子，豈敢望其項背？」所謂少陵二作，當是指〈觀打魚歌〉和〈醉為馬墜諸公攜酒相看〉。

東山

【題解】此詩乾道八年十一月作於綿州，在今四川成都。東山，即富樂山，在綿州。詩中描寫在成都與朋友宴飲的熱鬧場面。

今日之集何佳哉！入關劇飲始此回。登山正可小天下❶，跨海何用尋蓬萊❷。青天肯為陸子❸見，妍日似趣❹梅花開。有酒如涪❺綠可愛，一醉直欲空千罍❻。駝酥❼鵝黃❽出隴右❾，熊肪玉白❿黔南⓫來。眼花耳熱⓬不知夜，但見銀燭高花摧。京華⓭故人死太半，歡極往往潛生哀。聊將豪縱壓憂患，鼓吹動地聲如雷。

【注釋】❶登山正可小天下　《孟子．盡心上》：「孔子登東山而小魯，登太山而小天下。」小，意動用法，以……為小。❷蓬萊　蓬萊山。古代傳說中的神山名。亦常泛指仙境。《史記．封禪書》：「自威、宣、燕昭使人入海求蓬萊、方丈、瀛洲，此三神山者，其傅在勃海中。」❸陸子　陸游自稱。❹趣　督促；促使。❺有酒如涪　涪水所釀之酒。涪水，在綿州。此句句式本自《左傳．昭公十二年》：「有酒如淮」，「有酒如澠」。❻罍古代的一種容器。❼馳酥　即駝酥。指駱駝乳釀製的酒。宋范成大〈園丁折花七品各賦一絕・單葉御衣黃〉詩：「舟前鵝羽映酒，塞上馳酥截肪。」❽鵝黃　此處形容駝酥酒的淡黃顏色。在別處，鵝黃亦為一種酒名。陸游〈遊漢州西湖〉詩：「嘆息風流今未泯，兩川名醞避鵝黃。」自注：「鵝黃，漢中酒名，蜀中無能及者。」❾隴右　古地區名。泛指隴山以西地區。古代以西為右，故名。約當今甘肅六盤山以西，黃河以東一帶。❿熊肪玉白　即熊白，熊背上的脂肪。色白，故名。為珍貴美味。《北齊書・徐之才傳》：「德正徑造坐席，連索熊白。」宋蘇轍〈筠州二詠・牛尾狸〉：「壓入糟盎肥欲流，熊肪羊酪真比儔。」⓫黔南　貴州省的別稱。貴州本別稱「黔」，又因位於國土南部，故名。⓬眼花耳熱　眼睛昏花，耳朵燥熱。多形容酒酣興高的神態。唐李白〈俠客行〉：「眼花耳熱後，意氣素霓生。」⓭京華　京城，此處指臨安。

【語　譯】今天的聚會多麼好啊，自從我入關以來第一次痛飲。登東山可以小天下，何必跨海去尋找蓬萊仙境。青天願意為我而呈現，美好的太陽似乎在催促梅花開。綠色的涪水之酒令我喜愛，我要喝滿一千杯。這裡有隴右出產的馳酥酒，也有從黔南來的熊肪。喝酒喝得我眼花耳熱，不知夜晚降臨；只見燃起高高的蠟燭。忽想起臨安的那些老朋友已經死去一大半，人世間大抵高興之極便會生出悲哀。聊且將豪縱之氣壓倒憂患之懷，鼓吹之聲響徹如雷。

【研　析】成都向有「天府沃野」之稱，宋時經濟發達，生活富庶。于北山先生《陸游年譜》說：「唐代北宋以來，成都太守率賓僚遊宴，誇奢鬥靡，相踵成風。務觀客川，多居幕職，自不得不循例周旋。」陸游此詩，從開頭到「梅花開」，乃是為正面描寫宴飲作鋪墊，寫天氣之佳，「青天」、「妍日」兩句妙用比擬。「有酒」後四句正面寫宴飲，美酒與新奇的食物琳琅滿目。接下來寫宴後情狀，所謂樂極生悲，但陸游卻說「聊將豪縱壓憂患」，這是何等的氣勢！陸游這句詩的句法，源自李商隱〈無題〉：「未妨惆悵是清狂。」以及晏幾道〈阮郎歸〉詞：「欲將沉醉換悲涼。」《唐宋詩醇》評曰：「高風跨俗，真骨凌霜高作也。」

驛舍見故屏風畫海棠有感

【題解】此詩乾道九年（西元一一七三年）作於嘉州驛舍。陸游時攝知嘉州（故知在今四川樂山市）事。

厭煩只欲長面壁❶，此心安得頑如石❷。杜門復出歎習氣❸，止酒還開慚定力❹。
成都二月海棠開，錦繡裹城❺迷巷陌。燕宮❻最盛號花海，霸國❼雄豪有遺跡。
猩紅鸚綠❽極天巧，疊萼重跗❾眩朝日。繁華一夢忽吹散，閉眼細思猶歷歷❿。
憂樂相尋豈易知，故人應記醉中詩。夜闌風雨嘉州驛，愁向屏風見折枝⓫。

【注釋】❶面壁　指閉門獨處，不與聞外事。宋蘇軾〈答王幼安宣德啟〉：「方將求田問舍，為三百年之養；杜門面壁，觀六十年之非。」❷此心安得頑如石　本自韓愈〈雪後寄崔二十六丞公〉：「我心安得如石頑。」

❸習氣　佛教語。謂煩惱的殘餘成分。佛教認為一切煩惱皆分現行、種子、習氣三者，既伏煩惱之現行，且斷煩惱之種子，尚有煩惱之餘氣，現煩惱相，名為「習氣」。《華嚴經・普賢行願品》：「摧伏眾魔及諸外道，滅除一切煩惱習氣，入菩薩地，近如來地。」❹定力　佛教語。五力之一。伏除煩惱妄想的禪定之力。見《雜阿含經》卷二十六。《無量壽經》卷下：「定力、慧力、多聞之力。」❺錦繡裏城　成都又號錦城，以之喻海棠之盛。❻燕宮　燕王宮，在成都，後蜀孟貽鄴封燕王所居。❼霸國　西漢公孫述、東漢劉備、五代王建、孟知祥等皆據成都稱帝。❽猩紅鸚綠　指海棠花像猩猩血那樣鮮紅，葉綠似鸚鵡的羽毛。❾疊萼重跗　指重重疊疊的海棠花。跗，亦花萼。❿歷歷　分明清楚。⓫折枝　指屏風上所畫折枝海棠。折枝為花卉畫法之一。不畫全株，只畫連枝折下來的部分，故名。唐韓偓〈已涼〉詩：「碧闌干外繡簾垂，猩血屏風畫折枝。」

【語　譯】我厭惡煩囂只想閉門不出，這顆心何時才能像頑石一樣堅固。關了門又出去，止了酒又開戒，真慚愧自己沒有很好的定力。二月的成都開滿海棠花，如錦繡一般將整個城市裹起來。燕王宮的海棠開得最盛，那裡還保留著曾經的雄豪之氣。各種顏色和形狀的花爭奇鬥豔。誰料繁華之景轉眼逝去，閉上眼睛那些情景依然清晰。憂愁與快樂彼此交替，難以知曉其中奧祕；但那些故人應該記得我醉中所作之詩。如今在嘉州驛舍，風雨交加，夜色將盡，看見屏風上的海棠花枝，又引起我的無限憂愁。

【研　析】此詩由驛舍海棠屏風追想成都生活，表達繁華易逝、世事無常之感；隱約傳達出對南宋朝廷政策變化，收復之志不堅定的批評。詩的巧妙之處在於，對驛舍海棠屏風幾乎不作任何描寫，只以之為陪襯，筆墨全花在對成都海棠盛開之景的追憶。此手法可能是對蘇軾〈書韓幹牧馬圖〉詩的模仿。蘇軾此詩也是將筆墨用在對開元天寶年間牧馬的遙相懸擬上，而真正寫到〈韓幹牧馬圖〉的只有結尾處的兩句。因不著本位，故章法奇崛。開頭四句是說自己耐不住寂寞，走出住所，來到驛舍。第五句卻突然寫起成都二月海棠盛開，筆法突兀，巧設懸念，直到詩的結尾，讀者才明白中間六句都是懸擬之詞、想像之語。對海棠花的描寫中，「猩紅鸚綠」與「疊萼重跗」兩句構詞綿密整飭，與全詩的波瀾流宕相補救，亂中有整，動中有靜，取得非常好的藝術效果。《唐宋詩醇》評道：「結尾點題，含情無限，通首俱成波瀾矣。」

醉中感懷

早歲君王記姓名❶，只今憔悴❷客邊城。青衫❸猶是鵷行❹舊，白髮新從劍外❺生。古戍旌旗秋慘淡，高城刁斗❻夜分明。壯心未許全消盡，醉聽檀槽❼出塞聲。

【題解】此詩乾道九年作於嘉州。抒發壯志不已之情懷。

【注釋】❶早歲句　陸游早年以文名為宋高宗所知。其〈記夢〉：「少日飛揚翰墨場，憶曾上疏動高皇。」高皇即宋高宗。《渭南文集》卷二十二〈放翁自贊〉：「名動高皇，語觸秦檜。」《寶慶會稽續志》：「初，高宗聞其名，欲召用，而（陸）游以口語觸秦檜，故抑不得進。紹興三十二年召對，上俯加問勞，玉音褒拂，至於再三，賜進士出身。」《宋史‧陸游傳》：「孝宗即位，……史浩、黃祖舜薦（陸）游善詞章、諳典故，召見，上曰：『游力學有聞，言論剴切。』遂賜進士出身。」高宗時陸游已有文名，至孝宗即位，始賜進士出身。❷憔悴　形容枯槁瘦弱，憂愁困苦。漢禰衡〈鸚鵡賦〉：「音聲悽以激揚，容貌慘以憔悴。」❸青衫　低級官吏之服。❹鵷行　指朝官的行列。鵷飛行有序，因喻百官朝見時秩序井然。鵷，同「鴛」。紹興三十一年冬季，陸游入玉牒所為史館，宋高宗趙構赴建康前線，陸游曾親預「送駕」之列。〈庚申元日口號〉：「仁和館外列鵷行，憶送龍舟幸建康。」〈望用思陵〉自注：「紹興末，駕幸金陵，游適在朝列。」陸游甚以此事為自豪，屢行諸歌詠。❺劍外　指四川劍閣以南地區。唐杜甫〈聞官軍收河南河北〉詩：「劍外忽傳收薊北，初聞涕淚滿衣裳。」❻刁斗　古代行軍用具。斗形有柄，銅質；白天用作炊具，晚上擊以巡更。❼檀槽　檀木製成的琵琶、琴等絃樂器上架絃的槽格。亦指琵琶等樂器。唐李賀〈感春〉王琦匯解：「唐人所謂胡琴，應是五弦琵琶耳。檀槽，謂以紫檀木為琵琶槽。」

【語　譯】我的詩名很早已被皇帝所知，如今卻在邊城為官，憂苦萬分。我還穿著當初送駕高皇時穿的衣服，而白髮自從來了劍外後又多了不少。秋日裡古老的邊戍，旌旗暗淡；夜色中高聳的城堡，刁斗分明，我的壯心並未消失殆盡，醉中依然聽著琵琶之聲。

【研　析】此詩前半首追憶與感懷，後半首轉入眼前，結尾抒發壯志。前四句雙起雙承，一、三乃追憶從前，二、四則感懷當今。起句豪縱，抬出君王，以顯現自豪孤傲之懷。此句常人不能道。次句頓時下跌，轉折陡峭。因首句抬得高，故次句跌得深。以首句之自豪得意，襯出次句之落寞失望。三句復承接首句，巧妙地由青衫回想當日預送駕之列的光榮。青衫未換，一來表示陸游永遠記住當年高皇的賞識，欲報效朝廷；二來表示陸游這些年並未仕途亨通，而依舊為低級官吏。

四句承二句，感懷當今，白髮新生，歲月流逝，壯志未酬。白髮、青衫之對偶，亦自然而不吃力。五六兩句始轉入眼前之景，渲染一片暗淡荒涼之景，以表達朝廷對收復失地並無積極舉措。末句強作樂觀，雖現實如此，但我志不改，醉中依然要聽琵琶彈奏的出塞之曲。《唐宋詩醇》云：「三四無限感慨。」

八月二十二日嘉州大閱

【題解】此詩乾道九年八月作於嘉州。此詩描寫了嘉州閱兵時的情景，抒發了壯志未酬之慨。

陌上弓刀擁寓公❶，水邊旌旆❷卷秋風。書生又試戎衣❸窄，山郡新添畫角雄❹。早事樞庭虛畫策❺，晚遊幕府媿無功❻。草間鼠輩何勞磔❼，要挽天河洗洛嵩❽。

【注釋】❶寓公　古指失其領地而寄居他國的貴族。後凡流亡寄居他鄉或別國的官僚、士紳等都稱「寓公」。《禮記・郊特牲》：「諸侯不臣寓公，故古者寓公不繼世。」宋范成大〈東山渡湖〉「吾生蓋頭乏片瓦，到處漂搖稱寓公。」陸游此處自指。❷旌旆　旗幟。晉陸機〈飲馬長城窟行〉：「戎車無停軌，旌旆屢徂遷。」❸戎衣　軍服；戰衣。《書・武成》：「一戎衣，天下大定。」❹山郡新添畫角雄　陸游自注：「郡舊止角四枝，近方增如式。」畫角，古管樂器。傳自西羌，形如竹筒，本細末大，以竹木或皮革等製成，因表面有彩繪，故稱。發聲哀厲高亢，古時軍中多用以警昏曉，振士氣，肅軍容。帝王出巡，亦用以報警戒嚴。❺早事樞庭虛畫策 陸游隆興元年為樞密院編修官兼編類聖政所檢討官時，有〈上二府論都邑劄子〉，提出政治主張。❻晚遊幕府媿無功 指乾道八年正月，陸游被王炎辟為幕府，為左承議郎權四川宣撫使司幹辦公事兼檢法官。❼磔 古代的一種酷刑。以車分裂人體，引申為捕殺。❽要挽天河洗洛嵩 杜甫〈洗兵馬〉：「安得壯士挽天河，淨洗甲兵長不用。」天河，指星河。洛嵩，洛水、嵩山，指被金人侵佔之土地。

【語　譯】道路上的士兵佩戴刀、弓，簇擁著我；秋風吹拂著水邊的旌旗。我又穿起戎衣，感覺它比過去更窄小了；嘉州郡城新添置了不少畫角，吹出雄壯的聲音。我雖然早年在朝中提出治理國家的政策，近來又到南鄭前線任職於幕府，但都沒有結果。草野間的盜賊何勞朝廷大軍去剿滅，它應該派上更大的用場，去收復北方失地。

【研　析】前四句就嘉州大閱而寫景敘事，後四句回顧人生，抒發感慨。前四句景色與人物分寫，一三寫人，二四狀景。一句寫出士兵之眾，二句、四句點出時令與地點，郡城依山傍水，正當秋季。三句寫自己，古人有「髀肉復生」之嘆，陸游此句化其意，以戎衣之變窄，寫自己身體發福，即閑居無所事，無處為朝廷效勞也。四句與三句作對，非常工巧，上句有嘆惋之意，下句聞畫角雄壯之音，又勾起往日豪情。情緒上微有起伏，非一味悲觀也。五六追懷往事，早歲雖參預朝中之事，但終究無結果；南鄭為幕府官在乾道八年，時陸游四十八歲，已近「知天命」之年，亦無果。陸游曰「晚」，誠然。末句則提出希望，「天河洗洛嵩」語極豪邁。

九月十六日夜夢駐軍河外遣使招降諸城覺而有作

【題解】此詩乾道九年九月十六日作於嘉州。河外，泛指黃河以北地區。記夢中戰場之景，歷歷如繪。

殺氣昏昏橫塞上，東並黃河開玉帳❶。晝飛羽檄❷下列城❸，夜脫貂裘撫降將。將軍櫪上汗血馬❹，猛士腰間虎文韔❺。階前白刃明如霜，門外長戟森相向❻。朔風卷地吹急雪，轉盼❼玉花深一丈。誰言鐵衣冷徹骨❽，感義懷恩如挾纊❾。腥臊窟穴一洗空，太行北嶽元無恙。更呼斗酒作長歌，要遣天山健兒唱。

【注釋】❶玉帳　主帥所居帳幕。北齊顏之推〈觀我生賦〉：「守金城之湯池，轉絳宮之玉帳。」❷羽檄　古代軍事文書，插鳥羽以示緊急，必須迅速傳遞。《史記・韓信盧綰列傳》：「陳豨反，邯鄲以北皆豨有，吾以羽檄徵天下兵，未有至者，今唯獨邯鄲中兵耳。」❸列城　城邑。《左傳・僖公十五年》：「賂秦伯以河外列城五。」❹汗血馬　古代西域駿馬名，流汗如血，故稱，後多以指駿馬。《漢書・武帝紀》：「四年春，貳師將軍廣利斬大宛王首，獲汗血馬來。」顏師古注引應劭曰：「大宛舊有天馬種，蹋石汗血，汗從前肩髆出，如血。號一日千里。」❺韔　弓袋。《詩・秦風・小戎》：「虎韔鏤膺，交韔二弓。」毛傳：「韔，弓室也。」❻門外長戟森相向　化用杜甫〈李潮八分小篆歌〉：「快劍長戟森相向。」森，眾多貌。❼轉盼　猶轉眼，喻時間短促。宋蘇軾〈徐大正閑軒〉詩：「君如汗血駒，轉盼略燕楚。」❽誰言鐵衣冷徹骨　化用歐陽修〈西園賀雪歌〉：「須憐鐵甲冷徹骨，四十餘萬屯邊兵。」❾挾纊　披著綿衣，喻受人撫慰而感到溫暖。《左傳・宣公十二年》：「申公巫臣曰：『師人多寒。』王巡三軍，拊而勉之，三軍之士皆如挾纊。」杜預注：「纊，綿也。」

【語　譯】塞上充滿了濃重的殺氣，營帳在黃河邊搭起。白天傳遞文書，攻陷城邑；夜晚則脫去貂皮製成的衣裘，撫慰投降的將士。將軍的馬槽裡養著西域的駿馬，猛士的腰間掛著飾有老虎斑紋的弓袋。階前門外，刀光如霜，長戟森然相向。北風猛烈，雪花飛舞，轉眼間就堆積成一丈多高。誰說鐵甲冰冷，只要心中懷有忠君愛國的恩義，就會感到溫暖。將北方的敵人全部清掃乾淨，巍峨的太行山便如從前安然無恙。一邊飲酒一邊作勝利之歌，讓天山的健兒們歌唱。

【研　析】陸游的夢詩極多，在現實中無法實現的志向和願望，常常形諸夢寐。恢復之志在夢境中便形成了宋軍渡過黃河，攻佔金人城邑，恢復北方失地的情形。正因為是夢境，所以描繪起來，不必寫實，可以相對誇張，顯示出浪漫主義的風格，讀來既有新奇之感，又能振奮人心，藝術效果強烈。此篇共十二句，四句一組。第一組紀事，寫軍隊渡河，列帳，攻陷城邑，敵人投降，皆為動景。第二組則作細節描繪，寫將軍之馬、猛士之弓袋、刀、戟，皆為靜景，與第一組之動態情境恰相反。第三組則從第二組之軍營景物，轉入北地自然風光，突出邊境寒冷艱苦之狀，以引出下文感恩報國之志。最後一組，則寫戰爭勝利後歡慶之景。全詩押入聲漾韻，鏗鏘琅然。

成都行

【題解】此詩乾道九年九月作於嘉州，為追憶成都之作。

倚錦瑟❶，擊玉壺❷，吳中狂士❸遊成都。成都海棠十萬株，繁華盛麗天下無。青絲金絡❹白雪駒，日斜馳遣迎名姝❺。燕脂❻褪盡見玉膚，綠鬟❼半脫嬌不梳。吳綾❽便面❾對客書，斜行小草❿密復疏。墨君⓫秀潤瘦不枯，風枝雨葉筆筆殊。月浸羅襪⓬清夜徂⓭，滿身花影醉索扶⓮。東來此歡墮空虛，坐悲新霜點鬢鬚。易求合浦千斛珠⓯，難覓錦江雙鯉魚⓰。

【注釋】❶錦瑟　漆有織錦紋的瑟。唐杜甫〈曲江對雨〉詩：「何時詔此金錢會，暫醉佳人錦瑟傍。」❷玉壺　美玉製成的壺，可用以盛物。❸吳中狂士　陸游自指，陸游家鄉在浙江山陰，舊屬吳地。❹青絲金絡　青絲指馬韁繩。南朝梁王僧孺〈古意〉詩：「青絲控燕馬，紫艾飾吳刀。」金絡指金飾的馬籠頭。南朝宋鮑照〈代結客少年場行〉：「驄馬金絡頭，錦帶佩吳鈎。」❺名姝　著名的美女。❻燕脂　亦作「臙脂」。一種用於化妝和國畫的紅色顏料。❼鬟　古代婦女的環形髮髻。❽吳綾　古代吳地所產的一種有紋彩的絲織品，與「蜀錦」齊名，此處泛指供書寫用的絲織品。❾便面　古代用以遮面的扇狀物。《漢書．張敞傳》：「自以便面拊馬。」顏師古注：「便面，所以障面，蓋扇之類也。不欲見人，以此自障面則得其便，故曰便面，亦曰屏面。今之沙門所持竹扇，上袤平而下圜，即古之便面也。」後稱團扇、摺扇為便面。此處當指「名姝」所用之團扇。❿小草　草體書法之一種。⓫墨君　墨竹的雅稱。此處當比喻團扇上所書之小草形如墨竹。⓬羅襪　絲羅製的襪。三國魏曹植〈洛神賦〉：「凌波微步，羅襪生塵。」⓭徂　消逝。漢司馬相如〈長門賦〉：「懸明月以自照兮，徂清夜於洞房。」南朝梁劉勰《文心雕龍．徵聖》：「百齡影徂，千載心在。」⓮滿身花影醉索扶　本自陸龜蒙〈和春夕酒醒〉：「幾年無事傍江湖，醉倒黃公舊酒壚。覺後不知明月上，滿身花影倩人扶。」⓯合浦千斛珠　合浦，古郡名。漢置，郡治在今廣西壯族自治區合浦東北，縣東南有珍珠城，又名白龍城，以產珍珠著名。晉葛洪《抱朴子．祛惑》：「凡探明珠，不於合浦之淵，不得驪龍之夜光也。」斛，量詞。古代一斛為十斗。⓰雙鯉魚　錢仲聯先生注引漢蔡邕〈飲馬長城窟行〉：「客從遠方來，遺我雙鯉魚。呼兒烹鯉魚，中有尺素書。」「鯉魚」代稱書信。按：此處但用本義亦可通。

【語　譯】回想在成都時，倚著琴瑟，敲擊酒壺，我這個山陰人在成都遊賞。成都的海棠盛開，普天之下再沒有如此華麗的景致。騎著裝飾華美的名馬，黃昏時分去迎接有名的美女。卸去脂粉，見出雪白的肌膚；髮髻紮得很鬆，嫵媚地垂著。美女在精美的扇面上對客揮毫，斜斜的小草忽密忽疏。那字跡彷彿墨竹的枝葉，在風雨中秀潤清瘦，每一筆都各有妙處。月色浸滿羅襪，清美的良宵即將逝去；醉醺醺的我滿身是花影，要別人攙扶。自從我離開成都，東至嘉州，那種樂趣便不再有了；只是突然悲嘆髮鬢漸白。與錦江的鯉魚比起來，合浦的明珠便不稀奇了。

【研　析】此詩風格與乾道八年所作〈東山〉相似，皆以豪壯跌宕之筆墨書寫成都遊宴生活。然彼詩為實寫，此詩為追憶。彼詩尚寓悲涼之意，側重樂極生哀；此詩則重在歡樂，雖結尾亦發悲嘆，但基調則與之不同。《唐宋詩醇》評：「一結見意，詩體如是。」實未能識透此詩之妙。陸游此詩不欲多發議論，不欲多抒感慨，因議論感慨已多見於他詩；此詩但欲以歌行之體，鋪敘往日一段豔遇也。故寫來豪放不拘，筆墨暢快。作此詩之前數月，即乾道九年夏秋之際，陸游曾繪唐代詩人岑參像於嘉州官舍廳壁，且主持刊刻其遺詩八十餘篇。此詩首句用三三七之句式，顯係效仿岑參歌行之作。接下去敘述作者騎馬迎姝，與之宴飲。對名姝的描寫亦頗大膽豪放，「綠鬟半脫」一句細緻如畫。這位名姝不僅美麗，而且甚有修養，「吳綾」四句寫名姝擅長書寫小草，且用「墨君」喻其字跡之美麗。陸游本自擅長草書，「矮紙斜行閒作草」為其名句也，其墨跡今亦留存些許。由現存墨跡看，陸游書多小草，而非狂草（大草）。因此，當此名姝書寫小草時，尤令陸游欣賞。最後則抒發好景不長、佳辰不復之嘆，以鯉魚之難求為喻。此詩抒情議論皆平庸無出彩之處，惟中間對成都遊宴之事的敘述描寫，甚有新意，尤其寫名姝對客揮毫一段，可謂人間一段佳景。古代詠女妓的文學作品，多寫其清歌曼舞，而寫其善書法者似不多見。

觀大散關圖有感

【題　解】此詩乾道九年十月作於嘉州。為作者觀賞大散關的地圖之後，生發感慨寫的一首五古。

上馬擊狂胡❶，下馬草軍書。二十抱此志，五十猶癯儒❷。大散陳倉❸間，山川鬱盤紆❹。勁氣鍾❺義士，可與共壯圖。坡陀❻咸陽❼城，秦漢之故都。王氣❽浮夕靄❾，宮室生春蕪❿。安得從王師⓫，汛掃⓬迎皇輿⓭。黃河與函谷⓮，四海通舟車。士馬發燕趙⓯，布帛來青徐⓰。先當營七廟⓱，次第畫九衢⓲。偏師⓳縛可汗⓴，傾都觀受俘。上壽大安宮㉑，復如正觀㉒初。丈夫畢此願，死與螻螘㉓殊。志大浩無期㉔，醉膽空滿軀。

【注　釋】❶狂胡　指金人。❷癯儒　瘦弱清廉的學士。❸陳倉　古地名。即今陝西寶雞。秦置縣，漢、魏、晉皆因之。劉邦用韓信計，明修棧道，暗渡陳倉，即在此處。漢魏以來為攻守戰略要地。❹盤紆　回繞曲折。《淮南子・本經》：「木巧之飾，盤紆刻儼，嬴鏤雕琢，詭文回波。」❺鍾　凝聚；聚集。❻坡陀　山勢起伏貌。唐杜甫〈北征〉詩：「坡陀望鄜時，巖谷互出沒。」❼咸陽　秦都咸陽，漢都長安，相近。❽王氣　舊指象徵帝王運數的祥瑞之氣。唐劉禹錫〈西塞山懷古〉詩：「王濬樓船下益州，金陵王氣黯然收。」❾夕靄　傍晚的煙霧。❿春蕪　春天長出的野草。⓫王師　天子的軍隊；國家的軍隊。《詩・周頌・酌》：「於鑠王師，遵養時晦。」⓬汛掃　灑掃。⓭皇輿　國君所乘的高大車子。多借指王朝或國君。《楚辭・離騷》：「豈余身之憚殃兮，恐皇輿之敗績。」⓮函谷　關名。古關為戰國秦置，在今河南靈寶境。因其路在谷中，深險如函，故名。⓯燕趙　指戰國時燕趙二國。亦泛指其所在地區，即今河北北部及山西西部一帶。⓰青徐　青州和徐州的並稱。

青州在今山東一帶，徐州在今江蘇北部和安徽北部一帶。以上四處地帶，當時皆已為金人屬地。⑰七廟　《禮記・王制》：「天子七廟，三昭三穆，與太祖之廟而七。」此指四親廟（父、祖、曾祖、高祖）、二祧（遠祖）和始祖廟。後以「七廟」泛指帝王供奉祖先的宗廟。⑱九衢　縱橫交叉的大道；繁華的街市。《楚辭・天問》：「靡蓱九衢，枲華安居。」⑲偏師　指主力軍以外的部分軍隊。⑳可汗　亦作「可罕」。古代鮮卑、柔然、突厥、回紇、蒙古等民族中最高統治者的稱號。此處指金兵。㉑大安宮　唐代宮殿名，此處指宋朝宮殿。㉒正觀　「貞觀」，唐太宗李世民年號，國勢強盛。宋代避宋仁宗趙禎諱，改為「正」。㉓螻蟻　螻蛄和螞蟻。泛指微小的生物，此處喻庸碌之輩。《莊子・列禦寇》：「在上為烏鳶食，在下為螻蟻食。」㉔浩無期　沒有期限。

【語　譯】騎上戰馬攻打金人，下了戰馬起草軍書。我二十歲時就胸懷此志，如今年近五十依然沒有實現。大散關與陳倉之間，山川曲折盤旋。這強勁之氣聚集在義士身上，可以與他們共同堅守壯偉的抱負。咸陽城俯仰起伏，是秦漢的故都。這帝王之氣與傍晚的煙霧一起浮動，而殘破的宮室上長滿了春草。我多想跟隨帝王的軍隊，掃蕩敵國，迎接皇上的車輦。從黃河到函谷關，四海之內都舟車通行。燕趙之地送來士馬，青徐之地進貢布帛。先營造好祖先的宗廟，接著對全國進行治理規劃。用偏師去擒拿金國君主，讓全城的百姓來觀看俘虜。然後向高皇祝壽，使國勢恢復唐太宗時期的強盛。大丈夫能完成這樣的心願，就算死了也與一般人不同。這樣的志向太大了，似乎無實現的日子；我只有徒然一身膽量。

【研　析】是年陸游四十九歲，詩中的「五十」乃舉其成數。前四句皆用複疊手法，疊用「馬」與「十」字。一二句表明自己文武皆擅，欲為國盡力。三四則顯示今昔對比，歲月驅馳。第五句至第十二句，這八句為第二段，乃正面描繪大散關之景象。作者分兩層寫，一層是山川的勁氣，一層是皇都的王氣。前者用以烘托戰士的英勇氣概，只要皇上有收復失地的志向，則萬千戰士當會奮勇殺敵、為國盡忠。後者則用以反襯此地的荒涼衰頹，朝廷志氣不堅，戰士報國無門。一句「宮室生春蕪」將全詩收束，豪邁雄壯之氣驟然下沉。從第十三句至二十四句為第三段，寫作者的理想。理想中的南宋朝廷收復了失地，國家統一，四海進貢，營造宗廟等等，頗為詳細。作者理想中的盛世為「貞觀之治」，希望南宋朝廷亦能如是。最後四句作結，只要完成這一心願，為朝廷的收復事業作出貢獻，則死而無憾，死而尤榮。《唐宋詩醇》評：「忠憤蟠鬱，自然形見，無意於工而自工。」

金錯刀行

【題解】此詩乾道九年十月作於嘉州。金錯刀，刀名，以黃金塗飾。三國吳謝承《後漢書・馮緄》：「武陵五溪蠻夷作難，詔遣車騎將軍馮緄南征，緄表奏應奉，賜金錯刀一具。」

黃金錯刀白玉裝，夜穿窗扉❶出光芒。丈夫五十❷功未立，提刀獨立顧八荒❸。京華❹結交盡奇士，意氣相期共生死。千年史策恥無名，一片丹心報天子。爾來從軍天漢❺濱，南山❻曉雪玉嶙峋。嗚呼！楚雖三戶❼能亡秦，豈有堂堂中國❽空無人！

【注　釋】❶窗扉　窗戶。❷五十　陸游是年四十九歲。❸八荒　八方荒遠的地方。❹京華　京城之美稱。因京城是文物、人才彙集之地，故稱。晉郭璞〈遊仙詩〉之一：「京華遊俠窟，山林隱遯棲。」❺天漢　指巴蜀之地。晉常璩《華陽國志》卷二〈漢中志〉：「在詩曰：『惟天有漢。』其分野與巴蜀同占。……項羽封高帝為漢王，王巴蜀三十一縣。帝不悅，丞相蕭何諫曰：『雖王漢之惡，不猶愈於死乎？且語曰天漢，其稱甚美。夫能屈於一人之下，則伸於萬乘之上者，湯武是也，願大王王漢中，撫其民以致賢人，收用巴蜀，還定三秦，天下可圖也。』帝從之。」❻南山　終南山，屬秦嶺山脈，在今陝西西安南。《詩・小雅・節南山》：「節彼南山，維石巖巖。」《漢書・東方朔傳》：「夫南山，天下之阻也。南有江、淮，北有河、渭，其地從汧隴以東，商雒以西，厥壤肥饒。」❼三戶　《史記・項羽本紀》：「自懷王入秦不反，楚人憐之至今，故楚南公曰：『楚雖三戶，亡秦必楚也。』」裴駰集解引臣瓚曰：「楚人怨秦，雖三戶猶足以亡秦也。」一說，指楚之昭、屈、景三大姓。後項羽、劉邦皆為楚人，滅掉秦國。❽中國　上古時代我國華夏族建國於黃河流域一帶，以為居天下之中，故稱中國，而把周圍其他地區稱為四方。後泛指中原地區。此處陸游指南宋地區。

【語　譯】這把黃金錯刀鑲嵌著白玉，夜裡它的光芒穿過門窗。我年近五十依然功名未建，提著這把刀，站立著眺望四方。憶昔在京城裡結交的都是奇逸之士，彼此意氣相投，誓共生死。我們最大的心願是報效國家，千載留名。近來到西陲為官，早晨的終南山在大雪覆蓋下參差矗立，突兀高聳。哎，楚國三戶就可以報仇滅秦，難道我堂堂南宋就沒有一位如此的人才嗎！

【研　析】此詩以金錯刀起興，抒發恢復河山、報效國家的豪情壯志，同時對南宋朝廷的弱懦無能予以諷刺。從藝術上說，用語簡勁洗練，不作雕飾，直抒胸臆，感人深摯。首句由金錯刀起興，寫其寒光穿牖，實喻自己悲憤之氣。第四句如畫，詩人激昂慷慨的形象呼之欲出。五、六句寫其交遊，「奇士」謂南宋臨安朝中尚有不少主戰派士人，可倚之以重任，即「此道不孤」也。七、八句抒懷，即「千載丹心照汗青」之意。九、十句回到當下，敘從戎南鄭之經歷。而「南山曉雪玉嶙峋」之句，為全詩收束之處。有此收束，方有「嗚呼」以下之高聲疾呼，彷彿欲跳高者先須蹲下，欲出拳者先須收拳也。同時，因全詩抒情議論，皆胸臆語，此處有景語點染，則增色不少。「嶙峋」一詞既寫終南山，又以之烘托自己的抑塞不平之氣。「嗚呼」以下，先用一句典故，與現實對比。最後一句，千載後讀之，亦深受感染！南宋詞人陳亮〈水調歌頭〉云：「堯之都，舜之壤，禹之封。於中應有，一個半個恥臣戎。萬里腥膻如許，千古英靈安在，磅礴幾時通。胡運何須問，赫日自當中。」其意與此詩末句相似，皆以國土之悠久廣袤與英雄壯士之稀罕為對比，手法略同。此詩，南宋人蘇泂有同題之作，雖用韻不同，然句數相等，字面有相同處，寓意亦相似，當為蘇泂讀陸游此詩後，有感而作。蘇泂為北宋宰相蘇頌裔孫，從學於陸游，並有酬唱。茲錄於下，以供讀者兩相比較。蘇泂〈金錯刀行〉：「黃金錯刀白玉環，蘚花古血寒斑斑。皇天生物有深意，入樹伐石無堅頑。丈夫意氣豈兒女，事變虧成爭一縷。拔天動地風雨來，環響刀鳴夜飛去。世間萬事須乘時，古來失意多傷悲。嗚呼！寶刀在手無能為，不知去後鬱鬱令人思。」

梅花

【題解】此詩乾道九年十月間作於嘉州（今四川樂山），借梅花抒發了作者報國無門、旅況淒清之感。

老厭紛紛漸鮮❶歡，愛花聊復客❷江干❸。月中欲與人爭瘦，雪後偷憑笛訴寒❹。野艇❺幽尋❻驚歲晚，紗巾❼亂插醉更闌❽。尤❾憐心事淒涼甚❿，結子⓫青青亦帶酸。

【注釋】❶鮮　少。❷客　停留；小住。❸江干　江岸。❹憑笛訴寒　笛曲有〈梅花落〉，漢樂府橫吹曲名。《樂府詩集・橫吹曲辭》：「〈梅花落〉，本笛中曲也。」李白〈觀胡人吹笛〉：「胡人吹玉笛，一半是秦聲。十月吳山曉，梅花落敬亭。」❺艇　輕便的小船。❻幽尋　遊覽探訪景致。❼紗巾　紗製頭巾。❽闌　將盡。❾尤　更加。❿甚　非常。⓫結子　梅花結果實為梅子，味酸。

【語譯】年歲增而歡樂少，厭煩紛紛雜事，因愛花聊且在江邊停駐。月中的梅花彷彿要與人比瘦，雪後則暗暗憑藉笛曲訴說寒意。我撐著小船尋訪幽境頓驚一年將盡，頭上紗巾零亂，醉意漸漸闌珊。也許梅花的心事與我一樣淒涼，所以它結的青青果實如此酸澀。

【研　析】此詩寄意於梅，託梅言懷；虛賦梅花，實寫自己。故此詩不著意於對梅花的具體刻劃，但用虛筆勾勒而精神全出。一二句敘寫自己訪梅時的懨懨情懷，奠定全詩基調，同時交待訪梅地點，筆勢平緩。三四句突起陡拔，逼出梅之精魂。以比擬手法，表現月中雪後梅花孤瘦清寒之狀。「欲」、「爭」二字顯其孤傲獨立之骨氣，「暗」、「訢」二字又露其寂寞淒清之心境；上句高亢下句低回，情感起伏波動，意脈搖曳多姿。陸游此前從戎南鄭，欲報國而終受挫，頷聯二句，實喻陸游自己的精神與心境。頸聯蕩開一筆，補敘自己「客江干」前閒撐野艇訪幽尋勝之情狀，紗巾亂而任之、酒醉闌而嘆之，頗見出頹唐放縱心境。尾聯更進一層，由梅子之青酸聯想到梅花含有淒涼心事，則託梅寫懷之旨於此全出。

長門怨

【題　解】此詩乾道九年十月、十一月間作於嘉州。長門，漢宮名，漢武帝時陳皇后被廢，退居此，憂愁哀怨。後人作〈長門怨〉。《樂府詩集・相和歌辭十七・長門怨》宋郭茂倩題解：「《樂府解題》曰：〈長門怨〉者，為陳皇后作也。后退居長門宮，愁悶悲思，聞司馬相如工文章，奉黃金百斤，令為解愁之辭。相如為作〈長門賦〉，帝見而傷之，復得親幸。後人因其賦而為〈長門怨〉也。」此詩借宮怨以寄託政治上的失意遭遇。

寒風號❶有聲，寒日慘無暉。空房不敢恨，但懷歲暮❷悲。今年選後宮❸，連娟千蛾眉❹；早知獲譴速，悔不承恩❺遲。聲當徹九天❻，淚當達九泉❼。死猶復見思，生當長棄捐❽。

【注　釋】❶號　呼嘯。❷歲暮　歲末；一年將終時。喻人生晚年。❸後宮　古代妃嬪所居之地，代指妃嬪。❹連娟千蛾眉　形容眉形微曲貌。《文選》宋玉〈神女賦〉：「眉聯娟以蛾揚兮，朱脣的其若丹。」李善注：「聯娟，微曲貌。」三國魏曹植〈洛神賦〉：「雲髻峩峩，修眉聯娟。」❺承恩　蒙受恩澤。❻九天　謂天空最高處。《孫子・形篇》：「善攻者，動於九天之上。」❼九泉　猶黃泉。指人死後的葬處。漢阮瑀〈七哀〉詩：「冥冥九泉室，漫漫長夜臺。」❽棄捐　拋棄；廢置。《戰國策・秦策五》：「子曰：『少棄捐在外，嘗無師傅所教學，不習於誦。』」

【語　譯】寒冷的風在呼嘯，日色也暗淡無光。獨守空房不敢怨恨別的，只悲嘆年華流逝而已。今年朝廷選妃，有數不盡的佳人。早知道這麼快就遭冷落，被遣送出宮，我當初就不該過早地蒙受恩澤，悔恨不及。我的悲聲當響徹九天，我的淚水當流入九泉。死後也許還會被人想起，而活著卻將永遠被棄置。

【研　析】借宮怨之作以寄託己懷，古人多有，詞中更夥。但多數作品往往用虛筆，關涉得不緊。而陸游此作，卻關涉甚緊，將宮怨之事與自身遭際切合得非常好。全詩最關鍵的兩句是：「早知獲譴速，悔不承恩遲。」宮女青春逝去，被遣送出宮；此年又恰逢皇上選妃，眾多蛾眉佳麗使這位宮女不甚感傷，於是便發出上面兩句感慨。其意蓋謂，如果早些知道這麼快就被遣送，當初受恩的時候就不該那麼早。陸游筆下的這位宮女原以為，當初自己很早就蒙受恩澤了，入宮時間久，資格很老，按理應受到眷顧，不應如此快地遭受冷落遣送。此意甚曲折，與一般宮怨之作只哀嘆年華流逝不同。它實際是陸游自身遭際的寫照，因為在高宗朝，陸游就已受到皇帝眷顧，而孝宗即位後，陸游雖受賜進士出身，但不久便受貶黜，出朝為地方官，復又遠赴南鄭，遠離朝廷。這位宮女所發兩句感慨，即是陸游自己的牢騷。宋孝宗沒有重用陸游，使他的期待落空。《唐宋詩醇》：「忠厚悱惻，深於言怨。」劉辰翁評點此詩：「盡用陳語，而各有態。」辛棄疾詞〈摸魚兒〉（更能消幾番風雨）下闋亦用「長門事」以喻己懷：「休去倚危闌，斜陽正在，煙柳腸斷處。」評論者以為寄託了對南宋局勢的深切憂慮，可與此詩參看。

十二月初一日得梅一枝絕奇戲作長句今年於是四賦此花矣

【題　解】此詩乾道九年十二月作於嘉州（今四川樂山），借梅花抒發了作者失意憂鬱、旅況淒清之感。

高標❶已壓萬花群，尚恐嬌春習氣❷存。月兔擣霜❸供換骨，湘娥鼓瑟為招魂❹。孤城小驛❺初飛雪，斷角殘鐘❻半掩門。盡意端相❼終有恨，夜寒皴玉❽倩誰溫？

【注　釋】❶高標　高枝。高聳特立之姿。❷嬌春習氣　指脆弱嬌嫩、不耐苦寒的習性，詩中多用以形容桃、李等植物，如黃裳〈春日有感〉：「桃李嬌春總不知。」以之描狀梅花者，陸游之前有王安石〈次韻徐仲元詠梅二首〉其一：「亭梅放蕊尚嬌春。」〈證聖寺杏接梅花未開〉：「只應尚有嬌春意，不肯凌寒取次開。」❸月兔擣霜　傳說月中有白兔擣藥。傅玄〈擬天問〉：「月中何有？白兔擣藥。」❹湘娥鼓瑟為招魂　湘娥，舜二妃娥皇、女英。相傳二妃沒於湘水，為湘水之神。《楚辭．遠游》：「使湘靈鼓瑟兮。」《楚辭》有〈招魂〉篇，漢王逸〈題解〉：「〈招魂〉者，宋玉之所作也」，「宋玉憐哀屈原，忠而斥棄，愁懣山澤，魂魄放佚，厥命將落。故作〈招魂〉，欲以復其精神，延其年壽。」❺驛　驛站。古時供傳遞文書、官員來往及運輸等中途暫息、住宿的地方。❻斷角殘鐘　遠處隱約的畫角聲、撞鐘聲。❼端相　細看。❽皴玉　剝裂細碎的玉屑，此處比喻凋落的梅花瓣。范成大〈正月九日雪霰後大雨二首〉其一：「賴是梅花已過，不然皴玉誰溫。」

【語　譯】梅花獨立高枝已壓倒群芳，但尚恐它存有嬌春習氣。因此以月兔擣的藥來作骨，令湘娥鼓瑟而招其精魄。此處是孤僻偏遠的小城旅店，半掩的門外飄著小雪，可以聽到隱約的鐘聲。仔細端詳這株梅花不盡傷感，當它夜半凋落時有誰會知曉？

【研　析】此詩起句陡拔，先將梅花高標獨立、壓倒眾芳的精神表出。次句忽而一轉，勒住讚美之意，竟懷疑梅花與穠桃豔李一樣尚存嬌春習氣。蓋此時梅花尚含苞待放，故令陸游聯想到王安石「只應尚有嬌春意，不肯凌寒取次開」之句。頷聯二句精思獨造，為除去梅花的「習氣」，則需讓其脫換凡骨，賦予精魂。「月兔」、「湘娥」不純是用典，也暗寫了作者賞梅時的地點，正在月下江邊。頸聯蕩開，取景由細小變廣闊。敘寫作者當日所處之環境，「孤」、「小」、「斷」、「殘」皆以襯托出陸游寂寞失落的心境。上句所見、下句所聞，對仗工穩而疏宕，不顯斧鑿之痕。末聯則又兜回梅花，雖然上文讚其高標獨立，雖然月下江邊之襯托更見其超塵脫俗，但依然為其終將凋落而傷感惆悵。此更可見陸游當日心境之抑鬱難遣。

曉坐

【題　解】本詩作於乾道九年冬，作者時在嘉州。寫客中長夜不寐的淒涼境況。

低枕孤衾❶夜氣存，披衣起坐默忘言。瓶花力盡無風墮，爐火灰深到曉溫。空橐❷時時聞鼠齧，小窗一一送鴉翻。悠然忽記幽居❸日，下榻先開水際❹門。

【注　釋】❶衾　被子。❷橐　袋子。❸幽居　隱居。❹水際　水邊。

【語　譯】旅途中，我枕衾孤單，獨自一人感受著長夜漫漫。披衣而起，默默地坐在一邊說不出話來。瓶中的花柔弱無力，即使沒有風也墜落下來。取暖的火爐中積灰已經很深了，然而到早晨還有餘溫。空空的袋子中時常有老鼠啃咬的聲音，窗邊也傳來烏鴉飛過的聲響。茫然中忽然回想起以前隱居的日子，下床後先推開水邊的柴門。

【研　析】詩人長年處於顛沛流離的生活，因而整首詩彷彿是他客居在外，流亡途中的淒涼寫照，是一幅色調略顯沉鬱的寫意畫。長夜枯坐，倍感淒涼。所見瓶花墜落、爐灰餘溫，為這整幅畫面增添了幾分沉鬱的色彩。鼠齧空橐，鴉聲陣陣，更是將詩人的淒涼孤苦的心境渲染到極致，無人可述說。景中寄情，虛寫景，實寫情，是陸游詩中慣用的手法。尾聯突開另一天地，聯想到自己以前在老家隱居的悠然日子，與眼前的一番清淒之景對比，形成強烈的反差，也更容易牽扯起詩人悲傷無助的心境，尤顯蒼涼沉鬱。

對酒嘆

【題　解】此詩淳熙元年（西元一一七四年）夏作於蜀州。為一歌行體古詩，寫其有志難伸的感懷。

鏡雖明，不能使醜者妍；酒雖美，不能使悲者樂。男子之生桑弧蓬矢射四方❶，古人所懷何磊落❷！我欲北臨黃河觀禹功❸，犬羊腥羶❹塵漠漠；又欲南適蒼梧弔虞舜，九疑難尋眇聯絡❺。惟有一片心，可受生死託。千金輕擲重意氣，百舍❻孤征赴然諾❼。或攜短劍隱紅塵，亦入名山燒大藥。兒女何足顧，歲月不貸人；黑貂十年弊❽，白髮一朝新。半酣耿耿不自得，清嘯長歌裂金石❾。曲終四座慘悲風，人人掩淚無人色❿。

【注釋】❶桑弧蓬矢射四方　古時男子出生，以桑木作弓，蓬草為矢，射天地四方，象徵男兒應有志於四方。後用作勉勵人應有大志之辭。《禮記・內則》：「國君世子生，告於君，接以大牢，宰掌具，三日，卜士負之，吉者宿齊，朝服寢門外，詩負之，射人以桑弧蓬矢六，射天地四方。」鄭玄注：「桑弧蓬矢本大古也，天地四方男子所有事也。」唐李白〈上安州裴刺史書〉：「士生則桑弧蓬矢，射乎四方。」❷磊落　形容胸懷坦蕩。❸禹功　指夏禹治水的功績。《左傳・昭公元年》：「美哉禹功，明德遠矣。微禹，吾其魚乎！」❹犬羊腥羶　對外敵的蔑稱。漢陳琳〈為袁紹檄豫州〉：「爾乃大軍過蕩西山，屠各左校，皆束手奉質，爭為前登，犬羊殘醜，消淪山谷。」羶，指羊的氣味。《太平廣記》卷一九九引唐鄭處誨〈劉瑑碑〉：「天寶末，犬戎乘我多難，無力禦姦，遂縱腥羶，不遠京邑。」❺又欲二句　《山海經・海內經》：「南方蒼梧之丘，蒼梧之淵，其中有九嶷山，舜之所葬，在長沙零陵界中。」郭璞注：「其山九谿皆相似，故云『九疑』。」唐李涉〈寄荊娘寫真〉詩：「蒼梧九疑在何處，斑斑竹淚連瀟湘。」❻百舍　百里一宿。謂長途跋涉。❼然諾　然、諾皆應對之詞，表示應允。引申為言而有信。《文選》宋玉〈神女賦〉：「含然諾其不分兮，喟揚音而哀嘆。」❽黑貂十年弊

《戰國策》：「蘇秦始將連橫，……說秦王書十上，而說不行，黑貂之裘敝，黃金百斤盡，資用乏絕，去秦而歸。」❾金石　指鐘磬一類樂器。《國語・楚語上》：「而以金石匏竹之昌大、囂庶為樂。」❿人色　人面部的血色。漢荀悅《漢紀・武帝紀四》：「會日暮，吏士無人色，而廣（李廣）意氣自如。」

【語　譯】鏡子雖明，卻不能使醜者美麗；酒雖味美，卻不能使悲者快樂。古代男兒一生下來便要以桑木作弓，蓬草為矢，射天地四方，其胸懷是何等磊落坦蕩。我想北至黃河觀看夏禹治水的功績，但那裡被金人佔領，塵土彌漫。我又想南至蒼梧憑弔虞舜，只是九嶷山與諸山連綿難以尋覓。唯有一片赤誠之心，可以託付生死。我重義輕利；只要一許諾，即使孤身萬里也在所不辭。若果沒有這樣的機會，那我就攜帶短劍隱於塵世，或者隱居名山煉丹修道。兒女何足掛懷，歲月不等人。穿的衣服已經破舊，頭髮都白了。喝得半醉不醒，憤懣難耐，便仰天長嘯，聲裂金石。一曲歌了，滿座的人都為之淒慘，為之流淚。

【研　析】淳熙元年春，陸游離開嘉州，返回蜀州為官。三月，朝廷派鄭聞宣撫四川，陸游有賀啟，希望他能憑藉秦楚之地以恢復中原。于北山先生《陸游年譜》評價說：「蓋昔日之所期於王炎者，今則轉望於鄭氏矣。」所論甚是。雖然四川的高級將領有所更替，但陸游收復之志並沒有變化。此詩即作於稍後的五、六月間。詩為雜言歌行，字數不等，句式錯落，音節頓挫變化，正用以表達作者內心起伏不安的情緒。此詩多用轉折句式，一、二句如此；中間「我欲」四句亦如是，體現事與願違的悲傷無奈。此種句式，古體詩中常用。先秦《詩經・漢廣》：「漢之廣矣，不可詠思；江之永矣，不可方思。」漢代張衡〈四愁詩〉：「我所思兮在太山，欲往從之梁父艱」；「我所思兮在桂林，欲往從之湘水深。」唐李白〈行路難〉：「欲渡黃河冰塞川，將登太行雪滿山。」皆以「遠行而受阻」這一構思模式來安排地理意象，欲藉此隱喻人世生活的不得意，尤其是仕途上的挫折。「我欲」四句之後，陸游以兩句五言作一渟滀，以一片丹心尚在給自己慰藉。接著復接以一組七言句和一組五言句，跌宕生姿。結句寫滿座之人的反應，以作烘托。清人編《四庫全書》時，覺得「犬羊腥羶」有侮辱滿族人之意，便將它改為：「干戈不息塵漠漠。」

雨後集湖上

【題解】本詩作於淳熙元年夏，時作者在蜀州。以輕快筆寫一雨後之宴集。

野水交流自滿畦❶，芳池新漲恰平堤。花藏密葉多時在，鶯占高枝盡日啼。繡袂寶裙催結束❷，金尊翠杓❸共提攜。白頭自喜能狂在，笑襞❹蠻箋❺落醉題。

【注釋】❶畦　排列整齊的田地。❷繡袂句　繡花的衣袖。袂，衣袖。寶裙，裝飾珠寶的裙子。結束，裝束。❸杓　杓子。❹襞　折疊。❺蠻箋　唐時高麗紙的別稱，亦指蜀地所產名貴的彩色箋紙。唐陸龜蒙〈酬襲美夏首病癒見招次韻〉：「雨多青合是垣衣，一幅蠻牋夜款扉。」

【語譯】郊外的田地裡，水流溢滿。池塘中，剛剛漲起的水潮恰好臨堤。密密的林葉中，花朵暗藏，而那高高的枝頭上，黃鶯整日啼唱。身旁的佳人衣著錦繡，穿著飾有珠寶的裙子，裝束一新，賓客們在酒宴上共用金杯玉盞。我慶幸自己在年老時尚能盡興狂歡，酒醉時笑著折紙題詩。

【研析】陸游的詩，素以蒼涼沉鬱見長，這是和詩人一生流離客居，報國壯志難酬的境遇分不開的。而此詩是詩人所著之詩中為數不多的色調較為明快的一首。開篇即用筆輕描郊外之景，水流滿畦，芳池新漲，花藏密葉，鶯啼高枝，風格清淡悠然，簡潔明快，頗有幾分田園詩的風采。頸尾二聯敘述與詩友酒宴狂歡之景，暢快淋漓。美酒佳人，金杯玉盞，自是常年流離在外的陸游生活中難得一遇的情景。平日憂國憂民的情懷暫且收起，詩人在白髮暮年時，仍能於酒宴上攜眾賓客盡興而歸，醉後留詩，由此性格中平時深藏的豪放不羈，豁達自如的一面盡顯無遺，令人耳目一新。

秋聲

【題解】本詩作於淳熙元年夏，陸游時在蜀州。寫其收復失地的豪情壯志。

人言悲秋難為情❶，我喜枕上聞秋聲。快鷹下韝❷爪觜健，壯士撫劍精神生。我亦奮迅❸起衰病，唾手❹便有擒胡興。弦開雁落詩亦成，筆力未饒❺弓力勁。五原❻草枯苜蓿❼空，青海❽蕭蕭風卷蓬❾。草罷捷書重上馬，卻從鑾駕❿下遼東⓫。

【注　釋】❶人言悲秋難為情　宋玉〈九辯〉：「悲哉！秋之為氣也。」難為情，難以控制感情。❷韝　臂套。用皮製成，射箭、架鷹時縛於兩臂束住衣袖以便動作。《漢書・東方朔傳》：「董君綠幘傅韝。」顏師古注引韋昭曰：「韝形如射韝，以縛左右手，於事便也。」唐薛逢〈俠少年〉詩：「綠眼胡鷹踏錦韝，五花驄馬白貂裘。」❸奮迅　精神振奮，行動迅速。❹唾手　唾手可得，比喻極容易做到。❺未饒　不讓；不亞於。❻五原　漢時郡名，治所在今內蒙古五原。❼苜蓿　俗名草頭或金花菜，可作鳥的飼料。❽青海　湖名，在今青海省東北部。❾蓬　蓬草。❿鑾駕　皇帝的車駕，用作帝王的代稱。⓫遼東　古代郡名，在今遼寧東南部地區。

【語　譯】人們都說在秋季感到傷感，很難控制住自己的感情，我卻為在枕上聽到秋葉飄落之聲而欣喜不已。鷹從獵人的臂套上飛翔而下，嘴爪都十分尖利，壯士撫摸著自己的劍，倍感精神頓生。我也精神振奮而起，像是病好了一樣，彷彿有了唾手可將敵虜擒來的興致。張開弓弦，雁應聲落地，詩句也在轉眼間便寫就而成，筆力蒼勁不亞於弓箭之力。五原縣內草枯凋零，風捲雜草，一片蕭蕭景象。草草寫就詩句我又重新上馬，去追隨皇帝進攻遼東的鑾駕。

【研　析】陸游之詩，多見其憂國憂民的悲憤之作，而在這首詩中，他的心境頗為開朗豁達，整首詩色調明快，讀來令人也不禁為之精神振奮。寫此詩時，詩人時在蜀州，初臨漢中，他的生活領域頗為開拓，使得他的詩歌創作有了更廣闊的天地，對收復失地也重新點燃了激情和希望。首句有唐人劉禹錫「自古逢秋悲寂寥，我言秋日勝春朝」之意，一掃悲戚之意，情緒爽朗。看到鷹飛翱翔之景，自己也精神煥發，所以往日的疾病苦痛彷若已拋在了九霄雲外，驅敵擒虜之意勃勃，人似乎也年輕了好幾歲。張弓射雁，此情此景，意味盎然，遂詩興大發，以「筆力」與「弓力」相較，可見詩人豪情壯志滿懷，瀟灑自信之情溢於言表。五句寫景，六句寄情，自己願趁這滿腔熱情，追隨皇帝殺敵抗金，意猶未盡。

五十

【題解】本詩作於淳熙元年秋，作者時在蜀州。寫其雖年衰志挫，而豪情不減。

五十未名老，無如衰疾何。肺肝❶空激烈，顏鬢❷已蹉跎。夜宴看長劍，秋風舞短蓑❸。此身如砥柱❹，猶足閱❺頹波❻。

【注釋】❶肺肝　泛指心境。❷顏鬢　容顏和鬢髮，借指年華。❸蓑　蓑衣。用草或棕製成的、披在身上的防雨用具。晉葛洪《抱朴子．鈞世》：「至於罽錦麗而且堅，未可謂之減於蓑衣。」❹砥柱　山名。又名三門山。因其屹立於三門峽附近的黃河中流，故常以中流砥柱來比喻能頂住危局的堅強力量。❺閱　經歷。❻頹波向下流的水勢，此喻危局。劉禹錫〈詠史〉詩：「世道劇頹波，我心如砥柱。」

【語　譯】年屆五十，雖然稱不上衰老，但是抵擋不住體弱多病的暮年。我的心境激蕩悲憤，可是容顏的衰退，鬢邊的華髮都在顯示著光陰虛度的年華。夜晚酒宴時看長劍起舞，秋風吹動著我短短的蓑衣。感嘆此身就如同中流砥柱，還能經歷重重危難的局勢。

【研　析】美人遲暮，英雄暮年，都是人生中不可或缺，也是必將經歷的遺憾。詩人的一生，大起大落，動盪多難。流離落魄中，不知不覺已到了五十——知天命之年，也難免發出蒼涼傷感之嘆。「空」字一筆，顯其壯志難遣，報國無門的寂寞心境，筆力沉重，令人感到意境淒然。詩人只能借在酒宴上觀賞劍舞，以此來舒解情懷，此時秋風漸起，涼意侵入，蕭瑟之象陡起。尾聯二句，頗耐尋味，長年仕途失意，顛沛流離的生活並未消退詩人光復山河的意志，縱使情勢岌岌可危，每況愈下，詩人也願此身如同激流中的砥柱，可歌可嘆，讀者無不肅然起敬。

秋思

【題　解】此詩作於淳熙元年秋，作者時在蜀州。寫初秋遊園的感懷。

烈日炎天欲不禁，喜逢秋色到園林。雲陰映日初蕭瑟❶，露氣侵簾已峭深❷。衰髮❸凋零隨槁葉，苦吟淒斷雜疏砧❹。雁來不得中原信，撫劍何人識壯心？

【注釋】❶蕭瑟　蕭條。❷峭深　嚴厲深入，謂寒意。❸衰髮　指白髮。❹疏砧　稀疏的擣衣聲。砧，擣衣石。

【語譯】即便是炎炎的夏日，也禁不住我外出遊玩的欲望，到了園林中，便欣喜地感受到了一絲秋意。烏雲蔽日，初顯蕭條氣象，秋日的寒氣卻不知何時已侵入簾內。我的白髮就像這枯葉一般飄散，隨著一片稀疏的擣衣聲倍感淒涼。遠歸的大雁帶不回故土的訊息，我只好默默撫著劍，感嘆世間又有誰瞭解我的壯志情懷？

【研析】此詩的一大特點是借景抒情，詩人的情感一波三折，細品頗耐人尋味。陸游號「放翁」，性素豪放，豁達而少拘謹。自己遊園賞秋的興致受秋日蕭瑟之景的感染，「雲陰、露氣」，頓時急轉而下。「見一葉落而知秋」，在細數華髮，年華青春已逝的無奈感嘆中，年華彷彿秋日的落葉一般無可挽回，頸聯的「隨、斷」二字尤顯淒涼孤寂，筆力蒼涼沉重，充滿了無助失落之感，情緒彷若跌入低谷。此二字，兼寫自己與外物，做到物我交融，情景相生。尾聯盼雁歸來捎回中原故土消息的落空，報國無門，壯懷難遣。詩人只得撫劍長嘆，藉此抒發自己鬱鬱不得志的情懷。無助中透著幾絲孤高，寂寞中懷著幾分悲憤，失落中透出幾許牽掛，卻依然不乏幽幽壯志，拳拳雄心。由此可見，詩人抗敵復興的這片意志，雖然常常受到打擊，偶爾也有消沉之時，卻無論是到了什麼時候也不曾消退過的，更顯其悲壯無比，可歌可泣。

觀長安城圖

【題　解】長安，在今陝西西安，當時淪陷在金人手中。本詩淳熙元年秋，陸游在蜀州觀看長安地圖後作。

許國❶雖堅鬢已斑，山南❷經歲望南山❸。橫戈上馬嗟心在，穿塹❹環城笑虜孱。日暮風煙傳隴上❺，秋高刁斗❻落雲間。三秦❼父老應惆悵，不見王師❽出散關❾。

【注　釋】❶許國　以身許國，即獻身祖國。❷山南　終南山以南地區，指漢中。陸游在南鄭時曾作〈山南行〉。❸南山　終南山。長安在終南山之北，相距不遠，所以望南山也就是望長安。❹穿塹　挖掘壕溝。塹，壕溝。陸游此句自注：「諜者言，虜穿塹三重環長安城。」❺隴上　指今陝西西部隴縣一帶。❻刁斗　古代軍中用具，白天用來燒飯，夜則擊以巡更。❼三秦　指陝西一帶，即關中地區，當時為金人淪陷區。❽王師　指宋軍。❾散關　指大散關。

【語　譯】以身獻國的志向雖然還堅定，但是我的兩鬢卻已斑白。我身在漢中，卻長年遙望著長安。

手握長戈，身跨戰馬，感嘆壯志猶存。一邊挖掘著環城的戰壕，一邊為敵人的孱弱而感到可笑。日暮降臨，風沙彌漫。秋高氣爽，等不到宋軍攻破散關，關中的父老鄉親應該是很失望的吧。

【研　析】此詩在意境上延續了詩人一貫愛國之作的風格，激昂慷慨，蒼涼悲壯，頗有燕趙之風。開篇是感嘆年華流逝，鬢髮斑白的傷感，但詩人雄心未泯，壯志未消，惟有長年累月地遙望故土，以寄情思。此種魂牽夢繞，遺恨萬千的心緒由此可見一斑。這一時期，陸游曾為王炎的幕僚。漢中地區的地勢雄偉，物產豐富，使他心頭抗金的激情再次燃燒起來。金戈鐵馬，挖壕備戰，《宋史·陸游傳》，載陸游建議朝廷：「經略中原，必自長安始；取長安，必自隴右始。當積粟練兵，有釁則攻，無則守」。反映了詩人深謀遠慮的戰略思想和驚人的軍事才華。而他空有滿腹才華，雄心勃勃，無奈南宋的當權者中，「抗戰派」勢低力弱，孝宗搖擺不定，致使北伐之業未能實現。尾聯寫民眾久盼抗敵的「王師」不至，詩人報國的情懷落空。此句從對面寫，手法與范成大的名作〈州橋〉機杼相同：「州橋南北是天街，父老年年等駕迴。忍淚失聲詢使者，幾時真有六軍來。」陸游在〈秋夜將曉出籬門迎涼有感〉其二中也用了這種手法：「遺民淚盡胡塵裡，南望王師又一年。」

秋夜池上作

【題　解】本詩作於淳熙元年秋，作者時在蜀州。風中賞荷，望月興嘆，寓其苦悶心情。

短髮颼颼❶病骨輕，臨池閑看露荷傾。月明何與浮雲事，正向圓時故故❷生。

【注釋】❶颼　原指小風。《初學記》卷一引漢應劭《風俗通》：「小風曰颼。」此處形容寒風吹過短髮，見蕭颯之意。❷故故　故意；特意。宋徐鉉〈九月三十夜雨寄故人〉詩：「別念紛紛起，寒更故故遲。」

【語譯】秋風陡起，吹亂髮絲，帶來陣陣寒意，彷彿使得我的病體也減輕了。我來到池邊，觀賞露珠從荷葉上輕輕滑落。抬頭望見浮雲片片，正向圓月邊飄去。

【研析】陸游在四川的一段時期是他比較留戀的，而在這段日子裡，他對蜀地也逐漸產生了比較深厚的感情。「樂其風土，有終焉之志」。但是，宦海沉浮，起起落落，多次的遷職、罷職，詩人苦悶憂慮的心情可想而知。全詩以寫景為主，風格淡然，情景幽遠，主要敘述了他閒來賞景觀荷，望月興嘆之事。多年落魄失意的仕途生活，病體沉痾，雄心壯志難以實現，所以詩人眼中的景物：露荷、月明、浮雲也似乎抹上了一層淡淡的憂鬱色彩，有一種揮之不去的淡淡哀愁浸染其中，讀來令人也不禁身臨其境，為之唏噓傷感。作者寫浮雲與明月，用擬人手法，意謂月之陰晴圓缺本與浮雲無關，而浮雲卻偏偏要在月圓的時候，來遮擋月光；浮雲暗喻朝中那些阻礙抗金恢復事業的官員。此詩體現了宋詩好議論比擬，好翻案出新的特點。

秋夜懷吳中

【題解】吳中，本指江蘇吳縣，泛指江浙地區，這裡指山陰一帶。本詩作於淳熙元年九月，作者時在成都。

秋夜挑燈讀《楚辭》，昔人句句不吾欺。更堪臨水登山❶處，正是浮家泛宅❷時。巴酒❸不能消客恨，蜀巫❹空解報歸期。灞橋❺煙柳知何限，誰念行人❻寄一枝？

【注釋】❶臨水登山　登上高山，面臨流水。謂在山水間盤桓。《楚辭・九辯》：「憭慄兮若在遠行，登山臨水兮送將歸。」❷浮家泛宅　謂以船為家，浪跡江湖。《新唐書・隱逸傳・張志和》：「顏真卿為湖州刺史，志和來謁，真卿以舟敝漏，請更之。志和曰：『願為浮家泛宅，往來苕霅間。』」宋胡舜陟〈漁家傲〉詞：「今我綠蓑青箬笠，浮家泛宅煙波逸。」❸巴酒　蜀地產的酒。❹蜀巫　蜀中的巫師。❺灞橋　在長安東三十里灞水上。古時長安人多在這裡送別，折柳相贈。「柳」與「留」聲相近，表示攀留惜別的意思。❻行人　指作者自己。

【語譯】秋天夜晚，我在燈下閱讀屈原的詩文，昔日的先賢句句至理名言，毫不欺騙我。又聯想自己那四處遠遊，流蕩在外的生活，雖有蜀地產的酒也消除不了我的離愁之恨，巫師推算的歸期也是徒勞無益。長安外的灞橋上煙柳依依，牽扯起多少往事，又有誰掛念我，折柳枝寄我呢？

【研　析】陸游的老家在山陰，也就是今紹興一帶。金人南下，國都淪陷，處於這樣一個民族危機深重的時代，從繈褓中起，詩人就隨著父母舉家四遷，客居在外。直至成年後的詩人，幾起幾落，四處遷職，依然過著顛沛流離，長年流蕩的生活。「更堪臨水登山處，正是浮家泛宅時」就是他對自己的真實寫照。在一個秋夜，挑燈夜讀屈原的《楚辭》，使他聯想到多年來的在外生活，思鄉之情在所難免，即使是蜀地的酒也消退不了他的憂愁苦悶！此等句子，何其悽楚也！尾聯二句，則借用「折柳」之典故。古人素有借折柳表達依依惜別、無限留戀之情的習俗。「江南無長物，聊寄一枝春」。放翁在詩中用此典，既是對自身漂泊在外，難歸故里的感嘆，也充滿了對故鄉濃濃的思念之情。頷聯中「臨水登山」對「浮家泛宅」，二者皆為古人成語，皆有出處，工整之極。

江上對酒作

【題　解】江，長江，這裡指流經四川境內的一段，也稱為蜀江。本詩作於淳熙元年秋，作者時在成都。

把酒不能飲，苦淚滴酒觴❶。醉酒蜀江中，和淚下荊揚❷。樓櫓壓湓口❸，山川蟠❹武昌。石頭❺與鍾阜❻，南望鬱蒼蒼❼。戈船❽破浪飛，鐵騎❾射日光。胡來即送死，詎能犯金湯❿？汴洛⓫我舊都，燕趙⓬我舊疆。請書一尺檄⓭，為國平胡羌⓮。

【注　釋】❶酒觴　酒杯。❷荊揚　荊州和揚州。❸樓櫓壓湓口　戰船逼近湓浦口。樓櫓，本是古代築在城上用以瞭望敵陣的望樓，亦可築在戰船上。這裡指代高大的戰船。宋王安石〈澶州〉詩：「南城草草不受兵，北城樓櫓如邊城。」湓口，湓浦口，故址在今江西九江市。湓水經湓口流入長江。❹蟠　環繞。❺石頭　石頭城，即今南京。❻鍾阜　鐘山，又名紫金山，在今南京東北。❼鬱蒼蒼　青翠茂盛的樣子。❽戈船　戰船。❾鐵騎　精銳的騎兵。❿金湯　即金城湯池，《漢書・蒯通傳》：「必將嬰城固守，皆為金城湯池，不可攻也。」顏師古注：「金以喻堅，湯喻沸熱不可近。」形容城池的防守堅固。⓫汴洛　指宋朝東京汴州和西京洛陽。⓬燕趙　指今河北及山西的部分地區。⓭檄　古時討伐或徵召用的文書。⓮胡羌　胡人和羌人，我國古代的少數民族。這裡指金人。

【語　譯】手持酒杯而不能飲下，悲傷的淚水滴在酒杯中。我痛飲著渡過蜀江，強忍眼淚來到荊揚之地。高大的戰船停泊在湓浦口，武昌境內山川挺立。想當年乘舟經過鍾山，南岸一片鬱鬱蒼蒼。戰船破浪前進，日光映照在戰士的鐵甲上。敵人膽敢來侵犯就是送死，怎麼能攻破固若金湯的城池呢？汴京洛陽都是我大宋朝的昔日的舊都，燕趙之地都是我大宋過去的疆土。請求朝廷下達殺敵的詔書，我能上戰場抗擊金人。

【研　析】陸游在蜀地的時候，雖然屢次遭到遷職罷免，但是他還是做了很多積極的準備。詩人始終沒有放棄心中的宏偉志向，經常以軍旅生活來激勵和充實自己。陸游不願意錯過每一個為國出力效勞的機會，哪怕這機會是極其微小渺茫的，哪怕自己承受了再多的失望和痛苦。例如，在這首詩的前兩句，我們就可以從字詞中讀到他那種含悲忍淚，強抑心頭之痛的苦楚。然而就是在這樣的心境下，他繼續來到了軍中。接連下面三句，都是對當時長江下游的戰況形勢和軍備防務作了詳細的描寫，並且寫得很有氣勢，激動人心。先是在三句中，用一「壓」字，力顯戰船的高大威猛，氣勢不凡。而後輕筆淡勾整個山勢地形的狀況，極目遠眺，胸懷開闊。最後又用對仗的形式寫出了戰船的速度之快，軍士所穿鐵甲的寒光四射，給人以強烈的威懾感。六七兩句表面上是質問敵人安敢犯我國土，實際是對我軍防備的誇讚，自信滿滿，並向敵方提出嚴正聲明，汴洛燕趙等地，皆我大宋疆土，義正詞嚴，立場十分鮮明。「萬事俱備，只欠東風。」現在我苦於缺少的只是朝廷的一紙詔令，就能上戰場殺敵報國了。結尾一句，煞然收住，令讀者也陷入無限的感慨中。

暮歸馬上作

【題　解】本詩作於淳熙元年秋，作者時在成都。春遊醉飲之餘，發其不獲知音的牢騷。

石筍街❶頭日落時，銅壺閣上角聲悲。不辭❷與世終難合，惟恨無人粗見知。寶馬俊遊❸春浩蕩❹，江樓豪飲夜淋漓❺。醉來剩欲吟〈梁父〉❻，千古隆中❼可與期。

【注　釋】❶石筍街　與下句的銅壺閣均在成都。❷不辭　不辭讓；不推辭。漢司馬相如〈喻巴蜀檄〉：「是以賢人君子，肝腦塗中原，膏液潤野草，而不辭也。」❸俊遊　快意的遊賞。宋秦觀〈望海潮〉詞：「金谷俊遊，銅駝巷陌，新晴細履平沙。」❹浩蕩　廣闊壯大的樣子，形容春色彌漫無邊。❺淋漓　形容飲酒酣暢。❻梁父　古樂府詩篇名。《三國志．蜀志．諸葛亮傳》載，諸葛亮好為〈梁父吟〉。❼隆中　在今湖北襄陽西二十里，諸葛亮年輕時曾隱居於此。

【語　譯】日落石筍街頭，銅壺閣上傳來悲涼的號角聲。即使我的性格與這俗世終難融合也無所謂，只恨沒有人瞭解我的心意，哪怕是一點。騎著寶馬，遊賞這無邊的春色；在江邊酒樓上痛飲，暢快淋漓。酒醉之餘，我只想吟誦樂府詩篇〈梁父吟〉，大概只有隆中的臥龍先生是與我志向相同的吧。

【研　析】陸游在成都任職的時間並不很長，各地供職，遷移多次。但從西元一一七二年應友人之邀到蜀地，直至西元一一七八年被孝宗召回臨安算起，他在南鄭、四川一帶的時間有六年之久，所以詩人對蜀地的感情是非常深厚的，在此期間的詩歌創作也取得了不小的成績。他曾立志將蜀地作為抗擊金兵，光復山河的根據地，對此曾抱有很大希望。但是亂世紛紛，又有多少人瞭解並支持他的良苦用心呢？頷聯二句，詩人力主抗金，殺敵報國的一片宏願難以為世人所知，沉痛鬱悶的心情溢於言表，「恨」字尤見其悲憤孤寂之意。頷聯用虛字對仗，「不辭」對「惟恨」，「終難」對「粗見」。謝榛《四溟詩話》云：「實字多則意簡而句健，虛字多則意繁而句弱。」葉羲昂《唐詩直解・詩法》亦云：「用虛字多，則流麗而或失於弱；用實字多，則濃豔而又難為工。」虛字對要能以氣勢貫串，跌宕多姿。陸游此聯卓犖為傑，盤曲傲兀，正是因為盤鬱著一腔憤懣牢騷之氣。結伴遊春，江樓夜飲，是放翁在寂寞失意時的無奈。酒醉夢醒時分，惟有寄情古人，述說情懷。結尾，詩人以諸葛亮好為〈梁父吟〉的故典自喻，實在是「知音難覓」的痛呼，令讀者無不為之動容。

彌牟鎮驛舍小酌

【題解】彌牟鎮，在今四川新都北。淳熙二年（西元一一七五年）正月，陸游離榮州返成都，任成都府路安撫司參議官兼四川制置使司參議官。六月間，因公至漢州（今四川廣漢），路經彌牟鎮作此詩。

郵亭❶草草置盤盂❷，買果煎蔬便有餘。自許❸白雲終醉死，不論黃紙❹有除書。角巾墊雨❺蟬聲外，細葛含風❻日落初。行遍天涯身尚健，卻嫌陶令❼愛吾廬❽。

【注釋】❶郵亭　即驛舍。❷盂　盛飲食等的圓口器皿。❸自許　自比。❹黃紙　本指古時官員考核成績的檔案記錄，這裡指朝廷書寫任命文書的黃紙。❺角巾墊雨　《後漢書．郭泰傳》載，東漢名士郭泰（字林宗）曾在陳、梁間遇雨，就折下頭巾的一角。時人因敬佩他，也把頭巾折下一角，稱為「林宗巾」。❻細葛含風　語出杜甫〈端午日賜衣〉：「細葛含風軟，香羅疊雪輕。」細葛，一種絲織物，這裡指葛衣。❼陶令　即陶潛，他曾任彭澤令，故稱。❽愛吾廬　語出陶潛〈讀山海經〉：「眾鳥欣有託，吾亦愛吾廬。」

【語譯】途經驛舍，草草地置辦了一些器皿，用來放置果蔬，燒飯做菜便綽綽有餘了。我自比為天上的白雲一樣到處飄蕩，醉生夢死，已經顧不得是否有朝廷任命的文書了。蟬聲長鳴，我效仿東漢名士郭泰折下頭巾一角來避雨，夕陽日落，我身穿細葛的衣服，隨風飄揚。我長年行走天涯，客居在外，幸喜身體尚且健康，卻為陶淵明隱居不出而感到不值得。

【研析】陸游的詩，多以抒發自己愛國的激情壯志見長。這首七言律詩，則記錄了自己外出公辦旅途中所見所聞的狀況，也是一首心境較為開朗的閒適之作，令人眼前一亮。首聯記敘的是在驛舍中置辦用具的日常之景，旅途匆忙，但忙碌中也頗見閒情逸趣。詩人對生活中的條件並不講究，在下半句詩中他自述已不在意朝廷任命的文書。他所追求的是像白雲般閒適豁達，如同閒雲野鶴一樣的放縱自如，無拘無束。頸聯兩句用字流暢，對句工整，以東漢名士郭泰角巾墊雨的典故自喻，意態悠然自得，情趣橫生，給人帶來了一種情感上的愉悅享受，疏淡悠遠，足見詩人在遺詞造句上的不凡造詣。末聯猶為值得稱頌，在亂世中，隱居避亂，離世獨居的現象屢見不鮮，而且似乎不失為表現文人高風亮節的一種極好方式，但陸游之可貴就在於他能在國家危難之際，國難當頭時分挺身而出，力求在戰場上殺敵報國，在中國文人一貫秉持的「避世」習慣中顯得格外可貴，也是他之所以千百年來與屈原、杜甫共同被推崇為偉大的愛國詩人的原因。

樓上醉歌

【題解】本詩作於淳熙二年六月，時作者在成都。從中可以見出其憫時濟民的高志。

我遊四方不得意，陽狂施藥❶成都市。大瓢滿貯隨所求，聊為疲民
起憔悴❷。瓢空夜靜上高樓，買酒捲簾邀月醉。醉中拂劍光射月，往往
悲歌獨流涕。剗卻君山湘水平，斫卻桂樹月更明❸。丈夫有志苦難成，
修名❹未立華髮❺生。

【注釋】❶陽狂施藥　假裝狂人施捨藥物。陽狂，即佯狂。❷起憔悴　使憔悴的病人恢復健康。❸斫卻二句　陸游自注：「太白詩：『剗卻君山好，平鋪湘水流。』老杜詩：『斫卻月中桂，清光應更多。』」所引李白詩為

〈陪侍郎叔游洞庭醉後三首〉之三，杜甫詩為〈一百五日夜對月〉。君山，又名湘山，在湖南岳陽洞庭湖中。斫，砍削。桂樹，相傳月亮裡的暗影是一棵桂樹，高五百丈。❹修名　美名。❺華髮　白髮。

【語　譯】我過著四處飄零不得志的生活，所以佯裝狂人在成都贈送藥物。瓢中滿滿的都是藥物，任人所求，只是為了使憔悴的病人能恢復健康。施散完藥物後已是夜深人靜，我獨自登上高樓，在月光下買酒一醉。酒醉中我揮劍起舞，劍光月光交相輝映，自己卻一邊悲傷地唱著歌兒一邊痛哭流涕。要是能把君山鏟去，湘水的洞庭湖就會更平整；要是砍去月中的桂樹，光芒就會更明亮。大丈夫空有雄心壯志苦於願望難以實現，還未功成名就卻早已白髮叢生。

【研　析】在長年動盪漂泊的生活中，作者和普通人民結下了深厚的友誼。史書上說，他經常為平民百姓去施送藥物，特別是救活了不少貧苦的農民。他在自己的詩中也有過大量描述，「生兒多以陸為名」，百姓為報答他，以他的姓氏來給孩子命名，兩者之間的情誼非常感人。在陸游的詩句中，對於普通勞動人民特別是貧苦農民的瞭解和同情非常突出，他的詩也有不少是反映南宋農民生活，描寫村野風光的作品。我們可以看到，在陸游的身上，對於祖國的這種深沉熱烈的愛和對百姓的深厚感情是相一致的。這首詩的前二句，便是記敘了他在成都為百姓們施醫贈藥，治病濟民的場景。雖然長年苦尋報國之路而不得其門，但是作者對百姓的民生疾苦卻是點滴關注，休戚與共。然而人去樓空，當他夜晚獨自一人買醉痛飲時分，那種孤獨無助的痛苦卻始終找不到人訴說排解。「邀月醉」三字，淒涼寂寥，盡顯無遺。醉中舞劍，涕淚交流，情感愈來愈悲憤抑鬱。後一句以「君山」、「桂樹」喻朝中小人，盼望將他們剷除殆盡，則可以實現北伐的志願。末句則是唯恐自己報國宏願未實現，卻垂暮老年的感嘆，一片鬱鬱傷感之情懷，繚繞於字裡行間。與陸游同時的大詞人辛棄疾，在淳熙二年所作的〈太常引・建康中秋夜為呂叔潛賦〉中寫道：「乘風好去，長空萬里，直下看山河。斫去桂婆娑，人道是清光更多。」與此詩都化用杜甫詩句。二位鬱鬱不得志之心境何其相似，其欣賞杜甫之忠君愛國亦如出一轍也。

午寢

【題　解】本詩作於淳熙二年冬，作者時在成都。雖寫客中的頹唐心境，而有言外之意。

眼澀❶朦朧不自支，欠伸❷常恨到床遲。庭花著雨晴方見，野客敲門去始知。灰冷香煙無復在，湯成茶碗徑須❸持。頹然卻自嫌疏放，旋了生涯一首詩。

【注　釋】❶澀　乾澀。❷欠伸　打呵欠，伸懶腰。《儀禮・士相見禮》：「凡侍坐君子，君子欠伸，問日之早晏，以食具告。」鄭玄注：「志倦則欠，體倦則伸。」唐柳宗元〈讀書〉詩：「欠伸展肢體，吟詠心自愉。」
❸徑須　直須；應當。唐李白〈將進酒〉詩：「主人何為言少錢，徑須沽取對君酌。」

【語　譯】我感到眼睛乾澀模糊，幾乎不能忍受；雖然連打呵欠，還是很晚才臥床安眠。庭院中的花草被雨淋透，天晴了才能被人看見。來拜訪的客人往往要敲門走了，我才知道。爐中灰冷香盡不復存在，茶湯煮好了，我就該去端茶碗。我還嫌自己太頹唐疏放了；振作精神寫一首詩，如此就可以打發自己的餘生了。

【研析】此詩表現的是陸游在成都客居的頹唐心境，頗見離愁舊恨。午寢醒來，眼澀朦朧，難以自支，首句便透露出一種慵懶倦怠之意，氛圍略顯沉悶。頸聯二句對偶工整，用詞遣句流暢，而主人無心留戀庭中的花草，連前來拜訪的客人也幾乎充耳不聞，心情顯然是失落到了極點。陸游擅長在看似平淡的景物中寄託自己並不平淡的心情。下兩句寫景的角度由室外轉入室內，但情感上的頹然依舊秉承一脈。灰冷香盡，「無復在」表現失落寂寞之情；但下句陡然一轉，茶湯煮好了，就直須去端碗飲茶。從「徑須」之出自李白〈將進酒〉，可見陸游用此詞是想表現自己疏放豁達的一面，與上句的情感基調正好相反。生活的孤苦寂寞不禁令人同情，真是淒涼得很。其實，他在蜀地的生活雖然歷經波折，流離遷職，但自身還是很有希望和熱情的，無奈他個人的力量和努力畢竟是有限的，境遇的坎坷磨難造成詩人心緒的苦悶憂愁，所以他滿懷幽憤無處寄託，只得寄情於詩句，把自己的痛苦凝於筆端，也就是在情理之中的事了。結句說一首詩就可了卻生涯。難道降生於世，只為了寫好一首千古流傳的詩，其他更重要的目標和志向哪去了？意在言外。

雨

【題解】本詩作於淳熙三年（西元一一七六年）二月，作者時在成都。描繪雨天情景，頗見其鍊字之工力。

映空初作繭絲微❶，掠地俄成箭鏃飛。紙帳❷光遲饒曉夢，銅爐香
潤覆春衣❸。池魚鱍鱍❹隨溝出，梁燕翩翩❺接翅歸。惟有落花吹不去，
數枝紅溼自相依❻。

【注釋】❶繭絲微　形容細雨如蠶絲。❷紙帳　一種用剡溪藤紙製成的帳子。❸銅爐香潤覆春衣　意謂雨天潮濕，把衣服覆在銅爐上面薰香烘乾。❹鱍鱍　魚鮮活跳躍之狀。杜甫〈觀打魚歌〉：「綿州江水之東津，魴魚鱍鱍色勝銀。」《九家集注杜詩》：「鱍鱍，跳躍貌。」❺翩翩　鳥飛得輕快的樣子。❻數枝紅溼自相依　指雨溼花枝，風吹不起，故曰相依。紅溼，語出杜甫〈春夜喜雨〉：「曉看紅溼處，花重錦官城。」

【語譯】天空剛下起了細如絲的小雨，一轉眼拂過地面，就好像箭頭一般飛去。雨天紙帳昏暗，不覺天亮，我總是曉夢不斷；雨天潮溼，把衣服覆在銅爐上薰香烘乾。池塘中的魚兒跳躍出水面，梁間的燕子輕快地迎翅相歸。只有數枝被雨打溼的紅花，在風中相依相傍。

【研析】見景生情，是文人墨客素來的習慣。以情入景，同樣是他們的喜好。陸游的詩，世人多重其憂國憂民的情懷，而他在遣詞煉句方面的造詣同樣不可小覷。細雨連綿，落花飄零，這世人常見的景物到了詩人的筆下便別有一番情趣。以箭鏃喻落雨，想像新巧而奇特，把雨絲「輕、小、密、快」的特點刻劃得入木三分，情趣盎然。紙帳曉夢，銅爐潤衣，兩句用舒緩的筆調描繪了日常家居生活的輕閒散淡，悠然自得。頷聯兩句「鱍鱍」、「翩翩」，運用疊詞手法繪景，頗有杜甫之遺風韻致，對偶工整，詞句流暢，情景活潑。而且這兩個疊詞一個魚字旁，一個羽字旁，分別對應所要描繪的魚和燕，在字面形式上亦相當整飭美觀。最耐人尋味的是尾聯兩句，落花飄零，雨濕殘紅，蕭瑟之意陡起，而「自相依」三字，陡轉之下，渲染出詩人自身心境，閒適之下的孤寂無助，悲涼淒然，便悄悄躍然於紙上了。

三月一日府宴學射山

【題解】府宴，指四川制置司的宴會。學射山，與詩中「升仙路」均在成都城北。本詩作於淳熙三年三月，作者時在成都。

北出升仙路少東❶，據鞍❷自笑老從戎。百年身世酣歌裏，千古功名感慨中。天遠僅分山仿佛，霧收初見日曈曨❸。橫空我欲江湖去，誰借泠然❹禦寇風❺？

【注　釋】❶少東　稍東。少，略微。❷據鞍　跨著馬鞍。《後漢書・馬援傳》：「援據鞍顧眄，以示可用。」❸曈曨　日初出漸明貌。《說文・日部》：「曈，曈曨，日欲明也。」唐權德輿〈奉和韋曲莊言懷貽東曲外族諸弟〉：「騶馭出國門，晨曦正曈曨。」❹泠然　輕妙的樣子。❺禦寇風　禦寇，即列子，名禦寇，古代傳說中的人物，相傳他能乘風而行。《莊子・逍遙遊》：「夫列子禦風而行，泠然善也，旬有五日而後返。」郭象注：「泠然，輕妙之貌。」宋陳師道〈和和叟第課還自都下〉：「青雲直上馬如龍，來往泠然若御風。」

【語　譯】升仙路遙遙而去，方向稍稍偏東，我在馬鞍上暗暗為自己年老時還在從軍而好笑。一身飄零流落的生活融化在歌聲中，功名利祿也在無限的感慨裡匆匆而逝。遠處的山峰彷彿要把天空分隔開來，濃霧散開，剛看見一片日影朦朧。我想要自由自在飄逝而去，誰能夠為我帶來列子所乘之風？

【研　析】在蜀地逗留的時間長了，陸游對於蜀地也逐漸產生了相當深厚的感情。《劍南詩稿・陸子虛跋》中曾記載說他「樂其風土，有終焉之志。」蜀地的生活看似風平浪靜，但是在平靜之下，卻暗藏著洶湧的波濤。他在調成都期間相繼在嘉州、榮州供職，遷移頻繁，自謂「身如林下僧」，很不得意。得不到報國機會的陸游，只能寄情於詩友酒宴，歌賦文章，以此來抒懷解悶。首聯中的「據鞍自笑老從戎」，馬上揚鞭，本是意氣風發之事，細讀「自笑」二字，其中既有對自己遲暮老年的一份自嘲自解，又是唯恐年華流逝，無法為國殺敵的悲涼感嘆，也充滿了歷經磨難，矢志不渝的熱忱與堅定。頷聯寫情，流露出詩人苦悶傷感，鬱鬱不得志的心緒，一片落寞，無可述說。而頸聯的角度從寫情切換到敘景，在聯想中回到現實，雲收霧散，日光初透，氣象更新，彷彿在一片低沉抑鬱中透露出幾絲希望的亮光，發人遐想。「彷彿」與「曈曨」，乃雙聲詞對疊韻詞。而詩的最後一句用反問的方式結尾，力抒自己企盼在戰場上殺敵報國的迫切希望，卻苦於知音難遇，求助無門，惟有獨自飄泊前行，充滿了悲壯感。尾句用「列禦寇」之典故，也照應了首句「升仙路」，前後綰合關聯。

題醉中所作草書卷後

【題　解】本詩作於淳熙三年三月，作者時在成都。陸游善草書，此詩寫其醉中書草，發洩報國無門的悲憤之情。

胸中磊落藏五兵❶，欲試無路空❷崢嶸❸。酒為旗鼓筆刀槊❹，勢從
天落銀河傾。端溪石池❺濃作墨，燭光相射飛縱橫。須臾收卷復把酒，
如見萬里煙塵清。丈夫身在要有立，逆虜❻運盡行當平。何時夜出五原
塞❼，不聞人語聞鞭聲？

【注 釋】❶五兵 五種兵器。所指不一。這裡指用兵韜略。《周禮・夏官・司兵》：「掌五兵五盾。」鄭玄注引鄭司農：「五兵者，戈、殳、戟、酋矛、夷矛也。」❷空 徒然。❸崢嶸 奇特不凡。❹槊 長矛。❺端溪石池 指端硯。端溪為水名。在今廣東高要。溪邊石頭做成的硯臺，從唐代起就馳名於世，世稱端硯。石池，指硯臺。❻逆虜 敵寇，這裡指金人。❼五原塞 在今內蒙古五原。西漢時，漢軍曾出五原塞北伐匈奴。這裡希望宋軍能像當年漢軍一樣北伐金人。

【語 譯】我的胸中藏有數不盡的用兵韜略，但卻因找不到報國的門路而白白浪費了這些驚人的才華。我只好在醉中草書，以酒作為旗鼓，以筆作為長矛來當作武器，筆勢急驟，像是銀河從天而瀉一般。在端硯中濃濃地研好了墨，燭光映射著我縱情揮筆潑墨。轉眼間，我收起書卷，重又把酒，如同看見了山河萬里清平的氣象。大丈夫要敢作敢為，敵寇的氣數已經差不多消逝殆盡了。什麼時候能看到宋軍像當年漢軍一樣出征北伐，不再只聽到紙上談兵的喧譁，而是馬鞭奮揚的聲音？

【研 析】在成都的日子久了，陸游表面上看起來雖然遠離了政治中心，遠離了時勢政要。但是在他的心裡，時時刻刻都沒有忘懷國恥家恨，心心念念不忘抗擊敵虜，收復山河。我們知道，他是一位文武雙全，胸中有百萬雄兵的愛國詩人，一心一意要將自己的才華為國效力，首句便體現了他這種懷才不遇，報國無門的無奈失落，令讀者也忍不住為之鳴不平。在失意落寞的彷徨中，他因為自己為國作戰的願望無法實現，只能通過書法藝術的形式抒懷解憂，發洩其中。二三兩句述說了詩人拿起手中的筆墨，以筆作伐的情景。句中通過誇張的方式，以「銀河」來形容自己書寫時疾風驟雨般的氣勢。燭光四射，筆墨飛濺，相映之下，彷彿可見詩人慷慨激昂，以縱橫的書法來寄託狂放悲憤的心情，令人肅然起敬。在陸游的心目中，大丈夫就應該敢作敢為，殺敵報國，並認為敵人的氣數也應當快盡了。詩人的願望非常美好，儘管他用書法的形式來遣懷抒憂，但依然不能忘情於現實。詩的最後還是通過西漢出兵五原塞匈奴的典故，表達了希望有朝一日，能看見朝廷的當權者不再只是空口議論，而是身體力行，派大軍出師北伐，以圓復國之夢。

過野人家有感

【題　解】野人家，鄉村農家。淳熙三年，陸游因受到「恃酒頹放」的彈劾而被免除參議官職，在成都閒居，本詩就寫於這時。

縱轡❶江皋❷送夕暉，誰家井臼❸映荊扉❹？隔籬犬吠窺人過，滿箔❺
蠶飢待葉❻歸。世態十年看爛熟，家山萬里夢依稀。躬耕本是英雄事，
老死南陽❼未必非。

【注　釋】❶縱轡　謂放開馬韁，縱馬奔馳。晉孫綽〈蘭亭詩後序〉：「耀靈縱轡，急景西邁，樂與時去，悲亦系之。」轡，馬韁，這裡代指馬。❷江皋　江邊。❸井臼　水井和石臼。唐盧綸〈尋賈尊師〉詩：「井臼陰苔遍，方書古字多。」臼，舂米的器具，一般用石頭鑿成。❹荊扉　柴門。❺箔　養蠶用的竹篩子或竹席。❻葉

陸游自注：「吳人直謂桑曰葉。」❼南陽　指湖北襄陽古隆中，當時屬南陽。諸葛亮曾經隱居南陽躬耕，其〈出師表〉：「臣本布衣，躬耕於南陽。」

【語　譯】夕陽餘暉，我縱馬奔馳於江邊，誰家的井臼正掩映於柴門之中？狗看見過往的人，隔著籬笆吠叫，竹席上滿是等待桑葉哺養的蠶兒。我已經看透了這多年的世態炎涼，只是我夢中依然牽掛著萬里河山。歸隱本是英雄應該做的，終老於田間也許也未必是壞事。

【研　析】陸游的詩，其愛國之熱誠一向為人津津樂道，其取題之廣泛也同樣為人稱頌。一花一木，山村鄉野，皆能入詩。而場景之鮮活，情致之生動，贏得了後人很高的評價。《甌北詩話》中，曾有記載，清趙翼謂陸游詩「凡一草一木，一魚一鳥，無不裁剪入詩。」夕陽餘暉，馳馬江邊，詩人在旅途中偶見農家操持井臼之事，觸感即發，隔籬犬吠，蠶飢待葉，這一幅天然鮮活的鄉村景象被他收入詩中，妙手偶得，逸趣橫生。下半首詩，急轉而下，由眼前閒適之景聯想到自己多年流離失所，失意不得志的生活，發出了「世態十年看爛熟」的悲呼。詩人滿腔報國之志，卻因「恃酒頹放」莫須有的指控免官罷職，悲憤之情可想而知。但他在鬱鬱之中，依然魂牽夢繞，身居村野而心繫廟堂，由此便發出了「躬耕本是英雄事，老死南陽未必非」的感嘆，這實在是他用筆墨向當權者發出的嘲諷，「言如此」而「心未必」，讀來使人遂生英雄悲歌、潸然淚下之嘆。詩中爛熟多指果實，如蘇軾〈寄題刁景純藏春塢〉：「楊柳長齊低戶暗，櫻桃爛熟滴階紅。」陸游此詩中之爛熟，乃透徹、熟悉之意。前人詩中少見，陸游卻非常愛用。〈醉中浩歌罷戲書〉亦云：「老眼閱人真爛熟，壯心得酒旋消磨。」

病起書懷其一

【題解】本詩作於淳熙三年四月，作者時在成都，詩中抒發憂國之情。

病骨支離❶紗帽寬❷，孤臣萬里客江干❸。位卑未敢忘憂國，事定猶須待闔棺❹。天地神靈扶廟社❺，京華父老望和鑾❻。〈出師〉一表❼通今古，夜半挑燈更細看。

【注釋】❶支離　奇離不正，異於常態。引申為衰殘瘦弱的樣子。❷紗帽寬　病後瘦損，故感到紗帽寬鬆。❸江干　江邊。❹事定猶須待闔棺　語出《晉書．劉毅傳》：「大丈夫蓋棺事方定。」蓋棺，指人死後。❺廟社　宗廟社稷，舊時指代國家。❻和鑾　兩種車鈴，掛在車前橫木上的叫「和」，掛在車架上的叫「鑾」。這裡泛指天子的車駕。《詩．小雅．蓼蕭》：「和鸞雝雝，萬福攸同。」毛傳：「在軾曰和，在鑣曰鸞。」❼出師一表　即〈出師表〉。蜀漢建興五年（西元二二七年），諸葛亮率軍伐魏，臨行前上後主劉禪一表，表示決心。後人稱此為〈出師表〉。

【語譯】我一身多病，病後瘦損，戴著紗帽也感到寬鬆，千里迢迢，孤單漂泊在這江邊。然而即使我身居卑賤的地位，也不敢忘記國家，大丈夫的一生功過要等蓋棺後方有定論。天地神靈也在保佑著國家，京城的父老鄉親盼望著天子早日北伐。諸葛亮的〈出師表〉名傳古今，夜深了，我還在細細翻看。

【研　析】陸游一生的愛國熱情值得世人敬仰，更可貴的是，他的這種洶湧澎湃的感情在多次遷職罷官的危機下，在長年落魄飄零的生活中，依然絲毫未變，尤顯可歌可嘆，也是一般常人很難做到的。「紗帽寬」，言輕意不輕，雖是輕描淡寫，卻將詩人一身病骨的孤苦一展無遺。然而就在這樣一種貧病交加的窘境之下，「位卑未敢忘憂國」，大丈夫身後之事蓋棺方定，多少熱情！多少壯志！歷經磨難，矢志不渝，筆力是何等地蒼勁渾厚，令人拍案！所以此句後來常被人拿來作為愛國勵志的典範，傳誦不衰。詩人企盼著天地神靈也能在冥冥之中保佑河山社稷，百姓翹首等待期盼南宋北伐的軍隊，此等苦心癡心，見者無不掬淚。在〈獨坐〉一詩中，陸游也說：「羸驂敢復和鑾望，只願連山苜蓿肥。」陸游在他的詩中，經常引到諸葛亮的〈出師表〉，「更」字，便透露出他多次反覆細看之意，以此自喻報國的忠心不改。

合江夜宴歸馬上作

【題　解】合江，合江亭，在成都。本詩作於淳熙三年夏，作者時在成都。

零露❶中宵❷溼綠苔，江郊縱飲亦荒❸哉！引杯❹快似黃河瀉，落筆聲如白雨來。纖指醉聽箏柱促❺，長檠❻時看燭花摧。頭顱❼自揣❽應虛死❾，馬上長歌寄此哀。

【注　釋】❶零露　降落的露水。《詩・鄭風・野有蔓草》：「野有蔓草，零露漙兮。」鄭玄箋：「零，落也。」❷中宵　半夜。❸荒　荒唐。❹引杯　舉杯。❺纖指句　意謂醉聽女子的細指彈箏，箏聲急促。此句倒裝。❻長檠　長燈架。❼頭顱　指代生命。❽自揣　自己估量、猜度。❾虛死　白白地死去。

【語　譯】夜半時分，露滴濕透了地上的綠苔，在江邊郊外縱情飲酒也是很荒唐的了。舉杯的速度快似黃河水那樣一瀉而下，落筆成詩又好像雨點的聲音一樣。我在醉酒中聽到女子細指彈箏，箏聲急促，在燈架上又看到燭花掉落。自己揣測餘下的生命也許將白白地死去，只好在馬上長久地哀嘆這種情緒。

【研　析】詩人在成都生活的一段日子是很不得意的。於是，惟有將自己的離愁悲恨寄情於山水，託付於酒杯之中來消磨時光，這往往是中國古代文人向來的一種習慣。陸游也因曾「嗜酒」「頹放」等遭人排斥，以致被罷免官職，這實在是對他的再一次沉重打擊。所以開篇中的江郊縱飲，「亦荒哉」三字，可算得上是他的一番自我嘲解，頗見頹唐心境。頸聯二句最為稱妙，酣暢淋漓，快意人生，將舉杯豪飲、落筆成詩與黃河水瀉、白雨降臨相比擬，此句頗有太白遺風，氣勢自是不凡，為整首詩頓開一天地。而「白雨來」之喻，實本自蘇軾〈游張山人園〉：「纖纖入麥黃花亂，颯颯催詩白雨來。」蘇軾本謂白雨催促作者寫詩，而陸游卻用其字面，賦予新意，更突出「白雨來」

之聲音，在〈村居初夏〉中寫道：「壓車麥穗黃雲卷，食葉蠶聲白雨來。」「白雨」之用「颯颯」，知非細雨；陸游以之狀蠶食桑葉之聲，乃故意以巨比細，突出食葉聲之大。陸游對此聯甚為得意，所以用了兩次，在〈四月一日作〉中又說：「壓車麥穗黃雲重，食葉蠶聲白雨來。」二聯只差一個字，其餘皆同。而此詩用「白雨來」描狀下筆作詩寫字之聲音，更是奇崛。突出寫字作詩聲音之大，從而表達自己胸中不平之氣。放翁之詩兼杜甫之氣韻，收李白之風骨，採二人之長，此詩即頗有李白之豪縱。下半首詩則從「醉聽箏柱，長看燭花」的情景中聯想到自己大起大落的一生，用長歌寄情、哀嘆餘生白白流逝的方式收尾全篇，餘意嫋嫋，情緒格外沉痛。

客自鳳州來言岐雍間事悵然有感

【題　解】鳳州，故治在今陝西鳳縣。岐雍間，指今陝西鳳翔一帶，當時為金人淪陷區。岐，古邑名，在今陝西岐山縣東北。雍，古州名，即今陝西一帶。本詩是淳熙三年夏，陸游在成都聽到北邊來客談金國事，有感而作的。

表裡山河❶古帝京，逆胡數❷盡固當平。千門❸未報甘泉火❹，萬耦
方觀渭上耕❺。前日已傳天狗墮❻，今年寧許佛狸❼生？會須一洗儒酸❽

態，獵罷南山❾夜下營❿。

【注　釋】❶表裡山河　語出《左傳・僖公二十八年》：「晉國表裡山河，必無害也。」指晉國內有太行山，外有黃河。這裡是借用，指關中關內有山，關外也有黃河，有天險作為屏障。❷數　氣數。即命運。❸千門　指長安宮殿。❹甘泉火　語出《史記・匈奴列傳》：「胡騎入代句注邊，烽火通於甘泉長安數月。」甘泉，漢代宮名，在陝西三原甘泉山，離長安二百里。因接近匈奴邊界，甘泉宮敵情緊急時放烽火，長安可見。❺萬耦句　耦耕，二人並耕。後亦泛指農事或務農。《禮記・月令》：「（季冬之月）命農計耦耕事，脩耒耜，具田器。」晉陶潛〈辛丑歲七月赴假還江陵夜行塗口〉詩：「商歌非吾事，依依在耦耕。」渭上，指渭水一帶，渭水為黃河最大支流，源出甘肅鳥鼠山，橫貫陝西省中部，至潼關入黃河。《書・禹貢》：「弱水既西，涇屬渭汭。」❻天狗墮　相傳天狗星墮，則千里破軍殺將。陸游自注：「去年十一月天狗墮長安，聲甚大。」陸游以此為打敗金人的預兆。天狗，星名。❼佛狸　北魏太武帝拓跋燾，字佛狸。這裡借指金國君主。❽儒酸　猶寒酸。形容讀書人貧窘之態。宋周敦頤〈任所寄鄉關故舊〉詩：「老子生來骨性寒，宦情不改舊儒酸。」❾南山　終南山。❿下營　紮營安駐。

【語　譯】關內外的山河，帝都古已有之，金兵的氣數應當快差不多了吧。但現在依然看不到連綿烽火，只看到渭上農忙時候老百姓們在耕作。前些日子傳來天狗星墮落的消息，預示今年金國大概要滅亡了吧？我應當一掃書生的窮酸樣子，晚上狩獵，而歸時在終南山下築營。

【研　析】詩人雖然在蜀地成都度過了很長的一段時間，遠離政治中心，但是戰況國事依然牽動著他的心。所以一旦有客自北邊來，談論起時事，尤其是金國之事，格外感慨，遂將自己的感嘆凝聚成詩句。開篇企盼「胡數當盡」，我們不如將此視作詩人一種美好的願望。而下兩句用長安烽火與渭上農耕相對比，則透露出幾絲反嘲當權者的意味。朝廷還在躊躇觀望的時候，百姓們卻依然忙於農耕。天狗之說未必可信，但是卻預示著當時平民百姓們善良的企盼，也是陸游對戰況局勢的一種具有浪漫主義色彩的期待，反映了他當時的心態還是比較樂觀向上的，這也許是長期蜀地生活給他帶來的精神鼓勵。此聯中「天狗」對「佛狸」甚有新意，字裡行間亦可見陸游對金主的鄙視輕蔑之意。尾聯二句，詩人由於受到好消息的鼓勵，自己精神也為之一振，發出了要一洗寒酸之態的誓願，而立志抱著強烈的積極性，投入現實，體現了陸詩高昂的戰鬥性。

野外劇飲示坐中

【題解】本詩作於淳熙三年夏，作者時在成都。詩作抒發酒後悲憤之情。

悲歌流涕遣誰聽？酒隱人間已半生。但恨見疑非節俠❶，豈忘小忍❷就功名。江湖舟楫❸行安往，燕趙❹風塵久未平。飲罷別君攜劍起，試橫雲海翦長鯨❺。

【注釋】❶節俠　重節氣的俠士。❷小忍　指暫時忍受小小的屈辱。❸楫　船槳。❹燕趙　指中原一帶，當時為金人淪陷區。❺翦長鯨　指消滅金人。翦，同「剪」。斬斷；消滅。

【語　譯】我的痛哭流涕又有誰聽得到呢？我借酒隱退已經有很長時間了。只遺憾自己被別人懷疑不是節俠之士，為成就一番事業我怎麼會忘記該忍耐這些打擊。漂泊江湖的舟楫已然不在，中原的戰事卻一直未平息。喝完這杯酒，我揮舞著長劍，就要與你告別，橫跨雲海，去消滅金人。

【研　析】隨著時間的流逝，陸游在蜀地的時間也越來越久。蜀地的生活雖然遠離政治中心，但他的熱情和壯志卻一刻也不曾消磨，時時流淌在字裡行間，聚於筆下。即使是與友人在郊外聚會痛飲時分，這份憂愁苦悶也不禁悲從中來。然而，作者的一片苦心又究竟有多少人瞭解呢？所以開篇，他便用了「遣誰聽」三字，半似疑問半似自答，緊接著借酒退隱又似乎像是對自己的一種自嘲和無奈的感嘆。頸聯上半句傾訴了「知音難覓」的憂鬱，下半句則是自身的長嘆不息，在情感上與前句的相連一氣呵成，意脈不斷，看似平緩，實是暗潮洶湧。本詩的下半首回顧自己多年來飄零在外，心繫國難的生活，情感的噴發達到了高潮，如泉湧出，拔劍而起，誓翦金人，整首詩篇讓我們看到了陸游慨然而歌，豪情滿懷，不減英雄本色的一面。陸游此詩提到「節俠」，李白有一首著名的寫「節俠」的〈臨江王節士歌〉：「洞庭白波木葉稀，燕鴻始入吳雲飛。吳雲寒，鴻鴻苦，風號沙宿瀟湘浦。節士感秋淚如雨，白日當天心照之，可以事明主。壯士憤，雄風生，安得倚天劍，跨海斬長鯨。」陸游此詩末句「翦長鯨」係模仿李白，故陸游在南宋曾有「小太白」之號。

劍客行

【題解】本詩作於淳熙三年夏，作者時在成都。抒寫劍客報國之心。

我友劍俠非常人，袖中青蛇❶生細鱗。騰空頃刻已千里，手決風雲驚鬼神。荊軻專諸❷何足數，正晝❸入燕❹誅逆虜。一身獨報萬國❺仇，歸告昌陵❻淚如雨。

【注釋】❶青蛇　喻指寶劍。唐呂巖〈絕句〉：「朝遊百越暮蒼梧，袖裡青蛇膽氣粗。」❷荊軻專諸　荊軻，戰國末年衛國人。秦滅衛後，逃亡到燕，為燕太子丹去刺殺秦王，失敗被殺。專諸，春秋時刺客，伍子胥知吳公子光欲殺吳王僚以自立，乃薦專諸於光。吳王僚十二年，光伏甲士而具酒請王僚，使專諸置匕首魚腹中，乘進獻時刺僚。僚立死，左右亦殺專諸。公子光出其伏甲盡滅王僚之徒，遂自立為王，是為闔閭。❸正晝　大白天。❹燕　在今河北一帶，當時金人統治的心臟地區。❺萬國　萬方。❻昌陵　即永昌陵，宋太祖的陵墓。

【語譯】我的好友劍俠不是一個平常人，袖中的寶劍如同青蛇一般，泛出細鱗一般的光澤。凌空揮舞起來一瞬間速度就如同千里，天地間風雲突變，好像會驚動鬼神。即使荊軻專諸一般的俠客也算不了什麼，在白天潛入金都誅殺胡虜。獨自一人去報仇恨，歸來到太祖墓前祭拜，淚如雨下。

【研　析】陸游在這首詩中，創造了一個豪情萬丈的俠客形象。詩歌中的這位「劍俠」，不僅一身絕技，劍術高超，而且義薄雲天，肝膽壯烈，有著綺麗的浪漫主義色彩。首句詩人就表達了自己強烈的崇敬之情，稱他為「非常人」，袖中攜帶的寶劍也並非凡人之器，以青蛇喻之。接下來詩人則用「騰空頃刻已千里，手決風雲驚鬼神」，十四字將舞劍時的不凡氣勢描敘逼真，語句誇張，想像奇特，一靜一動，令人為劍俠的絕技，尤其是詩人的語言藝術驚嘆不已。這樣一位節義之士，陸游連用了歷史上「荊軻」、「專諸」兩個有名的英雄來比擬，還「何足數」，說明他本身對這個形象的推崇是處於相當高的位置。末尾兩句則遙想將來，北伐成功以後，到祖宗陵墓前拜祭。陸游之所以要在詩中創造這樣一個形象，其實是將自己報國無門的豪情寄予心中的英雄，是一種壯志難酬的無奈寄託，整首詩洋溢著濃濃的悲憤離恨，顯得格外淒涼。

和范待制秋興其一

【題　解】范待制，即范成大，字致能，號石湖居士。淳熙二年（西元一一七五年）六月以敷文閣待制、四川制置使來成都。他是陸游的舊友，又是陸游的上司，本詩就是淳熙三年秋，陸游在成都所作的和詩。

策策❶桐飄已半空，啼螿❷漸覺近房櫳❸。一生不作牛衣泣❹，萬事從渠❺馬耳風❻。名姓已甘黃紙❼外，光陰全付綠尊❽中。門前剝啄❾誰相覓，賀我今年號放翁❿。

【注　釋】❶策策　象聲詞，指落葉聲。❷蛩　寒蛩，寒蟬，似蟬而小。❸房櫳　窗戶。❹牛衣泣　《漢書·王章傳》載，王章為諸生時，疾病無被，臥牛衣中，與妻對泣。牛衣，用草或麻編成蓋在牛身上的織物。❺從渠　任他。渠，他。❻馬耳風　風吹過馬耳，比喻不把別人的話放在心上。語出李白〈答王十二寒夜獨酌有杯〉：「世人聞此皆掉頭，有如東風射馬耳。」❼黃紙　指封官的詔書。❽綠尊　指酒樽。綠，指綠酒。❾剝啄　叩門聲。語出韓愈〈剝啄行〉：「剝啄剝啄，有客至門。」❿放翁　淳熙三年九月，諫官彈劾陸游，說他在代理嘉州時「燕飲頹放」，陸游因此罷官，開始自號放翁。

【語　譯】桐葉在半空中簌簌飄落，寒蟬的鳴叫聲離房間的窗戶也越來越近。我一生即使在貧困不得志的時候也不會悲觀失望，一切事情任他像風吹過馬耳般不放在心上。我也並不在乎自己的名字落在封官的詔書之外，而是把光陰託付於酒杯之中。門前又傳來了誰的叩門聲，是為了慶賀我今年開始自號放翁吧。

【研　析】范成大和陸游，兩位都是南宋歷史上有名的大詩人，在文壇上都享有極高的地位。西元一一七五年，范成大來蜀地任職，陸游作為他的舊友和下屬，酬唱頗多。范成大雖非主和派，卻持重老成，與陸游之豪放不同，政治主張與性格上存有差異。所以在詩的起始部分，桐葉策策，啼蛩陣陣，景物初顯蕭條氣象，缺乏好友相見應有的愉悅歡快。直到詩末方才點出「號放翁」之故，這時他因「不拘禮法」「頹放燕飲」之名遭致罷職免官，心情跌入低谷。然而詩人的骨頭是很硬的，中間四句是他心聲的真實流露，雖然他的詩有時是悲壯的，有時是蒼涼的，但始終都沒有失去信心，充滿了堅韌不拔的氣節，可以說，中間頷、頸兩聯用看似頹然放縱的自嘲方式，表達了詩人矢志不渝的愛國熱情和對當權的投降派的不懈嘲諷，不愧「放翁」的英雄本色。

出塞曲

【題解】出塞曲，漢樂府橫吹曲名。所詠多與邊地戰事有關。本詩作於淳熙四年（西元一一七七年）正月，陸游時在成都。

佩刀一刺山為開❶，壯士大呼城為摧❷。三軍甲馬不知數，但見動地銀山❸來。長戈逐虎祁連❹北，馬前曳來血丹臆❺。卻回射雁鴨綠江❻，箭飛雁起連雲黑。清泉茂草下程❼時，野帳牛酒爭淋漓。不學京都貴公子❽，唾壺❾麈尾❿事兒嬉。

【注釋】❶佩刀一刺山為開　《後漢書・耿恭傳》載，東漢耿恭率兵伐匈奴，佔領疏勒城。匈奴在城下斷絕澗水，城中缺水。耿恭在城中掘井深十五丈，仍不得水，仰天嘆道：「聞昔貳師將軍拔佩刀刺山，飛泉湧出，今漢德神明豈有窮哉！」於是就有水泉從井中奔出。貳師將軍，即李廣利，漢武帝時曾率兵攻大宛國。北魏酈道元《水經注・河水二》：「昔貳師拔佩刀刺山，飛泉湧出。」❷摧　倒塌。❸銀山　指日光照在鐵甲上，看上去像銀山一樣。❹祁連　山名，主峰在今甘肅張掖西南。❺血丹臆　血染紅了虎的胸部，指獵獲的虎。❻鴨綠江　為我國與朝鮮的界水，源出遼寧長白山南麓，流入黃海。❼下程　途中休息。程，路程。❽京都貴公子　指朝中貴族士大夫。❾唾壺　痰盂。❿麈尾　拂塵。麈，獸名，麋鹿之類，尾毛可製拂塵。《世說新語》載，東晉王敦常在酒後詠曹操詩：「老驥伏櫪，志在千里；烈士暮年，壯心不已。」用如意擊唾壺打拍子，把壺口都打缺了。又載，王衍容貌整麗，亦好清談，常捉白玉柄麈尾，與手都無分別。這裡作者用這兩個故事來諷刺貴族士大夫生活悠閒安逸，只知清談，全不關懷國家恢復之事。

【語　譯】像李廣利那樣舉起佩刀奮力一刺，山峰也快被劈開了，士兵們振臂高呼，敵軍的城池立即摧毀倒塌。三軍士兵馬匹無數，陽光照射在鐵甲上，好像遠遠看去有座座銀山移動而來。舉起長戈刺殺雄虎，轉眼鮮血就染紅了虎身。出師鴨綠江舉箭射雁，箭和雁遠遠飛起，一片雲黑。在途中有清泉茂草的地方下馬休息，在野外搭起帳篷，暢快淋漓地飲酒慶賀。不學那些朝中貴族士大夫，過著悠閒安逸的生活，整日無所事事。

【研　析】陸游本身就是個頗為豪放的性情中人，在蜀地邊境的生活又大大開闊了他的視野，拓寬了他的心境，所以他在這一時期的詩歌創作又進入了一個新的高峰，意氣風發，銳不可當。詩人多次上書朝廷，諫言出征北伐，未見其果，也許是在現實無法實現自己的理想，所以他以筆作伐，在自己的詩篇中進行了盡情的想像。前兩句寫的是他想像中的宋軍揮師出戰，攻克敵城的情形。

開篇用李廣利佩刀刺山之事，是希望朝廷的軍隊能像李廣利一樣豪情滿懷，壯志勃勃，這才是詩人心目中的「王者之師」。頷聯並未直接描寫軍隊的英勇，而是把隊伍比喻成一座移動的「銀山」，語多豪邁，足見其雄姿勃發，勢不可擋，這樣的想像也十分奇特，瑰麗壯觀。三四兩句順接頷聯之境，敘述了一番士兵們遠征塞外，行軍射獵的情景，逐虎祁連北，射雁鴨綠江，實在是令人胸懷頓開，心境豁達。即使是中途小息，也是割牛鬥酒，酣暢淋漓，大快人心。詩的最後，陸游又用了東晉士人的兩個典故，嘲諷當時統治集團那些達官貴人優哉游哉的享樂奢華生活，而他們全然無視當時百姓和國家都處於水深火熱之中。可見，詩人對這批無志光復河山，驅除韃虜的寄生蟲是非常鄙視的。

讀書其一

【題解】本詩作於淳熙四年正月，作者時在成都。

歸老寧❶無五畝田？讀書本意在元元❷。燈前目力雖非昔，猶課❸蠅頭❹二萬言。

【注釋】❶寧　難道。❷元元　百姓。❸課　按規定的內容和分量閱讀、學習。❹蠅頭　比喻像蒼蠅頭一樣小的字。作者自注：「時方讀小本《通鑑》。」

【語　譯】我因年老多病歸家休養，又怎麼會沒有田產呢？讀書的最終目的還是為了芸芸百姓。現在我夜晚在燈下的眼力雖然大不如以前，但是我還在按照規定的內容和分量閱讀《通鑑》。

【研　析】「學而優則仕」是古代文人的傳統，光耀門楣，改換門庭，也是自古以來大多數讀書人的最終目的。治學求學的真實意義究竟在於什麼？卻是很少有人認真思考過的問題。從短短四句詩中，我們不難體會到詩人所述的讀書的本來目的就是為了人民。在當時，這樣的思想是非常可貴的，尤其是在陸游所處的那樣一個國破離亂、山河動盪的時代，芸芸百姓民不聊生，這些「食君祿，分君憂」的士大夫又在考慮些什麼呢？這時，詩人因仕途失意，已遭受了接二連三的多重打擊，然而，他始終都沒有放棄過心中的期待。後兩句用平淡的語句述說了自己雖然已年老體弱，「目力不濟」，還每日在燈下苦學的情況，一般人確實很難做到。也許，只有借著苦心讀書求學才能暫時排遣他心中的憂憤愁悶吧。

送范舍人還朝

【題　解】范舍人，指范成大。范成大曾官中書舍人，故稱范舍人。淳熙四年六月，四川制置使范成大奉詔還朝，陸游送他到眉州（今四川眉山市），作此詩贈別。

平生嗜酒不為味，聊欲醉中遺萬事。酒醒客散獨淒然，枕上屢揮憂國淚。君如高光❶那可負，東都兒童作胡語❷。常時念此氣生癭❸，況送公歸覲❹明主。皇天震怒賊得長？三年胡星❺失光芒。旄頭❻下掃在日暮，嗟此大議❼知誰當❽？公歸上前勉畫策，先取關中次河北。堯舜尚不有百蠻❾，此賊何能穴中國❿？黃扉⓫甘泉⓬多故人，定知不作白頭新⓭。因公併寄千萬意，早為神州清虜塵。

【注釋】❶高光　指西漢高祖劉邦、東漢光武帝劉秀。❷東都句　當時汴京已被金人佔領五十多年，故兒童能說女真語。東都，指北宋汴京（今河南開封）。胡語，指女真語。❸癭　長在脖子上的囊狀瘤。古人認為抑鬱氣憤容易得這種病。❹覲　朝見。❺胡星　指昴星。古代以天象附會人事，認為昴星象徵胡人。《史記・天官書》：「昴曰髦頭，胡星也，為白衣會。」張守節正義：「搖動若跳躍者，胡兵大起。」後常以「胡星」喻指胡兵及其勢焰。❻旄頭　古代皇帝儀仗中一種擔任先驅的騎兵。《漢書・燕刺王劉旦傳》：「旦遂招來郡國姦人，賦斂銅鐵作甲兵，數閱其車騎材官卒，建旌旗鼓車，旄頭先毆。」顏師古注：「毆與『驅』同……凡此旄頭先驅，皆天子之制。」❼大議　指北伐抗金的大計。❽當　擔當。❾堯舜尚不有百蠻　意謂在堯舜的時代也有百蠻。百蠻，對邊外少數民族的統稱。❿穴中國　以中國為巢穴，即盤踞中國。⓫黃扉　指宰相府。古代宰相府門塗黃色。⓬甘泉　漢宮名，這裡借指宋朝宮廷。⓭白頭新　即古諺云「白頭如新」，表示交情淺。

【語　譯】我平生好酒不是因為它的味道，而是暫且借酒醉來忘記煩惱。酒醒客散時分，獨自一個人，不禁感到淒涼孤單，就算在枕上也經常揮灑憂國憂民的眼淚。一國之君就像那漢高祖劉邦和光武帝劉秀那樣不可辜負，汴京都城的孩童們卻已能說金人的語言。經常抑鬱糾結就容易得癭病，所以我送你歸朝去覲見明君。只要朝廷振作起來，敵寇的氣勢哪裡能長得了？不用多長時間金人一定會大敗。敵人的敗退就在眼前，只有你范成大才能擔當起諫此北伐之策的重任。如果你有機會上奏朝廷，應當建議先取關中後取河北。即使是堯舜那樣的賢君也不能容忍百蠻騷擾，敵人又怎麼能盤踞中原？此一去，朝廷中一定會有不少意見相合的人，不會袖手旁觀。我把這萬千心事都託付於你，希望能早日為國驅除敵虜。

【研　析】陸游與范成大經常作詩唱和。范剛臨成都任職時，他也曾和詩相酬。如今，故人歸去，陸游送之奉詔還朝，寫下這首贈別之詩。開篇二句，便告訴朋友嗜酒的真正原因，並非外人所說的頹然消沉，而是借酒抒發不得志的情懷。夜半酒醒客散，在枕上思念國事，竟常常情不自禁流下傷感之淚，句中處處流露出自己沉痛的心聲，讀來感人肺腑。三四句繼續傾訴自己的憂愁苦悶，連原來都城汴京裡的小孩童居然也能「作胡語」，可憐國土淪陷，被金人統治的年歲有多長！國土固然破碎，但文化的奴役更為可怕！難怪詩人自述長年鬱悶，心結難解，憂愁得都怕要得病了！只有寄希望於友人還朝後能上奏朝廷。「三年胡星失光芒。」「旄頭下掃在旦暮」，體現了詩人的一種美好希望。而且接下來，陸游還清清楚楚地表達了自己的戰略主張，「先取關中次河北」，陸游在這些句子中表示只要朝廷一鼓作氣，振作起來，定當能驅趕敵虜，還我山河。古有堯舜驅蠻，金人怎麼會長踞中原？最後，他用了「白頭新」的典故鼓勵范成大，此去諫言必得援助，再次述說只盼著你能轉達我這一片苦心，早日殺敵驅虜的心願。整首詩激蕩起伏，情真意切，足見詩人一番良苦用心。陸游此詩，對唐代以來送別詩的創作格局，進行了有力的開拓。

浣花女

【題解】浣花，即浣花溪，在成都。本詩作於淳熙四年秋，作者時在成都。以浣花女與「妖姝」的對比，曲折表達對官場的厭惡。

江頭女兒雙髻丫❶，常隨阿母供桑麻❷。當戶夜織聲咿啞❸，地爐豆秸❹煎土茶。長成嫁與東西家，柴門相對不上車。青裙竹笥❺何所嗟？插髻燁燁❻牽牛花。城中妖姝❼臉如霞，爭嫁官人慕高華。青驪❽一出天之涯，年年傷春抱琵琶❾。

【注釋】❶雙髻丫　頭髮梳成兩個小辮，挽束在頭頂。❷供桑麻　採桑紡麻。❸咿啞　指織機聲。❹豆秸　豆稈。❺青裙竹笥　青布裙子和竹篾箱子，指嫁妝的樸素與菲薄。笥，盛飯食或衣物的竹器。❻燁燁　光彩奪目的樣子。❼妖姝　妖豔的女子。姝，美女。❽青驪　純黑色的馬，代指上文「官人」。❾年年傷春抱琵琶　謂「城中妖姝」所嫁之人，輕易別離，長年分離。語出唐白居易〈琵琶行〉：「千呼萬喚始出來，猶抱琵琶半遮面……門前冷落鞍馬稀，老大嫁作商人婦。」抱琵琶，彈著琵琶。

【語　譯】江邊有個梳著雙髻的小女孩，長年跟隨母親採桑紡麻。晚上可以聽見傳來的咿咿呀呀的織機聲音，用豆秆點燃爐子燒煮茶水。長大成人後嫁給鄰近的人家，都是柴門相對不用車行。青布裙，竹簸箱，簡陋的嫁妝又有什麼可哀嘆的呢？她只有在髻邊插上鮮豔的牽牛花作為裝飾。城中那些長相妖豔的女子，都爭著要嫁給達官貴人。卻不料他們的丈夫有朝一日騎馬走天涯，只好落得個年年抱著琵琶哀傷地悲嘆自己青春年華白白流逝的下場。

【研　析】抒發愛國壯志熱情的詩是陸游詩中常見的題材，然而反映南宋農民生活，描寫農村風貌的詩，也在他的作品中佔據了相當重要的位置。這首風格清新、語言洗練的詩歌就描寫了這樣一位天真爛漫的農家少女。開篇二句，一個梳著雙髻丫的女子跟著母親長年採桑紡麻，既寫出了少女的嬌俏可愛，也點明了她的身分。所以接下來，詩人又用刻劃入微的筆調描繪了她當戶夜織，煎焙土茶的農家生活，就顯得非常自然了。三四兩句則是描摹了女子長成出嫁時的情景，清貧的環境決定了她不可能擁有豐厚的嫁妝，所嫁的物件也只是門當戶對的鄰家之子。雖然生活簡陋，但女子用牽牛花來插髻裝飾，顯露出對生活的美好嚮往，苦中作樂，別有情趣。詩人之所以花很大的筆墨來描寫這位農家女子，正是為了與下半首詩中那些嫁入豪門的女子形成對比。陸游用〈琵琶行〉中商人之婦懷抱琵琶的典故，比擬那些爭嫁達官貴人的女子，雖是錦衣玉食，生活無憂，卻並沒有得到真正的幸福和快樂，反而不如那位農家女的自然愉快，只能在傷感的琵琶聲中哀嘆自己流逝的青春年華。江頭兒女與城中妖姝的對比，就陸游自身而言，正隱喻了出仕與歸隱的矛盾，他渴望作一番事業，但又不得重用，因此常懷想歸隱的生活。

登城

【題解】本詩作於淳熙四年秋，陸游時在成都。詩作抒發恢復之志。

我登少城❶門，四顧天地接。大風正北起，號怒撼危堞❷。九衢❸百萬家，樓觀爭岌嶪❹。臥病氣壅塞，放目意頗愜❺。永懷河洛間❻，煌煌祖宗業。上天祐仁聖，萬邦盡臣妾❼。橫流❽始靖康❾，趙魏❿血可蹀⓫。小胡⓬寧遠略？為國恃剽劫⓭。自量勢難久，外很⓮中已慴。籍民備勝廣⓯，陛戟⓰畏荊聶⓱。誰能提萬騎⓲，大呼擁馬鬣⓳？奇兵四面出，快若霜掃葉。植旗⓴朝受降，馳驛夜奏捷。豺狼一朝空，狐兔何足獵。遺民㉑世忠義，泣血受汙脅。繫箭射我詩，往撽五陵俠㉒。

【注釋】❶少城 成都的城名。成都舊有太城、少城，少城在西。❷危堞 高城。堞，城上有垛口的牆，即女牆。❸九衢 四通八達的道路。❹岧嶤 高聳的樣子。《文選》張衡〈西京賦〉：「疏龍首以抗殿，狀巍峩以岧嶤。」張銑注：「岧嶤，高壯貌。」唐杜甫〈九成宮〉詩：「曾宮憑風迴，岧嶤土囊口。」❺愜 快意；滿足。❻河洛間 黃河、洛水之間，指北宋東西二京。❼萬邦盡臣妾 意謂各國都受命於中國。臣妾，服賤役的男女奴隸，這裡用作附庸之意。❽橫流 洪水氾濫。這裡比喻金人入侵，北方大亂的情形。❾靖康 宋欽宗趙桓年號。靖康元年（西元一一二六年），金人攻破汴京，次年虜宋徽宗、欽宗北去。❿趙魏 戰國時期的兩個國家。趙國都邯鄲（今河北邯鄲），魏國都大梁（今河南開封）。這裡泛指黃河南北一帶金兵攻佔的地方。⓫血可蹀 指血流甚多，竟可踏血而過。形容金兵大量屠殺南宋軍民的慘狀。蹀，踏。⓬小胡 指金人。⓭剽劫 搶掠。⓮很 通「狠」。兇狠。⓯籍民備勝廣 金統治者編制民戶，防備其中藏有陳勝、吳廣這樣起來造反的人。籍民，登記戶口。備，防備。勝廣，即陳勝、吳廣，秦末起兵反秦的領袖。⓰陛戟 宮殿的階下設立的執戟衛士。⓱荊聶 指荊軻、聶政，戰國時的兩個著名刺客。⓲提萬騎 指統帥萬軍。⓳擁馬鬣 也指統領軍馬。鬣，馬頸上的長毛。⓴植旗 豎旗。㉑遺民 指淪陷區的漢族人民。㉒往檄五陵俠 意謂要號召淪陷區的愛國志士起來驅逐敵人。五陵俠，指淪陷區英勇抗金的愛國志士。五陵，即漢長陵、安陵、陽陵、茂陵、平陵，為漢高帝、惠帝、景帝、武帝、昭帝所葬處，都在長安附近。漢代時五陵地方多住豪俠人士。

【語譯】我登上成都的城門，放眼望去一片茫茫，天地相連。大風吹起，怒吼的樣子好像要把城牆也搖動了。道路四通八達，樓臺高聳而立。我時常因臥病休養而感到氣血不暢，此時在城樓上放眼望去，感到心情十分暢快。我懷念昔日東西二京，輝煌燦爛的祖宗基業。上天保佑君主，四方各國都受命於中國。自從靖康元年金人入侵，北方大亂起，敵人大肆屠殺南宋軍民，血流成河。金人哪有遠大謀略？只會為自己大量搶劫掠奪。他們自知氣勢不會長久，實際上他們外表兇狠，內心卻是膽戰心驚。他們登記百姓戶口，唯恐有陳勝、吳廣那樣起義的人，雖然戒備森嚴卻害怕荊軻、聶政那樣的英勇志士。誰能統領萬軍，率兵出征？將士四面而出，迅猛如秋霜掃落葉。豎起旗幟來接受敵人的投降，戰馬連夜奔向朝廷報告前方的勝利。到那時敵虜一掃而光，一些奸佞小人也毫不足惜了。淪陷區的漢族人民世代忠義，遭受敵人的踐踏侮辱。我要用箭把寫好的詩句射出去，射給那些淪陷區英勇抗金的愛國志士。

【研析】陸游在成都的生活過得並不如意，所以常常借詩詞歌賦，郊遊酒宴來寄託心中的情懷，這首詩便是記載了他因登城遠眺，勾起無限遐想的情景。遠處登高，極目眺望，本是開懷之事，前三句便描寫了詩人登高所看到的景物，天地相連，風吹怒吼，道路縱橫，高樓聳立，尤其是二句中用了誇張的手法形容風勢的猛烈，令人頓覺心胸開闊，所以在下一句中，陸游也說往日的抑鬱氣塞也暢快了，病似乎也減輕了，情緒進入了一個高潮。由登高望遠聯想到昔日的城池基業，發出了企盼四方臣服，光復國土的願望，情感又似乎突起轉折。在接下來的詩句中，他又聯想起靖康以來，金人對漢族淪陷區的百姓燒殺搶掠，肆意踐踏的行為，血流成河，慘不忍睹，「橫流始靖康，趙魏血可蹀」，其情其景，殘酷的罪行簡直令人髮指！而作者認為，敵人的勢力已漸漸衰竭，表面上對漢族人民的反抗進行種種鎮壓，實際外強中乾，是最後的垂死掙扎。所以他在後半首詩中發出了強烈的呼喊，號召淪陷區的有識之士振作起來，奮力反戈，拯救國土，並用射箭寄詩的方式，表達了自己對他們的堅定支持。「繫箭射我詩」一句亦古今無雙，想像卓絕，氣貫長虹。整首詩押入聲「葉」韻，其中「業」、「聶」、「脅」等字頗為奇險，見出陸游吞吐哽咽、滿腔憤鬱之懷。

東郊飲村酒大醉後作

【題解】淳熙四年九月，陸游在漢州打獵後回成都作此詩。詩作寫自我排遣愁懷。

丈夫無苟求❶，君子有素守❷。不能垂竹帛❸，正可死隴畝❹。邯鄲枕中夢❺，要是念所有❻。持枕與農夫，亦作此夢否？今朝櫟林❼下，取醉村市酒。未敢羞空囊❽，爛熳❾詩千首。

【注釋】❶苟求　不正當的要求。❷素守　清白的操守。❸垂竹帛　名留青史。竹帛，代指史冊。❹隴畝　田野間。《三國志・蜀志・諸葛亮傳》：「亮躬耕隴畝，好為〈梁父吟〉。」❺邯鄲枕中夢　又稱黃粱夢。唐人沈既濟〈枕中記〉記盧生在邯鄲道上客店遇道士呂翁授枕入夢，歷盡富貴，醒後見店主人蒸黃粱飯尚未熟。❻要是念所有　意謂主要是心存富貴榮華的念頭。❼櫟林　櫟樹林。❽羞空囊　杜甫〈空囊〉詩：「囊空恐羞澀，留得一錢看。」陸游在這裡反用其意。❾爛熳　雜亂繁多貌。《文選》馬融〈長笛賦〉：「紛葩爛漫，誠可喜也；波散廣衍，實可異也。」呂向注：「紛葩爛漫，聲亂而多也。」此處指詩篇繁多。

【語譯】大丈夫沒有什麼不正當的要求，君子也有著清白的操守。即使不能名留青史，也應當老死鄉間。轉眼間的黃粱美夢，主要是人們心存富貴，念念不忘之故。要是把這作黃粱之夢的枕頭給了鄉間農夫，是否也會作相類似的夢呢？今天我且在櫟樹林下，痛飲村酒。不曾感到囊中羞澀，因為至今已積累了數不清的詩章。

【研　析】這首詩表現的雖是詩人自己的心境，但其中卻有著對那些世俗追求功名利祿之輩的嘲笑鄙視之意。開篇一句對偶工整，氣勢豪邁不凡，用「丈夫」、「君子」來表示自己的情操，陸游追求的正是大丈夫應當以己之力報效國家，即使不能彪炳史冊，也要像德行高尚的君子那樣甘於平淡的生活。這是陸游畢生的理想，也是他一輩子身體力行的體驗。所以，對他來說，非常輕視那些渾渾噩噩，妄圖在夢中也對富貴名利念念不忘之徒。就算是鄉村農夫有了這個枕頭，大概也會做這樣的癡夢吧！「黃粱美夢」之典情境自然，語意流暢，陸游引化典故的技巧由此可見一斑，這正是對此等不恥之徒的無情嘲諷和痛斥揭露。「持枕與農夫，亦作此夢否」體現宋詩議論化特點，以文為詩。詩人現今甘於在鄉村裡取醉痛飲的生活，也並非完全是失意後的盡情放縱，在結尾處便點出了自己在流離顛沛中孜孜不倦，不敢倦怠，依然苦心求學的情景，表達出無論什麼時候也不會忘懷國事的志向。

遣興

【題　解】本詩作於淳熙四年冬，作者時在成都。表達壯志未酬之慨。

耆舊❶日凋謝，將如此老❷何！憑拈如意❸舞，狂叩唾壺歌❹。郡縣❺輕民力，封疆❻恃虜和。功名莫看鏡❼，吾意已蹉跎。

【注釋】❶耆舊　年高而有聲望的人。❷此老　陸游自指。❸如意　器物名。梵語「阿那律」的意譯。古之爪杖。用骨、角、竹、木、玉、石、銅、鐵等製成，長三尺許，前端作手指形。脊背有癢，手所不到，用以搔抓，可如人意，因而得名。南朝宋劉義慶《世說新語・汰侈》：「崇視訖，以鐵如意擊之，應手而碎。」杜甫〈宴忠州使君姪宅〉：「昔曾如意舞，牽率悵為看。」❹狂叩唾壺歌　用東晉王敦酒後用如意擊唾壺為拍而歌的典故。❺郡縣　指地方官府。❻封疆　指高級將領。❼功名莫看鏡　用杜甫〈江上〉「勳業頻看鏡」句意。

【語譯】即使是那些德高望重的人，也禁不住時光流逝，就像我自身一樣無可奈何。苦悶中揮舞著如意杖，狂放地擊打著唾壺而歌。地方官府輕視百姓，那些軍中將領卻依靠著與胡虜議和度日。自己的生命在求索功名的歷程中徒然老去，莫看鏡中的自己，我的心境已經消沉許多。

【研析】這首詩是詩人在淳熙四年的冬天所寫的，此時詩人已經五十二歲了，年過半百，歲月蹉跎，令人不禁徒起傷感憂鬱之嘆。首聯的語句中就流露出一股濃濃的悲哀苦悶的情緒，昔日滿懷抱負的愛國青年躊躇滿志，滿心以己之力要為國報效，無奈天不從人願，數十年的光陰逝去，國破山河，敵虜長驅直入，百姓流離失所，當時熱血沸騰的少年如今轉眼已成了一個白髮蒼蒼的垂暮老人。失意彷徨中，只好憑舞狂歌，足見悲痛之情無處寄託。頸聯二句頗耐人尋味，政府無視百姓，不在減輕民眾疾苦上下力，大將們不奮勇殺敵，打擊金兵敵寇，卻依靠與敵方議和度日，當權者的黑暗腐朽實在是可悲可笑，令人髮指！這兩句的批判力是很沉重的，是對政府消極抵抗的無情控訴。詩人在作品最後，用杜甫的「看鏡」的典故，表達了唯恐自己因時光流逝，精力衰退而不能為國出力的心緒，「心有餘而力不足」。

醉中出西門偶書

【題　解】西門，指成都西門。淳熙四年冬，陸游在成都作此詩。表達功名未立之悲。

古寺閒房閉寂寥，幾年耽酒負公朝❶。青山是處可埋骨❷，白髮向
人羞折腰❸。末路❹自悲終老蜀，少年常願從征遼。醉來挾箭西郊去，
極目寒蕪❺雉兔驕。

【注　釋】❶耽酒負公朝　嗜酒貽誤了公務。❷青山是處可埋骨　語出蘇軾〈予以事繫御史臺獄……遺子由〉詩：「是處青山可埋骨。」❸折腰　用陶潛不為五斗米折腰事。❹末路　晚年；老年。《文選》謝靈運〈酬從弟惠連〉詩：「末路值令弟，開顏披心胸。」李周翰注：「末，衰也。衰老始得逢令弟。」❺寒蕪　衰草。蕪，叢生的草。

【語　譯】古寺荒涼，房間雜置，一片蕭條景象，我這些年來也因嗜酒貽誤了公務。青山處處可以

埋葬我這把老骨頭，我已年老，不屑向人阿諛奉承。年華逝去，自己為自己將終老於蜀地而悲嘆不已，卻懷念著年輕時意氣風發，決心征服敵虜的願望。酒醉時攜著箭往西郊去，遠遠地看著衰草中雉兔出沒。

【研　析】陸游剛到蜀地的時候，熱情是很高漲的，他一心要將漢中作為光復山河的根據地，並且積極練兵備戰，休養生息，孜孜不倦作出了很大的努力。但是隨著時光的變遷，境況的改變，他的希望也在一點一滴跌入低谷，心情也愈來愈失落。首句古寺寂寥的景象已經很是蕭條衰敗了，但詩人的情緒還要更低落。雖然他用嗜酒的藉口搪塞自己的荒廢頹唐，說自己長年疏於朝廷的公務，可實際上陸游一天也沒有放棄過自身的努力，哪怕是在這樣不得志的境遇中。頷聯二句讀來格外悲涼沉重，青山可埋忠骨，白髮羞為折腰，老詩人的氣節多麼頑強不屈，他將個人的榮辱安危已置身事外，報國之心惟天可表！「埋骨」與「折腰」相對，不僅字面上工穩，意脈上亦銜接得妙極。頸聯上下句對比鮮明，從意氣風發的熱血少年，到遲年末路的白髮老人，年歲可以改變，他的決心和志氣卻始終沒有一絲動搖，意在筆先，力透紙背。全詩以酒後攜箭，西郊獵射收尾，可以視作是詩人的自我情緒排遣，意猶綿綿。

枕上

【題　解】本詩作於淳熙四年冬，作者時在成都。抒發報國無門之悲。

枕上三更雨，天涯萬里遊。蟲聲憎❶好夢，燈影伴孤愁。報國計安出？滅胡心未休。明年起飛將❷，更試北平秋❸。

【注　釋】❶憎　厭惡。這裡有擾亂的意思。❷飛將　指西漢名將李廣。他一生出征匈奴，大小七十餘戰，匈奴見他而畏避，稱為「飛將軍」。❸北平秋　《漢書‧李廣傳》載，漢武帝時李廣為右北平太守，武帝報書曰：「將軍其率師東轅，彌節白檀，以臨右北平盛秋。」右北平，漢郡名，在今河北東北部及遼寧部分地區，當時是抗擊匈奴的前線。盛秋馬肥，匈奴常來侵擾，故武帝令李廣戒備。這兩句詩借用李廣事，希望宋朝廷能夠起用良將來對付金人。

【語　譯】三更時分，我在枕上聽到下起了雨，神思恍惚，心緒好像在天地間來回飄蕩。蟲鳴之聲擾亂了我的好夢，只有一盞孤燈陪我度過憂愁苦悶。哪裡可以找到報國的計策？消滅敵虜的心願一刻也未曾消失。盼望朝廷能起用像漢朝李廣那樣的忠臣良將，出征抗擊金人。

【研　析】陸游的精神之所以難能可貴，不僅僅是他愛國的熱忱，很大一部分程度上，更是在於遭受了重重仕途坎坷，人生起落時，還能保持著對國家強烈的忠誠立場，的確是愛國詩人中傑出的代表。你看，即使在夜半夢醒，枕上聽雨時分，他的情緒依然難以平靜。細雨紛紛，蟲聲擾夢，前四句中的這些景物用淡淡的筆墨勾勒而出，頷聯上半句蟲聲為「動」，燈影為「靜」，一動一靜的畫面相互交織，更添一份清愁。長夜漫漫，詩人的心事又有誰瞭解呢？也許，只有一盞孤燈能陪伴他長嘆不息，聽他傾訴吧。就是在夜半難以入寐時，他還在反覆為國事憂慮不已，一問一答的句式彷彿是詩人捫心自問，扼腕長嘆，只有在詩的最後發出了希望朝廷啟用良將，出征金兵的願望，這是陸游憂憤中的悲愴呼喊，也是他生命中唯一的企盼和美好理想。

次韻季長見示

【題解】次韻，亦叫步韻，和人詩並依原詩用韻的次序。季長，張縯，字季長，陸游在四川時的好友。淳熙四年十二月，陸游因公去廣都（在今四川雙流東南）。當時他剛獲接任敘州刺史的任命，張季長有詩贈他，他就回贈了這首詩。

倚遍南樓十二欄，長歌相屬❶寓悲歡。空懷鐵馬橫戈❷意，未試冰河墮指寒❸。成敗極知無定勢❹，是非元自❺要徐觀❻。中原❼阻絕王師老，那敢山林一枕安？

【注釋】❶相屬　相連接，指相互賦詩唱和。❷鐵馬橫戈　拿著武器騎在戰馬上，即從軍殺敵之意。❸墮指寒　指北方嚴寒，連手指幾乎都要凍得脫落。《漢書·高帝紀下》：「上從晉陽連戰，乘勝逐北，至樓煩，會大寒，士卒墮指者什二三。」❹定勢　確定的態勢。《三國志·魏志·劉表傳》：「逆順有大體，彊弱有定勢。」❺元自　原知。❻徐觀　慢慢觀察瞭解。❼中原　這裡指北方淪陷區。

【語　譯】我們在南樓上依靠著欄杆，相互賦詩唱和，以此來寄託自己的悲歡離合。我空懷有從軍殺敵之意，卻還沒有到北方去經受連手指都快要凍得脫落的嚴寒。戰事的勝敗我自知沒有定勢，是非功過需要慢慢觀察瞭解才能下定論。中原已經和我們隔離得太久，連軍隊也要等待得衰老了，我又哪敢在山林中隱居安心而入眠呢？

【研　析】此詩是詩人酬答應和友人之作，其實也是一個借詩句而表達自己志向的契機。南宋朝廷的當權者眼看國土節節淪陷，非但不思求進取之心，反而一味倚求和度日，這種不抵抗政策自然引起許多仁人志士的憤慨，也包括陸游在內。他們有抗敵之心，而無報國之門，失意苦悶的心情只有借著相互唱和詩文的機會來排遣。詩的一開始，就用「倚遍南樓十二欄」來表達了這種情緒，「十二欄」是虛指，但「遍」字一舉，足可見時間之長，訴盡淒涼寂寥之苦，陸游的詩就往往在這樣的細節上顯露出他遣詞造句的不凡功力，真可謂一字千金，意猶不盡。陸游同時代的詞人辛棄疾，其〈水龍吟·登建康賞心亭〉：「把欄杆拍遍，無人會，登臨意。」二人都用「遍」字，心境亦相彷彿。下一句則盡情敘述了自己之所以憂愁苦悶的原因，空懷壯志，卻未能如願。陸游本是文武兼修之才，又滿腔熱情，然而就是這樣的人都無法得到重用，一般人往往因受到沉重的打擊而一蹶不振。但是下半首的詩句中卻不見了失意後的愁苦，詩人還是抱著極大的耐心和希望，政府一日不出師中原，他一日不得安枕，這樣的用心良苦和高度的責任感，實屬罕見。

漣漪亭賞梅

【題解】此詩淳熙四年十二月作於成都。此詩讚揚了梅花的高標亮節。

判❶為梅花倒玉巵❷，故山幽夢❸憶疏籬❹。寫真❺妙絕橫窗影，徹骨❻清寒蘸❼水枝。苦節❽雪中逢漢使❾，高標❿澤畔⓫見湘纍⓬。詩成怯為花拈出⓭，萬斛⓮塵襟⓯我自知。

【注釋】❶判　斷定；理當。此語詩中罕用，可見陸游生新獨創處，後輩詩人戴復古亦曾用之，其〈王寅歲旦景明子淵君玉攜酒與詩為壽次韻〉：「判為元日醉，共賦早春詩。」❷玉巵　古代玉製的酒器。❸幽夢　隱約的夢境。❹疏籬　稀疏的籬笆。❺寫真　寫照；描繪。❻徹骨　入骨。❼蘸　侵入水中。❽苦節　比喻堅守節操，矢志不渝。《易・節》：「節，亨。苦節，不可貞。」孔穎達疏：「節須得中。為節過苦，傷於刻薄。物所不堪，不可復正。故曰『苦節，不可貞』也。」❾漢使　指蘇武。《漢書・蘇武傳》：「以（蘇）武苦節老臣，令朝朔望」，「迺幽（蘇）武置大窖中，絕不飲食。天雨雪，武臥齧雪與旃毛并咽之，數日不死，匈奴以為神。乃徙武北海上無人處，使牧羝，羝乳，乃得歸。」❿高標　高枝。高聳特立之姿。⓫澤畔　《楚辭・漁父》：「屈原既放，游於江潭，行吟澤畔。」⓬湘纍　指屈原。揚雄〈反離騷〉：「欽弔楚之湘纍。」⓭拈出　寫出。

⑭萬斛　極言容量之多。古代以十斗為一斛。⑮塵襟　被塵土沾染的衣襟，喻被世俗觀念沾染的內心。

【語　譯】我註定要為梅花而痛飲，醉後又夢見故鄉的籬笆和山色。醒來看見梅花的影子落在窗紙上，梅枝斜侵入水中透著徹骨的清寒。梅花擁有如蘇武一般的骨氣，亦有如屈原一般的精神。我的詩句雖然已醞釀得差不多了，但不敢寫出來，因為我知道自己的襟懷是遠不如梅花的。

【研　析】此詩起句即甚新奇。賞花飲酒本為風雅之舉，乃人生之餘事，而陸游卻用「判」這樣一個嚴肅的字眼，造成語感色彩上的乖異。由此乖異，則可聯想到陸游在人生正事即仕途上的不得意。次句作緩筆，當是飲酒之後夢見故鄉山水。頷聯切入正題，著手對梅花展開描繪。林逋有「疏影橫斜水清淺」名句，陸游此聯「窗影」、「水枝」，就取象而言平平，並無新意，只是更強調其「清寒」之特點。頸聯則擺脫俗套，透過色相，直逼精魂，以屈原、蘇武比之，用典對仗極工巧，陸游自身的精神追求亦於此可見。末聯後退一步，通過貶低自己來烘托梅花的高風亮節。意謂我之筆墨雜有太多世俗之念，不配表露梅之精神。蓋五、六兩句，主觀情感的投射過於強烈；此處則稍作緩勢以使全詩節奏平穩。

游諸葛武侯書臺

【題　解】諸葛武侯，即諸葛亮，字孔明，三國時蜀漢丞相，死後諡為忠武侯。相傳諸葛亮相蜀時，曾築讀書臺，以集諸儒，兼接待四方賢士。此臺在成都北。淳熙五年（西元一一七八年）正月，陸游在成都作此詩。

沔陽❶道中草離離❷，臥龍❸往矣空遺祠。當時典午❹稱猾賊，氣喪不敢當王師❺。定軍山❻前寒食路，至今人祠丞相墓。松風想像〈梁甫吟〉❼，尚憶幡然❽答三顧❾。〈出師〉一表千載無，遠比管樂❿蓋有餘。世上俗儒⓫寧⓬辨此，高臺當日讀何書？

【注釋】❶沔陽　故址在今陝西沔縣。諸葛亮率兵由漢中攻魏，曾屯兵於此。後立諸葛武侯祠。❷離離　草長的樣子。❸臥龍　指諸葛亮。❹典午　「司馬」的隱語。《三國志・蜀志・譙周傳》：「周語次，因書版示立曰：『典午忽兮，月酉沒兮。』典午者，謂司馬也；月酉者，謂八月也。至八月而文王（司馬昭）果崩。」晉帝姓司馬氏，後因以「典午」指晉朝。典，即司的意思。午，按照十二屬的排列是屬馬。這裡指三國時魏國大將司馬懿。❺王師　指蜀漢的軍隊，當時觀念是以蜀漢為正統，故稱王師。據《三國志・蜀志・諸葛亮傳》載，諸葛亮同司馬懿交鋒時，司馬懿往往取守勢，不敢正面迎戰，稱諸葛亮是「天下奇才」。❻定軍山　山名。在今陝西沔縣西南。兩峰對峙，山上有平阪。東漢末年劉備部將黃忠大敗曹操軍於此。山下有諸葛亮陵墓及廟宇。《三國志・蜀志・黃忠傳》：「建安二十四年，於漢中定軍山擊夏侯淵。淵眾甚精，忠推鋒必進……一戰斬淵。」❼梁甫吟　又作〈梁父吟〉，古代歌曲名。《三國志・蜀志・諸葛亮傳》載，他在未遇劉備前，躬耕隴畝，好為〈梁父吟〉。❽幡然　迅速改變的樣子。❾三顧　三次看望。指劉備拜訪諸葛亮事。諸葛亮〈出師表〉：「先帝不以臣鄙卑，猥自枉屈，三顧臣於草廬之中，諮臣以當世之事，由是感激，遂許先帝以馳驅。」❿管樂　管仲和樂毅。管仲，春秋時著名的政治家，齊桓公的國相，輔助齊桓公稱霸諸侯。樂毅，戰國時燕國大將，燕昭王時為將，大敗齊國，攻下齊國七十餘城。諸葛亮未遇劉備前，常以管仲、樂毅自比。⓫俗儒　指庸俗淺陋的讀書人。⓬寧　怎能。

【語譯】沔陽縣的道路旁雜草紛紛，昔日的臥龍先生早已逝去，空留下一座祠堂。那時候，司馬懿被稱作是狡猾的叛逆之賊，心虛膽怯不敢堂堂正正地面對蜀漢的軍隊，正面迎戰。定軍山前有供人祭弔諸葛亮的小路，到今天，盡頭只剩下了諸葛丞相的墳墓。一陣松風吹過，聲音好像是他在吟誦〈梁父吟〉，令人懷念那時劉備三顧茅廬的情景。一份〈出師表〉千載難得，遠遠地超過了管仲、樂毅等名臣良將。世間的那些迂腐庸俗的讀書人又怎麼會像諸葛亮一樣有宏圖大志，不知他老人家當年在這裡讀了些什麼書，才具有管仲、樂毅那樣的驚世才華？

【研析】詩人因遊諸葛亮的讀書臺，聯想到這位偉大的古代政治家當年的生活和一番偉業，勾起心中無限情懷，因而，寫下了這首滿懷敬仰的憑弔之作。在這裡，我們不妨回顧一下，陸游在他的作品中，不只一次提到諸葛亮或他的〈出師表〉。例如〈病起書懷〉中「〈出師〉一表通今古，夜半挑燈更細看。」〈過野人家有感〉中「躬耕本是英雄事，老死南陽未必非。」無不流露出自己對他的尊崇之情。他希望自己能像諸葛亮一樣，用滿腹才華，滿腔熱情為國效力，但可恨被打擊遷職，一生流離，苦於找不到機會。首句描寫了路上芳草離離，人去空餘祠的淒涼景象，往日談笑風生，經略蓋世的臥龍先生今時今日在何方？幽幽遺恨，無所寄託。二句表面上寫司馬懿的膽怯奸猾，實則是對金寇的暗喻嘲諷，亦是對諸葛亮所代表的「王師」的支持。七八句則是表達了對諸葛亮的無限懷念，在這裡，陸游並沒有直寫自己的情感，而是用了一個比喻，松濤陣陣，竟然會把它當作先生吟誦〈梁父吟〉的聲音，雖不是直接呈述，思念之刻骨，不可不謂之深切。而他有劉備三顧知遇之恩，自己卻日日為國憂心，宏願難酬，表面寫諸葛亮，實則抒發自身懷才不遇，報國無門的苦悶。這兩句足見詩人在語言技巧上的藝術性，令人拍案叫絕！末兩句又用管仲、樂毅等歷史名臣相比，猶有不及，烘托諸葛亮的才華蓋世，不知道先生的滔滔經略究竟從何而來，把對他的評價和讚賞，置於到一個很高的地位。

屈平廟

委命仇讎事可知❶，章華❷荊棘國人悲。恨公無壽如金石❸，不見秦嬰係頸時❹。

【題　解】屈平廟，即屈平祠，在歸州（今湖北秭歸）東南。屈平，屈原名平，戰國時楚國大詩人，楚都被秦攻陷後，投汨羅江而死。淳熙五年五月，陸游東歸途中路經歸州，憑弔屈原祠而作此詩。

【注　釋】❶委命仇讎事可知　指當年楚懷王不聽從屈原聯齊抗秦的主張，卻採取親秦政策。後懷王應秦昭王之約入秦，被扣，死在秦國。頃襄王繼位，故逐屈原，繼續執行親秦政策。後楚終為秦所滅。❷章華　即章華臺，春秋時為楚靈王所築，遺址在今湖北監利西北。❸無壽如金石　語本〈古詩十九首〉：「人生忽如寄，壽無金石固。」❹秦嬰係頸時　西元前二〇六年，劉邦攻入咸陽，秦王子嬰絲繩繫頸，捧著印璽、符節向劉邦投降，後為西楚霸王項羽所殺。

【語譯】當初楚懷王把國事委託給奸佞小人，下場就可想而知了，昔日章華臺上荊棘叢生，國人為之悲嘆。只恨屈原沒有如金石般的長壽，看不到當初秦王子嬰以絲繩繫頸的投降情景。

【研析】陸游在這首短短四句二十八字的七絕中，引用了大量屈原、秦王子嬰的典故。《甌北詩話》中記載趙翼說他：「才氣豪健，議論開闢，引用書卷，皆驅使出之，而非徒以數典為能事。」顯示了詩人高超純熟的語言技巧，更讚揚了他詩句中蔚然天成的豐富情感。此詩為他憑弔屈原祠之作，陸游對屈原的評價是很高的，在其他作品中也多次提及自己對他的敬仰之情。上兩句以楚國為典，這也是對當朝主和派的一種暗暗嘲諷，把國事寄託在奸佞小人身上，又怎麼可能有好下場呢？長久以往下去，恐怕南宋朝也會像楚國一般難逃國破山河的下場。他正是繼承了屈原那種反抗誤國權臣，至死不渝的精神，從前輩的身上汲取力量，開創了自己的另一新天地。下兩句則以秦王子嬰的悲慘結局結束，實際是對當權者的嚴厲警告和呼號，如若聽之任之不抵抗政策繼續下去，那麼離繫頸投降的亡國日子就不遠了！忠言苦諫，彷彿可見詩人一顆熾熱之心的跳動。尾句恨屈原「無壽如金石」，已發絕筆詩「家祭無忘告乃翁」之先聲，用屈原之不見秦國覆滅，來表達自己擔心不能在有生之年見到國家收復失地。

六月十四日宿東林寺

【題解】東林寺，在今江西九江廬山之麓，是古代著名的寺院之一。淳熙五年六月，陸游東歸途中過廬山作此詩。

看盡江湖千萬峰，不嫌雲夢❶芥吾胸❷。戲招西塞山❸前月，來聽東林寺裏鐘。遠客❹豈知今再到，老僧能記昔相逢。虛窗❺熟睡誰驚覺？野碓❻無人夜自舂。

【注釋】❶雲夢　湖名，在今湖北安陸南。❷芥吾胸　意謂心胸為之鯁礙阻塞。語出司馬相如〈子虛賦〉：「吞若雲夢八九於其胸中，曾不蒂芥。」芥，芥蒂，細小的梗塞物。❸西塞山　在今湖北大冶東。❹遠客　作者自指。乾道六年八月八日陸游入蜀時曾遊廬山，宿東林寺，故說「今再到。」❺虛窗　即窗。凡開窗必空其中，故云。❻野碓　山野間的水碓，是水力推動的舂米器具。

【語譯】我遊覽遍了天下數不清的山川景色，並不介意雲夢湖會讓我胸懷不暢。我和西塞山前的月亮打招呼，邀請它來傾聽東林寺裡的鐘聲。哪裡知道我如今會再次到了這個地方，寺中的老僧竟然還記得我們昔日相逢的情景。開窗熟睡中是誰打擾驚醒了我？原來夜深了，是山野間舂米的水碓還在獨自吱吱呀呀地轉動。

【研　析】此詩是陸游記敘旅途中夜景的一首閒適之作，筆意頗為疏淡。此時，他由於在四川時的詩歌創作獲得很大成績，引起孝宗注意，而奉了朝廷的詔令回到臨安。這其中，既有欣喜，也懷揣著對世事未來難以預料的忐忑不安，心情頗為複雜。到了江西廬山的東林寺，心境稍為舒展。也許是借了山川水流的靈氣精華，名寺古剎的幽靜致遠，往日憂憤激昂的情緒得到了暫時的平靜。所以這首詩在整體上，情感並無太大的起伏波瀾，仿若是一幅明月夜靜，古寺鐘聲的淡墨山水，寧靜舒緩，令人心曠神怡。二句邀天上之月共聽鐘聲渺渺，彷彿詩人以月為友，促膝長談，足見心胸之開闊豁朗，別有妙趣。頸聯憶過往情景，信手拈來，與老僧侃侃而談，抒發重臨舊地之欣喜。及至夜半入睡，是誰攪了詩人的清夢呢？作者化韋應物〈滁州西澗〉「野渡無人舟自橫」之意，連春米的水碓也似乎有了生氣，以動襯靜，更顯得悠然天成，渾為一體了。

南樓

【題　解】南樓，在鄂州（今湖北武昌）。淳熙五年六月，陸游東歸途中過鄂州作此詩。

十年不把❶武昌酒，此日闌邊感慨深。舟楫❷紛紛南復北，山川莽

莽❸古猶今。登臨壯士興懷地，忠義孤臣許國心。倚杖黯然❹斜照晚，
秦吳❺萬里入長吟。

【注釋】❶把　執；持。❷舟楫　泛指往來船隻。楫，船槳。❸莽莽　無涯無際的樣子。❹黯然　心神沮喪的樣子。❺秦吳　秦指川陝一帶地方，吳指江浙一帶地方。

【語譯】我已經十年沒有飲過武昌的酒了，夕陽西下，光影離亂，感慨很深。江邊往來的船隻南來北往，無邊無際的山川從古至今都是這個樣子。登上這令人滿懷豪情的地方，我的一片忠義報國之心惟天可表。餘暉脈脈，我倚靠拄杖，心神沮喪，秦川萬里都聽得見一片悲嘆之聲。

【研析】陸游在四川的時期於詩歌創作方面獲得了不小的成績。《四朝聞見錄》記載說他的作品是「寄意恢復，書肆流傳」，廣受人們特別是有識之士的歡迎，並且也引起了孝宗皇帝的注意。於是他在西元一一七八年，即淳熙五年被朝廷召回臨安。此詩便是他在東歸途中所作。一開始先敘以故地重遊，把酒登高的情景，多年未臨此地，自是感慨萬分。下二句是寫景之筆，以往來南北的舟楫寓自己紛繁雜亂的心情，以莽莽山川寄自身悵然若失的情懷，動靜結合，古今對照，沉鬱而不呆板，不愧是寫景物的高手。下句則明確表露了自己之所以憂悶愁苦的緣故，武昌是歷史名城，景致壯觀，天下聞名，在這樣意氣風發的景觀勝地，詩人直抒胸中抱負，忠義孤臣，「孤」盡顯寂寥孤苦，難怪他在結尾處說自己「倚杖黯然」，滿腔幽憤無處寄託，惟有化為一片長吟，流淌在秦吳萬里之間。

登賞心亭

【題　解】賞心亭，在建康（今江蘇南京），亭臨秦淮河，與白鷺洲相望。淳熙五年閏六月，陸游東歸途中過建康作此詩。

蜀棧秦關❶歲月遒❷，今年乘興卻東遊。全家穩下黃牛峽❸，半醉來尋白鷺洲❹。黯黯江雲瓜步雨❺，蕭蕭木葉石城秋❻。孤城老抱憂時意，欲請遷都❼涕已流。

【注　釋】❶蜀棧秦關　指四川一帶的棧道及秦嶺一帶的關隘。❷歲月遒　指時光迫促，匆匆已盡。遒，迫近。《楚辭．招魂》：「分曹並進，遒相迫些。」❸黃牛峽　在今湖北宜昌西，是長江水道中的危險地段，水勢湍急紆曲。❹白鷺洲　在今南京西南長江中。❺黯黯句　黯黯，深黑色。瓜步，山名，在今江蘇六合東南，東臨長江。❻蕭蕭句　蕭蕭，風吹草木之聲。杜甫〈登高〉：「無邊落木蕭蕭下。」石城，即石頭城，南京的古稱。❼遷都　陸游認為南宋不宜以臨安為都城，而應以建康為都城。隆興元年（西元一一六三年），陸游有〈上二府論都邑箚子〉，其中說：「某聞江左自吳以來，未有舍建康他都者。」

【語　譯】今年我乘興東歸，在南鄭度過的歲月匆匆流逝，。舉家穩穩當當度過了危急的黃牛峽，趁著半醉半醒中前來尋覓白鷺洲的蹤跡。江邊的雲泛出深黑色，瓜步山邊已下起了雨，南京城已入秋季，到處一片風吹草木之聲。這座孤孤單單的城市總似乎懷有憂怨之意，想要向朝廷諫言遷都，還未出口，早已涕淚交加。

【研　析】南京，這座六朝古都，自古以來，總是萬千矚目，風雨飄搖，牽動著無數人的心緒，勾起人無限的遐想。這是一個有著悠久歷史的古老城市，同時也是大宋朝的傷心之地。南宋的抗金名將岳飛在那首流傳千年的〈滿江紅〉中，一腔悲憤地唱出：「靖康恥，猶未雪。臣子恨，何時滅?」陸游在此次東歸途中，路過建康，自然也毫不例外。開篇點明此詩的時間和來南京的緣由，乃是東歸途中路經此地。二三句略寫詩人遊歷時所見之景，山川依然，江水湍急，雲雨黯黯，秋葉蕭蕭，頓感景物蕭條淒涼之象，令人倍添感傷。陸游在詩歌的末尾發出了請求朝廷遷都南京的建議，其心之懇切，其情之哀哀，沉痛無比。南宋小朝廷自離亂後不思進取，一味以求和度日，「暖風熏得遊人醉，直把杭州當汴州!」對抗擊金人入侵，破敵強國之事懵懵懂懂，自然無暇顧及遷都，偏安於一隅，也無怪乎詩人一提遷都之事，會痛心疾首，涕淚交加了。

出塞曲

【題　解】出塞曲，漢樂府橫吹曲名。本詩作於淳熙六年(西元一一七九年)夏，作者時在建安(今福建建甌)。朝廷不思抗金，詩人失望之餘，用樂府舊題，抒發其鬱抑和寄託。

千騎為一隊，萬騎為一軍。朝踐狼山❶雪，暮宿榆關❷雲。將軍羽箭不虛發，直到祁連❸無雁群。隆隆春雷收陣鼓，蜿蜿驚蛇❹射生弩。落藩遺民❺立道邊，白髮如霜淚如雨。褫魄❻胡兒作窮鼠，競裹胡頭改胡語。陣前乞降馬前舞，檄書❼夜入黃龍府❽。

【注　釋】❶狼山　在內蒙古中部，屬陰山山脈西段。❷榆關　即山海關。❸祁連　山名，主峰在今甘肅張掖西南。❹驚蛇　比喻弓弩形如受驚的蛇，即蛇弓。❺落藩遺民　指淪陷區的漢族百姓。藩，通「番」。古時對外族的通稱。❻褫魄　奪去魂魄。《文選》張衡〈東京賦〉：「罔然若酲，朝罷夕倦，奪氣褫魄之為者也。」薛綜注：「惘然如神奪其精氣，又若魂魄亡離其身。」❼檄書　這裡指責令敵人投降的文書。❽黃龍府　契丹天顯元年（西元九二六年）置。治所在今吉林農安。保寧七年（西元九七五年）廢，開泰九年（西元一〇二〇年）復置。金天眷三年（西元一一四〇年）改為濟州。《宋史・岳飛傳》：「飛大喜，語其下曰：『直抵黃龍，與諸君痛飲爾！』」

【語　譯】千騎編為一隊，萬騎也可以編成一支龐大的隊伍了。清晨踏著狼山上的積雪前進，夜幕時分夜宿山海關。大將軍的箭術高明，箭箭不虛發，行軍至祁連那邊已沒有了雁群。戰鼓聲聲，好像隆隆春雷，彎曲如蛇的弓弩箭無虛發。流落在淪陷區的漢族老百姓站立在道路邊，白髮如霜，淚如雨下。敗落的金人，像受到驚嚇的老鼠一般四處逃竄，爭著包裹起自己的頭，不說胡語，以避災禍。敵人在兩軍對陣時能在馬前乞求投降，朝廷責令敵人投降的文書一直連夜下達金人的黃龍府。

【研　析】隨著時局一天天的變化，南宋朝在戰場上節節敗退，而當權者依然苟安於一隅，依靠議和度日。金兵長驅直入，情勢岌岌可危，令陸游心急如焚。無奈南宋的當權者一直以來執行的是「不抵抗」政策，這就使百姓流離失所，陷入水深火熱之中。在這樣一種局勢下，詩人惟有拿起手中的筆來抒發情懷，遣憂排難。所以他在詩的開始部分就一組描述了自己心目中的宋軍形象：「朝踐狼山雪，暮宿榆關雲。」不畏艱難，豪邁萬丈。所以接下來，他用了一個誇張的手法來形容將士們的箭術，連祁連山上的雁群都被射殺盡了。戰鼓聲如同春雷般雄勁，箭術又是如此精湛不已。開頭四句都秉承一氣，在陸游的理想中，這是一支編制嚴明、作戰驍勇的隊伍，將士們武藝高超，氣勢銳不可擋。而下兩句則急轉直下，從理想的情景中回到殘酷的現實，寫出了被金人虜役下的漢族百姓的悲慘遭遇，老弱病殘，以淚洗面。而敗落的金軍，像老鼠般抱頭鼠竄，改頭換面，改變語言！詩歌最後兩句，企盼金人馬前乞降，朝廷責令敵虜繳械的檄書能直到金人的統治中心，我們不能不說這只能是陸游失意中的寄託，是一個美好虛幻的理想了。

前有樽酒行 其二

【題　解】《樂府詩集・雜曲歌辭》有〈前有一樽酒行〉。本詩作於淳熙六年夏，作者時在建安。與前首是同一情懷。

綠酒盎盎❶盈芳樽，清歌婀婀留行雲❷。美人千金織寶裙，水沉龍腦❸作燎❹焚。問君胡為慘不樂？四紀❺妖氛❻暗幽朔❼；諸人但欲口擊賊❽，茫茫九原❾誰可作！丈夫可為酒色死？戰場橫屍勝牀笫❿。華堂樂飲自有時，少待擒胡獻天子。

【注　釋】❶盎盎　杯中酒滿的樣子。❷清歌婀婀留行雲　沒有樂器伴奏的獨唱悠揚婉轉歌聲美妙，使天上行雲都停下傾聽。用《列子・湯問》所載古代歌手秦青「撫節悲歌，聲振林木，響遏行雲」事。❸水沉龍腦　皆香料名。水沉，即沉香，香木名，樹脂可供作薰香料。龍腦，香料名，以龍腦香樹膏製成，極為名貴。❹燎　火把。❺四紀　古代以十二年為一紀，四紀為四十八年。陸游寫此詩時，距金人佔領汴京已有五十三年，這裡說四紀只是約數。❻妖氛　指金人的統治。❼幽朔　幽州和朔州，古代州名，在今河北、山西一帶，這裡泛指北方淪陷地區。❽諸人但欲口擊賊　指當時的一些達官貴人，口頭喊打擊金人，實際上毫無行動。語出《晉書・朱伺傳》：「江夏太守楊珉每請諸將議據賊之計，伺獨不言。珉曰：『朱將軍何以不言？』伺答曰：『諸人以舌擊賊，伺惟以力耳。』」❾九原　本春秋時晉國卿大夫的墓地，後通用為九泉或地下之義。作，這裡是死而復生的意思。《禮記・檀弓》：「趙文子與叔譽觀乎九原，文子曰：『死者如可作也，吾誰與歸！』」❿笫　床上竹編的墊子，為床的代稱。

【語　譯】酒杯中的美酒已滿，一曲獨歌悠揚婉轉，響徹行雲。美人身著價值千金的錦繡衣裙，又點燃了名貴的沉香龍腦等香料。問你為何如此不快樂呢？時光匆匆流逝，金人對淪陷區的統治依舊陰魂不散。那些達官貴人往往只是在口頭叫喊著要打擊金人，實際上並無什麼行動。茫茫九泉之下又有誰可死而復生呢？大丈夫怎麼能因為酒色而喪命？哪怕在戰場上戰死，也要遠遠勝過兒女情長的歡樂。要想在華堂上宴飲歡樂，總有時候，且待擒捉賊寇，獻給天子之後再說。

【研　析】在敵入中原，國難當頭的時刻，山河破碎，生靈塗炭，許多有識之士紛紛振臂高呼，力主抗金，自然也包括陸游在內。但可悲的是，依然有不少人，乃至朝廷的當權者醉生夢死，懵懂度日，他們無視國家的災難和百姓的疾苦，照舊歌舞昇平，尋歡作樂。在詩的起始兩句，作者就用筆描摹了一群士大夫酒宴享樂的情景，看似揚，實為抑。當戰場上金人節節長驅直入，百姓生不如死的時候，當朝者卻安享「綠酒盎盎、清歌嫋嫋」，迷戀於美人華服，香煙繚繞的奢侈生活。難道這樣就是真正的歡樂了嗎？詩人發出的一問，猶如當頭棒喝，警告他們不要忘記幽朔等州府的北方地區已經在金人手中淪陷了多少年了。那裡的人民長久置身在水深火熱中，盼望政府早日出師中原，使他們能脫離金人的統治。但是統治階層關心的只是自己的利益，相當數量的士大夫都是「口擊賊」的清談家，並沒有拿出決心和魄力來，更不要談什麼實際行動了。陸游連用兩個反問句，怒聲痛斥了惟求自保、安於享樂的南宋當權者，又在下一句用典故來闡述自己的觀點，認為真正的大丈夫應該是像馬援那樣戰場殺敵、馬革裹屍的忠臣良將，表明自己的立場。並在結尾處又聲言要擒敵寇而朝見天子，豪情壯志，熱血丹心。

雨夜不寐觀壁間所張魏鄭公砥柱銘

【題解】魏鄭公，即魏徵，唐太宗時名臣，官至左光祿大夫，封鄭國公。砥柱銘，砥柱，山名，又名三門山，在今河南陝縣黃河中流。唐貞觀十二年（西元六三八年），唐太宗觀砥柱，勒石紀功，魏徵為之作銘。本詩作於淳熙六年夏，作者時在建安。

疾風三日橫吹雨，竹倒荷傾可憐汝。空堂無人夜向中❶，臥看床前燭花吐。壯懷耿耿❷誰與論，榰床老龜❸不能語。世間豈無一好漢，叱吒喑嗚❹氣吞虜。壁間三丈〈砥柱銘〉，貞觀❺太平如更睹。何當鼓吹❻渡河津❼，下馬觀碑馳馬去。

【注釋】❶夜向中　將近夜半。❷耿耿　形容心中不能安寧平靜。❸榰床老龜　《史記．龜策列傳》載：「南方老人用龜支床足，行二十餘歲。老人死，移床，龜尚生不死。」榰，柱子的根腳，引申為支柱、支撐。❹叱吒喑嗚　叱吒，口發怒聲。喑嗚，心懷怒氣。《史記．淮陰侯列傳》描述項羽道：「項王喑嗚叱吒，千人皆廢。」❺貞觀　唐太宗的年號（西元六二七—六四九年）。史稱貞觀年間，境內大治，邊境太平。❻鼓吹　本指用鼓、鉦、簫、笳等樂器合奏，這裡指軍樂。❼河津　指黃河渡口。

【語　譯】狂風已經持續了好幾日了，還夾雜著雨絲，吹倒了竹子和池中的荷花，淒淒慘慘。夜半時分，房間裡空蕩蕩的沒有人，我躺在床上看到燭花剝落。心中一片愁苦不安能向誰去訴說？那支撐床柱的老龜卻不能說話。人世間怎麼會沒有英雄好漢，口發怒聲，氣勢雄壯得能蓋過敵虜。牆壁上張貼著唐朝魏徵所寫的〈砥柱銘〉，貞觀年間的太平盛世也好像可以親眼見到。何時能夠奏響軍樂渡過黃河，親眼觀看柱上的碑文。

【研　析】唐朝的魏徵是歷史上赫赫有名的敢直言進諫的忠臣良將，陸游也自然對他滿懷尊崇敬仰之情。此詩便是記敘了他夜半時分，偶見壁上所貼魏鄭公的〈砥柱銘〉，有感而發的境況。當時，作者在東歸後任職於建安，這座都城觸發了詩人不少的創作欲望。但這種創作激情並非遊山玩水的閒情逸致，而是緬懷先朝，縱觀歷史後，聯想自身和當下局勢的無限感觸。詩的前兩句，寥寥數筆，便勾勒出一幅淒風苦雨，夜不成眠的寂寞景象。「夜向中」點明了時間，為什麼夜半時分還未能入寐，臥看燭花呢？三句順接而上，把詩人憂鬱愁苦的心情更是渲染到了極致。我的一片憂憤情懷無處寄託，唯一的支撐床柱的老龜也無法替我解悶抒懷。詩句中未見有一「愁苦清淒」的字樣，但是鬱鬱不得解的淒涼苦悶卻已自躍出，流淌於字裡行間，自然流暢，宛若天成，語言藝術絕非一日之功。四句則是對前三句的作結，非常清晰地點出了他之所以憂慮的原因，是為世間難覓可以掃除敵虜的「英雄好漢」而煩惱不堪。下一句的視角突然落到了壁間的〈砥柱銘〉上，也正因如此，更表達出陸游對貞觀年間太平盛世的那份深切懷念，心馳神往。所以在結尾更是發出了恨不得立刻身臨其境，馳馬觀碑的願望。

婕妤怨

【題解】〈婕妤怨〉，樂府曲名。婕妤，妃嬪的名號，這裡指漢成帝時的班婕妤。她初為成帝寵愛，後成帝寵幸趙飛燕姊妹，她退居東宮，作詩賦以自傷悼，後人為之作〈婕妤怨〉。本詩作於淳熙六年夏，作者時在建安，建安偏僻，遠離京都和抗金前線，因此借作宮怨詩以抒懷抱。

妾昔初去家，鄰里持車箱。共祝善事主，門戶望寵光。一入未央宮❶，
顧盼❷偶非常。稚齒❸不慮患，傾身保專房❹。燕婉承恩澤，但言日月長。
豈知辭玉陛❺，翩❻若葉隕霜。永巷❼雖放棄，猶慮重謗傷。悔不侍宴時，
一夕稱❽千觴。妾心剖如丹，妾骨朽亦香。後身作羽林❾，為國死封疆。

【注釋】❶未央宮　漢代宮殿名。❷顧盼　猶言看顧、眷顧。❸稚齒　年少。❹傾身保專房　意謂盡心伺候皇帝，使皇帝專愛自己一人。❺玉陛　玉石砌成的皇宮臺階。❻翩　疾飛的樣子。❼永巷　漢代宮中長巷，以幽閉失寵的妃子和有罪的宮女。❽稱　舉。❾羽林　皇帝的禁衛軍。

【語譯】當時我剛離開家鄉的時候，鄰居們爭相跟在車後。他們一起共同祝福我能好好地服侍君

主，整個家族也企盼著能跟著我得到皇帝的寵幸。一到進入宮中，皇帝對我的眷顧非比一般。那時我還年少，沒有考慮到其他，只是一心一意地伺候皇帝，希望能保住皇帝的專寵。我承受著皇帝的愛戀，只說這樣的日子會很長久。哪知道一旦離開了宮門，衰弱得就像疾飛飄落的葉子一般。身居冷宮雖然不再有爭寵之心，但依然顧慮重重，生怕遭到重重誹謗非議的傷害。想起當初侍宴承歡的時候，一晚上舉杯無數，何等追悔莫及。即使把我的心剖開，顏色依然猶如朱砂般鮮紅，即使我死後，白骨依然留香。願我死後能化作皇帝的軍隊，為了保衛國家疆土也死而無憾。

【研　析】縱觀歷朝歷代的詩詞歌賦，我們就可以發現一個非常有趣的現象，那就是：用美人失寵，佳人落魄的形象來比喻自己懷才不遇，鬱鬱不得志的境地，這種寫作手法是中國文人的一大習慣和特色，古人稱為「比興寄託」。不少名家詩篇中都有涉及。陸游在這首長歌中就創造了一個起先深得君王寵愛、後遭遺棄冷落的妃嬪班婕妤的形象。一開始，描寫了父母鄰人相繼送幼女入宮的場面，企盼她能從今一去飛黃騰達，伴駕得寵，以此實現光耀門庭的願望。接下來的兩句在情感和意境上延續了詩的開始部分，果然，「一朝選入君王側，三千寵愛在一身」，少女無知，只想保住自己的專房之寵，但君心莫測，歡樂的日子豈會久長？五句陡起直轉，失寵後的妃嬪一夜間大相徑庭，長門深怨。下兩句雖然述說的是妃嬪失寵後的淒涼幽怨，不禁令人聯想到詩人數十年流離失所，落魄在外的生活，何其相似。「一為失寵，一為失志。」陸游多次諫言朝廷，力主抗金，並提出了自己的很多建議和主張，卻三番兩次地遭主和派的打擊而報國無門，滿懷憂憤。最後兩句詩，「妾心剖如丹，妾骨朽亦香。」女兒癡心，情猶綿綿，語言沉痛，如同使我們看到了詩人在泣血哀呼自己的心聲，表達了願化作千千萬萬抗敵之師，為國捐軀的願望，熱血丹心，雖死無憾。

憶山南 其一

【題解】本詩作於淳熙六年夏，陸游時在建安，回憶南鄭的軍旅生活。

貂裘寶馬梁州日，盤槊❶橫戈一世雄。怒虎吼山爭雪刃❷，驚鴻出塞避雕弓。朝陪策畫清油❸裏，暮醉笙歌錦幄❹中。老去據鞍❺猶矍鑠❻，君王何日伐遼東❼？

【注釋】❶盤槊　舞長矛。❷爭雪刃　與白刃相鬥。雪刃，刃白如雪。❸清油　古代將帥幕府中的幕是用青油布製成的。這裡指軍幕。❹錦幄　錦繡的帷帳。❺據鞍　指騎馬。❻矍鑠　形容老而精神健旺。❼遼東　這裡指金人的根據地。

【語譯】想起那時候我在梁州身穿貂裘皮衣，跨上寶馬的日子，揮舞著長矛鐵戈，意氣風發不可一世。在山中雄虎怒吼，白刃相鬥，在塞外，受驚的鴻雁為避我的弓箭一飛而起。早上還在幕府裡商量策劃軍機大事，晚上在錦帳裡陶醉於笙歌之中。雖然我已白髮蒼蒼，但是騎在馬背上還是顯得精神非常健旺，不知君王何時能派兵征伐遼東呢？

【研析】作者在建安任職的生活並不得意，沉悶失落中，更會勾起心中對昔日往事的美好回憶。這首詩便是在他回憶南鄭軍旅生活時寫下的懷念之作。作者用飽含深情的筆觸描寫了從前軍旅生活的情景，表現出自己對回到戰場，奮勇殺敵的強烈願望，非常感人。當時的詩人，五十四歲，已過了「知天命」的年紀，然而想起過去據鞍跨馬，盤槊橫戈的英姿勃發，彷彿自己也一下子年輕了好幾歲，豪情倍增。「怒虎吼山爭雪刃，驚鴻出塞避雕弓。」用對偶的方式描寫自己在塞外鬥虎射雁的狩獵生活，不畏艱險，生氣勃勃，這樣的膽量實在是非一般常人可及。頸聯在內容和情感上繼續承接了前一句的方式，朝策幕府，暮醉笙歌，瀟灑豁達，自然豪放，給人留下了深刻的印象。最後一句則是用問句的方式表達了深深的憂慮，自己已是垂暮老人，但猶精神煥發，為國時時憂憤操勞，而朝廷究竟要到什麼時候才能出師北伐呢？兩者對比，顯出強烈的諷刺意味，耐人尋味，格外深長。從結構上看，此詩前三聯皆語意豐富，句式整飭，只有最後二句疏朗，故而顯得「頭重腳輕」，是為白璧微瑕。

醉書

【題解】本詩作於淳熙六年秋，作者時在建安。直抒胸臆，顯示放翁本色。

半年愁病劇❶，一雨喜涼新。稍與藥囊遠，初容酒盞親。浩歌驚世俗，狂語任天真。我亦輕餘子❷，君當恕醉人❸。

【注釋】❶病劇　病得厲害。❷輕餘子　輕視世俗之人。《後漢書・禰衡傳》載，禰衡看不起當時一班士大夫，只同楊修、孔融友好，常說：「餘子碌碌，莫足數也。」❸君當恕醉人　用陶潛〈飲酒〉詩：「但恨多謬誤，君當恕醉人。」

【語譯】半年來，我一直都在為自己的病痛加劇而感到愁苦不堪，一旦下雨，我便為這難得的涼爽暢快而欣喜不已。這一來，我覺得自己暫時好像與藥囊也疏遠了，剛剛能把酒言歡。長歌一曲驚世駭俗，任自己這樣的放縱天真。我看不起那些世俗小人，但願你能饒恕我這酒醉之人。

【研析】這首五言律詩，言簡意賅，情真意切，我們不妨將其視為是詩人的一曲內心獨白，頗有魏晉之遺風。《宋十五家詩選・劍南詩選》評他的詩：「其精采發露，自斑剝可愛。」陸游詩歌，情感的流淌往往一瀉千里，發自天然，時而憂憤，時而悲壯，時而抑鬱，時而悠遠，令人擊掌稱快。詩的開始便述說了自己久病逢雨的情景，心境突開，往日的愁苦抑鬱一掃而光。頷聯對仗工整，語言別致，哪怕是暫別藥囊的一小刻時分，初容酒盞，一個「親」字，巧妙地寫出了詩人彷彿久旱逢雨，如得大赦的心情，那種欣喜萬分的快樂使讀者也忍不住覺得為之一笑，意態自然，天真有趣。頸聯兩句承接順暢，盡情盡興，作者效仿魏晉嵇康等人，豪邁放縱，純真自如的性格一覽無遺。而在當時的情況下，這樣的所作所為的確是需要很大的勇氣的，難免會遭致一些奸佞小人的讒言嫉恨。「江山易改，本性難移。」但是詩人一如既往，不改本色，直言不諱地表達了自己對追求名利的世俗之徒的厭惡之情，並用「酒醉之人」作為自謙之詞，這也是一般的普通人很難做到的。試想在當時的局勢下，醉生夢死，寄希望苟且於一時，偏安於一隅之人有幾何？大聲疾呼，心繫家國百姓，真正清醒的有識之士又有幾人呢？讀完此詩，我們既為他的豪情而拍手稱好，也在不經意間生出一股莫名的哀愁。

聞雁

【題解】本詩作於淳熙七年（西元一一八〇年）正月，陸游時在撫州。時序轉春，送雁北歸，詩人心之所繫，唯在北方。

過盡梅花把酒稀，熏籠❶香冷換春衣。秦關漢苑❷無消息，又在江南送雁歸。

【注釋】❶熏籠　罩在熏爐上的籠子，冬天用來烘焙衣服，熏衣時爐中雜以香料。❷秦關漢苑　泛指中原失地。秦關，指函谷關，在今河南靈寶西南。漢苑，指西漢上林苑，在今陝西西安附近，是西漢帝王射獵的地方。

【語譯】梅花凋落，天氣轉暖，我喝酒的次數也少了。冬天用來熏香烘焙衣服的熏爐已閒置不用，我已經換上了春季的衣服。可是中原失地還是久無消息傳來，我只能在南邊目送著大雁飛歸北方。

【研　析】數十年來，陸游早已習慣了東奔西走，四處遷移不定的動盪生活。然而就是在這樣一種顛沛流離，飄零在外的人生中，他經歷了重重的艱難歷險，情緒在大多數情況下處於失意的低谷，這首七言絕句在情感上並不激烈，但在字裡行間依然波濤暗湧。一二句是用淡筆勾畫了一幅冬去春來，家居生活的日常景象，疏落有致，怡然自得，雖屬平淡之作，無奇特之處，但對自己的生活狀態，時間季節也算是作了一個交代。接下來，詩人用「秦關」、「漢苑」代指中原地區，那時候他雖然人在撫州逗留，但心繫北方，自己已經長久沒有來自中原的消息，身居客邊，對國勢戰況依然時時惦念，不能忘懷。昔日秦關漢苑這樣的地方都淪陷於金人，渺無消息，只得在江南目送北雁歸去，所以心裡非常難過。末句餘音嫋嫋，似有萬千憂怨悲憤，語已畢而情未盡，頗為耐讀。

園中賞梅

【題　解】此詩淳熙七年正月作於撫州（今江西撫州），淳熙六年冬陸游抵達撫州，任提舉江南西路常平茶鹽公事。此詩抒發了年華流逝、功名未立之嘆。

閱盡千葩百卉春，此花風味❶獨清真❷。江邊曉雪愁欲語，馬上夕陽香趁人❸。熨眼紅苞❹初報信❺，回頭❻青子❼又生仁❽。羈遊❾偏覺年華速，徙倚❿闌干⓫一愴神⓬。

【注釋】❶風味　獨特的風度、風采。❷清真　純真樸素，真實自然。南朝宋劉義慶《世說新語・賞譽》：「清真寡欲，萬物不能移也。」清薛雪《一瓢詩話》一七二：「文貴清真，詩貴平澹。」❸香趁人　梅花的香味追趕、奔赴著人。杜甫〈題鄭縣亭子〉：「花底山峰遠趁人。」宋韋驤《錢塘集》卷五〈和春陰倦遊〉：「竹色仍煙翠，梅香趁水流。」❹紅苞　紅色花苞。❺報信　報告消息，此處指春訊。❻回頭　回頭之間，喻時間短促。猶言一會兒。唐白居易〈春盡日〉：「無人開口共誰語，有酒回頭還自傾。」宋韋驤〈菩薩蠻・和舒信道水心寺會〉：「瞬息又春歸，回頭光景非。」❼青子　梅樹的果實。味酸，立夏後成熟。生者青色，叫青梅；熟者黃色，叫黃梅。宋范成大《梅譜》：「頃守桂林，立春梅已過，元夕則嘗青子。」❽生仁　變為成熟的果實。陸游〈自蜀州暫還成都奉簡諸公〉亦云：「客路柳陰初墮絮，還家梅子欲生仁。」❾羈遊　羈旅；客居異鄉。❿徙倚　徘徊；逡巡。⓫闌干　以竹、木等做成的遮攔物。⓬愴神　傷心；憂愁。陸游〈夜登千峰榭〉亦云：「危樓插斗山銜月，徙倚長歌一愴神。」

【語譯】我四處奔走，幾經春秋，看過數不盡的花，但只有這梅花令我感到樸素天然。曾經在漫天飛雪的時候，我漫步江邊，遇見它憂愁憔悴的樣子，彷彿要跟我訴說心曲。還有在夕陽西下、一片殘照的時候，我騎在馬上，聞到它香味繚繞不去，彷彿要跟隨我浪跡天涯，不願離去。現在我在這撫州園中，又看見它結著紅色的花苞，告訴我春天的消息。用不了多少時間，那青青的梅子就會成熟了。我長久客居他鄉，無時不覺得年華流逝之速，在欄杆邊徘徊，倍感傷痛。

【研　析】陸游詠梅詩甚夥，此首特別之處在於，不寫某一時一地之梅花，而是用時空交互方法將梅花描寫得如相識多年的故交，如相隨多時的摯友。一二兩句讚美梅花的同時，寫出陸游自己羈旅漂泊之感。頷聯蕩開，回憶了自己「江邊曉雪」、「馬上夕陽」的羈旅生活，曉雪江邊見出羈遊所歷之地的寒冷，馬上夕陽見出羈遊之孤獨勞頓，「江」、「馬」二字則包含水、陸二途。而無論羈遊如何辛苦，陸游身邊總有梅花相伴。「愁欲語」、「香趁人」用比擬手法寫出梅花之深情厚誼。「愁欲語」令人悲，「香趁人」令人喜，一聯之中兩句一重一輕方覺錯落有致。頸聯則又回到此園中，花苞捎來春信，青子將來可成美味的果實。「仁」與「信」對得巧妙，為借對。七八二句則抒懷以結。明代著名書法家文徵明於嘉靖三十一年（西元一五五二年）八十三歲時曾作行書《梅花詩卷》（現藏遼寧博物館），抄錄三首詠梅詩，即陸游此詩與宋人張耒之「北風萬木正蒼蒼」、楊萬里之「小樹梅花徹夜開」。

五月十一日夜且半，夢從大駕親征，盡復漢唐故地，見城邑人物繁麗，云西涼府也，喜甚。馬上作長句，未終篇而覺，乃足成之

【題　解】此詩作於淳熙七年五月。借助夢境的抒寫表達恢復之志。

天寶胡兵陷兩京❶，北庭❷安西❸無漢營。五百年間置不問，聖主下詔初親征。熊羆❹百萬從鑾駕❺，故地不勞傳檄下。築城絕塞進新圖，排仗行宮宣大赦。岡巒極目漢山川，文書初用淳熙年❻。駕前六軍錯錦繡，秋風鼓角聲滿天。苜蓿峰❼前盡亭障，平安火❽在交河❾上。涼州❿女兒滿高樓，梳頭已學京都樣。

【注釋】❶天寶胡兵陷兩京　唐玄宗天寶十四載（西元七五五年）爆發安史之亂，叛軍攻陷長安和洛陽。❷北庭　唐方鎮名，屬隴右道。以其治所在北庭都護府，節度使例兼北庭都護，故通稱北庭。轄西北伊、西、庭三州及北庭都護府境內諸軍鎮、守捉。其地後入回紇，繼入吐蕃。❸安西　唐方鎮名。貞觀十四年（西元六四〇年），唐平高昌，於其地置西州，同年置安西都護府於交河城，留兵鎮之。❹熊羆　皆為猛獸，因以喻勇士或雄師勁旅。《書・牧誓》：「尚桓桓，如虎如貔，如熊如羆。」❺鑾駕　天子的車駕。天子車駕有鑾鈴，故稱。❻淳熙年　宋孝宗趙昚的第三個年號，共十六年（西元一一七四－一一八九年）。❼苜蓿峰　唐玉門關西北有五峰，苜蓿峰為其一。唐岑參有〈題苜蓿峰寄家人〉詩。❽平安火　唐代每三十里置一堠，每日初夜舉烽火報無事，謂之「平安火」。唐元稹〈遣行〉詩：「迎候人應少，平安火莫驚。」❾交河　十六國至北朝期間為高昌國的交河郡城，唐貞觀十四年以後屬高昌郡。❿涼州　西漢置，轄境相當今甘肅寧夏和青海湟水流域，為漢武帝十三刺史部之一。

【語譯】天寶年間安史之亂，致使兩京被攻陷；之後北庭、安西也不復為漢唐故地。五百年過去了，當今天子下詔北伐。雄師勁旅追隨天子的車駕，故地不必煩勞軍書下達。在邊塞建築城堡，進貢新的地圖；天子早朝時宣布大赦。滿目望去，皆是故國山川；文書上開始用「淳熙」年號。車駕前天子的軍隊服飾美麗，鼓角聲在秋風中飄揚。苜蓿峰前都設立了亭障，夜晚交河上舉起「平安火」。涼州的高樓上站滿了女子，她們的髮式都仿照京城的樣子。

【研析】據趙翼《甌北詩話》統計，陸游記夢的詩有九十餘首。上面所選〈九月十六日夜夢駐軍河外遣使招降諸城覺而有作〉，可與此詩參讀。這首詩略去戰爭場面，而直截寫收復故地之後的情景，築城進圖、大赦天下、更改年號。敘事之中，又插入「駕前」兩句聲、色描寫以為點綴。「苜蓿峰」兩句則跳開一筆，放眼遠處景物。而最妙之處，則在末尾兩句，由涼州女兒髮式的改變，來表現邊邑人民對中原文化的欣賞與推崇，雖是寫夢中之境，虛構之事，而細節逼真，令人回味無窮。

中夜起登堂北小亭

【題解】本詩作於淳熙七年六月，作者時在撫州。這首詩描寫了他夜半夢醒、登高望遠的傷懷之景，充滿了蒼涼失落之感。

幽人❶曳杖上青冥❷，掠面風輕宿醉醒。朱戶半開迎落月，碧溝❸不動浸疏星。禽聲格磔❹頻移樹，花影扶疏❺自滿庭。嘆息明年又安往？此身何啻❻似浮萍。

【注　釋】❶幽人　幽居的人，陸游自稱。❷青冥　高遠與天空相接之處，這裡指「堂北小亭」。❸碧溝　意謂碧綠平靜的水溝中閃耀著疏朗的星星倒影。❹格磔　鳥鳴聲。唐錢起〈江行無題〉詩之二六：「祇知秦塞遠，格磔鷓鴣啼。」❺扶疏　形容枝葉舞動的姿態。❻何啻　何止。

【語　譯】我這個幽居之人扶著拄杖登上堂北的小亭，迎面拂來的輕風彷彿吹醒了我的醉酒之意。門窗半掩半開，好像在迎接天上的明月，碧綠平靜的水溝中閃耀著疏朗的星星倒影。鳥叫聲陣陣傳來，牠們頻頻更換停棲的樹木，地面上滿是花影搖曳，錯落有致。我輕輕嘆息自己明年的此時又不知身在何處？不禁為自己深深哀嘆，我這一生的命運就恰似那四處飄蕩的浮萍。

【研　析】飄零之人，必多傷感之懷。更何況是陸游這樣一個情懷深沉、思緒頻起的愛國詩人。其實，他長年漂泊在外的生活，苦苦尋求了一生的報國之路，終不得所願，這樣的寂寞悲傷無一時、無一刻不充斥在他生活中的點點滴滴。首句開門見山，直接點明時間和地點，並交代了自己此時正是處於酒醉初醒這樣一個朦朦朧朧的狀態之下，簡潔明瞭。三四句則是寫景之作，敘述了在院中所見之景物情形。朱戶迎落月，碧溝浸疏星，一為動景，一為靜景，上下畫面對照間，更顯得幽然別致，疏落爽朗。頸聯中的禽聲四起，花影扶疏，頗顯輕靈，更襯托出了夜景的安謐祥和，上下兩句融會其中，恰似一幅清淡寧靜的工筆描畫。末句寄情，聯想起自身多年來的身世飄搖，以浮萍自喻其身，則詩人的幽幽遺恨，孤苦淒清，托旨皆出。

北窗

【題解】本詩作於淳熙七年九月，作者時在撫州。表達報國無門之痛。

白首微官只自囚❶，青燈明滅北窗幽。五更風雨夢千里，半世江湖
身百憂。壯志已孤❷金鎖甲，倦遊空攬黑貂裘❸。灞亭夜獵猶堪樂，敢
恨將軍老不侯❹。

【注釋】❶自囚　自己束縛自己。❷孤　辜負。❸黑貂裘　《戰國策・秦策》載，蘇秦到秦國遊說，歷時甚久，成功無望，黑貂裘穿破，黃金用盡，只得離秦而歸。❹灞亭二句　灞亭，即灞陵亭，在陝西西安附近。《史記・李將軍列傳》載，漢代名將李廣到老沒有封侯。罷官後，曾晚上打獵路過灞亭，被灞陵尉阻止，並云：「今將軍尚不得夜行，何乃故也。」竟不許通過。

【語譯】夜晚的北窗下，一盞青燈忽明忽滅，我到現在白髮蒼蒼的年紀依然在仕途上並不得意，究其原因，正是因為自己束縛了自己。夜半時分，我在夢中思緒萬千，半世飄零在外，還是滿懷憂愁。一片報國壯志辜負了身上的盔甲，長年漂泊徒有這一身破衣。想起漢代名將李廣晚上打獵

經過灞亭的舊事，哪裡敢為像他一樣到老不得封侯之事有怨恨之情呢！

【研　析】作者在寫這首詩的時候，已經是整整五十五歲了。這個年紀對大多數人來說，早已是或功成名就，或安享晚年的年齡了。但是對陸游來說，白髮暮年的他依然身居在外，過著風雨飄搖，動盪不安的生活。所以在詩的開篇第一句，詩人便用「只自囚」三字點出了自己至今在仕途上鬱鬱不得志的原因。其實，按理說只要他點一點頭，彎一彎腰，憑藉他的才華完全可以得到重用。又或者說，在經歷數次打擊後，也早可以隱居村野，遠離世事，過著自由自在的安逸生活。但是這一切在陸游身上都是不可能的事，他是一位把自己的命運和國家的興亡緊緊相連的愛國詩人。你看，即使在五更夢中，他依然百般憂慮，滿腹心事。頷聯對仗工整自然，讀來令人倍添傷感之餘，更對老詩人增一份崇敬之情。然而，詩人畢竟在這數十年來的東奔西走中，耗盡了自己所有的心血和精力，為國驅虜殺敵的願望遲遲未現，他也會感到疲倦和勞累。頸聯用「黑貂裘」之典，則失望悽楚之意盡出，傷感滿懷。最後，他用漢代名將李廣灞橋夜獵而不得過亭的史事自比，述說了自己哪裡敢為不得功名而有埋怨的心情，讀來使人感到尤其辛酸不已。

九月三日泛舟湖中作

【題　解】湖，指山陰鏡湖。本詩作於淳熙八年（西元一一八一年）九月，陸游時在山陰。

兒童隨笑放翁狂，又向湖邊上野航❶。魚市人家滿斜日，菊花天氣近新霜。重重紅樹秋山晚，獵獵青簾❷社酒❸香。鄰曲❹莫辭同一醉，十年❺客裏過重陽。

【注　釋】❶野航　停泊郊外的船隻。❷獵獵青簾　指酒旗在風中發出獵獵的飄動聲。青簾，指酒旗。❸社酒　社日的每年有春秋二社，此指秋社。❹鄰曲　鄰居；鄰里。❺十年　陸游原注：「予自庚寅至辛丑，始見九日於故山。」庚寅即乾道六年（西元一一七〇年），辛丑即淳熙八年（西元一一八一年），相距正十年。

【語　譯】我任憑村中的兒童們笑我的狂放，一會兒又登上了停泊郊外湖邊的船隻。夕陽日落，映照在漁家的船上，菊花含霜，天氣轉涼。晚風吹拂著山裡重重的楓樹，秋社趕集的村中小店酒旗飄揚，傳來陣陣酒香。鄰居們也不要推辭，一起共醉一晚，十年來我每逢重陽思親的日子都是在旅途中度過的。

【研　析】陸游從西元一一二五年誕生起，生命中的絕大部分時間都過著飄泊流蕩，客居在外的生活。先是在孩提時隨家人遷居滎陽，而後幾十年裡又遷職頻繁，多次罷免，仕途崎嶇起伏，絕少有機會回到自己的家鄉山陰。我們可以想像，像這樣一位長年飄蕩，居無定所的詩人，內心對故鄉的思念之情一定是格外深厚的。多年來，陸游一直為了驅逐金人，恢復河山的願望奔走呼號，費盡心血，偶爾回鄉逗留，則家鄉之一山一水，一草一木，所見所聞處都會覺得分外親切。他帶著久別重逢的親近感，拿起手中的筆墨，重又描繪了一幅悠然自得的鄉村圖景，詞句清新，意猶情深。首句敘述自己登船啟航的境況，詩人興致勃勃，一片野趣。頷聯頸聯皆為寫景，「菊花」「紅樹」都是帶有秋季特徵之物，然兩句側重點各有不同。頷聯取靜景，筆調細緻，讀來如身臨其境。頸聯取動景，風吹樹紅，亦傳酒香，且色墨濃重，對比鮮明，各有千秋。詩最後在與鄰人把酒同醉，共敘十年來的別情離緒中結束，彷彿我們也能聞到陣陣酒香，聽到詩人喃喃述說思鄉愁苦之聲。

書悲 其一

【題解】本詩作於淳熙八年秋，作者時在山陰。抒發憂國之懷。

今日我復悲，堅臥❶腳踏壁。古來共一死，何至爾寂寂❷。秋風兩京❸道，上有胡馬跡。和戎壯士廢❹，憂國清淚滴。關河❺入指顧❻，忠義勇推激。常恐埋山丘❼，不得委鋒鏑❽。立功老無期，建議賤非職。賴有墨成池，淋漓豁胸臆❾。

【注釋】❶堅臥　久病不起。❷爾寂寂　如此寂寞冷落。❸兩京　指東京洛陽和西京長安。❹和戎壯士廢意謂由於南宋與金國議和，不想收復失地，以致壯士被廢棄不用。❺關河　泛指關中和中原失地。關，函谷關。河，黃河。❻入指顧　手指目顧之間，指相去甚近。❼埋山丘　老死家中的意思。❽委鋒鏑　戰死沙場的意思。委，委棄生命。鋒，刀鋒。鏑，箭頭。❾豁胸臆　開闊胸懷。豁，開闊；開通。

【語　譯】現如今，我又再次感到悲傷失望，因久病臥床不起。自古以來人生難免一死，又何至於要到現在這樣寂寞冷落的地步呢！秋風拂過兩京的道路，上面還留有著金人馬蹄踐踏過的痕跡。朝廷與金議和，放棄收復失地的機會，使得為國操勞的壯士得不到啟用，只好掉落下傷感的淚水。關中的淪陷地區相距甚近，只要有一份赤誠的忠心就能跨越。現在我唯獨恐怕自己要老死於家中，得不到上戰場為國殺敵的機會。年已衰老，怕是再沒有建功立業的時候了，我向朝廷的建議也往往難以得到重視。幸好還能依靠著筆墨，來疏散開闊自己的胸懷。

【研　析】此時距離隆興和議的簽訂，已經過去十多年了，但陸游仍舊耿耿於懷。開篇首句就說自己得知噩耗後，憂愁得居然久臥不起。此時的詩人，已將自己的生死置之度外，一片淒涼落寞湧上心頭。回憶起昔日京城的道路上，還有敵人馬蹄踐踏留下的痕跡，彷彿踐踏在陸游自己的心上，慘痛不已。這屈辱的象徵非但沒有引起當權者的重視，現在居然還與敵方卑躬屈膝，握手言和，不能不使白髮蒼蒼的老詩人禁不住流下了痛心之淚。陸游認為自己的滿腔熱血，一片至誠，始終都沒有改變。在六七兩句，他深深表達了只怕是垂暮老去仍然得不到重用，恐怕力不從心的心聲。忠誠志士，報國無門，這是一個國家，也是一個民族的深重悲哀。最後，他述說自己惟有依靠文字筆墨來抒寫悲憤的心情，發人深省，猶覺沉痛不堪。

夜泊水村

【題解】此詩淳熙九年（西元一一八二年）八、九月間作於山陰。抒發報國無門之痛。

腰間羽箭久凋零❶，太息燕然未勒銘❷。老子猶堪絕大漠❸，諸君何至泣新亭❹。一身報國有萬死，雙鬢向人無再青。記取❺江湖泊船處，臥聞新雁❻落寒汀❼。

【注釋】❶腰間羽箭久凋零　本自杜甫〈丹青引贈曹將軍霸〉：「猛將腰間大羽箭。」凋零，箭翎脫落。❷燕然未勒銘　燕然，古山名，即今蒙古人民共和國境內的杭愛山。東漢永元元年，車騎將軍竇憲領兵出塞，大破北匈奴，登燕然山，刻石勒功，記漢威德。見《後漢書・竇憲傳》。勒銘，鐫刻銘文。❸老子猶堪絕大漠　意謂我還可以渡越大漠追擊的敵人。老子，陸游自稱。絕，橫度。大漠，指我國西北部一帶的廣大沙漠地區。西漢武帝時，衛青、霍去病曾率兵橫越大漠，追擊匈奴。❹諸君何至泣新亭　南朝宋劉義慶《世說新語・言語》：「過江諸人，每至美日，輒相邀新亭，藉卉飲宴。周侯中坐而嘆曰：『風景不殊，正自有山河之異！』皆相視流淚。唯王丞相愀然變色曰：『當共勠力王室，克復神州，何至作楚囚相對！』」後多用「新亭淚」、「新亭泣」、「新亭對泣」指懷念故國或憂國傷時的悲憤心情。新亭故址在今江蘇南京南郊。❺記取　記得；記住。詩中套語，多用於尾聯，以引出寫景之句。❻新雁 最近從北方來的雁。❼寒汀 清寒冷落的小洲。唐駱賓王〈在江南贈宋五之問〉詩：「秋江無綠芷，寒汀有白蘋。」

【語譯】腰間弓箭的箭翎脫落已久，而至今未能收復失地、勒銘燕然令我嘆息不已。我雖年邁猶能橫渡大漠，進攻金國；諸位朝中大臣何必悲觀失望。報效國家，身經萬死也不畏懼；怎奈歲月流逝，斑白的鬢髮不會再變成黑色。我如今泊船水村，臥聞新雁降落在清寒的小洲上。

【研析】此詩抒發了報國無門之悲，風格上為典型的宋調，中間兩聯皆出之用典、議論，而少景物描繪。首句由腰間羽箭生發感慨，箭翎脫落之久正可見陸游閒散無事之久，可謂「工於發端」。頷聯抒懷，用朝中主和派之悲觀懦弱與自己之老當益壯作對比，老氣橫秋，慷慨孤傲。「猶堪」與「何至」兩虛詞對得亦好，駘蕩多姿。頸聯繼續抒懷，兩句皆寫自己，報國捐軀，萬死不辭，情緒激昂壯烈；對句則忽而情緒下沉，慨嘆歲月流逝，功名未就，徒然老去，青春不再。「萬死」對「再青」，亦頗為工整而無雕琢之痕。只是以「向人」對「報國」，則有些不妥。「報國」語重，「向人」則缺少力量。古詩中一般以「向人」表達傾訴懷抱之意，如杜甫〈所思〉：「可憐懷抱向人盡，欲問平安無使來。」顧況〈行路難〉：「一生肝膽向人盡，相識不如不相識。」或以之描繪自然景物，如杜甫〈野望〉：「獨鶴不知何事舞，飢烏似欲向人啼。」宋人韋驤〈訊鞫有間呈德夫〉：「桃心隨雨碎，柳眼向人青。」楊萬里〈米伯勤同子文弟幼楚姪來訪書事〉：「生看千林總黃落，只餘蘭蕙向人青。」而陸游此句以「向人」狀鬢髮，蓋亦用比擬手法，將鬢髮視為活物哉？似不甚妥貼。結以寫景之句，則復增蘊藉，新雁降落寒汀，此景此聲，無比淒清寥落。《唐宋詩醇》評：「率多胸臆，兼有氣骨，可為南渡君臣慨然太息。」

三江舟中大醉

【題解】此詩淳熙九年九月作於山陰。三江，會稽縣內曹娥江、錢清江、浙江匯流處。

志欲富天下，一身常苦飢。氣可吞匈奴❶，束帶❷向小兒❸。天公❹無由問，世俗那得知！揮手散醉髮，去隱雲海❺涯。風息天鏡平❻，濤起雪山傾❼。輕帆入浩蕩❽，百怪不可名。虹竿秋月鉤，巨鼇倘可求❾。滅跡從今逝，回看隘九州❿。

【注釋】❶匈奴　指金人。❷束帶　參見上級官員整束腰帶，表示尊敬。❸小兒　愚昧庸俗的官吏。蕭統〈陶淵明傳〉載，陶潛為彭澤令時：「會郡遣督郵至縣。吏請束：應束帶見之。淵明嘆曰：吾豈能為五斗米，折腰向鄉里小兒！即日解綬去，賦〈歸去來〉。」❹天公　天。以天擬人，故稱。《尚書大傳》卷五：「煙氛郊社，不修山川，不祝風雨，不時霜雪，不降責於天公。」❺雲海　高遠空闊之境，指歸隱之所。❻天鏡平　指湖面波平如鏡。❼雪山傾　形容波濤洶湧，白如雪，高如山。❽浩蕩　水壯闊貌。晉潘岳〈河陽縣作〉詩之二：「洪流何浩蕩，脩芒鬱岧嶢。」❾虹竿秋月鉤二句　宋趙德麟《侯鯖錄》卷六載：「李白開元中謁宰相封一板上題曰：海上釣鼇客李白。相問曰：『先生臨滄海釣巨鼇，以何物為鉤緡？』白曰：『以風浪逸其情，乾坤縱其志，以虹霓為絲，明月為鉤。』又曰：『以何物為餌？』曰：『以天下無義氣丈夫為餌。』時相悚然。」後因以「釣鼇」喻抱負遠大或舉止豪邁。唐李白〈悲清秋賦〉：「臨窮溟以有羨，思釣鼇於滄洲。」「鼇」亦作「鰲」，傳說中海裡的大龜。⑩隘九州　以九州為隘，覺得整個天下也很狹小。隘，意動用法。

【語　譯】我有強國富民的遠大志向，而自己卻常常吃不飽。我有吞滅金人的豪壯之氣，而現實中卻沉淪下僚。我無處向天公質問，而世俗庸人怎能理解我！大醉之後披頭散髮，歸隱雲海之間。風停時看見海平如鏡，波濤洶湧時又如雪山傾倒。駕一葉扁舟，駛入浩蕩之海，許多奇怪之物難以名狀。我以虹霓為竿，以秋月為鉤，去釣巨鼇。從此消失於塵世，回看九州，覺得它是如此狹小。

【研　析】淳熙八年三月，陸游由提舉淮南東路常平茶鹽公事為臣僚以「不自檢飭，所為多越於規矩」而論罷，閒置一年，至本年四、五月間始除朝奉大夫，主管成都府玉局觀，領祠祿。此詩即為奉祠後不久所作。於北山《陸游年譜》評此詩道：「醉中賦詩，則見平生抱負與生活現實相矛盾」「復見鄙棄世俗，要求解脫」，所論甚是。陸游詩多直面現實，痛陳感慨；而如此詩之欲擺脫人世、逃避現實者甚少。而從風格上看，此詩則有學習李白的痕跡。「虹竿」便是從李白詩中化出，中間「揮手散醉髮」、「輕帆入浩蕩」亦飄逸灑脫，似不食人間煙火，若羽化而登仙。可謂深得李白詩三昧。《唐宋詩醇》：「擬以太白，便覺去人不遠。」

寄題朱元晦武夷精舍其三

【題　解】此詩淳熙十年(西元一一八三年)九月作於山陰。精舍,學舍,書齋。朱熹於淳熙十年夏在福建崇安武夷築精舍講學。精舍之景,可參看朱熹〈武夷精舍雜詠序〉:「武夷之溪,東流凡九曲,而第五曲為最深。蓋其山自北而南者,至此而盡。聳全石為一峰,拔地千尺,……舊經所謂大隱屏也。屏下兩麓,坡坨旁引,還復相抱,抱中地平廣數畝,……即精舍之所在也。……植楥列樊,以斷兩麓之口,掩以柴扉,而以武夷精舍之扁揭焉。經始於淳熙癸卯之春,其夏四月既望,堂成而始來居之。四方士友,來者亦甚眾。」

身閒剩覺❶溪山好,心靜尤知日月長。天下蒼生❷未蘇息❸,憂公遂與世相忘。

【注　釋】❶剩覺　更加覺得。剩,更。唐高適〈贈杜二拾遺〉詩:「聽法還應難,尋經剩欲翻。」❷蒼生　指百姓。《文選》史岑〈出師頌〉:「蒼生更始,朔風變律。」❸蘇息　休養生息。《書·仲虺之誥》「後來其蘇」,孔傳:「待我君來,其可蘇息。」

【語　譯】身閒更覺溪山景致之美,心靜而更知日月之長。天下的百姓還沒有過上好日子,我擔憂您從此與世相忘。

【研　析】陸游此次寄朱熹詩共有五首，此為第三首。詩意謂雖然武夷精舍風景絕佳，但如今不是歸隱之時，希望朱熹不忘懷天下蒼生，能有所作為。第一首云：「先生結屋綠巖邊，讀《易》懸知屢絕編。不用采芝驚世俗，恐人謗道是神仙。」與此寄寓略同。《唐宋詩醇》評：「惟朱子稱此詩，惟此詩可寄朱子，所云詩中有人者。」陳衍《石遺室詩話》評：「遺贈極得本人身份，如此詩真不苟作也。」二則評語皆謂詩與朱熹本人相稱。

長安道

【題　解】此詩淳熙十年九月作於山陰。長安道，漢樂府《橫吹曲》名。內容多寫長安道上的景象和客子的感受，故名。南朝陳後主、徐陵和唐代韋應物、白居易等均寫有此曲。句式長短錯落不一。陸游寫的是臨安。

千夫登登❶供版築❷，萬手丁丁❸供斲木。歌樓舞榭高入雲，複幕重簾晝燒燭。中使❹傳宣騎飛鞚❺，達官候見車擊轂❻。豈惟炎熱可炙手❼，五月瞿唐誰敢觸❽。人生易盡朝露晞❾，世事無常壞陂復❿。士師分鹿⓫

真是夢，塞翁失馬⑫猶為福。君不見野老八十無完衣，歲晚北風吹破屋。

【注釋】❶登登　築牆聲。❷版築　築土牆。用兩版相夾，填泥其中，以杵搗實成牆。《周書・寇儁傳》：「梁遣其將曹琰之鎮魏興，繼日版築。」❸丁丁　象聲詞。指伐木聲。《詩・小雅・伐木》：「伐木丁丁，鳥鳴嚶嚶。」毛傳：「丁丁，伐木聲也。」❹中使　宮中派出的使者。多指宦官。《後漢書・宦者傳・張讓》：「凡詔所徵求，皆令西園騶密約勑，號曰『中使』。」❺飛鞚　謂策馬飛馳。鞚，馬絡頭。南朝宋鮑照〈擬古〉詩之三：「獸肥春草短，飛鞚越平陸。」❻擊轂　車轂相碰。轂，車輪中心的圓木。宋蘇軾〈贈眼醫王生彥若〉詩：「如行九軌道，並馳無擊轂。」❼炙手　接近之便燙手。比喻權勢氣焰之盛。唐杜甫〈麗人行〉：「炙手可熱勢絕倫，慎莫近前丞相嗔。」❽五月句　五月的瞿塘峽江水暴漲，行船極其危險。李白〈長干行〉：「十六君遠行，瞿塘灩預堆。五月不可觸，猿聲天上哀。」❾晞　乾。❿壞陂復　《漢書・翟方進傳》載丞相翟方進因汝南水溢，奏準毀掉大陂，影響水利灌溉。「常枯旱，郡中追怨方進，童謠曰：『壞陂誰？翟子威。飯我豆食羹芋魁。反乎覆，陂當復。誰云者？兩黃鵠。』」宋范成大〈圍田嘆〉詩之四：「臺家水利有科條，膏潤千年廢一朝。安得能言兩黃鵠，為君重唱〈復陂謠〉。」⓫士師分鹿　《列子・周穆王》謂：鄭人有薪於野者，斃奔鹿而藏諸隍中，覆以蕉葉。俄而忘其藏處，遂以為夢。而沿途誦其事。傍人有聞者，因其言而取之。薪者是夜真夢藏鹿之處及得鹿之人。次日晨按所夢往索，及涉訟。士師（司法官）遂中分其鹿予此二人。後因以「分鹿」喻將真作夢，將夢作真，錯亂顛倒。⓬塞翁失馬　《淮南子・人間》：「夫禍福之轉而相生，其變難見也。近塞上之人，有善術者，馬無故亡而入胡，人皆弔之。其父曰：『此何遽不為福乎？』居數月，其馬將駿馬而歸，人皆賀之。其父曰：『此何遽不為禍乎？』家富良馬，其子好騎，墮而折其髀，人皆弔之。其父曰：『此何遽不為福乎？』居一年，胡人大入塞，丁壯者引弦而戰，近塞之人，死者十九，此獨以跛之故，父子相保。故福之為禍，禍之為福，化不可極，深不可測也。」後因以「塞翁失馬」比喻禍福相倚，壞事變成好事。

【語　譯】千萬百姓在砍木築牆，聲音持續不斷。歌樓舞榭高聳入雲，簾幕重疊，即使白天也點著蠟燭。宮中使者騎著快馬宣布詔令；達官們等候接見，他們車輛眾多，擁擠在一起。他們的權勢不僅炙手可熱，簡直如五月的瞿塘水那樣凶暴無常，不可觸犯。人生易逝彷彿朝露變乾；世事無常如同壞陂復修。士師分鹿、塞翁失馬，這些古代古事顯示了人生的無常。難道你們沒有看見，尚有八十歲的老人穿著破衣，任北風吹著破屋。

【研　析】淳熙十一年秋季陸游作有〈題少陵畫像〉：「長安落葉紛可掃，九陌北風吹馬倒。……杯殘炙冷正悲辛，仗內鬥雞催賜錦。」杜甫過著殘杯冷炙的生活，而宮內卻在鬥雞賜錦。此詩與〈題少陵畫像〉作時相隔一年，然意旨相似，皆以冷熱生活作對比，皆寫都城生活之貧富差異，皆寄託仕途坎坷之悲。而從風格上，此詩也明顯有學習杜甫〈麗人行〉的痕跡，以七言歌行的體式，敘寫豪縱奢靡之生活場景。然杜甫詩篇幅更長，筆力扛鼎。而陸游此詩篇幅較短，沒有作詳盡的鋪寫，只是略作點染，之後便於下半部分抒發議論。以「五月瞿唐」之水喻權勢燻天亦甚形象。《唐宋詩醇》評道：「言抵藥石，體合風雅。」

感憤

【題　解】此詩淳熙十年十一月作於山陰。抒發壯志未酬之悲。

今皇神武是周宣❶，誰賦南征北伐篇❷？四海一家天曆數❸，兩河百郡❹宋山川。諸公尚守和親策❺，志士虛捐❻少壯年！京洛❼雪消春又動，永昌陵❽上草芊芊❾。

【注　釋】❶今皇神武是周宣　意謂當今皇上英明。今皇，宋孝宗。神武，神明英武。周宣，即周宣王，被稱為中興之主。❷南征北伐篇　《詩經》中有〈六月〉、〈江漢〉、〈常武〉等篇為記述周宣王北伐之詩。❸天曆數　猶天命。指帝位。《文選》應貞〈晉武帝華林園集詩〉：「陶唐既謝，天曆在虞。」❹兩河百郡　《輿地廣記》：「皇朝郡國：河北東路：開德、河間、滄、冀、博、棣、莫、雄、霸、德、濱、恩、清、永靜、信安、保定。河北西路：真定、相、中山、邢、懷、衛、洺、深、磁、祁、趙、保、安肅、永寧、廣信、順安。河北路化外州：安東上都護、幽、涿、易、檀、薊、嬀、平、營。河東路：太原、潞、晉、府、麟、絳、代、隰、慈、忻、汾、澤、憲、嵐、石、遼、豐、威勝、平定、岢嵐、寧化、火山、保德、晉河。東路化外州：單于大都護、安北大都護、鎮北大都護、雲、應、新、蔚、朔、寰、儒、毅。」以上為黃河以北之郡國共七十六，外加黃河以南京東東路和京東西路等二十六郡國，均淪陷於金，合計為百郡有餘。❺和親策　封建王朝利用婚姻關係與邊疆各族統治者結親和好。西漢初年，皇帝以公主嫁匈奴以求和好。❻虛捐　白白地捨棄。❼京洛　汴京和洛陽。❽永昌陵　宋太祖陵墓，在河南鞏縣。❾芊芊　草木茂盛貌。《列子・力命》：「美哉國乎，鬱鬱芊芊。」

【語　譯】當今的皇上神明英武，誰來作記述征伐的詩篇？收復失地、統一河山是上天註定的事；兩河一百多郡國都曾經是大宋的國土。但是朝中要臣卻依然堅持主和政策，而有志之士只能白白地讓青春流逝。遙想汴京、洛陽那裡正值雪消時節，初春將要來臨；而祖先陵墓上的草正長得茂盛。

【研析】《唐宋詩醇》評此詩道：「大聲疾呼，氣浮紙上，〈諸將〉五首之嫡嗣也。」又云：「南渡樂於偏安，誰能念此？」〈諸將〉五首為杜甫的名詩，作於杜甫客居夔州時期。彼時安史之亂雖平，而邊患尚未根除，杜甫指出武官所存之病，予以指責。但從風格上說，杜甫〈諸將〉五首用語艱澀隱晦，多用典故。「不好直說，杜甫只好采取用麗詞寫醜事，用典故代時事的辦法。」（蕭滌非語）故並非《唐宋詩醇》所言「大聲疾呼」似的風格，陸游此詩與〈諸將〉之風格顯然有別，只是在精神意旨上相一致。《唐宋詩醇》說「嫡嗣」，並不準確。此詩方可謂「大聲疾呼」，寓意明朗。藝術上看，頷聯對偶較巧妙，「四海一家」為習語，「兩河百郡」則少有人用，查《四庫全書》，只有陸游之後的劉克莊在〈破陣曲〉一詩中用過：「黃旗一片邊頭迴，兩河百郡送欵來。」但「兩河百郡」一語並不生奧艱澀，一見即明其意，與「四海一家」在意旨明晰上這一點有相同之處，故可用來作對，甚為工巧。頸聯用對比之法，諷刺朝中主和派之權貴，惋惜主戰派之志士空度歲月，亦是自身的寫照。結局用遙想懸擬之法，想像被金人佔據的河洛之地，那些祖宗的陵墓因長久沒有人去祭掃了，故春來野草叢生。「草芊芊」意在言外，寄託遙深，紆徐婉轉。陸游詩，每以細潤哀婉之筆為雄豪自信之文作結，壯闊之中復有極細膩處。

雨中泊舟蕭山縣驛

【題解】此詩淳熙十一年（西元一一八四年）作於蕭山。此詩描寫作者傍晚泊舟蕭山縣驛站時所見之景。

端居❶無策散閒愁，聊作人間汗漫遊❷。晚笛隨風來倦枕，春潮帶雨送孤舟❸。店家菰飯❹香初熟，市擔蓴絲❺滑欲流。自笑勞生❻成底事，黃塵陌上雪蒙頭❼。

【注釋】❶端居　謂平常居處。唐孟浩然〈臨洞庭贈張丞相〉詩：「欲濟無舟楫，端居恥聖明。」❷汗漫遊　謂出遊。《淮南子・道應》：「吾與汗漫期於九垓之外。」高誘注：「汗漫，不可知之也。」唐杜甫〈奉送王信州崟北歸〉詩：「復見陶唐理，甘為汗漫遊。」❸春潮帶雨送孤舟　本自唐韋應物〈滁州西澗〉：「春潮帶雨晚來急，野獨無人舟自橫。」❹菰飯　用菰米煮成的飯。菰米，菰之實。一名雕胡米，古以為六穀之一。《淮南子・詮言》：「心有憂者，筐床衽席弗能安也，菰飯犓牛弗能甘也。」❺蓴絲　蓴菜。唐杜甫〈陪王漢州留杜綿州泛房公西湖〉詩：「豉化蓴絲熟，刀鳴鱠縷飛。」❻勞生　《莊子・大宗師》：「夫大塊載我以形，勞我以生，佚我以老，息我以死。」後以「勞生」指辛苦勞累的生活。❼雪蒙頭　頭髮白如雪。蘇軾〈王子直去歲送子由北歸往返百舍今又相逢贛上戲用舊韻作詩留別〉：「聞道年來丹伏火，不愁老去雪蒙頭。」

【語　譯】閒居家鄉無法驅散憂愁，便外出旅遊，欣賞自然風光。晚風將笛聲吹送到枕邊，春天的潮水在雨中推動孤舟。店家的菰飯剛煮熟，冒著香氣；集市上有人挑著扁擔賣蓴絲，入口滑順。我在這塵世間奔走憂勞，落得頭髮雪白，實在是可笑啊。

【研　析】是年春夏間，陸游有一次短暫的出遊，歷鏡湖、蕭山縣驛、錢清驛、柯橋、梅市諸地，均有詩作。首聯言出遊之因，乃是為了驅遣閒愁。「汗漫遊」雖已為詩中習語，但將它與「人間」一詞合在一起用，陸游應是濫觴。如他的〈遣興〉：「圖書雞犬共扁舟，又續人間汗漫遊。」〈病退頗思遠遊信筆有作〉：「扶衰強項君休笑，尚憶人間汗漫遊。」〈野興〉：「樓蘭勛業竟悠悠，聊作人間汗漫遊。」頷聯寫傍晚舟行之景，有笛聲與清風、春潮與細雨。第四句則明顯化用前人陳句，《唐宋詩醇》評：「『春潮』七字，與蘇州各成妙句。」韋應物句較靜穆渾融，陸游此句則有「送」字，較輕快而有情致。頸聯寫蕭山縣驛所見之景，通過對食物之描寫表達村民生活之自在快樂。尾聯回到自己，抒發感慨，對村野凡夫生活表達欣羨之意。陸游此類描繪農村生活的小詩頗多情趣。

189　病起

【題　解】此詩淳熙十二年（西元一一八五年）春於山陰。陸游年春間偶得病，此詩即寫病愈後所見所感。

山村病起帽圍寬，春盡江南尚薄寒。志士淒涼閒處老，名花零落雨中看。斷香❶漠漠便支枕，芳草離離❷悔倚闌❸。收拾吟牋停酒椀，年來觸事動憂端❹。

【注　釋】❶斷香　一陣陣的香氣。後蜀毛熙震〈菩薩蠻〉詞：「屏掩斷香飛，行雲山外歸。」❷離離　盛多貌。《詩·小雅·湛露》：「其桐其椅，其實離離。」❸倚闌　憑靠在欄杆上。唐趙嘏〈宿靈岩寺〉詩：「倚欄香徑晚，移石太湖秋。」❹憂端　愁緒。南朝宋謝靈運〈長歌行〉：「覽物起悲緒，顧己識憂端。」

【語　譯】山村閒居臥病，起來後瘦損了很多；春天已經快結束了，而江南依舊在微寒的天氣中。我空懷壯志，卻在閒散中老去，淒涼無助；在雨中看著花瓣零落。一陣陣爐香在屋中飄浮，正適宜我倚靠在枕頭上；屋外芳草長得非常茂盛，我後悔當初憑靠在欄杆上。整理自己的詩稿，停止飲酒；因為這些年很容易就觸發憂慮。

【研　析】嘆老嗟卑之作在陸游七律中佔很大比重，雖然因情感意緒的雷同，減損了這些詩篇的思想價值，但在藝術表現力上，我們還是可以明顯感受到，陸游在詩句對偶的工整與生新上花了不少氣力。此詩頷聯一句寫己，一句寫花，將自己的遭際感慨與眼前的自然景象極為熨帖地融合在一起。「閒處」與「雨中」對得很自然。頷聯上句虛寫，下句實寫；頸聯則是上句實寫，下句虛寫。上句寫屋中爐香繚繞，支枕無聊；下句則以「倚欄」二字寄寓心繫家國之意，「悔」字則表達其不忍目睹之傷痛。尾聯則更將此意點明。

書憤

【題解】此詩淳熙十三年（西元一一八六年）春作於山陰。題目是〈書憤〉，則詩旨已明，抒發報國無門之憤懣。

早歲那知世事艱，中原北望氣如山❶。樓船夜雪瓜洲渡❷，鐵馬秋風大散關❸。塞上長城空自許❹，鏡中衰鬢❺已先斑。〈出師〉一表❻真名世，千載誰堪伯仲間❼！

【注釋】❶氣如山　氣湧如山。形容氣憤之極。《三國志・吳志・吳主傳》「權大怒，欲自征淵」裴松之注引晉虞溥《江表傳》：「朕年六十，世事難易，靡所不嘗，近為鼠子所前卻，令人氣湧如山。」❷樓船夜雪瓜洲渡　紹興三十年宋將劉琦與金兵戰於瓜洲渡。瓜洲渡在江蘇邗江縣南部、大運河分支入長江處。與鎮江市隔江斜對，向為長江南北水運交通要衝，又稱瓜埠洲。錢仲聯箋此句謂：隆興二年閏十一月二十九日，陸游曾與友人韓元吉踏雪登焦山。〈焦山題名〉：「陸務觀與何德器、張仲玉、韓无咎遊焦山，踏雪觀〈瘞鶴銘〉，置酒上方，烽火未熄，望風檣戰艦在煙靄間，慨然盡醉。薄晚泛舟，自甘露寺以歸。」❸鐵馬秋風大散關　乾道八年陸游為王炎幕僚，曾至大散關。在陝西寶雞西南的大散嶺上，也稱散關。南宋與金在西面以大散關為界。鐵馬，配有鐵甲的戰馬，喻雄師勁旅。《文選》陸倕〈石闕銘〉：「鐵馬千群，朱旗萬里。」❹塞上長城空自許　檀道濟曾自許為萬里長城，喻自己有禦敵之才。《南史・檀道濟傳》：「道濟見收，憤怒氣盛，目光如炬，俄爾間引飲一斛。乃脫幘投地，曰：『乃壞汝萬里長城。』」❺衰鬢　年老而疏白的鬢髮，多指暮年。唐盧綸〈長安春望〉詩：「誰念為儒逢世難，獨將衰鬢客秦關。」❻出師一表　諸葛亮有〈出師表〉。❼伯仲間　原指兄弟的次第，喻事物不相上下。陸游此句本自杜甫〈詠懷古跡五首〉其五：「伯仲之間見伊呂。」杜甫將諸葛亮與伊尹、呂望相比。商伊尹輔商湯，西周呂尚佐周武王，皆有大功。

【語　譯】我早年哪裡知道世道的艱難，每每遙望中原故地便會怒氣填膺。記得當年與友人在瓜洲渡，望風檣戰艦於夜雪之間；後來又從戎南鄭，馳騁鐵馬於秋風之中。我曾經像檀道濟自許萬里長城那樣，頗有報國之志；無奈歲月流逝，鬢髮衰白。遙想當年諸葛亮寫〈出師表〉，他的才能與衷心，一千年中也找不到與他相配的人物。

【研　析】淳熙十三年，陸游除朝請大夫，知嚴州，結束閒居生活。此詩即作於閒居生活結束之前。于北山《陸游年譜》評此詩：「自抒愛國情感，兼有指斥當局，蔑視強敵之意。」陸游題為〈書憤〉的詩很多，而此首卻更饒韻致，關鍵在於不一味吐露牢騷，而是點染景物，借景抒情；引用典故，蘊藉含蓄。首聯寫自己，「中原北望」已隱伏頷聯，令作者「氣如山」之景定非尋常。頷聯寫景最見功力，不取細節，但用如椽巨筆濃墨揮灑。上下句一東一西，地點都在南宋與金人的分界線上。這兩處地方陸游都親自到過，故寫來便不空泛。從句式結構看，兩句十七字中沒有一個動詞，全用名字連接，如串珠緊密而不見其線。唐人溫庭筠有名句：「雞聲茅店月，人跡板橋霜。」陸游此詩頷聯，從其得法。因不見動詞，故作者對景物的情感便顯得隱晦，需要讀者仔細體味。且首聯的「氣如山」已道明，故此聯盡可不動聲色。頸聯轉而抒情，上句用典，「長城」對「衰鬢」極為靈活自然。尾聯抬出諸葛亮，陸游多次在詩中表達對這位前賢的景仰，以為楷模。末句為疑問句，不直說。「誰堪」的質疑，見出陸游對南宋當局的指斥，怒其無人，即〈金錯刀行〉中「堂堂中國空無人」之意。此詩《瀛奎律髓》、《唐宋詩醇》皆未選入。

臨安春雨初霽

世味❶年來薄似紗，誰令騎馬客京華？小樓一夜聽春雨，深巷明朝
賣杏花❷。矮紙❸斜行閒作草❹，晴窗細乳戲分茶❺。素衣❻莫起風塵嘆，
猶及清明可到家。

【題解】此詩淳熙十三年春作於臨安。霽，雨停天晴。三、四兩句寫臨安之景，是陸游名句。

【注釋】❶世味　人世滋味，社會人情，亦有指功名宦情之義。唐韓愈〈示爽〉詩：「吾老世味薄，因循致

留連。」❷小樓二句　本自陳與義〈懷天經智老因訪之〉：「杏花消息雨聲中。」❸矮紙　短紙。❹閒作草書　寫草字。據衛恒《四體書勢》載草書大家張芝語：「匆匆不暇草書。」北宋也有諺語云：「信速不及草書，家貧難為素食。」蓋因草字筆畫複雜，有一定規則，故須「閒」作。❺分茶　宋元時煎茶之法。注湯後用箸攪茶乳，使湯水波紋幻變成種種形狀。❻素衣　陸機〈為顧彥先贈婦〉：「京洛多風塵，素衣化為緇。」素，白色。緇，黑色。風塵喻京城是非之地，玷汙人的淳樸本性。

【語　譯】這些年來我對人情世態已缺乏熱情，誰驅使我又來到喧鬧的京城？在小樓住了一夜，春雨連綿不斷；第二天早晨，有人在深深的巷子裡賣杏花。我在旅店裡喝茶寫字，悠閒無事。不必發出風塵之慨，我在這住不了多久，大概清明之前就能回家了。

【研　析】劉克莊《後村詩話》：「陸放翁少時，調官臨安，得句云：『小樓一夜聽春雨，深巷明朝賣杏花。』傳入禁中，思陵稱賞，由是知名。」按陸游此詩作於淳熙十三年，顯非少年之詩。劉克莊此條筆記，蓋據陳與義之受高宗賞識而立說。《朱子語類》載：「（宋）高宗最愛簡齋『客子光陰詩卷裡，杏花消息雨聲中。』又問坐間云：『簡齋墨梅詩何者最勝？』或以皋字韻一首對，先生曰：『不如相逢京洛渾依舊，惟恨緇塵染素衣。』」所言陳與義詩，分別為〈懷天經智老因訪之〉、〈和張矩臣水墨梅五絕〉其三。淳熙十三年春，陸游除朝請大夫，知嚴州，赴行在，館於西湖之上。據《宋史》本傳，陸游過闕陛辭時，宋孝宗曰：「嚴陵，山水勝處，職事之暇，可以賦詠自適。」陸游〈嚴州到任謝表〉也記載此事：「親降玉音，俯憐雪鬢。勞其久別，蓋寵嘉近侍之所宜；勉以屬文，實臨遷守臣之未有。」「未有」一語，說明陸游似乎頗為自豪，這是皇帝對自己的優待；其實，陸游的內心頗為失落，因為皇帝最終只把他作為一個文士來看待。陸游的宏圖壯志，皇帝似乎並不感興趣。這首詩便有一種淡淡的哀愁在，首句和末句可以看出陸游的灰心失望，只欲盡早回家，不復問世事。頷聯寫臨安城之景，膾炙人口。元虞集《道園學古錄》卷四〈臘日偶題〉：「為報道人歸去也，杏花春雨在江南。」他的詞〈風入松〉（堂紅袖倚清酣）更為著名：「為報先生歸也，杏花春雨江南。」據瞿祐《歸田詩話》：「曾見機坊以詞織成帕，為時貴重如此。」清初著名篆刻家林皋有「杏花春雨江南」一方印（《歷代閑章名品鑒賞》，上海書店出版社二〇〇二年版）都是從陸游的詩化出。《唐宋詩醇》評：「頷聯團轉脫口而出，一涉湊泊，失此語妙。」又曰：「三四有唐人風韻。」

飲張功父園戲題扇上

【題解】此詩淳熙十三年春作於臨安。張功父，即張鎡（西元一一五三—一二一一年），字功甫（父），一字時可，號約齋居士，祖籍成紀，徙居臨安。循王張俊曾孫，詞人張炎之曾祖。在孝宗詩壇上，與楊萬里、陸游等多有酬唱，楊萬里將其與姜夔並稱。張鎡有南湖園，以好客聞，當時詩人多於其內宴飲遊玩。元戴表元《剡源文集》卷十〈牡丹讌席詩序〉：「渡江兵休久，名家文人漸漸修還承平館閣故事，而循王孫張功父使君以好客聞天下。當是時，遇佳風日，花時月夕，功父必開玉照堂置酒樂客。其客廬陵楊廷秀、山陰陸務觀、浮梁姜堯章之徒以十數。至輒歡飲浩歌，窮晝夜忘去。明日，醉中唱酬詩或樂府詞纍纍傳都下，都下人門抄戶誦，以為盛事。然或半旬十日不爾，則諸公嘲訝問故之書至矣。」

寒食清明數日中❶，西園春事❷又匆匆。梅花自避新桃李，不為高樓一笛風❸。

【注釋】❶寒食句　顏真卿有〈寒食帖〉云：「寒食只數日間，得且住為佳耳。」❷春事　春色；春意。唐徐晶〈同蔡孚五亭詠〉：「幽棲可憐處，春事滿林扉。」❸一笛風　杜牧〈題宣州開元寺水閣〉：「深秋簾幙千家雨，落日樓臺一笛風。」笛曲有〈梅花落〉，《樂府詩集．橫吹曲辭四．梅花落》郭茂倩題解：「〈梅花落〉本笛中曲也。」

【語譯】寒食與清明相隔數日，西園的春意又漸漸消逝了。梅花本來就想躲避桃花、李花，不願與之同開，並非因為樓臺上吹奏笛曲〈梅花落〉而凋落。

【研析】《唐宋詩醇》：「寓意雖刻，自足風調。」「翻案，妙有諷意。」所謂「翻案」，是說該詩對於梅花凋落的獨特詮釋。一二句交代時節，春意匆匆。此時正當桃花、李花盛開，而梅花已漸凋零。雖然園中吹奏〈梅花落〉笛曲，但陸游認為其凋零與笛曲無關，乃是因為它不願與桃李同時，顯示其孤傲特立之品質。陸游的長輩兼好友韓元吉有一首〈好事近〉：「杏花無處避春愁，也傍野煙發。惟有御溝聲斷，似知人嗚咽。」構思差近。宋周密《浩然齋雅談》卷中：「放翁在朝日，嘗與館閣諸人會飲於張功父南湖園。酒酣，主人出小姬新桃者，歌自製曲以侑尊，以手中團扇求詩於翁。翁書一絕云：『寒食清明數日中，西園春事又匆匆。梅花自避新桃李，不為高樓一笛風。』蓋戲寓小姬名於句中，以為一笑。當路有恚之者，遽指以為所譏，竟以此去。」所記不可全信，然可見此詩當時甚為有名。

夜燈千峰榭

【題解】此詩淳熙十四年（西元一一八七年）春作於嚴州任所。千峰榭，在嚴州，唐時建，宋范仲淹重建。

夷甫諸人❶骨作塵，至今黃屋❷尚東巡❸。度兵大峴❹非無策，收泣新亭❺要有人。薄釀不澆胸壘塊❻，壯圖空負膽輪囷❼。危樓插斗山銜月，徙倚長歌一愴神！

【注釋】❶夷甫諸人　南朝宋劉義慶《世說新語・輕詆》：「桓公入洛，過淮泗，踐北境，與諸僚屬登平乘樓，眺矚中原，慨然曰：『遂使神州陸沉，百年丘墟，王夷甫諸人，不得不任其責！』」王衍（西元二五六—三一一年），字夷甫，晉瑯琊臨沂人。官至尚書令、太尉。善玄言，以談老莊為事，義理若有不安，隨即更改，世號「口中雌黃」。衍居宰輔之位，周旋諸王間，唯求自全之計。東海王司馬越死，眾推衍為元帥，全軍為石勒所破，被殺。❷黃屋　古代帝王專用的黃繒車蓋，借指朝廷。《史記・秦始皇本紀》：「子嬰度次得嗣，冠玉冠，佩華紱，車黃屋。」裴駰集解引蔡邕曰：「黃屋者，蓋以黃為裡。」❸東巡　古代謂天子巡視東方。此處是宋室南渡的委婉說法。語本《書・舜典》：「歲二月，東巡守，至於岱宗。」❹大峴　山名。在山東臨朐東南，即穆陵關，舊稱齊地天險。東晉劉裕攻南燕慕容超，南燕大將公孫五樓謂宜斷據大峴，堅壁清野，以絕晉軍之資，超不從。即此山。見《宋書・武帝紀上》。❺收泣新亭　新亭故址在今南京市南郊。南朝宋劉義慶《世說新語・言語》：「過江諸人，每至美日，輒相邀新亭，藉卉飲宴。周侯中坐而嘆曰：『風景不殊，正自有山河之異！』皆相視流淚。唯王丞相愀然變色曰：『當共勠力王室，克復神州，何至作楚囚相對！』」後多用「新亭淚」、「新亭泣」、「新亭對泣」指懷念故國或憂國傷時的悲憤心情。❻薄釀句　南朝宋劉義慶《世說新語・任誕》：「阮籍胷中壘塊，故須酒澆之。」薄釀，劣酒。壘塊，謂心中鬱結的不平之氣。❼輪囷　碩大貌，形容膽量過人。

【語　譯】那些像王衍一樣的誤國之輩早已骨化為塵，至今朝廷僅存半壁江山。收復北方失地並非毫無辦法，問題是要有人心繫故國，克復神州。薄酒不能澆滅心中的不平之氣，空有一身抱負而無處施展。望著眼前的山樓星月，只有悲歌一曲，黯然神傷。

【研　析】于北山《陸游年譜》評此詩：「憂國情深，滅敵志切。」此詩首聯交代時事，頷聯議論，頸聯抒懷，尾聯寫景，結構明晰。欲指斥朝廷，諷刺誤國之人，卻不敢明言，故言「夷甫」、「東巡」，借古諷今。頷聯表達對北伐的期望和樂觀，謂只要人心團聚，積極謀劃，即有可能克復神州。古人文集中多有「肝膽輪囷」之語，蓋形容豪情壯膽。唯陸游喜歡在詩中用「膽輪囷」一語，據我們考索，《劍南詩稿》中約有十一處用到這個詞。如〈夜行宿湖頭寺〉：「去國不堪心破碎，平戎空有膽輪囷。」〈夜從父老飲酒村店作〉：「床頭金盡何足道，肝膽輪囷橫九區。」〈雪夜有感〉：「狂膽輪囷欲滿軀，一麾誰憫滯江湖。」〈郊居〉：「狂豪儘道非平昔，老膽輪囷尚滿軀。」清人編纂的供作詩用的《分類字錦》便收錄此語，引用的也是陸游詩作例子。尾聯寫千峰榭之夜景，借景抒懷，危樓、遠山、星斗、明月，營造出孤獨淒冷的氛圍。《唐宋詩醇》評道：「從空而下，氣象高遠，歸咎王呂，自是千古公論。」又云：「劍南詩，操觚家奉之如拱璧。然一時所為翕然者，不過喜其陶寫風雲、流連月露而已。而其惓惓宗國，悱惻纏綿，顧未有及之者。先生當日傷半壁之無依，痛兩宮之不返。終天嘆悼，不徒區區景物間也。」

余年二十時嘗作菊枕詩，頗傳於人，今秋偶復采菊縫枕囊，悽然有感

【題解】此詩淳熙十四年冬作於嚴州任所。抒發憶舊之悲。

采得黃花作枕囊，曲屏深幌❶閟❷幽香。喚回四十三年夢，燈暗無人說斷腸。

少日曾題〈菊枕詩〉，蠹編❸殘稿鎖蛛絲。人間萬事消磨❹盡，只有清香似舊時。

【注釋】❶幌　簾幔。多以絲帛或布做成。《文選》張協〈七命〉：「重殿疊起，交綺對幌。」李善注引《文

字集略》曰：「幌，以帛明牕也。」❷閟　關閉。❸蠹編　有蛀蟲的書籍。❹消磨　消耗；磨滅。唐王建〈題酸棗縣蔡中郎碑〉詩：「蒼苔滿字土埋龜，風雨消磨絕妙詞。」

【語　譯】將採摘來的菊花做成枕囊，在屏風與簾幔中貯藏幽香。它讓我回想起四十三年前的往事，只是燈光暗淡，沒有人可以傾訴衷腸。我年少時曾寫過〈菊枕詩〉，那些詩篇已被歲月塵封、蛛絲縈繞。人間所有的事都會消逝，只有那菊枕的清香沒有改變。

【研　析】據詩題可知，陸游二十歲時曾作有〈菊枕詩〉，但原詩現在已經看不見了，可能陸游編輯詩集的時候刪去了。那時，陸游大約正與唐琬新婚不久，于北山《陸游年譜》推測〈菊枕詩〉與新婚生活有關。兩首詩通過菊枕的香氣，抒發對世事人生的感慨。清香不變，舊情難忘，纏綿哀婉，感人至深。《唐宋詩醇》：「黯然自傷，與〈沈園〉二絕所感同，而詞亦並工。蓋發乎情者深也。」

到嚴十五晦朔，郡釀不佳，求於都下，既不時至；欲借書讀之，而寓公多秘不肯出，無以度日，殊悃悃也

【題　解】此詩淳熙十四年冬作於嚴州（今屬浙江）任所。陸游淳熙十三年除朝請大夫（從六品），知嚴州。此詩抒發作者在嚴州抑鬱悵惘的心情。

桐君❶故隱❷兩經秋，小院孤燈夜夜愁。名酒過於求趙璧❸，異書渾似借荊州❹。溪山勝處❺身難到，風月❻佳時事不休。安得連車載郫釀❼，金鞭❽重作浣花❾遊？

【注　釋】❶桐君　山名，在浙江桐廬。王象之《輿地紀勝》：「桐君山，在桐廬。有人採藥，結廬桐木下，人問其姓，指木示之，因名山曰桐君山，江曰桐江，嶺曰桐嶺。」❷故隱　隱居。❸趙璧　《史記・廉頗藺相如列傳》：「趙惠文王時，得楚和氏璧。秦昭王聞之，使人遺趙王書，願以十五城請易璧。」❹借荊州　《三國志・吳志・魯肅傳》：「(劉)備詣京見(孫)權，求都督荊州，惟肅勸權借之，共拒曹公。」❺勝處　風景優美之地。❻風月　美好景致。❼郫釀　一種酒名，即郫筒酒。范成大《屋船錄》卷上：「郫筒，截大竹長二尺，以下留一節為底，刻其外為花紋，上有蓋，以鐵為提梁，或朱或黑，或不漆，大率挈酒竹筒耳。《華陽風俗記》所載，乃刳竹傾釀，閉以藕絲蕉葉，信宿馨香達於外，然後斷取以獻，謂之『郫筒酒』。觀此，則是就竹林中為之，今無此酒法矣。」❽金鞭　馬鞭。❾浣花　成都有浣花溪，此處則指代成都。陸游《老學庵筆記》：「四月十九日，成都謂之浣花，遨頭宴於杜子美草堂滄浪亭，傾城皆出，錦繡夾道。自開歲宴遊，至是而止，故最盛於他時。予客蜀數年，屢赴此席，未嘗不晴。蜀人云：『雖戴白之老，未嘗見浣花日雨也。』」

【語　譯】我到桐廬作官已有兩年了，每夜對著院子裡的孤燈都感到憂愁。在這裡，美酒如趙國的和氏璧一樣難以得到，珍貴的書籍亦如劉備借荊州一樣難以求借。雖然此地也有風景名勝，但我常因公務纏身難以遊覽。我何時能一車一車地裝著美味的郫筒酒，騎馬揮鞭再去成都遊玩啊。

【研析】此詩主旨，陸游已在詩題中詳細交待，故接下去寫詩，就不必擔心詩旨因典故、詞藻而晦澀不明，陸游便能放手寫去，因此便有了此詩頷聯的生新獨造。陸游用兩個歷史典故來形容求酒、借書之事。和氏璧、借荊州都是歷史重要的政治事件，而陸游卻以之比喻求酒、借書如此閒瑣之事，於是產生了乖異、反諷的藝術傚果。陸游另有詩云：「遠聞佳士輒心許，老見異書猶眼明。」在陸游這種「惡搞」歷史事件的行為背後，我們可以感受到他對於仕途失意的悵惘之情，他嚮往政治權力的中心──臨安，而對於知嚴州這樣的地方官是不滿足的。尾聯則抒發了對於成都的追憶之情。此詩可見陸游在律詩的用典、對偶方面用功甚深。《戰國策・楚策三》：「楚國之食貴於玉，薪貴於桂，謁者難得見如鬼，王難得見如天帝。」後遂以「薪桂米珠」形容物之珍貴難得。蘇軾〈浣溪沙・再和前韻〉：「空腹有詩衣有結，濕薪如桂米如珠。」陸游以趙璧、荊州喻美酒、異書，與「薪桂米珠」之喻有異曲同工之妙。順德博物館藏有一幅清羅傳球所書對聯：「得劍乍如添健僕，異書渾似借荊州。」查慎行《初白庵詩評》評「名酒」一聯道：「用事如此超脫，方稱作家。」所謂「超脫」，其實就是典故本事與作者所言之事關係甚遠，但又具有微妙的相同性。

雪

【題解】此詩淳熙十四年冬作於嚴州任所，表達了降雪後的欣喜之情。

瘴癘❶家家一洗無，更欣餘潤❷沃焦枯❸。花壺❹夜凍先除水，衣焙❺朝寒久覆爐。松頂積高時自墮，竹枝壓重欲相扶。雲開正值春風早，卻看晴光❻滿九衢❼。

【注釋】❶瘴癘　瘴氣，山林間濕熱蒸發能致病之氣。《後漢書・南蠻傳》：「南州水土溫暑，加有瘴氣，致死者十必四五。」❷餘潤　向四旁浸潤或流淌的雪化之水。❸沃焦枯　雪水滋潤乾枯之物。❹花壺　用來插花的容器。❺衣焙　薰衣之物。據宋葉夢得《避暑錄話》卷上記載：「趙清獻公好焚香，尤喜薰衣。衣未嘗置於籠，為一大焙，方五六尺，設薰爐其下，常不絕煙，每解衣，投其間。」❻晴光　陽光。❼九衢　縱橫交叉的大道；繁華的街市。《楚辭・天問》：「靡蓱九衢，枲華安居。」王逸注：「九交道曰衢。」

【語譯】每戶人家中的瘴氣皆被這冬雪洗淨，而那雪化之水滋潤焦枯的草樹更令我欣喜。一夜降雪，花壺中的水已被凍起來，該把它除掉；早上起來，衣焙寒冷，只能將它一直放在薰爐上面。推開房門，但見松樹上的雪已堆積得很高，不時會自己掉落下來；而竹枝因為承受了積雪的重量，互相靠在一起，彷彿彼此扶持。雪停的時候吹來早春的風，回頭正看見晴朗的陽光照徹交叉的大道。

【研析】陸游的詩作有兩大類型，一類是愛國之作，慷慨激昂；一類是閒適之作，能「咀嚼出日常生活的深永的滋味，熨帖出當前景物的曲折的情狀。」（錢鍾書《宋詩選注》）這首〈雪〉詩便是後一類型的代表，陸游暫且收拾起那一腔憂國憂民之懷，寫起了日常生活中的瑣細之物。一二兩句先總寫降雪給萬物帶來的好處，百姓家中的瘴氣被除去了，乾枯植物也得到雪水滋潤了。頷聯一轉，轉得很突兀，以致紀昀說這兩句與一二不接。紀昀看詩未免太「八股氣」了。這兩句寫早晨醒來，家中因降雪而發生的細微變化。花壺冰凍，衣焙冷了，都是天冷降雪給居家生活帶來的不便，但陸游卻寫得這一番折騰頗有情趣。花壺與衣焙都是書齋中的瑣細之物，過去的詩人是很少注意到的。據我們考索，陸游是第一個在詩中寫「衣焙」的，《劍南詩稿》中共有七處，如〈愛閒〉：「衣焙溫溫香欲透。」〈夜雨〉：「溼潤生衣焙。」〈夏日〉：「衣焙殘香覺日長。」雖然《佩文韻府》「衣焙」條引了唐代武元衡〈賞新茶〉詩：「單衣染焙香。」但那是焙茶之具，與陸游的「衣焙」尚有區別。至於「花壺」，同樣也是陸游首次寫入詩中的。這是詩歌寫作中的創新。三四寫室內之物，五六則寫室外之景。「自墮」、「相扶」皆用比擬手法刻劃出雪、竹的情態。方回很欣賞這兩聯室內、室外的安排有致，紀昀雖不滿頷聯，但也不得不佩服頸聯「寫狀甚肖」。落句則平平，無甚新意。

塞上曲 其二

【題解】此詩淳熙十五年（西元一一八八年）作於山陰。

將軍許國不懷歸，又見桑乾❶木葉❷飛。要識君王念征戍，新秋已報賜冬衣❸。

【注釋】❶桑乾　河名，今永定河之上游。相傳每年桑椹成熟時河水乾涸，故名。唐李白〈戰城南〉詩：「去年戰，桑乾源，今年戰，蔥河道。」❷木葉　樹葉，猶指落葉。《楚辭‧九歌‧湘夫人》：「嫋嫋兮秋風，洞庭波兮木葉下。」❸冬衣　冬季禦寒的衣服。特指戰場上士兵冬季所著之衣。

【語　譯】將軍一身許國，不思家鄉；又到了桑乾河上樹葉飄落的時候。新秋到來，朝廷把冬衣賜給戰士們，可見皇帝心繫征戍。

【研　析】因為是樂府古題，故所寫內容無須紀實，想像之事亦可，此詩傳達出陸游的北伐心願。於冬衣上見出皇帝心繫征戍，睹物見情之法，深得樂府古詩之含蓄蘊藉。《唐宋詩醇》：「自合唐音。」

予十年間兩坐斥，罪雖擢髮莫數，而詩為首，謂之「嘲詠風月」。既還山，遂以「風月」名小軒，且作絕句

【題　解】此詩紹熙元年（西元一一九〇年）秋作於山陰。淳熙三年九月，陸游罷知嘉州新命，以臣僚言其燕飲頹放；淳熙八年三月，陸游罷提舉淮南東路常平茶鹽公事新命，以臣僚論其不自檢

飭，所為多越於規矩，屢遭物議；淳熙十六年十一月，陸游罷禮部郎中，以諫議大夫何澹論其前後屢遭白簡，所至有汙穢之跡。俱見《宋會要輯稿・職官・黜降官》。擢髮，拔下頭髮（計數），極言其多。

扁舟又向鏡中行，小草❶清詩取次❷成。放逐尚非餘子❸比，清風明月入臺評❹！綠蔬丹果薦瓢尊❺，身寄城南禹會村❻。連坐❼頻年到風月，固應無客叩吾門。

【注　釋】❶小草　草稿。《三國志・蜀志・秦宓傳》：「願明府勿以仲父之言假於小草，民請為明府陳其本紀。」❷取次　隨便；任意。❸餘子　對其他庸碌之輩的蔑稱，本自《後漢書・文苑列傳下・禰衡》：「唯善魯國孔融及弘農楊脩。常稱曰：『大兒孔文舉，小兒楊德祖。餘子碌碌，莫足數也。』」❹臺評　御史臺的彈劾奏章。❺薦瓢尊　薦，佐食。瓢尊，泛指酒器。唐劉言史〈林中獨醒〉詩：「晚來林沼靜，獨坐間瓢尊。」❻禹會村　山陰的村名。❼連坐　舊時一人犯法，其家屬親友鄰里等連帶受處罰。《史記・商君列傳》：「令民為什伍，而相牧司連坐。」

【語　譯】我撐著一葉扁舟，又向鏡湖中遊覽；清新的詩句隨意湧向心頭。我即使被放逐，也不是那些庸碌之輩所能比的；因為清風與明月也進入彈劾我的奏章中了。綠色蔬菜、紅色水果作為飲酒的佐食，我的餘生將在山陰的村中度過。我頻遭彈劾，即使風月也受到牽連；那麼沒有客人來拜訪實在太正常不過了。

【研　析】此詩之作雖是回顧人生，主要原因當是去年即淳熙十六年冬，陸游為諫議大夫何澹彈劾，由禮部郎中兼實錄院檢討官罷歸，返故里，由委命至遭彈劾，不足一年。陸游罷歸後不久，即作此詩，且將自己的書齋命名為「風月軒」。因「嘲詠風月」而遭罷官，陸游不僅不畏禍，反將「風月」掛在嘴邊，見出他的憤懣不平與倔強幽默。「清風明月入臺評」也是對南宋朝廷的強烈諷刺，可笑之極。第二首詩「連坐」一語更為風趣，將「風月」擬人化，由此引出閒居寂寞、來客稀少之意，甚有新意。

夜歸偶懷故人獨孤景略

【題　解】此詩紹熙元年秋作於山陰。獨孤景略，陸游在蜀中結識的好友，常稱讚其為當世奇才。卒後，陸游多次寫詩悼念他。

買酒村場❶半夜歸，西山落月照柴扉。劉琨❷死後無奇士，獨聽荒雞❸淚滿衣！

【注　釋】❶村場　鄉村集市。❷劉琨　《晉書・祖逖傳》：「（祖逖）與司空劉琨俱為司州主簿，情好綢繆，共被同寢。中夜聞荒雞鳴，蹴琨覺曰：『此非惡聲也。』因起舞。」後以「聞雞起舞」為志士仁人及時奮發之典。❸荒雞　指三更前啼叫的雞。宋蘇軾〈召還至都門先寄子由〉詩：「荒雞號月未三更，客夢還家得俄頃。」

【語　譯】在鄉村集市買酒，喝到半夜才回家；月上西山，正照著我的家門。忽然懷念起我的故友獨孤景略，後來我再也沒有遇到過像他那樣的奇士；荒村傳來雞鳴之聲，我流下了眼淚。

【研　析】此詩懷念故人獨孤景略，因為他也胸懷壯志，欲收復河山，與陸游惺惺相惜；但他的遭遇比陸游更為不幸，仕途蹭蹬而又英年早逝。當陸游抑鬱憤懣之時，回想這位友人時可以撫慰心靈，獲得安慰。「劉琨」句掃盡世上庸碌之輩，將一腔憤懣噴出。「荒雞句」既是用典，又貼切眼前之實景。情景交融，興孤意遠。《唐宋詩醇》評：「觸緒長嗟，言在此而意在彼。十四字中，波瀾甚闊。」賀裳《詩話》乃謂務觀才具無多，意境不遠，惟善寫眼前景物。豈非但見方隅者耶？」此評駁斥了賀裳《載酒園詩話》對陸游詩的偏頗之見。

晚春感事其一

【題　解】此詩紹熙二年（西元一一九一年）春作於山陰，表達閒居幽愜之懷。

風惡房櫳❶燕子歸，雨多山路蕨芽❷肥。青粢❸旋擣作寒食❹，白葛❺

預裁充暑衣。稚子日長供課❻早，故人官達寄書稀。幽居自喜渾無事，
又向湖陰坐釣磯❼。

【注　釋】❶房櫳　窗櫺。《漢書・外戚傳下・孝成班倢伃》：「廣室陰兮帷幄暗，房櫳虛兮風泠泠。」顏師古注：「櫳，疏檻也。」後也可泛指房屋，《文選》張協〈雜詩〉之一：「房櫳無行跡，庭草萋以綠。」李周翰注：「櫳亦房之通稱。」❷蕨芽　多年生草本植物。生在山野。嫩葉可食，俗稱蕨菜；根莖含澱粉，俗稱蕨粉，可供食用或釀造；也供藥用，有清熱利尿之效。《詩・召南・草蟲》：「陟彼南山，言采其蕨。」陸璣疏：「蕨，山菜也，周秦曰蕨，齊魯曰虌，初生似蒜，莖紫黑色，可食。」❸青粢　古代祭祀時用的以黍、稷所作的飯食。❹寒食　節日名。在清明前一日或二日。相傳春秋時晉文公負其功臣介之推，之推憤而隱於綿山。文公悔悟，燒山逼令出仕，之推抱樹焚死。人民同情介之推的遭遇，相約於其忌日禁火冷食，以為悼念。以後相沿成俗，謂之寒食。❺白葛　指以葛為原料製成的布、衣、帶等。《公羊傳・桓公八年》：「冬不裘，夏不葛。」何休注：「裘葛者禦寒暑之美服。」❻供課　學習課業。❼釣磯　釣魚時坐的岩石。北周明帝〈貽韋居士詩〉：「坐石窺仙洞，乘槎下釣磯。」

【語　譯】春末的風有些劇烈，燕子飛回到屋簷下了，下了好多天雨，山路上的蕨菜長得很肥大。我在家中擣著青粢準備寒食之用，又裁了些白葛布準備做夏日穿的衣服。白天越來越長，小兒也起得早，在那裡溫習供課呢，那些官運亨通的故人，已很久沒有來信了。令我欣喜的是閒居沒有煩惱，一有空就向湖邊去釣魚了。

【研　析】這是陸游閒適類詩的一首成功之作。先以比興開端，春末夏初的時候，風會比較大，陸

游看見歸飛的燕子產生了同感，因此對隱居生活，便少了份壯懷未酬的抑鬱，而多了份坦然自適。「蕨芽肥」這句是陸游的名句，應該出自南北宋之交的吳則禮〈送純師赴黃檗用李師顏韻〉：「東風洲渚蕨芽肥。」但名聲沒有陸游大，陸游在〈贈石帆老人〉中也用到這個詞：「山童新採蕨芽肥。」之後，如元好問〈自鄧州幕府暫歸秋林〉：「中林春雨蕨芽肥。」明代劉炳〈暮春寫懷四絕〉其四：「青梅煮酒蕨芽肥。」清代汪琬〈春晚〉：「竹萌鮮嫩蕨芽肥。」等都有襲用，可以和蘇東坡的「蔞蒿滿地蘆芽短」相媲美。頷聯兩句立即給人一種家常氣味，衣、食雖然平凡，卻能引起廣泛的共鳴。頸聯「日長」一語緊扣題面「晚春」二字，晝愈長夜愈短，而天氣變化帶給人類生活的影響，陸游卻只用稚子早起溫課這一非常微小的細節予以傳達，可謂「四兩撥千斤」。《佩文韻府》「供課」條首引的詩便是陸游這首，可見陸游對兒童溫課此類瑣細之事的異常關注，放翁詩的貼近人情也正在此處。「故人」句是閱歷語，宋人詩多有。此句則飽含人情世故，警策深刻。這兩句的對偶極妙，工整而自然，且深寓感慨。七八兩句由「故人」句出，看似逍遙自在，心底裡還是有一絲不得志的情懷。

村居初夏

【題　解】此詩紹熙二年夏作於山陰。抒發鄉村隱居之樂。

天遣為農老故鄉，小園三畝鏡湖傍。嫩莎❶經雨如秧綠，小蝶穿花似繭❷黃。斗酒隻雞人笑樂，十風五雨❸歲豐穰❹。相逢但喜桑麻❺長，欲話窮通❻已兩忘❼。

【注釋】❶莎　即莎草，多年生草本植物。莖直立，三棱形。葉細長，深綠色，質硬有光澤。夏季開穗狀小花，赤褐色。❷繭　完全變態昆蟲蛹期的囊狀保護物，通常由絲腺分泌的絲織成，多為黃色或白色，如家蠶和柞蠶的繭。❸十風五雨　語出漢王充《論衡．是應》：「風不鳴條，雨不破塊，五日一風，十日一雨。」謂五天刮一次風，十天下一場雨。後用以形容風調雨順。❹穰　莊稼豐收。《管子．國蓄》：「歲有凶穰，故穀有貴賤。」❺桑麻　桑樹和麻。植桑飼蠶取繭和植麻取其纖維，同為古代農業解決衣著的最重要的經濟活動。泛指農作物或農事。晉陶潛〈歸園田居〉詩之二：「相見無雜言，但道桑麻長。」❻窮通　困厄與顯達。❼兩忘　特指物我、身世兩者一起忘記。

【語　譯】是老天讓我在故鄉做一個老農，居住在鏡湖旁邊的三畝小園中。一番雨後，嫩莎如秧一般綠；小蝶飛入花中，如繭一般黃。酒與雞雖然不多，但農家人滿臉歡笑；風調雨順，莊稼豐收。與村民相逢，談論的只是桑麻；困厄與顯達已經都忘卻了。

【研　析】是年陸游領祠祿：中奉大夫提舉建寧府武夷山沖佑觀。首聯寫家園所在，並表達樂天知命之意。頷聯狀物頗為細膩，這是陸游擅長之處，不避幽細瑣碎，但欲達到生新的效果。頸聯寫村民安於田畝，豐衣足食，樂生送死。尾聯說自己已忘卻窮通，當然這是暫時的。「斗酒隻雞」為平常語，「十風五雨」雖字面平常，卻有出處，將其用入詩中構成對子，陸游是首創，後人也較少用。他的〈子聿至湖上待其歸〉也說：「十風五雨歲則熟，左飧右粥身其康。」《唐宋詩醇》評：「此景真不可多得。」

覽鏡

【題解】此詩紹熙二年秋作於山陰。全詩由覽鏡而生發感慨，工於發端。

白頭漸覺黑絲多，造物❶將如此老何？三萬里天供醉眼，二千年事入悲歌。劍關曾蹴連雲棧❷，海道新窺浴日波❸。未頌中興吾未死，插江崖石竟須磨❹。

【注釋】❶造物　創造萬物的神。《莊子・大宗師》：「偉哉，夫造物者將以予為此拘拘也。」❷劍關曾蹴連雲棧　陸游乾道八年入蜀，經劍門關。連雲棧，棧道名。在陝西漢中地區，古為川陝之通道。自鳳縣東北草涼驛南至開山驛，全長約四百七十里。蹴，踏。❸海道新窺浴日波　陸游自注：「比自三江杭海至丈亭。」浴日，語本《淮南子・天文》：「日出於暘谷，浴於咸池。」後以「浴日」指太陽初從水面升起。❹未頌中興吾未死二句　湖南祁陽西南浯溪有石刻〈唐中興頌碑〉，唐代元結撰文，顏真卿書。大曆六年刻，俗謂之〈磨崖碑〉。

【語　譯】我發覺自己的白髮中漸漸長出黑髮，造物主將要如何對待我呢？我飲酒高歌，三萬里的高天盡入眼中，二千年的歷史都在心中。我曾親自在劍門關的連雲棧上行走，最近又從三江航海來到丈亭觀賞日出。沒有看到國家中興，我不甘就此死去；希望有朝一日，江中的崖石上能磨刻宋朝中興的頌詞。

【研　析】鏡中新長黑髮，說明陸游身體非常健康，這使陸游獲取自信。次句彷彿說，看來老天爺也奈何我不得。頷聯縱橫古今，將自己平日飲酒歌詠之瑣事，與天地萬物、宇宙歷史關聯起來，胸次何等壯闊？此聯非一般詩人所能言，惟有陸游這樣心繫國家、關懷天下的詩人，才有膽量、資格寫出這樣的詩句。頷聯虛寫，頸聯實寫。上句追憶從前遠宦，下句敘述近來遊蹤。「窺」字平常，「蹴」用力。杜甫〈江漲〉詩有名句：「大聲吹地轉，高浪蹴天浮。」陸游似乎很喜歡，常在自己的詩中仿效，如〈海中醉題時雷雨初霽天水相接也〉：「浪蹴半空白，天浮無盡青。」〈感昔〉其四：「白浪蹴天樓欲動，當時恨不到黃陵。」尾聯說自己不甘就此死去，恢復之志難以動搖，等待國家真正的中興。

以事至城南書觸目

【題　解】此詩紹熙二年秋作於山陰。抒發鄉村閒適之樂。

十里西風吹帽裙❶，江城衣杵❷遠猶聞。路如劍閣❸逢秋雨，山似廬峰❹鎖暮雲。原上老翁眠犢背，籬根小婦牧羊群。百錢且就村場醉，舌本❺醇醨❻莫苦分。

【注　釋】❶裙　古謂下裳，男女同用。今專指婦女的裙子。❷衣杵　舂米或搗物的木棒。此處指搗衣之聲。❸劍閣　在今四川劍閣東北。大劍山小劍山之間有棧道名劍閣，又名劍門關，相傳為諸葛亮修築，為川陝間的主要通道，軍事戍守要地。❹廬峰　山名。在江西九江市南，聳立於鄱陽湖、長江之濱。又名匡山、匡廬。相傳周有匡姓七兄弟結廬隱居於此，故名。❺舌本　舌根；舌頭。《晉書・殷仲堪傳》：「每云三日不讀《道德經》，便覺舌本間強。」❻醇醨　厚酒與薄酒；酒味的厚與薄。宋王禹偁〈北樓感事〉詩：「樽中有官醞，傾酌任醇醨。」

【語　譯】遠近十里都刮著西風，吹拂我的衣帽；江城雖遠，依舊能聽到搗衣之聲。城南的路在秋雨中好像劍閣，山在暮雲中好像廬峰。平原上老人正躺在小牛背上睡覺，籬笆邊少婦正在牧羊。且用百錢去集市上買酒喝，不去計較酒的厚薄了。

【研　析】詩歌描繪了陸游在山陰城南所見之景象。首聯交代節令，西風與衣杵表明時當秋季。頷聯寫城南之路與山，同時回憶過去的經歷。《唐宋詩醇》評道：「感舊意，正以不露為佳。」即城南的景象令作者遙想起劍閣、廬峰。頸聯寫城南的人、牲畜，老翁與少婦，牛犢與羊群，顯出一片悠閒自在之意。最後說欲痛飲酒。此詩情感較為隱晦，上半首由西風、衣杵至路似劍閣、山似盧峰，四句營造出一種秋季的肅殺清冷之境。按此脈絡下去，下半首應該順著對劍閣、盧峰的回想，抒發牢落不偶之愁。但下半首，作者似被老翁少婦、牛犢羊群之景所感染，將自己的情感壓住了。最後說「醇醨莫分」，那種由回憶引起的情感又消逝了，「莫分」的不僅是「醇醨」，還有世事人生。陸游很敏感，也很善於自我排遣。

山家暮春 其一

【題解】此詩紹熙三年（西元一一九二年）春作於山陰。抒寫山家隱居之樂。

遶屋清陰合，緣堤綠草纖。起蠶❶初放食，新麥已磨鐮。苦筍❷先調醬，青梅❸小蘸鹽。佳時幸無事，酒盡更須添。

【注釋】❶起蠶　剛孵化出來的蠶。❷苦筍　苦竹之筍。品種不一，其味微苦者可食，俗稱甜苦筍。❸青梅　即梅子。梅樹的果實。味酸，立夏後成熟。生者青色，叫青梅；熟者黃色，叫黃梅。《書・說命下》：「若作和羹，爾惟鹽梅。」孔傳：「鹽鹹梅醋，羹須鹹醋以和之。」鹽味鹹，梅味酸，均為調味所需，後以之喻賢才，有「鹽梅舟楫」、「鹽梅相成」等語。

【語譯】清陰將屋子遮蓋，湖堤上長滿細草。給剛孵化出的蠶添加桑葉，磨鐮刀準備割麥。調醬蘸鹽，品嘗苦筍和青梅。時令正佳，悠閒無事，喝完酒繼續添加。

【研　析】是年陸游領祠祿，閒居山陰。首聯節令之正佳，頷聯農事之有序，頸聯風物之優美，尾聯閒居之悠閒，脈絡分明。詩歌清新雋永，抒寫新春萬物萌動復蘇之景象，寓目於瑣事碎物，以寄託煩憂。《唐宋詩醇》評道：「瑣事老筆。」不避幽細為陸游詩一大特點，心細如髮，筆致幽趣。

閒中頗自適戲書於客

【題　解】此詩紹熙三年秋作於山陰，表達閒適中自我慰藉之意。

髮猶半黑臉常紅，老健❶應無似放翁。烹野八珍❷邀父老，燒窮四和❸伴兒童。煎紗新製簪花帽❹，乞竹❺寬編養鶴籠。巢許夔龍❻竟誰是，請君下語勿匆匆。

【注　釋】❶老健　年老身健。宋蘇軾〈送鮮于都曹歸蜀灌口舊居〉：「莫嘆倦遊無騶馬，要將老健敵千鍾。」

❷野八珍　古代八種烹飪法。《周禮・天官・膳夫》：「珍用八物。」鄭玄注：「珍，謂淳熬、淳母、炮豚、炮牂、擣珍、漬、熬、肝膋也。」後以指八種珍貴食品。明陶宗儀《輟耕錄・續演雅發揮》：「所謂八珍，則醍醐、麆沆、野駝蹄、鹿唇、駝乳麋、天鵝炙、紫玉漿、玄玉漿也。」俗以龍肝、鳳髓、豹胎、鯉尾、鴞炙、猩

唇、熊掌、酥酪蟬為八珍。陸游此句下有自注：「野八珍見王履道詩。」按：王履道，北宋人王安中，字履道。❸窮四和　一種燒香之法。陶宗儀《說郛》卷二十三下：「山林窮四和香，以荔枝殼、甘蔗滓、乾柏葉、黃連和焚；又加松毬、棗核、梨核皆妙。」陸游此句下自注：「世又有窮四和香法。」❹簪花帽　謂插花於冠。清趙翼《陔餘叢考・簪花》：「今俗惟婦女簪花，古人則無有不簪花者。」❺乞竹　即借竹。唐王建有〈乞竹〉詩。❻巢許夔龍　巢許指巢父和許由，喻指隱者。漢蔡邕〈郭有道碑文〉：「將蹈鴻涯之遐跡，紹巢許之絕軌。」夔龍指舜的二臣，喻指輔弼良臣。夔為樂官，龍為諫官。《書・舜典》：「伯拜稽首，讓於夔龍。」孔傳：「夔龍，二臣名。」唐杜甫〈奉贈蕭十二使君〉詩：「巢許山林志，夔龍廊廟珍。」

【語　譯】雖然頭髮已半黑，但我的血色卻很好，人世間如我放翁一般健康的老人也許不多吧。閒來無事烹飪野八珍邀請鄰村父老一起品嘗，與兒童們一起燒窮四和香。自己動手做帽子、編鶴籠，也很有趣。巢許這類隱者與夔龍這類賢臣，究竟誰是誰非呢，還是不要匆忙下結論了。

【研　析】這也是陸游的一首閒適詩。起句髮黑與臉紅的對比，次句的自許，都展現了放翁不服老的性格。頷聯描述了村野中父老兒童宴飲娛樂的歡快景象。「野八珍」與「窮四和」都是在以前的詩歌中難以見到的意象，屬於「以俗物入詩」，是詩歌創作中的一種方法，為的是取得生新獨造之藝術效果。又因為陸游怕那些讀慣了雅詩的士人看不懂，所以在這兩句詩下面都加了自注，以說明出處和意思，便好比是買了保險。根據以上注釋，我們知道「窮四和香」的原材料其實都是些本該丟棄之物，現在取來燒香，屬於廢物利用，這點也可見出放翁的幽默。「簪花帽」一句見出放翁的「老來俏」，他的〈贈道流〉：「醉帽簪花舞。」〈自嘲老態〉：「紗帽簪花舞。」〈識喜〉：「意適簪花舞。」都用了「簪花」一詞。「乞竹」句是偷北宋著名詩人王禹偁的，他的〈官舍書懷〉

呈羅思純〉云：「借竹編成養鶴籠。」陸游幾乎沒怎麼改動。結局以議論出之，古之大賢與大隱，孰是孰非未易評定，言下之意，我放翁現在賦閒在家未必不是一個賢者。

醉中作

【題解】此詩紹熙三年秋作於山陰，表現了作者疏狂豪縱的一面。

宦遊三十載❶，舉步❷亦看人❸。愛酒官長罵❹，近花丞相嗔❺。湖山今入手❻，風月❼始關身❽。少吐胸中氣，從教❾白髮新。

【注釋】❶宦遊三十載　宦遊，指作官。陸游自紹興三十二年（西元一一六二年）除樞密院編修官兼編類聖政所檢討官，受孝宗召見，賜進士出身，至今已有三十年。❷舉步　舉止言行。❸看人　看人顏色行事，言行謹慎。❹愛酒官長罵　出自杜甫〈戲簡鄭廣文虔兼呈蘇司業源明〉：「醉則騎馬歸，頗遭官長罵。」❺丞相嗔　出自杜甫〈麗人行〉：「炙手可熱勢絕倫，慎莫近前丞相嗔。」❻入手　到手。唐白居易〈聞楊十二新拜省郎遙以詩賀〉詩：「官職聲名俱入手，近來詩客似君稀。」此處指閒居生活常與湖光山色相伴。❼風月　指美景和閒雅之事。《梁書・徐勉傳》：「常與門人夜集，客有虞暠求詹事五官，勉正色答云：『今夕止可談風月，不宜及公事。』故時人咸服其無私。」❽關身　與自己相關。❾從教　聽任；任憑。

【語　譯】我在官場混跡了三十年，也曾看人眼色做事。但無奈自己疏狂的個性使然，所以常常因為耽嗜美酒和遊玩山水而被上級長官訊罵。如今賦閒在家，可以整日裡與湖光山色相近相親，吟賞風月。只不過想藉此發泄一下胸中的怨氣罷了，雖然在這種閒適和消遣中，年華流逝、白髮徒增，令我感傷，有什麼辦法呢，任它去吧。

【研　析】後人說天下的好對子，都被放翁用光了。此語不免誇張，但陸游詩歌的屬對本領卻也著實了得。這首詩便體現了這一特色。一二概括自己三十年的官場生活，舉止言行都很謹慎，不敢放縱任性。但即便如此，也遭到了上級長官的訓斥。愛酒近花、吟風賞月是詩人性情中事，但正是這些給奸佞之人留下把柄。三四兩句都從杜詩化出。愛酒惹得官長罵，本是杜詩原句中的意思。而近花惹得丞相嗔，則與杜詩原意稍有出入。「丞相」指楊國忠。杜詩原句說：「楊花雪落覆白蘋，青鳥飛去銜紅巾。」《埤雅》記載：「世說楊花入水化為浮蘋。」杜甫用楊花覆白蘋這一隱語諷刺楊國忠與從妹虢國夫人苟且亂倫之事。陸游由「楊花」、「慎莫近前丞相嗔」二語，化出了「近花丞相嗔」之句，但杜甫原來諷刺之意已沒有了，陸游純粹用來表示自己的疏狂之性，這種點化前人之句的方法靈活巧妙。方回選此詩入《瀛奎律髓》，且很讚賞頷聯，說這兩句是「天生對偶」。但清代馮班則批評說：「用杜詩應有所刺。」竟責怪陸游此句缺失杜甫的諷刺之意，則未免太迂腐了。後面四句則平平，紀昀評道：「太快。」確實，精彩之處都在頷聯，下半部分則顯得弱，不過「從教白髮新」還是有一些感慨在，並非一味的敷衍成文。

蓬萊館午憩

【題　解】此詩紹熙三年秋作於山陰。蓬萊館，在山陰臥龍山之左。

驛門繫馬聽蟬吟❶，翻動平生萬里心。橋畔笛聲催日落，城邊草色帶煙深。關河❷歷歷❸功名晚，歲月悠悠老病侵。憶戍梁州❹如昨日，憑闌西望一霑襟❺。

【注　釋】❶蟬吟　蟬鳴。蟬聲悠曳多情味，故云。漢徐幹〈於清河見挽船士新婚與妻別〉詩：「冽冽寒蟬吟，蟬吟抱枯枝。」❷關河　指函谷等關與黃河。泛指關山河川。❸歷歷　清晰貌。〈古詩十九首・明月皎夜光〉：「玉衡指孟冬，眾星何歷歷。」❹梁州　三國蜀置，晉因之，隋廢，唐復置。興元初，升為興元府。今在南鄭縣東。❺霑襟　浸濕衣襟。多指傷心落淚。《莊子・應帝王》：「列子入，泣涕沾襟以告壺子。」

【語　譯】繫馬於驛站門口，聆聽蟬鳴，不禁勾起我對往昔奔走四方的追憶。有時在橋邊聽笛聲催促夕陽西下，有時在城邊看草色被煙染得很深。關河的景象依舊歷歷在目，而功名已晚；歲月漫長，衰老與疾病漸漸襲來。回憶南鄭從戎的日子恍如昨日，憑欄向西望去，流下傷心的眼淚。

【研　析】陸游遊覽蓬萊館途中，偶聽秋蟬之聲，遂逗觸幽懷，回憶往昔，悲嘆遲暮。全詩節奏平緩，布局穩妥，脈絡分明。紀曉嵐說陸游詩「熟是佳處，然熟正是放翁病處」，此詩後半首即嫌太熟，嘆逝傷晚、嘆老嗟卑，於意象、句式上並無新意。惟詩的頷聯，以兩句景語概括陸游平生奔走萬里之所見，頗為凝練含蓄，「日落」、「煙深」含情不盡，雖用字平白，然組接甚好，如畫。《唐宋詩醇》評：「悲壯。」

秋夜將曉出籬門迎涼有感

【題　解】此二詩紹熙三年秋作於山陰。抒寫憂國之志。

迢迢❶天漢❷西南落，喔喔鄰雞一再鳴❸。壯志病來消欲盡，出門搔首愴平生。

三萬里河東入海，五千仞❹嶽上摩天。遺民淚盡胡塵裏，南望王師❺又一年！

【注　釋】❶迢迢　高貌。晉陸機〈擬西北有高樓〉詩：「高樓一何峻，迢迢峻而安。」❷天漢　天河；銀河。

《詩・小雅・大東》：「維天有漢，監亦有光。」❸喔喔鄰雞一再鳴　此句用祖逖「聞雞起舞」之意，希望朝廷有所作為。喔喔，象聲詞，雞鳴聲。唐張籍〈羈旅行〉：「晨雞喔喔茅屋傍，行人起掃車上霜。」❹五千仞　極言西嶽華山之高。❺王師　天子的軍隊；國家的軍隊。此處指北伐之軍隊。《詩・周頌・酌》：「於鑠王師，遵養時晦。」

【語　譯】高高的銀河向西南下墜，鄰家的雞鳴叫不停。我的壯志在生病之後銷磨殆盡，走出籬門，搔頭而慨嘆此生。

三萬里長的黃河向東流入大海，五千仞高的華山迫近藍天。北方的百姓在煙塵中眼淚都流盡了，他們焦渴地盼望南宋北伐的軍隊，又白白等了一年。

【研　析】第一首寫自己，第二首懸擬北方百姓。第一首寫近來疾病纏身，使思緒無暇他顧，此時似病痛略有減輕，於清晨之際，出門漫步，望迢迢星漢，聞喔喔雞鳴，遂憶祖逖聞雞之事，平日壯志又湧向心頭，遂感慨平生，搔首而有所思。當此疾病稍癒之刻，陸游復對病中壯志消沉殆盡而頗有愧意。此愧意正為反襯第二首中北方遺民之無時無刻不在企望王師。第二首即寫搔首所思之事，作者遙想北方百姓渴望南宋軍隊北伐，焦渴急切，哭盡眼淚。藉此以表達陸游收復之志、報國之願。此種懸擬遙想之法，南宋詩人頗多使用。陸游在〈關山月〉中也說：「遺民忍死望恢復，幾處今宵垂淚痕。」范成大〈州橋〉：「忍淚失聲詢使者，幾時真有六軍來。」韓元吉〈望靈壽致拜祖塋〉：「殷勤父老如相識，只問天兵早晚來。」唐人白居易〈西涼伎〉似已發其端：「遺民腸斷在涼州，將卒相看無意收。」此種手法之目的，錢鍾書先生在《宋詩選注》中分析說：

「表白了他們（遺民）的愛國心來激發家裡人的愛國行動。」第二首一二兩句，黃河與華山已為金人佔領，寫黃河與華山之雄奇壯偉，似有毫不屈服之意，正欲映襯北伐遺民企望不已之故國心，比興相緯，寄託遙深，藏哀憤悲愴之思於片章短什。于北山《陸游年譜》評此詩：「英雄白髮，侘傺失時之感。」

新晴

【題解】此詩紹熙三年秋作於山陰。抒寫作者自我排遣憂懷。

積雨❶已淒冷，新晴還少和。稼收平野闊，木落❷遠山多。土潤朝畦菜❸，機鳴夜擲梭❹。時清年歲好，吾敢歎蹉跎❺！

【注釋】❶積雨　久雨。唐韓愈〈符讀書城南〉詩：「時秋積雨霽，新涼入郊墟。」❷木落　樹葉凋落。《楚辭・湘君》：「洞庭波兮木葉下。」晉左思〈蜀都賦〉：「木落南翔，冰泮北徂。」❸畦菜　分畦種植。泛指種菜。《楚辭・離騷》：「畦留夷與揭車兮，雜杜衡與芳芷。」朱熹集注：「畦，隴種也。」唐杜甫〈種萵苣〉詩：「堂下可以畦，呼童對經始。」仇兆鰲注：「此雨後治畦之事。」❹擲梭　織布。唐于濆〈苦辛吟〉：「窗下擲梭女，手織身無衣。」❺蹉跎　失意；虛度光陰。南朝齊謝朓〈和王長史臥病〉：「日與歲眇邈，歸恨積蹉跎。」

【語　譯】連日下雨不斷，秋意漸涼；今日天剛晴，稍覺暖和。莊稼已收，覺田野較從前更寬闊；樹葉凋落，遠處的山峰感覺增加了許多。泥土濕潤，宜於早晨種菜；織布機的聲音夜裡鳴響。天下安定，收成豐好，我怎麼敢嗟嘆失意潦倒呢！

【研　析】首聯時令，頷聯景色，頸聯人事，尾聯己懷。此種脈絡陸游律詩常見。《唐宋詩醇》評：「頷聯自是佳句。」「木落」意象，古代詩人使用頻繁，不勝枚舉。但將「木落」與山景聯繫在一起，構成一組有機意象者，似當始於李白〈秋夜宿龍門香山寺奉寄王方城十七丈奉國瑩上人從弟幼成令問〉：「木落秋山空。」唐詩如劉長卿〈下山〉：「木落眾峰出。」宋之問〈春日鄭協律山亭陪宴餞鄭卿同用樓字〉：「林缺見嵩丘。」許渾〈晨自竹徑至龍興寺崇隱上人院〉：「林缺見山多。」等都是陸游此句所本。因平日樹葉茂盛，將山體遮沒，秋日葉落，樹枝稀疏，被遮之山景遂顯現，給人以增多的錯覺。李白那句「空」字與「落」字反差不大，不如後來的「出」、「見」、「多」字與「落」字構成對比，以見一物方衰一物又興，天地自然消長起伏、得失相倚之理。陸游此聯上句以「闊」與下句「多」為對，更將此哲理補足無餘。對北宋詩人宋祁〈答張學士西湖即席〉：「返霞延落照，餘岫補疏林。」亦與此意相似，用「延」、「補」字以比擬手法，賦予自然之物以靈性。蘇轍〈春深三首〉：「深喜荒畦添野薺，坐看新竹補疏林。」與陸游〈湖上晚歸〉：「晚花藏密葉，新筍補疏林。」都是化用宋祁之詩。

九月一日夜讀詩稿有感走筆作歌

【題解】此詩紹熙三年秋作於山陰。這首七言古詩，可以算作陸游的詩學主張。

我昔學詩未有得，殘餘未免從人乞❶。力孱氣餒❷心自知，妄取虛名有慚色。四十從戎駐南鄭❸，酣宴軍中夜連日。打毬築場一千步❹，閱馬列廄❺三萬疋❻。華燈縱博❼聲滿樓，寶釵豔舞光照席。琵琶弦急冰雹亂，羯鼓❽手勻風雨疾。詩家三昧❾忽見前，屈賈❿在眼元歷歷。天機雲錦⓫用在我，剪裁妙處非刀尺⓬。世間才傑固不乏，秋毫⓭未合天地隔。放翁老死何足論，〈廣陵散〉絕⓮還堪惜。

【注釋】❶殘餘未免從人乞　乞討他人的殘餘之物，謂作詩模仿前人，少有創新。❷力孱氣餒　力弱氣虛。❸四十從戎駐南鄭　乾道八年陸游為王炎幕府時，年四十八，此云四十，乃舉整數。南鄭處於咽喉鎖鑰之處，為南宋西北國防前線，乃宋金必爭之地。紹興初年曾陷敵手。❹打毬築場一千步　打毬為古代軍中用以練武的一種馬上打球遊戲，亦有徒步打球的。唐封演《封氏聞見記．打毬》：「開元、天寶中，玄宗數御樓觀打毬為事。能者左縈右拂，盤旋宛轉，殊可觀。然馬或奔逸，時致傷斃。」築場，築場場地。《詩・豳・七月》：「九月築場圃。」步，古長度單位，周代以八尺為步，秦代以六尺為步。❺廄　馬房。❻疋　量詞。用於紡織品或騾馬等。❼縱博　盡情賭博。唐岑參〈趙將軍歌〉：「將軍縱博場場勝，賭得單于貂鼠袍。」❽羯鼓　古代打擊樂器的一種。起源於印度，從西域傳入，盛行於唐開元、天寶年間。《通典・樂四》：「羯鼓，正如漆桶，兩頭俱擊。以出羯中，故號羯鼓，亦謂之兩杖鼓。」❾詩家三昧　三昧，佛教語。梵文音譯。又譯「三摩地」。意譯為「正定」。謂屏除雜念，心不散亂，專注一境。《大智度論》：「善心一處住不動，是名三昧。」又：「一切禪定，亦名定，亦名三昧。」此用以指詩家悟入之境地。❿屈賈　屈原和賈誼。⓫天機雲錦　神話傳說中天上織女所用織機與所織錦緞。蘇軾〈橫湖〉：「卷卻天機雲錦段，從教匹練寫秋光。」⓬刀尺　剪裁工具，喻通常的法則。⓭秋毫　鳥獸在秋天新長出來的細毛。喻細微之物。《商君書・錯法》：「夫離朱見秋豪百步之外，而不能以明目易人。」⓮廣陵散絕　三國魏嵇康善彈〈廣陵散〉，祕不授人。後遭讒被害，臨刑索琴彈之，曰：「〈廣陵散〉於今絕矣！」見《晉書・嵇康傳》。

【語　譯】我以前學詩並沒有掌握要領，難免模仿前人。自己知道筆力弱，妄得虛名實在很慚愧。四十多歲在南鄭為官，軍隊中經常連夜宴飲。築造的打毬場地長度有一千步，馬房裡的駿馬有三萬匹。華燈下盡情博戲響聲滿樓，歌伎舞姿豔麗，寶釵反射之光照耀酒席。琵琶聲急促如冰雹散亂，敲擊羯鼓的手如風雨般迅速。詩歌創作的祕訣忽然呈現在我眼前，屈原和賈誼彷彿在眼前傳授詩法。自然萬物之景象提供我作詩的材料，需要深加領會，不能拘囿於通常的法則。世間傑出的詩人固然很多，但是如不能正確領略這種創作原理，那便會失之毫釐差之千里。我死去並不足惜，這種詩歌創作的要義沒有人流傳下去才真正可惜。

【研　析】詩歌回憶了從戎南鄭的經歷，打毬騎馬，宴飲縱博，經歷了以前在江南所未有過的生活，西部豪縱之風於茲可見，從詩歌創作上說，這種豪縱之風使陸游開始敢於擺脫既定法式，突破窠臼，自由揮灑，在歌行體古詩的創作上成效尤為顯著。前賢對此詩的意義頗多闡釋，茲擇錄於下，以供讀者體味：劉大杰《中國文學發展史》：「說明了他中年詩風的轉變，並且認識到現實生活對於作品的重要關係。」錢鍾書《宋詩選注》：「詩人決不可以關起門來空想，只有從遊歷和閱歷裡，在生活的體驗裡，跟現實——『境』——碰面，才會獲得新鮮的詩思——『法』。像他自己那種獨開生面的、具有英雄氣概的愛國詩歌，也是到西北去參預軍機以後開始寫的。」于北山《陸游年譜》：「豐富深廣的社會生活，使務觀創作題材、思想境界日趨開展與擴大。真摯深切之愛國情感，雄奇奔放之藝術風格，益加突出與鮮明，在其一生創作道路上具有劃時代之意義。」其後，陸游又作〈示子遹〉，對詩家「三昧」又有所補充：「我初學詩日，但欲工藻繪。中年始少悟，漸若窺宏大。怪奇亦間出，如石漱湍瀨。數仞李杜牆，常恨欠領會。元白才倚門，溫李真自鄶。正令筆扛鼎，亦未造三昧。詩為六藝一，豈用資狡獪。汝果欲學詩，工夫在詩外。」注重詩外「工夫」，強調生活經驗的重要，不是閉門造車。此詩形容聲音之法，可參看白居易〈琵琶行〉：「間關鶯語花底滑，幽咽泉流冰下灘。冰泉冷澀絃凝絕，凝絕不通聲暫歇。」關於「用在我」一語，可參看楊時《龜山集》卷十二〈語錄〉：「惟體會得，故看詩有味；至於有味，則詩之用在我矣。」（又見張鎡編《仕學規範》卷三十六〈作詩〉）朱熹〈答廖子晦〉：「但玩味得聖人垂示勸戒之意，則詩之用在我矣。」蓋言詩之奧祕真義須自己體會玩味，則方能真正有所領悟有所收穫。

夜讀范致能《攬轡錄》，言中原父老見使者多揮涕，感其事作絕句

【題解】此詩紹熙三年冬作於山陰。范成大，字致能，號石湖居士，南宋著名詩人。乾道六年，范成大出使金國，《攬轡錄》為其途中所記見聞之作。攬轡，挽住馬韁。《後漢書・黨錮列傳・范滂》：「時冀州饑荒，盜賊群起，乃以滂為清詔使，案察之。滂登車攬轡，慨然有澄清天下之志。」南朝宋劉義慶《世說新語・德行》載為陳蕃事。後以「攬轡」謂在亂世有革新政治，安定天下的抱負。《攬轡錄》：「遺黎往往垂涕嗟憤，指使人云：此中華佛國人也。老姬跪拜者尤多。」

公卿有黨排宗澤❶，帷幄無人用岳飛❷。遺老❸不應❹知此恨，亦逢漢節❺解沾衣。

【注釋】❶宗澤　南宋初年抗金名將，主張北伐，不被採納，憂憤成疾而死。❷岳飛　南宋初年抗金名將，宋高宗與秦檜為貫徹投降求和的政策，以「莫須有」的罪名將其殺害。❸遺老　指在淪陷區的宋朝百姓。❹不應　不曾。❺漢節　指南宋的使節。漢，借指南宋。此處謂范成大。古代使者持節，以為憑信。

【語譯】朝中公卿相互結黨，排擠宗澤；也不讓岳飛率領軍隊北伐。中原父老應該不知道南宋的

事，遇見南宋派來的使節，竟也流下悲傷的眼淚。

【研　析】紹興十一年十二月，抗金將領、民族英雄岳飛被賜死於大理獄。是年陸游十七歲，正值讀書求學之青少年時期，雖少不更事，然已具備一定是非觀念與人生經驗。故岳飛之含冤而死，彼時陸游應已有所聞。此後，陸游步入仕途，奔走四方，對岳飛之被害，屢於詩文中深悼惜，如〈書憤〉：「劇盜曾從宗父命，遺民猶望岳家軍。」〈感事〉：「堂堂韓岳兩驍將，駕馭可使復中原。廟謨尚出王導下，雇用金陵為北門？」《老學庵筆記》也說：「張德遠誅范瓊於建康獄中，都人皆鼓舞；秦檜之殺岳飛於臨安獄中，都人皆涕泣。是非之公如此。」此時，陸游讀到友人范成大《攬轡錄》中的記載，又思及岳飛之事，不禁感慨發而為詩。寫法上頗有新意，意謂地域上雖有隔絕，但南宋之事依然傳入北方民眾那裡，尤其是冤抑悲憤、扼腕嘆息之事，真相終究要大白於天下。以北方人民之流淚沾襟，來反襯南宋朝廷之無所作為，不能大舉北伐，收復失地。《唐宋詩醇》評：「南渡之不振，實由於此。扼腕而言，自成高調。」「中原父老見使者多揮涕」之事，除了題解中引用的《攬轡錄》一段記載外，范成大的名詩〈州橋〉中也寫道：「州橋南北是天街，父老年年等駕迴。忍淚失聲詢使者，幾時真有六軍來。」不僅有揮涕，更細緻地寫了遺民與使者的對話，可能經過范成大的藝術加工。

十一月四日風雨大作

【題解】此二詩紹熙三年冬作於山陰。抒寫作者寤寐不忘恢復之懷。

風卷江湖雨闇❶村，四山聲作海濤翻。溪柴❷火軟❸蠻氈❹暖，我與狸奴❺不出門。

僵臥❻孤村不自哀，尚思為國戍輪臺❼。夜闌臥聽風吹雨，鐵馬❽冰河入夢來。

【注釋】❶闇　晦暗；不亮。❷溪柴　陸游〈家居〉其三：「溪柴勝熾炭。」自注：「小東柴自若耶溪出，名溪柴。」浙江紹興南有若耶山，山有溪，北流入運河。溪旁舊有浣紗石古跡，相傳西施浣紗於此，故一名浣紗溪。❸火軟　火很溫和，謂軟火、文火。唐白居易〈葺池上舊亭〉詩：「軟火深土爐，香醪小瓷榼。」❹蠻氈　中國西南和南方少數民族地區產的毛氈。宋蘇軾〈郭綸〉詩：「我當憑軾與寓目，看君飛矢射蠻氈。」❺狸奴　貓的別名。❻僵臥　躺臥不起。漢賈誼《新書・淮難》：「天子使者奉詔而弗得見，僵臥以發詔書。」❼輪臺　古地名。在今新疆輪臺南。本侖頭國（一作輪臺國），漢武帝時為李廣利所滅，置使者校尉，屯田於此。武帝晚年頒發〈輪臺罪己詔〉中的輪臺即此，後併於龜茲。泛指邊塞。❽鐵馬　配有鐵甲的戰馬，指雄師勁旅。

【語　譯】狂風掀動江水，暴雨遮蓋村子；四面的山峰發出海濤翻滾一般的響聲。用若耶山的木柴燒火，身上蓋著蠻氈取暖；我與貓呆在屋中。

在孤僻的山村裡躺臥不起，並不感到悲哀；因為我想起了為國家而戍守邊疆的日子。臥聽風雨之聲直到夜盡之時，夢見鐵馬在冰河上馳騁。

【研　析】一般陸游詩的選本只選第二首，但兩首既然同時作，則結合起來看更全面。第一首寫風雨大作，江湖翻滾，作者蝸居家中，偎火伴貓。意在以屋中的溫暖舒適，反襯門外的嚴寒冰冷。於是，才引發第二首對戍守邊疆生活的追憶。一思及戍守邊疆之戰士，則孤村僵臥亦不足以悲哀了。陸游乾道八年赴南鄭前線，雖為幕僚之官，然於戍守邊地之苦當有深切體會。有所思則有所夢，夜闌漸入夢境，風雨之聲在夢中轉變為鐵馬踩踏冰河之聲。以「鐵馬冰河」之雄壯場景來激勵自己，陸游不欲晚境消沉也。夢境中聲音產生的幻象，宋詩中有不少精彩作品。除了陸游這首外，如黃庭堅〈六月十七日晝寢〉：「紅塵席帽烏靴裡，想見滄洲白鳥雙。馬齧枯萁諠午枕，夢成風雨浪翻江。」馬吃草的聲音在夢中變成風雨翻江之景，亦頗有特色。葉夢得《石林詩話》評黃庭堅此詩之妙云：「一日憩於逆旅，聞傍舍有澎湃鞺鞳之聲，如風浪之歷船者。起視之，乃馬食於槽，水與草齟齬於槽間而為此聲，方悟魯直（黃庭堅）之好奇。然此亦非可以意索，適相遇而得之也。」

探梅

【題解】此詩紹熙三年作於山陰。此詩借探梅一事，追憶往昔，慨嘆命運，欲縱飲取醉，遺忘世事之悲。

我遊東村衝暮煙，斷橋流水鳴濺濺❶。欲尋梅花作一笑，數枝忽到拄杖邊。高標❷元合著山澤❸，絕豔豈復施丹鉛❹。定知曾授餐玉❺法，不爾恐是凌波仙❻。錦江賦詩❼忽萬里，蓬山❽把酒今三年。相逢風味宛如昨，人生何者非前緣？頗思取醉極清賞，杖頭幸有百許錢❾。但判插破烏紗帽❿，莫記吹落黃金船⓫。

【注釋】❶濺濺　流水聲。《樂府詩集・橫吹曲辭五・木蘭詩之一》：「不聞爺孃喚女聲，但聞黃河流水鳴濺濺。」❷高標　高枝。高聳特立之姿。❸山澤　山林與川澤。《易・說卦》：「天地定位，山澤通氣。」❹丹鉛　胭脂和鉛粉。古代婦女化妝用品。❺餐玉　服食玉屑。古代傳說仙家以此延壽。❻凌波仙　指洛神。三國魏曹植〈洛神賦〉：「凌波微步，羅襪生塵。」❼錦江賦詩　陸游遊成都時，曾作有賞梅詩〈漣漪亭賞梅〉。❽蓬

山　蓬萊山。《後漢書．竇章傳》：「是時學者稱東觀為老氏臧室，道家蓬萊山。」後因以指祕閣。唐楊炯〈登祕書省閣詩序〉：「周王群玉之山，漢帝蓬萊之室。」陸游淳熙十六年由實錄院檢討官罷歸，距今三年。❾杖頭　幸有百許錢　《晉書．阮脩傳》：「常步行，以百錢掛杖頭，至酒店，便獨酣暢。」後因以「杖頭錢」稱買酒錢。❿烏紗帽　帽名。東晉成帝時宮官著烏紗帢。南朝宋始有烏紗帽，直至隋代均為官服。唐初曾貴賤均用，以後各代仍多為官服。⓫黃金船　不詳所出。陸游〈題郭太尉金州第中至喜堂〉詩：「是時公喜客亦樂，為公滿瀉黃金船。」錢仲聯先生校注以為：「黃金船，猶言黃金杯。酒器。」

【語　譯】黃昏時分，我穿過煙靄來到東村；斷橋下，流水之音悅耳動聽。本欲尋訪梅花以驅憂愁，不意它竟已出現在我的拄杖邊。它擁有高尚的標格與絕豔的姿態，本來就適合在山澤中生長，無須任何裝飾。我想它一定學得餐玉之法，或者就是淩波仙女變化而來。尚憶曾在萬里之外的錦江為它寫過詩，我現在閒居故鄉已有三年了。它的風味猶如當日初次相見，想人生有哪一件事不是預先註定的？於是很想大醉一場，盡情欣賞它；還好身邊尚有買酒之錢。只應該醉後將它插在帽子上，不用想它飄落在酒杯上。

【研　析】詩用七言歌行，篇幅簡短精幹，詞句平白清淡，音節流利婉約。詩中梅花彷彿作者之多年知己。全詩十二句，四句一段。第一段敘述尋梅之過程，「忽到拄杖邊」見出梅花之不期而遇，若有因緣。第二段描寫梅花，前二句出之議論，後二句出之比擬。妙在不作正面刻劃，全用虛筆，所謂無跡可尋、意在言外。第三段由眼前追憶往昔，慨嘆現今之閒散無聊，復思造化弄人、事皆前定。第四段，欲大醉一場，與梅相伴，驅散憂愁。最後兩句見出作者狂放疏縱之態，以寓牢落之悲。《唐宋詩醇》評：「趣極自然，調亦清婉。」

夜聞湖中漁歌

【題　解】此詩紹熙三年冬作於山陰。此詩寫湖中漁人之歌而所思所感，深情遠致，紆徐為妍，憂思鬱結，哀怨纏綿，深得楚〈騷〉之餘意。

夢回一燈翳❶復明，臥聞湖上漁歌聲。嗚嗚乍低忽更起，嫋嫋❷欲斷還微縈。初隨缺月墮煙浦，已和殘角吹江城。悲傷似擊漸離筑❸，忠憤如撫桓伊箏❹。放臣❺萬里憂國淚，戍客❻白首懷鄉情。峽猿失侶方獨宿，沙雁垂翅❼猶遐征。巴巫〈竹枝〉❽短亭晚，瀟湘〈欸乃〉❾孤舟橫。世間此恨故相似，使我百感何由平！

【注　釋】❶翳　遮蔽；隱藏。❷嫋嫋　搖曳貌；飄動貌。❸漸離筑　戰國燕人高漸離善擊筑。《後漢書・延篤傳》：「雖漸離擊筑，傍若無人，高鳳讀書，不知暴雨，方之於吾，未足況也。」❹桓伊箏　《晉書・桓伊傳》：「時謝安女壻王國寶，專利無檢行，安惡其為人，每抑制之。及孝武末年……帝召伊飲讌，安侍坐，帝命伊吹笛。伊神色無迕，即吹為一弄，乃放笛云：臣於箏分乃不及笛，然自足以韻合歌管，請以箏歌。……伊便撫箏而歌怨詩……聲節慷慨，俯仰可觀，安泣下沾衿，乃越席而就之，捋其鬚曰：使君於此不凡。」❺放臣　放逐之臣。《文選》禰衡〈鸚鵡賦〉：「放臣為之屢嘆，棄妻為之歔欷。」❻戍客　離鄉守邊的人。《尉繚子・攻權》：「遠堡未入，戍客未歸，則雖有人無人矣。」❼垂翅　《易・明夷》：「明夷于飛，垂其翼。」王弼注：「懷懼而行，行不敢顯，故曰垂其翼。」謂鳥翅下垂不能高飛，後以「垂翅」比喻人受挫折，止息不前。❽竹枝　樂府〈近代曲〉之一。本為巴渝（今四川東部）一帶民歌，唐詩人劉禹錫據以改作新詞，歌詠三峽風光和男女戀情，盛行於世。後人所作也多詠當地風土或兒女柔情。其形式為七言絕句，語言通俗，音調輕快。❾欸乃　象聲詞。搖櫓聲。唐元結〈欸乃曲〉：「誰能聽欸乃，欸乃感人情。」題注：「棹舡之聲。」唐柳宗元〈漁翁〉詩：「煙銷日出不見人，欸乃一聲山水綠。」

【語　譯】夢醒時分見一燈明滅不定，臥聞湖上有漁歌傳來。其聲忽高忽低，欲斷還連，低沉而搖曳。它與缺月一起籠罩於煙霧之中，又隨畫角之聲在江城上飄浮。其音之悲哀，如高漸離擊筑之聲；其音之忠憤，彷彿桓伊撫箏之聲。這漁歌裡，傳達出萬里之外放逐之臣的憂國之情，也傳達出戍守邊疆之客的懷鄉之意。峽猿因失去伴侶才獨宿，沙雁雖受挫折依然飛向遠方。這漁歌令我想起巴地的〈竹枝〉與瀟湘的〈欸乃〉。世間的愁恨大都相似，我起伏的心潮如何才能平靜。

【研　析】此詩一二句為總起，第三句至第十二句為主體，最後四句以比較、議論作結。主體部分，先形容漁歌搖曳不定、時斷時續、高低參差，故令聽者難以忘懷，感慨隨之。「初隨」二句以月色、角聲為烘托，渲染哀怨淒清之情境。接下來四句由聲音及人，先用典故，加重了音樂所承載的歷史意蘊；後兩句作泛寫，哀怨愁恨籠罩古今。「放臣」、「戍客」也有陸游自己的身影在。「峽猿」兩句出之比興，用比擬之法，表現峽猿之煢煢孑立、沙雁之執著堅韌。最後四句將著名的〈竹枝〉、

〈欸乃〉與此漁歌作比較，指出彼此的相似性，從而將諸種漁歌，歸納於一類普遍的情境中，增強了厚重之感。《唐宋詩醇》：「一氣排宕，有風雨驟至之勢，只用一語收結，老氣無敵。」

落梅

【題解】此二詩紹熙三年冬作於山陰。以花喻人，表達對高風亮節的讚揚。

雪虐風饕❶愈凜然，花中氣節最高堅。過時自合❷飄零去，恥向東君❸更乞憐。

醉折殘梅一兩枝，不妨桃李❹自逢時。向來冰雪凝嚴❺地，力斡❻春回竟是誰？

【注釋】❶雪虐風饕　冰雪肆虐，狂風逞威。❷自合　自應；本該。❸東君　司春之神。唐王初〈立春後作〉詩：「東君珂佩響珊珊，青馭多時下九關。方信玉霄千萬里，春風猶未到人間。」❹桃李　桃花與李花。喻爭榮鬥豔、品格低下的小人、庸人。唐李白〈贈韋侍御黃裳〉詩之一：「桃李賣陽豔，路人行且迷；春光掃地盡，碧葉成黃泥。願君學長松，慎勿作桃李。」❺凝嚴　猶嚴寒。宋蘇軾〈雄州白溝驛賜大遼賀正旦人使御筵口宣制〉：「遠馳使節，來慶春朝，屬歲律之凝嚴，涉道塗之修阻，宜頒宴衎，以勞勤劬。」❻斡　杓柄。喻旋轉、運轉。

【語　譯】梅花承受風雪的威逼卻更加嚴肅莊重，它的氣節在所有花中最為高尚堅定。時令一過就自然飄落，它從不向東君乞求憐憫。我醉後折了一兩枝殘梅，且任桃花、李花爭奇鬥豔。試問自古以來在冰雪嚴寒之地，挽回春天的花又是誰呢？

【研　析】陸游詠梅之作甚夥，此二絕句寄託遙深，陸游從自己的切身經歷，即仕途蹭蹬、流落不遇為比擬的切入點，讚揚其不搖尾乞憐的品格。第二首通過對桃李的諷刺，反襯梅花雖不逢時，但若到關鍵時刻，卻能挺身而出、力挽狂瀾。詠花之作，比擬手法的運用甚為關鍵，但切入點的選擇不可太黏著。陸游最有名的詠梅之作，是〈卜算子．詠梅〉詞：「驛外斷橋邊，寂寞開無主。已是黃昏獨自愁，更著風和雨。　無意苦爭春，一任群芳妒。零落成泥碾作塵，只有香如故。」此作流傳更為廣泛，更為膾炙人口。關鍵在於，不多著議論，但以「只有香如故」一語道出其精神品格，含蓄不盡。這兩首絕句則似嫌黏著，若聯繫到陸游身世經歷來讀，自然會感覺到其比擬新穎，寄託遙深。但這也是它的局限性所在，不能超脫具體的人和事，包含南宋特定的時事感慨，且議論過多，故不如〈卜算子〉流傳之廣也。

書適

【題　解】此詩紹熙三年冬作於山陰，抒發了一片天真童趣。

老翁垂七十，其實似童兒❶。山果❷啼呼覓，鄉儺❸喜笑隨。群嬉累瓦塔❹，獨立照盆池❺。更挾殘書讀，渾如❻上學時。

【注　釋】❶老翁垂七十二句　用韓愈〈盆池〉五首其一：「老翁真個似童兒，汲水埋盆作小池。」陸游本年六十八歲。❷山果　山地出產的果品。晉支遁〈詠懷詩〉之四：「芳泉代甘醴，山果兼時珍。」❸鄉儺　《論語・鄉黨》：「鄉人儺，朝服而立於阼階。」何晏集解：「儺，驅逐疫鬼。」後世指迎神驅鬼的民俗。徐鉉〈除夜〉詩：「預慚歲酒難先飲，更對鄉儺羨小兒。」❹瓦塔　用瓦壘成的塔。❺盆池　埋盆於地，引水灌注而成的小池。用以種植供觀賞的水生花草。韓愈〈盆池〉詩之二：「莫道盆池作不成，藕梢初種已齊生。」❻渾如　完全像。

【語　譯】老翁我雖然已近古稀之年，但精神性情卻與兒童差不離。有時與鄰舍兒童們一起尋覓山果，啼呼叫喚，遇見鄉里驅儺的隊伍，也歡喜地跟著他們一起鬧騰。和小兒們一起堆壘瓦塔，開鑿盆池。閒下來則讀讀尚未讀完的書，彷彿又回到了上學的歲月。

【研　析】這首閒適詩洋溢出一片天真爛漫之趣。在詩中表現作者的童真，這一傳統可以追溯到杜甫，中唐的白居易、韓愈等也有很多這樣的詩。這一條線索發展到清代，便形成了以袁枚為代表的「性靈派」，陸游則是中間非常重要的一環，他為這派詩歌增加了許多意象、語詞、技法，厥功甚偉。首句由韓愈詩出，韓愈這句詩很著名，北宋阮閱《詩話總龜》卷五抄錄《古今詩話》評韓愈此句云：「此直諧語耳。」南宋張鎡所編《仕學規範》卷三十八也收錄了這則評語云，「此直諧語以為戲爾。」好像很不以為然的意思，但後世詩人卻暗地裡喜歡。比陸游稍早一些的南宋詩人鄭剛中，也很喜歡這句詩，他的「養得小魚終日看，老翁真箇似童兒」便是從韓詩中化出的。頷聯中「鄉儺」一語，雖然早就在《論語》中出現，但歷來的詩人們似乎都嫌此語太多鄉土氣味，所以不敢在詩中用。一直到宋初的徐鉉才用到。放翁則除了此詩外，尚有〈歲暮〉：「太息兒童癡過我，鄉儺雖陋亦爭看。」〈節物〉：「節物猶關老病身，鄉儺佛粥一年新。」不避俗語、俗事，正是放翁詩的開明之處。頸聯中「盆池」由韓愈詩化出，「就地取材」。末二句平白如話，整首詩則樸茂雋永。

冬晴閒步東村由故塘還舍作 其二

【題解】此詩紹熙三年冬作於山陰，描摹出水鄉的特殊景致，表達閒居之適。

紅藤拄杖獨相羊❶，路遶東村小嶺傍。水落枯萍❷黏蟹椴❸，雲開寒日上魚梁❹。洛陽二頃❺言良是，光範三書❻計本狂。歷盡危機❼識天意，要令閒健❽返耕桑❾。

【注釋】❶相羊　一作「相佯」，亦作「相徉」。徘徊；盤桓。《楚辭・離騷》：「折若木以拂日兮，聊逍遙以相羊。」洪興祖補注：「相羊，猶徘徊也。」❷枯萍　凋零的浮萍。宋蘇軾〈次韻子由送家退翁知懷安軍〉：「西南正春早，廢沼黏枯萍。」❸蟹椵　亦作「蟹籪」。安置在水中捕捉魚蟹的竹柵。宋高似孫《蟹略》載陸龜蒙《蟹志》曰：「今之採捕於江浦間，承峻流葦蕭而障之，其名曰籪。」《廣五行記》曰：「元嘉中，富陽民作蟹籪。」陸游於此句下自注云：「鄉人植竹以取蟹，謂之蟹椵。」❹魚梁　攔截水流以捕魚的設施。以土石築堤橫截水中，置竹笱或竹架於水門處，攔捕游魚。《詩・邶風・谷風》「毋逝我梁」毛傳：「梁，魚梁。」❺洛陽二頃　《史記・蘇秦列傳》：「且使我有洛陽負郭田二頃，吾豈能佩六國相印乎！」蘇秦之語意謂如果當初有可以養家活口的田地，則不會發奮圖強，今天佩帶六國相印。❻光範三書　指韓愈三次給宰相上書寫信，期冀汲引。三封信為〈上宰相書〉、〈後十九日復上書〉、〈後二十九日復上書〉。《唐六典》：「宣政殿前西廊曰月華門，門西中書省，省西南北街，南直昭慶門，出光範門。」韓愈〈上宰相書〉：「前鄉貢進士韓愈謹伏光範門下再拜獻書相公閣下。」陸游此處用「光範」二字指代「上書宰相」之意。❼危機　潛伏的禍害或危險，此處指仕途人生的險惡。❽閒健　閒適而又健康。白居易〈秋遊平泉贈韋處士閒禪師〉：「山頭與澗底，閒健且相隨。」❾耕桑　種田與養蠶。泛指從事農業。漢楊惲〈報孫會宗書〉：「身率妻子，戮力耕桑。」

【語　譯】冬日晴朗，我拄著紅色的藤杖在村野徘徊，漸漸隨著小路繞到了山嶺旁邊的東村。看見潮水退去，枯萎的浮萍黏在捕蟹的竹柵上，寒日穿過浮雲，正好映襯著魚梁。想起蘇秦說的「洛陽二頃田」，我深有同感；韓愈給宰相上了三次書，現在看來也沒有必要。歷經世事才能明白上蒼的深意，他原來是想讓我趁著閒適而身體健康的時候，歸隱鄉村自得其樂。

【研　析】這首七律可以見出陸游在詩歌創作上兩方面的造詣：大膽寫實與隸事精巧。首句「紅藤」二字，使全詩的色彩明麗鮮亮，從而避免了一般鄉村詩的枯淡無味，亦可見出放翁用字不避濃豔，疏狂依舊。三四寫路徑東村所見之景。「蟹椵」、「魚梁」皆是水鄉常見器物，但歷代多少農村詩都不肯將它們寫入詩中，嫌它們過於俗陋。所以當宋末的方回看到這句詩時，驚異地嘆道：「新。」並且選入他所編的《瀛奎律髓》。「黏」、「上」二字見出陸游觀察細緻。清代《唐宋詩醇》評此聯道：「瑣事寫來亦新緻。」「一路細細領略，淺躁人安能有此。」與陸游並列「四大家」的范成大在〈次黃必先主簿同年贈別韻二首〉其一中也寫道：「蟹簖魚梁從此去，他年書札墮烟霄。」宋詩較唐詩更貼近人情，更點化俗物，南宋尤甚。後來明代學唐詩，所以在明詩裡我們幾乎看不到「蟹椵」、「魚梁」之類的器物，它們直到喜歡宋詩的清人作品裡才「復活」，比如查慎行《敬業堂詩集》，其中如〈夜抵黃石磯〉：「過盡魚罾蟹簖邊，依稀村落在山前。」〈冬曉語溪舟中〉：「沿塘收蟹簖，遠市插魚標。」頷聯以瑣細平凡而生新，頸聯則以隸事用典見工整。用蘇秦之語、韓愈之事，表達厭倦功名、歸老田園的情懷。頷聯已經俗白了，所以頸聯要深雅一些，以錯落有致、相互補救，如此二聯方不呆板。紀昀評詩向來苛刻毒辣，沒有好語，但對於陸游的這首七律，他也不得不說道：「清圓可誦。」「清」指頷聯，讚其清新獨造；「圓」指頸聯，讚其工整穩健。

十二月八日步至西村

【題解】此詩紹熙三年冬作於山陰，表達了閒居自適之意。

臘月❶風和意已春，時因散策❷過吾鄰。草煙漠漠❸柴門❹裏，牛跡重重野水濱。多病所須唯藥物❺，差科未動是閒人❻。今朝佛粥更相餽❼，更覺江村節物❽新。

【注釋】❶臘月　農曆十二月。❷散策　拄杖散步。唐杜甫〈鄭典設自施州歸〉詩：「北風吹瘴癘，羸老思散策。」❸草煙漠漠　燒雜草的煙迷濛。漢王逸《九思・疾世》：「時咄咄兮旦旦，塵漠漠兮未晞。」❹柴門　用柴木做的門，言其簡陋。《晉書・儒林傳論》：「若仲寧之清貞守道，抗志柴門；行齊之居室屢空，棲心陋巷。」此處代指貧寒之家，村落之門。❺多病所須唯藥物　出自杜甫〈江村〉：「多病所須唯藥物，微軀此外更何求。」❻差科未動是閒人　此句出自韓愈〈遊城南十六首・賽神〉：「白布長衫紫領巾，差科未動是閒人。」差科，指差役和賦稅。唐杜甫〈遭田父泥飲美嚴中丞〉詩：「差科死則已，誓不舉家走。」❼今朝佛粥更相餽　古時臘月八日佛寺送粥與門徒，謂臘八粥，一般人家也多效仿。孟元老《東京夢華錄》記載：「十二月……初八日……諸大寺作浴佛會，并送七寶五味粥與門徒，謂之臘八粥。都人是日各家亦以果子雜料煮粥而食也。」餽，贈送。❽節物　指冬季的風物景色。晉陸機〈擬明月何皎皎〉詩：「踟躕感節物，我行永已久。」宋蘇舜欽〈秋夕懷南中故人〉詩：「向夕依闌念昔遊，蕭條節物更他州。」

【語　譯】臘月裡風和日麗，我已感受到微透的春意，偶爾散步來到鄰近的村子。但見柴門裡因燒草而冒出迷濛的灰煙，在野水之邊有牛羊重疊的腳印。我因為體弱多病，所需求的只是一些藥物。來年的差役和賦稅工作尚未進行，因此閒適無事。今天是佛寺饋贈臘八粥的日子，放眼江村漸覺物候生新。

【研析】陸游為補救北宋江西詩派枯淡乾澀之病，從唐詩裡汲取色澤、濕潤、骨氣、精神。杜甫便是他效仿最多的一位。但陸游之學杜甫，並非僅僅學他憂國憂民的精神，當然這是重要的一面，此外，他還從杜甫那學到了疏狂、頹唐、牢騷、情趣。這首七律便很能感受到杜甫的頹唐放任。一二句交待時令，散策過鄰，見出隨意自適。頷聯用白描手法，淡淡寫出臘月鄉村景象。「漠漠」、「重重」之疊詞，也是有意學杜甫，因為杜甫是以疊詞運用的出色而著名，他的「無邊落木」一聯亙古第一。用「漠漠」的有〈灩澦〉：「江天漠漠鳥雙去，風雨時時龍一吟。」不過，名聲更大的還是王維的「漠漠水田飛白鷺」。頸聯二句全用唐人詩，一句杜甫，一句韓愈，隻字未改。這種聯句的寫法，方回在《瀛奎律髓》裡稱之為「集句體」。不過，杜甫可能真是體弱多病，但陸游卻身體健康得很，活到八十多歲，在古代詩人中屬於長壽，他還有很多自誇自己強健的詩。因此，陸游用杜甫〈江村〉此句，只是想表達疏狂頹放之意，所須只有藥物，那麼其他如功名、官職等便如糞土了，用以自我寬慰。《瀛奎律髓》也選了杜甫的〈江村〉，紀昀評道：「工部頹唐之作，已逗放翁一派。」眼光確實不錯。下句用韓愈句，在表達悠閒無事的同時，也讚揚了朝廷對百姓的仁慈，並未以差役賦稅相逼。他的〈岳池農家〉詩說：「綠秧分時風日美，時平未有差科起。」陸游頹唐的同時，不忘向朝廷拍拍馬屁，宋詩的批判力量不如唐詩，於此可見一斑。結句歸到景物，方不枯淡。

憶昔

【題解】此詩紹熙四年（西元一一九三年）夏作於山陰。此詩抒發報國之志，慷慨激昂。

憶昔西征日，飛騰❶尚少年。軍書插鳥羽❷，戍壘候狼煙❸。渭水❹秋風夜，岐山❺曉雪天。金羈❻馳叱撥❼，繡袂舞嬋娟。但恨功名晚，寧知老病纏。虎頭❽空有相，麟閣❾竟無緣。壯士❿埋巴峽，孤身臥海壖⓫。安西⓬九千里，孫武⓭十三篇。裘嘆蘇秦弊⓮，鞭憂祖逖先⓯。何時聞詔下，遣將入幽燕⓰。

【注釋】❶飛騰　飛跑騰躍。喻豪情壯志。❷軍書插鳥羽　古代軍事文書，插鳥羽以示緊急，必須迅速傳遞。漢陸賈《楚漢春秋》：「黥布反，羽書至，上大怒。」❸狼煙　燃狼糞升起的煙。古時邊防用作軍事上的報警信號。唐杜牧〈邊上聞笳〉詩之一：「何處吹笳薄暮天？塞垣高鳥沒狼煙。」❹渭水　水名。黃河最大支流，源出甘肅鳥鼠山，橫貫陝西中部，至潼關入黃河。《書・禹貢》：「弱水既西，涇屬渭汭。」❺岐山　山名。在今陝西岐山縣境。上古稱「岐」。《書・禹貢》：「導岍及岐，至於荊山。」❻金羈　金色的馬嚼子。❼叱撥良馬名。唐岑參〈玉門關蓋將軍歌〉：「櫪上昂昂皆駿駒，桃花叱撥價最殊。」宋李石《續博物志》卷四：「唐天寶中，大宛進汗血馬六匹：一曰紅叱撥，二曰紫叱撥，三曰青叱撥，四曰黃叱撥，五曰丁香叱撥，六曰桃花叱撥。」❽虎頭　謂頭形似虎，古時以為貴相。《東觀漢記・班超傳》：「相者曰：『生燕頷虎頭，飛而食肉，此萬里侯相也。』」❾麟閣　漢代閣名。在未央宮中。漢宣帝時曾圖霍光等十一功臣像於閣上，以表揚其功績。封建時代多以畫像於「麒麟閣」表示卓越功勳和最高的榮譽。《三輔黃圖・閣》：「麒麟閣，蕭何造，以藏秘書，處賢才也。」❿壯士　陸游自注：「獨孤策」。⓫海壖　海邊地。亦泛指沿海地區。⓬安西　唐代六都護府之一。貞觀十四年置於交河城，屬隴右道。漢宣帝置西域都護，總監西域諸國，並護南北道，為西域地區最高長官。其後廢置不常。晉宋以後，公府則有參軍都護、東曹都護，職權較卑，與漢制異。唐置安東、安西、安南、安北、單于、北庭六大都護，權任與漢同。⓭孫武　春秋時孫武著《兵法》十三篇。⓮裘嘆蘇秦弊　《戰國策》：「蘇秦始將連橫，……說秦王書十上，而說不行，黑貂之裘敝，黃金百斤盡，資用乏絕，去秦而歸。」⓯鞭憂祖逖先　《晉書・祖逖傳》：「(祖逖)與司空劉琨俱為司州主簿，情好綢繆，共被同寢。中夜聞荒雞鳴，蹴琨覺曰：『此非惡聲也。』因起舞。」劉義慶《世說新語・賞譽》「少為王敦所嘆」劉孝標注引《晉陽秋》：「劉琨與親舊書曰：『吾枕戈待旦，志梟逆虜，常恐祖生先吾著鞭耳。』」後因以「先鞭」為先行、佔先的典實。⓰幽燕　古稱今河北北部及遼寧一帶。唐以前屬幽州，戰國時屬燕國，故名。此處指被金人侵佔的北方。

【語　譯】記得從前從戎南鄭之時，我正當青壯之年，滿懷豪情壯志。有時在軍中起草軍書，有時到堡壘上等候狼煙。秋風之夜經過渭水，曉雪之天登上岐山。身騎寶馬馳騁千里，宴飲時有歌伎相伴。只遺憾功名未立，孰料老病相侵。空有虎頭貴相，卻無緣建立功勳，畫像麟閣。壯士在巴峽早逝，我孤身一人在山陰老去。遙想唐代有安西都護，管控西域九千里土地；孫武有十三篇《兵法》流傳。想起蘇秦不得志，嘆黑裘之敝；劉琨擔憂祖逖先其著鞭。何時能夠等到皇帝下詔北伐，派遣將領深入敵境。

【研　析】形式上用五言排律，對仗工整，句式緊促，氣脈流宕，非常適合情感的表達。前八句追憶往昔，突出少年「飛騰」的氣勢。「金鞿」句從唐人邊塞類詩作中採用意象，呈現出豪縱暢快的風貌。接下來六句感嘆眼前，故人死去，自己衰老，壯志未酬，徒喚奈何。最後六句，將上面六句哀嘆低沉之音陡然振起，對收復河山仍然抱有強烈的期望，充滿了積極樂觀的精神。《唐宋詩醇》：「筆力健舉。」

古別離

【題　解】此詩紹熙四年冬作於山陰。古別離，樂府雜曲歌辭名。《樂府詩集・雜曲歌辭十一・古別離》宋郭茂倩題解：「《楚辭》曰：『悲莫悲兮生別離。』〈古詩〉曰：『行行重行行，與君生別離』……故後人擬之為〈古別離〉。」

君北遊司并❶，我南適熊湘❷。邂逅淮陰市，共飲官道❸傍。丈夫各有懷，窮達詎可量。臨別一取醉，浩歌神激揚。勳業有際會❹，風雲正蒼茫❺。亂點劍鋒血，苦寒芒屨❻霜。死即萬鬼鄰❼，生當致❽虞唐❾。

丹雞不須盟❿，我非兒女腸。

【注　釋】❶司并　司，司州，三國魏都洛陽，在畿輔置司州，治洛陽，在今河南。并，并州，漢置，其地當今內蒙古。山西大部及河北之一部。❷熊湘　湘山。《史記・五帝本紀》：「(黃帝)南至於江，登熊湘。」❸官道　公家修築的道路；大路。唐白居易〈西行〉詩：「官道柳陰陰，行宮花漠漠。」❹際會　機遇；時機。❺風雲正蒼茫　比喻時勢緊張。《後漢書・皇甫嵩傳》：「今主上埶弱於劉項，將軍權重於淮陰，指撝足以振風雲，叱吒可以興雷電。」❻芒屨　芒鞋。亦泛指草鞋。❼鬼鄰　與鬼為鄰，不畏捐軀。《楚辭・九歌・國殤》：「身既死兮神以靈，子魂魄兮為鬼雄。」李清照〈夏日絕句〉：「生當作人傑，死亦為鬼雄。」可參看。❽致君堯舜　謂輔佐國君，使其成為聖明之主。《墨子・親士》：「良才難令，然可以致君見尊。」唐杜甫〈奉贈韋左丞丈二十二韻〉：「致君堯舜上，再使風俗淳。」❾虞唐　唐堯與虞舜的並稱。亦指堯與舜的時代，古人以為太平盛世。《論語・泰伯》：「唐虞之際，於斯為盛。」❿丹雞不須盟　古代盟會中，盟約宣讀後，參加者用口微吸所殺牲之血，以示誠意。一說，以指蘸血，塗於口旁。《史記・平原君虞卿列傳》：「毛遂謂楚王之左右曰：『取雞狗馬之血來。』毛遂奉銅槃而跪進之楚王，曰：『王當歃血而定從。』」司馬貞索隱：「盟之所用牲貴賤不同，天子用牛及馬，諸侯用犬及豭，大夫已下用雞。今此總言盟之用血，故云『取雞狗馬之血來』耳。」

【語　譯】你赴北方，我去南方。在淮陰市中相遇，一起在官道旁飲酒。大丈夫各有懷抱志向，窮達不能預測。臨別之際痛飲取醉，浩歌激揚。成就功勳須等待時機，如今正是時局緊張之際。劍鋒上有散亂的血跡，芒鞋上有寒霜。如果死去就與鬼為鄰，要是活著就要努力輔佐君王如堯舜一樣聖明。你我之間不必歃血為盟，因為我非兒女之腸。

【研　析】此詩借用古題樂府，想像志士別離之景，抒發報國立功的愛國情懷。《唐宋詩醇》評：「構思深出，語警不獨。摩洗花之壘，亦兼入青蓮之室。」謂此詩得李白、杜甫之神髓。「亂點劍鋒血」一句類李白，李白有〈贈從兄襄陽少府皓〉：「結髮未識事，所交盡豪雄。卻秦不受賞，擊晉寧為功。託身白刃裡，殺人紅塵中。」陸游繼承了李白浪漫豪放之精神。「生當致虞唐」一句類杜甫，杜甫有〈奉贈韋左丞丈二十二韻〉「致君堯舜上，再使風俗淳」，陸游繼承其忠君愛國、心繫天下的儒家精神。此詩描寫志士惺惺相惜、臨別抒懷之境，頗為雄壯有力。「風雲」句用景色烘托氣氛，「亂點」兩句以點血寶劍、沾霜芒鞋為陪襯，皆深於營造場景，生動如畫。

三峽歌 其三

【題　解】此詩紹熙五年（西元一一九四年）作於山陰。詩有序言：「乾道庚寅，予始入蜀，上下三峽屢矣。後二十五年，歸耕山陰，偶讀梁簡文〈巴東三峽歌〉，感之，擬作九首，實紹熙甲寅十月二日也。」庚寅，乾道六年。《樂府詩集》有〈巴東三峽歌〉。

十二巫山❶見九峰，船頭彩翠滿秋空。朝雲暮雨❷渾虛語，一夜猿啼❸明月中。

【注　釋】❶十二巫山　指川、鄂邊境巫山的十二座峰。峰名分別為：望霞、翠屏、朝雲、松巒、集仙、聚鶴、淨壇、上升、起雲、飛鳳、登龍、聖泉。❷朝雲暮雨　比喻男女歡會。典出戰國楚宋玉〈高唐賦序〉：楚襄王與宋玉遊雲夢之臺，望高唐之觀。其上有雲氣變化無窮。玉謂此氣為朝雲，並對王說，過去先王曾游高唐，怠而晝寢，夢見一婦人，自稱是巫山之女，願侍王枕席，王因幸之。巫山之女臨去時說：「妾在巫山之陽，高丘之阻，旦為朝雲，暮為行雨，朝朝暮暮，陽臺之下。」❸猿啼　陸游《入蜀記》對猿啼曾有記述：「每八月十五夜月明，時有絲竹之音，往來峯頂，山猿皆鳴，達旦方漸止。」

【語　譯】十二巫峰我曾經見過九峰，船頭鮮豔翠綠的山色彌漫秋日天空。「朝雲暮雨」都是虛構不實之語，我只看見一輪明月懸掛空中，聽見猿啼之聲不斷。

【研　析】陸游閒居故鄉，偶讀前人寫三峽詩歌，忽思憶乾道六年入蜀時歷三峽之景，遂作此詩。《唐宋詩醇》評：「取境清絕，一洗陽臺慣語，為巫山生色。」陸游撇開以「朝雲暮雨」形容巫峰的套路，但寫其清麗幽杳之景色。「船頭」句描寫巫峰之高聳，頗為傳神。尾句「一夜猿啼」，也頗有唐詩含蓄蘊藉之美。

西窗

【題　解】此詩紹熙五年作於山陰。抒寫鄉間生活之閒趣。

西窗偏受夕陽明，好事❶能來慰此情。看畫客無寒具❷手，論書僧有折釵❸評。薑宜山茗❹留閒啜，豉下湖蓴❺喜共烹。酒炙❻朱門❼非我事，諸君小住❽聽松聲。

【注釋】❶好事　指有某種愛好的人。《後漢書・郭太傳》：「後之好事，或附益增張，故多華辭不經。」此處指陸游鄉間的朋友。❷寒具　一種油炸的麵食。北魏賈思勰《齊民要術・餅法》：「環餅，一名『寒具』；截餅，一名『蠍子』。皆須以蜜調水溲麵。若無蜜，煮棗取汁。」陸游此句所用之典，見唐張彥遠《歷代名畫記・論鑒識收藏購求閱玩》：「昔桓玄愛重圖書，每示賓客。客有非好事者正餐寒具，以手捉書畫，大點汙。」❸折釵　書法上對轉折的筆畫，要求筆毫平鋪而筆鋒圓勁，如釵股彎折仍體圓理順，因以為喻。姜夔《續書譜》：「折釵股者，欲其曲折圓而有力。」❹山茗　山中產的茶葉。唐元稹〈早春登龍山靜勝寺〉詩：「山茗粉含鷹觜嫩，海榴紅綻錦窠勻。」宋蘇軾〈和錢安道寄惠建茶〉：「我官於南今幾時，嘗盡溪茶與山茗。」❺豉下湖蓴　出自《世說新語・言語》：「陸機詣王武子，武子前置數斛羊酪，指以示陸曰：卿江東何以敵此？陸云：有千里蓴羹，但未下鹽豉耳。」豉即豆豉，用煮熟的大豆發酵後製成，有鹹、淡兩種，供調味用；淡的也可入藥。也有用小麥製成的。湖蓴，蓴羹，用蓴菜烹製的羹。❻酒炙　酒和肉，泛指美食。❼朱門　紅漆大門。指貴族豪富之家。晉葛洪《抱朴子・嘉遯》：「背朝華於朱門，保恬寂乎蓬戶。」唐杜甫〈自京赴奉先縣詠懷五百字〉：「朱門酒肉臭，路有凍死骨。」❽小住　稍停。《後漢書・方術列傳下・薊子訓》：「顧視見人而去，猶駕昔所乘驢車也。見者呼之曰：『薊先生小住！』」

【語譯】夕陽西下，屋子裡惟有西面那扇窗子還很明亮。村子裡一些朋友來訪，令我頗覺愉快。

我們一起看書論書，來客很識趣，手裡乾淨，不必擔心我的寶貝被他們弄髒。山裡採摘的茶，加些薑，一起漫飲，用豆豉給蓴羹作佐料，味美無比。富貴人家的美味佳餚與我們是無關的，各位吃完了別忙著走，且停留一晌，與我共聽松聲。

【研　析】陸游寫「西窗」的詩甚多，不下三十首。西窗大抵在宅子的西廂房，通過西窗只能見到西沉的落日，一片殘照，幾絲暮雲，蒼老深沉。陸游用「偏」字表達了自慰自得之意，東窗、南窗是無緣落日之景的。隱含的意思是，宦場中人追逐富貴功名，卻是無緣歸隱閒居之樂的。這是以比興開端，所以馮班評此詩道：「起好。」頷聯談書論畫，乃文人書齋生活雅事，本來平平，妙在用「寒具手」與「折釵評」作對，甚有新意，且含意趣。頸聯寫飲茶吃點心，薑茶對豉蓴，一俗一雅，妙趣橫生。最後二句則希望朋友不要急著走，權且留下來聽聽松聲，有無限悵惘之情。方回在《瀛奎律髓》裡選了此詩，並說明了選此詩的道理：「尾句好，所以不可遺。」尾句之所以好，就在於它有一種自在悠閒，隨緣自適，不急躁，不匆忙的意思，表達了對功名事業的超然之情。這種悠閒舒緩正是宋詩的特色，在唐詩裡很少見。即如「小住」這個詞，在《全唐詩》裡就找不到，只有宋詩裡有。陸游詩中共有十四首有此詞，如「平生喜行路，小住莫匆匆。」「何如小住共一尊，山藜野芋分猿嗛。」「聞道鼉鳴天欲雨，松門小住看雲興。」

歲暮感懷，以「餘年諒無幾，休日愴已迫」為韻其九

【題　解】此詩紹熙五年冬作於山陰。題中詩句出自韓愈〈南溪始泛〉第一首。

在昔祖宗❶時，風俗極粹美❷。人才兼南北❸，議論忘彼此。誰令各植黨❹，更仆而迭起。中更夷狄禍❺，此風猶未已。臣不難負君，生者固賣死❻。儻築太平基，請自厚俗始。

【注　釋】❶祖宗　指北宋初期數朝之治。❷粹美　純正美好。宋曾鞏〈程嗣恭祖無頗程博文推官制〉：「使風俗有以粹美，而四方有以觀則。」❸人才兼南北　起用人才，不分地域。陸游〈論選用西北士大夫劄子〉曾對此有較詳論述：「臣伏聞天聖以前，選用人才，多取北人，寇準持之尤力，故南方士大夫沉抑者多。仁宗皇帝照知其弊，公聽並觀，兼收博采，無南北之異，於是范仲淹起於吳，歐陽修起於楚，蔡襄起於閩，杜衍起於會稽，余靖起於嶺南，皆為一時名臣，號稱聖宋得人之盛。及紹聖崇寧間，取南人更多，而北方士大夫復有沉抑之嘆。陳瓘獨見其弊，昌言於朝曰：『重南輕北，分裂有萌。』嗚呼！瓘之言，天下之至言也。」❹誰令各植黨　北宋黨爭，如王安石新黨與司馬光舊黨之爭；洛黨與蜀黨之爭。黨，朋黨，後指因政見不同而形成的宗派。❺夷狄禍　指金人南侵。❻賣死　謂委死於人。北齊顏之推《還冤記・鄧琬》：「(張悅)謂之曰：『卿始

此禍，而欲賣死少帝乎？』」

【語　譯】在北宋初年時期，風俗非常純正美好。朝廷不論南北唯才是用，士大夫的議論也都一致為國，不分彼此。是誰使得後來各自植黨，一黨覆敗，一黨又興起。中間經歷了金人侵略，北宋覆滅，而此黨爭之風並未消退。身為臣子，不應該連累君王，給他造成麻煩；而應為君王赴湯蹈火。如果要使國家太平，那就請從敦厚風俗開始。

【研　析】宋代黨爭是中國政治、歷史研究中一個複雜問題。陸游此詩對宋代黨爭現象提出看法，認為靖康之難，國勢衰頹，黨爭是原因之一；並對北宋仁宗之治表達嚮往之情。錢仲聯先生評論道：陸游乾道二年春作詩寄別李德遠，已有「中原亂後儒風替，黨禁興來士氣孱」之嘆。可見陸游對這一問題的思考有很長一段時間，可參後面選的〈北望感懷〉一詩。但針對黨爭現象，陸游提出的對策是敦厚風俗，還是從人的道德素養這一層面予以思考。沒有從制度層面予以探究，這是古人的局限，不必苛求。這組詩歌共十首，陸游以詩歌的形式對現實提出了自己的看法和對策，涉及民生、黨爭、國防等問題。即使閒居故鄉，陸游依然心繫家國，其精神甚可欽佩。《唐宋詩醇》評：「學有根柢，故體製肅括，意指宏深。大家風力，非徒事吟咏者流也。」

雨夜書感

【題　解】此詩慶元元年（西元一一九五年）春作於山陰。這是一首議論時事的詩，表達對朝廷中缺少賢才的嘆息。

宦遊四十年，歸逐桑榆❶暖。皇恩念黎老❷，一官猶置散。春殘桃李盡，風雨閉空館。有懷無與陳，萬事付酒椀❸。近代固多賢，吾意終不滿。可憐杜拾遺❹，冒死明房琯。慷慨詎非奇，經綸❺恨才短。群胡穴中原，今人歎微管❻。

【注釋】❶桑榆　比喻晚年、垂老之年。《文選》曹植〈贈白馬王彪〉詩：「年在桑榆間，影響不能追。」李善注：「日在桑榆，以喻人之將老。」❷黎老　老人。《國語・吳語》：「今王（吳王夫差）播棄黎老，而近孩童焉。」韋昭注：「鮐背之耇稱黎老。」❸酒椀　飲酒器具。椀，同「碗」。宋黃庭堅〈戲效禪月作遠公詠〉：「邀陶淵明把酒椀，送陸修靜過虎溪。」❹杜拾遺　杜甫救房琯事見《新唐書・杜甫傳》：「至德二年，亡走鳳翔，上謁，拜右拾遺，與房琯為布衣交。琯時敗陳濤斜，又以客董廷蘭，罷宰相。甫上疏言：罪細，不宜免大臣。帝怒，詔三司雜問。宰相張鎬曰：甫若抵罪，絕言者路。帝乃解。甫謝，且稱：……覬陛下棄細錄大，所以冒死稱述。」❺經綸　整理絲縷、理出絲緒和編絲成繩，統稱經綸，引申為籌劃治理國家大事。《易・屯》：「雲雷屯，君子以經綸。」孔穎達疏：「經謂經緯，綸謂綱綸，言君子法此屯象有為之時，以經綸天下，約束於物。」❻微管　《論語・憲問》孔子曰：「微管仲，吾其被髮左衽矣。」春秋時，管仲相齊桓公，霸諸侯，一匡天下，後遂用為頌揚功勳卓著的大臣的典故。微，無；沒有。

【語　譯】我四處為官，出仕至今已有四十年了；晚年之際，回到故鄉。皇帝仁慈，還讓我享有祠祿。春天將要逝去，桃花李花都已凋盡；風雨交加，我關上門獨處空堂。憂愁無處訴說，只能借酒消愁。這幾十年來固然湧現了不少賢才，但終究令我不滿意。好比杜甫當年冒死救房琯，其慷慨之氣固然奇特，但治理國家的才能還是有所欠缺。如今正值金人侵佔中原，更令我嘆息沒有出現管仲這樣的人才。

【研　析】「可憐杜拾遺，冒死明房琯」是否有所指？後人對「房琯」所指何人頗有分歧，或以為張浚，或以為趙汝愚。《唐宋詩醇》評：「以古喻今，當為張浚而發。本傳云：『言者論游力說張浚用兵免歸。』則浚之罷，游未必不為之言，故以甫之救琯自比。浚之與琯，僨事如一。富平再敗，與陳陶青坂何以異。詩深嘆其才短，固不誣也。」朱東潤《陸游選集》則以為指趙汝愚：「趙汝愚應付韓侂胄不得法，造成矛盾，終於失敗，當時也認為是才短。」錢仲聯先生《劍南詩稿校注》說：「朱說更非是，陸游深受趙汝愚誣害，豈肯歸之於近代多賢之列。」陸游與趙汝愚關係不好，絕無可能視其為賢者，錢仲聯先生所論甚是。且是年二月，右丞相趙汝愚為韓侂胄所排，罷相，以觀文殿大學士出知福州。錢先生又引鈴木虎雄《陸放翁詩解》：「杜甫既欲庇護房琯，自無反譏其人之短之理。從此二詩句緊承杜拾遺句之後觀之，黨為恨杜甫才短之意耳，換言之，即作者自喻力不從心之意。實則亦非真喻自己短於才，不過是謙詞而已，毫無誹謗張浚之意。伐金，定都建康，奪回秦、隴之地等，張浚之計劃，與作者生平所持觀點完全一致。」按陸游既言「近代固多賢，吾意終不滿」，則杜拾遺、房琯當皆為陸游所「不滿」者，故《唐宋詩醇》、鈴木虎雄以杜甫為陸游自比，非是。于北山《陸游年譜》評此詩道：「渴望經綸國事之人才」，所論甚是。杜甫、房琯皆不必坐實，陸游用此典故但欲表達當日朝中之臣唯有「慷慨」之氣，而缺「經綸」之才。

夜歸

【題　解】此詩慶元元年作於山陰。描寫鄉村夜景。

疏鐘❶渡水來，素月❷依林上。煙火認茅廬，故倚船篷望。

【注　釋】❶疏鐘　遠處傳來的疏落鐘聲。❷素月　皓月；明月。晉陶潛〈雜詩〉之二：「白日淪西阿，素月出東嶺。」

【語　譯】疏遠的鐘聲渡水而來，明麗的月亮依偎著樹林而漸漸升起。遠處煙火依稀，大概是一個村子吧，我暫且倚靠船篷遙望。

【研　析】一首五言絕句，簡遠淡雅，意境幽深。「渡」字、「依」字皆佳。《唐宋詩醇》評：「妙語似王融〈江皋曲〉。」茲附錄齊王融〈江皋曲〉：「林斷山更續，洲盡江復開。雲峯帝鄉起，水源桐柏來。」

春晚雜興其三

【題解】此詩慶元元年春作於山陰，表達了不為時用的頹唐潦倒。

池面萍初紫，牆頭杏已青。攜兒撐小艇❶，留客坐孤亭❷。相法無侯骨❸，生年直酒星❹。正須遺❺萬事，莫遣❻片時❼醒。

【注釋】❶攜兒撐小艇　化用杜甫〈進艇〉：「晝引老妻乘小艇，晴看稚子浴清江。」小艇，輕便的小船。《淮南子・俶真》：「越舲蜀艇，不能無水而浮。」高誘注：「蜀艇，一版之舟。」❷孤亭　孤立的亭子。杜甫〈巴西驛亭觀江漲呈竇使君二首〉其一：「孤亭凌噴薄。」❸相法無侯骨　《史記・李將軍列傳》：「豈吾相不當侯邪？」此句謂沒有作官的命。❹酒星　古星名。也稱酒旗星。漢孔融〈與曹操論酒禁書〉：「天垂酒星之耀，地列酒泉之郡，人著旨酒之德。」唐李白〈月下獨酌〉詩之二：「天若不愛酒，酒星不在天。」也借指善飲酒的人。唐裴說〈懷素台歌〉：「杜甫李白與懷素，文星酒星草書星。」❺遺　忘懷。❻遣　讓；使。❼片時　片刻；一會兒。

【語譯】池面的浮萍已漸漸變紫，牆頭的杏兒也越發青了。我攜著兒子撐一葉小舟，遊覽湖光山色；在孤亭內與客人共話家常。據算命先生說，我沒有侯骨，這輩子是不會作什麼大官了，而我出生那年正是天現酒星的時候，怪不得我這輩子片刻也離不開酒呢。所以，我應該遺忘那些令我惆悵的事情，長醉不醒。

【研　析】一二句寫景，突出「春晚」的題意。三四則有人在，帶著兒子一起在湖上划船，其樂融融。詩中寫與家人划船這樣瑣細而富有人情味的事件，最早大概是由杜甫發起的，後來白居易也加入進來，杜甫詩上文注釋中已有，白居易的詩如〈池上二絕〉其二：「小娃撐小艇，偷採白蓮回。」陸游對唐詩，一方面學習岑參、李白等人的瑰奇、豪縱；一方面則學習杜甫、白居易等人的貼近人情，平白如話。方回評頷聯道：「留客坐孤亭，雖無奇，卻有味。」頸聯是牢騷語，「侯骨」對「酒星」頗具創造性。七八則議論。古代一些重要的選本如《放翁詩選》、《唐宋詩醇》、《宋詩鈔》等都選錄了這首詩，不過在我們看來，它的後半部分顯得有點乾枯，純用議論之筆出之，沒有用景色來加以滋潤，缺少餘韻。所以給人的感覺是頭重腳輕。

春夏之交風日清美欣然有賦 其二

【題　解】此詩慶元元年春作於山陰，敘寫了春夏之交樸素清新的鄉間生活。

天遣殘年❶脫馽羈❷，功名不恨與心違。綠陂❸細雨移秧❹罷，朱舫❺

斜陽擘紙❻歸。花市丹青❼賣團扇❽，象床❾刀尺❿製單衣⓫。白頭曳杖人爭看，共嘆浮生七十稀⓬。

【注釋】❶殘年　一生將盡的年月，指人的晚年。❷羈鞿　拴縛馬足的繩索和馬嚼子，喻牽制束縛。黃庭堅〈次韻奉送公定〉：「天與脫羈鞿。」❸綠陂　水田。❹移秧　稻的初生幼苗。移秧，唐張籍〈江村行〉：「江南熱旱天氣毒，雨中移秧顏色鮮。」❺朱舫　朱紅色的船。唐白居易〈琵琶行〉：「東船西舫悄無言，唯見江心秋月白。」❻擘紙　亦作「擘箋」。謂裁紙。陸游〈閬中作〉：「擘牋授管相逢晚，理鬢薰衣一笑嘩。」❼丹青　丹砂和青雘，可作顏料，此處指畫工。三國魏曹丕〈與孟達書〉：「丹青畫其形容，良史載其功勳。」唐李白〈于闐采花〉詩：「丹青能令醜者妍，無鹽翻在深宮裡。」❽團扇　圓形有柄的扇子。古代宮內多用之，又稱宮扇。唐王昌齡〈長信秋詞〉之三：「奉帚平明金殿開，且將團扇暫徘徊。」❾象床　以象牙裝飾的床。❿刀尺　剪刀和尺，裁剪工具。⓫單衣　單層無裡子的衣服，夏日穿的。《管子．山國軌》：「春縑衣，夏單衣。」⓬七十稀　唐杜甫〈曲江〉其二：「酒債尋常行處有，人生七十古來稀。」

【語譯】是老天讓我在晚年脫離塵世的羈絆，因此我不必怨恨功名未立壯志未酬。現在正是春夏之交，風和日麗，綠色的水田上灑著毛毛細雨，村民們已經完成了移秧工作。夕陽西下，擘紙而歸的小船正在夕陽映照之下。花市裡正在賣夏天用的團扇，有人在象床上裁製單衣。我拄著拐杖在岸邊閒步，路人都朝我看，讚嘆我的長壽健康。

【研析】一二以議論抒情起，用語豪縱。三四寫春夏之交鄉間風物景象之美。「綠陂」、「朱舫」成對，一紅一綠，色彩潤澤，有晚唐杜牧詩的特點，可見放翁努力補救江西詩枯澀之病。「移秧」

句如畫，描繪村間勞作之景。「擘紙」一語，陸游之前的詩中從未用過，方回說：「擘紙二字，本俗語，放翁既用之，即詩家例也。」它應該就是「擘箋」的意思，陸游之前用的有宋祁：「擘牋題作郢中春。」劉敞：「擘牋弄翰春風裡。」葛勝仲：「擘牋亹亹稱名筆。」陳與義：「向日擘牋須彩鳳。」等。五六寫集市之景，清新可喜，妙在只抓住集市中的兩樣東西：團扇與單衣，與題目中「春夏之交」相吻合，從物象之中見出氣候變化。七八二句回到自己，又從路人鄰里之讚嘆，反托出自得自適之意，「爭看」二字見出放翁的幽默。作者把議論移到詩的首句，故而詩中間二聯皆寫景敘事，人物、風景、農事皆飽含在內，顯得飽滿豐厚，潤澤生動，顯示了陸游非常深厚的寫實功力，直到尾句才把自己寫出，餘味不盡。

閒中書事 其二

【題　解】此詩慶元元年春夏閒作於山陰，在表達了隱居自適之意的同時，也暗寓對朝廷黨爭之禍的關注，詳見研析。

一畝山園半畝池，流年忽逮❶挂冠期❷。賣花醉叟❸剝紅柱❹，種藥
高僧寄玉芝❺。午枕為兒哦舊句，晚窗留客算殘棋。登庸策免❻多新報❼，

老(ㄌㄠˇ)子(ㄗˇ)癡(ㄔ)頑(ㄨㄢˊ)❽總(ㄗㄨㄥˇ)不(ㄅㄨˋ)知(ㄓ)。

【注釋】❶逮 及至。❷挂冠期 辭官、棄官的時候。晉袁宏《後漢紀・光武帝紀五》：「(逢萌)聞王莽居攝，子宇諫，莽殺之。萌會友人曰：『三綱絕矣，禍將及人。』即解衣冠，挂東都城門，將家屬客於遼東。」❸叟 老人。《孟子・梁惠王上》：「王曰：『叟，不遠千里而來，亦將有以利吾國乎？』」❹紅桂 莽草的別名，一種有毒植物。《周禮・秋官・翦氏》：「掌除蠹物。以攻禜攻之，以莽草熏之。」鄭玄注：「莽草，藥物殺蟲者，以熏之則死。」宋沈括《夢溪補筆談・藥議》：「(莽草)唐人謂之『紅桂』，以其花紅故也。李德裕詩序曰：『龍門敬善寺有紅桂樹，獨秀伊川，移植郊園，眾芳色沮，乃是蜀道莽草，徒得佳名耳。』」❺玉芝 原指芝草的一種，又稱白芝。可入藥，傳說為神仙的飲餌，亦為瑞徵。《文選》張衡〈思玄賦〉：「聘王母於銀臺兮，羞玉芝以療饑。」李善注：「《本草經》曰：白芝，一名玉芝。」唐陸龜蒙〈入林屋洞〉：「嘗聞白芝秀，狀如琅花偶。」原注：「白芝、紫泉，皆此洞所出，乃神仙之飲餌，非常人所能得。」但陸游此處指「鬼臼」，山中一般的草藥。其〈過鄰家戲作〉：「醅瓮香浮花露熟，藥欄土潤玉芝新。」自注云：「玉芝謂鬼臼，山家多有之。」李時珍《本草綱目・草六・鬼臼》引陶弘景曰：「鬼臼根如射干，白而味甘，九臼相連，有毛者良，故名。」❻登庸策免 任用和罷免官員。《書・堯典》：「帝曰：疇咨若時登庸。」孔傳：「疇，誰。庸，用也。誰能咸熙庶績，順是事者，將登用之。」《漢書・孔光傳》：「後數月遂策免光。」❼新報 新來的邸報。邸報，中國古代報紙的通稱。宋蘇軾〈小飲公瑾舟中〉：「坐觀邸報談迂叟，閑說滁山憶醉翁。」❽癡頑 謂藏拙，不合流俗。

【語譯】我的家中有一畝大的園子和半畝大的水池，歲月流逝匆匆，到了歸隱的時候。看見鄰舍賣花老翁正在剝紅桂，他常喝得醉醺醺的；種藥的和尚也給我寄來山中的鬼臼。中午靠在枕頭上給小兒吟誦以前寫的詩句，晚上則與來客在窗邊下棋。朝廷內任用與策免官員的邸報，最近比較多了，但是像我這樣癡頑的人就不必多問了。

【研　析】一二句抒發歲月流逝而功名未就的感嘆，中間二聯皆抒寫閒居之樂，頷聯寫屋外，頸聯寫屋內。賣花翁與種藥僧，代表了陸游閒居時的交往之流，一方面有村舍中的平凡百姓，顯示陸游的平易可親；一方面也有出家僧人，顯示陸游晚年也時常參禪論道，以之慰藉心靈。五句最為可親，為小兒吟誦自己的詩句，其情其景令人遐想，這一番天倫之樂中也隱含著陸游的自傲，既然朝廷不重用自己，才華無從施展，自己的詩句無處傳誦，那麼念給小兒聽也是一樣的。馮班很欣賞這聯，說：「余二十時所作兩句，與此聯一字不差，乃知古人偶然相同，非盡偷句也。」七八句說朝廷內官員的任免變動雖然頻繁，但已與自己無關。此詩作於慶元元年三月，「登庸策免」當非泛泛而論，應是有所特指。據《宋史・寧宗紀》所載，是年二月右丞相趙汝愚為韓侂胄所排，罷相，以觀文殿大學士出知福州，兵部侍郎章穎以黨趙汝愚罷，國子祭酒李祥、博士楊簡以黨趙汝愚罷。四月，太學生楊宏中、周端朝等六人上書救趙汝愚獲罪，送五百里外編管，時號「六君子」。陸游此詩後一首題為〈初夏〉，則此詩當即作於三、四月間。趙汝愚廣攬朱熹等道學名士，以擴大其相黨實力；從而與韓侂胄為首的戚幸貴璫相對立。慶元元年「多新報」的「登庸策免」便是韓侂胄進行清除異己的活動。陸游作此詩後不久，六月，韓侂胄便立「偽學之目」，實施黨禁，排斥道學人士；十一月，竄趙汝愚於永州。陸游此作可謂詩史，從「老子癡頑」可以認為，他並不想捲入黨爭之漩渦，不希望黨爭誤國。方回評此詩道：「慶元乙卯，寧宗新元除罷，史可考也。」

感昔二首 其一

【題解】此詩慶元元年秋作於山陰，追憶了在朝為官的生活，抒發壯志未酬的牢騷。

三著朝冠入上都❶，黃封❷頻醉渴相如❸。馬慵立仗寧辭斥❹，蘭偶當門敢怨鋤❺？富貴尚思還此笏❻，衰殘故合愛吾廬❼。燈前目力❽依然在，且盡山房萬卷書。

【注釋】❶三著朝冠入上都　紹興三十年陸游入都為敕令所刪定官；淳熙十三年入都，除朝請大夫，知嚴州；淳熙十五年入都為軍器少監。上都，古代對京都的通稱。《文選》班固〈西都賦〉：「寔用西遷，作我上都。」❷黃封　指朝中所飲之酒。歐陽修〈感事〉自註：「余在仁宗朝，作學士，兼史館修撰，上幸天章閣，賜黃封酒一瓶、鳳團茶一斤。」蘇軾〈岐亭〉詩：「為我取黃封，親拆官泥赤。」施元之：「京師官法酒，以黃紙或黃羅絹封冪缾口，名黃封酒。」❸渴相如　漢司馬相如患有消渴疾，後即用「相如渴」作患消渴病的典故。《史記・司馬相如列傳》：「常有消渴疾。」❹馬慵立仗寧辭斥　比喻自己在朝中無所作為。《新唐書・李林甫傳》：「林甫居相位，……諫官皆持祿養資，無敢正言者。補闕杜璡再上書言政事，斥為下邽令，因以語動其餘曰：『……君等獨不見立仗馬乎？終日無聲而飫三品芻豆，一鳴則黜之矣。』」蘇軾〈次韻孔文仲推官見贈〉：「君看立仗馬，不敢鳴且窺。」❺蘭偶當門敢怨鋤　比喻自己沒有用。《三國志・蜀志・張裕傳》：「下獄將誅之，諸葛亮表請其罪，先主答曰：『芳蘭生門，不得不鉏。』裕遂棄市。」❻還此笏　唐高宗將立武則天為后，褚遂良諫，帝不聽。遂良致笏殿階，叩頭流血曰：「還陛下此笏！」事見《舊唐書・褚遂良傳》。後用以稱堅持原則而不惜棄官。笏，大臣上朝時用於記事之手板。❼愛吾廬　陶潛〈讀山海經〉：「眾鳥欣有託，吾亦愛吾廬。」❽目力　視力。《孟子・離婁上》：「聖人既竭目力焉，繼之以規矩準繩，以為方圓平直，不可勝用也。」

【語　譯】我曾經三次入都城臨安為官，常常疏狂醉酒，因此遭誣陷而被斥。我好比立在儀仗邊的慵馬，遭人斥責是不奇怪的；我也好比當著門的芳蘭，礙手礙腳，被鋤去又何必怨嗟呢？即使我建立功名，取得富貴，我也是要告老還鄉的，現在已衰殘老朽了，那麼就該安分一些守在家中。所幸我的眼睛還好，不如以讀書來打發自己未盡的歲月吧。

【研　析】陸游晚歲並不得志，因此追懷往昔便成了他詩歌的常見題材，紹興三十年赴行在之事最令他難以忘懷，屢屢形諸歌詠，對宋高宗趙構這樣一位君主，陸游卻也偏多溢美之辭，以表感激之情，似乎忘了岳武穆之含冤而亡。此詩便是追懷之作，而更偏重於「感」，故省去細節，而用概括之語。「黃封」句既點明朝中宴飲之繁，同時顯示自己嗜酒疏狂之性。三、四以立仗慵馬和當門芳蘭比喻自己，說自己受朝中小人誣害，被貶出朝。此聯好在用比興之法，蘊藉不直說，且上下用典生新，對偶工整，「寧」「敢」二虛字又於句中斡旋回蕩，言外有無限感慨繫焉。紀昀很欣賞此聯，評道：「三四亦感慨豪宕。此種題易於著語，但筆力足以運之，即能出色。」五句用「還笏」典故，可見陸游自期甚高，希望位居宰輔重臣，幹一番大事業；六句用陶潛語自慰，同時表達不願折腰事權貴之志。七、八二句由六句來，既然功名富貴已不可致，則以讀書作詩了此殘生。

對「目力」的自我誇耀，可見陸游的豪宕依舊。終陸游一生，他都沒有徹底的悲觀絕望，縱有百般牢騷憤懣，但詩中總有一股豪氣在。這是陸游作為南宋「中興」詩人的特徵，「中興」之後的詩人便沒有這份豪氣了。

感昔二首 其二

【題解】此詩慶元元年作於山陰，追憶南鄭的軍旅生活，抒發了豪邁的抱負。

五丈原❶頭秋色新，當時許國❷欲忘身。長安之西過萬里❸，北斗以南惟一人❹。往事已如遼海鶴❺，餘年空羨葛天民❻。腰間白羽❼凋零盡，卻照清溪整角巾❽。

【注釋】❶五丈原　古地名。在今陝西岐山縣南，斜谷口西側，渭水南岸。相傳蜀漢諸葛亮六出祁山曾在此駐軍。西元二三四年諸葛亮伐魏，出斜谷，駐軍屯田，相持百餘日後，病卒於此。❷許國　謂將一身奉獻給國家，報效國家。《晉書·陸玩傳》：「誠以身許國，義忘曲讓。」❸長安之西過萬里　形容五丈原距長安之遠，此處以長安代指南宋都城臨安。❹北斗以南惟一人　《新唐書·狄仁傑傳》：「北斗以南，一人而已。」❺遼海鶴　指傳說中的遼東人丁令威修道升仙，化鶴歸飛之事。《搜神後記》卷一：「丁令威，本遼東人，學道於靈虛山。後化鶴歸遼，集城門華表柱。時有少年，舉弓欲射之。鶴乃飛，徘徊空中而言曰：『有鳥有鳥丁令威，去家千年今始歸。城郭如故人民非，何不學仙冢壘壘。』遂高上沖天。」❻葛天民　葛天氏為傳說中的賢明君主，善治國，人民懷之。《呂氏春秋．古樂》：「昔葛天氏之樂，三人摻牛尾，投足以歌八闋。」陶潛〈五柳先生傳〉：「贊曰……酬觴賦詩以樂其志，無懷氏之民歟，葛天氏之民歟。」❼白羽　指羽箭。《文選》司馬相如〈上林賦〉：「彎蕃弱，滿白羽，射游梟，櫟蜚遽。」郭璞注：「以白羽為箭，故言白羽也。」❽角巾　有棱角的頭巾。為古代隱士冠飾。《晉書．王導傳》：「則如君言，元規若來，吾便角巾還第，復何懼哉！」

【語　譯】我曾經從戎南鄭，在前線為官。令我想起諸葛亮在五丈原與魏國作戰。南鄭遠在臨安的西面，我當時也以諸葛亮自期，期望做出一番事業來。然而事與願違，往事消逝；晚年閒居，徒然羨慕遠古的淳樸之世。我腰間弓箭上的白羽已凋零殆盡，轉身自照清澈的溪水，整理一下頭巾。

【研　析】此詩與上首同題，當作於同時。上首追懷在朝為官，此首追懷從戎南鄭。上首用比興之法，此首則借古寫今，借古人酒杯澆自己心中壘塊。借的是諸葛亮的酒杯。五丈原是諸葛亮率領蜀軍與魏國作戰之地，「許國忘身」既說諸葛亮，也表露自己的志向。三四則是讚揚諸葛亮，「惟一人」可見陸游自許甚高，出語豪放。五六嘆逝傷懷，令三四昂揚憤激之筆勢至此略作渟蓄，張弛有度，不作一往無餘。正因為五六有此渟蓄，則七八可以蕩開去，由往昔之回想轉到眼前之景，由記憶轉到現實。雖然腰間弓箭廢棄不用，但風吹散亂的角巾還得整理一下，對著溪水，端詳自己的容貌衣裝，不悲觀頹喪，還是要認真地度過這閒適的殘年。以景作結，最為含蓄不盡，唐詩多如此。陸游此結深得唐人三昧。紀昀評道：「結得不盡。」關於「腰間白羽」，錢仲聯《劍南詩稿校注》引杜甫〈丹青引贈曹將軍霸〉：「猛將腰間大羽箭」，認為是弓箭，我們也是如此箋注。

而朱東潤先生在《陸游選集》中說「腰間白羽」是諸葛亮的白羽扇，我們認為是不對的。陸游之後，如明人劉炳《劉彥昺集》卷二〈秋夜對月寄汪宗彝〉：「腰間白羽猶思射」，宋登春《宋布衣集》卷二〈少年行〉：「新賜腰間白羽箭」等，都是以之作為弓箭之稱。許印芳評此二首詩道：「前詩和平，不愧詩人之筆。後章三、四老橫，上句古調，下句拗調。凡平調中參拗調一聯，乃是常格。此則拗調以古調作對，為變格也。」古調指「長安」句，此句四平三仄，是古體詩句式；拗調指「北斗」句，此句為「仄仄仄平平仄平」，拗調與古調作對句，是陸游的創新。

舍北晚眺

【題解】此詩慶元元年秋作於山陰。此詩描繪了山陰鄉間的美麗景致。

紅樹青林帶暮煙，並橋常有賣魚船。樊川❶詩句營丘❷畫，盡在先生拄杖邊。

【注釋】❶樊川　唐詩人杜牧的別稱。杜牧別業樊川，有《樊川集》，故稱。其〈山行〉：「停車坐愛楓林晚，霜葉紅於二月花。」❷營丘　指宋畫家李成。成，營丘人，以山水畫知名。宋蘇軾〈王晉卿所藏著色山〉詩之一：「縹緲營丘水墨仙，浮空出沒有無間。」

【語　譯】紅色、青色相間的樹林縈繞著傍晚的煙靄，橋下並靠著幾艘賣魚的船隻。眼前的美景，以前只在杜牧的詩句和李成的山水畫裡見過，現在竟呈現於我的拄杖邊。

【研　析】「紅」、「青」二字色彩明麗，放翁老筆不枯。此句閒淡雋永。「拄杖邊」為陸游詩常用語，它如〈仗錫平老具舟車迎前天衣印老印悉遣還策杖訪之作二絕句奉送兼簡平〉：「舜江禹穴千山水，盡在高人拄杖邊。」〈月下野步〉：「行歌驚起鷗鷺眠，三萬里在拄杖邊。」〈探梅〉：「欲尋梅花作一笑，數枝忽到拄杖邊。」雖然杜甫早有〈中丞嚴公雨中垂寄見憶一絕奉答二絕〉其二：「只須伐竹開荒徑，拄杖穿花聽馬嘶。」蘇軾也有〈雨晴後步至四望亭下魚池上遂自乾明寺前東岡上歸二首〉其一：「拄杖閒挑菜，鞦韆不見人。」但在陸游的詩中，「拄杖」參與了對景色的建構。將清麗脫俗之景致安排在拄杖之「邊」，把人與自然的距離拉得更近，使人生佳興變得更平凡普通，這也是陸游詩歌「熟」的一面。「熟」不單指格律對仗，更指詩歌營造意境的親切自然。《唐宋詩醇》評：「自然入畫。」

殘臘二首 其二

【題　解】此詩慶元元年冬作於山陰。描寫歲暮殘照之景。

殘臘❶無多日，吾生又一年。林塘❷明夕照，墟落❸淡春煙❹。山色危欄❺角，梅花綠酒邊。歲時❻元自好，老病獨悽然。

【注釋】❶殘臘　農曆年底。唐李頻〈湘口送友人〉詩：「零落梅花過殘臘，故園歸去又新年。」❷林塘　樹林池塘。南朝梁劉孝綽〈侍宴餞庾於陵應詔〉詩：「是日青春獻，林塘多秀色。」秦觀〈春日五首〉其三：「散策池塘返照初。」❸墟落　村落。陶潛〈歸園田居〉其一：「曖曖遠人村，依依墟里煙。」王維〈輞川閒居贈裴秀才迪〉：「渡頭餘落日，墟里上孤煙。」❹春煙　泛指春天的雲煙嵐氣等。唐張說〈和張監遊終南〉：「春煙生古石，時鳥戲幽松。」❺危欄　高欄。唐李商隱〈北樓〉詩：「此樓堪北望，輕命倚危欄。」❻歲時　一年四季。此處指年末。《周禮・春官・占夢》：「掌其歲時，觀天地之會，辨陰陽之氣。」

【語譯】一年又將盡了，我又將增長一歲了。屋外的林間池塘正在一片夕陽的照射之下，顯得很明亮，村落裡又升起淡淡的青煙。我倚著欄杆，眺望遠處的山色；飲著美酒，在梅花邊徘徊。年末的景象真是好啊，可嘆我年邁多病，孤獨悲淒。

【研析】陸游詩風格多樣，轉益多師，既有昂揚激越之歌，也有閒淡自適之章。這首詩屬於後者，從中很可以體味出陶潛、王維等田園詩的閒淡幽靜之風。三四兩句置於王維集中幾乎可以「以假亂真」。紀昀評道：「三四有唐人意，五句勝於六句。」方回評道：「五六壯麗。」須「壯」則用字不可纖弱，陸游「危欄」之「危」字便有骨力，所以紀昀會較喜歡上句；須「麗」則用字不可乾枯，需要以色彩來潤澤。陸游用「綠酒」之「綠」與「梅花」相襯，便有色澤。

聞雁

【題解】此詩慶元元年冬作於山陰。這是一首詠物寄懷詩，孤雁代表了詩人自己的形象與精神。

霜高木葉空，月落天宇❶黑。哀哀斷行雁，來自關塞北。江湖稻粱❷少，念汝安得食。蘆深洲渚❸冷，歲晚霰雪❹逼。不知重雲外，何處避畢弋❺。我窮思遠征，羨汝有羽翼。

【注釋】❶天宇　天空。晉左思〈魏都賦〉：「僭響起，疑震霆。天宇駭，地廬驚。」❷稻粱　稻和粱，穀物的總稱。《詩・唐風・鴇羽》：「王事靡盬，不能蓺稻粱。」杜甫〈重簡王明府〉詩：「君聽鴻雁響，恐致稻粱難。」❸洲渚　水中小塊陸地。晉左思〈吳都賦〉：「島嶼綿邈，洲渚馮隆。」❹霰雪　雪珠和雪花。《楚辭・九章・涉江》：「霰雪紛其無垠兮，雲霏霏而承宇。」❺畢弋　畢為捕獸所用之網，弋為射鳥所用的繫繩之箭。比喻陷阱、災難。《詩・齊風・盧令序》：「襄公好田獵畢弋，而不脩民事，百姓苦之。」鄭玄箋：「畢，噣也；弋，繳射也。」

【語譯】秋氣高寒，樹葉凋盡；明月下沉，天色漆黑。失群的大雁從關塞之北飛來，發出令人哀傷的叫聲。世間食物正少，你如何能度日。蘆花深茂，洲渚寒冷；一年將盡，霜雪逼迫。不知在遙遠的地方，你如何能躲避災難。我現在也同樣貧困窘迫，想要去遠方，羨慕你有一雙翅膀。

【研　析】「江湖稻粱少」喻示世路的艱難坎坷，「何處避罼弋」喻示官場的凶險。「蘆深」兩句形容孤雁的遭際，也都有象徵含義。陸游對孤雁的擔憂，緣於自己數十年的人生經歷。《唐宋詩醇》評：「意入《風》《騷》，格逼漢魏。與杜陵相當，真乃不復多讓。」這首詩令我們想起杜甫的〈病馬〉：「塵中老盡力，歲晚病傷心。」還有杜甫的〈歸雁〉：「東來萬里客，亂定幾年歸。腸斷江城雁，高高向北飛。」所詠之物與自身經歷結合得緊密，不分彼此。

懷舊其四

【題　解】此詩慶元二年（西元一一九六年）春作於山陰。詩歌回憶了當年從戎南鄭，初入小益時所見之美麗景致。

翠崖紅棧鬱❶參差❷，小益❸初程景最奇。誰向毫端❹收拾❺得，李將軍❻畫少陵❼詩。

【注　釋】❶鬱　紛繁。宋司馬光〈送韓太祝維歸許昌〉詩：「王城名利窟，冠蓋鬱相交。」❷參差　不齊貌。《詩・周南・關雎》：「參差荇菜，左右流之。」❸小益　陸游〈夜行〉詩自注：「頃自小益還南鄭，夜宿金牛驛。時方大寒，人馬俱欲僵仆，今十二年矣。」小益即利州，在蜀中。❹毫端　猶言筆下。宋王安石〈贈李士雲〉詩：「毫端出窈窕，心手初不著。」❺收拾　猶領略、描寫。❻李將軍　指唐山水畫家右武衛大將軍李思訓。唐張彥遠《歷代名畫記》卷九：「李思訓，宗室也，即林甫之伯父。早以藝稱於當時，一家五人並善丹青，世咸重之，書畫稱一時之妙。官至左武衛大將軍……時人謂之大李將軍其人也。」按：兩《唐書》本傳均作「右武衛大將軍」。❼少陵　指唐詩人杜甫。杜甫常以「杜陵」表示其祖籍郡望，自號少陵野老，世稱杜少陵。唐韓愈〈石鼓歌〉：「少陵無人謫仙死，才薄將奈石鼓何！」

【語譯】翠綠的山崖上綿延著紅色的棧道，參差起伏；剛進入小益的路程，景色最為奇崛。誰能將這些景物描摹在筆端呢，大概只有李思訓的畫與杜甫的詩了。

【研析】「翠崖紅棧」的構詞法與〈舍北晚眺〉之「紅樹青林」同，全詩的構思亦與之相同，第四句與「樊川詩句營丘畫」同出一轍，皆以一畫一詩作比方，含蓄不盡。《唐宋詩醇》評：「又是一蜀道佳話。」

幽居初夏

【題解】此詩慶元二年作於山陰。此詩描繪夏日山陰景致，是頗能體現陸游七律特色的代表作。

湖山勝處放翁家，槐柳陰中野徑斜。水滿有時觀下鷺❶，草深無處不鳴蛙。籜龍❷已過頭番筍，木筆❸猶開第一花。歎息老來交舊盡，睡餘誰共午甌茶❹？

【注釋】❶鷺　鳥類的一科。嘴直而尖，頸長，飛翔時縮著頸。白鷺、蒼鷺較為常見。《詩・周頌・振鷺》：「振鷺于飛，於彼西雝。」❷籜龍　竹筍的異名。唐盧仝〈寄男抱孫〉詩：「籜龍正稱冤，莫殺入汝口。」❸木筆　木名。即辛夷。其花未開時，苞有毛，尖長如筆，因以名之。唐白居易〈營閒事〉詩：「暖變牆衣色，晴催木筆花。」❹午甌茶　午飯後的茶水。唐白居易〈府西池北新葺水齋偶題十六韻〉：「午茶能散睡，卯酒善銷愁。」

【語譯】我的家就在美麗的湖山之間，一條斜斜的小徑穿過槐柳的樹蔭。潮汛來時，湖水漲滿，可以觀賞白鷺捕食；深深的草叢裡，到處都是青蛙的鳴叫聲。今年第一批竹筍已經長成了，而辛夷才剛剛開花。年歲漸增，朋友大多離世；午睡醒來，跟誰一起喝茶呢？

【研析】首聯交代「幽居」之所在，野徑斜而又在槐柳陰中，將景物勾連得很緊密。頷聯、頸聯四句皆寫初夏景物，上兩句為動物，下兩句為植物。四句皆妙於用虛詞，「有時」、「無處」、「已過」、「猶開」都表達了「初夏」這一時節自然景物的微妙變化，以及在作者心中引起的感情活動。「頭番」、「第一」屬於近義詞對偶，頗為工巧。尾聯嘆老傷逝，用意平常無奇。從七律的安排布置來看，這首詩中間四句過於疏鬆，沒有用實詞句做成一聯。將七律由密麗結實，轉變為流宕疏鬆、自然隨意，是陸游創作的特色，也是「熟」的一個方面。《唐宋詩醇》評：「寫得幽字意出。」又曰：「頸聯對句更勝。」

【題解】此詩慶元二年作於山陰。此詩寫陸游因晨起照鏡而生發感慨，展現了他執著堅韌、積極樂觀的精神。

晨起

齒豁❶不可補，髮脫無由栽。清晨明鏡中，老色蒼然❷來。餘年亦自惜，未忍付酒杯。抽架取我書，危坐闔❸復開。萬世見唐堯❹，夔龍❺獲親陪。寥寥三千年，氣象挽可回。豈以七尺軀❻，顧受世俗衰？道在無不可❼，廊廟均蒿萊❽。

【注釋】❶齒豁　齒缺。指年老。唐韓愈〈上兵部李侍郎書〉：「髮禿齒豁，不見知己。」❷蒼然　髮鬢呈灰白色，形容老邁。唐杜甫〈洗兵馬〉：「張公一生江海客，身長九尺鬚眉蒼。」❸闔　閉合。《易・繫辭上》：「一闔一闢謂之變。」❹唐堯　古帝名。帝嚳之子，姓伊祁（亦作伊耆），名放勳。初封於陶，又封於唐，號陶唐氏。以子丹朱不肖，傳位於舜。參閱《史記・五帝本紀》。❺夔龍　相傳舜的二臣名。夔為樂官，龍為諫官。《書・舜典》：「伯拜稽首，讓於夔龍。」唐杜甫〈奉贈蕭十二使君〉詩：「巢許山林志，夔龍廊廟珍。」後用以喻指輔弼良臣。❻七尺軀　一般成人的身軀。借指男子漢、大丈夫。❼無不可　《論語・微子》：「虞仲、夷逸隱居放言，身中清，廢中權。我則異於是，無可無不可。」邢昺疏：「我之所行，則與此逸民異，亦不必進，亦不必退，唯義所在。」❽廊廟均蒿萊　出仕與歸隱無差別。廊廟，殿下屋和太廟。蒿萊，野草；雜草。

【語　譯】牙齒搖動，頭髮脫落，都無法補救。清晨起床對鏡自照，頓見老邁之態。生命所剩光陰不多，但依然珍惜，不忍在酒醉中度過。從書架上抽取我的書，端坐讀史。在書中見到唐堯盛世，有夔、龍二位輔弼良臣。雖然距今已三千年之久，但依然可以恢復當日的氣象。怎能夠以堂堂七尺男兒之軀，見世俗之衰頹而無所作為呢？只有堅守道義，無論出仕還是歸隱都一樣。

【研　析】陸游不少詩作常有借酒消愁之語，但他的內心深處卻總在自我反省，不願沉淪悲觀，總要振作精神，希望在殘年做些有意義的事情，危坐觀書，讀史明道。「餘年」二句道盡儒家知識分子的情懷。陸時化《吳越所見書畫錄》載有眾多元代文人〈題晨起詩卷〉，蓋陸游此詩手跡也，為其後代陸樞珍藏。茲擇錄題跋於下，逯公謹：「放翁先生暮年所作，可謂老而益壯者矣。」高明：「直欲挽回唐虞氣象於三千載以上。」王寘：「當齒豁髮脫之時，猶未忍以餘年付之酒杯，直欲挽回唐堯夔龍三千年雍熙之俗，所謂老當益壯者，豈知不復夢見周公而已。末言『道在無不可，廊廟均蒿萊』，則又超然窮達之外，惟知道者可與語此。」李曄：「其大言正氣，若與少陵同遊於土階茅茨之側，而載賡勅天之歌者，信乎仁義之人，其言藹如也。」胡昊：「其筆力雄健，又類蘇子美。」明邵寶〈跋陸放翁詩卷〉：「予讀放翁晨起詩至餘年亦自惜未忍付酒盃之句，心蓋戚戚焉。嗚呼，年不我與久矣，有我與者，尤當為年惜之。不然，惜年何為？他日讀放翁傳，亦云是卷為徐陶陸氏家藏，今收者光遠。」《唐宋詩醇》評：「約旨植義，真力彌滿。『清晨』十字，亦有蒼然之氣。」

六月二十四日夜分，夢范致能、李知幾、尤延之同集江亭，諸公請予賦詩，記江湖之樂，詩成而覺，忘數字而已

【題解】此詩慶元二年夏作於山陰。夜分，夜半。范致能，范成大。李知幾，名石，字知幾，性剛直，著有《方舟集》。尤延之，名袤，字延之，南宋著名詩人。陸游晚歲閒居山陰故鄉，常懷念往日詩友賡載酬唱之日，不免形諸夢境。這首詩便是據夢中所作而成。

露箬❶霜筠❷織短篷❸，飄然來往淡煙中。偶經菱市❹尋谿友❺，卻揀蘋❻汀❼下釣筒❽。白菡萏❾香初過雨，紅蜻蜓弱不禁風。吳中近事君知否？團扇❿家家畫放翁。

【注釋】❶箬　竹名，即箬竹，竹葉及籜似蘆荻。❷筠　竹的青皮。唐賈島〈竹〉詩：「子猷沒後知音少，

粉節霜筠漫歲寒。」❸短篷　指小船。❹菱市　有賣菱角的集市。唐代曹松〈別湖上主人〉：「菱市曉喧深浦人。」❺谿友　居住溪邊寄情山水的朋友。出自杜甫〈解悶十二首〉其一：「溪友得錢留白魚。」陸游〈沁園春〉詞：「有漁翁共醉，谿友為鄰。」❻蘋　也稱四葉菜、田字草。多年生草本。生淺水中，葉有長柄，柄端四片小葉成田字形，夏秋開小白花，可入藥。《詩・召南・采蘋》：「於以采蘋？南澗之濱。」❼汀　水邊平地；小洲。本自柳惲〈江南行〉：「汀洲採白蘋，日落江南春，洞庭有歸客，瀟湘逢故人。」❽釣筒　插在水裡捕魚的竹器。唐崔道融〈溪夜〉詩：「漁人抛得釣筒盡，卻放輕舟下急灘。」❾菡萏　即荷花。《詩・陳風・澤陂》：「彼澤之陂，有蒲菡萏。」❿團扇　圓形有柄的扇子。

【語　譯】坐在用竹子製成的小船上，來往穿梭於淡淡的煙靄之中。偶爾在賣菱角的集市上遇見住在谿邊的友人，選擇在長滿蘋草的小洲上釣魚。剛下過一陣雨，白色荷花的香氣在空氣中飄浮；紅色蜻蜓在空中搖晃不定，彷彿弱不禁風。吳中最近有一件有趣的事各位知道嗎？各戶人家的團扇上都畫著我陸放翁的形象。

【研　析】詩云「記江湖之樂」，描繪了江南農村清新天然的景致與閒適自由的生活。杜甫〈江雨有懷鄭典設〉：「亂波紛披已打岸，弱雲狼藉不禁風。」秦韜玉〈春雪〉：「片纔著地輕輕陷，力不禁風旋旋銷。」這些都是陸游「弱不禁風」一語所本。杜甫〈解悶十二首〉其一：「溪友得錢留白魚。」別本「友」字一作「女」。「溪女」一詞常見，謂溪邊勞作之女子。李白〈越女詞〉便有：「鏡湖水如月，耶溪女如雪。」「溪友」一詞，杜甫詩之前未曾出現過。杜甫原詩作「溪女」的可能性更大，然以點鐵成金、化陳出新為目標的宋人卻喜歡前人此類罕僻之語，挪為己用。宋黃庭堅〈和答子瞻〉便採用此語：「故園溪友膾腹腴，遠包春茗問何如。」陸游也跟著學了。人家園扇上多畫放翁的形象，不僅因陸游的詩名大，也因他老而康健。《唐宋詩醇》評：「風流自賞，夢中亦應得意。五六調新采麗，淺薄者議其未穩，真可一噱。」

舟中詠「落景餘清暉，輕橈弄溪渚」之句，蓋孟浩然〈耶溪泛舟〉詩也，因以其句為韻賦詩

【題解】慶元二年作於山陰，陸游駕舟出行，遊賞山陰附近的村落。舟中吟詠孟浩然的詩句而生感觸，遂以此詩句十字為韻，作成十首詩。此處選二首。

朝發雲根❶寺，暮宿煙際橋。冷螢溼不飛，潛魚驚自跳。菱船歌裊裊，荻浦風蕭蕭。平明❷宿鳥起，我亦理歸橈❸。

古祠照滄波，老木閟❹雲洞。輕舟不搖櫓，正用一風送。汲井漱❺甘液，掃榻寓幽夢。所恨山未深，城笳聽〈三弄〉❻。

【注釋】❶雲根　深山雲起之處。晉張協〈雜詩〉之十：「雲根臨八極，雨足灑四溟。」❷平明　猶黎明。天剛亮的時候。《荀子・哀公》：「君昧爽而櫛冠，平明而聽朝。」❸歸橈　猶歸舟。唐戴叔倫〈戲留顧十一明

府〉詩：「未可動歸橈，前程風浪急。」❹閼　阻隔；斷絕。唐杜甫〈陪章留後惠義寺餞嘉州崔都督赴州〉詩：「出塵閼軌躅，畢景遺炎蒸。」❺漱　飲；吮吸。《楚辭・九章・悲回風》：「吸湛露之浮源兮，漱凝霜之雰雰。」王逸注：「言己雖昇青冥，猶能食霜露之精以自潔也。」❻三弄　古曲名，即〈梅花三弄〉，傳係晉桓伊所作。唐李郢〈贈羽林將軍〉詩：「惟有桓伊江上笛，臥吹〈三弄〉送殘陽。」

【語　譯】早晨從雲山深處的寺廟出發，晚間住宿在煙靄彌漫的橋邊。螢火蟲在溼冷的寒夜中停止飛行，水中魚兒驚恐地跳動。採菱舟傳來裊裊歌聲，寒風吹拂岸邊的蘆荻。天亮時分，棲息的烏兒飛上天空，我也準備回家去了。

波面上倒映著古老的寺廟，老樹遮擋了雲霧繚繞的山洞。駕一葉扁舟不用划槳，風就能送它前行。飲用甘甜的井水，在睡榻上做一宿好夢。只遺憾我所居住的山村還不夠偏僻，依然能聽見城頭傳來的悲笳之聲。

【研　析】第一首中「冷螢」兩句取景幽細。李白〈代秋情〉：「白露濕螢火，清霜零兔絲。」李賀〈還自會稽歌〉：「野粉椒壁黃，濕螢滿梁殿。」螢火蟲在詩歌中的形象多有清冷孤寂的特點。除了與陸游同時的范成大有〈晚步宣華舊苑〉：「有露冷螢猶照草，無風驚雀自遷枝。」「冷螢」一詞在唐宋詩中罕見，它比「濕螢」一詞注入了更多詩人的主觀感受。陸游其他的詩如〈夜坐庭中〉：「暗窗飢鼠齧，空廡冷螢飛。」〈夏夜不寐有賦〉：「飢鶻掠簷飛磔磔，冷螢墮水光熠熠。」〈夜步庭下有感〉：「驚鵲遶枝棲不穩，冷螢穿竹遠猶明。」〈秋夜感舊十二韻〉：「冷螢綴蓬根，忽復照高樹。」都用了「冷螢」這個詞，可見其對幽僻之境的偏愛，它構成了陸游詩風格的多樣性。第二首「闃」字見錘鍛之功，「輕舟」一聯駘蕩生姿。尾聯更進一層，如此幽僻深遠之境，陸游猶嫌不夠，猶恨山不深，為悲笳之聲所撩動憂愁。《唐宋詩醇》評：「作者詩以萬計，閒適之什，往往出之率易，亦復數見不鮮。沙中金屑，每苦難披。十詩直舉胸情，清真古澹，妙處在神味之間，不可以貌求之。」

秋夜紀懷 其三

【題解】此詩慶元二年秋作於山陰。表達秋夜落寞追憶往昔之情。

北斗垂莽蒼❶，明河❷浮太清❸。風林一葉下，露草百蟲鳴。病入新涼❹減，詩從半睡成。還思散關路，炬火驛前迎❺。

【注釋】❶莽蒼　廣闊無邊的樣子。❷明河　天河；銀河。唐宋之問〈明河篇〉：「明河可望不可親，願得乘槎一問津。」❸太清　天空。《鶡冠子·度萬》：「唯聖人能正其音，調其聲，故其德上及太清，下及太寧，中及萬靈。」陸佃注：「太清，天也。」❹新涼　指初秋涼爽的天氣。❺還思二句　陸游於乾道八年十月自關中還南鄭時，作〈嘉川鋪得檄遂行中夜次小柏〉云：「酒消頓覺衣裘薄，驛近先看炬火迎。」散關即大散關。在陝西寶雞西南大散嶺上。當秦嶺咽喉，扼川陝間交通，為古代兵家必爭之地。三國魏曹操〈秋胡行〉之一：

「晨上散關山，此道當何難。」

【語譯】正值秋天的夜晚，仰望天空，北斗星懸掛在廣袤的天空中，明亮的星河彷彿在夜空漂浮。微風過處，忽聽一片樹葉從枝頭掉落，打破了岑寂，旋即又聽見草叢裡有許多昆蟲鳴叫。因為天氣逐漸涼爽了，我覺得自己的病似乎有些好轉，半夜裡睡不著，往往有作詩的靈感。但令我難以忘懷的，還是在南鄭時的那些往事，那兵驛前的火炬總在我的腦海中揮之不去。

【研析】此首詩也是陸游的五律佳作，風格蒼老瘦硬，骨重神寒，語少意足，意極深摯而以淡緩語出之，有無窮之味。一二由遠處寫起，寫秋夜之色；三四則由遠至近，寫秋夜之聲。「一葉」對「百蟲」，語極工穩。「一葉知秋」，「一葉」降落之聲極細微，唯在極岑寂孤淒之境中，方能感知。詩的下半部分寫自己。五六句用語極平淡，對偶不見雕琢之痕，極為自然深永。方回評道：「中四句皆工。」結則以回憶之景，而哀嘆、失意之情見於言外。紀昀評道：「淡雅有中唐氣韻。」

舍北搖落殊佳偶作 其二

【題解】此詩慶元二年冬作於山陰。這是慶元二年冬，陸游作的一組五言律詩，這裡選了其中的三首。此詩短小精幹，設色潤澤，情趣悠遠，如一幅寫生小景。

路擁新霜葉❶，溪餘舊漲沙。棲烏❷初滿樹，歸鴨各知家。世事元堪笑，吾生固有涯。南村聞酒熟，試遣小僮賒❸。

【注釋】❶霜葉　特指經霜變紅的楓葉。唐杜牧〈山行〉詩：「停車坐愛楓林晚，霜葉紅於二月花。」❷棲烏　晚宿的歸鴉。南朝梁王筠〈和衛尉新渝侯巡城口號〉詩：「棲烏城上返，晚雀林中度。」❸小僮賒　小僮，年幼的男僕。杜甫〈與李十二白同尋范十隱居〉詩：「入門高興發，侍立小童清。」宋范成大〈戲書四絕〉之三：「小童三喚先生起，日滿東窗暖似春。」賒，賒欠；欠賬購買。

【語譯】剛剛掉落的霜葉簇擁著道路，小溪邊上還殘留著舊的沙痕。夜晚快要降臨，烏鴉們都佔滿了樹枝，家裡養的鴨子也都知道回來了。世上的事情不過一笑而過，我的生命總有盡頭。聽說南村有新釀的酒，快點讓童僕去賒買一點回來。

【研析】首句「擁」字便很形象，見出霜葉有情。頷聯寫栖烏與歸鴨，彷彿與主人相識。「知」字也見出動物有情，是陸游用比擬之法，烘托出一片融融景象。既然棲烏與歸鴨如此欣然滿足，每日按部就班地歸來棲宿，太太平平地度過牠們短暫的一生，則我陸游這輩子又何必自尋煩惱、多有慾求，壯志未酬也就罷了吧，那些棲烏歸鴨真是令我羨慕。頸聯抒懷，尾聯接以賒酒，以事作結，便有餘味。「試」字見出隨意適性，如果無酒，又如果酒保不願賒賬，那就算了吧，不必強求，不必執著。

舍北搖落殊佳偶作其四

【題解】同上。

屋角成金字❶，溪流作縠紋❷。斜通小橋路，半掩夕陽門❸。孤艇衝煙❹過，疏鐘隔塢❺聞。杜門非獨病，實自厭紛紛。

【注釋】❶屋角成金字　方回《瀛奎律髓》：「『屋角成金字』，本出《北史．斛律金傳》，以對『溪流作縠紋』亦奇。」《北史．斛律金傳》：「（斛律）金性質直，不識文字，本名敦，苦其難署，改名為金，從其便易，猶以為難，司馬子如教為金字，作屋況之，其字乃就。」況，比擬，比方。❷縠紋　縐紗似的皺紋。常用以喻水的波紋。《太平御覽》卷六十五：「《水輿地志》曰：縠江，其水波瀾交錯，狀似羅縠之文，因以為名。」唐羅隱〈賀淮南節度盧員外賜緋〉詩：「御題綵服垂天眷，袍展花心透縠紋。」❸半掩夕陽門　唐許渾《丁卯詩集》卷下：「草閣平春水，柴門掩夕陽。」❹衝煙　穿過煙霧。唐釋貫休《禪月集》卷十四〈送杜使君朝覲〉：「花舸衝煙濕，朱衣照浪紅。」❺塢　四面如屏的花木深處，或四面擋風的建築物。如花塢、竹塢、船塢。

【語譯】我的屋角好像「金」字的上部，屋外的小溪泛起如紗似的皺紋。路斜斜地可以通到村裡的小橋，家門半掩著可以看到一片殘照。孤獨的小舟在煙霧中航行，稀疏的鐘聲飄過花塢來到耳邊。我杜門不出，並不僅僅是因為年弱多病，而是厭倦了塵世的紛擾。

【研　析】此首與上首作於同時，感情基調亦相彷彿。首句的出典，方回在《瀛奎律髓》中已注明，此為僻典不常用，而馮舒在評《瀛奎律髓》時則認為此句不一定用典。以陸游作詩的習慣，生新的語言要麼來自民間，要麼來自書本，相信他是讀了《北史・斛律金傳》的。首聯作靜態的描摹。頷聯則有動態，小路通到橋上，視線開始移動。門掩夕陽實在是古詩詞中最常見的景象了。古人愛用這個「掩」字，大概是為了顯示出那一份孤高清潔。頸聯由景色寫到聲音，「衝」字與「隔」字，一衝破一隔絕，屬對絕佳。且以此二字帶出煙、塢，見出物色景象之間的關聯。最後一聯抒懷。方回評說：「放翁所謂筆端有口，新冬野景，搜抉無遺。」

舍北搖落殊佳偶作 其五

【題　解】同上。

草徑人稀到，柴扉❶手自開。林疏鴉小泊，溪淺鷺頻來。簷角除瓜
蔓❷，牆隅斸芋魁❸。東鄰膰肉❹至，一笑舉新醅❺。

【注　釋】❶柴扉　柴門，亦指貧寒的家園。南朝梁范雲〈贈張徐州稷〉詩：「還聞稚子說，有客款柴扉。」

❷瓜蔓　瓜的藤蔓。宋梅堯臣〈宿州河亭書事〉詩：「雨久草苗盛，田蕪瓜蔓弱。」❸芋魁　芋的塊莖。亦泛稱薯類植物的塊莖。《後漢書・方術列傳上・許楊》：「時有謠歌曰：『敗我陂者翟子威，飴我大豆，亨我芋魁。』」李賢注：「芋魁，芋根也。」蘇軾〈次韻黃魯直畫馬試院中作〉：「不如芋魁歸飯豆。」❹膰肉　古代祭祀用的熟肉。《孟子・告子下》：「孔子為魯司寇，不用。從而祭，燔肉不至，不稅冕而行。」漢劉向《說苑・雜言》作「膰肉不至」。❺新醅　新釀的酒。唐白居易〈問劉十九〉詩：「綠蟻新醅酒，紅泥小火爐。晚來天欲雪，能飲一杯無？」

【語　譯】長滿野草的小徑很少有人來到，只有我一人時常去開啟柴扉，到屋外走走，散散心。樹林很稀疏，烏鴉在枝上偶爾短暫地停泊；溪水很淺，但是鷗鷺倒是經常來光顧。除去掛在屋簷下的過長的瓜蔓，在牆角採摘芋的塊莖。東邊的鄰居送來熟肉，大家笑著舉起酒杯。

【研　析】首聯從屋裡柴門草徑寫起，見出孤獨與悠閒。頷聯寫打開柴門走出屋外後的所見。「小泊」與「頻來」都用比擬手法寫出烏鴉、鷗鷺的有情，寫出牠們的悠閒自在、無憂無慮。頸聯見出人事，表達了農家生活的自足與愜意，也切合歲末之時。尾聯寫鄰居的熱情，饋送酒肉，彼此歡樂無間。唐肅宗上元元年（西元七六〇年），杜甫在飽經憂患、備嘗困苦之後，終於在成都西郭草堂營建了自己的小屋，漂泊之中暫得棲息之所。那年他寫的〈客至〉一詩中有：「肯與鄰翁相對飲，隔籬呼取盡餘杯。」陸游此首詩與〈客至〉的風味相似。紀昀評此組五律道：「五首俱佳，綽有杜意。」「綽」者，多也。信然。

睡起至園中

【題解】此詩慶元二年冬作於山陰。描寫初春鄉間生活之景。

春風忽已遍天涯❶，老子❷猶能領物華❸。淺碧細傾家釀酒❹，小紅初試手栽花。野人❺易與輸肝肺❻，俗語誰能挂齒牙❼。更欲世間同省事❽，勾回❾蟻戰❿放蜂衙⓫。

【注釋】❶春風忽已遍天涯　歐陽修〈戲答元珍〉詩：「春風疑不到天涯。」陸游此詩反用其意。❷老子　老年人自稱。猶老夫。《後漢書・逸民列傳・韓康》：「康曰：『此自老子與之，亭長何罪！』」❸物華　自然景物。南朝梁柳惲〈贈吳均〉詩之一：「離念已鬱陶，物華復如此。」❹家釀酒　家中自釀的酒。❺野人　泛指村野之人；農夫。三國魏嵇康〈與山巨源絕交書〉：「野人有快炙背而美芹子者，欲獻之至尊，雖有區區之意，亦已疏矣。」❻輸肝肺　交出肝肺，比喻傾吐內心所思所想。宋蘇軾〈次前韻送劉景文〉：「一篇向人寫肝肺，四海知我霜鬢鬚。」❼挂齒牙　掛在嘴邊、口頭。《史記・劉敬叔孫通列傳》：「此特群盜鼠竊狗盜耳，何足置之齒牙間？」❽省事　減少事務，省去麻煩。❾勾回　勾銷；勾除。❿蟻戰　螞蟻之間的爭鬥。宋曾慥《類說》卷五十七：「禮部唱和」條載：「梅聖俞時為屬，有詩云：『萬蟻戰酣春晝永，五星明處夜堂深。』」

⓫蜂衙　群蜂早晚聚集，簇擁蜂王，如舊時官吏到上司衙門排班《埤雅》：「蜂有兩衙應朝，其主之所在，眾蜂為之旋繞，如衛。誅罰徵令，絕嚴有君臣之義。」此處乃比擬修辭方法。

【語　譯】春風竟也吹到我的家鄉山陰，我雖然年邁，卻也能領略自然的美景。慢慢傾倒自己家裡釀製的淺碧色的酒，嘗試親自栽種紅色的小花。山間村野的人沒有心計，很容易與他們互訴衷腸。那些塵世間的語言不必再提。更想世間所有的人都能省卻多餘之事，停止如螞蟻般無謂的鬥爭，儘早結束如蜜蜂般的聚集官場衙門。

【研　析】首聯起得突兀，因為歐陽修的名句世人耳熟能詳，故反用之，以引起驚異，次句顯得老氣橫秋，不願服輸的拗勁。他的〈曉出至湖桑埭〉詩說：「老氣猶能作羆臥，壯懷誰復記鴻軒？」頷聯細緻輕盈，淺碧對小紅，色澤好，飽滿溫潤。頸聯的對偶絕佳，雖然「輸肝肺」與「挂齒牙」皆是熟語，並沒有什麼創新，但當陸游把它們安排在一聯的上下句之中，便頓生新意，饒有妙趣。這好比把一件普通的上衣和一件陳舊的下衣穿在一起，會搭配的人總能穿出花樣和新奇。「蜂衙」之語，陸游很喜歡用，他的〈野意〉詩也說：「花深迷蝶夢，雨急散蜂衙。」〈閒居〉：「蜜熟蜂衙放，羶殘蟻陣收。」這裡陸游把追求利祿功名的人比作螞蟻和蜜蜂，有諷刺意。關於「家釀」，陸游在《老學庵筆記》中有一條考證：「晉人所謂『見何次道，令人欲傾家釀』，猶云：欲傾竭家貲，以釀酒飲之也。故魯直云：『欲傾家以繼酌。』韓文公借以作〈簟〉詩云：『有賣直欲傾家貲。』王平父〈謝先大父贈簟〉詩亦云：『傾家何計效韓公。』皆得晉人本意。至朱行中舍人有句云：『相逢盡欲傾家釀，久客誰能散橐金。』用家釀對橐金非也。」陸游的意思是說，「傾家釀」

本是「用全部家產去釀酒」，以見豪爽大方。韓愈、王安國（王安石弟）、黃庭堅都用的是原意。到了朱服（字行中），便誤會了原意，把它理解為「傾倒自己家裡釀的酒」。陸游雖然批評別人，但自己寫詩，比方這首詩的「傾家釀」便也是沿用朱服的意思。大概許多創新、發明都是由失誤、誤解、錯誤而生發的吧。

隴頭水

【題解】此詩慶元二年冬作於山陰。〈隴頭水〉，漢樂府名。《樂府詩集・橫吹曲辭》郭茂倩題解引《樂府解題》：「漢橫吹曲，二十八解，李延年造。魏晉以來，唯傳十曲：一曰〈黃鵠〉，二曰〈隴頭〉。」隴頭，即隴山，六盤山南段的別稱，古時又稱隴阪、隴坻，借指邊塞。

隴頭十月天雨霜，壯士夜挽綠沉槍❶。臥聞隴水思故鄉，三更起坐淚數行。我語壯士勉自彊，男兒墮地❷志四方。裹尸馬革❸固其常，豈若婦女不下堂❹。生逢和親❺最可傷，歲輦❻金絮❼輸胡羌。夜視太白❽收光芒，報國欲死無戰場。

【注　釋】❶綠沉槍　槍杆上漆以深綠色的槍。❷墮地　落地。指出生。唐杜甫〈錦樹行〉：「生男墮地要膂力，一生富貴傾邦國。」❸裹尸馬革　用馬皮把屍體包裹起來。謂英勇作戰，死於戰場。《後漢書・馬援傳》：「男兒要當死於邊野，以馬革裹屍還葬耳，何能臥床上在兒女子手中邪？」北齊朱瑒〈與徐陵請王琳首書〉：「誠復馬革裹屍，遂其平生之志；原野暴體，全彼人臣之節。」❹婦女不下堂　古代禮教認為婦人不應離開內堂。《穀梁傳》：「婦人之義，傅母不在，宵不下堂。」❺和親　指封建王朝利用婚姻關係與邊疆各族統治者結親和好。《史記・劉敬叔孫通列傳》：「(高祖)取家人子名為長公主，妻單于。使劉敬往結和親約。」陸游一生，經歷宋高宗紹興十一年南宋與金國和議、宋孝宗隆興二年南宋與金國和議。❻輦　秦漢後帝王后妃所乘的車，此處指用車裝運。❼金絮　銀兩與絹。漢賈誼〈治安策〉：「今匈奴嫚侮侵掠，至不敬也，為天下患，至亡已也，而漢歲致金絮采繒以奉之。」❽太白　星名，即金星。又名啟明、長庚。《史記・天官書》：「察日行以處位太白。」司馬貞索隱：「太白晨出東方，曰啟明。」古星象家以為太白星主殺伐，故多以喻兵戎。唐李白〈胡無人〉詩：「雲龍風虎盡交回，太白入月敵可摧。」

【語　譯】隴山十月天氣寒冷，壯士在夜間握起綠色的槍。聽見隴水的聲音想起故鄉，徹夜難眠，三更坐起來，流下許多眼淚。我勸壯士要勤勉自強，男兒降生就應當志在四方，戰死沙場、馬革裹屍都屬平常，豈能像婦女那樣終身不離內堂。最令人悲傷的事，莫過於生活在朝廷與敵國和親的年代，眼見每年都將大量的銀兩和絹獻納給敵人。夜裡仰望太白星，它已將光芒收斂；欲報效國家卻沒有戰場可以馳騁殺敵。

【研　析】此詩抒發報國無門之悲，用樂府古題寫作，虛構了一個作者與邊塞壯士對話的場面，通過對壯士的安慰勸勉，表達了作者反對和親、恢復故土的志向。南宋以俯首稱臣、歲供金絮的方式取得和平，在陸游看來是最令人悲傷憤懣的事。首尾的「天雨霜」、「夜視太白」，都善於以景物描寫烘托氣氛，末句「報國欲死無戰場」為全篇畫龍點睛之句，揭示詩歌主旨，讀之不禁扼腕嘆息。《唐宋詩醇》評：「有古直悲涼之氣。」

立春日

【題解】此詩慶元二年冬作於山陰。陸游的詩有時來自生活，有時則來自書本。讀了一首前人的詩，便引起創作的衝動，很快便寫成了一首。這首詩應該就是陸游閱讀杜甫〈立春〉一詩有所感，便自己也來創作一首。

江花江水每年同❶，春日春盤❷放手空。天地無私❸生萬物，山林有處著衰翁。牛趨死地❹身無罪，梅發京華❺信不通。數片飛飛猶臘雪❻，村鄰相喚賀年豐。

【注釋】❶江花江水每年同　唐李白〈同王昌齡送族弟襄歸桂陽二首〉其二：「昨夢江花報江國，幾枝正發東窗前。」意同唐張若虛〈春江花月夜〉：「人生代代無窮已，江月年年望相似。」江花，江邊之花。❷春盤　古代風俗，立春日以韭黃、果品、餅餌等簇盤為食，或饋贈親友，稱春盤。帝王亦於立春前一天，以春盤並酒賜近臣。唐沈佺期〈歲夜安樂公主滿月侍宴〉詩：「歲炬常然桂，春盤預折梅。」❸天地無私　《忠經》：「天無私，四時行。地無私，萬物生。」❹牛趨死地　《孟子．梁惠王》：「臣聞之胡齕曰：王坐於堂上，有牽牛而過堂下者，王見之，曰：牛何之？對曰：將以釁鐘。王曰：舍之，吾不忍其觳觫，若無罪而就死地。」釁鐘，古代殺牲以血塗鐘行祭。觳觫，恐懼戰慄貌。趙岐注：「觳觫，牛當到死地處恐貌。」❺梅發京華　化用杜甫〈春日〉詩：「忽憶兩京梅發時。」❻數片飛飛猶臘雪　陸游自注：「去冬無雪，今年以正月十日巳時立春，而平旦有雪數片，猶臘雪也。」

【語　譯】江水和江花每年都相似，立春日準備的果品很多，吃得也很快，盤子一放下便空蕩蕩了。天地正是因為無私才會有萬物生長，所幸這山林還有一塊地方讓我安居。立春日祭祀用的犧牲如牛羊等，牠們的被殘殺令我起憐憫之心。臨安那邊的梅花想必此時正開著呢，可惜沒有人與我通信。早晨下起了幾片小雪，我覺得它應該是臘雪，預兆豐年，左鄰右舍的朋友們彼此相喚，共同祝願今年有大的收成。

【研　析】首聯中的「春日春盤」句，便是出自杜甫〈立春〉的「春日春盤細生菜」，而杜甫此聯的下半句「忽憶兩京梅發時」，又被陸游用到自己詩中的第六句中了。陸游偷前人詩句是如此「明目張膽」，因為他有自信，他自信自己的「偷」是有水平的，能「偷」出創造性和藝術魅力來。一二記立春日眼前景、事，三四故發感慨。第四句無甚深意，只說自己閒居尚得安寧而已，卻以之配第三句，論及天地造物之意，可謂氣象大。五六雖然皆用典、用陳句，卻皆是由「立春日」之眼前事、當日景所發。因為立春祭祀須宰殺犧牲，故由此聯想到《孟子》中的故事，以牛之無罪而死，抒發陸游自己被朝廷貶黜之無辜，表達受小人誣陷之意，以牛喻人。下句則接以杜甫的陳句，梅花之發正貼合立春，發於京華，則表明尚對臨安朝廷有思戀之情，尚關心朝廷命運，體現出傳統儒家知識分子的情懷。「牛」對「梅」，「死地」對「京華」皆極富創造性，生新獨造，同時又很好地表達了心思。尾聯則表達美好祝願，有溫柔敦厚之旨。方回以「奇」字評頷聯。

書憤 其一

【題　解】此詩慶元三年（西元一一九七年）春作於山陰。抒寫壯志未酬之痛。

白髮蕭蕭臥澤❶中，秖憑天地鑒❷孤忠。阨窮❸蘇武餐氈久❹，憂憤張巡嚼齒空❺。細雨春蕪❻上林苑❼，頹垣❽夜月洛陽宮❾。壯心未與年俱老，死去猶能作鬼雄❿。

【注　釋】❶澤　水聚匯處。《書・禹貢》：「九川滌源，九澤既陂。」此處指陸游家鄉的鏡湖。❷鑒　照。引申為照察、審辨。❸阨窮　困厄窮迫。《孟子・公孫丑上》：「遺佚而不怨，阨窮而不憫。」唐韓愈〈別知賦〉：「寧安顯而獨裕，顧阨窮而共愁。」❹蘇武餐氈久　西漢蘇武出使匈奴，匈奴脅迫蘇武投降，不從，幽囚於空窖中，絕其飲食。天降雨雪，蘇武以雪與旃毛並咽之，艱難備嘗，終不肯屈。《漢書・蘇武傳》：「武臥齧雪，與旃毛並咽之，數日不死。匈奴以為神，乃徙武北海上無人處，使牧羝，羝乳乃得歸。」❺張巡嚼齒空　張巡咬牙碎齒，形容憤慨之狀。《舊唐書．忠義張巡傳》：「及城陷，尹子奇謂巡曰：『聞君每戰眥裂，嚼齒皆碎，何至此耶？』巡曰：『吾欲氣吞逆賊，但力不遂耳。』子奇以大刀剔巡口，視其齒，存者不過三數。」❻春蕪　濃碧的春草。唐劉長卿〈登遷仁樓酬子婿李穆〉詩：「春蕪生楚國，古樹過隋朝。」❼上林苑　古宮苑名。秦舊苑，漢初荒廢，至漢武帝時重新擴建。故址在今西安。❽頹垣　坍塌的牆。南朝宋武帝〈登作樂山〉詩：「壤草淩故國，拱木秀頹垣。」宋蘇軾〈濠州七絕．四望亭〉：「頹垣破礎沒柴荊，故老猶言短李亭。」❾洛陽宮　指洛陽苑，隋唐時洛陽之內苑。因在宮城之西，故稱西苑。又名芳華苑、禁苑。❿鬼雄　鬼中之雄傑。用以譽為國捐軀者。《楚辭．九歌．國殤》：「身既死兮神以靈，子魂魄兮為鬼雄。」王逸注：「言國殤既死之後，精神強壯，魂魄武毅，長為百鬼之雄傑也。」宋李清照〈夏日絕句〉：「生當作人傑，死亦為鬼雄。」

【語譯】我閒居山陰鏡湖，滿頭斑白之髮。我對朝廷的衷心無人理會，只有憑天地來作證了。想起蘇武被匈奴拘囚，餐雪咽氈度日；想起張巡死守睢陽，憤怒地咬碎牙齒。上林苑、洛陽宮這些昔日的繁華之地，如今已是頹殘不已。縱如此，我的收復河山的壯志依然沒有泯滅，就算含恨死去，我也要做一個鬼之豪傑。

【研析】陸游題為〈書憤〉的詩有很多，前面曾選有「早歲那知世事艱」一首，那首詩作於淳熙十三年（西元一一八六年）。「樓船」一聯更是膾炙人口。這首〈書憤〉已作於十一年之後了。多了十年的經歷，陸游的豪氣有些減弱，悲憤有些增加。相比淳熙十三年的〈書憤〉，這首更顯蒼老遒勁，同時少了些風雲氣象。「白髮蕭蕭」在陸游詩中最常見，十幾首詩都用了這個詞。「澤中」一語令人聯想起古代愛國詩人屈原，他「被髮行吟澤畔，顏色憔悴，形容枯槁」。寫景的一聯，「細雨」「夜月」渲染一片感傷氛圍，與「樓船」一聯之激動人心恰成對比。相較十年前，陸游更加悲觀了。此詩之佳，不在寫景狀物，而在抒情言志，「只憑天地」一句悲憤之情無以復加。方回評道：「悲壯感慨，不當徒以虛語視之。」從用典上看，此詩用蘇武、張巡事合乎規範，對偶平穩，並無生新獨造處。因為要表達的是一片報國之志，題材較嚴肅，因此陸游的隸事也變得規矩了。這是陸游嚴肅正經的一面，收斂起頹唐，是他最自我看重的一面。

書憤 其二

鏡裏流年❶兩鬢殘，寸心自許❷尚如丹❸。衰遲❹罷試戎衣❺窄，悲憤猶爭寶劍寒。遠戍十年臨的博❻，壯圖萬里戰皋蘭❼。關河❽自古無窮事，誰料如今袖手❾看。

【題解】同上。

【注釋】❶流年　如水般流逝的光陰、年華。南朝宋鮑照〈登雲陽九里埭〉詩：「宿心不復歸，流年抱衰疾。」陸游〈無題〉詩亦云：「天涯落日孤鴻沒，鏡裡流年兩鬢秋。」❷自許　自誇；自我評價。《晉書・殷浩傳》：「溫既以雄豪自許，每輕浩，浩不之憚也。」❸如丹　赤誠的心。三國魏阮籍〈詠懷〉詩之五一：「丹心失恩澤，重德喪所宜。」❹衰遲　衰年遲暮。謂年老。唐鄭谷〈中年〉詩：「衰遲自喜添詩學，更把前題改數聯。」

❺戎衣　軍服；戰衣。《書・武成》：「一戎衣，天下大定。」孔傳：「衣，服也。一著戎服而滅紂。」❻的博　山名。在四川理縣東南。唐李商隱〈五言述德抒情詩獻上杜七兄僕射相公〉：「寄辭收的博，端坐掃攙搶。」此處泛指川陝。❼皋蘭　山名。在今甘肅蘭州南。《漢書・霍去病傳》：「轉戰六日，過焉支山千有餘里，合短兵鏖皋蘭下。」南朝梁元帝〈鄭眾論〉：「況復風生稽落，日隱龍堆，翰海飛沙，皋蘭走雪。」❽關河　指函谷等關與黃河。《史記・蘇秦列傳》：「秦四塞之國，被山帶渭，東有關河，西有漢中。」張守節正義：「東有黃河，有函谷、蒲津、龍門、合河等關。」❾袖手　藏手於袖。謂不能或不欲參與其事。《晉書・庾敳傳》：「參東海王越太傅軍事，轉軍諮祭酒。時越府多儁異，敳在其中，常自袖手。」

【語　譯】光陰流逝，換來的是鏡中的殘鬢之影；但我自知自己的報國之心尚是赤紅的。年紀大了，生有贅肉，以前的戎衣現在穿著覺得窄了；撫摸曾經佩帶的寶劍，悲憤忽起，情緒激昂四射，比起那寶劍的冰寒、寒光，我想是不輸給它的。十年的軍旅生活，又浮上心頭，萬里之外的的博、皋蘭又浮現目前。自古以來，關河那一帶都不太平，戰爭頻仍，男兒就應該去那裡實現一番豪情壯志，可是如今的我只能在家鄉袖手旁觀，無所作為。

【研　析】此首與上首作於同時。若說上首主要以歷史人物代為表達陸游的心志，那麼這首詩則更多地寫到了自己。上首時空跨越，故第二句即由「天地」說起。此首寫自己，便從身邊之物寫起，由日用所需之鏡子起首。由鏡中白髮，復寫到衣服。戎衣雖然穿不上了，但壯志悲憤並沒磨滅，「罷」字有失落之感，而對句之「爭」字復有豪放激昂之意，兩句一重一輕，一起一伏，情感之千迴百轉，心緒之百般不寧，便在這十四個字中表達了出來。「悲憤」與「寶劍」爭「寒」，綽有杜意。將自身之心緒與外界之實物作比較，深得杜甫詩三昧，杜甫詩如〈江漢〉：「落日心猶壯，秋風病欲蘇。」乃將不可相比或本不相關之兩物相比，從而產生詩意。頸聯則無甚新意，無非在上下句安插地名，以回憶往日經歷。「十年」對「萬里」之時空對，亦屬詩家常事。尾聯再次抒發感慨，「袖手」一語略顯粗疏，與十年前所作〈書憤〉之以諸葛亮〈出師表〉作結相比，此首有欠含蓄。紀昀批此二首詩道：「此種詩是放翁不可磨處。集中有此，如屋有柱，如人有骨。如全集皆『石研不容留宿墨，瓦瓶隨意插新花』句，則放翁不足重矣。何選放翁詩者，所取乃在彼也？」明清以來，很多詩人所以喜歡陸游，都是欣賞他有一枝抒寫文人書齋生活的妙筆，比如《紅樓夢》裡香菱喜歡的「重簾不卷留香久，石硯微凹聚墨多」。因為後人無陸游國破之經歷，故亦無他的收復之志，喜歡「老清客」的詩句也情有可原。但陸游詩的「脊梁」卻不能因此而被掩蓋，紀曉嵐的話便是對此而發的。

小舟遊西涇度西岡而歸

【題　解】此詩慶元三年春作於山陰。描寫鄉間清幽之景。

小雨重三❶後，餘寒百五❷前。聊乘瓜蔓水❸，閒泛木蘭船❹。雪暗❺
梨千樹，煙迷柳一川。西岡夕陽路，不到又經年。

【注　釋】❶重三　即上巳，舊時節日。漢以前以農曆三月上旬巳日為「上巳」；魏晉以後，定為三月三日，不必取巳日。《後漢書‧禮儀志上》：「是月上巳，官民皆絜於東流水上，曰洗濯祓除去宿垢疢為大絜。」❷百五　寒食日。在冬至後的一百零五天，故名。三國魏曹操〈明罰令〉：「聞太原、上黨、西河、雁門，冬至後百五日皆絕火寒食，云為介子推……北方沍寒之地，老少羸弱將有不堪之患。令到，不得寒食。」南朝梁宗懍《荊楚歲時記》：「去冬至節一百五日，即有疾風甚雨，謂之寒食。禁火三日，造餳、大麥粥。」❸瓜蔓水　原指農曆五月黃河水汛，此處泛指農曆五月的一般水汛。《宋史‧河渠志一》：「五月瓜實延蔓，謂之瓜蔓水。」清陳康祺《郎潛紀聞》卷十：「黃河水信，清明後二十日曰桃汛，春杪曰菜花水；伏汛以入伏始，四月麥黃水，五月瓜蔓水。」❹木蘭船　木蘭舟。南朝梁劉孝威〈採蓮曲〉：「金槳木蘭船，戲採江南蓮。」唐賈島〈和韓吏部泛南溪〉：「木蘭船共山人上，月映渡頭零落雲。」❺雪暗　大雪迷漫。此處則用以形容盛開的梨花。唐盧照鄰〈紫騮馬〉詩：「雪暗鳴珂重，山長噴玉難。」唐杜甫〈鷗〉詩：「雪暗還須浴，風生一任飄。」李白〈宮中行樂詞〉：「梨花白雪香。」

【語　譯】上巳節後下起了小雨，寒食日還未到，天氣還有些寒冷。聊且在水上泛舟遊賞吧。船是美麗的木蘭船，水汛剛來。樹林裡的梨花盛開，如大雪瀰漫；河邊柳條輕垂，如煙霧迷離。西邊的山嶺正在夕陽照射下，我大概有一年沒有去那裡了。

【研　析】作為一位影響深遠的詩壇大家，陸游各種體裁、各種風格的詩都很擅長。但收復故土的慷慨激昂、軍旅生活的豪放跌宕與報國無門的頹唐悲憤、書齋生活的細緻清潤，當是陸游的本色之處。至於王維、孟浩然一路清幽淡遠的詩，陸游也學得很像，模仿得惟妙惟肖，甚或在精巧上遠邁前賢，模仿的功力固然高，作詩的天才固然令人仰慕，但畢竟不是他的本色處，畢竟與他的個性、性情不甚相合。這首詩便有王孟韋柳的風格，固然好，但我們似乎看不到陸游的內心。首聯用數字對，皆是關於節氣的。頷聯「瓜蔓」對「木蘭」亦甚工穩，且皆用典故。方回評道：「三四極新。」但「瓜蔓水」乃五月之水，與此詩所寫春日之時間不合，《唐宋詩醇》為陸游辯解說：「五月為瓜蔓水，此屬一時誤用。」頸聯之梨花對柳樹詩中常見，《唐宋詩醇》拿此聯跟較早的李白〈送別〉詩相比說：「較太白『梨花千樹雪，楊柳萬條煙』似勝一籌。」認為勝過李白。陸游此聯在句式結構上比李白原詩要複雜一些，因而更顯得精巧一些。但李白的詩不以精巧勝，而以氣象勝。《唐宋詩醇》評整首詩道：「穩中帶秀，此境正不易到。」清人姚培謙、張景星等編《宋詩百一鈔》，五律一體只選了陸游的三首詩，可謂過於精嚴，其中便有此首。

書志

【題　解】此詩慶元三年春作於山陰。陸游的恢復之志無法在現實中實現，或形諸夢寐，或希冀未來。此詩幻想死後肝心化為金鐵，鑄為寶劍，斬佞臣，滅敵國。

往年出都門❶，誓墓❷志已決。況今蒲柳❸姿，俛仰❹及大耋❺。妻
孥厭寒餓，鄰里笑迂拙。悲歌行拾穗❻，幽憤臥齧雪❼。千歲埋松根，

陰風蕩空穴。肝心獨不化，凝結變金鐵。鑄為上方劍❽，釁❾以佞臣❿血。匣藏武庫⓫中，出參髦頭⓬列。三尺⓭粲星辰，萬里靜妖孽。君看此神奇，醜虜何足滅。

【注釋】❶都門　臨安，指陸游淳熙十六年罷官歸鄉。❷誓墓　《晉書・王羲之傳》：「時驃騎將軍王述少有名譽，與羲之齊名，而羲之甚輕之，由是情好不協……述後檢察會稽郡，辯其刑政，主者疲於簡對。羲之深恥之，遂稱病去郡，於父母墓前自誓。」後因以「誓墓」稱去官歸隱。❸蒲柳　即水楊。一種入秋就凋零的樹木。南朝宋劉義慶《世說新語・言語》：「蒲柳之姿，望秋而落；松柏之質，經霜彌茂。」後因以比喻未老先衰，或體質衰弱。唐盧綸〈和崔侍郎游萬固寺〉：「風雲才子冶遊思，蒲柳老人惆悵心。」❹俛仰　形容時間短暫。《莊子・在宥》：「其疾俛仰之間而再撫四海之外。」❺大耋　古八十歲曰耋。一說指七十歲。故以「大耋」指老年人，或指高齡。《易・離》：「九三，日昃之離，不鼓缶而歌，則大耋之嗟，凶。」❻拾穗　《列子・天瑞》：「林類年且百歲，底春被裘，拾遺穗於故畦，並歌並進。孔子適衛，望之於野，顧謂弟子曰：『彼叟可與言者，試往訊之。』」張湛注：「收刈後田中棄穀捃之也。」揀拾遺落在田的穀穗。❼齧雪　謂嚼雪以止渴充飢。常比喻生活極端艱苦而堅貞不屈。《漢書・蘇武傳》：「單于愈益欲降之，乃幽武置大窖中，絕不飲食。天雨雪，武臥齧雪，與旃毛並咽之。」❽上方劍　即尚方劍。尚方署特製的皇帝御用的寶劍。古代天子派大臣處理重大案件時，常賜以上方劍，表示授予全權，可以先斬後奏。❾釁　血祭。謂殺生取血塗物以祭。《周禮・春官・天府》：「上春釁寶鎮及寶器。」鄭玄注：「釁，謂殺牲以血血之。」❿佞臣　奸邪諂上之臣。漢桓寬《鹽鐵論・論儒》：「子瑕，佞臣也。」⓫武庫　儲藏兵器的倉庫。《漢書・毋將隆傳》：「武庫兵器，天下公用。」⑫氂頭　同「旄頭」。古代皇帝儀仗中一種擔任先驅的騎兵。《漢書‧燕刺王劉旦傳》：「旦遂招來郡國姦人，賦斂銅鐵作甲兵，數閱其車騎材官卒，建旌旗鼓車，旄頭先敺。」顏師古注：「凡此旄頭先驅，皆天子之制。」⑬三尺　指劍。《漢書‧高祖紀下》：「吾以布衣提三尺，取天下，此非天命乎？」顏師古注：「三尺，劍也。」

【語　譯】早年離開臨安的時候，我就有歸隱的志向了。何況如今衰老不堪，離大耋之年已很近了。妻子和兒女隨我忍受寒冷飢餓，鄰居也嘲笑我的迂腐笨拙。我像林類那樣一邊悲唱一邊拾穗，又如蘇武齧雪那樣滿懷悲憤。我死後屍骨埋於松根之下，千年以後，穴中陰風搖蕩。我的肝心並未化為灰燼，而是凝結為金鐵。被人鍛鑄為上方寶劍，塗上佞臣之血。珍藏在兵器庫中，在皇帝親征討伐時被使用。三尺劍的光芒粲爛如星辰，可見掃除萬里之外的妖孽。大家看它如此神奇，消滅凶邪的敵人輕而易舉。

【研　析】興會標舉、構思奇特，詞氣浩蕩感激、踔厲風發，誠可起痿興痺，光耀千古。這是陸游詩「安身立命」之處、亦是「不可磨滅」之處。在那些精緻的對偶、細膩的意象、幽遠的閒情之外，正是此類詩歌的存在方成就陸游於中國詩歌史上的地位。「千歲」句之前，皆寫晚境牢落之悲，用「欲揚先抑」法，至「肝心」句則奮然揚起。「陰風」一句，亦妙於烘托氣氛。詩押屑韻，與岳飛〈滿江紅〉用韻同，急促有力，正宜傾吐悲憤抑鬱之氣。于北山《陸游年譜》評此詩：「貫穿積極浪漫主義色彩，冀身後骨肉成塵，肝心不化，凝為金鐵，鑄成劍鋒，斬佞臣而掃妖氛，足見志存康濟，生死不渝。」《唐宋詩醇》評：「幻想奇文，不可磨滅。」

舍北行飯書觸目 其二

【題解】此詩慶元三年秋作於山陰。從這首詩中，我們可以感受到陸游描摹、寫生的功力。

落雁昏鴉集遠洲，青林紅樹擁平疇❶。意行❷舍北三叉路❸，閒看橋西一片秋。小婦❹破煙❺撐去艇，丫童橫笛❻喚歸牛。形容❼野景無餘思，自怪凝頑不解愁。

【注釋】❶平疇　平坦的田野。晉陶潛〈癸卯歲始春懷古田舍〉詩之二：「平疇交遠風，良苗亦懷新。」唐李夐〈恒嶽晨望有懷〉詩：「禋祠彰舊典，壇廟列平疇。」❷意行　猶信步。唐劉禹錫〈蠻子歌〉：「腰斧上高山，意行無舊路。」宋范成大〈與正夫朋元遊陳侍御園〉詩：「沙際春風捲物華，意行聊復到君家。」❸三叉路　從同一路口出發，通向不同去處的幾條道路。宋釋覺範〈次韻𠂔夏日五首時渠在禹谿余乃居福嚴〉：「三叉路口炊煙起，白瓦青旗一兩家。」❹小婦　年輕婦女。唐杜甫〈草閣〉詩：「泛舟慚小婦，飄泊損紅顏。」唐劉長卿〈疲兵篇〉詩：「小婦十年啼夜織，行人九月憶寒衣。」❺破煙　穿過煙霧。唐釋貫休《禪月集》卷十四〈送杜使君朝覲〉：「花舸衝煙濕，朱衣照浪紅。」❻丫童橫笛　挽著丫髻的兒童吹著笛子。橫笛，吹笛時笛子須橫舉，故以橫笛表示吹笛。牧童或牧民吹笛以驅使牛羊。唐張喬〈題河中鸛雀樓〉詩：「漁人遺火成寒燒，牧笛吹風起夜波。」❼形容　描摹；描述。

【語　譯】遠處的沙洲上，聚集著成群的大雁與烏鴉。青紅相間的樹林簇擁著平遠的田疇。我在屋舍北面的三叉路口隨意地散步，悠閒地欣賞著小橋西面的一片秋色。我看見鄉間的年輕婦女撐著小船穿過煙霧，挽著丫髻的小孩吹起了牧笛召喚牛羊歸家。我的詩只是描摹村野的景色，而沒有心思想其他事，奇怪我怎麼突然癡頑起來，竟不知道憂愁了。

【研　析】起首二句飽滿溫麗，色彩潤澤，上句「落雁」「昏鴉」「遠洲」三個名詞並置，中間惟用一個「集」作動詞連接，下句亦如是，這樣給七言句造成了一種節奏歡快的感覺，如此為全詩奠定了基調。頷聯則寫到陸游自己，紀昀評道：「三四自然脫灑。」詩用「三叉路」並無深意，不過看重這個俗語中有個數字「三」，那麼正好成為律詩中數字對的好材料。陸游之前的詩中用「三叉路」的不多，蘇軾和惠洪等人偶爾一用。但陸游卻彷彿用上癮了，在他的《劍南詩稿》中大約有六次用到這個詞語，他如〈避暑近村偶題〉：「楚祠草合三叉路，隋寺苔侵半折碑。」〈初晴野步〉：「入市路三叉，緣山港半斜。」〈數日秋氣已深清坐無酒戲題長句〉：「避俗要生輪四角，出門何啻路三叉。」頸聯寫村中人物，小婦與丫童的行為如畫，「衝煙」、「破煙」之景也為陸游所喜歡，如他的〈采蓮曲〉：「小舟點破煙波面」、〈舍北搖落殊佳偶作〉其四：「孤艇衝煙過」。這種景象有一種對平靜的破壞，有新鮮味，比較符合在家中讀書讀久了的陸游。「丫童」一詞，據我們考察，也是陸游在詩中首次用到的。紀昀評此詩道：「格意未高，而詞調清圓可誦。」《唐宋詩醇》評道：「句句宛肖。」尾聯說自己見此景而忘卻憂愁，此話是不大可信的，至多忘卻一會兒，然後他的牢騷抑鬱又會起來了。

病足累日不能出菴門折花自娛

【題解】此詩慶元四年（西元一一九八年）春作於山陰。詩題交待了作詩的旨意，因為病足不能出門遊賞，所以便折了一枝花插在房中的花瓶裡，聊以自娛。

頻報園花照眼明，蹣跚❶正廢下堂❷行。
擁衾又聽五更雨❸，屈指❹元無三日晴❺。
不奈病何❻拋酒醆❼，麤知春在賴鶯聲。
一枝自浸銅瓶❽水，喜與年光未隔生❾。

【注釋】❶蹣跚　行步搖晃跌撞貌。❷下堂　謂離開殿堂或堂屋。《禮記・郊特牲》：「覲禮，天子不下堂而見諸侯；下堂而見諸侯，天子之失禮也。」❸五更雨　舊時自黃昏至拂曉一夜間，分為甲、乙、丙、丁、戊五段，謂之「五更」。又稱五鼓、五夜。第五更的時候，即天將明時。宋梅堯臣〈韻和通判二月十五日雨中〉：「窗聽五更雨，花開前日風。」❹屈指　彎著指頭計數。《三國志・魏志・張郃傳》：「屈指計亮糧不至十日。」❺三日晴　黃庭堅〈離福巖〉：「山下三日晴，山上三日雨。」❻不奈病何　拿疾病沒有辦法，無法徹底治愈。❼酒醆　亦作「酒盞」、「酒琖」，小酒杯。唐杜甫〈酬孟雲卿〉詩：「但恐銀河落，寧辭酒盞空。」❽銅瓶　銅製花瓶。❾隔生　隔閡陌生。

【語　譯】已經好幾次聽聞園裡的花正在盛開，怎奈我的病腳不宜行走，不能出門欣賞大好春光。我擁著被子傾聽五更時的雨聲，屈指算一算，這時節真難得連續三天都是晴天。我拿這腳病實在沒有辦法，連喝酒的興致也沒有了。偶爾傳來一兩聲黃鶯的鳴叫，讓我知道屋外的春天還沒有走遠。所幸有花瓶裡還有一枝鮮花，讓我感到欣慰，覺得並沒有因腳病而與春天隔絕。

【研　析】首聯順著題目說來。此聯寫病足在屋內的情景，上下二句皆有嘆逝之感，春天本就短暫，又逢下雨，讓人覺得世上美好之事總易消逝。這兩句雖然都沒寫花，寫的是氣候，但同時也表達了陸游的惜春憐花之意。紀昀便看出了這層意思，他評道：「三四暗用花事將盡，非橫插，亦非空寫。」意謂三四雖然表面沒有緊扣「花」，好像插入得有些突兀，但實際上又是與「花」綰合的。五句回到自己，言腳病得厲害，沒有心情飲酒；六句又回到「花」，寫屋外的春光。由鶯聲知道春在，乃側面描寫。方回評道：「第六句絕妙。」紀昀批評道：「六句從對面托出，不見花意。用筆皆玲瓏。」頸聯的對偶妙在用虛字，「不奈」「何」與「纔知」「在」相對，巧妙傳達出內心的情感活動。

夏日 其五

【題　解】此詩慶元四年夏作於山陰。描寫鄉間夏日之景。

梅雨初收景氣新，太平阡陌❶樂閑身。陂塘漫漫行秧馬❷，門巷陰陰挂艾人❸。白葛烏紗❹稱時節，黃雞綠酒聚比鄰❺。掀髯❻一笑吾真足，不為無錐❼更歎貧。

【注釋】❶阡陌　泛指田間小路。漢荀悅《漢紀・哀帝紀下》：「又聚會祀西王母，設祭於街巷阡陌，博奕歌舞。」晉陶潛〈桃花源記〉：「阡陌交通，雞犬相聞。」❷秧馬　古代農民拔秧時所坐的器具。形如船，底平滑，首尾上翹，利於秧田中滑移。宋蘇軾〈秧馬歌引〉：「予昔游武昌，見農夫皆騎秧馬……日行千畦，較之傴僂而作者勞佚相絕矣。」❸艾人　古俗，用艾蒿紮草人懸門上，以除邪氣。南朝梁宗懍《荊楚歲時記》：「五月五日……採艾以為人，懸門戶上，以禳毒氣。」宋蘇軾〈元祐三年端午貼子詞・皇太妃閣〉之五：「仁孝自應禳百沴，艾人桃印本無功。」❹白葛烏紗　白葛，白夏布。唐杜甫〈送段功曹歸廣州〉詩：「交趾丹砂重，韶州白葛輕。」烏紗，指古代官員所戴的烏紗帽，此處泛指一般的帽子。❺比鄰　鄉鄰；鄰居。《漢書・孫寶傳》：「後署寶主簿，寶徙入舍，祭灶請比鄰。」晉陶潛〈雜詩〉之一：「得歡當作樂，斗酒聚比鄰。」❻掀髯　笑時啟口張鬚貌；激動貌。宋蘇軾〈次韻劉景文見寄〉：「細看落墨皆松瘦，想見掀髯正鶴孤。」❼無錐　無立錐之地。立錐，插立錐尖。形容地方極小。《漢書・王莽傳中》：「強者規田以千數，弱者曾無立錐之居。」《三國志・魏志・倉慈傳》：「舊大族田地有餘，而小民無立錐之土。」

【語譯】梅雨剛結束，景象頓時覺得新鮮。世道太平，在田間的小路上漫步，覺得悠閒自在。陂塘裡滑動著眾多的秧馬，端午將近，家家門前都掛上了艾人。白葛烏紗做的衣帽，正與時節相稱。與鄰居們一起食雞飲酒。我真覺得滿足，不再感嘆貧困。

【研析】首句交待時間，乃梅雨初收之時節。次句抒發感慨，為悠閒無事而感欣慰。三句描寫夏日田間的景象，婉肖如畫。雖然蘇軾早有〈秧馬歌〉一詩，但那是一首七言古詩。之後雖也有人用「秧馬」作對子，不過偶一為之。而放翁卻是樂此不疲，集中有好多首詩用它作對子。而且陸游以前的詩人，如王之道〈和張公儀〉對以「鈞車」，張孝祥〈將至池陽呈魯使君〉對以「筍輿」，陳棣〈次韻喜雨〉對以「雷車」，還都是在「交通工具」這一類型裡找對子，而陸游則此首對以「艾人」，〈題幽壁〉對以「紙鳶」，都比前賢對得更有新意。而「漫漫」與「陰陰」兩個疊詞也用得貼切。頸聯則逗出人事，白、烏、黃、綠色彩鮮明，方使整首詩不致枯澀。紀昀評道：「比較圓淨，然亦太熟。」方回評道：「真詩人！難得如此！格律信手圓成，不喫一絲毫力也。」尾聯則是常調，敷衍的話。因為讀過《劍南詩稿》全集的人都知道陸游的「吾真足」實在是謊言，他下一首詩可能又開始嗟嘆了。陸游詩的一大缺點，就是不能在詩中呈現一個統一的自己，時常矛盾，時有真心之言，時又言不由衷。放翁作律詩，也許實在是想創造些好對子，呈現給我們一些好刻劃，至於描摹之餘的感慨議論，則只能是老生常談，敷衍成文，言不由衷便不奇怪了。

小舟過吉澤効王右丞

【題解】此詩慶元四年秋作於山陰。吉澤，山陰地名，見會稽志。

澤國❶霜露晚，孤村煙火微。本去官道❷遠，自然人跡稀。木落❸山盡出，鐘鳴僧獨歸。漁家閒似我，未夕❹閉柴扉。

【注釋】❶澤國　水鄉。唐李嘉祐〈留別毘陵諸公〉詩：「淒涼辭澤國，離亂到鄉山。」❷官道　公家修築的道路；大路。唐白居易〈西行〉詩：「官道柳陰陰，行宮花漠漠。」❸木落　樹葉凋落。《楚辭・湘君》：「洞庭波兮木葉下。」晉左思〈蜀都賦〉：「木落南翔，冰泮北徂。」❹未夕　還未到晚上的時候，天還沒黑。陶潛〈詠貧士〉詩：「遲遲出林翮，未夕復來歸。」

【語譯】在江南水鄉生活，感到霜露遲遲沒有消失。村子很偏僻，人家的煙火很微弱。因為小村本來就距離官道比較遠，所以人跡罕至也是很自然的了。樹葉多已經掉光了，便見出整個山峰，晚鐘敲響了，老僧獨自歸來。漁家跟我一樣悠閒，還沒到晚上便已經關上柴門了。

【研析】《唐宋詩醇》評點此詩時引用了陸游自己文集中的話作旁證：「〈跋王右丞集〉：余年十七八時，讀摩詰詩最熟，今永晝再取讀之，如見舊師友，恨間闊之久也。」間闊，久別、遠隔之意。原來陸游十七八歲的時候便很喜歡王維的詩，而且喜歡到了「熟讀」的程度。雖然陸游最富自身特色的詩歌，與王維、孟浩然那一路悠遠閒淡的詩風，還是有相當大的差別。但是在描寫景物上，王、孟一派的詩歌，卻豐富了陸游的技巧，使他的才能更加全面。陸游這首詩最妙之處在於頸聯，它既從傳統來，又從傳統出。方回評道：「五六可謂得句。」第五句的意思，古人詩中常見，比如唐代的許渾說：「石橫閒水遠，林缺見山多。」北宋的張先說：「浮萍破處見山影，小艇歸時聞棹聲。」陸游之後的南宋著名詩人戴復古說：「亭高俯城郭，木闕見江山。」詩意類似的句子還有很多，此處只略舉一二，讀者朋友們可以感受到中國古典詩歌在模山範水上的構圖、繪景模式。陸游此聯也是形容一種「空缺」之後的「呈現」，這種構詞給人以發現之美，驚喜之美。但在對偶上，不復用「城郭」、「山水」、「亭臺」之類的詞，而用「鐘聲」、「僧」，做到色彩與聲響的搭配，以人對物，屬對更加自由寬鬆，拉長對偶的距離，增強詩意的產生。末句則化用陶潛詩意。

豐歲

【題解】此詩慶元四年秋作於山陰。描寫鄉村風俗。

豐歲歡聲動四鄰，深秋景氣粲❶如春。羊腔❷酒擔爭迎婦，鼉鼓❸龍船共賽神❹。處處喜晴過甲子❺，家家築屋趁庚申❻。老翁欲伴鄉閭❼醉，先辦長衫紫領巾❽。

【注釋】❶粲　鮮明貌；美好貌。《詩·唐風·葛生》：「角枕粲兮，錦衾爛兮。」❷羊腔　腔指肫羊。唐韓愈〈病中贈張十八〉詩：「雌聲吐款要，酒壺綴羊腔。」❸鼉鼓　用鼉皮蒙的鼓，聲亦如鼉鳴。《詩·大雅·

靈臺》：「鼉鼓逢逢。」陸璣疏：「〔鼉〕其皮堅，可以冒鼓也。」❹賽神　謂設祭酬神。唐張籍〈江村行〉：「一年耕種長苦辛，田熟家家將賽神。」❺喜晴過甲子　唐張鷟《朝野僉載》卷一記載甲子下雨之災：「春雨甲子，赤地千里。夏雨甲子，乘船入市。秋雨甲子，禾頭生耳。冬雨甲子，鵲巢下地，其年大水。」甲子下雨，俗謂不吉，故曰喜晴。❻庚申　《淮南子．天文》：「庚辛申酉，金也。」又：「申為破。」庚申築屋，取破土之義。❼鄉閭　古以二十五家為閭，一萬二千五百家為鄉，因以「鄉閭」泛指民眾聚居之處。此處借指鄉民。
❽紫領巾　紫色的披或繫在脖子上的織品。出自唐韓愈〈賽神〉詩：「白布長衫紫領巾，差科未動是閒人。」

【語　譯】左鄰右舍都是慶賀豐收的歡聲笑語，深秋的景色天氣如春天般鮮明美好。但見迎娶新婦的隊伍中有人挑著酒罈和豚羊，賽神的龍船上傳來擊打鼉鼓的聲音。家家戶戶都因甲子日天晴不雨而高興，也趁著庚申日加緊修建房屋。我也想跟鄉親們一起喝醉，先準備好白布長衫和紫領巾吧。

【研　析】陸游晚歲詩除抒寫報國之志，農村風俗與生活場景也是一大題材。此詩即記述了農村迎娶新婦與龍舟賽神這件事，從「羊腔酒擔」中見出當年收成之豐。又於詩中記錄了「甲子喜晴」、「庚申築屋」這樣的民間信仰，反映了鄉民生活、農事方面的風俗。頷聯的對仗甚為工整而輕快。尾聯表達作者欲加入其中，雖報國恢復之志絲毫未泯，然不妨礙生活上的樂觀與欣樂也。《劍南詩稿》絕對是民俗學研究的好材料，在詩歌與自註中都有不少記錄。《唐宋詩醇》評：「點綴嫵媚，煞有風致。」

秋晴見天際飛鴻有感

【題解】此詩慶元四年秋作於山陰。托物言志，表達落寞之懷。

新晴天宇色正青，群鴻高騫❶在冥冥。兒童相呼共仰視，我亦扶杖來中庭。豐年到處稻粱滿，胡不暫下棲沙汀❷？應須江海寄曠快❸，肯為霜雪❹嗟飄零？書生可笑不自喜❺，憔悴久翦❻籠中翎❼。鷗波萬里每媿杜❽，鶴化千載知非丁❾。風前哀號漫激烈，月下孤影常跉竮❿。詩成欲寫復懶去，誦似溪友聲泠泠⓫。

【注釋】❶群鴻高騫　鴻雁飛翔。《詩・豳風・九罭》：「鴻飛遵渚。」唐孟浩然〈同曹三御史行泛湖歸越〉詩：「杳冥雲外去，誰不羨鴻飛。」騫，高飛貌。❷沙汀　水邊或水中的平沙地。南朝梁江淹〈靈丘竹賦〉：「鬱春華於石岸，艷夏彩於沙汀。」❸曠快　猶暢快。舒適快意。宋蘇舜欽〈贈釋秘演〉詩：「開春余行可同載，相與曠快觀滄溟。」❹霜雪　霜和雪。喻陰冷的環境，嚴酷的遭遇。❺不自喜　猶言不自思量。《史記・魏其武安侯列傳》：「韓御史良久謂丞相曰：『君何不自喜？』」清黃生《義府・不自喜》：「不自喜，即今俗云好不思量之意。必當時方言如此。」❻翦　斬斷；除去。《詩・召南・甘棠》：「蔽芾甘棠，勿翦勿伐，召伯所茇。」毛傳：「翦，去。」❼翎　鳥翅或尾上長而硬的毛。亦泛指鳥羽。唐韓愈〈薦士〉詩：「鶴翎不天生，變化在啄菢。」❽鷗波萬里每媿杜　本自杜甫〈奉贈韋左丞丈二十二韻〉：「白鷗沒浩蕩，萬里誰能馴。」❾鶴化千載知非丁　本自《搜神後記・丁令威》：「丁令威，本遼東人，學道於靈虛山。後化鶴歸遼，集城門華表柱。時有少年，舉弓欲射之。鶴乃飛，徘徊空中而言曰：『有鳥有鳥丁令威，去家千年今始歸。城郭如故人民非，何不學仙塚壘壘。』遂高上沖天。」❿竛竮　孤單貌。南朝梁武帝〈孝思賦序〉：「年未髫齔，內失所恃，餘喘竛竮，嬭媼相長。」⓫泠泠　形容聲音清越、悠揚。晉陸機〈招隱詩〉之二：「山溜何泠泠，飛泉漱鳴玉。」「溪友」在陸游詩中多指人，此處蓋以「友」喻指溪水。

【語　譯】秋日天空放晴，一片蒼青；一群鴻雁高飛於上。兒童們彼此相呼，一起仰視；我也撐著拐杖來到庭中。今年收成頗豐，鴻雁為何不棲息在沙汀上取食呢？想來牠們遨遊江海正是為了自由暢快，豈肯因為霜雪而嗟嘆飄零？於是覺得自己很可笑，竟沒有自我反省；久在塵世的樊籠裡，憔悴而失去自由。想到杜甫那白鷗遨遊萬里的志向，每每感到慚愧不如；也知道自己不可能像丁令威那樣化成千年之鶴。我只能迎風悲歌，空有一腔激烈之懷；月下難眠，常常形單影隻。詩歌作好後懶得抄下，聽見溪水之聲如在吟誦。

【研　析】此詩託物言志，由鴻雁高飛不下而生發感思，謳歌其不為「稻粱」之謀而犧牲自由生活，復由此而反觀自身，閒居山陰，對於南宋局勢不能有所作為，欲高舉棄世又不可得，於是只有風前悲歌，憂思不眠，形影相弔，對月長嘆。雖寫成無數絕妙詩篇，然於事無補，故懶得抄寫，惟有溪水泠泠，似知己懷。此詩自「書生」句分為前後兩段，前段鴻雁之高飛遠舉，正反襯後段詩人之憔悴樊籠。前段寫鴻雁用比擬手法，後段寫書生，用「久翦籠中翎」喻憔悴失志，又以鷗、鶴為比較對象，復將人比擬為鳥，前後段綰合緊密。《唐宋詩醇》評：「遣調流麗，曲盡心手之妙。」

冬日感興十韻

【題　解】此詩慶元四年冬作於山陰。抒寫落寞之懷。

霧雨天昏曀❶，陂湖地阻深❷。蔽空鴉作陣，暗路棘成林。有客風埃裏，頻年❸老病侵。夢魂來二豎❹，相法欠三壬❺。舊憤開孤劍，新愁感斷砧。唐衢惟痛哭❻，莊舄正悲吟❼。瘦跨秋門馬❽，寒生夜店衾。但思全舊璧❾，敢冀訪遺簪❿。樓上蒼茫眼，燈前破碎心。長謠⓫傾濁酒，慷慨壓層陰⓬。

【注　釋】❶曀　天陰而有風；天色陰暗。《詩・邶風・終風》：「終風且曀，不日有曀。」毛傳：「陰而風曰曀。」❷阻深　險阻幽深。《尚書大傳》卷四：「道路悠遠，山川阻深。」❸頻年　連年；多年。❹二豎　語出《左傳・成公十年》：「公夢疾為二豎子，曰：『彼良醫也，懼傷我，焉逃之？』其一曰：『居肓之上，膏之下，若我何？』」醫至，曰：『疾不可為也，在肓之上，膏之下，攻之不可，達之不及，藥不至焉，不可為也。』」後用以稱病魔。❺三王　術數家語。言人腹部有三王，乃長壽之徵。《三國志・魏志・管輅傳》：「吾額上無生骨，眼中無守精，鼻無梁柱，腳無天根，背無三甲，腹無三王，此皆不壽之驗。」唐劉禹錫〈樂天是月長齋遂為聯句〉詩：「鑒容稱四皓，捫腹有三王。」❻唐衢惟痛哭　唐李肇《唐國史補》卷中：「唐衢，周鄭客也。有文學，老而無成，唯善哭，每一發聲，音調哀切，聞者泣下。」❼莊舄正悲吟　戰國越人莊舄仕楚，爵至執珪，雖富貴，不忘故國，病中吟越歌以寄鄉思。事見《史記・張儀列傳》。漢王粲〈登樓賦〉：「鍾儀幽而楚奏兮，莊舄顯而越吟。」後因以喻思鄉憶國之情。❽秋門馬　唐李賀〈自昌谷到洛後門〉詩有：「九月大野白，蒼岑竦秋門」及「強行到東舍，解馬投舊鄉」之句。❾全舊璧　戰國時，趙惠文王得楚和氏璧。秦昭王遺趙王書，願以十五城換璧。藺相如自願奉璧出使秦國，並表示：「城入趙而璧留秦；城不入，臣請完璧歸趙。」相如入秦獻璧後，見秦王無意償趙城，乃設法復取璧，派從者送回趙國。見《史記・廉頗藺相如列傳》。後遂用「完璧歸趙」比喻將原物完好無損地歸還原主。陸游此處指謹守晚節。❿訪遺簪　孔子出遊，遇一婦人失落簪子而哀哭。孔子弟子勸慰她。婦人曰：「非傷亡簪也，吾所以悲者，蓋不忘故也。」事見《韓詩外傳》卷九。後以「遺簪」比喻舊物或故情。唐李嶠〈答李清河書〉：「兄仁及遺簪，禮縟追賻，千古之下，凜然而高。」⓫長謠　長歌；放聲高歌。⓬層陰　指密布的濃雲。唐李商隱〈寫意〉詩：「日向花間留返照，雲從城上結層陰。」

【語　譯】兩天下雨天氣陰沉，去陂湖的路也變得險阻幽深。成群的烏鴉遮蔽了天空，荊棘茂密向路上投下了深深的影子。我好比一位無家可歸的孤客，多年來忍受著風埃與疾病的侵蝕。睡眠不佳，時常做夢，遇見病魔相擾，算命的也說我無長壽之相。每每抽開許久不用的寶劍，不禁悲憤填膺；有時聽到時斷時續的砧聲，便又生出新的惆悵。我想起了痛苦的唐衢，想起了悲吟的莊舄，他們的內心我很理解。門口的馬很瘦，窩裡被褥也難以禦寒。我只願度過平淡的殘生，那些令我悲傷的人和事不敢再提。樓上眺望蒼茫河山，燈下自撫破碎之心。飲者濁酒放聲高歌，不禁情緒又激昂起來，慷慨之氣似欲壓鎮陰霾。

【研　析】這是首十韻二十句的五言排律，從中可見陸游屬對、用典的功力。起首四句寫景，營造了一片憂鬱昏沉、阻礙閉塞的氣氛，以推出悲憤牢落之意。因景色而生感慨，故云「感興」。五句方才露出自己。「二豎」對「三壬」極為工整生新，分寫病魔與殘生，頂接上句的「老病」二字。五聯抒懷，妙在以孤劍、斷砧發起，不覺得乾澀，且「孤」、「斷」二字又切己懷，言不盡意。六聯用典，借古人寫自己。按理接下去可直接寫第八聯，以抒懷接典故。但陸游並不急著吐露，卻復用第七聯寫景，以秋馬夜店穿插其中，則使六聯思古而生之情得以頓束，讓欲抒之情暫且渟蓄一番，用景物延緩之，醞釀之。故第八聯之情出得緩淡、頹喪，落入低谷，為的是給此結尾的高昂蓄勢。第九聯復寫景，樓上燈前點出人物活動之所，見其時常眺望河山，時常憂思不眠，且此聯構詞之法亦頗新穎，以兩個名詞句暗安放在詩歌即將結束之時，從節奏上使詩歌在此延緩、放慢。終於，在詩歌末尾，詩人飲酒放歌，一掃壓抑克制的情緒，慷慨悲歌，欲壓層陰，豪情又現。

此詩之妙，屬對之工是第一層；情緒之一波三折、渟蓄與放開，抒懷與寫景的錯落有致、安插得當是第二層；情懷的沉鬱悲壯、欲報國而無門是第三層。方回評道：「三壬二豎，秋門夜店，舊璧遺簪，皆工之又工。」馮舒評道：「妥貼。」紀昀則更進一層，認為「此詩佳在沉鬱悲壯，徒以字句之工求之，失之千里矣。」

菴中晨起書觸目 其二

【題解】此詩慶元四年冬作於山陰。此詩自注云：「唐希雅畫鵲，易元吉畫猿，廉宣仲老木，王仲信水石，皆菴中所挂小軸。」唐希雅，宋郭若虛《圖畫見聞誌》卷四：「唐希雅，嘉興人，妙於畫竹，兼工翎毛。始學李後主金錯刀書，遂緣興入於畫，故為竹木多顫掣之筆，蕭疏氣韻，無謝東海矣。」易元吉，宋郭若虛《圖畫見聞誌》卷四：「易元吉，字慶之，長沙人，靈機深敏，畫製優長，花鳥蜂蟬，動臻精奧。始以花果專門，及見趙昌之蹟，乃嘆服焉。後志欲以古人所未到者馳其名，遂寫獐猿。」廉宣仲，元夏文彥《圖繪寶鑑》卷四：「廉布，字宣仲，山陽人，自號射澤老農。畫山水，尤工枯木蒹竹，奇石松柏。本學東坡，青出於藍，官至武學博士，以張邦昌壻，負才不得用。」王仲信，厲鶚《宋詩紀事》：「王廉清，字仲信，汝陰人，雪溪先生銍長子。問學該博，與弟明清齊名。著有《京都歲時記》、《廣古今同姓名錄》、《補定水陸章句》、《新乾曜真形圖》。」王廉清曾為陸游作〈石門瀑布圖〉，陸游有詩題為〈紹興庚辰余遊謝康樂石門與老洪道士痛飲賦詩既還山陰王仲信為予作石門瀑布圖今二十有四年開圖感嘆作〉。

暉暉❶初日上簾鉤❷，漠漠清寒透衲裘。雪棘並棲雙鵲暝，金環❸斜

絆一猿愁。廉宣臥壑松楠老，王子穿林水石幽。戲事自憐除未盡，此生

行欲散風漚❹。

【注釋】❶暉暉　日光清麗貌。隋江總〈啄蒸蒸于飛應詔〉詩：「二月春暉暉，雙燕理毛衣。」❷簾鉤　捲簾所用的鉤子。唐王昌齡〈青樓怨〉詩：「腸斷關山不解說，依依殘月下簾鉤。」❸金環　金製的環。蓋猿身上之飾物，唐李賀〈高軒過〉詩：「華裾織翠青如蔥，金環壓轡搖玲瓏。」❹風漚　風中的泡沫，比喻短暫虛幻。

【語譯】清麗的太陽升過簾鉤，彌漫的寒氣透進破舊的衣服。菴中有四幅畫分別畫有：一對烏鵲棲息在白雪覆蓋的棘木上，金製的環羈絆愁猿，蒼老的松楠橫臥丘壑之上，溪水穿過幽深的樹林和山石。自覺生活中尚有遊戲之事，因為人生短暫如風中泡沫。

【研　析】此詩描繪了陸游屋中所掛四幅畫。「雪棘」一聯不僅構詞新巧，且畫中之物活現。以文字形容圖畫，並無深喻，可謂「遊戲筆墨」，寫慣愛國詩篇的陸游對此似有慚愧之意，所以用末句來自我寬慰，人生苦短，聊取一樂耳。詩中「風漚」一詞，為陸游首用，〈戊午元日讀書至夜分有感〉亦云：「未收浮世風漚夢，尚了前生蠹簡緣。」《唐宋詩醇》評：「設色姸麗，似晚唐人佳句。」

對酒

【題　解】此詩慶元四年冬作於山陰。抒寫牢騷，落寞中有慷慨。

老子❶不堪塵世勞，且當痛飲讀〈離騷〉❷。此身幸已免虎口❸，有手但能持蟹螯❹。牛角挂書❺何足問？虎頭食肉❻亦非豪。天寒欲與人❼同醉，安得長江❽化濁醪❾！

【注釋】❶老子　老年人自稱。猶老夫。❷痛飲讀離騷　盡情地喝酒，讀〈離騷〉。南朝宋劉義慶《世說新語・任誕》：「王孝伯言：名士不必須奇才，但使常得無事痛飲酒，熟讀〈離騷〉，便可稱名士。」〈離騷〉為詩人屈原最重要的作品。❸虎口　老虎之口，比喻危險的境地。《戰國策・齊策三》：「今秦四塞之國，譬若虎口，而君入之，則臣不知君所出矣。」《史記・劉敬叔孫通列傳》：「通曰：『公不知也，我幾不脫於虎口！』迺亡去。」❹有手但能持蟹螯　《晉書・畢卓傳》：「右手持酒杯，左手持蟹螯，拍浮酒船中，便足了一生矣。」蟹螯，螃蟹變形的第一對腳。狀似鉗，用以取食或自衛。❺牛角挂書　騎牛趕路時讀書，形容勤奮。《新唐書・李密傳》：「感厲讀書，聞包愷在緱山，往從之。以蒲韉乘牛，挂《漢書》一帙角上，行且讀。越國公楊素適見於道，按轡躡其後曰：『何書生勤如此？』密識素，下拜。問所讀，曰：『〈項羽傳〉。』因與語，奇之。」陸游〈舟中遣懷〉亦用此典：「那復騎牛讀《漢書》。」❻虎頭食肉　《東觀漢記・班超傳》：「相者曰：『生燕頷虎頭，飛而食肉，此萬里侯相也。』」《南史・陳紀下・宣帝》：「張子煦見而奇之，曰：『此人虎頭，當大貴也。』」虎頭，謂頭形似虎，古時以為貴相。❼與人　與他人；與眾人。❽長江　此處泛指悠長的江水。❾濁醪　濁酒。

【語譯】我不堪塵世的勞頓，只有飲酒讀書是我的強項。我這一輩子能脫離官場的險惡已是大幸了，一雙手不必幹其他轟轟烈烈的事，只用它來吃美食就足矣。如唐代李密那樣勤奮讀書有何用？

長著虎頭之相也沒什麼了不起的。天氣逐漸冷了，我真想與眾人一同喝醉，要是長長的江水化成濁酒，那該多好啊！

【研　析】此詩純為議論抒情之作，故無景物之描寫，但以隸事用典運篇。起句極為豪放，用《世說新語》之語，表達一腔牢騷不平之意。頷聯屬對頗有情趣，以食物中的「蟹螯」對非為食物的「虎口」，乃字面對。「虎口」二字可見陸游對仕宦經歷之感悟，對南宋朝廷之微諷。頸聯復用兩個動物作對，借歷史人物表達厭倦功名之意。此詩中間二聯皆用動物名作對子，非常新穎，也是陸游詩歌多方創新的表現。然微有不足處在於，頸聯中的「虎頭」與頷聯中的「虎口」都用了「虎」字，一字重複使用，尤其在律詩的腹聯，實為大忌。故紀昀指出：「惟六句復一虎字，是微瑕。蟹、牛、虎字雜用礙格，亦一瑕。」紀昀批評「虎」字重複為白璧微瑕，確實不錯。但他又說「蟹、牛、虎字雜用礙格」，即認為一首詩中不該用如此多的動物名作對，太過於雜多，損害詩的格調，這卻是紀昀一家之言。我們完全可以視此為陸游的大膽創新和突破，把詩寫得更有情趣更有新意。結尾的涵義，紀昀說：「結即子美廣廈、樂天大裘意。」他把結句與杜甫、白居易詩相比。杜甫：「安得廣廈千萬間，大庇天下寒士俱歡顏，風雨不動安如山。」以及白居易：「安得萬里裘，蓋裹周四垠；穩暖皆如我，天下無寒人。」說得都是這種「由己及人」的儒家思想。不過，杜甫、白居易只想天下人都能溫飽；陸游更想讓天下人都沉醉，都如他一樣不問塵世，則境界自有不同。對於整首詩，紀昀評道：「亦復姿逸，後半氣派自闊大。」

簡鄰里

【題解】此詩慶元五年（西元一一九九年）春作於山陰。描寫鄉間生活之景。

今年意味報君知，屬疾雖頻未苦衰。獨坐空齋如自訟❶，小鐫❷殘俸❸類分司❹。閒撐野艇漁蓑溼，亂插山花醉帽欹。有興行歌❺便終日，逢人那識我為誰。

【注釋】❶自訟　陸游自注：「三舍法行時，嘗上書言事者屏置一齋，曰自訟。」三舍法，宋神宗時取士法，為元豐新法之一。其法分太學為外舍、內舍、上舍，別生員為三等而置之。依一定年限和條件，由外舍升入內舍繼而升上舍。最後按科舉考試法，分別規定其出身並授以官職。在舍讀經為主，以濟當時科舉偏重文詞之不足。紹聖中，曾一度廢科舉，專以三舍法取士。宣和三年，詔罷此法。❷鐫　蠲減；降低。❸俸　俸祿。《宋史．職官志》：「景祐三年詔曰：致仕官舊皆給半奉，而未嘗為顯官者或貧不能自給，豈所以遇高年養廉恥也？其大兩省、太卿監、正刺史、閤門使已上致仕者，自今給奉，并如分司官例，仍歲時賜羊酒米麵，令所在長吏常加存問。」❹分司　唐宋之制，中央官員在陪都（洛陽）任職者，稱為分司。唐白居易〈達哉樂天行〉：「達哉達哉白樂天，分司東都十三年。」陸游此句自注：「樂天詩：猶被妻孥教漸退，莫求致仕且分司。」❺行歌邊行走邊歌唱。藉以發抒自己的感情，表示自己的意向、意願等。《晏子春秋・雜上十二》：「梁丘據左操瑟，右挈竽，行歌而出。」《三國演義》第三五回：「久聞使君納士招賢，欲來投托，未敢輒造；故行歌於市，以動尊聽耳。」

【語　譯】我今年的狀況如何可以告訴你們，雖然一直生病，但自覺身體並未衰老。獨自坐在空蕩蕩的房子裡，真像是三舍法執行時官員的自訟；俸祿降低了一些好比分司官。悠閒地撐著小船，漁蓑被露濕，胡亂地插著山花飲酒，帽子也斜了。有了興致便散步吟唱，路人不知我是誰。

【研　析】此詩也是抒發潦倒頹唐之意，在用典上頗具新意。此詩的頷聯，方回評道：「自訟、分司，雖戲語，下一聯又自好。」陸游此時已閒居山陰，領祠祿，實際上並無官職，但頷聯上下句的兩個比喻，說得陸游彷彿現在還在為官一樣。這樣的用典與比喻，可以一方面看出陸游對功名事業並沒有徹底斷絕希望，即便獨守空齋時也想像著官場，拿官場中的典故與自己的閒居生活作比。另一方面也看出陸游的幽默反諷之處，既然你朝廷不重用我，不給予我實際的職務，那麼我在自己的空齋裡也彷彿同樣可以作官。頸聯記事描寫，畫出放翁一幅潦倒放縱的圖景。尾聯抒發感慨，求盡興之歡，亦是老生常談。

五月初病體覺愈輕偶書

【題　解】此詩慶元五年夏作於山陰。表達病愈後的豁達之情。

世事紛紛了❶不知，又逢燕乳❷麥秋❸時。經年謝客❹常因醉，三日無詩自怪衰。乘雨旋移西崦❺藥，留燈重覆北窗棋❻。但將生死俱拈起❼，造物從來是小兒❽。

【注　釋】❶了　完全；皆。副詞。與否定詞連用。❷燕乳　燕子開始育雛。❸麥秋　謂麥子成熟。《周書・蘇綽傳》：「麥秋在野，蠶停於室。」亦通指農曆四、五月。此處「秋」非指秋天。《禮記・月令》：「(孟夏之月)靡草死，麥秋至。」陳澔集說：「秋者，百穀成熟之期。此於時雖夏，於麥則秋，故云麥秋。」❹謝客　謝絕會客。宋蘇軾〈東園〉詩：「杜門謝客恐生謗，且作人間鵬鷃遊。」❺崦　山坳；山曲。唐許渾〈歲暮自廣江至新興往復中題峽山寺〉詩之一：「樹隨山崦合，泉到石楞分。」❻覆北窗棋　在北窗下覆棋。覆棋，指棋下過後，重新按原來下的順序逐步演布，以驗得失。《三國志・魏志・王粲傳》：「觀人圍棋，局壞，(王)粲為覆之。棋者不信，以帊蓋局，使更以他局為之。用相比較，不失一道。」後謂棋局亂後，重行布棋如舊為「覆局」。《北齊書・河南王孝瑜傳》：「讀書敏速，十行俱下，覆棋不失一道。」亦泛稱下棋。❼拈起　拿起；提起。❽造物從來是小兒　戲稱司命之神，喻命運。《新唐書・文藝傳上・杜審言》：「審言病甚，宋之問、武平一等省候何如，答曰：『甚為造化小兒相苦，尚何言？』」

【語　譯】我對於紛紛世事已全然不知，匆匆地又到了燕子育雛麥子成熟的夏天了。我已有好幾年閉門謝客了，原因是經常喝得醉醺醺。作詩倒很勤奮，如果有連續三天不作詩，我就會感到自己衰老了。趁著下雨，趕緊去移動一下西邊山坳裡種植的藥草。晚上油燈久久不滅，因為要好好研究棋局。只把生死問題拋諸腦後，不必在意命運如何。

【研　析】在這首詩裡，陸遊說自己三天不作詩就不舒服。方回評道：「第四句可見此翁無日無詩，所以熟，所以進，所以不可及。」紀昀的觀點卻與方回相反，不是讚賞而是批評：「手滑調複，亦正坐無日無詩。詩以言志，無所為而作，不得不流連光景矣。此劍南之詩，所以諧於俗，而終不逮古也。」紀曉嵐的話說得有一定道理，即作詩確實應該有感而發，不能為文造詩。但是，陸游晚年閒居家鄉，並沒有人逼著他作詩，他也沒有很多詩友要酬唱應和，在多數情況下，陸游是孤獨地在作詩。他實在是太醉心於詩歌語言的魅力，不住地用詩句去描摹記載日常生活。至於陸游詩的「熟」，也是他的特色，如果他吸收紀昀的批評，避去了「熟」，那麼他的詩就會像極杜甫、像極岑參等人，那就沒有陸游的個性了。「熟」讓陸游的詩更貼近生活，尤其是古代知識分子的那種閒雅幽趣的生活。此詩頸聯移藥、覆棋二事便閒雅無比，一派天然，令人神往。

沈園

【題　解】此詩慶元五年春作於山陰。沈園，山陰一處花園，故址在今浙江紹興禹跡寺南。陸游初娶唐婉，婚後伉儷相得，但遭陸游母親反對，被迫離異。唐婉後改嫁同郡趙氏。紹興二十五年春，陸游曾在沈園與唐婉相遇，唐婉令人致酒餚，陸游於園壁上題寫〈釵頭鳳〉。劉克莊《後村詩話》：「放翁少時，二親教督甚嚴。初婚某氏，伉儷相得，二親恐其惰於學也，數譴婦。放翁不敢逆尊者意，與婦訣。某氏改事某官，與陸氏有中外。一日通家於沈園，坐間目成而已。翁得年最高，晚有二絕云：『腸斷城頭畫角，……』『夢斷香銷四十年，……』舊讀此書，不解其意，後見曾溫伯言其詳。溫伯名黯，茶山孫，受學於放翁。」周密《齊東野語》：「陸務觀初娶唐氏，閎之女也。於其母夫人為姑姪，伉儷相得，而弗獲於其姑。既出而未忍絕之，則為別館，時時往焉。姑知而掩之，雖先知挈去，然事不得隱，竟絕之，亦人倫之變也。唐後改適同郡宗子士程。嘗以春日出游，相遇於禹跡寺南之沈氏園，唐以語趙，遣致酒餚。翁悵然久之，為賦〈釵頭鳳〉一詞題園壁間云：『紅酥手，黃藤酒，滿城春色宮牆柳。東風惡，歡情薄，一懷愁緒，幾年離索。錯，錯，錯。春如舊，人空瘦，淚痕紅浥鮫綃透。桃花落，閒池閣，山盟雖在，錦書難託。莫，莫，莫。』實紹興乙亥歲也。翁居鑑湖之三山，晚歲每入城，必登寺眺望，不能勝情。」錢仲聯先生認為《後村詩話》所載為得其實，因其說得之於曾溫伯，自屬可信。

城上斜陽畫角哀，沈園非復舊池臺。傷心橋❶下春波綠，曾是驚鴻❷
照影來。

夢斷香消四十年❸，沈園柳老不吹綿❹。此身行❺作稽山土，猶弔遺
蹤一泫然❻。

【注釋】❶橋　據徐承烈《聽雨軒筆記》：「(禹跡)寺在東郭門內半里許。……寺門之東有橋，俗名羅漢橋，橋額橫勒『春波』二字。」❷驚鴻　驚飛的鴻雁，多用以喻美麗之女子。三國魏曹植〈洛神賦〉：「翩若驚鴻，婉若遊龍。」唐韋應物〈冬夜〉詩：「晚歲淪夙志，驚鴻感深哀。」❸夢斷香消四十年　指唐婉之死。錢仲聯據此句認為唐婉之卒在陸游三十五歲前後。❹綿　柳絮。❺行　將要。❻泫然　流淚貌。《禮記・檀弓上》：「孔子泫然流涕曰：『吾聞之，古不脩墓。』」

【語譯】斜陽照射城牆，畫角吹出哀怨的聲音；沈園的池水、亭臺已不復當年的樣子了。春日裡橋下綠波最令我傷心，因為它曾經映照過一個美人的身影。

那位婦人已經死去四十年了，沈園中古老的柳樹不再有柳絮飄蕩了。雖然我已快要離開人世了，但是重歷往日的遺跡依然忍不住流淚。

【研析】關於陸游與唐婉之事，學界聚訟紛紜，唐婉是否為陸游表妹亦爭論不止，此處不細論。陸游〈釵頭鳳〉詞更為膾炙人口，此詩與之相較，情感更為深厚，意旨更為含蓄。如第一首中「驚鴻照影」就比詞中「紅酥手，黃藤酒」更為含蓄深婉，情境亦佳。又如第二首中「此身行作稽山土」一句，則不僅婚戀之悲，舉凡遭際之蹭蹬、志向之受挫、生命之流逝等，皆可包含於內，情感更為深廣沉重。「行」、「猶」二虛詞更見情感之翻湧不定。晉桓溫有「樹猶如此，人何以堪」之語，陸游第二首以「柳老不吹綿」喻時光流逝正是此意。《唐宋詩醇》評前首：「寫得幽豔動人。」後首：「又深一步，其痛愈深。」又曰：「紹興郡刻本題下註，此放翁憶其前妻作也。妻以失歡於姑被遣，後於沈園見之，未幾下世。翁再遊此地，追感賦詩，淒苦不忍多讀。」

讀前輩詩文有感

【題解】此詩慶元五年夏作於山陰。表達恢復之志及創作追求。

我無前輩千鈞筆❶，造物爭功❷謝不能。已分文章歸委靡❸，可憐意氣尚憑陵❹。鸞旗❺廣殿晨排仗，鐵馬❻黃河夜踏冰。此事要須推大手❼，蟬嘶❽分付與吳僧❾。

【注釋】❶千鈞筆　謂詩文寫作上的高超能力。鈞，三十斤。歐陽修〈馬上默誦聖俞詩有感〉：「興來筆力千鈞勁。」❷造物爭功　謂以詩歌描寫的景物與造物者比試。《文苑英華》載顧雲〈在會稽與京邑遊好詩序〉：「人能與造物爭功矣。」❸委靡　頹唐；不振作。唐韓愈〈送高閑上人序〉：「頹墮委靡，潰敗不可收拾。」❹憑陵　高峻。引申為氣勢高昂。北周庾信〈周大將軍襄城公鄭偉墓誌銘〉：「吳兵教士，艫舳習流；島嶼憑陵，波瀾衝激。」❺鸞旗　天子儀仗中的旗子。上繡鸞鳥，故稱。《漢書・賈捐之傳》：「鸞旗在前，屬車在後。」顏師古注：「鸞旗，編以羽毛，列繫橦旁，載於車上，大駕出，則陳於道而先行。」❻鐵馬　配有鐵甲的戰馬。指雄師勁旅。《文選》陸倕〈石闕銘〉：「鐵馬千群，朱旗萬里。」李善注：「鐵馬，鐵甲之馬。」陸游〈書憤〉：「樓船夜雪瓜州渡，鐵馬秋風大散關。」❼大手　《晉書・王珣傳》：「珣夢人以大筆如椽與之，既覺，語人云：『此當有大手筆事。』俄而帝崩，哀冊謚議，皆珣所草。」後以大手筆或大手指工於文辭。❽蟬嘶　譏諷詩文多浮辭濫調，無病呻吟。唐韓愈〈薦士〉詩：「齊梁及陳隋，眾作等蟬噪。」❾吳僧　此處陸游自指，蓋自謙之語。〈秋興〉其四：「一編蠹簡青燈下，恰似吳僧夜講時。」

【語　譯】我沒有前輩詩人的千鈞筆力，不能以詩歌創作與造物爭功。雖然寫的文章已是委靡不振，但我心中的意氣依然激昂慷慨。我曾經親預為高皇送駕之列，天子的儀仗清早出發；後來又到邊疆為官，在冰凍的黃河上馳騁戰馬。詩歌創作要具有大手筆，我只能作一些無病呻吟的詩。

【研　析】陸游在這首詩中提出對詩文創作的要求，筆力千鈞、爭功造化，皆言詩人的才華技能。而真正的「大手」除此之外，還要能將豐富的現實生活充分反映在詩文創作中。于北山《陸游年譜》評：「論詩文宜反映社會現實，而斥『蟬嘶』之作。」這一點可以從詩的頸聯看出。陸游這兩句記述了自己人生中最不平凡的經歷，一次在朝中，一次在邊關。而這兩次經歷又都與抗金報國有關。「鐵馬」在陸游詩中屢見，而對於前一次經歷，陸游亦不能忘懷。紹興三十一年冬季，陸游入玉牒所為史館，宋高宗趙構赴建康前線，陸游曾親預「送駕」之列。陸游甚以此事為自豪，如前面選的〈醉中感懷〉：「青衫猶是鵷行舊。」趙構幸建康，在陸游看來是對抗金收復的支持，故屢次回憶此事。陸游認為自己的詩文創作，應該主要反映這些與國家休戚相關的人生重要經歷。《唐宋詩醇》評：「巧構形似之言，要非詣力所臻不能道來，親切乃爾。」

陳阜卿先生為兩浙轉運司考試官。時秦丞相孫以右文殿修撰來就試，直欲首送；阜卿得予文卷，擢置第一。秦氏大怒。予明年既顯黜，先生亦幾陷危機。偶秦公薨，遂已。予晚歲料理故書，得先生手帖，追感平昔，作長句以識其事，不知衰涕之集也。

【題解】此詩慶元五年秋作於山陰。《無錫縣志》：「宋陳之茂，字卓卿，無錫人。宣和初入太學，紹興二年與張九成同登進士第。廷對忤權臣，黜之，九成磕頭殿廷曰：『臣之學不如之茂，臣不當得之。之茂能言人之所不敢言，宜獎不宜黜。』上覽對悚然曰：『忠言也。』賜之茂同進士出身，調休寧尉。樞密王倫推其賢，召見，除秘書郎。累遷至知平江府，以督相魏公舉，陞直顯謨閣，知建康、隆興兩府，丞相洪公復薦，召對，擢吏部侍郎兼中書舍人，直學士院終。之茂稟性剛果，立志英特，議論宏遠，深識治體，壽皇初銳意天下，默察方正特立之士，期致事功，每深器待，將倚大用，及其沒，縉紳惜之。為詩清勁，畫尤有法。」李心傳《建炎以來朝野雜記》：「紹興十二年，秦申王當國，其子熺始冠多士。二十四年，其孫塤者復試南省為第一。及廷試，有司擬塤為榜首，上閱之，置之第三。會淮南提舉常平朱冠卿應詔上書，極言其弊，於是追奪塤出身。」陳之茂為考試官，賞識陸游，沒有將秦檜之孫秦塤的試卷置第一，因而得罪秦檜，遭受貶黜。

冀北❶當年浩莫分，斯人一顧每空群。國家科第與風漢❷，天下英雄唯使君❸。後進❹何人知大老❺，橫流無地寄斯文❻。自憐衰鈍❼辜真賞❽，猶竊虛名海內聞。

【注釋】❶冀北　《左傳・昭公四年》：「冀之北土，馬之所生。」《南齊書・王融傳》：「秦西冀北，實多駿驥。」因以謂良馬產地，並指人才薈萃之所。唐韓愈〈送溫處士赴河陽軍序〉：「伯樂一過冀北之野，而馬群遂空。夫冀北馬多於天下，伯樂雖善知馬，安能遂空其群邪？解之者曰：吾所謂空，非無馬也，無良馬也。伯樂知馬，遇其良輒取之，群無留良焉；苟無留其良，雖謂無馬，不為虛語矣。東都固士大夫之冀北也。」❷風漢　言語行動顛狂的人。陸游自謙。風，今寫作「瘋」。唐無名氏《玉泉子》：「劉蕡，楊嗣復門生也。對策以直言忤時，中官尤所嫉忌。中尉仇士良謂嗣復曰：『奈何以國家科第放此風漢耶？』」陸游〈自述〉亦言：「未恨名風漢，惟求拜醉侯。」❸天下英雄唯使君　《三國志・蜀志・先主傳》：「是時，曹公從容謂先主曰：『今天下英雄，唯使君與操耳。本初之徒，不足數也。』」❹後進　後輩。亦指學識或資歷較淺的人。《論語・先進》：「先進於禮樂，野人也；後進於禮樂，君子也。」邢昺疏：「後進，謂後輩仕進之人也。」❺大老　德高望重的老人。《孟子・離婁上》：「二老者，天下之大老也。」二老指伯夷、太公。❻橫流無地寄斯文　范寧〈春秋穀梁傳序〉：「孔子觀滄海之橫流，乃喟然而嘆曰：『文王既沒，文不在茲乎？』」言文王之道喪，興之者在己。」斯文，指禮樂教化、典章制度。《論語・子罕》：「天之將喪斯文也，後死者不得與於斯文也。」陸游〈溪上作〉：「斯文崩壞欲橫流。」❼衰鈍　衰弱遲鈍。❽辜真賞　辜負真能賞識的人。《南史・王曇首傳》：「知音者希，真賞殆絕。」

【語　譯】記得在高宗朝末年，陳之茂先生擔任考官，善於選拔人才，幾乎都把好的人才選光了。我雖然也被陳之茂先生選中，但生性耿直，不合流俗，好比唐代的劉蕡。而在我心目中，惟有您陳之茂先生是真正的英雄。時光流逝，後來人已不甚知道您的事跡。於是先生身上所體現的氣節和精神，也將無人來傳承發揚了。想想自己衰老遲鈍，真是辜負了您當年的賞識，雖然我遠近聞名，但實在毫無意義啊。

【研　析】關於陳之茂與陸游之間的關係，詳見本詩題解。陸游此詩主要是想表達對恩師的思念與感激之情，同時也隱含了對當今朝廷的批評。首聯用比喻手法，寫陳之茂善於選拔人才。「空群」的含義，可以參讀韓愈的〈送溫處士赴河陽軍序〉。頷聯上句寫自己，下句寫恩師。下句用典、構詞皆極平常，上句卻不多見，富有新意，為陸游的創造。以「風漢」對「使君」，屬對非常大膽潑辣，顯示陸游頹然自放的性情。頸聯回到現實，表達對當今世風的批判，如陳之茂這樣唯才是舉、不畏權貴的人已不多見了。「大老」、「橫流」二句一用孟子語、一用孔子語，以經語對經語，非常嚴格。陸游此詩屬對用典很像江西詩派的風格，所以馮舒評道：「次聯江西法也。」馮班評道：「只是宋。」方回評道：「此謂秦塤也。選此詩以見老檜之無識，放翁下第以此。」紀昀批評道：

「三四用劉蕡事，切而不雅。凡用事不切，不如不用；切而不雅，亦不如不用。第五句亦率易，六句又太激。」紀曉嵐說「國家」一句雖然比較切合陸游自己耿直忤時的性格，但是「風漢」一詞不太雅觀，因此他認為不該用這個典故。其實，紀昀所不滿的這一點正是陸游詩的特色，陸游詩每每用詞較俗、較狠、較放、較盡。這也是宋詩與唐詩不同處。

登東山

【題解】此詩慶元五年作於山陰。表達壯志未酬的落寞。

老慣人間歲月催，強扶衰病上崔嵬❶。生為柱國細事爾❷，死畫雲臺❸何有❹哉？孰計❺提軍出青海❻，未如喚客倒金罍❼。明朝日出春風動，更看晴天萬里開。

【注釋】❶崔嵬　本指有石的土山。後泛指高山。《詩・周南・卷耳》：「陟彼崔嵬，我馬虺隤。」毛傳：「崔嵬，土山之戴石者。」❷生為柱國細事爾　《隋書・韓擒傳》：「鄰母見擒門下儀衛甚盛。有同王者，母異而問之，其中人曰：我來迎王。忽然不見。又有人疾篤。忽驚走至擒家，曰：我欲謁王。左右問曰：何王也？答曰：閻羅王。擒子弟欲撻之。擒止之曰：生為上柱國，死作閻羅王。斯亦足矣。因寢疾，數日竟卒，時年五十五。」柱國，官名。戰國楚制，凡立覆軍斬將之功者，官封上柱國，位極尊寵。北魏置柱國大將軍，北周增置上柱國大將軍，唐宋也以上柱國為武官勳爵中的最高級，柱國次之。歷代沿用，清廢。細事，小事。❸雲臺　漢宮中高臺名。漢明帝時因追念前世功臣，圖畫鄧禹等二十八將於南宮雲臺，後用以泛指紀念功臣名將之所。唐杜牧〈少年行〉：「捷報雲臺賀，公卿拜壽卮。」❹何有　用反問的語氣表示不憐惜、不愛重等。《左傳・僖公二十四年》：「除君之惡，唯力是視，蒲人、狄人，余何有焉？今君即位，其無蒲狄乎！」楊伯峻注：「何有，古人習語，意義隨所施而異，此謂心目中無之也。」❺熟計　周密地謀劃。《戰國策・齊策一》：「國一日被攻，雖欲事秦，不可得也。是故願大王熟計之。」❻青海　湖名。為我國最大的鹹水湖。古名鮮水、西海，又名卑禾羌海。北魏時始名青海。《北史・吐谷渾傳》：「青海周圍千餘里，海內有小山。」唐杜甫〈兵車行〉：「君不見，青海頭，古來白骨無人收。」宋楊億〈漢武〉詩：「力通青海求龍種，死諱文成食馬肝。」泛喻邊遠荒漠之地。❼金罍　飾金的大型酒器。《詩・周南・卷耳》：「我姑酌彼金罍，維以不永懷。」朱熹集傳：「罍，酒器。刻為雲雷之象，以黃金飾之。」泛指酒盞。唐韓愈〈憶昨行和張十一〉：「青天白日花草麗，玉斝屢舉傾金罍。」

【語　譯】我已經習慣歲月流逝，匆匆催人老去，但我還是頑強地支撐病體去山上走走。即使活著的時候官封柱國，死去以後被作為功臣圖畫於雲臺，又有什麼大不了的？周密謀劃帶領軍隊去邊關作戰，還不如叫上些朋友一起喝酒呢。明天太陽出來，春風吹起，更可以欣賞晴朗的碧空。

【研　析】此首詩結構謹嚴，布置有序。首聯與末聯記事寫景，中間二聯運典隸事。一二兩句敘述登東山之事。頷聯忽然撇開，不寫東山之景，卻發起了議論，上下句一生一死，表達了對功名富貴的鄙棄，此意又全憑句子中的虛詞「細事爾」、「何有哉」來傳達，用虛詞斡旋，則典故的引用便不顯得呆板，而彷彿全由作者操控。頸聯仍然用虛詞，不過頷聯兩句是並列關係，為復句；頸聯兩句則是比較關係，是一個單句，作者把它拆開成兩句，形成流水對。「青海」之「青」與「金罍」之「金」在顏色上為字面對，有色彩，不枯澀。末聯則回到「登東山」，說明天天氣好，可以繼續出遊。詩題名「登東山」，但所寫卻與登山無甚關聯，只是抒發一時所思所感。方回評道：「放翁詩萬首，佳句無數。少師曾茶山，或謂青出於藍；然茶山格高，放翁律熟，茶山專祖山谷，放翁兼入盛唐。」方回此處論析了陸游與曾幾、江西派的關係。陸游這首詩中間二聯的運用典故、虛字斡旋，正是江西詩派的典型風格，所以方回認為這是陸游學習他的老師曾幾，學習江西派的結果。但同時又指出陸游不同於江西派的地方，即他還從唐詩中汲取營養，以補救江西派的缺點。即如此詩中首聯、末聯紀昀評道：「此評確。太近穨唐。」紀昀認為方回對陸游詩風的把握很準確，但他不喜歡陸游的穨唐官。紀昀官作做得很大，他不喜歡穨唐之作是自然的。

齋中弄筆偶書示子聿

【題 解】此詩慶元五年冬作於山陰。陸子聿，又名子遹，陸游最小的兒子，淳熙五年陸游五十四歲時生。

左右琴樽靜不譁，放翁新作老生涯。焚香細讀《斜川集》[1]，候火親烹顧渚茶❷。書為半酣❸差近古，詩雖苦思未名家❹。一窗殘日呼愁起，裊裊❺江城咽❻暮笳。

【注　釋】❶斜川集　蘇過，蘇軾子，號小坡，著有《斜川集》。❷顧渚茶　《太平寰宇記》：「長興縣：顧渚，在縣西北三十里。顧渚者，山墟名。昔吳王夫概，顧其渚次，原隰平衍，為都邑之所。今崖谷林薄之中，多產茶茗，以充歲貢。」❸半酣　半醉。相傳唐著名草書家張旭醉後往往有顛狂之態，故人稱張顛。唐書法家懷素，亦好飲酒，稱醉素。宋蘇軾〈題王逸少帖〉詩：「顛張醉素兩禿翁，追逐世好稱書工。」❹名家　謂有專長而自成一家。❺裊裊　形容聲音搖曳不定貌。唐杜甫〈猿〉詩：「裊裊啼虛壁，蕭蕭掛冷枝。」❻咽　謂聲音滯澀，多用於形容悲切。南朝陳徐陵〈山池應令〉詩：「猿啼知谷晚，蟬咽覺山秋。」

【語　譯】書齋中安放著古琴和酒杯，我開始過晚年生活。讀蘇過的詩集時焚燒檀香，親自烹煮顧渚產的茶。在半醉的時候寫字最能接近古人，寫詩時苦思冥想卻未能成名。窗外的殘陽又勾起我的愁思，江城上傳來斷斷續續的悲笳聲。

【研　析】陸游常以贈詩的方式教育兒輩，詩言細讀「《斜川集》」，實際是希望子聿也能像蘇過一樣不愧乃父蘇軾。「老生涯」出自黃庭堅〈戲答王觀復酴醾〉詩：「小草真成有風味，東園添我老生涯。」就南宋中興四大家而論，陸游官作得沒范成大高，詩名在當時也沒有楊萬里大，這從當時人的評論可看出。陸游卒後，其詩名方逐漸上升，居四大家之首。「未名家」一語，非純是自謙。《唐宋詩醇》評：「少陵云：『語不驚人死不休。』放翁云：『詩雖苦思未名家。』文人之豪，故自各有著力處。今人未涉其境，而漫以雕琢直率置之，可乎？」又曰：「放翁七律無一字效顰四唐，而獨開蹊徑，別有一天，何嘗寄人籬下？」又曰：「昔蘇長公教人作詩曰：『字字覓奇險，節節累枝葉。』又曰：『法度法前軌。』後山亦云：『要當攻石堅，勿作搏沙散。』放翁詩至萬首，疑其無復持擇，而改詩鍊句，每形篇什。數公之於詩，亦列子之御風而行，靈均之桂舟玉車也，而其言顧如此。」少陵語，見〈江上值水如海勢聊短述〉詩；蘇軾語，見宋周紫芝《竹坡詩話》；陳師道語，見〈次韻答秦少章〉詩。以上諸評都從「詩雖苦思未名家」一句，論析陸游詩的鍛鍊琢磨，致力創新。

北望感懷

【題解】此詩慶元五年冬作於山陰。抒寫恢復之志。

滎河溫洛❶帝王州，七十年❷來禾黍❸秋。大事竟為朋黨❹誤，遺民空歎歲時遒❺。乾坤恨入新豐酒❻，霜露寒侵季子裘❼。食粟❽本同天下責，孤臣敢獨廢深憂？

【注釋】❶滎河溫洛　指黃河、洛水。黃河出滎光，古時迷信以為吉祥之兆。《初學記》卷六引《尚書中候》：

「榮光出河，休氣四塞。」古代傳說謂王者如有盛德，則洛水先溫，故稱「溫洛」。南朝梁劉勰《文心雕龍・正緯》：「贊曰：榮河溫洛，是孕圖緯。」❷七十年　自建炎元年宋室南渡至本年，凡七十三年。❸禾黍　《詩・王風・黍離序》：「〈黍離〉，閔宗周也。周大夫行役，至於宗周，過故宗廟宮室，盡為禾黍，閔周室之顛覆，徬徨不忍去而作是詩也。」後遂用作感慨亡國之詞。❹朋黨　錢仲聯注：「此七十年中，主要有主戰派與主和派之爭。寧宗即位以後，又有趙汝愚與韓侂冑二派之爭，韓派當政，指斥趙派為偽黨，朱熹為偽學。慶元四年五月，嚴申偽學之禁。至本年十二月，偽學之禁始稍弛。」❺遒　終竟；完盡。唐韓愈〈寄三學士〉詩：「空懷焉能果，但見歲已遒。」❻新豐酒　新豐，鎮名。在今江蘇丹徒，產名酒。詩文中用以泛指美酒產地。南朝梁武帝〈登江州百花亭懷荊楚〉詩：「試酌新豐酒，遙勸陽臺人。」❼季子裘　《戰國策》：「蘇秦始將連橫，……說秦王書十上，而說不行，黑貂之裘敝，黃金百斤盡，資用乏絕，去秦而歸。」蘇秦早年外出遊說，黃金耗盡，窮困而歸，家人皆恥笑之。後佩六國相印，又經洛陽，兄弟妻嫂不敢仰視。秦問其嫂：「何前倨而後恭也？」嫂答：「見季子位高金多也。」一說蘇秦字季子，一說嫂呼小叔為「季子」。❽食粟　享受俸祿。〈自詒〉其二亦云：「無可柰何猶食粟，不能免俗學澆蔬。」

【語　譯】黃河、洛水為金人侵佔，宋室南渡已過了七十多年。北伐大舉終為朋黨之爭而貽誤，北方的遺民徒然嘆息歲月流逝。天地之恨暫借酒排遣，嚴冬的寒氣已侵入我的破衣。既然享受俸祿就應該心繫天下，我怎麼敢不對國家的前途懷著深深的憂慮呢？

【研　析】此詩抒發恢復之志、憂國之思。五年之前作〈歲暮感懷，以「餘年諒無幾，休日愴已迫」為韻〉其九云：「誰令各植黨，更仆而迭起。」亦批判黨爭誤國。在陸游之前，「榮河溫洛」只是裝點、溢美之詞，用在「賀表」之類應制文體中。陸游第一次將它用在詩歌中，以形容失去的神州故地，它作如〈感憤秋夜作〉：「滎河溫洛不可見，青海玉關安在哉。」〈送王成之給事〉：「滎河溫洛久風沙，此段功名勿多讓。」這種誇飾的修辭，目的是為了反襯南宋苟且偷生於東南一隅之地，不知恢復中原大好河山。頷聯寫遺民，也是用反襯法，與前選〈秋夜將曉出籬門迎涼有感〉之「遺民淚盡胡塵裡」，同一機杼。頸聯「乾坤恨」一語頗壯烈感激，但接以「新豐酒」卻不妥。梁元帝詩：「試酌新豐酒，遙勸陽臺人。」王維詩：「新豐美酒斗十千，咸陽游俠多少年。」李白詩：「情人道來覺不來，何人共醉新豐酒。」李商隱：「心斷新豐酒，銷愁斗幾千。」綜觀「新豐酒」之句，多用以表達少年游俠、情人相會之事。陸游將其與乾坤家國之恨並置，感情色彩不協調，是白璧微瑕也。《唐宋詩醇》評：「有名論非尋常所及。」

小圃獨酌

【題　解】此詩慶元六年（西元一二〇〇年）作於山陰。抒寫晚境頹唐之感。

少時裘馬❶競豪華，豈料今為老圃❷家。數點霏微社公雨❸，兩叢閒淡女郎花❹。詩成枕上常難記，酒滿街頭卻易賒。自笑邇來❺能用短❻，只將獨醉作生涯❼。

【注　釋】❶裘馬　輕裘肥馬，形容生活豪華。語出《論語・雍也》：「赤之適齊也，乘肥馬，衣輕裘。」朱熹集注：「言其富也。」❷老圃　有經驗的菜農，泛指年老的農民。《論語・子路》：「樊遲請學稼，子曰：『吾不如老農。』請學為圃，曰：『吾不如老圃。』」何晏集解：「樹菜蔬曰圃。」唐杜甫〈種萵苣〉詩：「中園陷蕭艾，老圃永為恥。」圃，種植蔬菜、花果或苗木的園地。❸社公雨　亦稱「社翁雨」，謂社日所降之雨。《全唐詩》卷六三〇載唐陸龜蒙逸句：「幾點社翁雨，一番花信風。」社公，舊謂土地神。《禮記・郊特牲》「社祭土而主陰氣也。」孔穎達疏引漢許慎曰：「今人謂社神為社公。」❹女郎花　木蘭或辛夷的別名。唐白居易〈題令狐家木蘭花〉詩：「從此時時春夢裡，應添一樹女郎花。」陸游〈春晚雜興〉詩之五：「笑穿居士屩，閑看女郎花。」自注：「唐人謂辛夷為女郎花。」❺邇來　近來。唐韓愈〈寒食日出游〉詩：「邇來又見桃與梨，交開紅白如爭競。」❻用短　運用其所短。《晉書・劉訥傳》：「周弘武巧於用短，杜方叔拙於用長。」❼獨醉句　語出杜甫〈杜位宅守歲〉：「誰能更拘束，爛醉是生涯。」

【語　譯】我年輕時意氣風發，生活也很豪縱，誰料如今卻在家鄉農村裡逐漸老去。我在菜園裡獨自飲酒，時值社日，正下著霏霏小雨，濕潤了幾叢辛夷花。我常常在夢中想到些美妙的詩句，但是醒來後卻記不得了。街頭到處有著酒肆，賒賣幾壺酒不是難事。想想近來無奈把自己的才華藏起來，只知道飲酒，真是可笑可嘆。

【研　析】此首詩抒發了懷才不遇之感慨，情感基調與陸游其他詩歌相類，不過在對偶上卻頗有新意。起句先回憶年少時的性情豪放，以反襯現今老於農圃的抑鬱。陸游〈風入松〉詞也說：「十年裘馬錦江濱，酒隱紅塵。萬金選勝鶯花海，倚疏狂、驅使青春。」次聯寫陸游在小圃裡獨酌時的所見，下雨了，雨水打在花朵上，這實在是極為平常而不值得去寫的景象。而陸游卻用古代詩歌傳統中的兩個名詞，兩個特殊名稱，把這一平常景象寫得有聲有色。「社公」與「女郎」對得極為巧妙，「霏微」、「閒淡」二語也不費力，輕輕塗抹，便成妙綴。頸聯則由眼前景回到自己的日常生活，一寫詩，一飲酒，詩句的難記與濁酒的易賒，一難一易，一惆悵一欣慰，搭配得很好，顯出陸游善於調節自己的情感。末聯則抒情。紀昀評道：「此嫌頹唐。」查慎行評道：「三四淡雅。」確實陸游很多詩的情感基調大抵相同，讓讀者覺得雷同。但在平常的生活、平凡的情感狀態下，寫出美妙的詩，卻是陸游的能耐。這首詩妙就妙在「社公」、「女郎」一聯，陸游有時就是為了胸中有一聯、兩聯妙句，於是便急不可待地湊成完整的八句，而其他幾句便顯得平庸而無特色了。

觀畫山水

【題解】此詩慶元六年夏作於山陰。通過觀畫表達憶舊之情。

古北❶安西❷志未酬，人間隨處送悠悠❸。騎驢白帝❹城邊雨，挂席❺
黃陵廟❻外秋。大網截江魚可膾❼，高樓臨路酒如油。老來無復當年快，
聊對丹青作臥遊❽。

【注釋】❶古北　長城隘口之一。在北京市密雲東北，為古代軍事要地。宋歐陽修〈重贈劉原父〉詩：「古

北嶺口踏新雪，馬盂山西看落霞。」❷安西　唐代六都護府之一。貞觀十四年置於交河城，屬隴右道。❸悠悠　久遠。喻人生歲月。《楚辭・九辯》：「去白日之昭昭兮，襲長夜之悠悠。」❹白帝　古城名。故址在今四川奉節東瞿塘峽口。北魏酈道元《水經注・江水一》：「江水又東逕魚復縣故城南，故魚國也……公孫述名之為白帝，取其王色。」❺挂席　掛席猶掛帆。《文選》謝靈運〈游赤石進帆海〉詩：「揚帆採石華，掛席拾海月。」李善注：「揚帆、掛席，其義一也。」❻黃陵廟　廟名，傳說為舜二妃娥皇、女英之廟，亦稱二妃廟，在湖南湘陰之北。北魏酈道元《水經注・湘水》：「湖水西流，逕二妃廟南，世謂之黃陵廟也。」❼膾　細切的魚肉。《論語・鄉黨》：「食不厭精，膾不厭細。」❽臥遊　謂欣賞山水畫以代遊覽。《宋書・宗炳傳》：「有疾還江陵，嘆曰：『老疾俱至，名山恐難偏睹，唯當澄懷觀道，臥以遊之。』凡所遊履，皆圖之於室。」

【語　譯】一心欲恢復古北、安西的故土卻不能如願，人生到處都可以驅遣漫長歲月。我曾經在白帝城邊冒雨騎驢，又曾於秋日掛帆遊黃陵廟。用大網捕來的魚可以細切品嘗，鄰街酒樓裡的美酒醇厚如油。現在我已老邁不復當年的暢快，但依然可以欣賞圖畫以代遊覽。

【研　析】詩題為「觀畫山水」，然詩中所寫卻與山水畫無關，乃是陸游回憶往昔的旅程。因為恢復河山之志不能實現，所以聊借遊歷排遣抑鬱之懷。「人間隨處」句可見忘懷艱屯平坦，不過多計較進退得失。頷聯兩句將名詞性詞組後置，通過倒裝突出「雨」、「秋」。《唐宋詩醇》評此聯道：「頷聯渾成雄健，在此老又為一種。」陸游非常善於此類寫景之句，〈書憤〉之「樓船夜雪瓜洲渡，鐵馬秋風大散關」與此機杼相似。人生經歷的豐富、祖國河山的瑰奇、內在情感的充沛，使得陸游構建此類詩句遊刃有餘。「酒如油」最早當出現於北宋詩人張耒〈齊安春謠五絕〉其二：「莫笑江城大如斗，桃花如燒酒如油。」錢鍾書先生在《宋詩選註》中說，讀張耒的七律，「彷彿沒有嘗到陸游七律的味道，卻已經老早聞到它的香氣。」陸游頗喜張耒詩，繼承了張耒律詩平易舒坦的風格，在〈柳林酒家小樓〉中就把張耒的詩句原封不動地挪用過來：「桃花如燒酒如油，緩轡郊原當出遊。」

追感往事 其五

【題解】此詩嘉泰元年（西元一二〇一年）春作於山陰。這首詩既揭露了往日秦檜諸人擅權誤國之罪，也指斥了寧宗朝偏安日久，朝中士人不復心懷故土、戮力恢復的現狀。

諸公❶可歎善謀身，誤國當時豈一秦❷？不望夷吾出江左❸，新亭對泣❹亦無人！

【注釋】❶諸公　南宋朝中權貴。錢仲聯注謂指黃潛善、汪伯彥、秦檜等奸臣。《宋史·黃潛善傳》：「潛善猥持國柄，嫉害忠良，李綱既逐，張慤、宗澤、許景衡輩，相繼貶死。」又「伯彥、潛善踰年在相位，專權自恣，不能有所經畫。」❷一秦　指秦檜。《宋史·秦檜傳》：「自其獨相，至死之日，易執政二十八人，皆世無一譽，柔佞易制者……率拔之冗散，遽躋政地。既共政，則拱默而已。……檜死熹廢，其黨祖述餘說，力持和議，以竊據相位者尚數人。至孝宗，始蕩滌無餘。開禧二年四月，追奪王爵，改謚謬醜。」秦檜誣殺抗金名將岳飛。❸夷吾出江左 《晉書・溫嶠傳》：「於時江左草創，綱維未舉，（溫）嶠殊以為憂。及見王導共談，歡然曰：『江左自有管夷吾，吾復何慮！』」江左，江東，指長江下游一帶。管仲名夷吾，春秋齊潁上人，初事公子糾，後相齊桓公，主張通貨積財，富國強兵，九合諸侯，一匡天下，使齊桓公稱為春秋五霸之一。❹新亭對泣 南朝宋劉義慶《世說新語・言語》：「過江諸人，每至美日，輒相邀新亭，藉卉飲宴。周侯中坐而嘆曰：『風景不殊，正自有山河之異！』皆相視流淚。唯王丞相愀然變色曰：『當共勠力王室，克復神州，何至作楚囚相對！』」

【語譯】南渡初年那些朝中權貴只知為自身打算，誤國之輩豈止秦檜一人？我並不指望朝中能出現管仲那樣的賢臣，如今哪怕是憂愁國事、但如當年周顗諸人對泣新亭者，也找不到了。

【研析】此組詩第一首云：「太平翁嗡十九年，父子氣焰可熏天。」亦對秦檜十九年中恃寵擅權、排擊賢者、主和誤國予以指斥。四年前即慶元三年二月，陸游作〈跋呂侍講歲時雜記〉亦有相似之語：「年運而往，士大夫安於江左，求新亭對泣者，正未易得，撫卷累欷。」陸游恢復之懷，隨南渡日久，愈發孤獨。四句雖皆出以議論之筆，然運用「豈」之反問句，「不望……亦」之讓步句，使短短二十八字中情感跌宕波峭、縈紆曲折，有一唱三嘆之妙。《唐宋詩醇》評：「千年而後，如聞嘆息之聲。『善謀身』一言，尤中庸臣病根。」又曰：「此詩雖欠含蓄，然亦可知南渡後，雖周伯仁亦難得。」周伯仁，周顗，字伯仁，即注中所引《世說新語・言語》之「周侯」。

梅市

【題解】此詩嘉泰元年秋作於山陰。此詩描繪了作者家鄉附近的美景，復由此生發歲月流逝、壯志未酬的感慨。

梅市❶柯山❷小繫船，開篷驚起醉中眠。橋橫風柳荒寒外，月墮煙鐘縹緲❸邊。客思況經孤驛❹路，詩情又入早秋天。如今老病知何恨，判斷❺江山六十年。

【注釋】❶梅市　地名。在今浙江紹興境內。相傳漢梅福避王莽亂，至會稽，人多依之，遂為村市。唐劉長卿〈送人遊越〉詩：「梅市門何在？蘭亭水尚流。」❷柯山　即爛柯山，又名石室山。在今浙江衢縣南，相傳為樵夫遇仙處。唐劉禹錫〈衢州徐員外使君遺以縞紵兼竹書箱因成篇用答佳貺〉詩：「爛柯山下舊仙郎，列宿來添婺女光。」❸縹緲　形容聲音清越悠揚。唐司空圖〈注湣征賦述〉：「其雅調之清越也，有若縹緲鸞虹。」❹孤驛　孤寂的驛站。❺判斷　欣賞；賞玩。宋曾幾〈春晴〉詩：「酴醾芍藥待判斷，腰鼓橫笛當施行。」

【語譯】駕舟出遊，在梅市與柯山邊短暫停泊；一開篷窗，美景佳色驅走了我的睡意。小橋橫臥在柳樹旁邊，寒風拂動；月亮出沒於飄渺的煙靄之間，鐘聲悠揚。經過孤寂的驛站，客思愈加濃烈；初秋已臨，詩情也開始萌動起來。如今疾病與衰老都襲來，此生的遺憾究竟是什麼：六十年中但領略祖國江山之美。

【研　析】首聯交代遊賞之地，「小繫船」出自韓駒〈送李大夫移守新喻〉：「杯翻竹葉深留客，浦漲桃花小繫船。」語調活潑輕快。「開篷」句層次複雜，包含信息豐富，先「醉」，後「眠」，再「開篷」，最後「驚」，見出陸游結詞撰句之精心。頷聯很難翻譯成白話文，一句七字中字字皆甚著力。李商隱有「風柳誇腰住水村」之句，而「煙鐘」一詞卻始見南宋詩中，《佩文韻府》此詞條下但收陸游詩。其實，陸游之前的汪藻〈次韻吳明叟集鶴林五首〉其三：「臨分更攜手，坐聽煙鐘聲。」同時人楊萬里〈辛丑正月二十五日遊蒲澗晚歸〉：「煙鐘能底急，催我入城闉。」范成大〈登西樓〉：「千里春心吟不盡，下樓分付晚煙鐘。」都用到了這個詞。「月」屬視覺，「煙鐘」由以上詩句可知屬聽覺，月亮墜落於鐘聲之間，按現在的辭格是「通感」；或者陸游此句之「煙鐘」乃偏指煙靄，亦未可知。後半首抒情，六十年間徒然欣賞祖國河山，而不能恢復故地，是其恨也。《唐宋詩醇》評：「清和宛轉，可謂物理俱美，情致兼深矣。」又曰：「是雲林寫景。」雲林，元代著名畫家倪瓚的別號。

柳橋晚眺

【題　解】此詩嘉泰元年秋作於山陰。抒寫鄉間幽趣。

小浦聞魚躍❶，橫林待鶴歸。閒雲❷不成雨，故傍碧山飛。

【注釋】❶躍 跳躍。❷閒雲 悠然飄浮的雲。唐王勃〈滕王閣〉詩：「閒雲潭影日悠悠，物換星移幾度秋。」

【語譯】聽見小水浦裡的魚在跳躍，樹林在等待鶴的歸來。悠然的雲朵沒有下雨的意思，卻依傍著翠綠的山峰飄飛。

【研析】北宋詩人韓琦〈北塘避雨〉：「水鳥得魚長自足，嶺雲含雨只空還。」王安石〈江上〉：「晚雲含雨卻低回。」都是寫沒有化為雨的雲，這種「含雨」的狀態是轉瞬即逝的，是一個短暫的過程，同時也有收斂、含蓄的意思。對「含雨」的關注，顯示了宋詩的幽僻、深細、含蓄。《唐宋詩醇》評：「有手揮目送之趣。」

村舍其二

【題解】此詩嘉泰元年秋作於山陰。描寫鄉村幽細之景。

生理❶嗟彌薄，吾居久未完。蝶飛窗紙碎，龜坼❷壁泥乾。小雨牛欄❸溼，微霜碓舍❹寒。晚禾❺蟲獨少，鄰里共相寬❻。

【注　釋】❶生理　生計。唐杜甫〈春日江村〉詩之一：「艱難昧生理，飄泊到如今。」❷龜坼　形容天旱土地裂開。韓愈〈南山詩〉：「或如龜坼兆，或若卦分繇。」❸牛欄　關牛的簡陋房屋。漢焦贛《易林．需之鼎》：「膠著木連，不出牛欄，斯享羔羊，家室相安。」❹碓舍　舂米作坊。碓，舂米的工具。唐杜甫〈雨〉詩之一：「柴扉臨野碓，半溼搗香粳。」❺晚禾　即晚稻，一種生長期較長、成熟期較晚的稻，一般在霜降後收割。唐劉長卿〈登古長城歌〉：「白楊蕭蕭悲故柯，黃雀啾啾爭晚禾。」❻寬　寬慰；寬解。南朝宋鮑照〈擬行路難〉之四：「酌酒以自寬，舉杯斷絕歌路難。」陸游此詩自註：「今年晚禾苦蟲蛇，予鄉獨免。」

【語　譯】嗟嘆生活更加困難，我的房屋已破損多時。蝴蝶穿過破碎的窗紙，牆壁泥土乾裂。小雨將牛欄打濕，寒霜彌漫舂米作坊。所幸晚稻很少被害蟲侵害，鄰居們相互寬慰。

【研　析】嘆貧嗟卑之作，然並不一味悲哀消沉，而是自我寬慰勉勵。第一首云：「仍須教童稚，世世力耕桑。」亦是此意。《唐宋詩醇》評：「生創，不肯蹈襲一字。」頸聯中「碓舍」一詞即為陸游首創，《佩文韻府》「碓舍」條下即錄陸游此詩。「牛欄」出蘇軾〈被酒獨行徧至子雲威徽先覺四黎之舍三首〉其一：「但尋牛矢覓歸路，家在牛欄西復西。」以「碓舍」與「牛欄」作對，除此詩外，陸游尚有〈過村舍〉：「碓舍臨山路，牛欄隔草煙。」頷聯亦幽細可喜。

題嚴州王秀才山水枕屏

【題　解】此詩嘉泰元年秋作於山陰。王秀才，陸游友人，事跡不詳。枕屏，枕前屏風。

我行天下路幾何，三巴❶小益❷山最多。翠崖青嶂高嵯峨❸，紅棧如帶縈巖阿❹。下有駭浪千盤渦❺，一跌性命委蛟鼉❻。日馳三百一烏騾，雪壓披氈❼泥滿靴❽。驛亭沃酒醉臉酡❾，長笛腰鼓雜巴歌。大散關上方橫戈，豈料世變如翻波❿。東歸輕舟下江沱，回首歲月悲蹉跎。壯君落筆寫岷嶓⓫，意匠⓬自到非身過。偉哉千仞天相摩，谷裏人家藏綠蘿⓭。使我恍然越關河，熟視粉墨⓮頻摩挲。

【注釋】❶三巴　古地名。巴郡、巴東、巴西的合稱。相當今四川嘉陵江和綦江流域以東的大部地區。❷小益　利州，在蜀中。❸嵯峨　山高峻貌。《楚辭》淮南小山〈招隱士〉：「山氣巃嵸兮石嵯峨，谿谷嶄巖兮水曾波。」❹巖阿　山的曲折處。《文選》潘岳〈河陽縣作〉詩之二：「川氣冒山嶺，驚湍激巖阿。」呂良注：「巖阿，山曲也。」❺盤渦　水旋流形成的深渦。《文選》郭璞〈江賦〉：「盤渦谷轉，淩濤山頹。」張銑注：「盤渦，言水深風壯，流急相衝，盤旋作深渦如谷之轉。」❻蛟鼉　指水中兇猛的鱷類動物。漢司馬相如〈子虛賦〉：「其中則有神龜、蛟鼉、玳瑁、鱉黿。」❼披氈　披在肩上的外衣。❽靴　即靴子。❾酡　飲酒臉紅貌。唐劉象〈早春池亭獨遊〉詩之三：「知音新句苦，窺沼醉顏酡。」❿翻波　比喻反覆無常、變化不定。晉陸機〈君子行〉：「休咎相乘躡，翻覆若波瀾。」⓫岷嶓　岷山與嶓塚山的並稱，在蜀地。《書．禹貢》：「岷嶓既藝，沱潛既道。」⓬意匠　謂作文、繪畫、設計等事的精心構思。晉陸機〈文賦〉：「辭程才以效伎，意司契而為匠。」⑬綠蘿　指溪水。⑭粉墨　借指圖畫。宋王安石〈題燕侍郎山水圖〉詩：「仁人義士歸黃土，只有粉墨歸囊褚。」

【語　譯】我足跡遍天下，不知走了多少路程；而三巴和小益的山是最多的。翠綠的山峰高聳入雲，紅色棧道如帶子一樣將它縈繞。山下有驚濤駭浪，數不清的漩渦；如果跌下山去，就會葬身於蛟鼉腹中。騎一黑色小騾，日行三百里；大雪覆蓋我的披肩，泥土濺上我的靴子。在驛站上喝酒，醉得滿臉通紅；聽著用長笛與腰鼓伴奏的巴歌。我剛到大散關上，以為朝廷能大舉北伐；誰知世事翻覆，像波瀾一樣難以預測。於是又泛舟東歸，回憶往昔悲嘆歲月蹉跎。你將蜀地的山水畫成枕屏，此舉令我振奮；你雖然沒有親自到過那裡，卻顯示傑出的構思和技能。畫中的青山壁立千仞，彷彿觸到天空；一條溪水掩映於山谷和房屋之間。這景象似乎令我又一次度過關河，我仔細欣賞著這幅畫，不時撫摸它。

【研　析】此詩由觀賞友人所畫山水屏風而追憶往事，嗟嘆歲月蹉跎，壯志未酬。自首句至「回首」為第一段，追憶從戎南鄭之經歷，其間既有山水之美，亦有間關之險、道路之辛。「驛亭」兩句則頗豪放慷慨。但朝廷的政策隨即發生變化，陸游也離開了西北前線。「壯君」句以下方寫友人所畫屏風，正面寫畫中之景者只有「偉哉」兩句。《唐宋詩醇》評：「鏗然徹耳，煥然奪目。『意匠自到非身過』，尤有妙理。」陸游友人並沒有真正去過岷嶓之地，只憑想像虛構來作畫，但也能達到很好的藝術效果。陸游這句詩指出了藝術創作並不等同於現實生活。這首七言歌行一韻到底，鏗鏘有力。

辛酉冬至

【題解】此詩嘉泰元年冬作於山陰。抒寫閒居自適之懷。

今日日南至❶，吾門方寂然。家貧輕❷過節，身老怯增年❸。畢祭❹皆扶拜，分盤❺獨早眠。惟應探春❻夢，已繞鏡湖❼邊。

【注釋】❶日南至　指冬至日。夏至以後，日躔自北而南；冬至以後，又自南而北。故冬至日又稱「日南至」。《左傳・僖公五年》：「春，王正月，辛亥朔，日南至。」杜預注：「周正月，今十一月，冬至之日，日南極。」唐韓愈〈息國夫人墓誌銘〉：「年若干，元和七年甲子日南至，以疾卒。」❷輕　容易；簡單地。❸怯增年　害怕又老一歲。陸游自注：「鄉俗謂吃冬至飯即添一歲。」❹祭　祭祀。對陳物供奉神鬼祖先的通稱。《禮記・祭統》：「祭者，所以追養繼孝也。」❺分盤　分享春盤之物。古代風俗，立春日以韭黃、果品、餅餌等簇盤為食，或饋贈親友，稱春盤。❻探春　早春郊遊。唐宋風俗，都城仕女在正月十五日收燈後爭先至郊外宴遊，叫探春。唐孟郊〈長安早春〉詩：「公子醉未起，美人爭探春。」五代王仁裕《開元天寶遺事・探春》：「都人仕女，每至正月半後，各乘車跨馬供帳於園圃或郊野中，為探春之宴。」宋周密《武林舊事・西湖游幸》：「都城自過收燈，貴游巨室，皆爭先出郊，謂之『探春』。」❼鏡湖　在今浙江紹興會稽山北麓。東漢永和五年（西元一四〇年）在會稽太守馬臻主持下修建。以水平如鏡，故名。唐李白〈越女詞〉之五：「鏡湖水如月，耶溪女如雪。」

【語　譯】今天是冬至，我家依舊很平靜。因為貧窮，所以過節便不事鋪張，簡簡單單地過了。因為老邁，所以倍加害怕過年。歲祭時，兒孫們都來攙扶我這老人拜祖先；結束後，便把祭祀所用食物分給大家享用，而我也很早休息了。夜裡夢見探春出遊，來到鏡湖邊上。

【研　析】此詩敘述冬至日過節祭祀事，輕輕寫來，似毫不費力，卻充滿著家常味，充滿著對世事人生的閱歷感慨，是放翁詩中老硬蒼勁之作。首聯交待時間。頷聯抒發感慨，用字平淡而富有深味。家貧、身老因而有了下半句的感受，真實感人，無一毫做作，全從胸臆中流出。陸游〈夜雨〉詩亦云：「寒雨連三夕，幽居只數椽。家貧輕過節，身老怯增年。」「輕過節」一語，也被陸游之後的晚輩詩人韓淲襲用，他的〈同鄭處晦尹子潛過趙十〉說：「老去吟何味，分明水一杯。目前輕過節，身外待尋梅。」頸聯敘事，通過祭祀活動來表現自己的老邁，「扶拜」、「早眠」見出陸游的身體已漸衰弱。但即便如此，陸游依然有一種不服老的勁兒，詩的末句便以常用手法，以夢作結，說自己依然想著去鏡湖邊遊賞。以夢作結，更使全詩顯得含蓄深永，意味深長。方回評道：「放翁宣和乙巳生，嘉泰元年辛酉，年七十七矣，三四平穩有味。」也很欣賞頷聯的樸質深永，有閱歷，有感慨。馮班評道：「次聯已後，只是歲旦時。」是說此詩的描寫敘事很切合詩題。馮舒也評道：「畢竟除夕，穩。」

小飲梅花下作

【題解】此詩嘉泰元年冬作於山陰。抒寫豪放而寥落的情懷。

脫巾❶莫歎髮成絲，六十年間萬首詩❷。排日❸醉過梅落後，通宵❹吟到雪殘時。偶容後死寧非幸？自乞歸耕已恨遲。青史❺滿前閒即讀，幾人為我作蓍龜❻。

【注釋】❶巾　古人以巾裹頭，後即演變成冠的一種，稱作巾。《後漢書·郭太傳》：「嘗於陳梁閑行遇雨，巾一角墊，時人乃故折巾一角，以為『林宗巾』。」❷六十年間萬首詩　陸游自注：「予自年十七八學作詩，今六十年，得萬篇。」❸排日　每天；逐日。❹通宵　整夜。唐丁仙芝〈京中守歲〉詩：「守歲多然燭，通宵莫掩扉。」❺青史　古代以竹簡記事，故稱史籍為「青史」。南朝梁江淹〈詣建平王上書〉：「俱啟丹冊，并圖青史。」❻蓍龜　古人以蓍草與龜甲占卜凶吉，因以指占卜。《易·繫辭上》：「探頤索隱，鉤深致遠，以定天下之吉凶，成天下之亹亹者，莫大乎蓍龜。」引申為借鑑。《魏書·李彪傳》：「是以談遷世事而功立，彪固世事而名成，此乃前鑒之軌轍，後鏡之蓍龜也。」

【語譯】脫去頭巾，不必感嘆頭髮已稀疏如絲，因為這六十年裡我已留下了萬篇詩歌。我每日醉酒吟詩，通宵達旦，一直到梅落雪殘。上天讓我長壽不死，難道不值得慶幸嗎？唯一覺得遺憾的是退隱歸耕的時間太晚了。滿屋子裡都是史書，無數古人的經歷可以給我作借鑑。

【研　析】此詩以議論抒情為主，雖然題作「梅花下」，但不注重景物的描繪。首聯甚豪放。衰遲老邁之嘆，亦人之常情。陸游卻說不必感嘆，起首即以否定語氣出之，造成意脈的懸置，為第二句的登場鋪墊。第二句的豪放可謂古今詩人難找匹敵，因為這個詩人得有萬首詩作才行。所以方回說：「第二句舉世無對。」的確，若放在頷聯、頸聯，看來要找出合適的對句也是挺困難的。而陸游也正是為了強調這一句，固將其安放首聯中。頷聯飲酒、作詩，概述了自己六十年間最主要的生活內容。梅落就一年而言，寫飲酒由冬到春、四季不輟，雪殘就一天而言，寫作詩由深夜到早晨，刻苦勤奮。而這種連續的時間，也可以襯托出陸游的無所事事，表明他的潦倒不遇。頸聯寫長壽與耕種，用虛字斡旋，對偶工織。末聯則以古為鑑，意味深永。紀昀批道：「白體。（六十句）云云，此正放翁之病，蓋太多則不能盡有深意，而流連光景之詞，不能一一簡擇，膚淺草率之篇亦傳，令人有披沙揀金之嘆，所以品格終在第二流中。」「不能盡有深意」確為陸游以及多數宋人詩之通病，量多難免質減。

讀史

【題　解】此詩嘉泰元年冬作於山陰。這是一首詠史詩，讚頌貞觀之治，勸誡統治者不要貪圖安逸。

民間斗米兩三錢❶，萬里耕桑罷戍邊❷。常使屏風寫〈無逸〉❸，應無烽火照甘泉❹。

【注釋】❶斗米兩三錢　唐太宗貞觀三年，斗米價三、四錢，見《貞觀政要》。貞觀十五年，斗米兩錢，見《通典》。❷戍邊　派兵防守邊疆。❸屏風寫無逸　《書・無逸序》：「周公作〈無逸〉。」孔傳：「中人之性好逸豫，故戒以〈無逸〉。」主旨是周公告誡成王不要貪圖安逸。《舊唐書・崔植傳》：「宋璟嘗手寫《尚書・無逸》一篇，為圖以獻，玄宗置之內殿，出入觀省。」《宋史・楊安國傳》：「嘗請書〈無逸〉篇於邇英閣之後屏。帝（宋仁宗）曰：朕不欲背聖人之言。命蔡襄書〈無逸〉、王洙書《孝經》四章，列置左右。」陸游此處，書〈無逸〉用唐朝事，屏風則用本朝故實。❹烽火照甘泉　天寶末年安祿山叛亂攻佔長安。甘泉，宮名，故址在今陝西淳化西北甘泉山，本秦宮，借指唐代長安宮殿。

【語譯】唐朝貞觀年間一斗米價才兩三錢，各地人民都在從事農活而免戍邊之苦。如果皇帝的屏風上能經常書寫〈無逸〉篇，那麼就不會有安史之亂那樣的事情發生了。

【研析】《唐宋詩醇》評：「保泰持盈之指，借明皇發之，不落言詮，自近風雅。」陸游形容戰亂用「烽火」一詞，形容安定用「屏風」一詞，兩個詞語字面上甚為不類，但陸游巧妙地發現兩者之間的關係。絕句篇幅短小，這種方法可以增強句子的意蘊，寥寥兩句卻包容深廣。

六日雲重有雪意獨酌

【題解】此詩嘉泰二年（西元一二〇二年）春作於山陰。抒寫寥落不得志之情。

遍遊藪澤❶一漁舠❷，盡歷風霜只縕袍❸。天為念貧偏與健❹，人因見懶誤稱高。地連海澨❺濤聲近，雲冒山椒❻雪意豪。偶得名樽❼當痛飲，涼州那得直蒲萄❽？

【注釋】❶藪澤　指水草茂密的沼澤湖泊地帶。《莊子．刻意》：「就藪澤，處閒曠，釣魚閒處，無為而已矣。」❷舠　小船。南朝梁劉勰《文心雕龍．誇飾》：「是以言峻則嵩高極天，論狹則河不容舠。」李白〈鳴皐歌送岑徵君〉：「洪河淩競不可以徑度，冰龍鱗兮難容舠。」❸縕袍　以亂麻為絮的袍子。古為貧者所服。《論語．子罕》：「衣敝縕袍，與衣狐貉者立，而不恥者，其由也與？」朱熹集注：「縕，枲著也；袍，衣有著者也。蓋衣之賤者。」❹天為念貧偏與健　語本蘇軾〈除夜野宿常州城外二首〉其二：「但把窮愁博長健，不辭醉後飲屠酥。」❺海澨　海濱。南朝梁江淹〈游山〉：「且泛桂水潮，映月游海澨。」❻山椒　山頂。漢武帝〈李夫人賦〉：「慘鬱鬱其蕪穢兮，隱處幽而懷傷；釋輿馬於山椒兮，奄修夜之不陽。」《文選》謝莊〈月賦〉：「洞庭始波，木葉微脫；菊散芳於山椒，雁流哀於江瀨。」李善注：「山椒，山頂也。」❼樽　盛酒器。

《晏子春秋・雜上十六》：「范昭起曰：『請君之棄樽。』」晉陶潛〈歸去來兮辭〉：「攜幼入室，有酒盈樽。」

❽涼州那得直蒲萄　《三國志・魏志・明帝紀》「新城太守孟達反」裴松之注引漢趙岐《三輔決錄》：「(孟)他又以蒲桃酒一斛遺讓，即拜涼州刺史。」蒲萄，即蒲萄酒，亦作「葡萄酒」，用新鮮葡萄或葡萄乾經過發酵而製成的酒。

【語譯】我撐著一艘小艇遊遍了附近的水澤鄉村，這輩子歷經風霜到頭來還是布衣一個。老天因為我的貧窮不得志，所以便用長壽來補償我；人們誤把我的慵懶稱作高傲。我的住處連著海濱常常聽見濤聲，山頭上飄著幾朵烏雲似要降雪。偶然得到一杯名酒應當立即痛飲，像孟達那樣用葡萄酒去換涼州刺史哪裡值得呢？

【研析】此詩為即景抒懷之作。因天上烏雲重疊，似有降雪之兆，陸游於齋中獨飲，便生發了些對世事人生的感慨。妙在題目之義偏在詩的後半段才透露，前半段則逕直抒寫情懷。首聯雖是抒懷，卻不明言，而是用「漁舠」、「縕袍」這些具體的物象來傳達，以之喻悠閒貧困之意。頷聯對偶極佳，上句雖然本自蘇軾「但把窮愁博長健」，但陸游此聯用虛字更佳，所以方回評此聯道：「三四善斡旋有味。」「偏」字、「誤」字中透露出一腔牢騷不平之意。長壽本為幸事，但陸游卻說得彷彿是老天硬把長壽塞給自己，自己有不情願接受的意思。其中隱約表達了晚年不遇之悲，既然活著無所作為，那即使長壽又有何益？陸游〈村居〉也用了這層意思：「造物與閒仍與健，鄉人知老不知年。」紀昀評此聯道：「三四是真正宋調。」所謂「真正宋調」當是指此聯全不寫景，純以議論抒懷出之，且在思想情感上又具有曲折委婉的特點。頸聯方綰合題目，寫「雲重有雪意」

之景色。「海藻」、「山椒」頗具辭彩，可見即使感慨已抒發於前，陸游對寫景亦不掉以輕心。以「豪」字與「雪意」搭配，也是比較生新獨造的。〈病中絕句〉「不怕郊原雪意豪」，《佩文韻府》收有「雪意豪」這個詞條，但除了周密《浩然齋雅談》載有的一首范成大酬姜夔的逸詩：「鵝鶩聲喑雪意豪」，此外似不曾見有其他詩人用這個詞組。末聯運用典故，用翻案法，說一個刺史之職比不上一杯葡萄酒，這當然是陸游作為詩人的誇張遊戲語，表達及時行樂，厭倦官場之意。此詩的結構，紀昀有很好的分析，可參看：「先寫情，後入題，運筆有變化，語亦圓潔，不得以平調廢之。」

初春雜興其二

【題解】此詩嘉泰二年春作於山陰。描寫鄉間初春之景。

水長鷗初泛，山寒茗❶未芽。深林聞社鼓❷，落日照漁家❸。渡❹遠呼船久，橋傾取路斜。客愁慵❺遠眺，不是怯❻風沙。

【注釋】❶茗　茶芽。一說指晚採的茶。《說文．草部》：「茗，荼芽也。」《爾雅．釋木》「檟，苦荼」晉郭璞注：「今呼早采者為荼，晚取者為茗。」❷社鼓　舊時社日祭神所鳴奏的鼓樂。宋韋驤〈過鱗原驛〉：「田疇有穠良農喜，社鼓無聲暴客平。」❸漁家　打漁為業的人家。唐王維〈登河北城樓作〉詩：「岸火孤舟宿，漁家夕鳥還。」❹渡　渡頭；渡口。❺慵　懶惰；懶散。唐杜甫〈王十七侍御掄許攜酒至草堂奉寄此詩便請邀高三十五使君同到〉：「老夫臥穩朝慵起，白屋寒多暖始開。」❻怯　害怕；畏懼。

【語譯】春日河水漸漲，鷗鳥剛來嬉遊。但山間卻依舊寒冷，所以茶還未發芽。聽見遙遠的樹林裡傳來社鼓之音，落日正照耀著漁家。渡頭較遠，很久才呼叫到船夫。小橋微傾，道路曲折。只是因為急著回家，才無暇遠眺景色，倒不是畏懼風沙。

【研析】陸游晚年慕平淡自然之作，他中年時的豪放之氣有所收斂。正所謂絢爛之極復歸於平淡，這首詩便是他寫得較為成功的平淡深永之作。首聯分別從動物、植物的變化來透露氣候之變，點出題目中的「初春」。頷聯則寫到人物，又分別從聽覺和視覺兩個方面寫黃昏之景。兩句都是用主謂賓的簡單句式（如落日—照—漁家），給人以古樸雋永之美感。紀昀評此聯道：「三四天然有景。」讚揚此聯不用修飾，天然如畫。頸聯則用一個複雜句式，即每句含有兩個主謂結構。因「渡遠」所以「呼船久」，因「橋傾」所以「取路斜」，在這兩個因果複句中，我們很可以體味作者此時的心境，有一種隨緣自適的豁然。紀昀評道：「五六新而不碎。」末聯則抒發急切盼望歸家之意，「不是」這一否定句式的運用，給人以輕微的新奇之意。「客愁」一語又透露出輕微的哀傷，有遲暮之傷感。全詩押「麻」韻，正與此詩閒淡之情感相符合。對於全詩，方回評道：「八句皆佳，而三四尤古遠。」

中春偶書

【題解】此詩嘉泰二年春作於山陰。描寫鄉閭幽細之景。

鄰曲❶祈蠶候❷，陂塘浸種❸時。春寒薪炭❹覺，雨霽❺鼓鐘知。驢瘦銜泥怯，魚驚食釣遲。衰翁一味❻懶，耕養媿吾兒。

【注釋】❶鄰曲　鄰居；鄰人。晉陶潛〈遊斜川詩序〉：「與二三鄰曲，同遊斜川。」❷祈蠶候　祈禱蠶事方興之徵候。《禽經》：「商庚，夏蠶候也。」張華注：「此鳥鳴時，蠶事方興，蠶婦以為候。」❸浸種　處理農作物種子的一種方法。用水泡種子（多指稻穀）以催芽。用溫水或鹽水浸種，還有預防某些病害的作用。宋李之儀〈路西田舍示虞孫小詩二十四首〉其六：「修車浸種一番忙，肚熱鄰家見早秧。」陸游〈旬日公事頗簡喜而有賦〉亦云：「農事漸興初浸種，吏衙早退獨焚香。」❹薪炭　木炭。《漢書．匈奴傳下》：「胡地秋冬甚寒，春夏甚風，多齎釜鍑薪炭，重不可勝。」宋蘇轍〈冬至日作〉詩：「似聞錢重薪炭輕，今年九九不難數。」❺雨霽　雨止天晴。《書．洪範》：「乃命卜筮，曰雨，曰霽。」孔傳：「龜兆形有似雨者，有似雨止者。」❻一味　一直。

【語譯】鄰居們正在祈禱蠶候，陂塘裡正是浸種之時。春天的寒冷，薪炭會感覺得到；降雨停止了，鐘鼓應該知曉。瘦瘦的驢不敢衝泥而行，河中驚懼的魚不敢吞釣鉤上的餌食。我這個衰翁還是依舊懶惰，對兒輩們已經開始為農事而忙碌，深感慚愧。

【研　析】此詩與前首〈初春雜興〉作於同年，然一初春，一中春，雖然同為平淡閒適之作，但因季節差別，故詩歌也呈現出不同的風味。此詩則更多了一些靈動和活躍的氛圍，中春已逐漸告別冬日，臨近夏日，春意更加明顯，詩歌寫出了那些微妙的變化之景。首聯還是老路子，交待時令。祈蠶、浸種都記述了江南水鄉的風俗特色。陸游詩中寫到「浸種」者有三例，陸游之前很少有人用，唐詩、北宋詩皆無，蓋陸游所居為江南農村，此景較常見。在詩中用生新的詞，無論形容詞還是特指的名詞，都會給寫詩的人帶來激情，因為古代詩歌傳統中前後重複的情況實在太多。頷聯則用了比擬的手法，賦予「薪炭」、「鐘鼓」以人類才有的知覺。其實是為了寫薪炭、鐘鼓在春寒、雨霽之時的變化，前者是炭的乾溼變化，後者是鐘鼓聲音的乾溼變化，陸游卻如此巧妙地將它們放在一聯裡面。頸聯同樣用比擬手法，只是上一聯是死物，這一聯是活物。從手法上看略嫌重複少變化。覺、知、怯、遲這四個字放在一首詩中用，略嫌呆板，但大概是陸游喜歡這樣做吧。陸游寫詩有時就喜歡任著性子來，不太管詩歌傳統中固有的法規。這正是陸游的可親之處。末聯以自嘲出詼諧之味。方回評道：「三四能以常語為新。」紀昀不同意，說：「三句太做作，四句便自然。」大概鐘鼓之音的變化較薪炭之變化，更加明顯，更容易為一般人感覺得到，故而自然。

送子龍赴吉州掾

【題解】此詩嘉泰二年春作於山陰。子龍，陸游仲子。紹興二十年生，卒年八十七，字叔夜，小字恩哥。歷仕武康尉，吉州司理，朝請郎，左司諫。吉州，在今江西。掾，官府中佐助官吏的通稱。

我老汝遠行，知汝非得已。駕言❶當送汝，揮涕不能止。人誰樂離別，坐貧至於此。汝行犯胥濤❷，次第過彭蠡❸。波橫吞舟魚❹，林嘯獨腳鬼❺。野飯何店炊？孤櫂何岸艤？判司❻比唐時，猶幸免笞箠。庭參❼亦何辱，負職乃可恥。汝為吉州吏，但飲吉州水。一錢亦分明，誰能肆讒毀？聚俸嫁阿惜❽，擇士教元禮❾。我食可自營，勿用念甘旨❿。衣穿聽露肘，履破從見指。出門雖被嘲，歸舍卻睡美。益公⓫名位重，凜若喬嶽峙。汝以通家⓬故，或許望燕几⓭。得見已足榮，切勿有所啓。又

若楊誠齋⑭，清介世莫比。一聞俗人言，三日歸洗耳⑮。汝伯問起居，
餘事勿挂齒。希周⑯有世好，敬叔⑰乃鄉里。豈惟能文辭，實亦堅操履⑱。
相從勉講學，事業在積累。仁義本何常⑲，蹈之則君子。汝去三年歸，
我儻未即死。江中有鯉魚⑳，頻寄書一紙。

【注釋】❶駕言　駕，乘車。言，語助詞。語本《詩・邶風・泉水》：「駕言出遊，以寫我憂。」後用以指代出遊、出行。❷胥濤　傳說春秋時伍子胥為吳王所殺，屍投浙江，成為濤神。後人因稱浙江潮為「胥濤」。亦泛指洶湧的波濤。❸彭蠡　湖名，在江西。❹吞舟魚　形容魚大，語本《莊子》。❺獨腳鬼　傳說中的山魈。宋俞琰《席上腐談》卷上：「獨腳鬼乃山魈，見道家《煙蘿子圖》，連胲一隻腳。故唐詩有『山鬼趫跳惟一足』之句。」❻判司　古代官名。唐代節度使、州郡長官的僚屬，分別掌管批判文牘等事務。亦用以稱州郡佐吏。韓愈〈八月十五夜贈張功曹〉：「判司卑官不堪說，未免捶楚塵埃間。」❼庭參　封建時代下級官員趨步至官廳，按禮謁見長官。文職北面跪拜，長官立受；武職北面跪叩，自宣銜名，長官坐受。宋沈括《夢溪續筆談》：「成都府知錄，雖京官，例皆庭參。」❽阿惜　陸子龍有女二，大女兒小字惜惜。❾元禮　陸子龍之子。❿甘旨　指養親的食物。《禮記・內則》：「慈以甘旨。」⓫益公　周必大（西元一一二六—一二〇四年），字子充，一字洪道，號省齋居士，晚號平園老叟，廬陵（今江西吉安）人。紹興二十一年進士，淳熙十四年二月，拜右丞相，十六年轉左丞相。慶元元年轉少傅致仕，嘉泰四年十月卒，年七十九，諡文忠。⓬通家　猶世交。《後漢書・孔融傳》：「語門者曰：『我是李君通家子弟。』」⓭燕几　用以靠著休息的小桌子。《儀禮・士喪禮》：「楔齒用角柶，綴足用燕几。」賈公彥疏：「燕，安也。當在燕寢之內，常馮之以安體也。」⓮楊誠齋　楊萬

里（西元一一二七—一二〇六年），字廷秀，號誠齋。吉州吉水人。與陸游並為中興四大詩人。⑮洗耳　表示厭聞汙濁之聲。晉皇甫謐《高士傳・許由》：「堯讓天下於許由……由於是遁耕於中嶽潁水之陽，箕山之下，終身無經天下色。堯又召為九州長，由不欲聞之，洗耳於潁水濱。」⑯希周　陸游友人，生平未詳。⑰敬叔　杜思恭，字敬叔，上虞人，寓居山陰。⑱操履　操守。晉葛洪《抱朴子・博喻》：「潔操履之拘苦者，所以全拔萃之業；納拂心之至言者，所以無易方之惑也。」⑲何常　猶無常。蘇軾〈次韻和劉京兆石林亭之作石本唐苑中物散流民間劉購得之〉：「嗟此本何常，聚散實循環。」⑳鯉魚　漢蔡邕〈飲馬長城窟行〉：「客從遠方來，遺我雙鯉魚。呼兒烹鯉魚，中有尺素書。」後因以「鯉魚」代稱書信。

【語　譯】我老的時候你要遠行，知道你也是不得已。駕車送你，流淚不止。沒有人會以離別為樂，這一切都緣於貧困。你將要經歷凶險的波濤，渡過彭蠡湖。波上有吞舟的大魚，樹林裡有可怕的山魈。不知途中你在哪家客店住宿，在何處岸邊停泊。州掾雖然官卑，但比起唐代的判司官，總算免去笞箠之苦。拜謁長官也沒有什麼大不了，失職才是最可恥的。你作吉州的官應該廉潔奉公。秋毫分明，這樣誰還能誣陷你？積攢俸祿，為女兒籌備嫁妝；選擇賢士，教育兒子。我的生活可以自己料理，你不必擔心。我的衣服鞋子都破了，露出附部和腳趾。出門雖然被人嘲笑，在家卻可以安睡。周益公名高位重，凜然如高山屹立。你因為通家的緣故，或許可以向他拜見請教。能被他召見就應感到光榮，千萬不要再有所乞求。還有楊誠齋，他的清介沒有人可以比得上。他一聽見俗人言語，回去就要洗三天耳朵。你見了他只須問安，不要談及其他事。希周與我們有世交，敬叔是我們的老鄉。他們倆不僅擅長文學，道德操守更為堅定。你與他們一起勉勵學習，講求道理；平時積累才能取得成就。仁義並非特定不變，實踐了就能成為君子。你三年之後歸來，或許我還沒死。記得給我寫信，告知你的情況。

【研　析】此詩情真意切，樸貌深心，可作為陸游的家訓來看。詩首先表達分離之痛，擔心仲子獨自宦遊在外，羈旅艱辛，旅途勞頓。繼而勸告他不要介意官職低微，希望他能奉公守法，潔身自好。積攢官俸，延師育子，為女兒準備嫁妝，做一個父親應盡的責任。接著告知他拜謁前輩長者時應注意禮節，把握分寸，舉止得體。周必大與楊萬里都是陸游的朋友，也是南宋中興詩壇的重要角色，從這首詩的後半部分，可以看出周、楊二人在陸游心目中的不同印象。陸游不希望仲子過多向他人求助。「相從勉講學，事業在積累。仁義本何常，蹈之則君子。」這四句話至今也可以用來借鑑。陸游的朋友周必大曾見過此詩手跡，作〈跋陸務觀送其子龍赴吉州司理詩〉「吾友陸務觀，得李、杜之文章，居嚴、徐之侍從，子孫眾多如王謝，壽考康寧如松喬。詩能窮人之謗，一洗萬古而空之。嘉泰癸亥九月四日。」《唐宋詩醇》評曰：「以韻語作訓詞，真情極切，自然成文，樸茂渾堅，大家本領。」

杜叔高秀才雨雪中相過，留一宿而別，誦此詩送之

【題　解】此詩嘉泰二年春作於山陰。杜斿，字叔高，蘭溪（今屬浙江）人，與四位兄弟並有詩聲，時稱「金華五高」，曾以布衣入館閣校讎。

久客方知行路難，關山無際水漫漫。風吹欲倒孤城遠，雪落如簁❶野寺寒。暮挈❷衣囊投土室，晨沽村酒挂驢鞍。文章一字無人識，胸次❸徒勞萬卷蟠❹。

【注釋】❶簁　篩子，將東西放在篩具中來回搖動，以別粗細，去塵土。宋王安石〈和王微之登高齋〉之一：「寒雲沉屯白日埋，河漢蕩坼天如簁。」❷挈　提起。❸胸次　胸間。亦指胸懷。《莊子・田子方》：「行小變而不失其大常也，喜怒哀樂不入於胸次。」❹蟠　充滿。

【語譯】長久為客才知道世道艱難，關隘山嶺無邊無際，河水綿延不盡。孤城非常偏遠，狂風驟起，似欲將人吹倒；雪花飄落如同被篩子篩過，野寺荒寒。傍晚提著衣裝行囊投宿簡陋的土屋，早晨將買來的酒囊掛在驢鞍上。所寫的文章沒有一字被知曉，徒然滿腹的詩書才華。

【研析】南宋有不少當時很有名氣的詩人，卒後卻淹沒無聞，文集也多散佚不存。「金華五高」即是一例。杜斿完整的詩作，《宋詩紀事》只輯有一首。這首詩寫陸游眼中的杜斿，表達了對才士埋沒無聞的同情。首聯說杜叔高長期漂泊在外，歷經旅途艱辛。頷聯則是想像杜叔高在荒遠之地的淒清境況。風將要將叔高吹倒，可見風勢之猛烈。「雪落如簁」的比喻非常生新，《唐宋詩醇》評：「用簁字，新異可喜。」它形象地寫出了雪花的密集彌漫。頸聯則突出叔高之人，描繪他攜帶行囊、跨著蹇驢的形象。最後說他空有一身才華卻不得朝廷賞識重用，嘆其不遇，也有陸游自身的感慨在。

舟中作 其二

【題解】此詩嘉泰二年春作於山陰。描寫鄉間舟行之景。

晤語❶無人與遣愁，出門聊復弄輕舟。山穿煙雨參差出，水赴陂塘散漫❷流。隔葉雄雌鳴谷鳥，傍林子母過吳牛❸。數家清絕如圖畫，炊黍❹何妨得小留。

【注釋】❶晤語　見面交談。《詩・陳風・東門之池》：「彼美淑姬，可與晤語。」❷散漫　彌漫四散；遍布。南朝宋謝惠連〈雪賦〉：「其為狀也，散漫交錯，氛氳蕭索。」❸子母過吳牛　《易・說卦》：「坤為地，為母，為布，為釜，為吝嗇，為均，為子母牛。」陸游《渭南文集》有〈跋韓晉公子母犢〉一文：「予平生見三尤物：王公明家韓幹散馬、吳子副家薛稷小鶴及此子母牛是也。不知未死間，尚復眼中有此奇偉否。開禧二年四月甲子，陸務觀，老學菴北窗書。」指牝牛。一說，指牛犢與母牛。❹炊黍　即煮飯。漢王充《論衡・知實》：「顏淵炊飯，塵落甑中。」

【語譯】沒有人可以與我交談，遣散愁悶；所以聊且出門，駕舟遊賞。煙雨朦朧之中，時有幾座山峰的影子露出來；許多水流彌漫地向陂塘流去。雌雄谷鳥在樹葉中鳴叫，牛犢跟著母牛向樹林走來。幾戶山野中的人家清雅淳樸，彷彿圖畫中的景色；我何妨在這些人家中作小小的停留，與他們共享晚餐呢。

【研　析】這是首描繪山陰鄉野景色的詩。精彩之處，在於頷聯形容煙雨中的山色與田野間的水道。作者用了「穿」、「赴」兩個擬人化的動詞，賦予山、水以活潑盎然的生命力。本來是煙雨朦朧之中，幾座山峰偶爾顯露出來；作者卻說那是山峰努力「穿」破了煙雨的遮蔽，彷彿不願意讓自己的英姿隱藏起來，而要展現給世界看。頷聯之妙在於動詞的採用，而頸聯之妙則在於對偶。「子母牛」，他人少用，可見陸游用典之僻。最後用「炊黍」作結，亦頗具人情味，收得淡雅含蓄。《唐宋詩醇》載盧世漼評此詩曰：「寫景閒雅。」

北齋書志示兒輩

【題　解】此詩嘉泰二年夏作於山陰。抒寫寥落之懷。

初夏佳風日，頹然❶坐北齋。百年從落魄❷，萬事忌安排❸。鄉俗能
尊老，君恩許賜骸❹。飢寒雖未免，何足繫吾懷❺？

【注　釋】❶頹然　頹放不羈貌。《南史・賀琛傳》：「琛了不酬答，神用頹然。」❷落魄　放蕩不羈。《魏書・

尒朱仲遠傳》：「大得財貨，以資酒色，落魄無行。」唐杜牧〈遣懷〉詩：「落魄江湖載酒行，楚腰纖細掌中輕。」❸萬事忌安排　陸游自注：「徐仲車聞安定先生『莫安排』之教，所學益進。」徐仲車，徐積（西元一〇二八—一一〇三年），楚州山陽（今江蘇淮安）人。早年嘗從胡瑗學。安定先生，胡瑗（西元九九三—一〇五九年），字翼之，泰州海陵人，以經術教授吳中。與孫復、石介並稱「宋初三先生」。❹許賜骸　皇帝同意官吏請求退職。古代官吏自請退職稱「乞骸骨」，意謂使骸骨得歸葬故鄉。《晏子春秋．外篇上二十》：「臣愚不能復治東阿，願乞骸骨，避賢者之路。」亦省作「乞骸」。❺繫吾懷　令我掛念。唐白居易〈詠閑〉：「但有閑銷日，都無事繫懷。」

【語譯】時值初夏，風日甚佳，我悠閒頹放地坐在北屋。一輩子任憑自己放蕩不羈，塵世間的事情物來順受，從不過多計較。鄉里的風俗淳樸，知道尊敬如我這樣的老人；朝廷在我年邁之時允許我歸家，實在是莫大的恩情。雖然有時不免為飢寒而發愁，但些許事又何足令我掛念呢？

【研析】此詩題目為「書志」，是一首抒發情懷志向之作，故不在景物上用筆墨，但以議論、用典等手法來組織全詩。首聯從題中「北齋」寫起，點明地點，復以上句道明時令。「頹然」一語可見放翁此時的心境。頷聯用宋代學者之語來作對子，上下句對得很工整，格調也相彷彿。「忌安排」是說對於外物不要過多計較，不需過多人為，是一種較高層次的人生境界，所謂不以物喜，不以己悲，忘懷得失，超脫榮辱，大概都與之接近。陸游用此語與「落魄」作對，一來是抒發自己在仕途上遭小人傷害的憤懣之情，同時也用下句透出了一種孤高、孤傲之懷。方回評道：「律熟。『安排』字好。」紀昀評道：「此種議論，無與於詩。四句好，五句稍深厚，結又率易。」詩的後半段確實「律熟」了，是老生常談，感謝君恩便落入慵調。而紀昀獨欣賞第四句，這一境界人生確實很難企及。

書直舍壁

【題　解】此詩嘉泰二年秋作於臨安。直舍，古代官員在禁中當值辦事之處。唐韓愈〈與華州李尚書書〉：「獨宿直舍，無可告語，展轉歔欷，不能自禁。」

道山❶西下路，杳杳歷重廊❷。地寂聞傳漏，簾疏有斷香。渠❸清水馬❹健，屋老瓦松❺長。欲出重敧枕❻，無何❼覓故鄉。

【注　釋】❶道山　指道山堂。《咸淳臨安志》卷七：「道山堂，在秘閣之後。高宗皇帝御書杜甫山水歌於屏，仍詔將作監米友仁書扁。」❷重廊　陳騤《南宋館閣錄》卷二〈省舍〉：「（道山）堂東二間九架，監居之。堂西二間九架，少監居之。東廊凡四十二間，皆七架。……西廊凡四十三間，皆七架。」❸渠　陳騤《南宋館閣錄》卷二〈省舍〉：「石渠在秘閣後，道山堂前，長五丈，廣一丈五尺。」❹水馬　水龜的一種。身褐色，腹白色，兩鬢，四足；常逆流疾步，輕快如飛。俗稱水劃蟲。唐杜甫〈大曆三年春白帝城放船將適江陵四十韻〉：「雁兒爭水馬，燕子逐檣烏。」仇兆鰲注：「〔水馬〕蓋蝦蟲之類。」宋韓琦〈涼榭池上〉詩：「游鱗驚觸綠荷香，水馬成群㕹腳長。」❺瓦松　草名。生屋瓦上或深山石罅裡。葉厚，細長而尖，多數重疊，望之如松，故名。可入藥。又稱昨葉荷草。唐崔融〈瓦松賦序〉：「瓦松者產於屋霤之上，千株萬莖，開花吐葉，高不及尺，下纔如寸。」❻欹枕　斜靠在枕上。❼無何　《莊子・逍遙遊》：「今子有大樹，患其無用，何不樹之於無何有之鄉，廣莫之野。」成玄英疏：「無何有，猶無有也。莫，無也。謂寬曠無人之處，不問何物，悉皆無有，故曰無何有之鄉也。」此句謂故鄉無處可覓，發思家之情。

【語　譯】沿著道山堂向西緩行，經過了一重重的迴廊。寂寞之中有漏聲傳來，隱約的爐香從簾幕的縫隙中飄過。水馬在清澈的渠水中行進，老屋上長了好多瓦松。剛欲走出直舍卻又倚靠在枕頭上，想起了故鄉。

【研　析】嘉泰二年（西元一二〇二年）五月，朝廷以孝宗、光宗兩朝實錄及三朝史未就，宣召陸游提舉佑神觀兼實錄院同修撰兼同修國史，免奉朝請。陸游六月十四日入都。此次入都修史，陸游心情極為複雜。自淳熙十六年（西元一一八九年）冬，陸游為諫議大夫何澹所劾，返故里賦閒，至此已有十三年了。于北山先生在《陸游年譜》中評論道：「務觀入都修史，雖係奉詔，實有不忘當世之意。迨歷日稍久，始見朝廷泄沓因循，依然腐敗，權幸當道，無可施為，故詩篇中屢有厭倦抑鬱之情。……感到此種乾燥無味之修史生涯，與平時所抱負者大相徑庭。……務觀厭倦仕祿、眷戀家鄉之作，均係愛國理想不能實現、政治上感到極度苦悶之反映。」于北山先生的分析很深刻，雖說不是每首思鄉之作都可作如是觀，但將政治上的苦悶寄託在思鄉之情中，陸游的詩作確有不少，此篇即為其一。在這首詩中，陸游的情感傳達非常隱約微妙，與他其他時候的直言豪放大相徑庭。陸游細緻地描寫了禁中辦公之所的景致，尤其是「水馬」、「瓦松」一聯清雋可愛，新穎別緻。方回評道：「水馬瓦松，詩人罕用，此一聯可喜。」但是紀昀卻發現了問題：「總搜索此種以為新，而詩之本真隱矣。夫發乎情，止乎禮義禮義，豈新字新句之謂哉。」意思說新字新句並不可貴，重要的是抒情言志，言下之意此詩在情感傳達上顯得閉塞。最後一句的思鄉之情，確如于北山先生所言，有一種無聊、苦悶存焉。大概只有「水馬」、「瓦松」這些新奇的景致才能吸引陸游的注意，令他得一晌之歡，暫忘心事。

乍晴出遊

【題解】此詩嘉泰二年冬作於臨安。描寫都城初晴之景。

八十山翁病不支❶，出門也賦喜晴詩。小樓酒旆❷闌街❸處，深巷人家曬練❹時。本借微風欹帽影❺，卻乘新暖弄鞭絲❻。歸來幸有流香❼在，剩❽伴兒童一笑嬉。

【注釋】❶不支　不能支撐。謂力量、體力不夠。《新唐書．郭震傳》：「烏質勒之將闕啜忠節與娑葛交怨，屢相侵，而闕啜兵弱不支。」❷酒旆　即酒旗。唐杜牧〈代人寄遠〉詩：「河橋酒旆風軟，候館梅花雪嬌。」❸闌街　即「攔街」。擁塞街道。唐李白〈襄陽歌〉：「襄陽小兒齊拍手，攔街爭唱〈白銅鞮〉。」宋范成大〈大寧河〉詩：「荊箱擾擾攔街賣，紅皺黃團滿店頭。」蘇軾〈浣溪沙〉：「歸去三公應倒載，闌街拍手笑兒童，甚時名作錦薰籠。」❹曬練　即曝練。練，煮熟生絲或生絲織品，使之柔軟潔白。《周禮・天官・染人》：「凡染，春暴練，夏纁玄。」鄭玄注：「暴練，練其素而暴之。」❺本借句　此句出自《晉書・孟嘉傳》：「(嘉)後為征西桓溫參軍，溫甚重之。九月九日，溫燕龍山，寮佐畢集。時佐吏並著戎服，有風至，吹嘉帽墮落，嘉不之覺。」欹，歪斜；傾斜。《荀子・宥坐》：「吾聞宥坐之器者，虛則欹，中則正，滿則覆。」❻鞭絲　馬鞭。借指出遊。宋王之道〈集英殿賜第出馬上口占〉：「鞭絲曳雪繚官槐，綠陣中間一道開。」❼流香　陸游自注：「流香，蓋賜酒名。」陸游《老學庵筆記》卷七：「壽皇時，禁中供御酒名薔薇露，賜大臣酒謂之流香酒。」❽剩　更；更加。唐高適〈贈杜二拾遺〉詩：「聽法還應難，尋經剩欲翻。」

【語　譯】雖然我這近八十的老頭身體虛弱，但只要一出門，遇上晴朗的天氣，就禁不住詩興大發。臨安城裡酒家極多，酒旗擁塞了街道；深深的小巷裡，許多人家正在曝練。我本來只想感受一下清風，不料竟可以騎馬出遊。遊玩歸來又有美酒等著我，更可以和孩童們嬉戲。

【研　析】陸游一生停留在臨安都城的時間並不多，因此寫南宋杭州之景的詩作，在其全部詩作中的比重極少。但即便如此，他還是給後代讀者留下了一些描寫南宋杭州城的佳作，被人們傳誦著。最著名的當屬那首〈臨安春雨初霽〉，那首詩作於淳熙十三年(西元一一八六年)，距此詩作年已相差十六年了。但是臨安城卻沒有什麼變化。那首詩說：「小樓一夜聽春雨，深巷明朝賣杏花。」這首詩也說：「小樓酒旆闌街處，深巷人家曬練時。」景色的大體框架沒有變，都是「小樓」加「深巷」，這兩個詞表現出臨安城的繁華，人口眾多。但就傳誦之廣而言，十六年前那一聯獲勝了。究其因，還在於詩歌語言上。那一聯用語天然質樸，但組織起來卻充滿了詩意，而這一聯，陸游卻用了「闌街」、「曬練」，用詞新穎，「闌街」雖有李白等人用過，畢竟不常見。「曬練」，據我們考察，是陸游在詩中首用，《佩文韻府》收此條。古代的詩人可能會更喜歡陸游此聯。但雖有新意，卻顯示了刻意修飾的一面，失去了天然質樸之色。紀昀評道：「淺而有姿。」

謝韓實之直閣送燈

【題　解】此詩嘉泰二年冬作於山陰。韓實之，陸游友人，生平未詳。直閣，官名。宋時稱供職龍圖閣、祕閣等機構者為「直閣」。位次於修撰。《宣和遺事》前集：「檢籍同修撰，校經同直閣。」

玉作華星❶綴絳繩，樓臺交映暮天澄❷。東都❸父老❹今誰在，腸斷當時諫浙燈❺。

【注　釋】❶華星　明星。此處蓋喻燈。《文選》曹丕〈芙蓉池作〉詩：「丹霞夾明月，華星出雲間。」❷澄　明淨。❸東都　歷代王朝在原京師以東的都城，此處指北宋。❹父老　對老年人的尊稱。❺諫浙燈　蘇軾〈諫浙燈劄子〉：「熙寧四年正月某日，殿中丞直史館判官告院權開封府推官蘇軾狀奏……臣伏見中使傳宣下府市司，買浙燈四千餘盞，有司具實直以聞，陛下又令減價收買；見已盡數拘收，禁止私買，以須上令。臣始聞之，驚愕不信，咨嗟纍日。何者？竊為陛下惜此舉動也。臣雖至愚，亦知陛下游心經術，動法堯舜，窮天下之嗜慾不足以易其樂，盡天下之玩好不足以解其憂，而豈以燈為悅者哉？」

【語　譯】這是用玉製成的燈，纏繞著紅色的繩子；樓臺在燈的照射下交相輝映，傍晚的天空也變得明亮澄澈起來。可是北宋的那些老人如今都不在世間了，想起蘇軾當時上皇帝的〈諫浙燈箚子〉，我不禁感傷悲痛如腸斷。

【研　析】陸游從對一盞燈的描繪，引申出對北宋王朝的懷想，懷想蘇軾當年進諫皇帝不要「以燈為悅」，所謂「今誰在」、「腸斷」，說明在陸游看來，如今的南宋朝廷已找不到像蘇軾這樣敢於進諫、批評皇帝的忠臣了。此詩作於嘉泰二年，是宋寧宗的第二個年號，宋孝宗已經去世，陸游親歷的「乾、淳」之盛世早已結束了，不免傷感失落。南宋朝廷已開始走下坡路。此詩可與楊萬里〈立春日有懷二首〉其二對讀：「玉堂著句轉春風，諸老從前亦寓忠。誰為君王供帖子，丁寧綺語不須工。」亦是由「春帖子」懷想東都的「諸老」。《唐宋詩醇》載盧世漼評曰：「詩自謝燈，意別有在。」張完臣曰：「無限感慨，觸物而流。」

河橋晚歸

【題　解】此詩嘉泰三年（西元一二〇三年）春作於臨安。河橋，在臨安。此詩描繪了作者晚間自河橋歸來所見之景色。

曲巷連新市，層樓近小橋。青簾❶猶滴雨，綠浦恰通潮。簾影晴方見，笙聲冷未調。斜陽覓歸路，偏愛玉驄❷驕。

【注　釋】❶青簾　舊時酒店門口掛的幌子。多用青布製成。唐鄭谷〈旅寓洛陽村舍〉詩：「白鳥窺魚網，青簾認酒家。」❷玉驄　即玉花驄，原為唐玄宗所乘駿馬名，泛指駿馬。唐杜甫〈丹青引〉：「先帝天馬玉花驄，畫工如山貌不同。」宋胡仔《苕溪漁隱叢話後集・東坡一》：「《異人錄》言：『玉花驄者，以其面白，故又謂之玉面花驄。』」

【語　譯】彎曲的小巷通往新開的集市，小橋旁邊有幾座樓房。酒家的旗幌還陸續滴下雨水，綠色的水浦上不時有漲潮。窗簾的影子在天晴後才看得清，笙管吹出的曲聲並未受天寒的影響。在一片斜照之中尋找歸家的路，騎著的駿馬真使我憐愛。

【研　析】一二寫人家建築，三四點染色彩，選取酒旗與水浦為描繪對象，酒旗上還滴著雨水，說明不久前剛下過雨，表現江南小鎮多雨的季節特點；而水浦又有漲潮現象，說明水浦連接著江海。「滴雨」與「通潮」，字面上看是以細對巨，輕重懸殊，而實際上又皆是寫水。於是，色彩便顯得濕潤了許多，如一幅尚未乾透的水墨畫。與頷聯相比，頸聯兩句則略顯率易，句法結構都沒有努力做到與上二句相異。「簾影」句亦像是廢話一句。陸游詩每每有此率易無謂之句，蓋由作詩太多所致。結句輕快，有情。《唐宋詩醇》評：「筆墨間有香氣，似初唐人佳製。」

與兒輩泛舟遊西湖一日間陰晴屢易

【題　解】此詩嘉泰三年春作於臨安。這是陸游與兒輩們一起遊賞西湖景致之後所作。

逢著園林即款扉❶，酌泉鬻❷筍欲忘歸。楊花❸正與人爭路，鳩語還催雨點衣。古寺題名❹那復在，後生❺識面自應稀。傷心六十餘年事，雙塔❻依然在翠微❼。

【注　釋】❶款扉　叩門；敲門。❷鬻　購買。❸楊花　指柳絮。北周庾信〈春賦〉：「新年鳥聲千種囀，二月楊花滿路飛。」❹題名　古人為紀念科場登錄、旅遊行程等，在石碑或壁柱上題記姓名。唐張籍〈送遠曲〉：「願君到處自題名，他日知君從此去。」❺後生　後輩；年輕人。《論語・子罕》：「後生可畏，焉知來者之不如今也。」❻雙塔　指臨安的保叔塔和雷峰塔。❼翠微　指青翠掩映的山腰幽深處，泛指青山。《爾雅・釋山》：「未及上，翠微。」

【語　譯】我每逢遇到園林，就要敲門進去看看；飲泉水、買竹筍，往往忘記歸家。楊花飄舞似與人爭路，斑鳩鳴叫似催雨水濕衣。古老的寺廟上那些題名已經不存在了，後輩中認識我放翁的也很少了。六十年來多少事情令我傷心，舉目遠眺，那保叔塔和雷峰塔依然在青山掩映之中。

【研　析】一二句先寫自己，表現喜好自然的性情，遇到園林、山泉、嫩筍等，就常常流連忘返，體現了放翁的任性豪放。此為埶筆，開頭不直接寫風景，略作渟滀，以積蓄筆勢。三四始切入正題，寫當日遊賞臨安西湖所見之景色。一個「正」字便將讀者帶入當時的情景中，「爭」字用比擬手法表現楊花四處飄散、滿天飛舞的情形，路上行人難以避之。頷聯下句更妙，上句只寫了「楊花」與「行人」兩樣，下句卻連帶寫了「鳩」、「雨」、「衣」三樣。雨絲灑落遊人的衣服上，本與斑鳩的鳴叫無任何關係，但從詩人眼中看去，就彷彿斑鳩是雨水沾衣的「主謀」了。比擬的運用，一在突出描寫對象之生動性，二在綰合自然間物象之關聯性。頷聯上下兩句，正分別體現了比擬手法的兩層主要作用。五六感慨時光流逝，卻不直說，而從兩樣事情上予以傳達，一是自然景物的剝蝕，二是年輕人的增多。頸聯這兩句又在為第七句蓄勢，五六只是點染，至第七句始明白道出，這種種變化已是經過六十餘年了。而作者為何「傷心」呢，五六已先引出，但讀者明白，陸游絕不會僅僅因為題名之不存、後生之不識而傷心，當有更重要的原因。但作者沒有直說，最後還是以景物作結，杭州的雙塔依然在翠微深處安然無恙，一切恬然無事，「直把杭州作汴州」，意在言外。《唐宋詩醇》評曰：「寫景最工，著語一何娟妙！」

後寓嘆

【題　解】此詩嘉泰三年春作於臨安。因之前作有〈寓嘆〉，故此詩名〈後寓嘆〉。抒寫恢復之志。

貂蟬未必出兜鍪❶，要是蒼鷹憶下韝❷。彭澤往歸端為酒❸，輕車❹已老豈須侯。千年精衛心平海❺，三日於菟氣食牛❻。會與高人期物外，摩挲銅狄❼灞城秋。

【注釋】❶貂蟬未必出兜鍪　《南齊書·周盤龍傳》：「世祖戲之曰：『卿著貂蟬，何如兜鍪？』盤龍曰：『此貂蟬從兜鍪中出耳。』」貂蟬，貂尾和附蟬，古代為侍中、常侍等貴近之臣的冠飾。《後漢書·輿服志下》：「侍中、中常侍加黃金璫，附蟬為文，貂尾為飾，謂之『趙惠文冠』。」劉昭注：「應劭《漢官》曰：『說者以金取堅剛，百鍊不耗。蟬居高飲絜，口在掖下，貂內勁捍而外溫潤。』此因物生義也。」後借指侍中、常侍之官，亦泛指顯貴的大臣。陸游〈草堂拜少陵遺像〉詩：「長安貂蟬多，死去誰復算！」兜鍪，亦作「兜牟」。古代戰士戴的頭盔。秦漢以前稱冑，後叫兜鍪。《東觀漢記·馬武傳》：「(武)身被兜鍪鎧甲，持戟奔擊。」❷蒼鷹憶下韝　謂蒼鷹剛離開臂套，即捕到獵物，喻官吏辦事能力強。陸游〈遺懷〉：「許國區區不自勝，秋風空羨下韝鷹。」《宣和書譜》卷四：「(柳)公權之學出於顏真卿，加以盤結遒勁，為時所重。議者以謂如驚鴻避弋、飢鷹下韝，蓋以言其風骨峻極而少和淑之氣焉。」韝，臂套。用皮製成。射箭、架鷹時縛於兩臂束住衣袖以便動作。《漢書·東方朔傳》：「董君綠幘傅韝。」顏師古注引韋昭曰：「韝形如射韝，以縛左右手，於事便也。」下韝，《東觀漢記》：「善吏如良鷹，下韝即中。」❸彭澤往歸端為酒　陶潛〈歸去來兮辭〉：「彭澤去家百里，公田之利，足以為酒，故便求之。及少日，眷然有歸歟之情。」《晉書》卷九十四「(陶潛)為彭澤令，在縣公田，悉令種秫穀，曰：『令吾常醉於酒足矣。』妻子固請種粳，乃使一頃五十畝種秫，五十畝種粳。素簡貴，不私事上官。郡遣督郵至，縣吏白應束帶見之，潛嘆曰：『吾不能為五斗米折腰，拳拳事鄉里小人邪。』

義熙二年，解印去縣，乃賦〈歸去來〉。」❹輕車 《史記・李將軍列傳》：「然無尺寸之功以得封邑者，何也？豈吾相不當侯邪？且固命也。」李廣從弟李蔡曾官輕車將軍，此處陸游誤指李廣。❺千年精衛心平海 用以比喻有仇恨而志在必報，或不畏艱難、奮鬥不懈。精衛，古代神話中鳥名。《山海經・北山經》：「發鳩之山，其上多柘木。有鳥焉，其狀如烏，文首、白喙、赤足，名曰精衛，其鳴自詨。是炎帝之少女，名曰女娃，女娃游于東海，溺而不返，故為精衛，常銜西山之木石，以堙于東海。」❻三日句 於菟，虎的別稱。《左傳・宣公四年》：「楚人謂乳穀，謂虎於菟。」陸德明《釋文》：「於，音烏。」《漢書・敘傳上》作「於檡」，顏師古注：「檡，字或作『菟』。」唐杜甫〈戲作俳諧體遣悶〉詩之二：「於菟侵客恨，粔籹作人情。」《尸子》卷下：「虎豹之駒，未成文而有食牛之氣；鴻鵠之鷇，羽翼未全而有四海之心。賢者之生亦然。」後以「食牛」讚美青少年志壯心雄，氣概豪邁。唐杜甫〈徐卿二子歌〉：「小兒五歲氣食牛，滿堂賓客皆回頭。」❼銅狄 銅人。《漢書・五行志下之上》：「史記秦始皇二十六年，有大人長五丈，五履六尺，皆夷狄服，凡十二人，見於臨洮……是歲始皇初并六國，反喜以為瑞，銷天下兵器，作金人十二以象之。」《後漢書・方術列傳下・薊子訓》：「後人復於長安東霸城見之，與一老公共摩挲銅人。相謂曰：適見鑄此而已近五百歲矣。」

【語　譯】雖然朝廷中的權貴之臣非皆由部伍出身，但他應如蒼鷹思憶下韝一樣，施展才幹，報效國家。從前的陶潛正是為了飲酒而辭去官職，李廣老了何必須要封侯。精衛一心填海，有仇必報。虎豹即使尚幼小，卻已有食牛之氣。我想在秋日的霸城，當會與高人相遇，撫摸著銅人，慨嘆歷史興亡。

【研　析】嘉泰三年之後二年，即開禧元年（西元一二〇五年），韓侂胄北伐。此前，朝廷內部已逐漸透露出北伐的意向，各方面的部署也逐漸展開。陸游此詩的用意，據前人詩話和評論所言，當是與二年後的北伐有關，表達了陸游對北伐的態度。賀裳《載酒園詩話》說：「千年精衛，自指平日壯懷；三日於菟，指後進之士妄生短長者。」紀昀也同意這一觀點，說：「此當是為韓侂胄北伐時所作。五六最沉著而曲折。言志士本不忘復仇，但少年恃氣輕舉，則可慮耳。」意思說，陸游並不反對北伐，他臨終前最後一首詩還說：「王師北定中原日。」但對於北伐的時機、方式，陸游卻與韓侂胄意見不同。賀裳和紀昀都從這首詩中讀出了陸游的態度，即北伐不能草率行事，不能意氣用事，須要做好充分的準備和部署，這樣才不至於失敗。而兩位讀者之所以讀出這樣的態度，關鍵是根據陸游詩中的用典。精衛的填海復仇用了「千年」，意謂金人南侵之仇不可不報。「三日」的「於菟」喻指朝廷中的後進之士，他們不知天高地厚，紛紛倡議北伐之舉。但是方回卻說：「六句豪俊。」從這一評語中，可知方回的解讀與賀裳、紀昀不同。若第六句是諷刺後進之輩，方回不會用「豪俊」一語讚揚它。那麼，第六句還可能有一種解釋，即它是陸游用來自比，陸游說自己的恢復之志如同「虎豹之駒，未成文而有食牛之氣」，不必將幼虎坐實為後進之輩。此詩末句化自南宋初年的詩人孫覿，其《鴻慶居士集》卷四〈王佐司致政還鄉〉：「待拄一笻隨薊叟，摩挲銅狄霸城東。」此詩整體風格接近李商隱，多用典故，因而其內在意義顯得隱晦不明。

上章納祿恩畀外祠遂以五月初東歸其四

【題　解】此詩嘉泰三年夏作於臨安。嘉泰二年五月，朝廷以孝宗、光宗兩朝實錄及三朝史未就，宣召陸游提舉佑神觀兼實錄院同修撰兼同修國史，免奉朝請。陸游六月十四日入都。嘉泰三年四月十七日進書畢，上疏致仕，除提舉江州太平興國宮，行前薦舉李大異自代，五月十四日離京，自此未再至杭州都城。

身是風前一斷蓬❶，經年竊食❷竟何功？倚天青嶂❸迎船出，撲馬紅塵❹轉眼空。網戶餉❺魚勝丙穴❻，旗亭❼送酒等郫筒❽。死前幸作扶犁叟❾，免使淮南笑發蒙❿。

【注釋】❶斷蓬　猶飛蓬。比喻漂泊無定。❷竊食　竊取俸祿。謂任官而無作為。常用作自謙之詞。❸青嶂　如屏障的青山。《文選》沈約〈鍾山詩應西陽王教〉：「鬱律構丹巘，崚嶒起青嶂。」呂向注：「山橫曰嶂。」❹紅塵　車馬揚起的飛塵。漢班固〈西都賦〉：「紅塵四合，煙雲相連。」唐杜牧〈過華清宮〉詩之一：「一騎紅塵妃子笑，無人知是荔枝來。」喻指繁華之地，佛教、道教等稱人世為「紅塵」。❺餉　饋食於人。《孟子．滕文公下》：「有童子以黍肉餉，殺而奪之。」❻丙穴　地名，大丙山之穴，在今陝西略陽東南，與勉縣接境。四川省城口縣南、廣元縣北、雅安縣南亦有丙穴。《文選》左思〈蜀都賦〉：「嘉魚出於丙穴，良木攢於褒穀。」李善注：「丙穴在漢中沔陽縣北，有魚穴二所，常以三月取之。丙，地名也。」❼旗亭　酒樓。懸旗為酒招，故稱。唐劉禹錫〈武陵觀火〉詩：「花縣與琴焦，旗亭無酒濡。」❽郫筒　酒名。相傳晉山濤為郫令，用竹筒釀酒，兼旬方開，香聞百步，俗稱「郫筒酒」。唐杜甫〈將赴成都草堂途中有作先寄嚴鄭公〉詩仇兆鰲注：「《成都記》：成都府西五十里，因水標名曰郫縣，以竹筒盛美酒，號為郫筒。《華陽風俗錄》：郫縣有郫筒池，池旁有大竹，郫人刳其節，傾春釀於筒，苞以藕絲，蔽以蕉葉，信宿香達於竹外，然後斷之以獻，俗號郫筒酒。」

❾扶犁叟　耕地的老農。犁，耕地翻土的農具。《太平廣記》卷十三〈郭璞〉：「吾昨夜夢在石頭城外江中扶犁而耕。」蘇軾〈又一首答二猶子與王郎見和〉：「質非文是終難久，脫冠還作扶犁叟。」❿笑發蒙　《史記・汲鄭列傳》：「淮南王謀反，憚黯，曰：好直諫，守節死義，難惑以非。至如說丞相弘，如發蒙振落耳。」發蒙，揭開蒙蓋物。喻輕而易舉。

【語譯】我好比是風前的一個斷蓬，多年享受朝廷俸祿卻不能報效國家。如屏的青山似倚靠著天，正迎接我的歸船，撲馬的塵土轉眼之間就消散了。漁家饋送給我魚，酒店送給我酒，都美味無比。我很慶幸臨死前能回到鄉間，免得在朝中庸碌無為，受人恥笑。

【研析】陸游此次告歸之後，便沒有再入朝廷，再沒有踏入臨安城。這真正是告老還鄉了。這最後一次辭職，陸游的心情很激動，接連寫了五首七律，五首詩都洋溢著欣樂自足的感情。這是其中的一首。首聯抒情。頷聯敘述歸程。「青嶂」、「紅塵」，詞采鮮豔潤澤，此為放翁詩本色處。頸聯兩句都是從杜甫詩中化出：「魚知丙穴由來美，酒憶郫筒不用酤。」幾乎沒有變化，所以方回評道：「丙穴、郫筒，大犯老杜。」意思說偷句子偷得太明目張膽了。末聯的「扶犁叟」出自蘇軾：「脫冠還作扶犁叟。」陸游很喜歡用，其他詩作如〈白髮〉：「已成五畝扶犁叟，誰記三朝執戟郎。」〈晚步湖塘少休民家〉：「適遇扶犁叟，同休織屨家。」「笑發蒙」的這一用法，當本自黃庭堅，他的〈題王黃州墨跡後〉：「諸君發蒙耳，汲直與臣同。」〈王彥祖惠其祖黃州制草書其後〉：「脫略看時輩，諸君等發蒙。」陸游用此典，表達了再留在朝廷亦將無所作為的意思，透出一種對南宋朝廷的失望之情。

初歸雜詠 其二

【題解】此詩嘉泰三年六月作於山陰。抒寫歸隱之懷。

齒豁頭童❶盡耐嘲，即今爛飯用匙抄❷。朱門❸漫設千杯酒，青壁❹寧無一把茅❺？偶爾作官羞問馬❻，頹然對客但稱貓❼。此時定向山中死，不用磨錢擲卦爻❽。

【注釋】❶齒豁頭童　頭禿齒缺。形容衰老。唐韓愈〈進學解〉：「頭童齒豁，竟死何裨！」❷即今爛飯用匙抄　本自韓愈〈贈劉師服〉：「匙抄爛飯穩送之。」❸朱門　紅漆大門。指貴族豪富之家。❹青壁　青色的山壁。❺一把茅　《傳燈錄》：「德山宣鑒禪師抵溈山，溈曰：『是伊將來有把茅蓋頭，罵佛罵祖去在。』」陳師道《規禪停雲齋》：「何年一把茅，據坐孤崒嵂。」茅可蓋屋，因以指代草舍。❻問馬　《世說新語．簡傲》：「王子猷作桓車騎騎兵參軍。桓問曰：『卿何署？』答曰：『不知何署。時見牽馬來，似是馬曹。』桓又問：『官有幾馬？』答曰：『不問馬，何由知其數？』又問：『馬比死多少？』答曰：『未知生，焉知死？』」❼稱貓　宋蘇軾〈郭忠恕畫贊敘〉：「〔忠恕〕國初與監察御史符昭文爭忿朝堂，貶乾州司戶，秩滿，遂不仕。放曠岐、雍、陝、洛間，逢人無貴賤，口稱貓。」《宋史．郭忠恕傳》記此事，「貓」作「苗」。後因以「稱貓」謂不談政事。❽磨錢擲卦爻 陸游自注：「磨錢擲卦爻，蜀龍昌期語也。」宋呂希哲《呂氏雜記》卷下：「龍昌期少時為僧，嘗上朱臺符詩曰：洗硯書名紙，磨錢擲卦爻。侯門千萬仞，應許野僧敲。」卦爻，《周易》中組成卦的符號。擲卦爻，謂占卜、算命。

【語譯】我已老邁年衰，受盡譏嘲，如今吃飯也不太方便了。權貴之門裡縱然有美酒佳肴，但我並不稀罕；山間一座茅屋便可以安度我的晚年。雖然曾經作過官，但並不適合自己的不羈之性。平日裡與客交談，也不談政事了。我相信此生要終老田園了，不必找人來算命。

【研析】此詩作於臨安歸來不久，此後陸游沒有再作官。詩的風格灑脫不羈，充滿放浪與幽默之趣。從這首詩中可以讀出陸游棄官歸隱、終老故里之志是非常堅定的。首聯兩句都從韓愈的詩文中出，將從前某一作者不同作品中句子湊在一處，作為自己詩歌的一聯，這是古代詩人比較喜歡的創作方法。頷聯、頸聯都是議論，但一聯用物象，一聯用典故，共同點是都不明說。「問馬」和「稱貓」作對，非常工織。南宋人李流謙〈送孫賓老守三池〉：「吏術無多非問馬，機心已盡不驚鷗。」可相比較。與「問」字作對，陸游的「稱」字要比李流謙的「驚」字，更工織一些。

遊山 其一

【題解】此詩嘉泰三年秋作於山陰。描寫鄉間閑淡之景。

蕭散❶湖山路，天教脫馽羈❷。蟬聲入古寺，馬影度荒陂❸。樵唱❹時傾耳❺，僧談亦解頤❻。偏門❼燈火❽鬧，不敢恨歸遲。

【注　釋】❶蕭散　猶蕭灑。形容舉止、神情、風格等自然，不拘束。《西京雜記》卷二：「司馬相如為〈上林〉、〈子虛〉賦，意思蕭散，不復與外事相關。」❷馽羈　馬籠頭和絆索。喻牽制束縛。宋蘇洵〈顏書〉詩：「虞柳豈不好，結束煩馽羈。」❸陂　池塘湖泊。《淮南子．說林》：「十頃之陂可以灌四十頃，而一頃之陂可以灌四頃，大小之衰然。」高誘注：「畜水曰陂。」❹樵唱　猶樵歌。唐祖詠〈汝墳別業〉詩：「山中無外事，樵唱有時聞。」❺傾耳　謂側著耳朵靜聽。《史記．淮陰侯列傳》：「農夫莫不輟耕釋耒，褕衣甘食，傾耳以待命者。」❻解頤　謂開顏歡笑。語出《漢書．匡衡傳》：「無說《詩》，匡鼎來；匡說《詩》，解人頤。」唐杜甫〈奉贈李八丈曛判官〉詩：「討論實解頤，操割紛應手。」❼偏門　陸游自注：「偏門，會稽城西南門名。」❽燈火　指燈彩。宋周密《武林舊事．元夕》：「一入新正，燈火日盛。」

【語　譯】我在湖光山色之中逍遙散淡，是老天讓我脫離了仕途的羈絆。蟬的叫聲傳入古老的寺廟，馬兒的影子掠過荒涼的陂塘。時常傾聽樵夫的山歌，僧人的禪話也令我開顏。偏門的燈火在夜間非常熱鬧，如此美好的情境我又怎會遺憾歸家之晚呢。

【研　析】放翁此作，老辣精深，爐火純青，為其晚年五律之佳篇。首聯總寫，說遠離朝廷回到家鄉的喜悅心情，「蕭散」與「馽羈」二詞皆用得很精準。頷聯寫遊山之所見所聞，上句寫聽覺，下句寫視覺。上句寫蟬聲，化用了杜甫的名句：「蟬聲集古寺」。因此清代的查慎行評此詩道：「放翁熟於杜律，不覺犯。」意思說陸游對杜甫詩已讀得很熟了，所以會不自覺地化用他的句子。不過以我們的眼光來看，杜甫的「集」字似乎要比陸游的「入」字更具有詩意。「入」字平淡，而「集」字則把蟬聲的密集形容了出來。但「入」字也正顯示出宋詩變唐詩之密麗而為疏淡的特色。至於下句，紀曉嵐評道：「『馬影』入詩，極生。如作人影，便好。」意思是說「馬影」這個詞有些生新，給人以突兀之感，不好。其實，據我們考察，陸游之前已有人用這個詞了，在南渡大詩人陳與義的〈遊玉仙觀以春風吹到人為韻得吹字〉：「輸贏共一笑，馬影催歸時。」及〈初至陳留南鎮夙興赴縣〉：「客心忽動群雁起，馬影漸薄村墟移。」陸游對南渡詩人如陳與義、曾幾的詩還是比較熟悉的。而且陸游此詩頸聯兩句都是寫人：樵夫與僧人。所以頷聯這句是絕對不能聽紀曉嵐的餿主意，改成「人影」的，為的是避免律詩兩聯之間的重複。末聯則表達流連忘返之義。

甲子歲元日

【題解】此詩嘉泰四年（西元一二〇四年）春作於山陰。元日，正月初一。抒寫自我排遣的閒適之懷。

飲罷屠蘇酒❶，真為八十翁。本憂緣直死❷，卻喜坐詩窮❸。米賤知無盜，雲陰又主豐❹。一簞❺那復慮，嬉笑伴兒童。

【注　釋】❶屠蘇酒　藥酒名。屠蘇，亦作「屠酥」。古代風俗，於農曆正月初一飲屠蘇酒。南朝梁宗懍《荊楚歲時記》：「〔正月一日〕長幼悉正衣冠，以次拜賀，進椒柏酒，飲桃湯，進屠蘇酒……次第從小起。」唐盧照鄰〈長安古意〉詩：「漢代金吾千騎來，翡翠屠蘇鸚鵡杯。」❷緣直死　因為耿直而遭迫害。直，像弓弦一樣直，比喻為人正直。語本《後漢書．五行志一》：「順帝之末，京都童謠曰：『直如弦，死道邊。曲如鉤，反封侯。』」南朝梁吳均〈從軍行〉：「微誠言不愛，終自直如弦。」❸坐詩窮　因為作詩而貧困。指文人遭際坎坷，生活貧困。語本宋歐陽修〈梅聖俞詩集序〉：「世謂詩人少達而多窮，夫豈然哉！蓋世所傳詩者，多出於古窮人之辭也……蓋愈窮則愈工。然則非詩之能窮人，殆窮者而後工也。」❹雲陰又主豐　陸游自注：「開歲微陰不雨，法當有年（豐年）。」《書．多士》：「今爾惟時宅爾邑，繼爾居，爾厥有幹有年於茲洛。」孔傳：「汝其有安事有豐年於此洛邑。」❺一簞　一簞的食物。簞，古代用來盛飯食的盛器。以竹或葦編成，圓形，有蓋。語本《論語．雍也》：「賢哉，回也！一簞食，一瓢飲，在陋巷，人不堪其憂，回也不改其樂。」後因以喻生活簡單清苦。

【語　譯】飲過了屠蘇酒，我就真是一位八十歲老人了。本來擔心自己因直言放浪而遭罪至死，現在卻欣喜於自己因作詩而窮困。米價很便宜，知道盜賊有所減少；天上陰雲不雨，又預兆了來年會有好收成。簡樸平淡的生活並不值得憂慮，而兒童相伴更令我喜笑顏開。

【研　析】陸游嘉泰三年歸鄉以後，詩風愈趨平淡簡勁，但平淡之中卻有深義，不是淡而無味，而是樸貌深衷。即如此詩，雖是歌頌天下太平、百姓安樂之作，沒有了以往抗金收復的慷慨之氣，但還是流露出一絲對現實的不滿。詩的頷聯兩句便透露了陸游平淡之下的沉鬱、牢騷。「本憂緣直死」，表達了自己對以往遭彈劾的態度，即錯誤根本不在自己身上。陸游只認為自己的過錯是耿直、直言。而這在古代傳統道德觀念中一向是優點。因此，朝廷革除陸游的職務，完全是聽信讒言。陸游還是有一種憤懣之情在。「卻喜坐詩窮」則是對出仕已斷了念頭。方回評道：「嘉泰四年甲子，寧廟在位十一年，放翁年八十。屢見米賤年豐，真福人也。第五句最好。」「米賤」一聯使全詩透出一種淳樸厚重的鄉土氣息。

上巳

【題解】此詩嘉泰四年春作於山陰。上巳，舊時節日名。漢以前以農曆三月上旬巳日為「上巳」；魏晉以後，定為三月三日，不必取巳日。

殘年登❶八十，佳日遇重三❷。簾幙❸低新燕❹，房櫳❺起晚蠶❻。名花紅滿舫，美醞❼綠盈甔❽。春事還如昨，衰懷自不堪。

【注釋】❶登　達到。《陳書・宣帝紀》：「軍士年登六十，悉許放還。」❷重三　即上巳。指農曆三月初三日。唐張說〈三月三日定昆池奉和蕭令得潭字韻〉：「暮春三月日重三，春水桃花滿禊潭。」❸簾幙　簾幕。用於門窗處的簾子與帷幕。唐杜牧〈題宣州開元寺水閣〉詩：「深秋簾幕千家雨，落日樓臺一笛風。」❹新燕　春時初來的燕子。唐白居易〈錢塘湖春行〉詩：「幾處早鶯爭暖樹，誰家新燕啄春泥。」❺房櫳　窗櫺。《漢書・

外戚傳下・孝成班倢伃》：「廣室陰兮帷幄暗，房櫳虛兮風泠泠。」顏師古注：「櫳，疏檻也。」❻晚蠶　夏蠶。唐杜牧〈秋晚懷茅山石涵村舍〉詩：「簾前白艾驚春燕，籬上青桑待晚蠶。」❼醞　酒。隋孫萬壽〈遠戍江南寄京邑親友〉詩：「宜城醞始熟，陽翟曲新調。」《新唐書・隱逸傳・王績》：「故事，官給酒日三升，或問：『待詔何樂邪？』答曰：『良醞可戀耳！』」❽甋　陶製罌類容器。唐陸龜蒙〈京口與友生話別〉詩：「國計徒盈策，家儲不滿甋。」

【語　譯】我已經八十歲了，又到了上巳節。新燕在簾幕下低飛，窗子裡面夏蠶開始活動。滿船的紅花，盈樽的綠酒。春天的一切與過去沒什麼不同，只是我遲暮之懷更沉重了。

【研　析】此詩為歲時詩，古代詩人每遇節令都有作詩的習慣。首聯入對，以年歲與節令為對。頷聯寫上巳日之景況。「低」字、「起」字皆習見，但用來描摹新燕、晚蠶卻極生動細緻。頸聯則歸到人事，賞花飲酒本為平常事。陸游用「紅」字、「綠」字，顯得率易。老年人往往愛穿著一些大紅大紫的鮮豔衣服，以顯示自己不服老的心態。陸游晚年的詩亦如是，往往不避鮮豔而俗氣的詞彩。頸聯正顯示了他的這一作詩特色。方回《瀛奎律髓》專門選了很多「上巳」詩，最後評道：「歷選上巳五言律，無佳者。《唐百家詩選》荊公所取上巳、清明詩，亦不甚妙。惟孟浩然一首，尾句可喜。此放翁八十歲時詩，亦豐碩。」「豐碩」正是陸游詩老而不衰的表現。

幽居春晚其二

【題　解】此詩嘉泰四年春作於山陰。描寫鄉間春景。

老廢讎書❶病廢詩，晝閒❷惟與睡相宜。未尋內史流觴地❸，又近龐公❹上冢時。花發遊蜂❺喧院落，筍長馴鹿❻入藩籬。石帆山❼下春如許，野老❽來招不用辭。

【注釋】❶讎書　校書。唐柳宗元〈唐故萬年令裴府君墓碣〉：「讎書宮闈，佐職於京。」❷晝閒　白日無事。唐李賀〈湖中曲〉：「橫船醉眠白晝閒。」❸內史流觴地　晉王羲之〈蘭亭集序〉：「又有清流激湍，映帶左右，引以為流觴曲水。」王羲之曾官會稽內史。古代習俗，每逢夏曆三月上旬的巳日（三國魏以後定為夏曆三月初三日），人們於水邊相聚宴飲，認為可祓除不祥。後人仿行，於環曲的水流旁宴集，在水的上流放置酒杯，任其順流而下，杯停在誰的面前，誰就取飲，稱為「流觴曲水」。❹龐公　指龐德公。東漢襄陽人。躬耕於襄陽峴山之南，曾拒絕劉表的禮請。後隱居鹿門山，採藥以終。《通志》：「龐統，字士元，襄陽人，龐德公從子也。謂諸葛孔明為臥龍、士元為鳳雛、司馬德操為水鏡，皆德公語也。孔明每至其家，獨拜床下。德公初不令止。德操嘗造德公，值其渡沔上先人墓。」❺遊蜂　指飛舞遊動的蜜蜂。唐沈佺期〈芳樹〉詩：「啼鳥弄花疏，遊蜂飲香遍。」❻馴鹿　馴養的鹿。唐方幹〈題法華寺絕頂禪家壁〉詩：「馴鹿不知誰結侶，野禽多是自呼名。」❼石帆山　在浙江會稽東。狀如張帆。❽野老　村野老人。唐杜甫〈哀江頭〉詩：「少陵野老吞聲哭，春日潛行曲江曲。」

【語　譯】因為衰老與疾病，我已經很久沒有校書與作詩了；白天無事，只是睡覺而已。又到了古人上冢的時候了，但我卻沒有像古人那樣參加流觴曲水的活動。因為花朵漸漸開放，蜜蜂便在院落裡忙碌起來；因為新筍漸漸長高，馴鹿也進到藩籬中來了。石帆山下的春色這樣美麗，如果有鄉野老者來招呼我一起飲酒聊天，我一定不會推辭。

【研析】這是首描寫鄉間春色的詩，七句的「春如許」為全詩的統攝。一二句先用自己的居家活動，來襯托季節時令的變化，首句老病之嘆為陸游晚年詩常調，二句則以白晝漸長、春困難耐，傳達春日來臨的意旨。三四正面寫時令，但卻用兩個與時令相關的典故來暗示。「未尋」見出陸游的寂寞，辜負大好春光，而沒有志同道合的朋友一起遊賞風景，行曲水流觴之雅事。五六點綴景致，用「遊蜂」與「馴鹿」這兩個動物，使整首詩顯得鮮活起來。而牠們的行動，是因為花開、筍長，又與「春如許」關聯起來。結句則點明春色，同時再發寂寞之音，希望有野老來招呼，希望有人得以傾訴，結句頂第三句。《唐宋詩醇》載盧世㴶評曰：「三四從上轉下，機軸一貫。」

送辛幼安殿撰造朝

【題解】此詩嘉泰四年春作於山陰。辛棄疾（西元一一四〇—一二〇七年），字幼安，山東歷城人，南宋著名詞人。殿撰，官名，辛棄疾曾任集英殿修撰。造朝，赴京城臨安。李心傳《建炎以來朝野雜記》：「會辛殿撰棄疾除紹興府，過闕入見，言金必亂必亡，願付之元老大臣，務為倉猝可以應變之計。(韓)侂冑大喜。時（嘉泰）四年正月也。」

稼軒落筆凌鮑謝❶，退避聲名稱學稼。十年高臥不出門❷，參透南宗牧牛話❸。功名固是券內事❹，且葺園廬了婚嫁。千篇昌谷❺詩滿囊，萬卷鄴侯❻書插架。忽然起冠東諸侯❼，黃旗❽皂纛❾從天下。聖朝仄席❿意未快，尺一⓫東來煩促駕。大材小用古所歎，管仲蕭何實流亞⓬。天山挂旆或少須⓭，先挽銀河洗嵩華⓮。中原麟鳳⓯爭自奮，殘虜犬羊何足嚇？但令小試出緒餘⓰，青史英豪可雄跨。古來立事戒輕發⓱，往往讒夫出乘罅⓲。深仇積憤在逆胡，不用追思灞亭夜⓳。

【注釋】❶凌鮑謝　超過南朝詩人鮑照和謝朓。唐杜甫〈遣興〉詩之五：「賦詩何必多，往往凌鮑謝。」❷十年高臥不出門　辛棄疾自紹熙五年去官，至嘉泰三年起知紹興府，正歷十年。❸南宗牧牛話　《景德傳燈錄》：「撫州石鞏慧藏禪師……一日在廚作務次，（馬）祖問：『作甚麼？』曰：『牧牛。』祖曰：『作麼生牧？』曰：「一回入草去，便把鼻孔拽來。』祖曰：『子真牧牛師。』」佛教禪宗自五祖弘忍之後，分為南北二宗：南宗為六祖慧能所創，主張「頓悟說」，行於南方；北宗為神秀所創，主張「漸悟說」，行於北方。故有「南能北秀」、「南頓北漸」之稱。後世南宗大行，分為「五家七宗」。❹券內事　分內有把握之事。❺昌谷　唐代詩人李賀，居河南昌谷。❻鄴侯　唐李泌貞元三年拜中書侍郎、同中書門下平章事，累封鄴縣侯，家富藏書。後用為稱美他人藏書眾多之典。宋周密《齊東野語・書籍之厄》：「若士大夫之家所藏，在前世如張華載書三十車，杜兼聚書萬卷，韋述蓄書二萬卷，鄴侯插架三萬卷……皆號藏書之富。」❼忽然句　辛棄疾知紹興府，兼浙東安撫使。❽黃旗　黃色的旗幟，指天子的儀仗之一。❾皂纛　古代用黑色絲織物製的軍中大旗。❿仄席　不正坐。謂側坐以待賢良。古時形容帝王禮賢下士。⓫尺一　亦稱「尺一牘」、「尺一板」。古時詔板長一尺一寸，故稱天子的詔書為「尺一」。⓬流亞　同一類的人或物。⓭少須　稍待。⓮嵩華　嵩山和華山。⓯麟鳳　麒麟和鳳凰。比喻才智出眾的人。⓰緒餘　抽絲後留在蠶繭上的殘絲。借指事物之殘餘或主體之外所剩餘者。《莊子・讓王》：「道之真以治身，其緒餘以為國家，其土苴以治天下。」⓱輕發　輕率行動。⓲乘罅　利用機會。⓳灞亭夜　漢李廣失意時，曾夜歸灞亭而受辱。此謂辛棄疾任江西、福建安撫使時遭小人彈劾罷官。

【語　譯】辛棄疾的文采可以敵過鮑照、謝靈運，為了退避名聲所以選擇歸隱。十年不出，已經參透了南宗頓悟之真諦。事業功名固然是分內事，暫且修葺庭園，了結兒女婚嫁之類的平凡事。他勤於創作詩歌，藏書豐厚，飽讀博覽。忽然之間，他被任命為知紹興府兼浙東安撫使，於是豎起大旗，統領軍隊。因為皇帝以前與辛棄疾談論國事未盡，所以又降下了詔書，讓他趕快入都。大材小用，自古以來就多有這樣的情況；管仲與蕭何就是與辛棄疾相似的人物。攻佔天山也許還要很多時日，但是可以首先恢復中原的河山。只要有才志的人同心協力，那些金人又何足畏懼？只要你稍微展露一點才華，就可以建立功勳，名垂千古了。但是自古以來成大事業者，都很謹慎行事，避免輕舉妄動；因為一有空隙漏洞，就會被那些奸邪之輩乘機敗壞。你辛棄疾要以雪國家民族之恥為人生目標，往日所受的委屈就不要掛懷心中了。

【研　析】嘉泰三年，辛棄疾曾想為陸游築舍，被陸游謝絕。此事見出辛棄疾與陸游英雄相惜，也見出陸游的潔身自好，辛棄疾的富有財產。當時朝廷在韓侂胄的擺布下，正醞釀著一場對金戰爭，朝廷召辛棄疾入朝，一方面是咨詢這位老臣，一方面是為了給北伐造勢，陸游寫這首詩，給辛棄疾以鼓勵，同時也提出希望、意見。從第一句到「青史英豪」句都是誇讚之語，一方面，陸游為等待許久的北伐終於要實現而激動不已；一方面，也為這位同樣愛國、主張恢復的老臣重返朝廷而高興。自己未盡的心願，可以託付給辛棄疾去完成。「古來立事」兩句是唯一的規勸之語，希望朝廷要謹慎行事，不要被小人乘機。整首詩壯浪縱恣，擺去拘束，讀來令人振奮不已。

明日復理夢中意作

【題　解】此詩嘉泰四年秋作於山陰。陸游最有名的詩歌批評之語：「詩到無人愛處工」，即出自此詩。

白盡髭鬚❶兩頰紅，頹然自以放名翁❷。客從謝事歸時散❸，詩到無人愛處工❹。高挂蒲帆上黃鶴❺，獨吹銅笛過垂虹❻。閒人浪跡由來事，那計猿驚蕙帳空❼。

【注　釋】❶髭鬚　鬍子。脣上曰髭，脣下為鬚。《樂府詩集・相和歌辭三・陌上桑》：「行者見羅敷，下擔捋髭鬚。」❷以放名翁　陸游淳熙三年始以「放翁」自名。《劍南詩稿》卷七〈和范待制秋興〉：「賀我今年號放翁。」詩作於淳熙三年。❸客從謝事歸時散　辭職；免除俗事。宋蘇轍〈贈致仕王景純寺丞〉詩：「潛山隱君七十四，紺瞳綠髮方謝事。」散，謂賓客零落。《史記・汲鄭列傳》：「賓客益落。」索隱：「落猶零落，謂散也。」❹詩到無人愛處工 《邵氏聞見後錄》：「晁以道問予：梅二詩何如黃九？予曰：魯直詩到人愛處，聖俞詩到人不愛處。」❺黃鶴 即黃鶴樓，故址在今湖北武漢蛇山的黃鶴磯頭。相傳始建於三國吳黃武二年（西元二二三年）。《輿地紀勝》：「世傳仙人子安乘黃鶴過此。」陸游《入蜀記》卷五：「黃鶴樓，舊傳費禕飛升於此，後忽乘黃鶴來歸，故以名樓，號為天下絕景。」❻垂虹 亭名。在江蘇吳江縣長橋上。宋仁宗慶曆年間縣令李問建。蘇軾自杭州移高密時，曾與張先等在此亭飲酒。宋王安石〈送裴如晦宰吳江〉詩：「他時散髮處，最愛垂虹亭。」❼那計句 詩句本自南朝齊孔稚珪〈北山移文〉：「蕙帳空兮夜鵠怨，山人去兮曉猿驚。」孔文原意為嘲諷山野之人出仕，陸游此處則取行蹤自由之意。蕙帳，帳的美稱。

【語　譯】鬍子雖全白了但臉頰尚紅，頹然自適，以放翁為號。自從我卸去官職，賓客們就都散去了；詩作到沒有人喜歡，才是真正的工緻。我掛起高帆，獨自吹笛，去黃鶴樓與垂虹亭遊賞。自古以來閒散之人總是浪跡天涯，何必去計較人去樓空呢。

【研　析】「詩到無人愛處工」，這一主張，由上文注釋可知，最早似見於邵博（？—一一五八年）的《邵氏聞見後錄》，用以評論宋初詩家梅堯臣的話。陸游很喜歡梅堯臣的詩，也有可能看過《邵氏聞見後錄》。但陸游這句詩卻更為精練地將這層意思表達出來。劉克莊《後村詩話》對此語非常欣賞：「近歲詩人，雜博者堆隊仗，空疏者窘材料，出奇者費搜索，縛律者少變化。惟放翁記問足以貫通，力量足以驅使，才思足以發越，氣魄足以陵暴。南渡而後，故當為一大宗。末年云：『客從謝事歸時散，詩到無人愛處工。』又云：『外物不移方是學，俗人猶愛未為詩。』則皮毛落盡矣。」吳仰賢《小匏庵詩話》也評論說：「善化許雪門太守告余曰：陸放翁詩，篇篇可愛，卻自云『詩到無人愛處工』，蓋心儀此境，而尚未造極者也。……今放翁之詩，雅俗通賞，但俗人所愛，皆非其至者耳。」只是此句太過駭俗醒目，難以找到與之相稱的句子作對仗，故陸游此詩其他幾句皆不著名，若移至於絕句中作結句，則效果更佳矣。

山行

【題解】此詩嘉泰四年冬作於山陰。描寫幽險山景，抒歸隱之懷。

山光秀可餐❶，溪水清可啜。白雲映空碧，突起若積雪。我行溪山間，靈府❷為澄澈。崚嶒❸崖角立，蟠屈❹路九折。黃楊與冬青，鬱鬱❺自成列。其根貫石罅❻，橫逸❼相糾結。上捫鶻鵃❽巢，下歷豺虎❾穴。流泉不可見，鏘然響環玦❿。出山日已暮，林火遠明滅。小憩⓫得樵家，題詩記幽絕。

【注釋】❶秀可餐　形容秀美異常。晉陸機〈日出東南隅行〉：「鮮膚一何潤，秀色若可餐。」❷靈府　指心。《莊子・德充符》：「故不足以滑和，不可入於靈府。」成玄英疏：「靈府者，精神之宅，所謂心也。」❸崚

嶒　高聳突兀。南朝梁沈約〈鍾山詩應西陽王教〉：「鬱律構丹巘，崚嶒起青嶂。勢隨九疑高，氣與三山壯。」❹蟠屈　盤旋屈曲；回環曲折。❺鬱鬱　茂盛貌。漢劉向〈九嘆・湣命〉：「冥冥深林兮，樹木鬱鬱。」❻石罅　石頭的縫隙。唐韋應物〈同元錫題琅琊寺〉詩：「山中清景多，石罅寒泉潔。」❼橫逸　旁出。宋蘇軾〈東坡〉詩之二：「好竹不難栽，但恐鞭橫逸。」❽鵰鶚　指兇猛的鳥。❾豺虎　豺與虎。泛指猛獸。喻兇狠殘暴的寇盜、異族入侵者。《詩・小雅・巷伯》：「取彼譖人，投畀豺虎；豺虎不食，投畀有北。」❿環玦　玉環和玉玦，並為佩玉。宋蘇軾〈虎跑泉〉詩：「至今遊人灑濯罷，臥聽空堦環玦響。」⓫小憩　短暫休息。

【語　譯】美麗的山光水色，彷彿可以飲用品嘗。白雲映襯碧空，像山峰的積雪一樣突起。我在溪水山谷間行走，心靈為之澄澈。山崖高聳突兀，山路曲折。黃楊與冬青，一片茂密。它們的樹根貫串山石的縫隙，橫逸斜出，相互糾結。或者向上伸展，可以碰到鳥巢；或者向下蜿蜒，通到豺狼虎豹的巢穴。看不見的泉水，傳來好聽的聲音。走出山谷時，日色已昏黃，見燈火忽明忽滅。在樵夫的家中休憩，將一路經歷寫成詩歌。

【研　析】陸游這首五古，寫得奇奧盤曲，通過文字、句式上的修辭，使詩歌風格與山谷本身的奇險風貌相互映襯，做到完美的統一。開頭兩句總寫，用概括。三四寫遠處觀望，白雲映空，給正面寫山作鋪墊。五六橫插一句，寫自己的心靈感受。七八，山頂與山路；九十，山上植物；十一到十四，這四句寫植物的根，比興出焉。所謂「鵰鶚」、「豺虎」，皆是以兇猛的禽獸比喻奸邪之輩，那麼黃楊、冬青樹之根，便被賦予擬人化色彩，顯示它們不畏艱險邪惡，讚揚它們的精神，諷刺南宋當日權臣當道的現實。對樹木的讚揚，是一個悠久的文學傳統，直到現代文學中許多白話文佳作亦如此。以上都是正面實寫，描寫已用力，寄託已深刻，故下面從「流泉」開始，便轉換力量，用虛筆勾勒點綴，泉聲隱約、燈火依稀，一片幽微杳渺之景。《唐宋詩醇》評曰：「不失子美家法。」

風雲晝晦夜遂大雪

【題解】此詩嘉泰四年冬作於山陰。描寫風雪之夜，抒發悲痛之懷。

大風從北來，洶洶❶十萬軍。草木盡偃仆❷，道路暝不分。山澤氣上騰，天受之為雲。山雲如馬牛❸，水雲如魚鼉❹。朝闇❺翳白日，暮重壓厚坤❻。高城岌❼欲動，我屋何足掀。兒怖床下伏，婢恐堅閉門。老翁兩耳聵❽，無地著戚欣。夜艾❾不知雪，但覺手足皸❿。布衾冷似鐵⓫，燒糠作微溫。豈不思一飲，流塵暗空樽⓬。已矣可奈何，凍死向孤村⓭。

【注釋】❶洶洶　形容聲音喧鬧。《楚辭・九章・悲回風》：「憚湧湍之礚礚兮，聽波聲之洶洶。」❷偃仆　仆倒。《魏書・韓茂傳》：「時有風，諸軍旌旗皆偃仆，茂於馬上持幢，初不傾倒。」❸山雲如馬牛　句式本自《呂氏春秋》：「其雲狀若犬若馬。」「山雲草莽，水雲魚鱗」。❹魚鼉　泛指鱗介水族。❺闇　晦暗；不亮。

❻厚坤　指大地。唐杜甫〈木皮嶺〉詩：「仰干塞大明，俯入裂厚坤。」❼岌　危險；危急。《管子・小問》：「危哉！君之國岌乎？」❽聵　生而耳聾者，後泛指耳聾。❾夜艾　夜深。南朝梁江淹〈為蕭驃騎錄尚書事到省表〉：「臣自妄蒙異寵，輕荷殊爵，晝炅猶聳，夜艾方驚。」❿皸　皮膚受凍而坼裂。《新唐書・突厥傳上》：「會雨雪，士皸寒。」⓫布衾冷似鐵　本自杜甫〈茅屋為秋風所破歌〉：「布衾多年冷似鐵，嬌兒惡臥踏裡裂。」⓬流塵暗空樽　本自岑參〈春遇南使貽趙知音〉：「塵埃被空樽。」⓭凍死向孤村　本自杜甫〈茅屋為秋風所破歌〉：「安得廣廈千萬間，大庇天下寒士俱歡顏，風雨不動安如山。嗚呼！何時眼前突兀見此屋，吾廬獨破受凍死亦足。」

【語　譯】從北吹來的風，聲音洶湧巨大，彷彿十萬軍馬在奔馳。草木都被風吹倒，一片昏暗，分不清道路。山水之氣上騰，在空中結成雲朵。山上的雲像馬和牛，水中倒映的雲像魚和鼉。雲朵早上將陽光遮擋，晚上重重壓著大地。高高的城樓彷彿被風吹動，掀翻我的屋子輕而易舉。小兒害怕地躲到床下，奴婢們亦恐懼地將門緊閉。我這老頭因為耳聾，所以沒有什麼可以讓我憂懼。夜晚下雪還不知道，只感覺手足受凍而裂開。衣被冰冷似鐵，燒糠以取暖。我也想飲一杯熱酒暖身子，無奈塵封酒杯，無錢買酒。生命似要走到盡頭，該怎麼辦呢，我將要在孤村裡凍死。

【研　析】上文曾選〈十一月四日風雨大作〉，作於紹熙三年（西元一一九二年），「僵臥孤村不自哀，尚思為國戍輪臺。夜闌臥聽風吹雨，鐵馬冰河入夢來。」何等氣魄，何等豪情，何等樂觀。然而，十二年之後，嘉泰四年（西元一二〇四年）所作的這首詩，陸游卻說：「已矣可奈何，凍死向孤村。」陸游詩中「孤村」作為意象極多，前後心境變化亦較明顯。這是陸游少數幾首較為沉痛悲觀的詩作之一。是年冬季所作詩，如〈窮居〉、〈貧甚戲作絕句〉、〈貧居紀事〉等，可與此詩相證，陸游此時確實較貧困。前半首寫「風雲晝晦」之景，作者並未過多修辭，只是一般描繪。下半首屋內兒、婢及自己生活情狀，亦用白描手法，非如此樸素無以表達沉痛悲觀之心境，似乎連最後對文辭的那一絲留戀用心亦銷鑠殆盡了。《唐宋詩醇》評曰：「奇崛。」所評不甚恰當，全詩並無新奇之語，只一片沉痛悲慘之意耳。

懷舊

身是人間一斷蓬❶，半生南北任秋風。琴書❷昔作天涯客，蓑笠❸今成澤畔翁。夢破江亭山驛外，詩成燈影雨聲中。不須強覓前人比，道似香山❹實不同。

【題　解】此詩開禧元年（西元一二〇五年）閏八月作於山陰。抒寫晚境寥落之情。

【注　釋】❶斷蓬　猶飛蓬。比喻漂泊無定。唐王之渙〈九日送別〉詩：「今日暫同芳菊酒，明朝應作斷蓬飛。」

❷琴書　琴和書籍。多為文人雅士清高生涯常伴之物。漢劉歆〈遂初賦〉：「玩琴書以條暢兮，考性命之變態。」

❸蓑笠　蓑衣與笠帽。《儀禮・既夕禮》：「道車載朝服，稿車載蓑笠。」柳宗元〈江雪〉：「千山鳥飛絕，萬徑人蹤滅。孤舟蓑笠翁，獨釣寒江雪。」❹香山　唐白居易自號香山居士。

【語　譯】我在人世間如飛蓬一樣，半生倥傯，漂泊南北。往昔與琴書為伴，流落天涯；今日共蓑笠相親，告老故園。在江亭山驛、燈影雨聲之中，做著恢復山河的美夢，寫著憂國憂民的詩篇。不要將我和前代詩人相提並論，有人說我像白居易，其實很不同啊。

【研　析】有人將陸游詩與白居易詩相比，陸游深覺不倫，認為自己的精神胸襟與樂天還是有差別的。一二句總寫，一個「任」字相當豪爽。三四今昔對比，採擇「琴書」與「蓑笠」作為對比的意象。五六兩句最為精彩。「破」字與「成」字對得極佳。「夢破」即夢醒之意，又包含希望破滅、懷抱未展、潦倒失意。「燈影雨聲」亦突出淒涼寂寞之意。這一聯的句式從唐人錢起〈送夏侯審校書東歸〉中來：「楚鄉飛鳥沒，獨與碧雲還。破鏡催歸客，殘陽見舊山。詩成流水上，夢盡落花間。儻寄相思字，愁人定解顏。」錢起之「詩成」、「夢盡」只點染羈旅客愁之意，含蓄悠遠。陸游此聯較之更佳，無論氣象、情思、懷抱皆勝過前人。《唐宋詩醇》評曰：「王世貞論詩，以樂天、放翁為廣大教主，為其情事、景物之悉備也。此老情事，頗近子美，其意中亦欲與浣花老叟相視而笑，故其自道如此。」《唐宋詩醇》的評語，每每將陸游與杜甫並論，是此書的優點之一。

春雨

【題　解】此詩開禧元年作於山陰。描寫鄉間春雨之景。

倚闌正爾受斜陽，細雨霏霏❶渡野塘。本為柳枝留淺色，卻教梅蕊❷洗幽香。小霑❸蝶粉初何惜，暫澀鶯聲亦未妨。造物無心寧偏物，憑誰閑與問東皇❹？

【注　釋】❶霏霏　雨雪盛貌。《詩・小雅・采薇》：「今我來思，雨雪霏霏。」《楚辭》王逸〈九思・怨上〉：「雷霆兮硠磕，雹霰兮霏霏。」原注：「霏霏，集貌。」❷梅蕊　梅花蓓蕾。宋歐陽修〈蝶戀花〉詞：「臘雪初消梅蕊綻。梅雪相和，喜鵲穿花轉。」❸霑　浸潤；沾濕。《詩・小雅・信南山》：「既霑既足，生我百穀。」孔穎達疏：「既已沾潤，既已豐足。」疏：「既已沾潤，既已豐足。」❹東皇　指司春之神。唐戴叔倫〈暮春感懷〉詩：「東皇去後韶華在，老圃寒香別有秋。」

【語　譯】倚靠欄杆感受夕陽的光照，密集的細雨飄灑在野塘上。雨水挽留住柳枝的鮮潤，洗卻了梅花的幽香。它霑濕蝶粉，使鶯聲乾澀，這些都不必憐惜。無心的造物主怎會偏心呢，只是我託誰去詢問那司春之神呢？

【研　析】宋代道學盛行，宋詩的說理之味也較唐詩更濃。但用形象、貼切的景物、事例來說理，卻也別饒一種風味。陸游的這首七律便是如此。通篇以雨水與他物的關係，來追慕一種無心忘私的道家境界，用以排遣在現實遭遇中的抑鬱。中間四句以柳枝、梅蕊、蝴蝶、黃鶯四物來表達雨水的無情。四句皆以虛字幹旋，「本」、「卻」、「初」、「亦」，流宕婉轉。方回評道：「於梅、柳、蝶、鶯四物，形容雨意，亦細潤。」「留淺色」一語亦生新。

秋晚書懷其二

【題解】此詩開禧元年九月作於山陰。抒寫晚境頹唐之懷。

頹然兀兀復騰騰❶，萬事惟除死未曾。無奈喜歡閑弄水❷，不勝❸頑健❹遠尋僧。喚船野岸橫斜渡，問路雲山曲折登。卻笑吾兒多事在❺，夜分❻未滅讀書燈。

【注釋】❶頹然句　頹然，頹放不羈貌。兀兀，痴呆貌；昏沉貌。唐韓愈〈答張徹〉詩：「觥秋縱兀兀，獵旦馳駉駉。」騰騰，舒緩貌；悠閒貌。唐司空圖〈柏東〉詩：「冥得機心豈在僧，柏東閒步愛騰騰。」陸游〈寓嘆〉詩：「浮世百年悲冉冉，閑身萬事付騰騰。」❷弄水　撥弄水。指玩賞水景或泛舟遊玩。白居易〈春葺新居〉：「尋芳弄水坐，盡日心熙熙。」❸不勝　無法承擔；承受不了。《管子・入國》：「子有幼弱不勝養為累者。」尹知章注：「勝，堪也。謂不堪自養，故為累。」❹頑健　身體強壯。多為自謙之辭。《北夢瑣言》卷八引唐李德裕〈遺段少常成式書〉：「自到崖州，幸且頑健。」宋陸游〈東窗小酌〉詩之二：「徒行有客驚頑健，爛醉無人笑老狂。」❺在　助詞。表示行為動作的持續或情況的存在。杜甫〈江畔獨步尋花〉詩之二：「詩酒尚堪驅使在，未須料理白頭人。」《古今小說・宋四公大鬧禁魂張》：「公公害病未起在，等老子入去傳話。」

❻夜分　夜半。

【語　譯】我頹放不羈，昏沉而悠然。人間萬事除了死之外，其他大都已經歷了。我泛舟弄水、尋僧訪道的喜好總克制不住，誰叫老天賜給我一個健康的身體呢。喚船問路，我渡至野岸，登上雲山。回家後，兒子深夜還在用功讀書，不禁覺得他太多事了。

【研　析】陸游繼承了杜甫詩的沉鬱頓挫和憂國憂民，同時也發展了老杜詩的頹唐放縱，後者更是有過之而無不及。這首律詩便是如此。它的放縱已引起紀曉嵐的「倒胃」，批評它「太野」，又說「首句不成句法，三四不成文」。白居易〈約心〉：「兀兀復騰騰，江城一上佐。」「太野」確實沒說錯，尤其是詩歌的末句，陸游嘲笑自己的兒子用功讀書，這實在不是肺腑之言。其實，陸游非常希望自己的兒子認真讀書，考取功名。至於說「首句不成句法」，那是紀昀不習慣陸游的創新。此詩首句連用三個形容詞語，三四兩句又各將兩個表現情感的詞語並置，在結構上確實很突兀生新。方回則很讚賞：「三四新詭。」第二句是全詩中最豪放不羈的，所謂唯欠一死，說得如此痛快。

戲遣老懷其一

【題　解】此詩開禧元年冬作於山陰。抒寫晚年閒適自得之情。

平生碌碌本無奇❶，況是年垂❷九十時。阿囝略如郎罷老❸，稚孫❹能伴太翁嬉。花前騎竹❺強名馬，階下埋盆便作池❻。一笑不妨閒過日，歎衰憂死卻成癡。

【注　釋】❶碌碌本無奇　平凡；無特殊才能。《史記・蕭相國世家》：「太史公曰：蕭相國何於秦時為刀筆吏，錄錄未有奇節。」❷垂　將近。❸阿囝略如郎罷老　唐顧況〈囝〉詩：「郎罷別囝，吾悔生汝……囝別郎罷，心摧血下。」自題注：「〈囝〉，哀閩也。囝，音蹇。閩俗呼子為囝，父為郎罷。」囝、郎罷，皆方言。閩人用以稱子、父。❹稚孫　幼孫；小孫兒。❺騎竹　即騎竹馬。《後漢書・郭伋傳》：「始至行部，到西河美稷，有童兒數百，各騎竹馬，道次迎拜。」唐許渾〈送人之任邛州〉詩：「群童竹馬交迎日，二老蘭觴初見時。」❻埋盆便作池　韓愈〈盆池〉五首其一：「老翁真個似童兒，汲水埋盆作小池。」

【語　譯】我這一生碌碌無為，況且又將近九十歲了。我的兒子也彷彿跟我一樣老了，小孫子常伴我嬉戲。我與他騎著竹馬，一起築小池塘。不妨快樂悠閒地度日，為衰老死亡的憂慮實在太癡了。

【研　析】此詩的一大特色是在抒寫悠閒自在的日常生活時，運用一些方言土語。頷聯中的「阿囝」、「郎罷」皆出自唐代詩人顧況的詩，這大概是古代閩地（今福建一帶）的方言。可是陸游是浙江山陰人，雖然他曾經去福州作過官，聽說過當地的方言，但晚年閒居山陰寫詩，再用閩方言就不合適了。所以明陸容《菽園雜記》卷十五就對陸游提出了批評：『「囝」與「繭」音同，閩人呼其子云。然古韻書無之，蓋後世方言耳。昔劉夢得以『糕』字不經見，詩中輒不敢用。『囝』，惟顧況有詩，陸放翁亦有『阿囝略如郎罷老』之句，然用之閩越似亦無害，江淮之俗故所未聞也。」陸游用方言大概是為了取得避熟就生的效果，至於那方言是不是自己家鄉的，倒是無暇顧及了。楊萬里〈舟中即事〉：「阿翁阿囝自相隨。」此外，唐宋以來少有人用「阿囝」。「稚孫」，在放翁詩集中七見，宋代其他詩人也少用。頸聯的「盆池」出自韓愈，宋人很喜歡用，蘇東坡〈雙石〉也說：「夢時良是覺時非，汲水埋盆故自癡。」陸游還有一些詩都用此典，如〈盆池〉：「汲井埋盆鑿苔破，敲針作釣得魚歸。」〈盆池〉：「門外江濤湧雪堆，埋盆作沼亦何哉？」〈秋晴每至園中輒抵莫戲示兒子〉：「園中壘瓦強名塔，庭下埋盆聊作池。」〈老境〉：「埋盆池瀲灩，累瓦墖崔嵬。」〈戲詠〉：「累瓦初成塔，埋盆又作池。」〈古壽人至聞五郎頗有老態作長句自遣〉：「埋盆便可為池看，折竹何妨作馬騎。」一種無可無不可的情懷。紀曉嵐批：「語殊潦倒。」

初夏幽居 其二

【題解】此詩開禧二年（西元一二〇六年）作於山陰。抒寫閒居自適之懷。

虛堂一幅接䍦巾❶，竹樹森疏夏令❷新。瓶竭重招麴道士❸，床空新聘竹夫人❹。寒龜不食猶能壽，敝帚何施亦自珍❺。枕簟北窗寧有厭？

小山終日對嶙峋❻。

【注　釋】❶接羅巾　古代一種頭巾。❷夏令　夏天的節令、氣候。❸麴道士　陸游〈寓舍偶題〉詩：「平生麴道士，歲晚欲深交。」錢仲聯校注：「以麴生與醉道士之名結合而成。《隋唐嘉話》：『張僧繇作〈醉僧圖〉，道士每以此嘲僧。群僧於是聚錢數十萬贈閻立本，作〈醉道士圖〉，今並傳於世。』」麴生，唐鄭棨《開天傳信記》載：道士葉法善，居玄真觀，有朝客數十人來訪，解帶淹留，滿座思酒。突有一人傲睨直入，自稱曲秀才，抗聲談論，一座皆驚，良久暫起，如風旋轉。法善以為是妖魅，俟其復至，密以小劍擊之，隨手墜於階下，化為瓶榼，醲醖盈瓶。坐客大笑飲之，其味甚佳。坐客醉而揖其瓶曰：「麴生風味，不可忘也。」後因以「麴生」作酒的別稱。❹竹夫人　古代消暑用具。又稱青奴、竹奴。編青竹為長籠，或取整段竹中間通空，四周開洞以通風，暑時置床席間。唐時名竹夾膝，又稱竹几，至宋始稱竹夫人。宋蘇軾〈送竹几與謝秀才〉詩：「留我同行木上坐，贈君無語竹夫人。」王文誥輯注引查慎行曰：「蓋俗謂竹几為竹夫人也。」❺敝帚句　曹丕《典論．論文》：「夫人善於自見，而文非一體，鮮能備善。是以各以所長，相輕所短。俚語曰：『家有敝帚，享之千金。』斯不自見之患也。」❻嶙峋　形容溝壑、山崖、建築物等重疊幽深。唐韓愈〈送惠師〉詩：「遂登天臺望，眾壑皆嶙峋。」

【語　譯】在家中戴著頭巾，竹樹茂密，感到夏天的到來。空瓶裡又裝上了新酒，床上安置了新買的竹几。烏龜雖然不吃東西依然能長壽，敝帚雖無用處卻非常珍愛。在北窗下倚靠枕簟，整日對著窗外嶙峋小山，怎麼會感到厭倦呢？

【研　析】陸游晚年閒居故鄉，作詩不斷，數量漸增。在悠閒無事的生活環境中，陸游可以花心思於詩歌語言的錘煉上、詩句的對偶上，創造了很多生新的語詞和對偶用語。比如這首詩中的「麴道士」，據錢仲聯先生考證乃是陸游結合「麴生」與「醉道士」而成的新詞，在陸游詩集中還有如《村居日飲酒對梅花醉則擁紙衾熟睡甚自適也》：「孤寂惟尋麴道士，一寒仍賴楮先生。」《秋冬之交雜賦》：「東鄰麴道士，折簡也能呼。」《霜夜》：「更喚東陽麴道士，與君霜夜策奇勳。」宋劉克莊《後村集》卷十八《詩話》說：「古人好對偶被放翁用盡。」舉的例證便有「麴道士、楮先生」。「敝帚自珍」的原典雖然出自曹丕《典論・論文》所記載的當時俚語，但把原句中的「享」字替換成更通俗易懂的「珍」字，把原來的八個字簡縮而形成四字成語，卻是陸游的功勞。頷聯中的「招」、「聘」字，幽默而風趣，是真把物當作人來寫。

雨夜

【題解】此詩開禧二年夏作於山陰。陸游此詩自注云：「時王師方出塞。」開禧元年，在韓侂胄的主持下，宋軍開始北伐，以戰敗而終。

羸軀對影愴餘齡❶，追念平時只自驚。夏木正濃桐葉墜，秋風未起草蟲鳴。蠹魚❷似是三生❸業，汗馬❹難希百世名。小雨迎涼❺何所作？

北窗還對短燈檠❻。

【注　釋】❶餘齡　餘歲；餘年。唐韓愈〈過南陽詩〉：「孰忍生以感？吾其寄餘齡。」❷蠹魚　蟲名，即蟫，又稱衣魚，蛀蝕書籍衣服。體小，有銀白色細鱗，尾分二歧，形稍如魚，借指書籍。❸三生　佛教語。指前生、今生、來生。唐牟融〈送僧〉詩：「三生塵夢醒，一錫衲衣輕。」❹汗馬　戰馬奔走而出汗。喻指勞苦征戰。《北史・宇文貴傳》：「男兒當提劍汗馬以取公侯，何能為博士也！」唐杜甫〈收京〉詩之三：「汗馬收宮闕，春城鏟賊壕。」❺迎涼　有乘涼、趁涼之意。唐釋齊己〈荊州新秋寺居寫懷詩五首上南平王〉其五：「迎涼蟋蟀喧閑思，積雨莓苔沒屐蹤。」❻燈檠　燈架。北周庾信〈對燭賦〉：「刺取燈花持桂燭，還卻燈檠下燭盤。」

【語　譯】衰老的身子對著孤影，如此度過餘年；追想往日生活只讓自己感到震驚。夏日樹木茂盛，不時有桐葉墜落；秋風雖未吹起，已聽見草間蟲鳴。我註定要在讀書治學中度過一生，而建立汗馬功勞、名垂千古看來是不能實現了。窗外下著小雨，趁著涼爽的夜晚，我正在燈下讀書作詩。

【研　析】聯繫作詩的背景，可以讀出陸游失意寂寞的心境。在這樣一個重要的時刻，朝廷並沒有重用他，他依然在家鄉山陰閒居。陸游不甘於只做一名詩人，而是希望建立功名。但是無情的現實總摧毀他的夢想，不能留「百世名」，只能從事「蠹魚業」。「似是」、「難希」，看來陸游也有點清醒了。尾句「對短燈檠」與首句「羸軀對影」相呼應，頷聯桐葉之墜與草蟲之鳴，皆襯托幽靜，整首詩氛靜謐深幽。

小疾兩日而愈

【題解】此詩開禧二年秋作於山陰。抒寫病愈後的豁達之情。

病骨羸然山澤臞❶，故應行路笑形模❷。記書身大似椰子❸，忍事癭生如瓠壺❹。美酒得錢猶可致❺，高人折簡❻孰能呼？不如淨掃茅齋❼地，臥看微香起瓦爐。

【注釋】❶山澤臞　舊時借稱身體清瘦而精神矍鑠的老人為臞仙。《漢書・司馬相如傳》：「相如以為列仙之儒居山澤間，形容甚臞，此非帝王之仙意也，乃遂奏〈大人賦〉。」❷形模　形狀；樣子。南朝梁陶弘景《周氏冥通記》卷一：「不審此星在何方面，形模若為？」❸記書句　《景德傳燈錄・智常禪師》：「李渤問師曰：『教中所言須彌納芥子，渤即不疑；芥子納須彌，莫是妄譚否？』師曰：『人傳使君讀萬卷書籍還是否？』李曰：『然。』師曰：『摩頂至踵如椰子大，萬卷書向何處著！』李俛首而已。」後因以「椰子身」謂人身微小。❹忍事句　《三國志・魏志・賈逵傳》注：「(賈)逵前在弘農，與校尉爭公事不得理，乃發憤生癭。」瓠壺，一種盛液體的大腹容器。宋趙彥衛《雲麓漫鈔》卷二：「周又有瓠壺，形長一尺二寸六分，闊五寸，口徑一寸，兩鼻有提梁，取便於用。」❺美酒句　杜甫〈醉時歌〉：「得錢即相覓，沽酒不復疑。」❻折簡　古人以竹簡作書。《三國志・魏志・王淩傳》「淩至項，飲藥死」裴松之注引三國魏魚豢《魏略》：「卿直以折簡召我，我當敢不至邪？」《資治通鑑・魏邵陵厲公嘉平三年》引此文，胡三省注曰：「漢制：簡長二尺，短者半之。蓋單執一札謂之簡。折簡者，折半之簡，言其禮輕也。」指書札或信箋。❼茅齋　茅蓋的屋舍。齋，多指書房、學舍。

【語　譯】我近來多病消瘦，外出常會招來別人的嘲笑。雖然滿腹詩書，但身體僅如椰子大；時事常令我抑鬱悲憤，所以長出如瓠壺樣的腫囊。美酒只要有錢就可以買到，而高人卻難以尋訪。還是灑掃自己的陋室，看看爐香飄浮吧。

【研　析】此詩寫生病情狀。因為病而消瘦，而身體上長出腫囊。陸游的詩家手段，在於把這種世俗瑣事寫得情趣盎然，這種效果的取得當源於陸游對典故的靈活驅使。頷聯兩句，把瘦弱的身體與讀書聯繫起來，把因病而生的腫囊與對時事的憤懣聯繫起來，卻全然不管「病」的存在。這樣就把平凡俗見的事件寫得具有深義，具有感慨。「椰子」喻身體，在陸游〈晚過保福〉也出現過：「蓮花池上容投社，椰子身中悔著書。」

西村晚歸

【題　解】此詩開禧三年（西元一二〇七年）夏作於山陰。西村，在山陰。描寫鄉間幽淡之景。

小塢花垂盡，平隄草次❶迷。日長鶯語久，風定絮飛低。子響聞碁院，舟橫傍釣溪。歸途不知處，依約❷埭❸東西。

【注釋】❶草次　草野。宋彭汝礪〈端午〉：「羈窮念時節，草次具盤餐。」❷依約　彷彿；隱約。唐劉兼〈登郡樓書懷〉詩：「天際寂寥無雁下，雲端依約有僧行。」❸埭　堵水的土壩。古時於水淺不利行船處，築土遏水，兩岸樹立轉軸，遇有船過，以纜繫船，用人或畜力挽之而渡。《晉書・謝安傳》：「及至新城，築埭於城北，後人追思之，名為召伯埭。」

【語譯】小塢的花正盛開，茂盛的野草遮蓋了河堤。白晝漸長，鶯的鳴叫也隨之長久；只有些許微風，柳絮飛得低了。聽見院中下棋的聲響，將船停在溪邊。已不知歸家的路在哪，彷彿在土壩的附近吧。

【研析】一首清麗淡雅雋永的小詩。前六句皆飽滿景物，用詞刻深，如「盡」字、「迷」字、「久」字、「低」字、「響」字、「傍」字，皆見作者用心之處，不苟下語。但正因此，致此詩白璧微瑕，前六句顯得過於意象密集，後二句稍疏淡，固不免頭重腳輕之憾，亦是陸游及宋詩過於雕刻之處，不如初盛唐之渾融無跡也。三四二句，最見才氣情韻，故《唐宋詩醇》極賞之：「古今得意句，難得一聯悉稱。『暗牖懸珠網』不如『空梁落燕泥』，『傍水見寒花』不如『出關逢落葉』也。田藝衡《詩談》云爾。如此詩『風定絮飛低』五字，亦豈易得？」

恩封渭南伯，唐詩人趙嘏為渭南尉，當時謂之趙渭南，後來將以予為陸渭南乎，戲作長句

【題解】此詩嘉定元年（西元一二〇八年）春作於山陰。去年開禧三年正月，陸游繫官銜為：太中大夫、寶謨閣待制致仕、渭南縣開國伯（正四品）、食邑八百戶、賜紫金魚袋。趙嘏，唐代詩人。

老向人間久倦遊，君恩乞與渭川❶秋。虛名定作陳驚坐❷，好句真慚趙倚樓❸。棧豆十年霑病馬❹，煙波萬里著浮鷗。就封他日輕裘去，應過三峯❺處處留。

【注釋】❶渭川　即渭水。黃河最大支流，源出甘肅鳥鼠山，橫貫陝西中部，至潼關入黃河。❷陳驚坐　使在座者震驚。《漢書・遊俠傳・陳遵》：「時列侯有與遵同姓字者，每至人門，曰陳孟公，坐中莫不震動，既至而非，因號其人曰陳驚坐云。」唐駱賓王〈春日離長安言懷〉詩：「劇談推曼倩，驚坐揖陳遵。」❸趙倚樓　趙嘏工詩，杜牧最愛其「長笛一聲人倚樓」句，因稱為「趙倚樓」。五代王定保《唐摭言・知己》：「杜紫微覽趙渭南卷〈早秋〉詩云『殘星幾點鴈橫塞，長笛一聲人倚樓』，吟味不已。因目嘏為趙倚樓。」❹棧豆句　棧豆，馬房豆料。《晉書・宣帝紀》：「桓範出赴爽，宣王謂蔣濟曰：『智囊往矣。』濟曰：『範則智矣，駑馬戀棧豆，

爽必不能用也。』」亦比喻才智短淺的人所顧惜的小利。霑，受益；沾光。亦指使……受益。❺三峯　西嶽華山，在陝西華陰南，其上有芙蓉、明星、玉女三峰。

【語　譯】因為老邁不願遠遊，君恩浩蕩，封我為渭南伯。我只是徒有虛名罷了，與唐代詩人趙嘏相比感到慚愧。我十年來如同駑馬戀棧豆一樣，依靠朝廷奉養；又如煙波上的浮鷗，閒散不定。如果我他日真的到渭南去，一定會把三峰的景色盡情遊賞。

【研　析】這是陸游被朝廷封為渭南伯之後，作詩抒發受封後的感想。「趙倚樓」是唐代詩人「趙嘏」的雅號，陸游想把它寫入詩中，為了與「倚樓」二字對偶，所以找出了「陳驚座」，極為工整，只是有些深僻了。《唐宋詩醇》載盧世漼評此詩曰：「欲遜、欲任，兩意俱有。」從此詩的頸聯可以看出，陸游一方面將自己比作戀棧的駑馬一樣，為自己依然享受朝廷祠祿而慚愧，似乎想要徹底歸隱了；但是下句又將自己比作浮鷗，閒散不定，漂泊東西，似在抱怨朝廷不重用自己，令自己賦閒在家，沒有機會施展政治才幹。欲吞又吐，內心矛盾。

初夏書感

【題　解】此詩嘉定元年夏作於山陰。描寫鄉間生活小景。

春與人俱老，花隨夢已空。遊蜂黏落蕊，輕燕接飛蟲。桑悴知蠶起❶，牲肥蠶麥豐。為農當自力❷，相戒勿匆匆。

【注　釋】❶蠶起　蠶剛孵化出來。❷自力　盡自己的力量。漢應劭《風俗通・十反・司徒九江朱倀》：「謹匍匐自力，手書密上。」

【語　譯】春天與人一同老去，花瓣凋零，如夢成空。飛舞的蜜蜂黏在落花上，輕靈的燕子追逐小蟲。桑樹憔悴稀疏了，因為蠶已孵化出來；牲畜肥壯，麥子也豐收。作個農民當自力更生，不要匆匆忙忙，急於求成。

【研　析】《唐宋詩醇》評此詩說：「諸詩皆暮年之作，老氣縱橫，而格律彌細。」八十四歲高齡的陸游，依然勤於作詩，且筆力不減當年。此詩描寫初夏鄉野景象，生動盎然，充滿情趣。一二虛寫，三四五六皆實寫。遊蜂、輕燕、落蕊、飛蟲，這些動物、植物在陸游眼中是如此互相關聯牽扯，顯示了天地萬物的一種共生關係。接下來是一組比較，蠶長大了，而桑葉卻稀疏憔悴了，頗含理趣，此消則彼長；但同時牲畜肥碩了，而麥子也依然豐收，是為相互成全相互實現。最後兩句則議論，絲毫無衰敗頹喪之氣。

頃歲從南鄭屢往來興鳳間暇日追憶舊游有賦

【題　解】此詩嘉定元年夏作於山陰，追懷乾道六年權四川宣撫使司幹辦公事兼檢法官時舊遊也。

南鄭，今陝西漢中。本戰國秦南鄭邑，劉邦為漢王都此。後置縣，為漢中郡治。明清屬陝西漢中府。興鳳，興元與鳳州。興元，古梁州之境，唐興元元年升梁州為興元府，為山南西道治。宋為利州路治。元改路，屬陝西行省。明清為漢中府，府治陝西南鄭縣。鳳州，本秦故道縣地。西魏置鳳州，因州境鸑鷟山為名，明改縣，屬陝西漢中府，清因之。《國語・周語上》：「周之興也，鸑鷟鳴於岐山。」韋昭注：「鸑鷟，鳳之別名也。」

昔戍蠶叢❶北，頻行鳳集❷南。烽傳戎壘密，驛送客程貪。春盡花猶坼❸，雲低雨半含。種畬❹多菽粟❺，藝木雜松楠❻。婦汲惟陶器，民居半草庵。風煙迷棧閣❼，雷霆起湫潭❽。城郭秦風近，村墟蜀語參。快心逢曠野，刮目望浮嵐。考古時興感，無詩每自慚。嘉陵❾最堪憶，迎馬柳毵毵❿。

【注釋】❶蠶叢　相傳為蜀王的先祖，教人蠶桑。《藝文類聚》卷六引漢揚雄《蜀本紀》：「蜀始王曰蠶叢，次曰伯雍，次曰魚鳧。」借指蜀地。❷鳳集　即鳳州。❸坼　裂開；分裂。唐杜甫〈登岳陽樓〉詩：「吳楚東南坼，乾坤日夜浮。」此處言花瓣綻開。❹畬　開墾過三年的田地；熟田。《詩・周頌・臣工》：「亦又何求？如何新畬。」毛傳：「田，二歲曰新，三歲曰畬。」後泛指田地。❺菽粟　豆和小米。泛指糧食。《墨子・尚賢中》：「是以菽粟多而民足乎食。」漢桓寬《鹽鐵論・授時》：「夫為政而使菽粟如水火，民安有不仁者乎？」❻楠　常綠大喬木。葉橢圓形或長披針形，革質，下面有毛。花小，綠色。結漿果，藍黑色。木材堅密芳香，為貴重的建築材料，也可供造船用。蘇軾〈次韻子由送千之侄〉：「江上松楠深復深，滿山風雨作龍吟。」❼棧閣　棧道。《後漢書・隗囂傳》：「白水險阻，棧閣絕敗。」李賢注：「棧閣者，山路懸險，棧木為閣道。」《輿程記》：「陝西棧道，長四百二十里。自鳳縣東北草涼驛為入棧道之始，南至褒城之開山驛，路始平，為出棧道之始。」❽湫潭　古水名。發源於山西嵐縣西。今名湫水河。❾嘉陵　嘉陵江。古稱西漢水。源出陝西鳳翔嘉陵谷，至重慶市入長江。❿毿毿　垂拂紛披貌。

【語　譯】曾經來往於蜀地鳳州。烽火傳信非常頻繁，驛站也加緊輸送行客。春殘時分花還開著，含雨的雲在天空低垂。人家多種植菽粟和松楠。婦人汲水多用陶器，房屋多是草庵。棧閣風煙繚繞，湫潭雷霆響動。當地的風俗語言雜有秦、蜀之味。每逢曠野就心情愉快，眺望浮動的嵐氣使我眼睛一亮。考訪遺跡生發思古幽情，慚愧自己沒有詩才去描寫它們。嘉陵江水最令我難忘，柳樹垂拂紛披，似在迎接我騎的馬。

【研　析】這是一篇五言排律，此種體裁詩歌特點是對偶多，工整嚴密，整飭均勻。不像七律、五律可以用中間兩聯大施手段，首尾兩聯輕輕帶過；而是要通篇風格統一，安排妥帖，首尾照應，層層推進、句句連貫。方回評此詩說：「放翁詩出於曾茶山，而不專用江西格。間出一二耳，有晚唐、有中唐、亦有盛唐。此篇，雖陳、杜、沈、宋亦不過如此，流麗綿密。」意思說陸游雖然向曾幾學習江西詩法，但同時轉益多師，向唐人學習。江西詩法其實也是黃庭堅等人效法中唐詩人而加以創新的成果，陸游要突破，就得向「兩頭」汲取養料，即初盛唐和晚唐。初盛唐的李白、岑參都可以在陸游詩中找到影子，晚唐杜牧等人絕句、七律亦為陸游所效法。方回此評則指出陸游還效法初唐的陳子昂、杜審言、沈佺期、宋之問。他們的詩以綿密為特色，詩歌不夠流轉，行進不夠暢快，而以緩滯平穩為特色。紀曉嵐認為方回的評價太高了，說：「大段學東坡峽中韻。詩自不惡，以為陳、杜、沈、宋，過矣。」

書興

【題解】此詩嘉定元年夏作於山陰。抒寫晚境豁達之懷。

占得溪山卜數椽❶，飽經世故氣猶全。入門明月真堪友❷，滿榻清風不用錢❸。便死也勝千百輩，少留更過二三年。湖橋❹酒美能來醉，一棹何妨作水仙❺。

【注釋】❶占得句　張孝祥〈入清江界地名九段田沃壤百里黃雲際天他處未有也〉：「此中若許投簪紱，便老鋤耰卜數椽。」蔡戡〈新居偶成二詩示鄉人李子真〉：「薄宦歸來卜數椽，慳囊倍費買山錢。」古代用龜甲、蓍草等推斷吉凶禍福稱占卜。此處占、卜二字為擁有、據有義。以占卜擇居所，亦謂卜局。❷入門句　本自李白〈月下獨酌〉：「舉盃邀明月，對影成三人。月既不解飲，影徒隨我身。」❸滿榻句　本自李白〈襄陽歌〉：

「清風明月不用一錢，買玉山自倒非人推。」❶湖橋 《嘉泰會稽志》：「西跨湖橋，在縣西六里，上有亭，傍有浮圖。」❺水仙 稱遍遊江湖樂而忘返之人。唐袁郊《甘澤謠・陶峴》：「〔陶峴〕富有田業，擇家人不欺而了事者，悉付之，身則泛艚江湖，遍遊煙水，往往數歲不歸……吳越之士，號為水仙。」

【語譯】我現在擁有溪山邊上的幾間茅屋，雖然飽經世故卻依然身體康健。明月照入門內彷彿朋友，清風吹過臥榻也不必用錢買。就算我死了也勝過了千百庸碌之輩，若或者還可以享二三年清福。湖橋那兒的酒味道很美，每次都去喝得醉醺醺，醉後撐一葉小舟，何妨就做個自由的漁翁。

【研析】此首詩為陸游晚年蕭散疏放之作，雖疏放卻不粗豪叫囂，而是以老硬瘦勁之筆出之。首句「占」、「卜」二字一起用，非常有新意。頷聯兩句都是從李白的詩中化來，其實連化的痕跡也很少，簡直可以說是照搬過來，陸游只不過做了些排列組織的工作。因此紀曉嵐便批評道：「三四太現成。」意思是拿來就用，有欠雕琢。不過這一聯的隨意卻是與下一聯的老硬相統一的。頸聯的上句，可能古往今來的詩人很少有人敢說這樣的話。即使死了，也勝過千百人。這顯出了陸游的疏狂和憤懣，現實的抑鬱挫折只能通過陸游的自我肯定、自我讚揚來排解了。這種風格紀曉嵐不喜歡，說：「五六太粗直，此晚境頹唐之過。」頸聯的這種疏宕直白，要求頷聯的寫景不能太生新，故而陸游用較為面熟的意象與修辭，以實現風格的統一。

新年書感

【題解】此詩嘉定二年（西元一二〇九年）春作於山陰。抒寫未能忘懷世事之感。

早歲西遊賦〈子虛〉❶，暮年負耒❷返鄉閭❸。殘軀未死敢忘國？病眼欲盲猶愛書。朋舊何勞記車笠❹，子孫幸不廢菑畬❺。新年冷落如常日，白髮蕭蕭悶自梳。

【注釋】❶賦子虛　漢司馬相如作〈子虛賦〉，假托子虛、烏有先生、亡是公三人互相問答。《史記・司馬相如列傳》：「蜀人楊得意為狗監，侍上。上讀〈子虛賦〉而善之，曰：『朕獨不得與此人同時哉！』得意曰：『臣邑人司馬相如自言為此賦。』上驚。乃召問相如。相如曰：『有是。然此乃諸侯之事，未足觀也。』請為天子游獵賦。賦成奏之。上許令尚書，給筆札。」陸游此處借指自己早年因文章得宋高宗賞識。❷負耒　《孟子・滕文公上》：「陳良之徒陳相，與其弟辛，負耒耜而自宋之滕。」後以「負耒」指背負農具，從事農耕。❸鄉閭　古以二十五家為閭，一萬二千五百家為鄉，因以「鄉閭」泛指民眾聚居之處。泛指家鄉。❹車笠　《太平御覽》卷四〇六引晉周處《風土記》：「越俗性率樸，意親好合，即脫頭上手巾，解要間五尺刀以與之為交，拜親跪妻，初定交有禮……祝曰：『卿雖乘車我戴笠，後日相逢下車揖；我雖步行卿乘馬，後日相逢卿當下。』」後因以「車笠」喻貴賤貧富不移的深厚友誼。陳師道〈寄張文潛〉：「車笠吾何恨，飛騰子莫量。」❺菑畬　耕耘。《易・无妄》：「不耕穫，不菑畬，則利有攸往。」錢仲聯引韓愈〈符讀書城南〉：「文章豈不貴，經訓乃災畬。」以為陸游此處以耕種喻讀書，其實但取本義亦可通。

【語　譯】我早年由山陰奔赴臨安都城，因文學上的才華被皇帝賞識。如今在遲暮之年回到故鄉。殘老的病軀只要沒有死，就不曾有一天忘懷家國天下。眼睛雖然因使用過度而將近瞎掉，但依然不廢讀書。過去的友朋不必想念我這個老人，令我欣慰的是子孫們還能從事農活。新年時節還是像以往一樣冷落清淨，我自己梳著蕭蕭白髮以排解愁悶。

【研　析】這是陸游生命中的最後一年了，這一年寫的詩作特別多，約有六百多首。方回說：「此詩全未覺老耄。」從詩的頷聯中，我們可以看出陸游此時依然心繫家國，依然勤奮地看書，依然在保持著一個古代傳統知識分子的本色。紀曉嵐批道：「三四意自沉著。」這種沉著雖然杜甫早已發其端，但陸游更加入了宋人的特徵，上句憂國的緊張與下句看書的悠閒可以並置在一起，可謂善於排遣，這在老杜那裡卻是難以見到的。頸聯用典、對偶皆好。對於朋輩的態度，可以見出陸游的坦蕩，對世態人情的超然之懷。末句以梳髮這一動作為結，言盡而意不盡。

春日雜興 其四

【題　解】此詩嘉定二年春作於山陰。表達對鄉民的關心。

夜夜燃薪暖絮衾，禺中❶一飯直千金。身為野老已無責，路有流民❷

終動心。

【注釋】❶禺中　將近午時。《東觀漢記・光武帝紀》：「其有當見及冤結者，常以日出時騶騎馳出召入，其餘禺中使者出報。」❷流民　流亡外地的人。陸游此詩自注云：「聞有流移人到城中。」

【語　譯】每夜都點燃柴火以烘暖衣被，中午的一頓飯亦是相當難得的。我已經退休，不需負擔任何責任；但是眼見鄉間尚有飢餓的流民，我依然感到痛心和慚愧。

【研　析】劉克莊《後村詩話》：「韋蘇州詩云：『身多疾病思田里，邑有流亡愧俸錢。』太守能為此言者鮮矣；若放翁云：『身為野老已無責，路有流民終動心。』退士能為此言，尤未之見也。」對陸游此詩所體現出的人格精神，予以高度的評價，其實這也是中國古代儒家文人的精神傳統，杜甫不是說「朱門酒肉臭，路有凍死骨」麼？此詩之妙，在於充分運用絕句巧設懸念的句式布局，第二句先說「一飯直千金」，到第四句「路有流民」才補足原因，流民之困苦，溫飽之不能解決，便得以強調突出。

人日雪

【題　解】此詩嘉定二年春作於山陰。陸游題下自注：「己巳元日至人日，雨雪間作。」此詩描寫人日雪景。

病臥江村不厭深，貂裘無奈曉寒侵。非賢那畏蛇年❶至？多難❷卻愁人日陰❸。娟娟孤雲生翠壁，霏霏急雪灑青林。一盂飯罷無餘事，坐看生臺❹下凍禽。

【注釋】❶蛇年　即巳年。唐李商隱〈行次西郊作一百韻〉：「蛇年建午月，我自梁還秦。」❷多難　多故；多患難。《詩・周頌・小毖》：「未堪家多難。」鄭玄箋：「我又會於辛苦，遇三監及淮夷之難也。」唐杜甫〈登樓〉詩：「花近高樓傷客心，萬方多難此登臨。」❸人日陰　舊俗以農曆正月初七為人日。杜甫〈人日〉：「元日到人日，未有不陰時。」❹生臺　寺院施捨飯食供禽蟲啄食的臺案。唐李郢〈酬友人春暮寄枳花茶〉詩：「相如病渴今全校，不羨生臺白頸鴉。」

【語譯】生病而睡臥在江村茅屋，我全不在意這村落的深僻。身上裘衣難擋曉寒的侵襲。我既非賢人，並不怕蛇年來到；一生多艱，因人日的陰沉而憂慮。蒼翠的山壁上纏繞著孤雲，密集的雨點灑向青色的樹林。吃完飯後無所事事，坐看那些禽鳥一一落在寺院的臺案上。

【研析】老筆縱橫，此詩亦為陸游臨終前律詩佳構。一二句寫自己生活狀況，三四抒發議論，五六方點綴景物，兩個疊詞不見雕琢之痕，七八又回到自己生活狀況，而以「凍禽」之下「生臺」作結，饒有餘味。方回《瀛奎律髓》評此詩曰：「放翁卒於是年之冬，年八十六，嘉定二年也。蛇年人日，亦亞於東坡之鬼門人日，與唐子西之天時人日，三聯皆佳。子西有詩云『非賢幸脫龍蛇歲，上聖猶憐蟣虱臣』，放翁亦暗合。」馮舒評：「只一句出雪，自妙。」方回用以比較的詩，乃蘇軾〈庚辰歲人日作時聞黃河已復北流老臣舊數論此今斯言乃驗二首〉其一：「天涯已慣逢人日，歸路猶欣過鬼門。」和唐庚的〈人日〉：「人日傷心極，天時觸目新。」分別以「人」對「蛇」、「鬼」、「天」，各盡其妙。

山行過僧菴不入

【題解】此詩嘉定二年夏作於山陰。描寫山鄉清幽之境。

垣屋參差竹塢❶深，舊題名❷處懶重尋。茶壚煙起知高興❸，碁子聲疏識苦心❹。淡日暉暉孤市散，殘雲漠漠半川陰。長吟未斷清愁起，已見橫林宿暮禽。

【注釋】❶竹塢　竹林茂盛的山塢。唐李德裕〈重憶山居・平泉源〉詩：「逶迤過竹塢，浩渺走蘭塘。」❷題名　古人為紀念科場登錄、旅遊行程等，在石碑或壁柱上題記姓名。唐張籍〈送遠曲〉：「願君到處自題名，他日知君從此去。」前蜀馬鑒《續事始》：「慈恩寺題名：開遊而題其同年姓名於塔下，後為故事。」❸高興　高雅的興致。晉殷仲文〈南州桓公九井作〉詩：「獨有清秋日，能使高興盡。」唐杜荀鶴〈戲題王處士書齋〉詩：「先生高興似樵漁，水鳥山猿一處居。」❹苦心　費盡心思。《莊子・漁父》：「苦心勞形，以危其真。」

【語　譯】遊山經過一個僧庵，沒有進去，但見參差的牆壁和僧房，竹塢深邃茂密。我懶得去重尋曾經題寫的詩歌。裊裊升起的茶煙，讓我知道這僧庵的主人有高雅的興致。棋子落盤的聲音非常稀疏，告訴我他正在苦苦思考。夕照淡薄，集市散去；川上殘雲，籠罩彌漫。吟詩的時候忽然起了淡淡的哀愁，禽鳥已歸向樹林。

【研　析】方回對這首詩的評析甚為詳細，先抄錄於下：「詩不但豪放高勝，非細下工夫、有針線不可。但欲如老杜所謂『裁縫滅盡針線跡』耳。此詩題目甚奇，山行是一節，過僧菴而不入又似是兩節。『垣屋參差竹塢深』只此一句，便見山行而過僧菴及過僧菴而不入矣。『舊題名處懶重尋』即是曾遊此菴而今懶入矣。『茶爐煙起知高興』此謂不入菴而遙見煮茶之，想像此僧之不俗也。『棋子聲疏識苦心』則妙之又妙矣。聞棋聲而不得觀其棋，固已甚妙，於棋聲疏緩之間想見棋者用心之苦，此所謂妙之又妙也。『過僧菴而不入』盡在是矣。『淡日』『殘雲』下一聯及末句結，乃結煞山行一段餘意。前輩詩例如此，須合別有擺脫。老杜〈縛雞行〉、山谷〈水仙花〉一律皆然。」全首詩最妙的一句是「碁子聲疏識苦心」，通過棋子落盤聲音的疏緩，來揣測下棋僧人的內心。詩人陸游與被描寫對象之間，隔了好幾個層次。兩者關係越遠，便越具有詩意。

臥病雜題 其四

【題　解】此詩嘉定二年秋作於山陰。這是一首描寫貧與病的詩，但陸游寫來卻是如此充滿情趣。

終日常辭客，經秋半在床。愛窮留作伴，諳❶病與相忘。竈婢工烹粥，園丁習寫方❷。今朝有奇事，久雨得窗光。

【注釋】❶諳　熟悉；知道。❷竈婢二句　陸游自注：「久病，家人作粥遂佳，蓋朝夕常為之也。又有山僕，本不識字，因久合藥，遂能寫藥方數大篇。」竈婢，女廚工。園丁，專門從事園藝的勞動者。

【語譯】一天到晚閉門謝客，經年大半個秋天幾乎累月臥病在床。貧窮令我喜愛，不妨留它下來作個陪伴；病魔與我十分熟悉，彼此彷彿相忘於江湖。婢女善於烹粥，園丁練習寫藥方。今天的奇事是，雨終於停了，陽光從窗外透了進來。

【研析】一二兩句總寫晚年貧病交加的日常生活，臥床不起，閉門謝客，應該是令人痛心的事。但陸游緊接著在頷聯裡卻說貧窮和病痛已經成為自己的好友，彼此熟悉，要留它們在身邊作伴。這當然是戲言，用意無非是表達貧病在日常生活中突出。不過陸游晚年奉祠，收入雖少卻也並非窮得不可開交，而且他的幾個兒子也開始陸續走入仕途。所以，陸游詩中所謂的「窮」，其實只是簡樸平淡的生活。所謂的「病」，也不是痛得人死去活來的那種。總之，「貧病」中的陸游還雇傭得起奴僕，還打得起精神寫詩。頸聯寫家中的下人，參看陸游的自注，亦非常有趣。無一事不可入詩，在陸游這裡步子邁得更大。不識字的「山僕」因為經常去抓藥、配藥，遂逐漸會寫幾個字。陸游為此而感到欣喜，特意寫入詩中。這見出陸游晚歲已沒有多少士大夫的架子，而是與農民、與目不識丁的奴僕經常打交道。頸聯這兩句，被方回找到了來源，他說：「予謂白樂天『婢能尋藥草，犬不吠醫人』，放翁此聯亦近之。『久雨得窗光』，尤為佳句。」白居易對陸游詩的影響亦是很深的，尤其是他的閒趣詩多為陸游所效法學習。

文章

【題解】此詩嘉定二年秋作於山陰。論述寫作經驗及追求。

文章本天成❶，妙手❷偶得之。粹然❸無疵瑕，豈復須人為。君看古彝器❹，巧拙兩無施。漢最近先秦，固已殊淳漓❺。胡部❻何為者，豪竹雜哀絲❼。后夔❽不復作，千載誰與期？

【注釋】❶天成　不假人工，自然而成。《宋書．謝靈運傳論》：「至於高言妙句，音韻天成，皆暗與理合，匪由思至。」❷妙手　技藝高超的人。晉蔡洪〈圍棋賦〉：「命班爾之妙手，制朝陽之柔木。」❸粹然　純正貌。❹彝器　古代宗廟常用禮器的總名。《說文．糸部》：「彝，宗廟常器也。」❺淳漓　厚與薄。多指風俗的淳厚與澆薄。❻胡部　唐代掌管胡樂的機構。亦指胡樂。胡樂從西涼一帶傳入，含有西涼樂等成分，當時稱「胡部新聲」。《新唐書．禮樂志十二》：「開元二十四年，升胡部於堂上。」❼豪竹雜哀絲　唐杜甫〈醉為馬墜諸公攜酒相看〉詩：「酒肉如山又一時，初筵哀絲動豪竹。」豪竹，指管樂器。哀絲，指絃樂器。❽后夔　人名。

相傳為舜掌樂之官。《文選》張衡〈東京賦〉：「伯夷起而相儀，后夔坐而為工。」《尚書・舜典》：「帝曰：夔，命汝典樂，教胄子，直而溫，寬而栗，剛而無虐，簡而無傲；詩言志，歌永言，聲依永，律和聲，八音克諧，無相奪倫，神人以和。夔曰：於，予擊石拊石，百獸率舞。」

【語 譯】天地間本來就有大塊文章，文人妙筆只是偶然受上天賜予。天地文章純粹而無任何瑕疵，哪裡需要人工雕琢。請看古代的彝器，根本無法用巧拙來衡量它。漢代距離先秦最近了，但那時已逐漸風俗澆薄了。胡部的音樂傳到中土以後，管樂器與絃樂器並用，華夏正統的音樂不復盛行，茫茫千年，有誰可以擔當恢復正統的責任？

【研 析】這是陸游離世前最後一篇談論文學創作問題的重要詩歌。再過半年不到，他便帶著遺憾離開世間，南宋輝煌昌盛的「中興詩壇」便從此結束了。陸游此篇論文學創作問題的詩篇，其主旨並不新穎，往日詩文中亦多次提到，即反對片面追逐形式上的工巧，而主張向天地自然學習，以文章的天然、純粹、渾厚為最高美學目標。自開禧至嘉定年間，「中興詩壇」重要詩人多已離世，陸游是最後一位離去的詩壇耄耋。此時，四靈詩風正在盛行，江湖詩風亦方興未艾。陸游此詩結句所謂「千載誰與期」，當是有感於當日詩壇的現狀，所以發此悲觀哀痛之音。「胡部」與「后夔」是陸游運用的比喻，並不表示陸游鄙視少數民族文化，而是強調「大雅」、「正聲」，即希望詩文創作之格局廣闊、內容豐富、氣象高遠、風格高雅等。《唐宋詩醇》評：「深識妙解，非淺人所能與。游常言，詩欲工而工亦非詩之極，鍛鍊之久乃失本指，斲削之甚反傷元氣。觀其所言，其自命可知矣。李東陽謂，宋人之詩但一字一句對偶雕琢之工，而天真興致未可與道者。不知能識此意否？」

楊大鶴亦深為讚賞此詩，評曰：「放翁詩至萬首，然翁又言『文章本天成，妙手偶得之。粹然無疵瑕，豈復須人為』，自言『間為長謠短章、楚調唐律，酬答風月煙雨之態度，非為娛耳目、遣暇日而已』。此豈粘頭綴尾、朝鐫夕琢，必待月久歲深以多作為能者哉？」

病中示兒輩

【題　解】此詩嘉定二年冬十二月作於山陰。這可以看作陸游臨終前的一份誡子書，但用的是詩歌的形式。

去去生方遠，冥冥死即休。狂思攘❶鬼手❷，危至服丹頭❸。有劍知誰與？無香可得留❹。惟應勤孝謹，事事鑑恬侯❺。

【注　釋】❶攘　排斥；抵禦。❷鬼手　鬼的手。喻指鬼的掌控。南朝宋劉義慶《世說新語・忿狷》：「王司州嘗乘雪往王螭王恬許。司州言氣少有牾逆於螭，便作色不夷。司州覺惡，便輿牀就之，持其臂曰：『汝詎復足與老兄計？』螭撥其手曰：『冷如鬼手馨，彊來捉人臂。』」唐柳宗元〈寄韋珩〉詩：「奇瘡釘骨狀如箭，鬼手脫命爭纖毫。」❸丹頭　道教指精煉而成的丹藥。❹無香可得留　東漢末，曹操造銅雀臺，臨終時吩咐諸妾：「汝等時時登銅雀臺，望吾西陵墓田。」又云：「餘香可分與諸夫人。諸舍中無為，學作履組賣也。」見晉陸機〈弔魏武帝文序〉，本意為臨死不忘妻妾，陸游此處藉以表示遺留的家產。❺惟應勤孝謹二句 《史記・萬石張叔列傳》：「萬石君家以孝謹聞乎郡國，雖齊魯諸儒質行，皆自以為不及也。……丞相（石）慶卒，謚為恬侯。」孝謹，孝順而恭謹。

【語譯】生命逐漸向我告別遠去，死後便進入冥冥無知的世界。我還有著疏狂的習性，鬼來捉拿，我想去推鬼的手。到生命垂危之際，還服用丹藥。我雖有寶劍，但有誰可以交付呢？至於財產，則沒有什麼值錢的可以留給子女。兒輩們，你們只應當以孝謹為人生的準則，事事都要以恬侯為楷模。

【研析】方回評此詩道：「此放翁易簀前倒數第三詩也。……後生讀此選詩，不可以病為忌、死為諱，《書》之〈洪範〉曰：『考終命。』《禮》之〈善頌〉曰：『哭於斯。』乃人生之終事也。得如放翁八十有六者，世有幾人哉。」這是現存《劍南詩稿》倒數第三首詩，與方回所言相符。頷聯寫出了陸游對死亡毫不畏懼。「鬼手」、「丹頭」的對偶依然見出放翁對詩歌創作的用心，即便臨終之時也並不懈怠。頸聯上句寫出報國收復之志未實現，而現實中也沒有誰可以繼承他的遺志；下句寫出貧窮而無家財。末句告誡兒輩們為人處世的道德。

江村

【題解】此詩嘉定二年冬作於山陰。抒寫晚境豁達之情。

江村連夜有飛霜❶，柿正丹時橘半黃。轉枕卻尋驚斷夢，撥爐偶見爇❷殘香。醫無絕藝空三易❸，死與浮生已兩忘。拈得一書還懶看，臥聽孫子誦琅琅❹。

【注釋】❶飛霜　降霜。晉張協〈七命〉：「飛霜迎節，高風送秋。」❷爇　焚燒。❸醫無句　《列子・力命》：「季梁得疾，七日大漸……終謁三醫：一曰矯氏，二曰俞氏，三曰盧氏，診其所疾。」後以「三醫」指良醫。三易，《連山》、《歸藏》、《周易》。《周禮・春官・太卜》：「掌三《易》之法，一曰《連山》；二曰《歸藏》；三曰《周易》。」❹琅琅　象聲詞。形容清朗、響亮的聲音。漢司馬相如〈子虛賦〉：「礧石相擊，琅琅礚礚。」

【語譯】村子裡接連幾天都有霜降，柿子正紅而橘子半黃。輾轉反側，想要重續斷夢；撥動爐灰，偶見沒有燒盡的香。我只是略知《易》學而不懂醫病之術，生與死我都已不掛懷。抽出一本書卻又懶得看，便躺在床上讓孫子讀給我聽。

【研析】《唐宋詩醇》載陳訏評曰：「放翁一生精力盡於七律，故全集所載最多、最佳。」放翁真是不放過任何好對偶。臨終前，依然在努力組織這些精彩絕倫的對偶句，留給後世的讀者。「驚斷夢」與「爇殘香」，何等工整巧妙！五句由無醫術，隱喻自己未能建功立業，治理家國，為百姓謀福。六句超脫語。七八情意綿綿，孫子讀書給爺爺聽，是何等的慰藉與幸福。

示兒

【題　解】此詩嘉定二年冬十二月作於山陰，為陸游絕筆之作。

死去元知❶萬事空，但悲不見九州❷同。王師北定中原日，家祭❸無忘告乃翁❹。

【注　釋】❶元知　本就知道。❷九州　古代分中國為九州。說法不一。《書・禹貢》作冀、兗、青、徐、揚、荊、豫、梁、雍；《爾雅・釋地》有幽、營州而無青、梁州；《周禮・夏官・職方》有幽、并州而無徐、梁州。後以「九州」泛指天下，全中國。❸家祭　家中對祖先的祭祀。❹乃翁　你的父親。《漢書・項籍傳》：「吾翁即汝翁。必欲亨乃翁，幸分我一盃羹。」

【語　譯】死後本就知道萬事皆空，唯一令我悲慨的是，北方失地尚未收復。如果有一天國家的軍隊重新佔領中原，你們在祭奠我的時候，千萬別忘了告訴我。

【研　析】這是陸游最有名的一首詩，臨死之際依然心念國事。陸游死後六十六年，元師滅南宋。錢仲聯先生據《山陰陸氏族譜》考證，陸游孫子陸元廷，祥興二年（西元一二七九年）聞厓山之變，憂憤而卒；陸游曾孫陸傳義，祥興二年聞厓山之變，憂憤數日，不食而卒；陸游玄孫陸天騏祥興二年於厓山蹈海殉國；陸游玄孫陸天驥宋亡後杜門不仕；來孫陸世和、陸世榮拒絕元朝徵辟。厓山，亦稱厓門山、崖門。在廣東新會南大海中。南宋末張世傑奉帝昺扼守於此。兵敗，陸秀夫負帝昺蹈海死，宋亡。所以，宋末人林景熙讀了陸游這首詩，寫了〈書陸放翁書卷後〉：「青山一髮愁濛濛，干戈況滿天南東。來孫卻見九州同，家祭如何告乃翁？」《唐宋詩醇》載祖應世評曰：「放翁易簣嘉定中，國弱已極，而尚作此想，其齎志可悲矣。」褚人穫評曰：「〈示兒〉一絕，有三呼渡河之意。」周之麟評曰：「觀於『家祭無忘』之語，千秋而下亦為長慟。此其用心與子美何以異哉！」朱自清先生〈愛國詩〉說：「這種詩是對兒子說話，不是什麼遺疏遺表的，用不著裝腔作勢。他盡可以說些別的體己的話，可是他只說這個，他正是以為這是最體己的話。」詩人說自己憂國，並不稀奇；難的是，在臨死的時候，依然說憂國；更難的是，臨死的時候，在「體己」的話中，依然只說憂國。陸游便是最後一種。

文選

代乞分兵取山東箚子

【題解】紹興三十二年（西元一一六二年）作於臨安，陸游時任樞密院編修官兼編類聖政所檢討官。本文代尚書左僕射同中書門下平章事兼樞密院使陳康伯和知樞密院事葉義問等作。箚子，宋代官府中用來上奏或啟事的一種文書。歐陽修《歸田錄》卷二：「唐人奏事，非表非狀者為之榜子，亦謂之錄子，今謂之箚子。」

臣等恭睹陛下特發英斷❶，進討京東❷以為恢復，故疆牽制川陝❸之謀。臣等獲侍清光❹，親奉睿旨❺，不勝欣抃❻；然亦有惓惓❼之愚不敢隱默者。

竊見傳聞之言多謂虜兵困於西北，不復能保京東；加之苛虐⑧相承，民不堪命。王師若至，可不勞而取。若審⑨如此說，則弔伐⑩之兵，本不在眾；偏師⑪出境，百城自下：不世⑫之功，何患不成！萬一未至盡如所傳，虜人尚敢旅拒⑬，遺民⑭未能自拔⑮，則我師雖眾，功亦難必。而宿師於外，守備先虛，我猶知出兵京東以牽制川陝，彼獨不知侵犯兩淮⑯荊襄⑰以牽制京東耶？

為今之計，莫若戒敕⑱宣撫司⑲，以大兵及舟師⑳十分之九固守江淮，控扼㉑要害，為不可動之計。以十分之一遴選㉒驍勇㉓有紀律之將使之，更出迭入㉔，以奇制勝㉕，俟徐、鄆、宋、亳㉖等處撫定之後，兩淮受敵處少，然後漸次㉗那㉘大兵前進。如此則進有闢國㉙拓土之功，退無勞師㉚失備㉛之患，實天下至計㉜也。蓋京東去虜巢㉝萬里，彼雖不能守，未害其疆；兩淮近在畿甸㉞，一城被圍，尺地陷沒，則朝廷之憂復如去歲。此臣所以夙夜㉟憂懼、寢不能瞑，而為陛下力陳其愚也。且富家巨室㊱，未嘗不欲利也。然其徒欲賈于遠者，率不肯以多貲㊲付之。其意以為：山行海宿㊳，要不可保；若傾囊而付一人，或一有得失㊴，悔其可及哉。此言雖小，可以喻大㊵。願陛下留神察㊶焉。臣等誤蒙㊷聖慈㊸，待罪㊹樞筦㊺，攻守大計實任其責。伏惟㊻陛下照其愚忠㊼，臣等不勝幸甚。取進止㊽。

【注釋】❶英斷　英明果斷。❷京東　宋代設京東路，其地當今河南開封、商丘一帶，江蘇徐州以北及山東黃河以南。東京淪陷後，為金人佔據，改稱山東路。❸川陝　今四川及陝西一帶。❹清光　比喻帝王的容顏清美。❺睿旨　聖人的意旨；皇帝的詔令。❻欣抃　歡欣鼓舞。❼惓惓　忠心耿耿的樣子。❽苛虐　嚴厲殘暴。❾審　真實；誠。❿弔伐　弔民伐罪。⓫偏師　非主力部隊。⓬不世　非一世所能有，形容非凡。⓭旅拒　聚眾抗拒。⓮遺民　指淪陷在金人佔領區的人民。⓯自拔　自我掙脫困難或罪惡的境地。⓰兩淮　宋置淮南東路、淮南西路，略當今江蘇、安徽長江以北、淮水以南地區。⓱荊襄　今湖北荊州、襄陽一帶。⓲戒敕　告誡。⓳宣撫司　宋代在準備對外作戰時期臨時置宣撫使，其機構稱為宣撫司。⓴舟師　水軍。㉑控扼　控制。㉒遴選　挑選；選拔。㉓驍勇　勇猛。㉔更出迭入　交替出入；反覆出入。㉕以奇制勝　用奇計奇兵制服敵人取得勝利。㉖徐鄆宋亳　江蘇徐州、山東鄆城、河南商丘、安徽亳州。㉗漸次　逐漸。㉘那　通「挪」。移動。㉙闢國　開拓領土。㉚勞師　使軍隊疲勞或勞累。㉛失備　喪失防備。㉜至計　最善之計；良策。㉝虜巢　指金國上京會寧府，今在黑龍江省阿城南。㉞畿甸　古代京城千里以內曰王畿，其外方五百里曰侯服，又其外方五百里曰甸服。㉟夙夜　日夜；朝夕。㊱富家巨室　財產很多的大戶人家。㊲貲　錢財。㊳山行海宿　行於山間宿於海上，形容行旅極其艱險。韓愈〈南海神廟碑〉：「方地數千里，不識盜賊，山行海宿，不擇處所。」㊴一有得失　一旦發生失誤或喪失。㊵此言雖小二句　說的雖然是小事，但可以用來比喻大事。司馬遷《史記・司馬相如列傳》：「故鄙諺曰：『家累千金，坐不垂堂。』此言雖小，可以喻大。臣願陛下之留意幸察。」㊶察　明辨；詳審。㊷誤蒙　謙辭。蒙，承蒙。㊸聖慈　聖明仁慈。㊹待罪　謙辭，謂任職。猶言不稱職而將獲罪。司馬遷〈報任少卿書〉：「僕賴先人緒業，得待罪輦轂下，二十餘年矣。」㊺樞筦　即「樞管」。中央政府。㊻伏惟　下對上的敬辭，表示希望、願望。㊼愚忠　謙稱自己的忠心。㊽取進止　聽候旨意，以決定行止。奏疏末常用套語。

【語　譯】臣等恭敬地看到陛下您發出英明決斷，進討京東路，以實現恢復故土的大業。以故疆牽制敵人的謀略。我有幸接近陛下，尊奉您的聖旨，充滿了歡欣之情，同時也有誠懇的意見，不敢隱藏在心中。

聽說金兵在西北受困，不再能保衛京東路，又加上不斷殘酷暴虐的統治，老百姓已不堪忍受，陛下的軍隊若到達那裡，可以毫不費力收復土地。果真是這樣，那麼弔民伐罪的軍隊，不需要數量眾多，只需部分軍隊出動，就能攻破百城，世代罕見的功勳即可實現。萬一事實與傳聞不符，金人尚且有抵抗力，淪陷區的人民不能自救，那麼即使我方軍隊強大，也未必能收復失地，如此則大軍在外，南方守備空虛。我方尚且知道出兵京東路可以牽制敵軍在川陝的舉動，難道金人不知道侵犯兩淮、荊襄以牽制我軍在京東的行動嗎？

現在最好的辦法，就是命令宣撫司，將陸軍和水軍的十分之九屯守在江淮一帶，控制要害，作長久的打算。另分出十分之一的數量，以經過挑選的勇敢而守軍紀的將士充當，讓他們交替出入敵區，出奇制勝。等到徐、鄆、宋、亳等地收復以後，兩淮流域受敵人控制者逐漸減少，然後可以逐漸大軍壓境。如此實施，前進即有開拓領土之功，後退也無防備上的擔憂，實在是最佳的計策。京東路雖然離金人上京甚遠，他們雖不能以主力來防守，但對我們而言是邊疆地區；而兩淮流域離臨安很近，僅僅是一個城池被敵人攻陷，也會給朝廷造成巨大的憂患，就像去年一樣。這就是我之所以日夜憂懼，不能安穩睡覺的原因，因此向陛下陳述臣的意見。大戶人家沒有不圖利益的，但如果出遠門做生意，一般都不肯帶上很多錢財。他們認為，在外風餐露宿，容易發生事故，如果將所有錢財都交付一人，一旦有所閃失，真是後悔莫及啊。這雖是小事情，卻可以比喻家國大事，希望陛下明辨之。臣受到陛下的錯愛，被委任在樞密院工作，軍事要務是我的職責所在。希望陛下體察我的忠心，臣將感到無比榮幸。聽候陛下的裁決。

【研　析】針對朝廷準備大舉進攻京東路即山東的決策，陸游此文提出了一個穩妥的建議，即將宋朝主要軍力集中在兩淮流域，而以一部分精銳部隊襲擊京東路。因為全軍壓上，便會有後顧之憂，金人很有可能南侵兩淮、荊襄地區，以牽制我軍在山東的進攻。陸游還舉了一個譬喻，以商賈外出不攜帶很多錢財，以論證「宿師於外，守備先虛」的危險。文章先破後立，逐層推進，用語簡潔而有氣勢，令人讀後有一種緊迫感。

上二府論都邑劄子

【題解】隆興二年（西元一一六四年）作於鎮江通判任上。隆興元年十一月，朝廷詔廷臣議和金得失，陸游劄子當作於此後。二府，宋稱中書省與樞密院，掌文武二柄。

某自頃奏記，迨今累月，自顧賤愚不肖❶，無尺寸可以上補聰明，而徒以無益之事，上勤省閱❷，實有罪焉。故久不敢以姓名徹左右❸。今者偶有拳拳❹之愚，竊謂相公❺所宜聞者，伏冀少留觀覽，幸甚幸甚。

伏聞北人累書請和，仰惟主上聖武、相公威名震疊殊方❻，足以致此，而天下又方厭兵❼，勢且姑從之矣。然某聞江左自吳以來，未有捨建康❽他都者。吳嘗都武昌❾，梁嘗都荊渚❿，南唐嘗都洪州⓫，當時為計，必以建康距江不遠，故求深固⓬之地，然皆成而復毀、居而復徙，甚者，遂至於敗亡。相公以為此何哉？天造地設，山川形勢，有不可易者也。

車駕駐蹕⑬臨安，出於權宜⑭，本非定都，以形勢則不固，以餽餉⑮則不便，海道逼近⑯，凜然常有意外之憂。至於讖緯⑰俗語，則固所不論也。今一和之後，盟誓已立，動有拘礙⑱，雖欲營繕⑲，勢將艱難。某竊謂及今當與之約：建康、臨安皆係駐蹕之地，北使朝聘⑳，或就建康，或就臨安。如此，則我得以閒暇之際，建都立國，而彼既素聞，不自疑沮㉑，黠虜欲借以為辭，亦有不可者矣。今不為，後且噬臍㉒。至於都邑措置，當有節目㉓。若相公以為然，某且有以繼進其說。不一、二年，不拔之基立矣。某智術淺短，不足以議大計，然受知之深，不敢自以疏遠為疑，干冒㉔鈞聽㉕，下情恐懼之至。

【注釋】❶賤愚不肖　自謙之詞，官位不高曰賤，資質不聰明曰愚，不能繼承祖上遺業曰不肖。❷省閱　審察批閱。❸徹左右　通知左右侍者。❹拳拳　誠摯。❺相公　舊時對宰相的敬稱，此指湯思退。❻震疊殊方　震動遠方。❼厭兵　厭戰。❽建康　今江蘇南京。❾武昌　三國時吳帝孫權曾建都武昌，在今湖北鄂城。❿荊

渚　南朝時梁元帝蕭繹建都江陵，又稱荊渚，在今湖北江陵。⓫洪州　五代時南唐中宗李璟曾建都南昌，又稱洪州，在今江西南昌。⓬深固　堅固。⓭車駕駐蹕　皇帝出行，中途停留，指宋高宗在臨安建立政權。⓮權宜　暫時適宜的舉措。⓯餽餉　指供應軍糧。⓰海道逼近　臨安靠近杭州灣，可通海，金人曾在山東沿海訓練海軍，準備進攻杭州。⓱讖緯　讖，巫師或方士的隱語或預言，作為吉凶的徵兆。緯，附會儒家經典的各種著作。宋代有「一汴二杭、三閩四廣」之說。為陳希夷答宋太祖之語，意謂宋節節敗退，由汴京退至杭州，再至福建、廣州。⓲拘礙　束縛阻礙。⓳營繕　營造；修建。⓴朝聘　宋金各派使臣朝見訪問。㉑疑沮　懷疑。㉒噬臍　自齧腹臍，喻後悔不及。《左傳·莊公六年》：「亡鄧國者，必此人也。若不早圖，後君噬齊。」杜預注：「若齧腹齊，喻不可及也。」㉓節目　程序。㉔干冒　冒犯。㉕鈞聽　對尊長聽聞的敬稱。

【語　譯】自從上次奏書以來，已過了好幾個月，我覺得自己不才，對皇上沒有尺寸的貢獻，而只是以一些沒有裨益的事，煩勞政府審閱，實在是有罪過，因此不敢經常來打擾。現在偶有一些誠摯的意見，認為是丞相值得聽取的，希望您能稍加留意，我會感到無比榮幸。

我聽說金人屢次來書要講和，這是皇上聖武、丞相威名震動遠方所致，況且天下百姓正厭倦戰爭，可姑且與金人講和。但我知道自六朝以來，南方都是在建康定都的。吳曾建都武昌，梁曾建都荊渚，南唐曾建都洪州，當時之所以這樣做，是認為建康距長江不遠，防守不堅固。但這些國都建成之後就毀壞，或者不久又遷徙他處，甚至因此而亡國。丞相您覺得這是什麼原因呢？天地自然形成的地勢，是不可以改變的。

我宋朝政權現在臨安，是一時權宜之計，本來就非定都，從地形上看，臨安防守不堅固，運送軍糧也不方便，又臨近大海，常要擔憂金人繞海侵略，至於民間流行的關於臨安的讖緯之語，就不去說它了。如今和議一旦達成，建立盟誓，朝廷的舉動就會有束縛，即使欲有所營造修建，也會很困難。我認為現在應該與金人約定：建康、臨安都是我宋朝的駐蹕之地，金朝使臣來朝見，可以到建康，也可以到臨安。如果這樣約定，那麼我們就可以在閒暇時，營建國都，金人既然已知建康為駐蹕之地，便不會懷疑，狡猾的金人想要以此挑釁，也沒有機會了。如果現在不這樣定約，將來將後悔莫及。至於建都之事，有一定程序。丞相如果認為我的觀點正確，那麼我將繼續陳述關於建都的具體意見。不用一、二年，不可動搖的國家根基就能建立。我很愚笨，沒有議論大事的才能，但因為受丞相知遇之恩，故不敢以關係疏遠而不向您奏報，希望不致觸犯您的聽聞。

【研　析】此文表達了陸游對於建都問題的認識。《宋史》本傳言陸游「陳進取之策，以為經略中原必自長安始，取長安必自隆右始。」從長遠形勢看，陸游認為宜建都關中，就目前形勢看，以定都建康為宜。除此文外，《劍南詩稿》中如〈紀夢〉：「夢裡都忘困晚途，縱橫草疏論遷都。不知盡挽銀河水，洗得平生習氣無。」〈登賞心亭〉：「孤臣老抱憂時意，欲請遷都涕已流。」都表達了陸游對於遷都一事的關心。當時南宋主張定都關中者，有李綱、趙鼎、張浚、韓世忠、虞允文等，主張定都建康者，有汪藻、李光、陳亮等。紹興三十二年，宋高宗曾至建康前線，當時殿中侍御使吳芾、給事中金安節都曾向高宗建議都建康，然而高宗沒有聽從。

東樓集序

【題解】乾道九年（西元一一七三年）作於成都。追憶往事，敘述東樓集創作經過。

余少讀地志，至蜀、漢、巴、僰❶，輒悵然有遊歷山川、攬觀❷風俗之志。私竊❸自怪，以為異時❹或至其地以償素心❺，未可知也。歲庚寅❻，始泝硤❼，至巴中，聞〈竹枝〉之歌❽。後再歲，北遊山南❾，憑高望鄠❿、萬年⓫諸山，思一醉曲江⓬、渼陂⓭之間，其勢無繇⓮，往往悲歌流涕。又一歲，客成都、唐安⓯，又東至於漢嘉⓰，然後知昔者之感，蓋非適然⓱也。到漢嘉四十日，以檄得還成都，因索在笥⓲，得古、律三十首，欲出則不敢，欲棄則不忍，迺敘藏之。乾道九年六月二十一日，山陰陸某務觀敘。

【注釋】❶蜀漢巴僰　今四川西部、陝西漢中、四川東部、四川西南部。❷攬觀　遊覽觀賞。《文選》枚乘〈七發〉：「流攬無窮，歸神日母。」❸私竊　謙詞，猶私下裡。❹異時　將來。❺素心　平日的志願。❻庚寅　孝宗乾道六年（西元一一七〇年），陸游是年五月十八日離山陰入蜀。❼硤　同「峽」。即峽江，長江自重慶奉節瞿塘峽以下至湖北宜昌。❽竹枝之歌　巴渝（今四川東部）一帶的民歌。唐詩人劉禹錫曾據以改作新詞，歌詠三峽風光和男女戀情，盛行於世。❾山南　終南山以南地區，指漢中。❿鄠　今陝西鄠縣。⓫萬年　今在陝西長安。⓬曲江　在今陝西西安東南。秦為宜春苑，漢為樂遊原，有水流曲折，故稱。隋文帝更名芙蓉園，唐代復名曲江。開元中更加疏鑿，為都人盛節遊賞勝地。⓭渼陂　湖名，在今陝西戶縣西，匯終南山諸谷水，西北流入澇水。一說因水味美得名；一說因所產魚味美得名。唐杜甫〈渼陂行〉：「岑參兄弟皆好奇，攜我遠來遊渼陂。」⓮無繇　即無由，沒有辦法和渠道。⓯唐安　即蜀州，今重慶奉節。⓰漢嘉　即嘉州，今四川樂山市境。⓱適然　偶然。⓲笥　竹製小箱。

【語　譯】我年少時讀地理資料，讀到蜀、漢、巴、僰這些地名，便有飽覽祖國山川、瞭解民俗風情的志向。我私下裡想，將來或許有可能實現這一志願。乾道六年，我開始入蜀，經過峽江來到巴中，聽見了〈竹枝〉民歌。再過一年，去了山南，看見鄠、萬年這些山峰，便想在曲江、渼陂遊賞飲酒，但沒有機會實現，因此經常悲傷的留下眼淚。又過了一年，到了成都、唐安、漢嘉，於是知道以前的感慨，並非偶然。在漢嘉四十天後，因檄書召還成都，檢索竹笥中的詩稿，有古體、近體詩共三十首，不敢拿出示人，又不忍丟棄，便整理收藏起來並為之作序。乾道九年六月二十一日陸游序。

【研　析】此前，乾道元年（西元一一六五年），陸游編輯了《京口唱和集》，是他和好友韓元吉酬唱往還之作。八年後，陸游對自己三十首作品整理並作序，這應是陸游作品的首次編集。這種編集行為，表現了陸游創作上的自覺，即認為入蜀之後的作品在自己的創作歷程中，已達到一個新的突破，應該用編集作序的方式，予以紀念和總結。南宋之後，曲江、渼陂已被金人佔領，陸游不能實現「一醉」之遊的願望，因而悲歌流涕。這種悲情寫在詩歌中，便表現為激切和憤懣，對朝廷主和派多有批判，因而陸游認為《東樓集》中的作品，「欲出則不敢」，怕被奸邪之人利用。數年後，即淳熙三年，陸游即因「恃酒頹放」之罪被罷官。

師伯渾文集序

【題解】本文作於淳熙年間（西元一一七四—一一八九年）。表達對人才不得重用於世的悲慨。

乾道癸巳❶，予自成都適犍為，識隱士師伯渾於眉山❷。一見，知其天下偉人。予既行，伯渾餞予於青衣江❸上。酒酣浩歌，聲搖江山，水鳥皆驚起。伯渾飲至斗許，予素不善飲，亦不覺大醉。夜且半，舟始發，去至平羌❹，酒解，得大軸於舟中，則伯渾醉書，紙窮墨燥，如春龍奮蟄❺，奇鬼搏❻人，何其壯也！後四年，伯渾得疾不起❼，子懷祖集伯渾文章，移書❽走八千里，乞余為序。

嗚呼！伯渾自少時名震秦蜀❾，東被吳楚❿，一時高流皆尊慕之，願與交。方宣撫使⓫臨邊，圖復中原，制置使⓬并護漕益⓭兵民，皆巨公大人，聞伯渾名，將聞於朝，而卒為忌者所沮⓮。夫伯渾既決不肯仕，即無沮者，不過有司⓯歲時奉粟帛牛酒勞問，極則如孔旼⓰、徐復⓱輩，賜「散人」⓲號，書其事於史而已，於伯渾何失得？而忌已如此！鄉使伯渾出而事君，為卿為公，則忌者當益眾，排擊沮撓當不遺力，徙比景⓳，輸左校⓴，殆未可知。安得如在眉山，躬耕婦織，放意山水，優游以終天年㉑耶？則伯渾不遇，未見可憾。

或曰：「伯渾之才氣空海內，無與比，其文章英發鉅麗㉒，歌之清廟㉓，刻之彝器㉔，然後為稱。今一不得施，顧退而為山巔水涯、娛憂紓㉕悲之言，豈不可憾哉？」予曰：「是則有命。識者為時㉖惜，不為伯渾嘆也！」淳熙某月某日，山陰陸某序。

【注釋】❶乾道癸巳 乾道九年（西元一一七三年）。❷眉山 今四川眉山縣。❸青衣江 在今四川中部。❹平羌 在今四川樂山市北。❺蟄 動物潛伏冬眠。《易．繫辭下》：「龍蛇之蟄，以存身也。」❻搏 拍；

擊。❼不起　病不癒。❽移書　致書；寫信。❾秦蜀　今陝西、四川。❿被吳楚　傳播到吳楚之地，即今長江中、下游一帶。⓫宣撫使　官名。唐德宗後，派朝官巡視經過戰亂及受災的地區，稱宣慰安撫使或宣撫使。宋代宣撫使為鎮撫一方之軍政長官。⓬制置使　官名。唐大中五年設置，經劃邊防軍務，控制地方秩序。宋南渡後多以安撫大使兼任，轄治數路軍務。⓭梁益　梁州和益州，泛指蜀地。⓮沮　阻止。⓯有司　官吏。古代設官分職，各有專司，故稱。⓰孔旼　宋朝隱士，聞名鄉里，朝廷賜粟帛，授祕書省校書郎。⓱徐復　宋隱士，精通《易經》。⓲散人　不為世用、閒散自在的人。唐陸龜蒙〈江湖散人傳〉：「散人者，散誕之人也。心散、意散、形散、神散，既無羈限，為時之怪民，束於禮樂者外之曰：『此散人也。』」⓳徙比景　泛指流放到遠處，比景在今越南境內。⓴輸左校　泛指貶為小官，左校的職務為管理營建宮室的工人。㉑天年　自然的壽數。《莊子．山木》：「此木以不材得終其天年。」㉒鉅麗　規模宏大而華麗。㉓清廟　太廟，古代帝王的宗廟。㉔彝器　古代宗廟所用青銅祭器之總稱，如鐘、鼎、尊、罍、俎、豆之屬。㉕紓　緩解；排除。㉖時　時代、社會。

【語　譯】乾道九年，我自成都來嘉州為官，在眉山結識了隱士師伯渾。一見面，就知道他是非凡之人。我將要離開嘉州，伯渾在青衣江上給我餞別。酣暢飲酒，放聲高歌，歌聲彷彿搖動山水，水鳥都被驚起了。伯渾喝了好幾斗，我向來不勝酒力，也不知不覺間喝醉了。將到夜半之時，船才離岸，與伯渾告別。到了平羌，我逐漸酒醒，在船中發現一幅巨大的卷軸，原來是伯渾留下的醉書，寫滿整張紙，墨跡乾枯，好像冬眠的龍在春天醒來，又好像奇異的鬼在拍擊人，多麼壯觀啊。後來又過了四年，伯渾得病而亡，其子伯懷祖搜集他的文章，遠隔八千里，寫信給我，要我為他的文集作序。

可嘆啊！伯渾少時就在陝西、四川一帶聞名，且遠播他方，許多有名望的人都願意與之結交。

正當宣撫使來到邊疆，計劃恢復中原，制置使也來保護四川一帶的人民，他們都是重要人物，聽聞伯渾的名字，準備向朝廷舉薦，不料被嫉妒者阻撓。伯渾本來就不準備出仕，即使沒有阻撓者，也不過逢年過節官吏送來些糧食衣酒慰勞他罷了，頂多如孔旼、徐復那樣，被賜予「散人」的封號，青史留名而已，對伯渾而言，有什麼得失呢？但嫉妒者已如此阻撓！如果伯渾出仕輔佐君王，成為公卿，那嫉妒者當更多，而排擠阻撓會更加厲害，流放貶黜，都是未知數。那時候，又怎能隱居眉山，與妻子相伴，遊玩山水，得以善終呢？因此伯渾之不遇，沒有什麼可遺憾的。

有人說：「伯渾的才氣，天下間無人可比，他的詩文規模宏大而華麗，可以用在宗廟祭祀的場合，可以刻在祭器之上，永久流傳，這樣才與他的才氣文章相配。如今絲毫不能施展才華，只能退隱江湖，寫一些抒發悲愁的詩文，難道不是遺憾的事嗎？」我答道：「這只能歸咎於命運了。但有見識的人，只會為我們這個時代、社會惋惜，而不會為伯渾本人嘆息！」淳熙某年某月，山陰陸游序。

【研　析】師伯渾正史無傳，關於他的生平，只見於陸游《老學庵筆記》卷三：「師渾甫，本名某，字渾甫。既拔解，志高退，不赴省試。其弟乃冒其名以行，不以告渾甫也。俄遂登第。渾甫因以字為名而字伯渾。」《劍南詩稿》中也有多篇詩歌寫師伯渾，如卷五〈次韻師伯渾見寄〉、卷三十八〈感舊〉，卷四十三〈齋中雜興〉等，卷十〈山中觀殘菊追懷眉山師伯渾〉一首，可與此文參看：「空山菊花瘦如棘，傾倒滿地枝三尺。陰風冷雨不相貸，爛草蒼苔共狼藉。人雖委棄渠自香，詎必泛酒登華堂。君不見，仁人志士窮死眉山陽，空使後世傳文章。」陸游用「空山瘦菊」來比喻師伯渾，表達對「仁人志士」不得重用於世的憐憫。此文主要分兩部分，前半部分敘述與伯渾的交往，重點寫「餞別」，通過酣飲、浩歌、醉書，來體現伯渾的豪情壯志，其中「聲搖江山」兩句誇張之筆尤為精彩。後半部分則是議論，表達對伯渾遭遇的感慨，用轉折、假設和反問手法層層推進，文脈曲折跌宕。陸游說師伯渾的不遇，未必不是一種幸運，因為流放貶黜不會降臨到自己身上，這是「正話反說」，目的是為了強調「忌者」對仁人志士不遺餘力的排擠打擊。文章最後，陸游提出不必為伯渾惋惜，而應為整個時代、社會惋惜。陸游說出這樣的話是比較大膽的，不愧「放翁」之號，當時正值宋孝宗「乾、淳之治」，陸游勇敢地對仕進之途中的不公予以批評，實則是借他人酒杯澆胸中壘塊。文中所謂「忌者」，實指朝廷中苟且偷安的主和派，「宣撫使臨邊，圖復中原」，雖未指名道姓，但聯繫陸游的經歷，我們知道是暗指四川宣撫使王炎。乾道八年，受王炎之辟，陸游來到南鄭前線，擔任司幹辦公事兼檢法官，正欲大有一番作為，孰料同年十月，王炎即被朝廷召還，幕僚解散，這對陸游的政治熱情是一次很大的打擊。

澹齋居士詩序

【題　解】開禧元年（西元一二〇五年）作於山陰。表達悲憤出新變的創作思想。

《詩》首〈國風〉，無非變者❶，雖周公之〈豳〉❷亦變也。蓋人之情，悲憤積於中而無言，始發為詩，不然，無詩矣。蘇武❸、李陵❹、陶潛❺、謝靈運❻、杜甫❼、李白❽。激於不能自已，故其詩為百代法。國朝林逋❾、魏野❿以布衣死，梅堯臣⓫、石延年⓬棄不用，蘇舜欽⓭、黃庭堅⓮以廢絀死。近時江西名家者⓯，例以黨籍禁錮⓰，乃有才名。蓋詩之興⓱本如是。

紹興間，秦丞相檜用事，動以語言罪士大夫，士氣抑而不伸，大抵竊寓於詩，亦多不免。若澹齋居士陳公德召者，故與秦公有學校舊⓲，自揣必不合，因不復與相聞。退以文章自娛，詩尤中律呂⓳，不怨不怒，而憤世疾邪之氣，凜然不少回撓。其不坐此得禍，亦僅脫爾。及秦氏廢，始稍起為吏部郎，為國子司業、祕書少監，遽沒於官。後四十餘年，有子知津為高安守，最⓴其詩得三卷，屬某為序。某少識公於山陰，方公召還，嘗以詩贈別，及公為郎時，故相湯岐公㉑一日語公曰：「陸務觀別君詩方傳世，非公之賢，何以發其語如此？」時紹興己卯歲也。因高安之請，重以感欷，某於是年八十有一矣。開禧元年九月太中大夫、寶謨閣待制、致仕、山陰縣開國子、食邑五百戶、賜紫金魚袋㉒陸某序。

【注釋】❶詩首國風二句　《詩經》中〈國風〉有一百六十篇，分十五國，其中〈周南〉、〈召南〉二十五篇為正風，其餘〈邶〉至〈豳〉等十三國一百三十五篇為變風。〈詩大序〉：「至於王道衰，禮儀廢，政教失，國異政，家殊俗，而變風變雅作矣。」❷周公之豳　〈豳風〉七篇，相傳其中三篇為周公作，四篇為時人美周公作。❸蘇武　（？—西元前六〇年）字子卿，杜陵（今陝西西安）人，天漢元年（西元前一〇〇年）出使匈奴，單于欲降之，武不從，乃徙武北海，使牧羝。傳有〈答李陵〉、〈別李陵〉等詩，蓋後人擬託之作。❹李陵　（？—西元前七四年）字少卿，隴西成紀（今甘肅秦安）人，名將李廣之孫，天漢二年（西元前九九年）將步卒五千出居延，以無援而敗，降匈奴。《昭明文選》收有〈李少卿與蘇武詩〉三首。❺陶潛　陶淵明（西元三六五—四二七年），字元亮，入宋後更名潛，自號五柳先生，潯陽柴桑（今江西九江市）人，開創田園詩派。❻謝靈運（西元三八五—四三三年）陳郡陽夏（今河南太康）人，晉安帝元興元年（西元四〇二年），襲封康樂公，人稱「謝康樂」，為山水詩鼻祖。❼杜甫　（西元七一二—七七〇年）字子美，祖籍在京兆杜陵（今陝西西安），被尊為「詩聖」。❽李白　（西元六六二—七一六年）初名旭輪，隴西成紀（今甘肅秦安）人，被尊為「詩仙」，與杜甫齊名，人稱「李杜」。❾林逋　（西元九六八—一〇二八年）字君復，杭州錢塘（今浙江杭州）人，以布衣終身，真宗聞其名，曾賜粟帛，仁宗賜謚和靖先生。❿魏野　（西元九六〇—一〇二〇年）字仲先，號草堂居士，陝州陝縣（今屬河南）人，一生不仕，真宗大中祥符四年（西元一〇一一年）被薦徵召，力辭不赴。⓫梅堯臣　（西元一〇〇二—一〇六〇年）字聖俞，宣州宣城（安徽宣城）人，宋初重要詩人。⓬石延年　（西元九九四—一〇四一年）字曼卿，一字安仁，幽州（治所在今北京市）人，宋初重要詩人。⓭蘇舜欽　（西元一〇八一—一〇四九年）字子美，原籍梓州銅山（今四川中江縣東南），自曾祖起移家開封（今屬河南），宋初重要詩人。⑭黃庭堅（西元一〇四五—一一〇五年）字魯直，洪州府分寧（江西修水縣）人，號山谷道人，北宋中期重要詩人，被尊為「江西宗派」詩人首領。⑮江西名家者　南宋初呂本中作《江西詩派圖》，首推黃庭堅，續列二十五詩人名，史稱「江西詩派」。此後，呂本中、陳與義、曾幾等陸續被後人歸入此派。南宋曾編集印行《江西詩派詩集》，《直齋書錄解題》著錄此書正集一百三十七卷，續集十三卷。⑯黨籍禁錮　徽宗崇寧三年（西元一一〇四年），蔡京當政，立元祐黨人碑，凡三百零九人，均遭貶斥，不得與在京差遣。⑰興　《詩經》六義之一，一種創作方法，先言他物以引起所詠之詞。⑱學校舊　同在太學有交誼。⑲律呂　古代校正樂律的器具，用竹管或金屬管製成，共十二管，成奇數的六管為「律」，成偶數的六管為「呂」，比喻準則、標準。⑳最　聚合；搜集。㉑湯岐公　湯思退（？—西元一一六四年），字進之，處州（今浙江麗水市）人，紹興二十七年（西元一一五七年）拜尚書右僕射同平章事。㉒太中大夫句　依次為陸游的文散官階、致仕官位、爵位、食邑、章服。

【語　譯】《詩經》開篇就列〈國風〉，大抵是變風，即使周公所作〈豳風〉也如此。大概人的情感，悲憤鬱積在心中而不能說，才寫成詩歌，如果不是這樣，就沒有真正的詩。蘇武、李陵、陶潛、謝靈運、杜甫、李白，都是因為情不能已，發為詩歌，所以他們的作品成為後代的楷模。我宋朝林逋、魏野布衣終身，梅堯臣、石延年一生未受重用，蘇舜欽、黃庭堅晚年遭到廢黜。近來江西派詩人，都是因為受到黨錮壓迫，才有名聲。《詩經》的「興」指的就是這個道理。

紹興年間，秦檜當權，常興「文字獄」，士人的情感壓抑而不能釋放，便寄託在詩歌中，也不能逃脫迫害。澹齋居士陳公德召，本來與秦檜在太學相識，自思與秦檜不能相容，因此不與之交往，退居在家，以創作寄託情感，詩歌尤其符合楷式，雖不怨不怒，但其中的憤世嫉俗之氣，令人肅然起敬。他沒有因此得禍，也算是「漏網之魚」吧。等到秦檜死去，陳公才開始作官，先後為吏部郎、國子司業、祕書少監，未退休即亡。此後四十餘年，其子陳知津來高安為官，收集他的詩歌為三卷，囑託陸游寫序。我少時就在山陰認識陳公，當公被朝廷召還，曾經寫詩贈別，等到公為吏部郎時，以前的丞相湯思退有一天對陳公說：「陸游贈別您的詩正流傳於世，如果不是您的賢德，他的詩怎麼會寫得這麼好？」那時是紹興二十九年（西元一一五九年）。因為陳知津的請求，我又發了一次感嘆，今年我也八十一歲了。開禧元年九月，陸游序。

【研　析】〈詩大序〉中所謂的「正風」、「變風」之別，主要著眼於詩歌所產生的時代，「正風」是國家太平昌盛時的作品，「變風」則是「王道衰，禮儀廢」之後產生的，因此傳統《詩經》學對「變風」的評價就相對較低了。陸游此序，沿用了《詩經》「變風」的說法，但取其字面，賦予了新的含義。陸游說〈國風〉都是「變」，就《詩經》學而言，是站不住腳的一家之言，陸游的「變」主要著眼於新變、創造。他認為新變的原因，是因為作者情不能自已，「悲憤」鬱積在心中，自然就寫出好作品，寫出與前人不同而獨具特色的詩歌。羅馬詩人維納利斯曾有一句名言：「憤怒出詩人。」與陸游所言相似。陸游為了強調他的觀點，便從詩歌的源頭《詩經》開始說，然後列舉了歷史上有名的詩人。在列舉北宋以來的詩人時，陸游講述得比較具體，各人雖遭際不同，但「悲憤積於中」是相同的。然後，陸游又回到《詩經》，歸結到六義中的「興」，也是起強調作用。文章後半部分讚揚陳德召，倒敘了幾十年前寫詩贈別之事，表彰其賢德，也是讚賞其「憤世疾邪」，從另一個角度強調了「悲憤出詩人」之旨。

煙艇記

【題　解】紹興三十一年（西元一一六一年）作於臨安。紹興三十年，三十七歲的陸游自福州北歸，赴臨安行在，除敕令所刪定官；次年七月，轉大理司直；冬季再入都為史官，高宗趙構赴建康，陸游預「送駕」之列。紹興末年，陸游的仕途還是比較平坦順利的。這篇〈煙艇記〉就作於是年八月，反映了陸游在京城為官一年多之後的心境。

陸子寓居得屋二楹❶，甚隘而深，若小舟然，名之曰「煙艇」❷。

客曰：「異哉！屋之非舟，猶舟之非屋也。以為似歟？舟固有高明奧麗踰於宮室者矣，遂謂之屋，可不可耶？」

陸子曰：「不然。新豐非楚❸也，虎賁非中郎❹也，誰則不知？意所誠好而不得焉，粗得其似，則名之矣。因名以課實❺，子則過矣，而予何罪？

予少而多病，自計不能效尺寸之用❻於斯世，蓋嘗慨然有江湖之思，而飢寒妻子之累，劫而留之，則寄其趣於煙波洲島、蒼茫杳靄❼之間，未嘗一日忘也。使加數年，男勝鉏犁，女任紡績，衣食粗足，然後得一葉之舟，伐荻❽釣魚而賣芰芡❾，入松陵❿，上嚴瀨⓫，歷石門⓬、沃洲⓭而還，泊於玉笥⓮之下，醉則散髮扣舷⓯為吳歌⓰，顧⓱不樂哉！雖然，萬鍾之祿⓲與一葉之舟，窮達異矣，而皆外物，吾知彼之不可求而不能不眷眷⓳於此也。其果可求歟？意者⓴使吾胸中浩然廓然，納煙雲日月之偉觀，攬雷霆風雨之奇變，雖坐容膝之室㉑，而常若順流放櫂㉒、瞬息千里者，則安知此室果非煙艇也哉！」紹興三十一年八月一日記。

【注釋】❶楹　廳堂前柱，後為房屋計量單位。屋一列或一間為一楹。❷煙艇　煙波中之小舟。杜甫〈八哀詩・故右僕射相國曲江張公九齡〉：「再讀徐孺碑，猶思理煙艇。」❸新豐非楚　漢高祖七年置新豐，治所在今陝西臨潼西北，本秦驪邑。漢高祖定都關中，其父太上皇居長安宮中，思鄉心切，鬱鬱不樂。高祖乃依故鄉豐邑格局改築驪邑，遷來豐民，改稱新豐。❹虎賁非中郎　虎賁指武士，中郎指蔡邕，邕嘗官至中郎將。《後漢書・孔融傳》：「(孔融)與蔡邕素善。邕卒後，有虎賁士猊類於邕，融每酒酣，引與同坐。曰：『雖無老成人，且有典型。」❺課實　求實。❻尺寸之用　形容微小的功勞。《漢書・孔光傳》：「卒無尺寸之效。」❼杳靄　幽深飄緲貌。唐韓翃〈題薦福寺衡岳暕師房〉：「晚送門人出，鐘聲杳靄間。」❽葭　多年生草本植物，與蘆同類，生長水邊，根莖有節似竹，莖可以編席箔。❾芰芡　芰實即菱角；芡實即雞頭，可食，亦可入藥。❿松陵　地名，在浙江紹興、桐廬間。⓫嚴瀨　即嚴陵瀨，在浙江桐廬南，相傳為東漢嚴光隱居垂釣處。《後漢書・逸民列傳・嚴光》：「除為諫議大夫，不屈，乃耕於富春山，後人名其釣處為嚴陵瀨焉。」瀨，淺水沙石灘。⓬石門　山名，在浙江青田西。⓭沃洲　山名，在浙江嵊縣。⓮玉笥　山名，在浙江紹興東南。⓯扣舷　以槳擊船舷為歌詠的節拍。王維〈送綦毋校書棄官還江東〉：「清夜何悠悠，扣舷明月中。」⓰吳歌　吳地之歌，泛指江南民歌。⓱顧　豈；難道。⓲萬鍾之祿　六斛四斗為一鍾，萬鍾形容優厚的俸祿。⓳眷眷　依戀反顧。⓴意者　表示測度。大概；或許。㉑容膝之室　僅能容納雙膝的房間，形容居處狹小。《韓詩外傳》卷九：「今如結駟列騎，所安不過容膝；食方丈於前，所甘不過一肉。」晉陶潛〈歸去來兮辭〉：「倚南窗以寄傲，審容膝之易安。」㉒櫂　船槳，也借指船。《楚辭・九歌・湘君》：「桂櫂兮蘭枻，斲冰兮積雪。」

【語譯】陸游在京城為官，所居之地僅兩間房，非常狹小，彷彿小舟，所以給它取名為「煙艇」。有客人說：「奇怪！屋不是舟，舟也不是屋。如果說二者有點相似，那麼有的船隻比宮室還高大明亮寬敞美麗，因此就把它稱為屋，可不可以呢？」

陸游回答道：「不是這樣理解的。就好比古代的事，劉邦設置的新豐縣，並不在楚地，孔融所引與同坐的虎賁士，也不是蔡邕，這些我們都知道。因為真正渴望的並不能得到，所以就退而求其次，用相似的來替代吧。按名求實，以求名實相符，你要求太過了，我哪裡有錯呢？

我自小就多病，自思也許不能為天下百姓做很大貢獻了，所以曾有歸隱江湖的意願，但為了養家活口不得不在官場逗留，但內心對於隱逸山水之間的渴望，一日也未嘗忘卻。等再作幾年官，那時兒子會耕地，女兒會紡織，衣食無憂了，我便真正可以駕著小舟，採菰釣魚，賣芰芡，到松陵、嚴瀨、石門、沃洲、玉笥這些地方去遊賞，喝醉了就扣舷而唱吳歌，難道不是很快樂嗎？即使如此，高官厚祿與江湖放舟，雖窮達不同，但都是身外之物，我知道都是不可強求也不宜眷戀其中的。隱逸生活真的可以追求嗎？也許，只要我自己的內心世界廣大空闊，能夠容納天地自然的壯觀奇景，那麼就算住在很狹小的屋子裡，也與放舟江湖、瞬息之間遊歷千里的生活沒什麼不同吧，這樣理解的話，我這兩間小屋，不就是煙艇嗎？」紹興三十一年八月一日記。

【研　析】陸游將自己的居室命名為「煙艇」，寄寓歸隱漁樵之思，而之所以遲遲未能遠離官場，原因則在於有「妻子之累」，須靠俸祿養家活口，等兒女長大，能自力更生了，陸游再真正實現「放浪江湖」的志願。在抒發此種歸隱之思的同時，陸游也在文中表達了一個哲理。面對客人關於「煙艇」的質疑，陸游引用劉邦置新豐縣和孔融引虎賁士同坐的典故，以說明房屋與煙艇的「形似」是次要的，重要的是「神理」，重要的在於房屋中住的人。只要人胸中常浩然廓然，不沉湎於俗諦，時常超脫，則即使住在容膝之所，同樣可以體會到徜徉山水、與天地為伴的精神愉悅。此文簡短精幹、秀雅凝練，通過句式長短的變化，來表達心情的起伏，如「寄其趣於煙波州島、蒼茫杳靄之間」，長句紆徐委備，恰與悠長的隱逸之思相符；而「伐荻釣魚而賣芰芡」之後則用短句，表達嚮往美好生活時的愉快興奮之情。

東屯高齋記

【題解】乾道七年（西元一一七一年）作於夔州。乾道五年十二月六日，陸游得報，以左奉議郎差通判夔州軍州事，乾道六年閏五月十八日離山陰赴夔州通判任，十月二十七日到夔州。在夔州期間，陸游訪尋杜甫故居，作〈東屯高齋記〉以志景仰之情。

少陵先生❶晚遊夔州❷，愛其山川不忍去，三徙居皆名「高齋」❸。質於其詩：曰「次水門」❹者，白帝城❺之高齋也；曰「依藥餌」❻者，瀼西❼之高齋也；曰「見一川」❽者，東屯❾之高齋也。故其詩又曰：「高齋非一處。」❿

予至夔數月，弔先生之遺跡，則白帝城已廢為丘墟，百有餘年。自城郭府寺，父老無知其處者，況所謂高齋乎？瀼西蓋今夔府治所，畫⓫為阡陌⓬，裂為坊市，高齋尤不可識。獨東屯有李氏者，居已數世，上距少陵，財⑬三易主，大曆⑭中故券猶在，而高齋負山帶溪，氣象良是。李氏業進士⑮，名襄，因郡博士⑯雍君大椿屬予記之。

予太息曰：少陵，天下士也。早遇明皇、肅宗⑰，官爵雖不尊顯而見知實深，蓋嘗慨然以稷、卨⑱自許。及落魄巴、蜀，感漢昭烈⑲、諸葛丞相之事，屢見於詩，頓挫悲壯，反覆動人，其規模志意豈小哉？然去國寖⑳久，諸公故人熟睨㉑其窮，無肯出力。比至夔，客於柏中丞㉒、嚴明府㉓之間，如九尺丈夫俛首居小屋下，思一吐氣而不可得。予讀其詩，至「小臣議論絕，老病客殊方」㉔之句，未嘗不流涕也。嗟夫，辭之悲乃至是乎！荊卿之歌㉕，阮嗣宗之哭㉖，不加於此矣。少陵非區區㉗於仕進者，不勝愛君憂國之心，思少出所學佐天子，興正觀、開元㉘之治，而身愈老命愈大謬，坎壈㉙且死，則其悲至此，亦無足怪也。

今李君初不踐通塞榮辱之機㉚，讀書絃歌㉛，忽焉忘老，無少陵之憂而有其高，少陵家東屯不浹㉜歲，而君數世居之。使死者復生，予未知少陵自謂與君孰失得也。若予者，仕不能無愧於義，退又無地可耕，是直有慕於李君爾，故樂與為記。乾道七年四月十日，山陰陸某記。

【注釋】❶少陵先生　杜甫（西元七一二—七七〇年），字子美，祖籍在京兆杜陵（今陝西西安南），自稱「杜陵布衣」，又曾一度家居杜陵附近的少陵，故又自稱「少陵野老」。唐大曆元年（西元七六六年），杜甫入夔州，先居白帝城，後遷瀼西，又遷東屯，大曆三年離夔州。❷夔州　春秋時為夔子國，秦置巴郡，唐置夔州，舊府治在今重慶奉節。❸高齋　對居所的雅稱，南朝齊著名詩人謝朓有〈高齋視事〉詩，庾肩吾為梁晉安王常侍，與劉孝威等十人號「高齋學士」。❹次水門　杜甫〈宿江邊閣〉：「瞑色延山徑，高齋次水門。」❺白帝城　古城名，故址在今重慶奉節東瞿塘峽口。❻依藥餌　杜甫〈暮春題瀼西新賃草屋五首〉其四：「高齋依藥餌，絕域改春華。」❼瀼西　地名，在今重慶奉節。瀼，陸游《入蜀記》卷六：「土人謂山間之流通江者曰瀼云。」❽見一川　杜甫〈自瀼西荊扉移居東屯茅屋四首〉其三：「道北馮都史，高齋見一川。」清人仇兆鰲《杜詩詳注》認為此高齋為馮氏之居所。❾東屯　在重慶奉節，公孫述曾在此墾田，號東屯。❿高齋非一處　杜甫〈雲〉：「高齋非一處，秀氣豁煩襟。」⓫畫　劃分。⓬阡陌　田間交叉的小路，南北曰阡，東西曰陌。⓭財　通「才」。僅；只有。⓮大曆　唐代宗的年號（西元七六六—七七九年）。⓯業進士　以讀書為業。⓰郡博士　指夔州教官。⓱早遇明皇肅宗　杜甫於唐玄宗天寶十載（西元七五一年）獻〈三大禮賦〉，玄宗奇之，命待制集賢院。唐肅宗至德二載（西元七五七年），杜甫奔鳳翔謁肅宗，授左拾遺。⓲稷卨　杜甫〈自京赴奉先縣詠懷五百字〉：「杜陵有布衣，老大意轉拙。許身一何愚，竊比稷與契。」稷、契，唐虞時代的賢臣。卨，同「契」。漢王逸〈九思・守志〉：「配稷契兮恢唐功，嗟英俊兮未為雙。」⓳漢昭烈　三國蜀漢昭烈帝劉備。⓴寖　逐漸。㉑睨　斜視。㉒柏中丞　柏茂琳，大曆元年為夔州都督兼御史中丞，待杜甫甚厚。㉓嚴明府　指雲安縣令嚴某。明府，漢代對太守的尊稱，唐以後多指縣令。㉔小臣二句　語出杜甫〈壯游〉。意謂做左拾遺的日子結束了，年邁時客寓他方。㉕荊卿之歌　荊軻赴秦行刺前，在易水所唱之歌：「風蕭蕭兮易水寒，壯士一去兮不復還。」見《史記·刺客列傳》。㉖阮嗣宗之哭　阮籍字嗣宗，《晉書·阮籍傳》載阮籍「時率意獨駕，不由徑路，車跡所窮，輒慟哭而反。」顯示他對政治混亂的痛苦之感。㉗區區　喜悅自得。㉘正觀開元　正觀，即貞觀，唐太宗年號（西元六二七—六四九年）。開元，唐玄宗年號（西元七一三—七四一年），這兩段時期，是唐代鼎盛的時期。㉙坎壈　困頓；不得志。㉚通塞榮辱之機　指仕途。㉛絃歌　依琴瑟而詠歌，借指禮樂教化、教學。㉜浹　滿。

【語譯】杜甫晚年來到夔州，喜愛那裡的山水美景不忍離去，三次遷居都名所居為「高齋」。考證他寫到「高齋」的詩，「次水門」那篇，是作於白帝城；「依藥餌」那篇，是作於瀼西；「見一川」那篇是作於東屯。所以他曾在詩中說過：「高齋並非只有一處。」

我幾個月前來到夔州，憑弔了杜甫的遺跡，當年的白帝城已荒廢一百多年了，原先的城郭府寺，當地老百姓已不知其所，何況杜甫所居住的高齋呢？瀼西，是現在夔州的治所，充滿了道路和街市，杜甫的高齋更加難以尋覓。只有東屯的高齋還在，現為李氏所有，已經有好幾代生活在這，上距原先的主人杜甫，才三易主人而已，唐代大曆中的地券還在，它背山面水，彷彿有當年的氣象。李氏以讀書為業，名叫襄，他通過夔州教官雍大椿請我寫一篇記文。

我嘆息道：杜甫，是才德非凡之人，早年受到唐明皇和唐肅宗的禮遇，所授予的官職雖不高，但二位都賞識他的才德，因而杜甫便以古時的賢臣自我期許。等到後來流落四川，感嘆三國劉備與諸葛亮之間的故事，屢屢表現在詩作中，寫得跌宕轉折、感人至深，他的志向難道小嗎？但是離開京城的日子漸長，朝中的故交眼看杜甫的潦倒卻不肯援助。到了夔州，杜甫依靠柏中丞、嚴明府，就如同身高九尺的男子屈居在小屋下，想吐露胸中鬱悶之氣，卻不行。我讀他的詩，讀到「小臣議論絕，老病客殊方」時，每每就會流眼淚。啊，詩句的悲苦竟到達如此地步！荊軻的易水之歌，阮籍的窮途慟哭，也沒有這些詩句強烈。杜甫並不是想作高官，他滿懷愛君憂國之心，想用自己所學到的輔佐天子，重現貞觀、開元的盛事，但是年紀越大，命運越乖，窮困潦倒以至於死，所以他的詩歌如此悲痛，便不足為怪了。

如今李君您還未進入仕途，讀書習禮，漸漸忘記時間流逝，沒有杜甫的憂愁卻有他的高雅。杜甫住在東屯的高齋不足一年，而您好幾代居此。如果死者能夠復生，我不知道杜甫若拿自己跟您比，會作何感想。若果說到我自己，為官不能做到無愧於道義，退隱又沒有田地可耕種，只有羨慕您的份兒了。因此，我很願意為您寫這篇記。乾道七年四月十日，山陰陸游記。

【研　析】文章先由「高齋」發端，通過對杜甫詩歌的考索，論證杜甫在夔州三次徙居，都將所住的房屋取名為高齋，以見出他對夔州山水的喜愛。接著，由對高齋遺跡的尋訪，表達物是人非之意，並引出房屋現在的主人李氏，說明作此記文的緣由。第三段是整篇文章的重心，陸游簡敘了杜甫的遭遇，揭示了他的志向精神，對杜甫的詩歌用「頓挫悲壯、反覆動人」這八個字予以極高的評價。同時，也對杜甫夔州期間「寄人籬下」的生活表達了同情，將杜甫夔州的詩作，與古時荊軻之歌、阮籍之苦進行比較，以突出前者的悲悒。行文至此已達高潮，陸游猶嫌不夠，更將杜甫「愛君憂國」之心點明。文章最後一部分，陸游將杜甫、李氏與自己進行比較，羨慕李君是輔，同情杜甫和自我哀憐是主。陸游對杜甫的同情，也是抒發自己的鬱悒之情。讚揚杜甫的「愛君憂國」之心，也是表達自己的抱負。

銅壺閣記

【題　解】淳熙四年（西元一一七七年）作於四川。敘述銅壺閣的由來，寄寓恢復疆土的志向。

天下郡國❶，自譙門❷而入，必有通逵❸達於侯牧治所❹，惟成都獨否。自劍南、西川門以北，皆民廬、市區、軍壘。折而西，道北為府，府又無臺門❺，與他郡國異。考其始，蓋自孟氏❻國除，矯霸國之僭侈❼而然。至蔣公堂❽來為牧，乃南直❾劍南、西川門西北，距府五十步，築大閣曰「銅壺」，事書於史。崇寧❿初，以火廢。政和⓫中，吳公栻⓬因其矩，復侈大之，雄傑閎深，始與府稱。

淳熙二年夏六月，今敷文閣直學士范公⓭以制置使治此府。始至，或以閣壞告，公曰：「失今不營，後費益大。」於是躬自經畫，趣⓮令而緩期，廣儲而節用，急吏而寬役。一旦崇成⑮，人徒駭其山立翬⑯飛，嶪然⑰摩天，不知此閣已先成於公之胸中矣。夫豈獨閣哉！天下之事，非先定素備，欲試為之，事已紛然，始狼狽四顧⑱，經營勞弊，其不為天下笑者鮮矣。

方閣之成也，公大合樂⑲，與賓佐落之。客或舉觴壽公曰：「天子神聖英武，蕩清中原，公且以廊廟⑳之重，出撫成師㉑，北舉燕、趙㉒，西略司、并㉓，挽天河之水㉔以洗五六十年腥羶㉕之汙，登高大會，燕勞將士，勒銘奏凱，傳示無極，則今日之事蓋未足道。」識者以此知公舉大事不難矣，其可闕㉖書？四年四月己卯朝奉郎主管台州崇道觀陸某記。

【注釋】❶郡國　指州城及府城。❷譙門　建有瞭望樓的城門。❸通逵　四通八達之途。❹侯牧治所　地方長官的治所。❺臺門　古代天子、諸侯宮室之門，因以土臺為基，故稱。此指高大的城門。❻孟氏　後唐應順元年（西元九三四年），孟知祥據成都稱帝，史稱後蜀，宋乾德三年（西元九六五年）亡。❼僭侈　猶僭奢，越分的奢侈。❽蔣公堂　蔣堂（西元九八〇—一〇五四年），字希魯，號遂翁，宜興（今屬江蘇）人，真宗大中祥符五年（西元一〇一二年）進士，曾知益州。❾直　方位之詞。❿崇寧　宋徽宗年號（西元一一〇二—一一〇六年）。⓫政和　宋徽宗年號（西元一一一一—一一一七年）。⓬吳公栻　吳栻，歐寧人，神宗熙寧六年（西元一〇七三年）進士，徽宗時再帥成都。⓭范公　范成大（西元一一二六—一一九三年），字致能，號石湖居士，吳（今江蘇蘇州）人。淳熙二年（西元一一七五年）除四川安撫制置使。⓮趣　同「促」。⓯崇成　高高地呈現。⓰翬　五彩山雉。⓱業然　高聳貌。⓲狼狽四顧　形容匆忙焦急。狽是傳說中一種似狼的野獸。唐段成式《酉陽雜俎·毛篇》：「或言狼狽是兩物，狽前足絕短，每行常駕兩狼，失狼則不能動，故世言事乖者稱狼狽。」⓳合樂　舉行宴會。《儀禮·鄉飲酒禮》：「乃合樂。」鄭玄注：「謂歌樂與眾聲俱作。」⓴廊廟　殿下屋和太廟，借指朝廷。㉑成師　大軍。《左傳·宣公十二年》：「且成師以出，聞敵強而退，非夫也。」㉒燕趙　今河北及山西部分地區。㉓司并　今洛陽及山西部分地區。㉔天河之水　杜甫〈洗兵馬〉：「安得壯士挽天河，淨洗甲兵長不用。」㉕腥羶　羊身上難聞的氣味，指入侵的外敵。㉖闕　空缺。

【語　譯】宋朝的州城和府城，自城門而入，一般都有四通八達的道路通向地方長官的公署，唯獨成都不是這樣。從劍南、西川門以北，都是民房、市鎮、軍壘。向西行，北面為公署，但並無臺門，這是與其他州城、府城相異的。考察其緣由，大概因為後蜀國亡，我朝為了矯正後蜀越分的奢侈，故而一切省略。直到蔣堂來此為官，才在劍南、西川門西北處，距離公署五十步的地方，築起了大閣，名為「銅壺」載在史冊上。。徽宗崇寧年間，失火荒廢。政和年間，吳栻在原先的基礎上修復，並擴大規模，威武壯觀，方才與成都府相稱。

淳熙二年夏季六月，如今的敷文閣直學士范公成大，被朝廷委任為四川安撫制置使。剛剛到此，有人以閣壞相告，范公說：「如果現在不修葺，以後再修花費更大。」於是范公親自規劃，即刻下令而限期從容，準備充足而用度節省，嚴格要求官吏而寬容對待百姓。終於修葺完畢，大家只知道為它的壯觀而驚訝，卻不知這些早已在范公心中籌劃多時。豈止築閣是這樣，世間的事情，如果不事先準備好，輕易嘗試，等到雜亂無序時，再匆匆忙忙補救它，很少是不被天下人取笑的。

大閣築成，范公大擺宴會，與幕僚賓客一起舉行落成典禮。某賓客舉杯向范公祝壽，且說道：「當今皇上聖明英勇，立志恢復中原。您不久將要擔當朝廷重任，安撫大軍，處置事宜，向北收復燕、趙之地，向西攻下司、并故地，用天河之水來清洗被敵寇所汙染的祖國河山，登高宴會，犒勞將士，刻石紀念，高唱凱歌，永久傳示後人。與之相比，今天的落成慶典便不足為道了。」有見識的人，會因為築閣之事知道范公成就一番事業，是不難的，這不應該記下來嗎？淳熙四年四月陸游記。

【研　析】淳熙二年六月，范成大知成都府權四川宣撫使，四年六月，范成大還朝。陸游與范成大在成都相處了兩年，其間詩酒唱和，頗為交契。范成大離成都日，陸游作〈送范舍人還朝〉，詩云：「公歸上前勉畫策，先取關中次河北。堯舜尚不有百蠻，此賊何能穴中國？」希望他回到朝廷能堅持北伐恢復的志向，大有一番作為。這篇〈銅壺閣記〉也表達了相近的祝願。文章略分三層。第一層交代「銅壺閣」的由來。第二層敘述范成大將壞閣修葺一新的過程，是為全文重點。「趣令而緩期」以下三句，陸游用了三個「而」式的排比句，突出范成大「經畫」的細緻周密。「山立翬飛，嶪然摩天」，在形容銅壺閣壯美的同時，也映襯出范成大的「胸有成竹」。陸游就此推開一步，說天下事都與築閣一樣，需要有充分的準備。這句推論，為下文「客曰」的內容埋下伏筆，即收復中原也同樣需要充分而細緻的準備、部署。范成大雖與陸游交情不錯，但他在與陸游的酬唱之作中，絕少提及國事，尤諱言抗金恢復之事，蓋位高者出言謹慎，不敢違拗朝廷意向，缺少「放翁」的「肆無忌憚」之語。

書巢記

【題解】淳熙九年（西元一一八二年）作於山陰。淳熙三年，陸游自號「放翁」，淳熙八年，陸游除提舉淮南東路常平茶鹽公事，旋即為臣僚論罷，理由是「不自檢飭，所為多越於規矩」（《宋會要輯稿·職官·黜降官》）。陸游從此閒居山陰，直到淳熙十三年才起知嚴州。這篇〈書巢記〉就是陸游被罷官一年後寫的。

陸子既老且病，猶不置讀書，名其室曰「書巢」。客有問曰：「鵲巢於木，巢之遠人者；燕巢於梁，巢之襲人者。鳳之巢，人瑞之；梟之巢，人覆之❶。雀不能巢，或奪燕巢，巢之暴者也。

鳩不能巢，伺鵲育雛而去，則居其巢，巢之拙者也。上古有有巢氏❷，是為未有宮室之巢。堯民之病水❸者，上而為巢，是為避害之巢。前世大山窮谷，中有學道之士，棲木若巢，是為隱居之巢。近時飲家者流❹，或登木杪❺，酣醉叫呼，則又為狂士之巢。今子幸有屋以居，牖❻戶牆垣❼，猶之比屋❽也，而謂之巢，何耶？」陸子曰：「子之辭辯矣，顧未入吾室。吾室之內，或棲於櫝❾，或陳於前，或枕藉❿於床，俯仰四顧，無非書者。吾飲食起居，疾痛呻吟，悲憂憤歎，未嘗不與書俱。賓客不至，妻子不覿⓫，而風雨雷雹之變有不知也。間有意欲起而亂書圍之，如積槁枝，或至不得行，則輒自笑曰：『此非吾所謂巢者耶？』

乃引客就觀之。客始不能入，既入又不能出，乃亦大笑曰：「信乎其似巢也。」客去，陸子歎曰：「天下之事，聞者不如見者知之為詳，見者不如居者知之為盡。吾儕⓬未造夫道之堂奧⓭，自藩籬⓮之外而妄議之，可乎？」因書以自警。淳熙九年九月三日，甫里⓯陸某務觀記。

【注釋】❶人覆之　古人以梟為不祥之鳥，故覆其巢。❷有巢氏　傳說中巢居的發明者。❸堯民之病水　堯時天下大水，釀成災禍。❹飲家者流　喜好飲酒的一派人。❺杪　樹梢。❻牖　窗戶。❼垣　矮牆。❽比屋　鄰舍。❾櫝　木匣。❿枕藉　枕頭與墊席，借指物體縱橫相枕而臥，形容雜亂。⓫覿　見。⓬吾儕　我們。⓭堂奧　廳堂和內室。奧，室的西南隅。比喻深奧的義理或深遠的意境。⓮籓籬　用竹木編成的籬笆或柵欄。⓯甫里　地名，今江蘇吳縣東南，陸游祖籍所在。

【語譯】我既年邁又多病，仍然不廢看書的喜好，給自己的書齋取名為「書巢」。

有朋友問道：「鵲結巢在樹上，那是遠離人的巢；燕子結巢在樑上，那是接近人的巢。鳳凰的巢，人們視為祥瑞；梟的巢，人們把它傾覆。雀不能自己築巢，有時會去奪燕子的巢，這是帶有暴力的巢。鳩也不能自己築巢，牠等到鵲養育幼鳥後離去，便佔有其巢，這是非常笨拙的巢。古時有有巢氏，那是宮室誕生之前的巢。堯時大水氾濫，人們巢於高處，那是避害之巢。前代大山深谷中，住著學道之士，棲息於樹上，那是隱居之巢。近來飲酒之輩，有時爬上樹梢，酣飲醉呼，那是狂士的巢。如今，你幸運地擁有了房屋，具備門窗牆壁，與旁邊的屋舍一樣，卻命名為巢，究竟是何用意？」我回答道：「你的話確實很雄辯，但是你沒有進入我的書齋。我的書齋裡到處都是書，有的放在木匣上，有的陳列於面前，有的錯亂堆在床上，抬頭低頭，前後左右，所見都是書。我在其中生活，有時生病痛吟，有時悲憤憂嘆，沒有一刻不是與書為伴的。住在這裡，賓客不來，不見妻子，屋外的氣候變化也不知道。偶爾想出去走走，但紛亂的書籍圍著我，像堆積的枯樹枝，令我不得行走，因此常自我嘲笑：『這不正像一個巢嗎？』」

於是，我帶領這個朋友來到書齋，一開始很難走進去，走進去以後，又很難出來，朋友也大笑道：「看來真是一個巢啊。」朋友走後，我感嘆道：「世間的事情，耳聞者不如目見者知道得詳細，目見者又不如長久相處者知道得竭盡完全。我們如果沒有知曉道理的精髓，只是粗知皮毛，就妄加議論，就好像站在藩籬之外，而沒有進入屋內，這樣行嗎？」於是寫下這些以自我警示。淳熙九年九月三日，甫里陸游記。

【研　析】雖然這篇文章的重點在闡述哲理，即耳聞不如目見，事事須親自體驗，不要妄加議論。但我們依然可以從中讀出陸游的抑鬱之情。文章第一部分，陸游借「客」之口，歷數古往今來的「巢」，從動物到人類，從遠古至近世。特別值得注意的是最後兩個「巢」：「隱居之巢」和「狂士之巢」。「學道之士」與「飲家者流」也住在房屋中，他們的「巢」居與陸游自己的閒居生活很接近。陸游借「客」之口，讓有道之士、狂士與自己相較，實際是為了表達自己被罷黜後的抑鬱心情。文章第二部分，特色在於描寫書齋內的零亂不堪，形象地寫出了作者「坐擁書城」的情景，具有濃厚的生活氣息。

居室記

【題　解】慶元六年（西元一二〇〇年）作於山陰。通過對居室的描寫表達適性的生活態度。

陸子治室於所居堂之北，其南北二十有八尺，東西十有七尺。東、西、北皆為窗，窗皆設簾障，視晦明寒燠❶為舒卷啟閉之節。南為大門，西南為小門，冬則析堂與室為二，而通其小門以為奧室❷；夏則合為一，而闢大門以受涼風。歲暮必易腐瓦、補罅隙以避霜露之氣。

朝晡❸食飲，豐約惟其力，少飽則止，不必盡器。休息取調節氣血，不必成寐。讀書取暢適性靈，不必終卷。衣加損，視氣候，或一日屢變。行不過數十步，意倦則止，雖有所期處，亦不復問。客至，或見或不能見。間與人論說古事，或共杯酒，倦則亟捨而起。四方書疏❹，略不復遣。有來者，或亟報，或守累日不能報，皆適逢其會，無貴賤疏戚❺之間。足跡不至城市者率累年。少不治生事，舊食奉祠之祿❻以自給，秩滿❼，因不復敢請，縮衣節食而已。又二年，遂請老❽，法當得分司祿❾，亦置不復言。舍後及旁，皆有隙地，蒔❿花百餘本，當敷榮⓫時，或至其下，方羊⓬坐起，亦或零落已盡，終不一往。有疾，亦不汲汲⓭近藥石⓮，久多自平。家世無年⓯，自曾大父以降，三世皆不越一甲子⓰，今獨幸及七十有六，耳目手足未廢，可謂過其分矣。然自計平昔，於方外⓱養生之說，初無所聞，意者日用亦或默與養生者合，故悉自書之，將質⓲於山林有道之士云。慶元六年八月一日山陰陸某務觀記。

【注釋】❶燠　熱。❷奧室　內室；深宅。❸晡　申時，即十五時至十七時，傍晚。❹書疏　信札。❺疏戚　關係疏遠與親密。❻奉祠之祿　宋代官員罷官後，多帶某地某宮觀的職銜，無職事，領取半俸，稱為祠祿。每兩年一任，任滿可以連任。陸游紹熙二年（西元一一九一年），領祠祿，以中奉大夫提舉建寧府武夷山沖佑觀，慶元四年（西元一一九八年）九月，不復領祠祿，〈病雁〉詩自注：「祠祿將滿，幸粗支朝夕，遂不敢復有請。」❼秩滿　任期屆滿。❽請老　致仕；退休。陸游慶元五年（西元一一九九年）五月請致仕，有〈五月七日拜致仕口號〉，八月繫銜中大夫致仕山陰縣開國男食邑三百戶；慶元六年，繫銜中大夫直華文閣致仕賜紫金魚袋。❾分司祿　指退休後的物質待遇。❿蒔　移栽；種植。⓫敷榮　開花。⓬方羊　即「彷徉」。徘徊。⓭汲汲　心情急切。⓮藥石　藥劑和砭石，泛指藥物。⓯年　壽命，特指長壽。《宋書・謝莊傳》：「家世無年。」⓰一甲子　古代以天干和地支遞次相配，甲子起至癸亥止，共六十，故一甲子指六十年。甲，天干的首位；子，地支的首位。⓱方外　超然於世俗禮教之外，指道家。⓲質　詢問。

【語譯】陸游在廳堂的背面造了一間居室，它南北長二十八尺，東西長十七尺。東、西、北三面皆有窗，窗前設有簾子，可以根據天氣情況或垂放或懸起。南面是大門，西南面有小門，冬天廳堂與居室隔開，大門關閉，只通小門；夏天則將廳堂和居室打通為一間，以便穿風。年末時一定更換瓦片，修補漏洞，以抵禦嚴寒天氣。

我在其中早晚飲食，菜肴多寡根據經濟條件，吃個八成飽就行，不必全吃光。休息是為了調節氣血，不必一定要睡著。讀書也是為了舒暢適宜性靈，不必讀完。根據氣候添減衣服，有時一天數次更換。行走也不過幾步，疲倦了就停下，即使有想去的地方，也不去管它。有客人來，有時接見有時則否。偶爾與別人談論古事，也一起喝酒，疲倦了就立即辭別而去。各地寄來的書信，很少回覆。有時送信人來，等候好幾天也不見我回信，都是我碰巧寫好了回信就給他，對於寫回信的次序，我並無貴賤親疏之分。我不到城中已有好幾年了。我年輕時就不善於謀生計，以前依靠祠祿過活。任期屆滿，因此不敢再向朝廷請求，只好縮衣節食。又過了兩年，便請求退休了。按理退休也有一定的俸祿，我也不再向朝廷要求此待遇。居舍後面及旁邊，都有空地，我種植些樹木，有一百來棵。當樹開花時，我就在其下徘徊散步，有時花葉凋零已盡，我便不去了。有時生病，我也不急忙吃藥，日子久了自然會痊癒。我祖上沒有誰長壽，自曾祖父以來，三代人都活不過六十歲，而我今年卻有七十六，況且耳目手足都還靈活，真是覺得有些幸運過分了。但自思自己一輩子，對於道家養生之說，並沒有很留心，大概平時生活起居與那些說法正好暗合吧。因此，我將這些生活細節記下來，可以向那些修道之人求教。慶元六年八月一日，山陰陸游記。

【研　析】在這篇〈居室記〉中，陸游向我們展示了他退居後的日常生活。陸游享年八十五歲，在宋代文人中屬於高壽。他的養生之道其實並無特別之處，不過兩個字而已：「適性」。文章第一部分，陸游先介紹了居室的結構，前後兩間，根據季節冷暖的不同，或打通或封閉。歲末時節，修葺一番，也是有益健康的一種運動。第二部分中，先講述在居室中的飲食起居，陸游連用了兩個「不必」，強調了生活的自然之道，不要強求，不要過分，一切須以「暢適性靈」為主。待客之道，則不分親疏貴賤，不存機心，因而不致傷神，不致煩慮。對於俸祿，陸游也不苟求，以節省為本。種花植樹，徜徉其下，親近自然，有益健康。陸游最後對自己的長壽表達了一番慶幸感恩之情，以這樣的心態度日，減少欲望，自然能夠長壽安康。此文恬淡自然，簡潔清雋。

南園記

【題解】慶元六年（西元一二〇〇年）前後作於山陰。描寫權臣韓侂胄的南園景致，暗含規諷之意。

慶元三年二月丙午，慈福❶有旨，以別園賜今少師平原郡王韓公❷。其地實武林❸之東麓，而西湖之水匯於其下，天造地設，極山湖之美，公既受命，乃以祿入之餘，葺為南園，因其自然，輔以雅趣。

方公之始至也，前瞻卻視，左顧右盼，而規模定；因高就下，通窒去蔽，而物象列。奇葩美木，爭效於前，清流秀石，若顧若揖。於是飛觀傑閣，虛堂廣廳，上足以陳俎豆❹，下足以奏金石❺者，莫不畢備。高明顯敞，如蛻塵垢❻而入窈窕❼，遂深疑於無窮。既成，悉取先時魏忠獻王❽之詩句而名之。堂最大者曰「許閒」，上為親御翰墨以榜其顏❾。其射廳❿曰「和容」，其臺曰「寒碧」，其門曰「藏春」，其關曰「凌風」。其積石為山曰「西湖洞天」，其瀦⓫水藝稻，為囷⓬為場，為牧羊牛、畜雁鶩⓭之地曰「歸耕之莊」。其它因其實而命之名，則曰「夾芳」，曰「豁望」，曰「鮮霞」，曰「矜春」，曰「歲寒」，曰「忘機」，曰「照香」，曰「堆錦」，曰「清芬」，曰「紅香」，亭之名則曰「遠塵」，曰「幽翠」，曰「多稼」。

自紹興以來，王公將相之園林相望，莫能及南園之髣髴者，公之志豈在於登臨游觀之美哉？始曰「許閒」，終曰「歸耕」，是公之志也。公之為此名，皆取於忠獻王之詩，則公之志，忠獻之志也。與忠獻同時，功名富貴略相埒⑭者，豈無其人？今百四五十年，其後往往寂寥無聞，韓氏子孫，功足以銘彝鼎⑮、被絃歌者，獨相踵⑯也。逮至於公，勤勞王家，勳在社稷，復如忠獻之盛，而又謙恭抑畏，拳拳⑰志忠獻之志，不忘如此；公之子孫，又將嗣公之志而不敢忘，則韓氏之昌，將與宋無極，雖周之齊、魯⑱，尚何加哉！或曰：「上方倚公如濟大川之舟，公雖欲遂其志，其可得哉？」是不然。知上之倚公而不知公之自處，知公之勳業而不知公之志，此南園之所以不可無述。

游老病謝事，居山陰澤中，公以手書來曰：「子為我作〈南園記〉。」游竊伏思，公之門才傑所萃也，而顧以屬游者，豈謂其愚且老，又已掛衣冠⑲而去，則庶幾⑳其無諛辭，無侈言，而足以道公之志歟！此游所以承公之命而不獲辭也。中大夫、直華文閣、致仕、賜紫金魚袋㉑陸游謹記。

【注釋】❶慈福　宋高宗吳皇后，寧宗即位後，累加尊號，為壽聖隆慈備德光佑太皇太后，居慈福宮。❷韓公　韓侂胄（？—一二〇七年），字節夫，相州安陽（今屬河南）人，韓琦五世孫，母為宋高宗吳皇后之妹。紹熙五年，孝宗卒，韓侂胄、趙汝愚等以吳皇后命，立嘉王擴即位，是為寧宗。侂胄以外戚執政，專權十四年，慶元五年（西元一一九九年）九月，加少師，封平原郡王。開禧二年，發動北伐，兵敗議和，侂胄被斬首函送金。因侂胄曾禁「偽學」，打擊朱熹等道學人士，故頗遭非議。元代修《宋史》，立〈道學傳〉崇程朱，而將侂胄入〈奸臣傳〉。❸武林　杭州靈隱、天竺諸山的總稱。❹俎豆　古代祭祀、宴饗時盛食物用的兩種禮器，也泛指各種禮器。❺金石　指鐘磬一類樂器。❻蛻塵垢　脫去世俗的汙穢。❼窈窕　深遠。❽魏忠獻王　韓琦（西元一〇〇八—一〇七五年），字稚圭，相州安陽（今屬河南）人，慶曆二年（西元一〇四二年），充陝西四路沿邊都總管、經略安撫招討使，名重一時，與范仲淹並稱「韓范」。慶曆三年（西元一〇四三年），與范仲淹同召為樞密副使，推行慶曆新政。嘉祐三年（西元一〇五八年），拜同中書省門下平章事。封魏國公，卒諡忠獻。❾顏額頭，此指堂前。❿射廳　射箭、習武之所。⓫瀦　水停聚處。⓬囷　圓形的穀倉。⓭鶩　家鴨。⓮相埒　相等。⓯彝鼎　古時青銅所鑄盛酒之器和烹飪之器。⓰相踵　連續不斷。踵，腳跟。⓱拳拳　誠摯。⓲周之齊魯　周朝呂望封齊，姬旦封魯，皆為周朝立有大功，二國傳世數百年。⓳掛衣冠　晉袁宏《後漢紀．光武帝紀五》：「（逢萌）聞王莽居攝，子宇諫，莽殺之。萌會友人曰：『三綱絕矣，禍將及人。』即解衣冠，掛東都城門，將家屬客於遼東。」後因以「掛（衣）冠」指辭官、棄官。⓴庶幾　希望。㉑中大夫句　依次為陸游的文散官階、致仕官位、章服。唐制，三品以上官員服紫，佩金魚袋以盛放金魚符。宋代無魚符，官員公服則繫魚袋於帶而垂於後。宋制階官未及三品（元豐元年後四品）以上，特許改服色，換紫，佩金魚袋，稱賜紫金魚袋。

【語　譯】慶元三年二月二日，太皇太后有旨，賜給少師平原郡王韓公侂胄宅院。其地址在武林的東山腳下，西湖之水正匯流其下，天造地設一般，極盡了湖山的美麗。韓公受旨之後，就用俸祿之餘，將它修成南園，使原先的自然風致，更增添了些許雅趣。

當韓公剛到這裡，前後細看，左右勘察，於是定下南園的規模；依照原來的地勢，去除阻塞和遮蔽，於是各種物象呈現出來。奇異美麗的花樹，彷彿爭搶著陳列在面前；清澈的流水、秀美的山石，彷彿對主人拱手作揖。因此高聳傑出的樓閣，寬廣敞亮的廳堂，那些可用以祭祀的家廟、可用以演奏音樂的廳堂都齊備了。它們都高聳明亮寬敞，能使人脫去塵俗的汙穢而進入深邃的境界，沒有窮盡。南園建成後，都用魏忠獻王的詩句來命名景點。堂中最大的一處名「許閒」，堂前的匾額是皇上親自題寫的。其射廳名「和容」，其臺名「寒碧」，其門名「藏春」，其關名「凌風」。有一處積石如山，名為「西湖洞天」；有一處聚水種稻，有穀倉牧場，乃牧牛羊、養雁鴨之處，名為「歸耕之莊」。其他多根據其景色特點而為之命名，如「夾芳」，「豁望」，「鮮霞」，「矜春」，「歲寒」，「忘機」，「照香」，「堆錦」，「清芬」，「紅香」，亭子的名稱有「遠塵」，「幽翠」，「多稼」。

自從南渡以來，王公將相的園林有很多，都比不上南園，難道韓公的志向僅僅是滿足登臨遊覽的欲望？命名「許閒」，命名「歸耕」，這才是韓公志向的表露。韓公為南園命名，都是取用魏忠獻王之詩句，那麼韓公之志向，就與魏忠獻王志向相同。與魏忠獻王同時代，功名富貴相等的人，當時難道沒有嗎？有的，只是一百多年過去了，他們的後人大多寂寥無聞。而韓氏的子孫，卻惟獨功業相承，可以把這些功績刻在彝器上，寫成歌詩，永遠流傳。到了韓公這一代，為皇帝勤勞，為國家立功勳，恢復了魏忠獻王當時的盛業，又謙恭謹慎，誠摯地秉承魏忠獻王之志，絲毫不遺忘。而韓公的子孫，又會繼承韓公的志向，永不遺忘。如此，韓氏的昌盛，將與宋朝一起無窮盡，即使周朝的齊、魯二國，也比不上啊！有人說：「如今皇上正要倚靠韓公治理天下，視之如渡過大河的舟船，韓公想實現其功成身退的志願，能夠嗎？」這是不對的。只知道皇上倚重韓公，而不知道韓公的心態，只知道韓公的勳業，而不知道韓公的志向，為南園作記、表露一番韓公的心志就很有必要了。

我年邁多病，謝絕世俗之務，退居山陰，韓公寫信來說：「請您為我作〈南園記〉。」我自思，韓公門下薈萃的都是人才，而韓公卻惟獨請我作，難道是因為我老而愚笨，又已經退休，因此就不會寫出阿諛、浮誇之語，從而真實恰當地表達韓公的志向？因此，我不推辭，答應了韓公。中大夫、直華文閣、致仕、賜紫金魚袋陸游慎重記之。

【研　析】陸游為韓侂胄作〈南園記〉，頗遭當時人及後人非議。《宋史・陸游本傳》：「晚年再出，為韓侂胄撰〈南園〉、〈閱古泉記〉，見譏清議。朱熹嘗言其能太高，跡太近，恐為有力者所牽挽，不得全其晚節，蓋有先見之明焉。」楊萬里即用「不應李杜翻鯨海，更羨夔龍集鳳池」嘲之。宋末方回作〈至節前一日〉詩憾之：「惜為平原多一出，詩名元已擅無窮。」此後戴表元、錢謙益、吳景旭、趙翼、袁枚等都為陸游辯誣。客觀論之，陸游嘉泰二年入都修孝宗、光宗實錄，其時韓侂胄當政，確有可能恃其力，是年韓侂胄生日，陸游作〈韓太傅生日〉詩歌頌之：「身際風雲手扶日，異姓真王功第一。」次年，陸游除寶謨閣待制，上《孝宗實錄》、《光宗實錄》，隨即致仕去國，幼子子遹因致仕恩補官。陸游對於韓侂胄的「牽挽」未能拒絕，確是實情，因此不免作些諛辭傛言以歌頌之，況且陸游與韓氏家族有通家之誼。但說陸游攀附權貴，希冀進幸，則言之過重。韓侂胄正主持北伐，深得主戰派人士擁護，陸游即作有〈觀邸報感懷〉、〈感中原舊事戲作〉等詩。

對韓侂胄其人要客觀評價，對陸游與韓的交往，亦須如此。就文章而言，〈南園記〉不失為好文章，尤其是對於南園景致的描寫。「奇葩美木」數句妙用比擬，精彩倍出。文中一再提到魏忠獻公韓琦，也有規勉諷諭之意。

閱古泉記

【題解】嘉泰三年（西元一二〇三年）作於臨安。描寫了閱古泉的美麗景致。

太師平原王韓公❶府之西，繚❷山而上，五步一磴❸，十步一壑，崖如伏黿❹，徑如驚蛇。大石礧礧❺，或如地踊以立，或如翔空而下，或翩如將奮，或森如欲搏。名葩碩果，更出互見，壽藤❻怪蔓，羅絡❼蒙密❽。地多桂竹，秋而華敷，夏而籜解❾，至者應接不暇❿。及左顧而右盼，則呀然而江⓫橫陳，豁然而湖⓬自獻，天造地設，非人力所能為者。其尤勝絕之地，曰「閱古泉」，在溜玉亭之西，繚以翠麓⓭，覆以美蔭，又以其東向，故浴海之日，既望之月，泉輒先得之。袤⓮三尺，深不知其幾也，霖雨不溢，久旱不涸，其甘飴蜜⑮，其寒冰雪，其泓止⑯明靜，可鑑毛髮，雖游塵墮葉，常若有神物呵護屏除者。朝暮雨暘⑰，無時不鏡如也。

泉上有小亭，亭中置瓢⑱，可飲可濯⑲，尤於烹茗釀酒為宜，他石泉皆莫建。公常與客倘佯泉上，酌以飲客。游年最老，獨盡一瓢。公顧而喜曰：「君為我記此泉，使後知吾輩之游，亦一勝也。」游按泉之壁，有唐開成五年⑳道士諸葛鑑元八分書㉑題名。蓋此泉湮伏㉒弗耀者，幾四百年，公乃復發之時，閱古蓋先忠獻王以名堂者，則泉可謂榮矣。游起於告老之後，視道士為有媿，其視泉尤有媿也。幸日暮㉓得復歸故山，幅巾裋褐㉔，從公一酌此泉而行，尚能賦之。嘉泰三年四月乙巳山陰陸游記。

【注釋】❶平原王韓公　韓侂胄，慶元五年（西元一一九九年）九月，加少師，封平原郡王。❷繚　纏繞；圍繞。❸磴　石臺階。❹黿　大鱉，俗稱癩頭黿。❺礧礧　石眾多堆積貌。❻壽藤　年歲長久之藤。❼羅絡綿延布列。❽蒙密　茂密。❾籜解　竹筍脫殼。❿應接不暇　美景眾多，來不及欣賞。南朝宋劉義慶《世說新語・言語》：「從山陰道上行，山川自相映發，使人應接不暇。」⓫江　指錢塘江。⓬湖　指西湖。⓭翠麓　青翠的山麓。⓮袤　廣。⓯飴蜜　飴糖和蜂蜜。⓰泓止　深沉安定。⓱暘　日出。⓲瓢　瓠之一種，也稱葫蘆，古代因其腹為樽。⓳濯　洗滌。⓴開成五年　西元四〇八年。開成，唐文宗年號。㉑八分書　漢字書體名。字體似隸而體勢多波磔，相傳為秦時上谷人王次仲所造。八分之命名，或以為二分似隸，八分似篆；或以為漢隸波折，左右分開，若八字分散。㉒湮伏　潛伏隱匿。㉓旦暮　早晚。喻短時間內。㉔幅巾裋褐　裹頭巾和粗陋布衣，指退隱者之服。

【語譯】太師平原王韓公府的西面，沿山路而上，走五步就有一石臺階，走十步就見到一山拗，山崖靜穆如臥著的黿，山路蜿蜒如驚起的蛇。巨大的山石堆積，有的像地下跳起，有的像空中落下，有的翩然將要奮飛，有的森然將要搏鬥。有名的花、碩大的果，不斷出現在眼前，古老而形狀怪異的藤蔓，絡繹不絕。地上多種桂樹和竹子，秋天開花，夏天竹筍脫殼，令遊玩者來不及欣賞。若左右眺望，就會看見錢塘江深廣地陳列面前，西湖開闊地呈現出來，真是天然生成的景致，非人力所能實現。

其中，最為奇絕的景致是「閱古泉」，在溜玉亭的西面，周圍是青翠的山腳，頭上是美麗的樹蔭，又因為面向東，故此泉最宜與日月出落相得益彰。它廣三尺，深不見底，連綿大雨不能使它滿溢，連年乾旱也不能使它枯竭，泉水甘甜如飴糖蜂蜜，寒涼如冰雪，深沉安定清澈明淨，可以照見人的頭髮，即使有飛舞的塵土和飄落的樹葉，也不能汙染它，好像有神靈守護。無論早晚晴雨，它都如明鏡一般。

泉上有小亭子，亭中放置瓢，可以飲水或洗滌，用它煮茶釀酒是最好的，其他泉水都沒法比。韓公經常與客人徘徊泉上，請他們飲泉水，我年齡最大，故而喝了一瓢。韓公高興地對我說：「請您為我作記描寫此泉，使後世的人知道我們的風雅之事，也是不錯的。」亭壁上有唐代道士諸葛鑑元用八分書體題寫的名字。此泉應該有四百年的歷史了，一直隱匿無聞，韓公使它重現於世，而且用前忠獻王的堂名「閱古」來命名此泉，這是此泉的榮耀啊。我退休之後又出來作官，有愧於那些隱逸之人，也有愧於此清澈的泉水。所幸我不久將要歸隱山林了，身穿隱者之服，跟隨韓公飲此泉水而遊賞，尚且能賦詠它。嘉泰三年四月初七陸游記。

【研　析】嘉泰二年五月，陸游起為中大夫、直華文閣、提舉祐神觀。兼實錄院同修撰，兼同修國史，入都修孝宗、光宗實錄，即文中所謂「起於告老之後」。次年四月，陸游請致仕，除提舉江州太平興國公，即文中所謂「幸旦暮得復歸故山」。〈閱古泉記〉作時比〈南園記〉晚三年左右，其間陸游在臨安與韓侂冑交往增多，關係稍近，故與〈南園記〉相比，〈閱古泉記〉少了些客套和諛辭，行文更加自然流暢，展現了陸游記體文的創作才華。文章分三個層次，第一層寫山景，充分運用比擬、排比等手法，把山石的形狀各異寫得活靈活現，最見文字功力。然後對花卉植物等略施點綴，總括以「天造地設」。第二層寫閱古泉，強調它的明淨清澈，用筆雅潔清雋。由飲泉水牽出第三層，交代作記緣由，並表達歸隱之願。

書渭橋事

【題解】約作於淳熙十六年（西元一一八九年）以後。表達作者恢復之志。渭橋，漢唐時代長安附近渭水上的橋樑，東、中、西共有三座，故址在今陝西咸陽西南。

中大夫❶賈若思，宣和❷中知京兆櫟陽❸縣。夏夜，以事行三十里至渭橋，夜漏❹欲盡，忽見二三百人馳道上，衣幘❺鮮華，最後車騎旌旄❻，傳呼甚盛。若思遽下馬，避於道傍民家，且使從吏詢之，則曰：「使者來按視都城基，漢唐故城王氣❼已盡，當求生地。此十里內已得之，而水泉不壯❽，今又舍之矣。」語畢，馳去如飛。時方承平❾，若思大駭，明日還縣，亟使人訪諸府，則初無是事也。若思，河朔❿人，自櫟陽從蔡靖辟⓫，為燕山⓬安撫司管勾機宜文字，靖康⓭中自燕遯歸，入尚書省為司封郎⓮而卒。

陸某曰：河渭之間，奧區⓯沃野，周、秦、漢、唐之遺跡，隱轔⓰故在。自唐昭宗⓱東遷，廢不都者三百年矣。山川之氣鬱而不發，藝祖⓲、高宗皆嘗慨然有意焉，而群臣莫克⓳奉承⓴。予得此事於若思之孫逸祖，豈關中㉑將復為帝宅乎？虜暴中原，積六七十年，腥㉒聞於天。王師一出，中原豪傑必將響應。決策入關，定萬世之業，茲其時矣。予老病垂死，懼不獲㉓見，故私識若思事以示同志，安知士無脫輓輅以進說㉔者乎？

【注釋】❶中大夫　宋代文散官名，從四品。❷宣和　宋徽宗年號（西元一一一九－一一二五年）。❸京兆櫟陽　縣名，故址在今陝西臨潼，宋代屬京兆府。❹夜漏　夜間的時刻，古代以漏滴水記時。❺幘　古代包髮之巾。❻旌旄　軍中用以指揮的旗幟。❼王氣　象徵帝王運數的祥瑞之氣。❽壯　盛。❾承平　太平。❿河朔　泛指黃河以北地區。⓫從蔡靖辟　宣和五年（西元一一二三年）若思知燕山府，被蔡靖舉用。⓬燕山　宋宣和四年改燕京為燕山府，即今北京市。⓭靖康　宋欽宗年號（西元一一二六－一一二七年）。⓮司封郎　吏部官名。⓯奧區　腹地。《後漢書・班固傳上》：「防禦之阻，則天下之奧區焉。」李善注：「奧，深也。言秦地險固，為天下深奧之區域。」⓰隱轔　車馬雜沓聲，「隱隱轔轔」之省，《文選》張衡〈東京賦〉：「肅肅習習，隱隱轔轔。」⓱唐昭宗　唐天祐元年（西元九〇四年），唐昭宗遷都洛陽。⓲藝祖　有文德之祖。《書・舜典》：「歸，格於藝祖，用特。」後用以為開國帝王的通稱，此指宋太祖趙匡胤。⑲克　能夠。⑳奉承　奉命執行。㉑關中　指函谷關以西戰國末秦故地，今指陝西渭河流域一帶。㉒腥　羊身上難聞的氣味，指入侵的外敵。㉓不獲　不能。㉔脫輓輅以進說　《史記・劉敬叔孫通列傳》載劉敬欲勸高祖都關中，「脫挽輅，衣其羊裘，見齊人虞將軍曰：『臣願見上言便事。』」輓輅，車上供牽引用的橫木。

【語　譯】中大夫賈若思，宣和年間擔任櫟陽知縣。夏日某夜，因要辦事行走了三十里路，經過渭橋時，天色將曉，忽然看見二三百人奔馳在路上，衣著華麗，後面是許多車馬旗幟，呼喊之聲特別響。若思立刻下了馬，回避在路旁一百姓家中，並派下屬詢問那些人，回答道：「朝廷派使者探勘都城的城基，因為漢、唐的都城王氣已盡了，需要尋求新的地方。已選好十里以內一處地，但是河流乾枯不興盛，因此又捨棄了。」說完，飛快地騎馬去了。那時正是太平時節，若思聽了此事大為驚訝。第二天回到縣城，派人去京兆府求證，結果並無此事。若思，河北人，後來由櫟陽知縣受蔡靖舉用，擔任山西安撫司下一個管理公文的官員。靖康年間，從燕京逃歸，做了尚書省下的司封郎，不久逝世。

我對於此事的看法是：黃河、渭河一帶，居中心，土地肥沃，是周朝、秦朝、漢朝、唐朝的都城所在，遺跡宛然，當時車馬奔馳之聲彷彿隱約在耳畔。自從唐昭宗遷都洛陽，這裡不做都城，有三百年了。山川的靈氣鬱結而不能發抒，因此我朝太祖、高宗都有志向要定都於此，但是群臣卻不能幫助皇帝實現此心願。這件事是賈若思的孫子逸祖告訴我的，莫非關中地區即將重新成為都城？金人佔據中原有六七十年了，其統治極為醜惡汙濁。如果大宋軍隊出師北伐，中原人民必將響應。下令大軍入關，定下萬世的基業，現在正是時候。我老邁多病即將死去，憂慮不能親眼見到恢復故土，因此記下若思之事給同志的人看。漢代劉敬脫挽輅以勸高祖都關中，誰說當今就不會有這樣的忠義之士呢？

【研析】文章首先記敘了宣和年間賈若思在渭橋遭遇的一件異事，朝廷派使者到河渭一帶，為建立新都城而選址，因為漢唐故城的王氣已盡。賈若思向上級求證，則並無此事。接著補敘賈若思的籍貫、仕履。第二部分是陸游對此事的議論。陸游認為河渭一帶向來都是帝王之都，只是因為朱溫篡亂，唐昭宗被逼遷都洛陽，才荒廢了三百年，但這裡的帝王之氣並沒有消歇，只不過鬱積起來不能發抒而已，只要有聖明的君王在此定都，依然能夠繁榮昌盛。陸游又舉出宋太祖和宋高宗都想定都於此為證，這當然是陸游對皇帝的美言，他要表達恢復故土的合理性，只得找已故皇帝「替自己撐腰」。文章最後說「中原豪傑必將響應」，與「山川之氣鬱而不發」彼此映襯，中原的天地山水和軍民百姓，都在等待大宋的軍隊呢！陸游的詩文多抒寫恢復之志，有的直抒胸臆，有的則借題發揮，此文的特色在於用一樁異聞和民間關於王氣的傳說，來向朝廷提出恢復故土的要求，陸游頗善於將材料「為我所用」。

跋岑嘉州詩集

【題解】乾道九年（西元一一七三年）八月三日作於嘉州。岑嘉州，岑參（西元七一五—七七〇年），江陵（今湖北江陵）人，曾任嘉州刺史，人稱岑嘉州，與高適同為盛唐邊塞詩派代表作家，有《岑嘉州集》傳世。

予自少時，絕好岑嘉州詩。往在山中，每醉歸，倚胡床❶睡，輒令兒曹誦之。至酒醒或睡熟，乃已。嘗以為太白、子美之後，一人而已。今年自唐安❷別駕❸來攝❹犍為❺，既畫公像齋壁，又雜取世所傳公遺詩八十餘篇刻之，以傳知詩律者。不獨備此邦故事，亦平生素意也。乾道癸巳八月三日，山陰陸某務觀題。

【注釋】❶胡床　一種可以折疊的輕便坐具，又稱交床，由胡地傳入，故名。❷唐安　蜀州，今四川崇慶。❸別駕　官名。漢制，是州刺史的佐吏。因隨刺史出巡時另乘傳車，故稱別駕。宋改置諸州通判，以職守相同，故通判也有別駕之稱。❹攝　代理。❺犍為　唐上元元年以戎州之犍為屬嘉州。天寶元年改為犍為郡，乾元元年復為嘉州。宋因之稱犍為郡。

【語譯】我少年時就喜愛岑參的詩歌。以前在鄉間生活，每次外出喝醉酒回家，倚靠胡床睡覺，就讓小兒讀岑參的詩。一直讀到我酒醒，或者睡熟了，才停下來。我認為岑參是僅次於李白、杜甫的唐代大詩人。今年我由蜀州通判代理嘉州知州的職務，在齋壁上繪他的像，又刊刻了他的八十多篇遺詩，以便那些喜愛岑參的人傳閱。這不僅是為嘉州這一邦做好事，也是我平生的一大素願。乾道九年八月三日，山陰陸游題。

【研析】乾道九年夏，陸游權通判蜀州（《渭南文集》卷八〈與何蜀州啟〉、〈答交代楊通判啟〉），攝知嘉州事。繪唐代詩人岑參像於齋壁，並刻其遺詩八十餘篇，作此跋。剛剛從前線南鄭回來的陸游，對自己少時即喜愛的唐代詩人岑參，有了更深一層的認識，學習他邊塞詩豪宕奇絕的風格，融貫到自己的創作中來，實現了新變。

跋傅正議至樂菴記

【題解】淳熙十一年（西元一一八四年）作於山陰。傅公，傅佇，字凝遠，官至南劍州通判，死後累贈正議大夫，詳見陸游〈傅正議墓誌銘〉。

伏波將軍❶困於壺頭❷，曳病足土室中以望夷賊，左右哀之，莫不為流涕。定遠侯❸在西城三十年，年老思土，上書自言願生入玉門關❹，詞指甚哀。彼封侯富貴矣，然戚戚無聊❺乃如此，其他盈滿臲卼❻，畏禍憂誅，願為布衣不可得者又何可勝歎？然則，富貴果不如貧賤之樂耶？曰：此自富貴者言之耳。貧賤之士，仕則無路，處則無食，自非有道君子，其憂又有甚者矣。

正議傅公，在學校❼二十年，聲震京師。同舍生去為公卿者袂相屬❽，而公始僅得一第。既仕矣，適時艱難，妄男子❾往往起閭巷，取美官，公又棄不用，則亦何自樂哉？及讀所作〈至樂菴記〉，自道其胸中恢疏❿，磊落⓫，所以樂而忘憂者，文辭辯麗⓬動人，有列禦寇、莊周⓭之遺風，然後知公蓋有道者。或曰：「使天以富貴易公之樂，公其許之乎？」予曰：公所以處貧賤者，則其所以處富貴也。顏回之簞瓢⓮，周公⓯之袞繡⓰，一也。觀斯文者，盍⓱以是求之？淳熙十一年七月十六日山陰陸某謹書。

【注釋】❶伏波將軍　馬援，東漢名將，曾任伏波將軍，建武二十四年（西元四八年）征武陵五溪蠻夷，次年進軍壺頭，為敵所困，病死。❷壺頭　山名，在今湖南沅陵東北。❸定遠侯　班超，東漢名將，曾任西域都護，封定遠侯。在西域三十年，年老求還洛陽，歸數月即卒。❹玉門關　關名，漢武帝置，因西域輸入玉石時取道於此而得名，為通往西域之門戶，故址在今甘肅敦煌西北小方盤城。❺無聊　精神無依。❻鯢卼　動搖不安貌。《易・困》：「困于葛藟，于鯢卼。」❼學校　指太學。〈傅正議墓誌銘〉：「崇寧中，年甫十八，入太學，聲名籍甚，試中高等，然猶幾二十年，乃以上舍登第，調滄州無棣縣主簿。」❽袂相屬　衣袖相連，比喻眾多。❾妄男子　狂妄無知之男子。❿恢疏　寬弘開朗。⓫磊落　胸懷坦蕩。⓬辯麗　指言辭或文辭巧妙華美。《漢書・王褒傳》：「辭賦大者與古詩同義，小者辯麗可喜。」⓭列禦寇莊周　古代道家代表人物，分別撰有《列子》、《莊子》。⓮顏回之簞瓢　顏回為孔子高足，《論語》載孔子稱讚他：「賢哉！回也。一簞食，一瓢飲，在陋巷。人不堪其憂，回也不改其樂。」⓯周公　姬旦，周文王子，周武王弟，輔武王滅商。武王卒，成王年幼，周公攝政。東平武庚、管叔、蔡叔之叛。釐定典章制度，營洛邑為東都，天下臻於大治。⓰袞繡　即袞衣繡裳，畫有龍的上衣和繡有花紋的下裳，古代帝王與上公的禮服。《詩・豳風・九罭》：「我覯之子，袞衣繡裳。」⓱盍　何不。

【語　譯】伏波將軍馬援戰敗於壺頭，在房中拖曳病足，想看看敵軍的情形，旁邊的人見此，都為他流淚。定遠侯班超在西域生活三十年，年邁時上書請求生還玉門關，言辭非常悲哀。他們都是被封侯的富貴之人，尚且如此悲戚鬱悶，更不要說那些整日坐臥不安，憂慮禍害，想要做平民卻不能的權貴了，令人嘆息不已。如此說來，富貴給人的快樂不如貧賤嗎？我說：這是單就富貴之人而言的。若說貧賤之人，作官沒有路子，隱居沒有生活保障，如果他本人不是有道德的君子，那麼他的憂愁將更加不堪承受。

傅公正議在太學二十年，名聲響徹京城，他的很多同學都離開太學，去作高官了，而傅公好不容易才登科。作官後，仕途坎坷，狂妄無知之輩往往得到好職位，而傅公卻不受重用，他又有什麼快樂的呢？等到讀了他寫的〈至樂庵記〉，文中表露他開朗坦蕩的襟懷，能夠快樂而忘記憂愁，文辭巧妙華美，帶有《莊子》、《列子》的風格，才知道他是一位有道德的人。有人要問了：「如果上天用功名富貴換取傅公現在的快樂，傅公願意嗎？」我回答道：「無論貧賤或富貴的生活，傅公都能感到快樂，因為他是有德之士，就好像顏回生活在陋巷，而周公身穿上公的禮服，其實質是一樣的。」讀了這篇文章的人，何不探索一下它們的實質？淳熙十一年七月十一日山陰陸游書。

【研　析】文章分兩部分，第一部分說理，先引用故事以發端，舉出兩位封侯大將的心靈痛苦，以論證功名富貴能給人帶來痛苦，接著用自問自答的方式，說明富貴者與貧賤者的不同，富貴者即使在官場不樂，尚有退隱一條路可供選擇，而貧賤者無論出仕或隱居，都會困難重重，貧賤者能讓自己快樂的唯一條件，就是「有道」。第二部分敘事，寫先後在太學與出仕的經歷，都用對比描寫的方法，表現傅正議的仕途坎坷，接著讚揚〈至樂菴記〉在思想與文采上的傑出，強調傅正議的「有道」，與第一部分呼應。最後，陸游指出顏回與周公之間，外在行為雖差別甚大，然內在精神卻是相同的，即「有道」。作此文時的陸游，正在山陰故鄉閒居，仕途不得意，故須精神上自我排遣安慰。

跋李莊簡公家書

【題解】淳熙十五年（西元一一八八年）作於成都。李丈參政，李光（西元一〇七八—一一五九年），字泰發，上虞（今屬浙江）人。徽宗崇寧五年（西元一一〇六年）進士，紹興八年（西元一一三八年）拜參知政事。九年，因與秦檜不合，出知紹興府。十一年，貶藤州安置，十四年，移瓊州；二十年，移昌化軍；二十五年秦檜死，始內還，孝宗時賜諡莊簡。

李丈參政罷政歸鄉里時，某年二十矣，時時來訪先君❶，劇談❷終日。每言秦氏，必曰「咸陽」❸，憤切慨慷，形於色辭。一日平旦來共飯，謂先君曰：「聞趙相❹過嶺，悲憂出涕。僕不然，謫命下，青鞋布襪❺行矣，豈能作兒女態耶？」方言此時，目如炬，聲如鐘，其英偉剛毅之氣，使人興起。

後四十年，偶讀公家書，雖徙海表❻，氣不少衰，丁寧訓戒之語，皆足垂範百世，猶想見其道青鞋布襪時也。淳熙戊申五月己未笠澤❼陸某題。

【注釋】❶先君　陸游父陸宰（西元一〇八八—一一四八年），字元鈞，山陰（今浙江紹興）人。紹興元年

（西元一一三一年）知臨安府。紹興十八年（西元一一四八年）卒，贈少師。❷劇談　暢談。❸咸陽　古代秦國首都，此代指秦檜。❹趙相　趙鼎（西元一〇八五—一一四七年），字元鎮，聞喜（今屬山西）人。徽宗崇寧五年（西元一一〇六年）進士。紹興四年（西元一一三四年），召拜參知政事。都督川、陝諸軍事。同年九月，拜尚書右僕射、同中書門下平章事，兼知樞密院事。八年，為秦檜所擠，再知紹興。九年，徙知泉州。十四年，移吉陽軍（今海南崖縣），在吉陽三年，不食而卒。孝宗時追謚忠簡。❺青鞵布襪　用杜甫〈奉先劉少府新畫山水障歌〉：「吾獨胡為在泥滓，青鞵布襪從此始。」鞵，同「鞋」。❻海表　海外，此指瓊州，治所在今海南瓊山縣。❼笠澤　太湖別名，陸游祖籍甫里，地濱太湖，故以自稱。

【語　譯】李光先生罷職歸鄉里時，我才二十歲。那時李參政經常來拜訪先父，整日暢談。每每談到秦檜時，都稱呼他「咸陽」，悲憤激切，情緒激昂，顯現在臉色與言辭上。有一天早上來，一起吃飯，李光對先父說：「聽說丞相趙鼎被貶到吉陽時，悲傷地流下眼淚。如果換成我，絕不會這樣，貶謫的命令一下，我就穿上樸素的衣服和鞋子去了，怎麼能表現出像兒女那樣悲傷的樣子呢？」當他說這話時，目光如火炬，聲音如洪鐘，一種豪邁奇偉剛強果決的氣勢，使人振奮。

四十年之後，偶然讀到李光先生的家書，他雖然被貶謫到瓊州，但氣勢沒有絲毫減弱，那些囑咐和告誡家人的話，都能夠作為楷模流傳後世，讓人懷想他青鞋布襪時的風采。淳熙十五年五月二十四日笠澤陸游書。

【研　析】陸游在閱讀李光家書時，腦海中浮現起兒時的一些記憶，主要是關於李光的兩件佚事。第一件是對於秦檜禍國殃民的憤怒，寫了兩個細節，一是不直稱其名，而用「咸陽」代之，表示鄙視之意；一是臉色表情之變化。第二件是對於政治打擊的坦然，用趙鼎的「悲憂出涕」，與李光的「青鞵布襪」作對比，以突出李光的胸襟氣量非比尋常，用了語言描寫、神態描寫予以表現。文章結尾，又一次重複「青鞵布襪」，予以強調，使李光英偉而又坦蕩的形象呼之欲出。

跋吳夢予詩編

【題解】淳熙十五年冬作於臨安。吳夢予正史無傳，生平不詳，但當時人都誇他的詩好，楊萬里有〈題吳夢予古樂府〉，樓鑰也有〈書吳夢予古樂府後〉，所謂「翕然嘆譽之」。陸游希望朋友不要僅僅滿足於做一個文人，更要有經世濟時的抱負。

山澤❶之氣為雲，降而為雨，勾者伸，秀者實，此雲之見於用者也。子嘗見旱歲之雲乎？嵯峨❷突兀，起為奇峰，足以悅人之目，而不見於用，此雲之不幸也。君子之學，蓋將堯舜❸其君民；若乃放逐憔悴❹，娛悲舒憂，為〈風〉為〈騷〉❺，亦文之不幸也。吾友吳夢予，槖❻其歌詩數百篇於天下，名卿賢大夫之主斯文盟者，翕然❼歎譽之，末以示余。余愀然❽曰：子之文，其工可悲，其不幸可弔。年益老，身益窮，後世將曰：是窮人之工於歌詩者。計吾吳君之情，亦豈樂受此名哉？余請廣其志曰：窮當益堅，老當益壯，丈夫蓋棺事始定。君子之學，堯舜其君民，余之所望於朋友也；娛悲舒憂，為〈風〉為〈騷〉而已，豈余之所望於朋友哉！淳熙十五年十一月二十六日甫里陸某書。

【注釋】❶山澤　山林與川澤。《易．說卦》：「天地定位，山澤通氣。」❷嵯峨　高聳峻峭貌。❸堯舜　作動詞用。❹憔悴　憂愁困苦。❺為風為騷　《詩經》中〈國風〉和《楚辭》中〈離騷〉，泛指詩文創作。❻橐　盛物的袋子，引申為藏、收集。❼翕然　一致。❽愀然　憂愁。

【語譯】山林川澤之氣凝結為雲，下降為雨，使彎曲的樹枝生長，使秀美的花結出果實，這是雲在世間施展它的才幹。你有沒有看過乾旱時節的雲？好像山峰一樣，形成高聳奇異的形狀，只能讓人的視覺得到愉悅而已，沒有實際作用，這是雲的不幸啊。君子所學，正是為了經世濟時，讓堯、舜的聖明時代重現；如果遭到放逐，悲憂度日，即使創作出好的詩文，也是不幸的。

我的朋友吳夢予，從四處收集到他的詩歌一百多篇，當今的一些名人和文壇主盟者，都一致讚賞，最後請我看。我憂愁地說：「您那些工整的詩歌令我悲哀，您的不幸令我傷痛。年齡越大，生活越窮困，後世人將會說這些是一個不得志的人所寫的好作品。難道您願意後人這樣看待您嗎？

我請求您立志更高：窮困卻更加堅定，年邁而更加健壯，大丈夫死後才有定論。以天下為己任，讓堯、舜的聖明時代重現，這是我所期望於朋友的；僅僅做一名詩人或文人，哪裡是我對朋友的期望呢！」淳熙十五年十一月二十六日甫里陸游書。

【研　析】淳熙十四年，陸游在嚴州知州任上，刊刻其《劍南詩稿》二十卷，凡兩千五百餘首，時年六十三歲。作為一個詩人，陸游可以無憾了。一年後，嚴州任滿，陸游入臨安任軍器少監（從六品），在朝多所論列，倡修兵備武，伺機恢復中原（〈上殿札子〉）。〈跋吳夢予詩編〉即作於這一背景之下。《劍南詩稿》已刻，又在京為官，此時的陸游應是比較得意的，故儒家入世思想佔據主導，「達則兼濟天下」，不願僅僅做一個詩人而已，他也用這一抱負來規勉朋友吳夢予。這篇跋文，也可以看出陸游淳熙十五、十六年間的心態，從嚴州回到臨安正欲大有作為，孰料一年即被彈劾罷官，從此閒居故里。此跋開頭，用對比法寫雲，寥寥數語，甚妙。元郭翼《雪履齋筆記》評道：「古來繪風手莫如宋玉『雌雄之論』，荀卿〈雲賦〉造語奇矣，寄託未為深妙」，陸務觀〈跋吳夢予詩〉「從〈風賦〉脫胎，雖因襲而饒意味」。

跋晁百谷字敘

【題　解】淳熙七年（西元一一八〇年）作於山陰。表達對宦途的反省。

名者，士所願也。而或懼太早，何哉？吾測之審矣。少而得名，我不能不矜，人不能不忌。以滿假❶之心，來讒慝❷之口，幾何其不躓❸也？吾元歸❹年甫二十，筆力扛鼎❺，不患無名，患太早耳。雖然，洪道❻方力張其名，而吾獨欲其退避揜覆❼，元歸未必樂也。異時❽出入朝廷，更歷世故，會當思吾言也夫。淳熙庚子二月二日山陰陸某書。

【注釋】❶滿假　自滿自大。《書・大禹謨》：「克勤於邦，克儉於家，不自滿假。」孔傳：「滿，謂盈實；假，大也。」❷讒慝　邪惡奸佞。❸躓　跌倒；絆倒。❹元歸　晁百谷之字。❺扛鼎　舉鼎。《吳子・料敵》：「力輕扛鼎，足輕戎馬。」比喻作者才華橫溢。❻洪道　周必大（西元一一二六—一二〇四年），字子充，一字洪道，晚號平園老叟，管城（今河南鄭州）人，紹興二十一年（西元一一五一年）進士，淳熙七年（西元一一八〇年）除參知政事，卒賜諡文忠，著有《平園集》二百卷。❼揜覆　掩蓋。❽異時　以後；將來。

【語譯】名譽，是士人所期望的。但有人擔心來得太早，為什麼呢？我對此問題思考得很深了。如果年紀輕輕就成名，那麼我自己很容易驕傲自滿，別人也會嫉妒我。以我自滿自大的內心，去承受那些邪惡奸佞人的蜚語，怎麼會不跌倒失敗呢？元歸先生年方二十，才華橫溢，不擔心不能成名，只恐怕成名太早。周弘道雖然正在弘揚他的名聲，我卻勸他謙讓涵養，掩蓋鋒芒，元歸也許會不高興。等將來元歸步入仕途，經歷世故，就會想起我說的話了。淳熙七年二月三日山陰陸游書。

【研　析】本文是跋周必大〈晁百谷字敘〉，周文節錄於下：「晁氏子百谷，生十年，已有成人風。去年秋，袖書過予，儀矩肅然，音吐琅然，予固不敢以童子待也。明日，以父命來求字，請字之曰『元歸』。」從周文可以看出，晁百谷少年老成，氣宇非凡，將來當有一番作為。陸游的跋文，提出成名不可太早的道理，希望他能益自韜晦，切莫被眼前的名聲沖昏頭腦。而陸游所論的重點，則是仕途險惡，宦海風波，稍有不慎，即招來「讒慝之口」。陸游一生的經歷，恰印證了這一事實。

跋東坡祭陳令舉文

【題　解】紹熙五年（西元一一九四年）作於山陰。表達了作堅定不撓的精神。

東坡前後集，祭文凡四十首，惟祭賢良陳公❶辭指❷最哀，讀之使人感歎流涕。其言天人予奪❸之際，雖若出憤激，然士抱奇材絕識，沉壓擯廢❹，不得少出一二，則其肝心凝為金石❺，精氣❻去為神明❼，亦烏足怪？彼憒憒❽者，固不知也。紹熙甲寅十二月二十九日笠澤陸某謹書ㄕㄨ。

【注釋】❶陳公　陳舜俞（？—一〇七五年），字令舉，自號白牛居士，湖州烏程（今浙江湖州）人，仁宗慶曆六年（西元一〇四六年）進士。神宗熙寧三年（西元一〇七〇年），於知山陰縣任上以不奉行青苗法，降監南康軍酒稅。著有《都官集》。❷辭指　即辭旨，文章的涵義、情感。❸予奪　賜予和剝奪。❹擯廢　斥逐罷廢。❺金石　金和美石之屬，比喻天地間不朽之物。❻精氣　人的精神元氣。❼神明　天地間的神靈。❽憒憒　昏庸糊塗。

【語譯】東坡先生的文集有前集、後集，其中祭文共四十篇，唯獨〈祭陳令舉文〉一篇最為哀傷，讀後讓人不禁歎氣流淚。東坡先生談到上天對於人的賜予、剝奪，他的話雖然是出於一腔憤激之情，但世間懷抱獨特才華、知識的士人，被埋沒斥逐，不能施展起抱負，於是心肝凝結為金石，精氣轉化為神明，又何足奇怪的呢？那些昏庸糊塗之輩，當然不會知道。紹熙五年十二月二十九日笠澤陸游書。

【研析】蘇軾的祭文很多，陸游卻惟獨喜歡〈祭陳令舉文〉，蓋感同身受，讀此文聯想到自己坎壈的仕途。「言天人予奪之際」，是指〈祭陳令舉文〉中的一段文字。蘇軾先對陳舜俞的遭際，表示深切的同情：「是何一奮而不顧，以至於斥；一斥而不復，以至於死。嗚呼哀哉！」如此有才能的人，卻斥逐而死，不得不令蘇軾憤而「問天」：「天之所付，為偶然而無意耶？將亦有意，而人之所以周旋委曲輔成其天者不至耶？將天既生之以畀斯人，而人不用，故天復奪之，而自使耶？」天之所降，究竟有心還是無心，千古哲人都會追問的一個問題。蘇軾認為如果「人不用」，上天就會「復奪之」，這裡的「人」不是指陳令舉，而是就人類整體而言，針對社會，針對當時的朝廷。陸游此跋中最為精彩的兩句是：「肝心凝為金石，精氣去為神明」，這是陸游對不遇者的美好祈願，他們的生命和精神，將變為自然中的一部分，與天地長存。

跋東坡七夕詞後

【題解】慶元元年（西元一一九五年）作於山陰。贊揚了東坡對宋詞風格的革新。東坡七夕詞，指蘇軾〈鵲橋仙・七夕送陳令舉〉：「緱山仙子，高情雲渺，不學痴牛騃女。鳳簫聲斷月明中，舉手謝、時人欲去。客槎曾犯，銀河微浪，尚帶天風海雨。相逢一醉是前緣，風雨散、飄然何處。」熙寧七年（西元一〇七四年）作於杭州。

昔人作七夕詩，率不免有珠櫳綺疏❶、惜別之意。惟東坡此篇，居然是星漢❷上語。歌之曲終，覺天風海雨逼人。學詩者，當以是求之。

慶元元年元日笠澤陸某書。

【注釋】❶珠櫳綺疏　借指女子閨閣。珠櫳，珠飾的窗櫺。唐李商隱〈李肱所遺畫松詩書兩紙得四十韻〉：

「報以漆鳴琴，懸之真珠櫳。」綺疏，雕刻成空心花紋的窗戶。❷星漢　銀河；天河。

【語　譯】以前人創作七夕的作品，大都描寫女子閨閣，抒發惜別之意。唯獨東坡這篇作品，分明不是塵世間的語言。唱完這首詞，感覺迎面有海風吹來，挾帶著水珠。學習詩詞創作的人，當好好體驗這篇作品。慶元元年元日笠澤陸游書。

【研　析】蘇軾〈鵲橋仙．七夕送陳令舉〉一闋，擺脫了傳統七夕詞兒女情懷的窠臼，在語言和思想上都別樹一幟，風格超曠豪邁。陸游對蘇軾革新詞體的努力，予以肯定和高度評價。蘇軾非常善於寫「天風海雨」，除此闋外，其〈有美堂暴雨〉詩云：「天外黑風吹海立，浙東飛雨過江來。」氣勢奇絕豪壯。陸游用「星漢上語」評價蘇軾的詞風，此與宋人的整體評價是一致的，如〈卜算子〉（缺月掛疏桐）一闋，黃庭堅即評論道：「語意高妙，似非吃煙火食人語。」「吃煙火食人」，即塵凡之人也。

跋朱新仲舍人自作墓誌

【題　解】慶元六年（西元一二〇〇年）作於山陰。朱新仲，朱翌（西元一〇九七—一一六七年），字新仲，號灊山道人、晚號省事老人，舒州懷寧（今安徽潛山縣）人。徽宗政和八年（西元一一一八年），賜同上舍出身。高宗紹興十一年（西元一一四一年），擢中書舍人兼實錄院修撰，以言事忤秦檜，責韶州居住。著有《灊山文集》。

秦丞相擅國十九年，而朱公竄嶠南❶者十有四年，僅免僵仆❷於炎瘴❸中耳。以此胸中浩然無愧，將終，自識其墓，辭氣山立。向使公諂附以苟富貴，至暮年，世事一變，方憂愧內積，惟恐聞人道其平日事，其能慨然奮筆自敘如此乎？慶元六年秋社日❹笠澤陸某謹書。

【注釋】❶嶠南　即嶺南。❷僵仆　倒下，多指死亡。《後漢書・班超傳》：「臣超犬馬齒殲，常恐年衰，奄忽僵仆，孤魂棄捐。」❸炎瘴　南方濕熱致病的瘴氣。❹秋社日　古代秋季祭祀土神的日子。

【語譯】秦檜專權有十九年，其間朱翌先生被貶斥嶺南有十四年，在瘴氣中度日，僅免於一死而已。但正因為這樣，朱公胸中浩然無所慚愧，將要辭世，自為墓誌銘，言語正直如山峰矗立。如果當初朱公討好秦檜以圖榮華富貴，那麼等到晚年，時局一改變，他將會整日憂畏慚愧，生怕別人提起他的往事，又怎會像現在這樣寫出慷慨激昂的文字呢？慶元六年秋社之日笠澤陸游書。

【研析】據《宋史翼・朱翌傳》，朱翌在朝言事，嘗奏論：「信夷狄太堅，待虜使太厚，排眾論太切，姑息諸將太深，待大臣太嚴，立志太弱。」朱翌為人，於此可見一斑。後秦檜為相，逐斥趙鼎，朱翌因屬趙鼎黨而被貶韶州。陸游此跋，表彰了朱翌不肯依附權貴的精神，浩然正氣，讀之令人振奮。

跋薌林帖

【題解】嘉泰三年（西元一二〇三年）作於臨安。薌林向公，向子諲（西元一〇八五—一一五二年），字伯恭，開封（今屬河南）人。神宗向皇后再從侄。宣和初，為淮南轉運判官。建炎元年，金人立張邦昌為楚帝，向子諲拘囚邦昌家屬，傳檄文於四方。建炎四年，知潭州，金兵圍城，固守八日始陷。紹興中因反對和議忤秦檜，遂致仕，名所居曰薌林，自號薌林居士。

先少師❶使淮南，實與薌林向公為代。薌林作雍熙堂於廨❷中，堂之前有井泉，甘寒宜茶。洪駒父❸聞之，寄詩云：「何如喚取陸鴻漸❹，石鼎風爐來試茶。」詩與除代堂帖同日到，薌林大以為異，手書報先少師，今尚在也。伏觀公移文奏牘稿，大節貫金石❺。然諸公所書，已可傳世，贅書之，亦屋下架屋❻耳。而某家世所傳，足補薌林逸事者，則不可不書以遺後人。嘉泰三年五月十日陸某謹書。

【注釋】❶先少師　陸游父陸宰（西元一〇八八—一一四八年），字元鈞，山陰（今浙江紹興）人。宣和六年（西元一一二四年），為淮南東路轉運判官。紹興元年（西元一一三一年）知臨安府。紹興十八年卒，贈少師。❷廨　官署。❸洪駒父　洪芻，字駒父，南昌（今屬江西）人，與兄朋、弟炎、羽並稱「四洪」，紹聖元年（西元一〇九四年）進士，崇寧三年（西元一一〇四年）入元祐黨籍，貶謫閩南，著有《老圃集》。❹陸鴻漸　陸羽（西元七三三—？），字鴻漸，復州竟陵（今湖北天門）人，精於茶道，著有《茶經》三卷，為第一部論茶著作。❺貫金石　可穿透堅硬的金石，形容精神力量之巨大。典出漢劉向《新序・雜事四》：「昔者楚熊渠子夜行，見寢石以為伏虎，關弓射之，滅矢飲羽，下視知石也。卻復射之，矢摧無跡，熊渠子見其誠心而金石為之開，況人心乎？」❻屋下架屋　比喻重複他人所為而顯得多餘。南朝宋劉義慶《世說新語・文學》：「庾仲初作〈揚都賦〉成……人人競寫，都下紙為之貴。謝太傅云：『不得爾，此是屋下架屋耳。事事擬學而不免儉狹。』」

【語譯】先父去淮南任轉運判官，乃接替向公子諲之任。向公在官署前建造了雍熙堂，堂前有一口泉井，泉水甘甜清寒適宜煮茶。洪駒父知道了，就寫詩贈給向公：「應該將陸羽一樣的人物招來，與他在堂中共飲茶。」此詩與朝廷的接替公文，同時到達，向公以為是件奇異的事，便寫信告訴先父，信如今還在。我閱讀向公的奏議文稿，感到了高遠宏大的節概，可以穿透金石。但諸位前輩所記載的，已經可以令向公不朽了，我要是再說，就顯得多餘。不過我先父傳流下的事蹟，可以添補向公的逸事，是需要記載下來留給後人的。嘉泰三年五月十日陸游書。

【研析】跋文敘述了陸游父親陸宰與著名詞人向子諲之間的一段逸事。因為向子諲淮南官署有甘泉，詩人洪芻即寫詩相贈，說應該有陸羽這樣的人物造訪堂中，與您共飲。孰料此時陸游父親陸宰正要接替向子諲之任，公文與詩篇同日到達，陸宰正好與陸羽同姓，不正是被洪芻說中了嗎？

陸游通過此逸事，向先輩表達懷念之意的同時，也不忘對向子諲的人品氣節作一番稱讚。陸游所以成為一名愛國詩人，父輩們的影響是很關鍵的。

跋韓幹馬

【題解】嘉泰四年（西元一二〇四年）作於山陰。韓幹是唐代著名畫家，善畫人物及鞍馬。

大駕南幸❶，將八十年，秦兵洮馬❷不復可見，志士所共歎也。觀此畫，使人作關輔❸河渭之夢，殆欲霣❹涕矣。嘉泰甲子十月二十一日山陰陸某書。

【注釋】❶大駕南幸　指高宗南遷。❷秦兵洮馬　北宋關中軍隊因不斷與西夏作戰，故較其他地區士兵強悍。洮水出甘肅臨潭縣西北，入黃河，其流域出良馬。❸關輔　關中及三輔地區。❹霣　墜落。

【語譯】自高宗南渡以來，將近八十年了，秦地的軍隊、洮水的馬匹，已不能再看到了，這是有志之士所共同感嘆的。看韓幹此畫，令人想望見關中、河渭一帶，幾乎要流下眼淚。嘉泰四年十月二十一日山陰陸游書。

【研　析】杜甫〈丹青引〉云：「弟子韓幹早入室，亦能畫馬窮殊相。幹惟畫肉不畫骨，忍使驊騮氣凋喪。」從杜甫的詩句可知，韓幹所畫馬比較肥壯。陸游因為看見韓幹畫的馬，便產生了故國之思，表達悲痛落淚的心情。可知其恢復山河之願望，未嘗造次遺忘也。

跋花間集二則

【題　解】前一則作年不詳，後一則開禧元年（西元一二〇五年）作於山陰。《花間集》，後蜀廣政三年（西元九四〇年）衛尉趙崇祚所編唐五代詞總集，歐陽炯作序。分十卷，集溫庭筠等十八家「詩客曲子詞」，共五百首。

《花間集》，皆唐末五代時人作。方斯時，天下岌岌❶，生民救死不暇，士大夫乃流宕❷如此，可歎也哉！或者亦出於無聊❸故耶？笠澤翁書。

唐自大中❹後，詩家日趣❺淺薄。其間傑出者，亦不復有前輩閎妙❻渾厚之作，久而自厭。然梏❼於俗尚，不能拔出。會有倚聲❽作詞者，本欲酒間易曉，頗擺落❾故態，適與六朝跌宕意氣差近，此集所載是也。故歷唐季五代，詩愈卑，而倚聲者輒簡古可愛。蓋天寶以後，詩人常恨文不迨；大中以後，詩衰而倚聲作。使諸人以其所長格力❿施於所短，則後世孰得而議？筆墨馳騁則一，能此不能彼，未易以理推也。開禧元年十二月乙卯務觀東籬書。

【注釋】❶岌岌　危險。❷流宕　放蕩不受拘束。❸無聊　無可奈何。❹大中　唐宣宗年號（西元八四七—八五九年）。❺趣　趨向。❻閎妙　深遠微妙。❼梏　受束縛。❽倚聲　依照歌曲的聲律節奏，指詞的創作。❾擺落　擺脫。❿格力　詩文的格調氣度。

【語譯】《花間集》，都是唐五代人的作品。當時，天下動亂，危險不安，拯救百姓已沒有閒暇，而士大夫卻只顧填詞，如此放蕩，令人悲嘆啊。也許，他們也是無可奈何吧。笠澤翁書。

唐代自宣宗以後，詩歌漸漸趨向淺薄。其間即使有傑出的詩人，也不能寫出前輩深遠微妙的作品了，久而久之，自己也覺得厭倦了。但是被世俗習尚束縛，不能自拔。這時正好詞誕生了，本來是為了飲酒時演唱而作，故文義曉暢，卻因此而超脫了當時詩風的窠臼，與六朝作品的放蕩不拘風格相近，《花間集》所收集的就是這種風格。自唐末經過五代，詩歌越來越卑下，而詞卻非常簡古可愛。大概天寶以後，詩人常遺憾文章不如以前；大中以後，詩歌衰弱而填詞興盛。如果那些作者將其所擅長的填詞藝術，施展到詩歌創作中來，那麼後人就不會批評他們了。同樣都是施展創作才華，但擅長詞而不擅長詩，是不能用一般的道理來解釋的。開禧元年十二月陸游書於東籬。

【研　析】兩篇跋文當非同時所寫。第一篇批評唐五代詞人，說他們不以天下蒼生為己任，只顧創作那些靡麗綺豔的詞作。淳熙十六年（西元一一八九年），陸游為自己的詞集作跋，有〈長短句序〉：「倚聲制辭，起於唐之季世，則其變愈薄，可勝嘆哉！予少時汩於世俗，頗有所為，晚而悔之。」當時陸游認為詞是唐末衰世的產物，比起詩文，等而下之，因此對於年少時的填詞行為表示悔恨。此跋第二篇則作於十六年之後，陸游對唐五代人的填詞行為，有了同情之了解，給出唐末詞勝於詩的評價，並試圖對這一現象作出合理解釋。詞作為一種新興文藝類型，多在酒肆歌坊演唱，因而少有陳規舊習，使當時人可以較為自由地創作，從而令作品帶有「跌宕意氣」。〈跋後山居士長短句〉中對唐五代詞評價更高：「唐末，詩益卑，而樂府詞高古工妙，庶幾漢魏。」陸游在南宋詞壇與辛棄疾並稱「辛陸」，詞風飄逸超曠，激蕩馳擲。他對唐五代詞的「回溯」，也是詞在宋代發展到一定程度的必然結果。

跋韓立道所藏蘭亭序

【題　解】開禧二年（西元一二〇六年）作於山陰。韓立道，韓茂卿字立道，是陸游的朋友，生平不詳，可能是韓侂胄孫輩。陸游作有〈送韓立道守池州〉詩。〈蘭亭序〉、〈蘭亭集序〉，又名〈臨河序〉、〈禊帖〉等，行書法帖。東晉穆帝永和九年（西元三五三年）三月三日，王羲之與謝安、孫綽等四十一人，在山陰蘭亭修禊，各人作詩，由羲之作序並書。唐時為太宗所得，推為王書代表，曾命趙模等鉤摹數本。太宗死，以真跡殉葬。宋代有多種摹刻本。

觀此本蘭亭，如見大勳業鉅公❶於未央庭❷中，大冠若箕，長劍拄頤❸，風采凜凜，雖單于❹不覺自失❺，況餘子有不汗洽❻股栗❼者哉？

開禧丙寅歲四月十有三日陸某年八十二。

【注釋】❶鉅公　王公大臣。❷未央庭　即未央宮，故址在今陝西西安長安故城內西南隅。漢高帝七年建，常為朝見之處。新莽末毀，東漢末董卓復葺，唐未央宮在禁苑中，至唐末毀。❸大冠二句　拄頤，頂到面頰，形容劍長。陸游這兩句源自《戰國策．齊策六》：「齊嬰兒謠曰：『大冠若箕，脩劍拄頤，攻狄不能，下壘枯丘。』」❹單于　漢時匈奴君長稱號。❺自失　自己逃走。失，通「逸」。《莊子．應帝王》：「明日又與之見壺子，立未定，自失而走。」❻汗洽　汗出洽背，浸潤背部。《漢書．王陵傳》：「（周勃）汗出洽背，愧不能對。」❼股栗　大腿發抖，形容懼怕。

【語譯】欣賞這本〈蘭亭序〉拓本，就彷彿看見王公大臣屹立在未央宮中，頭戴如簸箕一樣大的高冠，手持頂到面頰的長劍，威嚴而令人敬畏，即使單于見到他也會畏懼而走，其他人怎麼不會嚇得汗流浹背、大腿發抖呢？開禧二年四月十三日陸游時年八十二。書。

【研　析】陸游的恢復豪情，幾乎時刻在心潮翻滾。前〈跋韓幹馬〉是欣賞繪畫作品，此〈跋蘭亭序〉是欣賞書法作品，兩者都歸結到抗金之旨。休閒娛樂的藝術鑑賞活動，在陸游那裡卻被賦予厚重的內涵，這是陸游所以為他人難以企及之處。此跋將書法作品比喻為大勳業鉅公，寥寥數筆勾勒出其英勇威嚴的形象，又用單于和餘子的懼怕來作反襯。此跋作於開禧北伐之時，所謂「大勳業鉅公」或許表達了陸游對韓侂冑的期許。

跋曾文清公奏議稿

【題　解】開禧二年（西元一二〇六年）作於山陰。曾幾（西元一〇八五—一一六六年），字吉甫，贛州（今江西贛縣）人，世稱茶山先生，官終擢權禮部侍郎，卒諡文清。

紹興末賊亮❶入塞，時茶山先生居會稽禹跡精舍❷。某自敕局❸罷歸，略無三日不進見，見必聞憂國之言。先生時年過七十，聚族百口，未嘗以為憂，憂國而已。後四十七年，先生曾孫黯以當日疏稿示某。於今某年過八十，仕忝近列❹，又方王師北討之時，乃不能以塵露求補山海❺，真先生之罪人也。開禧二年歲在丙寅五月乙巳門生山陰陸某謹書。

【注釋】❶賊亮　紹興三十年（西元一一六一年），金主完顏亮率大軍南侵。❷禹跡精舍　禹跡寺，今在紹興城南。精舍，僧、道居住講習之所。❸敕局　敕令所，陸游紹興三十年（西元一一六〇年）任敕令所刪定官，次年冬罷。❹仕忝近列　陸游嘉泰三年（西元一二〇三年）除寶謨閣待制（從四品）。忝，辱，謙辭。❺塵露求補山海　以塵補山，以露補海，比喻為國家作出微薄貢獻。三國魏曹植〈求自試表〉：「冀以塵露之微，補益山海；螢燭末光，增輝日月。」

【語譯】紹興末年金主完顏亮南侵，當時茶山先生曾公正在會稽的禹跡寺中。我正從勅令所罷官歸來，與曾公三天總要見一次，每次拜見就聽到他的憂國之語。先生年過七十，家族人口眾多，需要養活，但先生從未為之擔憂，只是擔憂國家而已。此後四十七年，曾公之孫曾黯將當日的奏稿給我看。我現在年過八十，朝廷曾賜給我高官，正當王師北伐，掃蕩敵人之時，我卻不能為國家做出微薄貢獻，真是有愧於先生啊。開禧二年五月二十一日弟子陸游書。

【研　析】陸游自列曾幾弟子行，曾向他學詩，也受到其愛國思想的薰陶。此跋作於開禧北伐之時，乃借作跋文之機，向老師表示懷念。回憶四十多年前，老師向陸游談論最多的是國事，對於「聚族百口」卻並未繫懷。文章最後說「先生之罪人」，顯示陸游自責之情甚重，當今朝廷用人之時，自己卻閒居故鄉。不過，這也是無可如何的，陸游此時已八十二歲了。

山陰陸氏女女墓銘

【題解】約作於淳熙十四年（西元一一八七年）。表達對亡女的追念之情。

淳熙丙午❶秋七月，予來牧新定❷。八月丁酉得一女，名閏娘，又更名定娘。予以其在諸兒中最稚，愛憐之，謂之女女而不名。姿狀瓌異❸凝重，不妄❹啼笑，與常兒絕異。明年七月，生兩齒矣，得疾，以八月丙子卒，菆❺於城東北澄谿院。九月壬寅，即葬北岡上。其始卒也，予痛甚，灑淚棺衾❻間，曰：以是送吾女。聞者皆慟哭。女女所生母楊氏，蜀郡華陽人。銘曰：

荒山窮谷，霜露方墜，被荊榛兮。於虖❼吾女，孤冢巋然❽，四無鄰兮。生未出房奧❾，死棄於此，吾其不仁兮。

【注釋】❶淳熙丙午　淳熙十三年（西元一一八六年）。❷新定　即嚴州。❸瓌異　卓異不凡。❹妄　胡亂；

隨便。❺菆　積木而殯。指停放靈柩。❻棺衾　棺材和衾被。❼於虖　感嘆詞。❽巋然　獨立貌。❾房奧　房屋之深處。

【語　譯】淳熙十四年七月，我來嚴州任知州。八月丁酉得一女兒，給她取名為閏娘，又改名為定娘。因為她是我所有兒女中年紀最小的，所以特別愛憐她。常叫她女女，而不直接稱呼她的名字。她的面貌美麗而端莊，不隨意啼笑，與其他兒童不同。到第二年七月，快兩歲了，不幸得病，八月丙申死去，將她的靈柩停放在城東北的澄谿院。九月壬寅，就安葬在北岡上。她剛死去時，我極度悲痛，眼淚灑落在棺材和衾被上，啼哭道：「用老淚送別我的愛女。」邊上的人也跟著一起痛哭。此女的母親姓楊，四川華陽人。銘文：

荒山窮谷，霜露正降落，覆蓋在荊棘草木上。可嘆啊，我女兒的墳墓，孤零零地在山上。她剛降臨世間就死去，屍骨被遺棄在此，我真是不仁德啊。

【研　析】陸游淳熙十三年春除朝請大夫（從六品），知嚴州（今屬浙江），於是年七月三日到嚴州任。「閏娘」之「閏」，增添、有餘之意，說明她的降生在陸游意料之外。陸游共有七子，詩文集中皆提到，也有女兒，但不詳數目。小女兒雖幼小，卻彷彿很懂事，容貌端莊，不輕易啼哭，比其他小孩乖，這令陸游更加憐愛，又將她的名字改成「定娘」，不再視為多餘，用所生之地名之，以為紀念。「女女」應該是一般吳地人對小孩的暱稱，現在仍在使用，現代漢語裡一般寫作「囡囡」。定娘之母是四川人，父親是山陰人，生在嚴州，死在嚴州。而陸游淳熙十五年七月即卸任返鄉，在嚴州前後只兩年，亦如過客一般。女兒葬此，今後誰來祭掃憑弔？故陸游以「不仁」自責。在

〈墓誌銘〉的題目上，陸游特加上「山陰」二字，以表明她是陸游之女，山陰人也。

何君墓表

【題解】開禧二年（西元一二〇六年）作於山陰。表達作者詩學觀點。

詩豈易言哉？一書之不見，一物之不識，一理之不窮，皆有憾焉。同此世也，而盛衰異；同此人也，而壯老殊。一卷之詩有淳漓❶，一篇之詩有善病。至於一聯❷一句，而有可玩者，有可疵者。有一讀再讀至十百讀乃見其妙者，有初悅可人意熟味之使人不滿者。大抵詩欲工，而工亦非詩之極也。鍛煉之久，乃失本指；斲削❸之甚，反傷正氣。雖曰名不可幸得，以名求詩，又非知詩者。纖麗足以移人❹，夸大足以蓋眾，故論久而後公，名久而後定。嗚呼艱哉！予固不足為知此道者，亦致其意久矣，顧每不敢易於品藻❺。蓋彼皆廣求約取，極數十年之力，僅得其所謂自喜者以示人，而我乃欲一覽而盡，其可乎？

何君名逮，字思順，能詩，終身不自足而卒。卒後，予友人曾樂道❻、鞏仲至❼，始介思順之子羨以遺稿屬予表墓，且言思順平生欲見予而不果，故有斯請。予年近九十，病臥鏡湖上，凡以文章來者，積架上不能省。一日取思順詩讀之，不覺起坐太息曰：「今世豈無從事於此者，如思順蓋未易得也。不以字害其成句，不以句累其全篇，超然於世俗毀譽之外，予之恨不一見其人，甚於其人之願見予也。」思順曾大父諱粹中，大父諱汝能，父諱松，東陽東陽❽人，以嘉泰三年❾九月十一日卒，年五十有一。兩娶郭氏，皆先卒，以開禧元年❿十一月二十日合葬於仁壽鄉陂頭山之原。子一人，女長適進士郭槩，次尚幼。開禧二年四月戊寅，太中大夫、寶謨閣待制、致仕、山陰縣開國子、食邑五百戶、賜紫金魚袋陸某表。

【注　釋】❶淳漓　厚與薄，此指詩歌的韻味。❷一聯　律詩中相對仗的兩句。❸斲削　砍削，比喻修飾文辭。❹移人　使人的精神情態等改變。《左傳・昭公二十八年》：「夫有尤物，足以移人。」❺品藻　品評；鑑定。《漢書・揚雄傳下》：「爰及名將尊卑之條，稱述品藻。」顏師古注：「品藻者，定其差品及文質。」❻曾樂道　曾槃，字樂道，河南（今河南洛陽）人，生卒年不詳。曾幾孫。官監戶部贍軍烏盆酒庫，嘉定元年（西元一二〇六年）以事罷工部郎官。❼鞏仲至　鞏豐（西元一一四八－一二一七年），字仲至，號栗齋，鄆州須城（今山東東平）人，南渡後居婺州武義（今屬浙江）。早年從呂祖謙學，淳熙八年（西元一一八一年）進士。曾任漢陽軍學教授、江東提刑司幹辦公事、知臨安縣。著有《東平集》。❽東陽東陽　東陽郡東陽縣（今浙江東陽）。❾嘉泰三年　西元一二〇三年。❿開禧元年　西元一二〇五年。

【語　譯】詩歌是容易談論的嗎？如果有一本書沒有看過，一樣事物不認識，一種道理沒有窮盡，都是感到遺憾的。同樣的時代，有強盛和衰弱之異；同樣的人，也有壯年和老年之別。一卷之中的詩歌其韻味有厚有薄，一篇詩歌中有好處也有遜色處。至於一聯詩、一句詩中，有可以玩味的地方，也有瑕疵之處。有一次讀不夠，需要讀過十次乃至百次，才能發現其妙處的詩歌，也有初讀很滿意，讀過許多次反而無味的詩歌。大致說詩歌是追求工巧的，但工巧卻並不是詩歌的極致。因為錘煉得太久，會妨礙詩歌的本意；修飾得太多，反而會損害詩歌的剛正之氣。詩歌創作的名聲，不可以僥倖求得，但如果只根據名聲來判定詩作，又不是真正懂詩的讀者。纖巧華麗可以動搖讀者的情感，誇張可以壓過其他人，因此詩歌評論要經過較長時間才會變得公正，詩人名聲要經過歷史的汰擇才能夠確定。真是艱難啊！我雖然對其中的道理所知甚少，卻也對此用心很久，只是常常不敢輕易品評。因為那些作者都是廣泛求索而又獲取很少，窮盡數十年的心力進行創作，僅僅將他們自己認為不錯的詩篇，給當世及後代的讀者看，而我作為一個讀者，想要一覽而盡，可以這樣嗎？

何先生名逮，字思順，擅長寫詩，一生對創作未有滿足，不幸辭世了。死後，我的朋友曾樂道、鞏仲至，將何思順之子何羨介紹給我，請我品讀思順的遺稿並撰寫墓表，而且說思順在世時想見我卻沒有實現，因此有這樣的請求。我快要九十歲了，閒居鏡湖，因病臥床，凡是別人寫給我的文章書信，都積聚在書架上不能一一拜讀。有一天，我取來思順的遺稿讀，不知不覺從床上爬起，嘆息道：「當今並非沒有從事詩歌創作的，但達到思順這樣的水平，卻不容易啊。思順之詩，不因某個字的錘煉而妨礙整句話，不因某些句子的修飾而損害整篇詩，對於世俗的讚譽和詆毀，都超然置之度外，我真遺憾不能見他一面，這要比他遺憾不能見我更強烈啊。」思順曾祖父名粹中，祖父名汝能，父親名松，祖籍東陽郡東陽縣。思順卒於嘉泰三年九月十一日，享年五十有一。先後娶了兩位夫人，皆姓郭，卒於思順之前，在開禧元年十一月二十日一起葬於仁壽鄉陂頭山上。思順有一個兒子。兩個女兒，大的已嫁給進士郭槃，次女尚幼小。開禧二年四月戊寅山陰陸游書，陸游撰墓表。

【研析】墓表是一種文體，明徐師曾《文體明辨序說．墓表》：「按墓表自東漢始，安帝元初元年立〈謁者景君墓表〉，厥後因之。其文體與碑碣同，有官無官皆可用，非若碑碣之有等級限制也。」墓表的創作較墓誌銘更為自由靈活一些。即如陸游此篇，真正敘述何思順仕履的，幾乎一句也沒有，只交代了他的生卒年，籍貫，祖上名諱，妻子兒女。蓋何思順未入仕途，只是一位閒居鄉野的隱士，頗有詩歌創作的造詣。為這樣一位生平資料缺乏，幾乎無事可稱述的對象撰寫墓表，實在難為陸游了。但陸游讀了他的遺稿，覺得確實不錯，又人情難卻，遂勉力為之。陸游用了一半的篇幅，談論了詩歌創作與品評的艱辛，尤其是對於詩歌閱讀的論述，涉及到盛衰之異、壯老之異、初讀與久讀之異等，極為詳盡而細緻，這在中國古典文學批評資料中，是非常珍貴的文獻。陸游又提出「詩欲工，而工亦非詩之極」詩學觀點，「工」是放翁詩歌的優點之一，但由此我們可以看出，陸游更追求詩歌的思想精神。許多墓誌銘因死者而不朽，他們大抵是歷史上的名人；還有一些，死者不知名，卻因作者而不朽，陸游此篇即是。

祭朱元晦侍講文

【題解】慶元六年（西元一二〇〇年）作於山陰。朱元晦侍講即朱熹（西元一一三〇—一二〇〇年），南宋理學大師。字元晦，號晦庵，徽州婺源（今屬江西）人，紹興十八年（西元一一四八年）進士，寧宗即位，除煥章閣侍制兼侍講，尋提舉南京鴻慶宮。慶元二年（西元一一九六年），韓侂胄專政，行偽學黨禁，落職罷祠。

某有捐百身❶起九原❷之心，有傾長河注東海❸之淚，路脩齒耄❹，神往形留。公歿❺不亡，尚其來饗❻。

【注　釋】❶捐百身　謂一身死百次，或死一百人。《詩・秦風・黃鳥》：「如可贖兮，人百其身。」❷起九原　使死者復生。《禮記・檀弓下》：「趙文子與叔譽觀乎九原，文子曰：『死者如可作也，吾誰與歸？』」九原，春秋時晉國卿大夫的墓地。❸傾長河注東海　《世說新語・言語》載顧愷之拜桓溫墓「聲如震雷破山，淚如傾河注海。」❹齒耄　年老。❺歿　死亡。❻尚其來饗　即尚饗，舊時用作祭文的結語，表示希望死者來享用祭品。《儀禮・士虞禮》：「卒辭曰：哀子某，來日某隮祔爾於爾皇祖某甫。尚饗！」鄭玄注：「尚，庶幾也。」

【語　譯】我願意自己死一百次，好讓你復生，我沉痛哀悼你，眼淚如黃河水傾注大海，怎奈黃泉之路悠長，我軀體雖存世，而精神早追隨你而去。你雖逝去卻精神長存，願你來享用我的祭品。

【研　析】陸游與朱熹是互相賞識的好朋友。朱熹以道學為第一要義，對他人醉心詩文創作頗有微詞，但他對陸游的詩歌卻是極為欣賞的，曾說：「放翁之詩，讀之爽然，近代惟見此人為有詩人風致。」陸游此文，寥寥數語，卻寫出了對好友的深沉哀悼，尺幅千里，語短意長。

尤延之尚書哀辭

【題　解】紹熙五年（西元一一九四年）作於山陰。尤袤（西元一一二七—一一九四年），字延之，號遂初，無錫（今屬江蘇）人。高宗紹興十八年（西元一一四八年）進士。淳熙十四年（西元一一八七年），遷太子左諭德。光宗紹熙元年（西元一一九〇年），召除給事中，兼侍講。四年，除禮部尚書兼侍讀。卒謚文簡，著有《梁溪集》。

帝藝祖❶之初造兮紀號建隆❷，煥乎文章兮躡揖遜❸之遐蹤。詔冊施於朝廷兮萬里雷風，灝灝噩噩❹兮始掃五季之雕蟲❺。閱世三傳兮車書大同❻，黃麾繡仗兮駕言東封❼。繼七十二后❽於邃古兮勒崇垂鴻❾，吾宋之文抗漢唐而出其上兮震耀無窮。柳、張、穆、尹❿、歐、王、曾、蘇⓫，名世而間出兮巍如華嵩。雖宣和之蠱弊⓬與建炎之軍戎⓭，文不少衰兮殷殷霳霳⓮，太平之象兮與六龍而俱東⓯。

余自梁益歸吳兮悵故人之莫逢，後生成市兮摘裂剽掠⓰以為工。遇尤公於都城兮文氣如虹，落筆縱橫兮獨殿⓱諸公。晚乃契遇⓲兮北扉南宮⓳，塗改〈雅〉、〈頌〉⓴兮蹈躪軻、雄㉑。余久擯於世俗兮公顧一見而改容，相期江湖兮斗粟共舂㉒。別五歲兮晦顯靡同，書一再兮奄㉓其告終。於虖哀哉！孰抗衣而復公兮呼伯延甫㉔於長空？孰誦些㉕以招公兮使之捨四方而歸徠㉖乎郢中？孰酹荒丘兮露草霜蓬？孰闖虛堂兮寒燈夜蛩？文辭益衰兮奇服龍茸㉗，天不憖㉘遺兮黼黻火龍㉙。嗟局淺之一律兮彼寧辨夫瓦釜黃鐘㉚？話言莫聽兮孰知我衷？患難方殷兮孰恤我躬？君蒿㉛不返兮吾黨孰宗？死而有知兮惟公之從！

【注釋】❶藝祖　有文德之祖。《書・舜典》：「歸，格于藝祖，用特。」後用以為開國帝王的通稱，此指宋太祖趙匡胤。❷建隆　宋太祖年號（西元九六〇—九六二年）。❸揖遜　即禪讓，帝堯禪位於舜，此言宋太祖受後周禪讓。❹灝灝噩噩　廣大平遠，嚴肅直切。漢揚雄《法言・問神》：「虞夏之書渾渾爾，商書灝灝爾，周書噩噩爾。」❺雕蟲　比喻為文之雕章琢句。漢揚雄《法言・吾子》：「或問：『吾子少而好賦？』曰：『然。童子雕蟲篆刻。』俄而曰：『壯夫不為也。』」❻車書大同　《史記・秦始皇本紀》：「一法度衡石丈尺，車同軌，書同文字。」指國家統一。❼駕言東封　真宗大中祥符元年（西元一〇〇八年），東封泰山。❽七十二后　《史記・封禪書》：「古者封泰山、禪梁父者七十二家。」指七十二個部族的君主。❾勒崇垂鴻　勒碑崇山，垂傳鴻業。崇、鴻，形容詞作名詞用。❿柳張穆尹　柳開、張景、穆修、尹洙，皆為宋初古文家。⓫歐王曾蘇　歐陽修、王安石、曾鞏及蘇軾（亦或指蘇氏父子），北宋古文大家。⓬宣和之蠧弊　指宋徽宗宣和年間（西元一一一九—一一二五年），蔡京、王黼為相，童貫、朱勔等位輔，政治腐朽，禍國殃民。蠧，毒害人的蟲。⓭建炎之軍戎　宋高宗建炎年間（西元一一二七—一一三〇年），金人南侵，戰亂不斷。⓮殷殷靁靁　形容聲響之巨大。⓯六龍而俱東　天子之車駕六馬，曰六龍。此指宋高宗南渡。⓰摘裂剽掠　破碎零亂、抄襲剽竊。⓱殿　殿後。⓲契遇　遇合。⓳北扉南宮　北扉指北省，即尚書省，尤袤紹熙四年（西元一一九三年），除禮部尚書兼侍讀；南宮即太子宮，尤袤淳熙十四年（西元一一八七年），遷太子左諭德。⑳塗改雅頌　語本李商隱〈韓碑〉：「點竄堯典舜典字，塗改〈清廟〉〈生民〉詩。」指向《詩經》學習。㉑蹈躪軻雄　超越孟軻、揚雄。㉒斗粟共舂　指共同生活。據《史記・淮南衡山列傳》載，漢文帝劉恆之弟淮南厲王劉長謀反失敗，被押解去蜀郡嚴道縣，途中絕食而死，民間編有歌謠：「一尺布，尚可縫；一斗粟，尚可舂；兄弟二人不能相容。」㉓奄　忽然；驟然。㉔伯延甫　伯延指尤袤字延之。甫，古代男子美稱。㉕些　即楚些，《楚辭·招魂》沿用楚國民間流行招魂詞的形式寫成，句尾皆有「些」字。後因以「楚些」指招魂歌。㉖徠　來。㉗龍茸　即尨茸，雜亂貌。《左傳·僖公五年》：「狐裘尨茸，一國三公，吾誰適從？」㉘慭　願意。㉙黼黻火龍　謂尤袤乃輔佐皇帝的賢臣。《左傳·桓公二年》：「火龍黼黻，昭其文也。」杜預注：「火，畫火也；龍，畫龍也。」白黑相交謂之黼，青黑相交謂之黻。火龍，帝王服飾上的圖案。㉚瓦釜黃鐘　《文選》屈原〈卜居〉：「黃鐘毀棄，瓦釜雷鳴。讒人高張，賢士無名。」瓦釜，陶製炊器，喻庸下之人。黃鐘，古代廟堂所用樂器，喻賢德之人。㉛焄蒿　祭祀時祭品所發出的氣味，《禮記·祭義》：「焄蒿，悽愴，此百物之精也，神之著也。」鄭玄注：「焄謂香臭也，蒿謂氣蒸出貌也。」此處指死者之英靈。

【語　譯】我大宋開國年號為建隆，國家的禮樂制度可以與堯舜時相媲美。皇帝的文告實施於朝廷，有風雷萬里的氣勢，廣大平遠，嚴肅直切，將晚唐五代的文風一掃而盡。傳位至太宗、真宗，全國統一，真宗皇帝封禪於泰山，儀仗壯觀。勒碑崇山，垂傳鴻業，繼承古代傳統，我大宋的文章可以超越漢朝、唐朝，無窮地閃爍光芒。柳開、張景、穆修、尹洙、歐陽修、王安石、曾鞏及蘇洵、蘇轍、蘇軾，這些名家相繼而出，在宋文史上如華山與嵩山一樣崇高。即使經過了宣和年間的政治腐敗，及建炎年間的戰亂頻繁，我大宋文章未曾絲毫衰弱，依然聲勢浩大地隨皇帝一起南渡。

我從蜀地回到臨安，因不逢故人而頗感悲愴，年輕一輩作文章大都剽竊割裂。在都城遇到了文氣貫長虹的尤公，下筆縱橫跌宕，繼承了北宋諸名家的文風。尤公晚年得到朝廷重用，擔任禮部尚書與太子左諭德，學習〈雅〉〈頌〉作廟堂之文，超越了孟軻與揚雄。我長久為世俗所排斥，但尤公卻引我為知己，一起約定歸隱江湖共同生活。離別五年後，我們二人仕途遭際極不相同，頻繁書信交往，孰料尤公忽然辭世。悲哀愴痛啊！誰能振衣高呼使尤公復活？誰能誦楚些招尤公之魂歸來？誰將在荒丘野外憑弔尤公？誰會闖入這寒燈閃蟋蟀鳴叫的空堂？誰能聽取我由衷的話語？國家正不太平，誰憐憫我的憂慮？尤公一去不返，正直之輩有誰可尊奉？如果死而有知，我將永遠追隨尤公！

【研　析】尤袤與陸游、范成大、楊萬里被後人尊為詩壇「中興四大家」。除詩歌外，尤袤在孝宗、光宗兩朝極受眷遇，即陸游此文所云「晚乃契遇」，周必大〈祭尤延之尚書文〉亦云：「受知兩朝，時已云可；致身二品，官不為左。」尤袤所作多廟堂文字，因此陸游此文便將宋代的禮樂制度與文章史結合起來，「文」之含義在古代是包含這兩方面的。陸游用《楚辭》的形式表達對朋友的哀悼，文辭古雅，情感充沛。同時，也敘寫了一部簡短的北宋文章史。文中提到八個人物，其中「蘇」或單指蘇軾，亦可能指蘇氏父子。「唐宋八大家」中宋代的六大家，應該都被陸游提到了，此文參與了「唐宋八大家」的確立過程。

入蜀記

【題　解】乾道五年（西元一一六九年）十二月六日，陸游得報，以左奉議郎差通判夔州（今屬重慶市奉節縣）軍州事。乾道六年閏五月十八日，陸游啟程赴夔州。是年十月二十七日抵達夔州。旅途所見，均排日記錄，成《入蜀記》六卷。以下摘選其中數則。

（一）

二日❶，禺中❷解舟。鄉僕來言，鄉中閔雨❸，村落家家車水❹，比連三年頗稔❺，今春父老，言占歲❻可憂，不知終何如也。過赤岸班荊館❼，小休前亭。班荊者，北使宿頓❽及賜燕❾之地，距臨安三十六里。晚，急雨，頗涼，宿臨平。臨平者，太師蔡京❿葬其父準於此，以錢塘江為水，會稽山為案，山形如駱駝，葬於駝之耳，而築塔於駝之峰。蓋葬師云，駝負重則行遠也。然東坡先生樂府⓫固已云：「誰似臨平山上塔，亭亭，迎客西來送客行。」則臨平有塔亦久矣，當是蔡氏葬後增築，或遷之耳。京責太子少保制云「託祝聖而飾臨平之山」是也。夜半解舟。

四日，熱甚。午後始稍有風。晚泊本覺寺前，寺故神霄宮也。廢於兵火，建炎後再修，今猶甚草創。寺西廡有蓮池十餘畝。飛橋小亭，頗華潔。池中龜無數，聞人聲，皆集，駢首仰視，兒曹驚之不去。亭中有小碑，乃郭功甫⓬元祐⓭中所作〈醉翁操〉⓮，後自跋云：「見子瞻所作⓯未工，故賦之。」亦可異也。

【注釋】❶二日　乾道六年六月二日。❷禺中　白天近中午的時辰。宋趙與時《賓退錄》卷一：「按古之漏刻，晝有朝、禺、中、晡、夕，夜有甲、乙、丙、丁、戊。至梁武帝天監六年，始以晝夜百刻布之十二辰，每時八刻，仍有餘分。」❸閔雨　指上天降雨施恩澤於民。❹車水　用水車排灌。❺稔　莊稼成熟。❻占歲　占卜一年的凶吉。❼班荊館　宋時設於京郊用以接待外國使臣的賓館。館名本於《左傳・襄公二十六年》：「楚伍參與蔡太師子朝友，其子伍舉與聲子相善……伍舉奔鄭，將遂奔晉。聲子將如晉，遇之於鄭郊，班荊相與食，而言復故。」杜預注：「班，布也。布荊坐地，共議歸楚，事朋友世親。」《宋史・禮志二二》：「大率北使至闕，先遣伴使賜御筵於班荊館。」❽宿頓　寄宿停留。❾賜燕　即賜宴。❿蔡京　（西元一〇四七—一一二六年），字元長，興化軍仙遊（今屬福建）人。熙寧三年（西元一〇七〇年）進士。崇寧二年（西元一一〇三年），進左僕射。以復王安石新法為名，貶竄元祐諸臣，立元祐黨碑。蔡京四次當國，導徽宗窮奢極侈，揮霍國帑，後人罪蔡京為「六賊」之首。⓫東坡先生樂府　即蘇軾〈南鄉子・送述古〉：「回首亂山橫，不見居人只見城。誰似臨平山上塔，亭亭，迎客西來送客行。　臨路晚風清，一枕初寒夢不成。今夜殘燈斜照處，熒熒，秋雨晴時淚不晴。」⓬郭功甫　郭祥正（西元一〇五三—一一一三年），字功甫，號醉吟居士，當塗（今屬安徽）人。仁宗皇祐五年（西元一〇五三年）進士，曾任太子中舍、桐城令、汀州通判、端州知州等。著有《青山集》。⓭元

祐　宋哲宗年號（西元一〇八六—一〇九八年）。⑭醉翁操　郭祥正〈醉翁操〉：「冷冷，潺潺，寒泉，瀉雲間。如彈，醉翁洗心逃區寰。自期猿鶴俱閑，情未闌。日暮造深原，異芳誰與搴忘還。　瓊樓玉闕，歸去何年。遺風餘思，猶有猿吟鶴怨。花落溪邊。蕭然。鶯語林中清圓。空山。春又殘。客懷文章仙。度曲響涓涓，清商回徵星斗寒。」⑮子瞻所作　即蘇軾〈醉翁操〉：「琅然，清圜，誰彈，響空山。無言，惟翁醉中知其天。月明風露娟娟，人未眠。荷蕢過山前，曰有心也哉此賢。　醉翁嘯詠，聲和流泉。醉翁去後，空有朝吟夜怨。山有時而童巔，水有時而回川。思翁無歲年，翁今為飛仙。此意在人間，試聽徽外三兩弦。」

【語　譯】六月二日，中午解纜行舟。有僕人告知，這幾年鄉中多雨，村落里家家都用水車，連續三年豐收，今年春天，有老人占卜今歲收成，有些擔憂，不知如何對付。經過赤岸班荊館，在亭前稍休憩。班荊館，是北方使臣住宿和款待他們的地方，距臨安城有三十六里。到了晚上，忽下起雨來，天氣有些涼，便在臨平住宿。蔡京曾將其父蔡準葬於臨平，面對錢塘江，背靠會稽山，山形像駱駝，在山旁建墓，並在山頂建塔。大概是因為看風水的人說，駱駝背重物才能走得遠。但是蘇軾的詞早就寫到臨平塔了：「誰能像臨平山上的塔一樣，亭亭矗立，又迎客又送客。」如此則臨平很早就有塔了，蔡京也許是增修了一番，或遷移過它。蔡京在自己在〈責太子少保制〉中說的文章裡也說「為祝賀皇上生日而增修臨平山塔」，可為證據。夜中時醒來，解纜復行舟。

六月四日，天氣非常熱。午後才有些微風。晚上停舟在本覺寺前，這本來是神宵宮。在戰亂中廢棄，建炎年間重修過，但現在看上去還是很簡陋。寺西的廊屋有十多畝大的荷花池。池上有橋有亭，很美麗乾淨。池中有數不清的烏龜，一聽到人的動靜，便會聚集過來，一起仰視，小孩驚嚇牠們，牠們也不離去。亭中立一塊小碑，刻了郭祥正的詞〈醉翁操〉，詞後有作者的題跋：「看見蘇軾所作並未工巧，因此填此闋。」令人覺得奇怪。

【研　析】第一則日記寫臨平山所見所聞。先記載了當地農民對於收成的憂慮，連續幾年風調雨順，本是好事，反而令父老憂慮，說明古代老百姓多過苦日子，因而有這種心理。然後寫臨平塔，記載了葬師關於駱駝負重行遠的說法，又引蘇軾的詞與蔡京的文為證，這是陸游善於活讀書的例子。第二則日記寫本覺寺所見。池中烏龜聞人聲則聚集，蓋欲人餵食，即使兒曹驚嚇亦不離去，饒有情趣，正如蘇軾〈望湖樓醉書五絕〉所云：「放生魚鼈逐人來。」郭祥正詞僅存一首，即此〈醉翁操〉，《全宋詞》據《至元嘉禾志》收入，題為〈效東坡〉，且有小序云：「予甥法真祥師以子瞻內相所作〈醉翁操〉見寄。予以為未工也，倚其聲作之，寫呈法真，知可意否。謝山醉吟先生書。」說明碑上自跋應是真的。

（二）

八月一日，過烽火磯❶。南朝自武昌至京口❷，列置烽燧❸，此山當是其一也。自舟中望山，突兀而已。及抛江過其下，嵌巖竇穴❹，怪奇萬狀，色澤瑩潤，亦與它石迥異。又有一石不附山，傑然❺特起，高百餘尺，丹藤翠蔓，羅絡❻其上，如寶裝屏風❼。是日風靜，舟行頗遲，又秋深潦⑧縮，故得盡見，杜老所謂「幸有舟楫遲，得盡所歷妙」也。過澎浪磯、小孤山，二山東西相望。小孤屬舒州⑨宿松縣，有戍兵。凡江中獨山，如金山、焦山、落星⑩之類，皆名天下，然峭拔秀麗，皆不可與小孤比。自數十里外望之，碧峰巉然⑪孤起，上干雲霄，已非他山可擬。愈近愈秀，冬夏晴雨，姿態萬變，信造化之尤物⑫也。但祠宇極於荒殘，若稍飾以樓觀亭榭，與江山相發揮⑬，自當高出金山之上矣。廟在山之西麓，額曰「惠濟」，神曰「安濟夫人」⑭。紹興初，張魏公⑮自湖湘還，嘗加營葺，有碑載其事。又有別祠在澎浪磯，屬江州⑯彭澤縣，三面臨江，倒影水中，亦占一山之勝。舟過磯，雖無風，亦浪湧，蓋以此得名也。昔人詩⑰有「舟中估客莫漫狂，小姑前年嫁彭郎」之句，傳者因謂小孤廟有彭郎像，澎浪廟有小姑像，實不然也。晚泊沙夾，距小孤一里，微雨，復以小艇游廟中，南望彭澤、都昌諸山，煙雨空濛，鷗鷺滅沒，極登臨之勝，徙倚久之而歸。方立廟門，有俊鶻⑱搏水禽，掠江東南去，甚可壯也。廟祝云：「山有棲鶻甚多。」

二日，早行未二十里，忽風雲騰湧，急繫纜。俄復開霽，遂行。泛彭蠡⑲口，四望無際，乃知太白「開帆入天鏡」之句⑳為妙。始見廬山及大孤㉑。大孤狀類西梁㉒，雖不可擬小孤之秀麗，然小孤之旁頗有沙洲葭葦，大孤則四際渺瀰㉓皆大江，望之如浮水面，亦一奇也。江自湖口分，一支為南江，蓋江西路㉔也。江水渾濁，每汲用皆以杏仁澄之，過夕乃可飲。南江則極清澈，合處如引繩㉕，不相亂。晚抵江州州治德化縣，即唐之潯陽縣，柴桑㉖、栗里㉗，皆其地也。南唐為奉化軍節度，今為定江軍。岸土赤而壁立，東坡先生所謂「舟人指點岸如赬」者㉘也。泊湓浦㉙，水亦甚清，不與江水亂。自七月二十六日至，是首尾纔六日，其間一日阻風不行，實以四日半泝流行七百里云。

【注釋】❶烽火磯　位於江西馬壋。❷武昌至京口　南朝時南北對峙，以武昌為長江上游軍事重鎮，下游則以京口（今江蘇鎮江市）為重鎮。❸烽燧　古代邊防報警，白天放煙為烽，夜間舉火為燧。❹嵌巖竇穴　險峻的山崖和洞穴。❺傑然　高聳雄偉。❻羅絡　布列。❼寶裝屏風　鑲嵌珠寶的屏風。❽潦　積水。❾舒州　治所在今安徽安慶。❿金山焦山落星　金山在江蘇鎮江市西北，焦山在江蘇鎮江市東北，落星在江蘇南京東北，相傳有巨星落其上。⓫巉然　高峭陡峻。⓬尤物　珍奇之物。⓭發揮　襯托。唐劉禹錫〈楊柳枝詞〉之二：「桃紅李白皆誇好，須得垂楊相發揮。」⓮安濟夫人　即小姑神。⓯張魏公　張浚（西元一〇九七—一一六四年），字德遠，世稱紫巖先生，漢州綿竹（今屬四川）人。政和八年進士。因反對和議，被秦檜擯斥。孝宗即位，起經理兩淮，進封魏國公。卒贈太保，諡忠獻。⓰江州　今江西九江市。⓱昔人詩　此為蘇軾〈李思訓畫長江絕島圖〉詩。⓲鶻　鳥類一科，翅窄而尖，嘴短而寬，上嘴彎曲並有齒狀突起，善於襲擊其他鳥類，也叫隼。⓳彭蠡　即鄱陽湖。⓴太白開帆入天鏡之句　此為李白〈下潯陽城泛彭蠡寄黃判官〉詩。㉑大孤　大孤山，位於江西鄱陽湖中，與小孤山相對。㉒西梁　西梁山，位於安徽和縣北。㉓渺瀰　水流曠遠。㉔江西路　即江南西路，宋置，轄境為今江西、湖北部分地區，治所在洪州（今南昌）。㉕引繩　牽拉的繩索。㉖柴桑　地名，今江西九江市西南，赤壁之戰前，諸葛亮見孫權於此，共圖抗曹。㉗栗里　地名，今江西九江市西南，陶淵明曾居於此。㉘東坡先生所謂句　此為蘇軾〈自黃州還江州〉詩：「家在庾公樓下泊，舟人遙指岸如赬。」赬，紅色。㉙湓浦　湓水，源出江西瑞昌清湓山，經九江北入長江。

【語　譯】八月一日，經過烽火磯。南朝從武昌到京口，沿線布列烽燧，此山應是當時所列之一。從舟中遠望，只覺突兀不平而已。等到放舟江中，經過其下，便看見各種峭壁岩洞，形態各異，色澤光潤，與其他山石差別很大。還有一塊石頭，不依附山，獨自矗立，有一百多尺高，紅色的藤蔓，布列其上，彷彿鑲嵌珠寶的屏風一樣。這天無風，舟行水上很慢，況且深秋時節，江水較淺，故能盡觀山水之妙，杜甫詩「幸好舟行得慢，所以能窮盡沿途景致」，說的就是這意思吧。經過澎浪磯、小孤山，二山東西相對。小孤山屬於舒州宿松縣，有衛兵把守。一般江中獨立之山，如金山、焦山、落星之類，都名聞天下，但要說峭拔秀麗，它們都比不上小孤山。從數十里外看它，蒼翠的山壁峭拔挺立，似乎要觸碰到天空，這已經是其他山峰難以媲美的了。何況越靠近它越感覺奇秀，一年四季，景色變化萬千，真是上天所創造的寶貝。只是山上祠堂非常荒蕪，若果略微修飾一番，添加些亭臺樓閣，與山水之美互相襯托，就會遠遠超過金山之美了。西面山腳有一寺廟，名「惠濟」，所供之神為「安濟夫人」。紹興初年，張魏公從湖湘歸來，曾經將它修葺過，其事記載於寺碑上。澎浪磯那也有一個祠堂，屬於江州彭澤縣，三面臨江，倒影映在水中，也是最美麗的景致。舟經過澎浪磯，即使無風，江水也湧動，因此取名澎浪。蘇軾有詩云：「舟中的商客不要狂放，小姑前年已嫁給彭郎」，因此後人傳說小孤廟中有彭郎像，澎浪廟中有小姑像，其實並非如此。夜晚停泊在沙夾，距小孤山一里路。下起小雨來，又乘輕便小船遊覽山廟，南望彭澤、都昌的山峰，只見煙雨濛濛，鷗鷺出沒，飽覽了最美麗的山水，徘徊很久才回去。剛到廟門口，忽見有一矯健的鶻抓住水鳥，飛過江山，朝東南而去，真覺得壯觀啊。廟中管理香火的人說：「有很多鶻棲息於此山。」

八月二日，早起行舟未過二十里，忽然風起雲湧，於是趕緊停靠。不一會兒天又放晴，才繼續趕路。經過彭蠡口，天水無邊，才體會到李白「開帆入天鏡」這句詩的妙處。第一次看到廬山和大孤山。大孤山形狀像西梁山，雖然比不上小孤山的秀麗，但小孤山邊多有沙洲蘆葦，大孤山則四周皆水，一望無際，彷彿浮在水面上，也是另一種奇異之美。江水自湖口分支形成南江，屬於江南西路。江水渾濁，若汲江水飲用，需放入杏仁使之澄清，過一晚上才可。南江則極為清澈，兩江匯合處如牽拉的繩索一樣，絲毫不混亂。夜晚抵達江州州治德化縣，就是唐代的潯陽縣，有名的柴桑、栗里，皆在江州境內。南唐時此地為奉化軍管轄，如今屬定江軍。江岸呈赤色，如牆壁矗立，東坡先生詩「舟人指點岸如赬」說的就是此地。停舟於湓浦，水也很清，不與江水相混。自從七月二十六日到今天，總共才十六天，其中有一天因風大未行，算起來七百里水路用了四天半。

【研析】這兩日所記為舟行赴江州途中所見。第一天經過烽火磯、澎浪磯、小孤山。陸游描繪了山石的怪奇萬狀，「寶裝屏風」之喻尤為新穎別致。又引用杜甫詩句說明舟行之遲緩與遊賞山水之間的關係，舟行遲緩，本來令急於趕路的客子苦惱，但正因此而領略到天地自然的幽致，未嘗不是一種「幸運」，其中有道家哲學的意味。晚泊沙夾，陸游意猶未盡，遂復撐小艇遊小孤廟，徘徊不忍歸去。文章結尾，又寫到俊鶻搏水禽的場面，在寂寞的旅途中，忽有此打破平靜的景象，使陸游的心情得以振奮，真是神來之筆。第二天經過彭蠡湖、大孤山、南江，也引用李白和蘇軾的詩句，來印證親眼所見之美景，並比較了大、小孤山的不同特點，記載了用杏仁澄水的當地風俗，計算了時日和行程。

（三）

八日，五鼓❶盡，解船，過下牢關❷。夾江千峰萬嶂，有競起者，有獨拔者，有崩欲壓者，有危欲墜者，有橫裂者，有直坼者，有凸者，有窪❸者，有罅❹者，奇怪不可盡狀。初冬，草木皆青蒼不彫。西望重山如闕，江出其間，則所謂下牢谿也。歐陽文忠公有〈下牢津〉詩云：「入峽江漸曲，轉灘山更多。」❺即此也。繫船，與諸子及證師登三游洞❻。躡石磴二里，其險處不可著腳。洞大如三間屋，有一穴通人過，然陰黑峻嶮，尤可畏。繚山腹，傴僂自巖下至洞前，差可行。然下臨溪潭，石壁十餘丈，水聲恐人。又一穴，後有壁可居，鍾乳❼歲久垂地若柱，正當穴門。上有刻云：「黃大臨❽弟庭堅同辛紘子大方，紹聖二年❾三月辛亥來遊。」旁石壁上刻云：「景祐四年❿七月十日，夷陵歐陽永叔。」下缺一字，又云：「判官丁」，下又缺數字。丁者，寶臣⓫也，字元珍。今丁字下二字，亦髣髴可見。殊不類元珍字，又永叔但曰夷陵，不稱令。洞外溪上，又有一崩石偃仆，刻云：「黃庭堅弟叔向子相姪檠同道人唐履來游觀，辛亥舊題，如夢中事也。建中靖國元年⓬三月庚寅。」按魯直初謫黔南，以紹聖二年過此，歲在乙亥，今云辛亥者，誤也。泊石碑峽，石穴中有石如老翁持魚竿狀，略無少異。

九日，微雪，過扇子峽⑬。重山相掩，政如屏風扇，疑以此得名。登蝦蟆碚⑭，《水品》所載第四泉是也。蝦蟆在山麓，臨江，頭鼻吻頷絕類，而背脊疱處尤逼真，造物之巧有如此者。自背上深入，得一洞穴，石色綠潤。泉泠泠有聲，自洞出，垂蝦蟆口鼻間，成水簾入江。是日極寒，巖嶺有積雪，而洞中溫然如春。碚洞相對，稍西有一峰，孤起侵雲，名天柱峰。自此山勢稍平，然江岸皆大石堆積彌望，正如濬渠⑮積土狀。晚次黃牛廟⑯，山復高峻。村人來賣茶菜者甚眾。其中有婦人，皆以青斑布帕首⑰，然頗白皙，語音亦頗正。茶則皆如柴枝草葉，苦不可入口。廟靈感神，封嘉應保安侯，皆紹興以來制書也。其下即無義灘，亂石塞中流，望之可畏。然舟過乃不甚覺，蓋操舟之妙也。傳云：神佐夏禹治水有功，故食於此。門左右各一石馬，頗卑小，以小屋覆之。其右馬無左耳，蓋歐陽公所見⑱也。廟後叢木似冬青而非，莫能名者。落葉有黑文，類符篆⑲，葉葉不同，兒輩亦求得數葉。歐詩刻石廟中，又有張文忠⑳一贊，其詞曰：「壯哉黃牛，有大神力。輂聚巨石，百千萬億。劍戟齒牙，磥硊㉑江側。壅激波濤，險不可測。威脅舟人，駭怖失色。封羊釃酒㉒，千載廟食。」張公之意，似謂神聚石壅流以脅人求祭饗。使神之用心果如此，豈能巍然廟食千載乎？蓋過論也。夜，舟人來告，請無擊更鼓，云：「廟後山中多虎，聞鼓則出。」

【注釋】❶五鼓　凌晨四、五點。❷下牢關　在今湖北宜昌西北。❸窪　低陷；凹下。❹罅　裂縫。❺下牢津詩句　歐陽修〈下牢津〉：「入峽江漸曲，轉灘山更多。」陸游原文誤「江」為「山」，今改正。❻三游洞　位於湖北宜昌西陵山上，唐代白居易、白行簡、元稹三人同遊洞中，各賦詩一首，由白居易作〈三游洞序〉，人稱「前三游」；宋代蘇洵、蘇軾、蘇轍父子三人，同遊，人稱為「後三游」。❼鍾乳　石灰岩洞中懸在洞頂上的冰錐形物體。❽黃大臨　字元明，號寅庵，洪州分寧（今江西修水縣）人，黃庭堅兄。❾紹聖二年　西元一〇九五年。❿景祐四年　西元一〇三七年。⓫寶臣　丁寶臣（西元一〇一〇—一〇六七年），字元珍，晉陵（今江蘇常州）人。景祐元年（西元一〇三四年）進士及第，曾任太常博士、祕閣校理，為歐陽修所知。⓬靖國元年　西元一一〇一年。⓭扇子峽　位於湖北宜昌。⓮蝦蟆碚　唐代張又新〈煎茶水記〉：「峽州扇子山下有石頭突然，泄水獨清泠，狀如龜形，俗云蝦蟆口水第四。」⓯濬渠　疏通水道，挖掘井池。⓰黃牛廟　在三峽黃牛灘邊。三國蜀諸葛亮〈黃陵廟記〉：「神有功助禹開江，不事鑿斧，順濟舟航，當廟食茲土。僕復而興之，再建其廟號，目之曰黃牛廟，以顯神功。」⑰帕首　以巾裹頭。⑱歐陽公所見　蘇軾〈書歐陽公黃牛廟詩後〉載歐陽修與丁寶臣遊黃牛廟，見石馬缺一耳，與寶臣夢中所見同。⑲符篆　符籙上的文字符號。⑳張文忠　張商英（西元一〇四三－一一二一年），字天覺，號無盡居士，蜀州新津（今屬四川）人。治平二年（西元一〇六五年）進士。曾任館閣校勘、中書舍人、河北路都轉運使、翰林學士等，入元祐黨籍，卒，贈少保。㉑礉硊　高險。㉒刲羊釃酒　宰羊斟酒。

【語　譯】十月八日，五更以後，上舟，經過下牢關。萬千山峰夾江而起，有的互相競爭，有的獨立挺拔，有的如黑雲壓頂，有的似搖搖欲墜，有的橫臥而裂開，有的豎立而分開，有的凸起有的凹陷，有的裂縫，千奇百怪無法形容。時節已是初冬，草木尚蒼翠不凋落。西面重山如宮闕，有江從中流下，那就是下牢谿了。歐陽文忠公〈下牢津〉詩云：「入峽後江水漸漸彎曲，轉過灘頭山峰更多。」說的就是這裡。停舟，與眾人及證法師一起遊覽三游洞。二里長的路都是石階，危險之處簡直不可落腳。洞有三間屋子那樣大，僅有一個小洞供人通過，但陰森森的，非常可怕。還有圍繞山內，低下身子從巖下到洞前，略可行走。但下臨十餘丈深的潭水，水聲巨大得嚇人。還有一個小洞，後面有石壁可站立，年歲久長的鍾乳石垂到地面，像柱子一樣，恰好擋在洞口。上面石刻：「黃大臨弟庭堅同辛紘子大方，紹聖二年三月辛亥來游。」旁邊的石壁上刻：「景祐四年七月十日，夷陵歐陽永叔。」下面缺一個字，又刻「判官丁」，下面又缺少數個字。丁，就是丁寶臣，字元珍。現在丁字下兩個字，也依稀可見，很不像元珍二字，而且歐陽修只說夷陵，不稱令。洞外溪水之上，有一塊殘石橫臥，刻有：「黃庭堅弟叔向子相姪檠同道人唐履來游觀，辛亥舊題，如夢中事也。建中靖國元年三月庚寅。」黃魯直最初被謫黔南，在紹聖二年經過此處，年份在乙亥，石刻上書辛亥，錯了。舟停泊在石碑峽，石洞中有一個石頭，與老漁翁手拿釣竿的樣子，幾乎沒什麼差別。

九日，天下小雪，經過扇子峽。重疊的山峰互相掩映，正像屏風扇一樣，猜測即因此得名。登蝦蟆碚，就是《水品》中所記載的第四泉。它在山腳下，面對長江，碚的形狀很像蝦蟆，頭鼻吻頷部位最像，而背脊起小疙瘩尤其像，上天的工巧竟達到如此境地。從石背上往裡走，見一洞穴，石色綠而光潤。泉水清涼有聲，從洞中流出，流淌在蝦蟆碚的口鼻之間，形成瀑布，流向長江。這天非常冷，山頂有積雪，但洞中卻溫暖如春天。碚與洞相對，西面有一山峰，獨自挺立，伸向雲天，稱為天柱峯。從此處開始，山勢稍微平坦些，但岸邊滿眼都是大石堆積，恰如挖掘河道時堆積在岸邊的積土。夜晚停泊在黃牛廟，山勢又開始高峻起來。村裡人來此賣茶的很多。其中有婦女，都用青色斑布裹頭，膚色白皙，口音也很純正。茶都像枝葉柴草一般，味苦不能入口。廟名靈感，廟神被封為嘉應保安侯，都是南渡以後朝廷下詔書封的。它下面就是無義灘，亂石堆積在水中間，看看就可怕。但小舟經過時卻並沒有什麼感覺，大概是船夫技藝高超吧。傳言：廟神曾輔佐夏禹治水，有大功勞，因而在此享受百姓供奉。廟門口左右各有一石馬，非常小，用小屋遮蓋它們。右邊一馬沒有左耳，歐陽公曾經見到過它。廟後的樹木有點像冬青，又不是，不知其名。落葉呈黑色紋理，像符上文字，每片葉子紋理都不同，小兒們也拾了數片。歐陽公的詩刻在廟中，並且刻有張文忠公的贊詞：「黃牛真壯大啊，擁有巨大的神力。拉來一車車的巨石，有千萬億塊。石頭如劍戟和牙齒，矗立於江邊。激起波濤，危險難以預料。好像威脅船夫，令他們恐怖失色。於是百姓宰羊斟酒，千百年來一直供奉此黃牛。」張公的意思，似乎說廟神故意聚集巨石以阻塞江水，威脅百姓以求得祭饗。如果廟神的本意果真如此，怎麼會千百年來巍然高坐，安然自享用百姓供奉呢？張公言過其實了吧。夜晚，船夫前來相告，請不要擊打更鼓，說：「後山多老虎，聽到更鼓聲就出來活動了。」

【研　析】第一則日記形容山石之奇形怪狀，接連用了四組詞，九個短語，觀察細膩，竭盡心力去描摹，但最終不得不感嘆：「不可盡狀。」然後寫三游洞道路的驚險，幾乎無落腳之處，也極為精彩。結尾寫一石頭如老翁持竿，可謂點睛之筆。第二則日記寫蝦蟆碚與黃牛廟。陸游抓住「蝦蟆」這一特徵來描繪山石的形狀與顏色，從頭鼻吻頷到石色綠潤，緊緊扣題，甚至觀察到脊背上的小疙瘩，細緻之極。又對張商英的贊詞予以辯駁，認為黃牛廟神並無威脅船夫的本意，反映了陸游的美好心願。

（四）

二十三日，過巫山❶凝真觀，謁妙用真人祠。真人，即世所謂巫山神女也。祠正對巫山，峰巒上入霄漢，山腳直插江中。議者謂太華、衡、廬，皆無此奇。然十二峰❷者，不可悉見，所見八九峰，惟神女峰最為纖麗奇峭，宜為仙真所託。祝史❸云：「每八月十五夜，月明時，有絲竹❹之音往來峰頂，山猿皆鳴，達旦方漸止。」廟後，山半有石壇❺，平曠。傳云：「夏禹見神女，授符書於此。」壇上觀十二峰，宛如屏障。是日，天宇晴霽，四顧無纖翳❻，惟神女峰上有白雲數片，如鸞鶴翔舞徘徊，久之不散，亦可異也。祠舊有烏數百，送迎客舟。自唐夔州刺史李貽詩已云「群烏幸胙餘」矣。近乾道元年❼，忽不至。今絕無一烏，不知其故。泊清水洞，洞極深，後門自山後出，但黮闇❽，水流其中，鮮能入者。歲旱祈雨，頗應。權知巫山縣左文林郎冉徽之、尉右迪功郎文庶幾來。

二十四日，早抵巫山縣，在峽中亦壯縣❾也。市井❿勝歸、峽二郡。隔江南陵山極高大，有路如線，盤屈至絕頂，謂之一百八盤，蓋施州⓫正路。黃魯直詩云：「一百八盤攜手上，至今歸夢繞羊腸。」⓬即謂此也。縣廨有故鐵盆，底銳似半甕⓭狀，極堅厚，銘在其中，蓋漢永平⓮

中物也。缺處鐵色光黑如佳漆，字畫淳質⓯可愛玩。有石刻魯直作〈盆記〉，大略言：「建中靖國元年⓰，予弟叔向嗣直自涪陵⓱尉攝縣事。予起戎州⓲，來寓縣廨。此盆舊以種蓮，余洗滌乃見字云。」遊楚故離宮，俗謂之細腰宮⓳。有一池，亦當時宮中燕遊之地，今堙沒略盡矣。三面皆荒山，南望江山奇麗。又有將軍墓，東晉人也。一碑在墓後，趺⓴陷入地，碑傾前欲壓，字纔半存。

【注釋】❶巫山　位於四川、湖北兩省邊境，與大巴山相連，形如「巫」字，故名。❷十二峰　巫山的十二座峰，峰名為：望霞、翠屏、朝雲、松巒、集仙、聚鶴、淨壇、上升、起雲、飛鳳、登龍、聖泉。❸祝史　司祭祀之官。❹絲竹　絃樂與管樂，泛指音樂。❺石壇　石築高臺，多用於祭祀。❻翳　指雲霧。❼乾道元年　西元一一六五年。❽黮闇　黑暗。❾壯縣　富庶繁盛的縣。❿市井　城邑中集中買賣貨物之所。⓫施州　治所在今湖北恩施。⓬黃魯直詩句　黃庭堅贈與兄黃大臨的名作〈新喻道中寄元明〉：「中年畏病不舉酒，孤負東來數百觴。喚客煎茶山店遠，看人秧稻午風涼。但知家裡俱無恙，不用書來細作行。一百八盤攜手上，至今猶夢繞羊腸。」⓭甕　小口大腹的陶製汲水罐。⓮漢永平　漢明帝年號（西元五八－七五年）。⓯淳質　敦厚質樸。⓰建中靖國元年　西元一一〇一年。⓱涪陵　今四川涪陵。⓲戎州　治所在今四川宜賓。⓳細腰宮　楚離宮名。《墨子・兼愛中》：「昔者，楚靈王好士細要，故靈王之臣皆以一飯為節。」⓴趺　碑下石座。

【語　譯】十月二十三日，經過巫山凝真觀，拜謁妙用真人祠。真人，就是所謂的巫山神女。神祠正對巫山，峰巒矗立空中，山腳插入江中。有人說華山、衡山、廬山，都沒有巫山神奇。然所謂十二峰，卻不能全部看到，只能看到八九個山峰，而神女峰是最為美麗奇崛的，適宜神女居住。祝史說：「每年八月十五日晚，月明時，就會有美妙的音樂在峰頂飄蕩，山上的猿猴都一起鳴叫，直到天明才止。」祠廟後面，在山腰上有石壇，平整而空曠。傳說：「夏禹見到神女，就是在此石壇上傳授符書的。」在壇上看十二峰，就像屏障一樣。這天，天空晴朗，沒什麼雲霧，只是神女峰上有幾片白雲而已，好像鸞鶴飛舞徘徊，久久不散去，真是奇異啊。神祠以前有烏數百，迎送往來的客舟。唐代夔州刺史李貽就在詩中寫道：「群烏幸胙餘。」乾道元年時，這些烏都不見了。如今也看不見，不知什麼原因。停泊在清水洞，洞很深，有一後門通往後山，但很黑暗，有水流過，很少能進入。若是某年乾旱祈雨，非常靈驗。冉徽之與文庶幾來。

二十四日，早晨抵達巫山縣，是峽中的大縣。集市要比歸、峽二郡熱鬧。江對岸的南陵山非常高大，有一條山路，像線一樣繚繞到山頂，人稱一百八盤，就是施州的路。黃魯直詩云：「一百八盤攜手上，至今歸夢繞羊腸。」說的就是這裡。縣廳有一個舊鐵盆，盆底尖銳像半個甕的形狀，非常堅厚，有銘文在裡面，大概是漢永平年間的。盆斷缺之處，鐵色光潤而黑，像上等的漆料，銘文的字體也淳樸耐賞玩。旁邊有石刻，是黃魯直所作〈盆記〉，大抵說：「建中靖國元年，我弟叔向嗣直由涪陵尉兼知巫山縣，我從戎州被召回，寓居於縣廳。此盆本用來種蓮花，我洗滌時才看到裡面的銘文。」然後遊覽楚離宮，就是所謂的細腰宮。宮裡有一個池塘，也是當年宴飲遊樂之地，如今都埋沒荒廢了。三面都是荒山，南望江山很奇美。又有將軍墓，東晉時人。墓後一塊石碑，底座已陷入地表，碑向前傾斜快要倒下的樣子，碑文只剩一半。

【研析】此二日記巫山所見。對於十二峰中的神女峰，作者尤為濃墨重彩。寫神女峰上的數片白雲，繚繞不去，將之比作鸞鶴翔舞，又通過「絲竹之音」「山猿皆鳴」來表現神女峰的神異色彩。第二日寫南陵山，以線喻山路的細長盤屈，並引黃庭堅詩為證。在巫山縣廨中看見舊鐵盆，又引用黃庭堅所作〈盆記〉予以說明。讀萬卷書，行萬里路，陸游在山川行旅的途中，不斷聯想起曾經閱讀的詩文，在文學與現實的互契中，陸游體驗到一種擁抱傳統，擁抱文化，起古人而共遊的愜意和慰藉，行旅不再孤獨。

老學庵筆記

【題解】「老學庵」之名，始見於陸游紹熙二年（西元一一九一年）六月九日所作〈桑澤卿磚硯銘〉，桑澤卿即陸游甥柴世昌。「老學庵」之名，據陸游慶元元年（西元一一九五年）所作〈老學庵〉詩自注：「予取師曠『老而學如秉燭夜行』之語名庵。」師曠語見漢劉向《說苑》。《老學庵筆記》作於紹熙年間，陳振孫《直齋書錄解題》著錄為十卷，評曰：「生識前輩，年登耄期，所記所聞，殊可觀也。」李慈銘《越縵堂讀書記》評曰：「雜述掌故，間考舊文，俱為謹嚴，所論時事人物，亦多平允。」以下摘選其中數則。

（一）

李莊簡公泰發❶奉祠還里，居于新河❷。先君❸築小亭曰千巖亭，盡見南山。公來必終日，嘗賦詩曰：「家山好處尋難遍，日日當門只臥龍❹。欲盡南山巖壑勝，須來亭上少從容。」每言及時事，往往憤切興歎，謂秦相❺曰咸陽。一日來坐亭上，舉酒屬先君曰：「某行且遠謫矣，咸陽尤忌者，某與趙元鎮❻耳。趙既過嶠❼，某何可免？然聞趙之聞命也，涕泣別子弟。某則不然，青鞋布襪，即日行矣。」後十餘日，果有藤州之命❽。先君送至諸暨❾，歸而言曰：「泰發談笑慷慨，一如平日。問其得罪之由，曰不足問，但咸陽終誤國家耳。」

【注釋】❶泰發　李光（西元一〇七八—一一五九年），字泰發，參見本書所選〈跋李莊簡公家書〉注。❷新河　河名，在紹興府城西北。施宿等《會稽志》卷十〈府城〉：「新河在府城西北二里，唐元和十年觀察使孟簡所浚。」❸先君　指陸游父親陸宰。❹臥龍　臥龍山，在山陰縣治後。❺秦相　秦檜。❻趙元鎮　趙鼎，字元鎮，參〈跋李莊簡公家書〉注。❼過嶠　過嶺；到嶺南。❽藤州之命　紹興十一年（西元一一四一年）李光被責授建寧軍節度使，藤州安置。❾諸暨　今屬浙江。

【語　譯】李公泰發奉祠還居故里，住在新河。先君建造了一個小亭名千巖亭，在亭中可盡覽南山風景。李公每次來，總是日落方歸，曾經寫下一首詩記千巖亭：「家鄉山林的好處難以遍尋，每天開門即見臥龍山。想要窮盡南山的美景，就得上千巖亭來徘徊眺望一番。」李公每次談到時事，常常會義憤填膺，稱秦檜為「咸陽」。一天在千巖亭上，李公拿起酒杯對先君說：「我即將要被貶謫到遠方了。『咸陽』最忌恨的人，是我和趙元鎮。趙元鎮已被貶到嶺南，我如何能逃過呢？但聽說趙元鎮接到貶謫之命時，流下眼淚與親人分別；我卻不能這樣兒女情長，穿上樸素的衣服和鞋子就去了。」過了十幾天，李公果然被貶藤州。先君送別李公至諸暨，回來說：「泰發還是像往常一樣談笑風生，慷慨激昂。詢問他為什麼得罪，他說：『不值得問，但「咸陽」終究在禍害國家。』」

【研　析】此則筆記可以與〈跋李莊簡公家書〉併讀。兩者皆寫同一件事，表現李光的英勇不屈，慷慨豪氣；但寫作手法和角度略有不同。在〈跋李莊簡公家書〉中，陸游是為李光家書寫跋文，有明確的寫作目的，故四十年後回憶往事，情感湧動，不能自禁，神遊故境，用「目如炬，聲如鐘」這樣的細節描寫，把讀者一起帶到當日的「現場」。而在《老學庵筆記》中，寫作目的並不是很明確，陸游只是把它當作一則軼事收入筆記，故情感相對平和，不再有「現場」感，而是用先君陸宰送別歸來的敘述，從側面寫李光的「談笑慷慨」。

（二）

故都❶李和熓❷栗，名聞四方。他人百計效之，終不可及。紹興❸中，陳福公❹及錢上閣愷❺出使虜庭❻，至燕山❼，忽有兩人持熓栗各十裹來獻，三節人❽亦人得一裹。自贊曰：「李和兒也。」揮涕而去。

【注釋】❶故都　北宋都城汴京（今河南開封）。❷熓　炒。❸紹興　宋高宗趙構年號（西元一一三一—一一六二年）❹陳福公　陳康伯（西元一〇九七—一一六五年），字長卿，弋陽（今屬江西）人。徽宗宣和三年（西元一一二一年）進士，授長洲主簿。高宗建炎末召為敕令所刪定官，通判衢州。紹興五年（西元一一三五年），除太常博士。八年，為樞密院計議官。十三年，遷軍器監。出知泉、漢州。二十七年，權吏部尚書，尋拜參知政事。二十九年，拜尚書左僕射同中書門下平章事。孝宗隆興元年（西元一一六三年），以太保觀文殿大學士福國公判信州。❺錢上閣愷　上閣官員錢愷。上閣，宋代設東上閣門、西上閣門使各三人，副使各二人，掌朝會、宴幸、供奉等禮儀之事。❻虜庭　指金國。❼燕山　遼設燕京，入宋改為燕山府，後陷於金，即今之北京市。❽三節人　隨從人員。

【語譯】汴京故城有李和，善炒栗子，聲名傳播四方，其他人想方設法仿效他，但就是比不上他的手藝。紹興年間，陳福公與上閣錢愷出使金國，到達燕山，忽然有兩個人各持十包炒栗來進獻，連隨從人員也能得一包炒栗。獻炒栗的人自己報名道：「我們是李和的兒子。」說完揮灑涕淚而去。

【研　析】通過炒栗這樣一件微不足道的事，反映了作者故國之情。寥寥數筆，情致悠長。

（三）

范寥❶言：魯直❷至宜州，州無亭驛，又無民居可僦❸，止一僧舍可寓，而適為崇寧萬壽寺，法所不許，乃居一城樓上，亦極湫隘❹，秋暑方熾，幾不可過。一日忽小雨，魯直飲薄醉，坐胡床❺，自欄楯❻間伸足出外以受雨，顧謂寥曰：「信中，吾平生無此快也。」未幾而卒。

【注　釋】❶范寥　字信中，黃庭堅羈管宜州時，從在宜州。❷魯直　黃庭堅（西元一〇四五—一一〇五年），字魯直。❸僦　租賃。❹湫隘　低下狹小。❺胡床　一種可以折疊的輕便坐具，又稱交床。❻欄楯　欄杆，縱者曰欄，橫者曰楯。

【語　譯】范寥曾經說黃魯直被貶宜州後，州中沒有旅亭驛站，也無民居可租賃，只有一間僧舍可寓居，卻因屬於崇寧萬壽寺管轄，根據律法不得借居。於是，只得居住在一座城樓上，也非常低下狹小，秋夏之交，天氣正熱，幾乎不可忍受。一天，忽然下起小雨，黃魯直喝得微醺，坐在胡床上，將腳伸到欄杆外面，讓雨點淋濕，對范寥說：「信中，我這一生還沒有像現在這樣快樂呢！」不久就去世了。

【研析】從這則筆記中，我們可以感受到宋代士人的一種精神，即堅韌樂觀、永不消沉的向上心理。哲宗紹聖初，《神宗實錄》史禍發生，黃庭堅以「誣毀」先朝之罪名，責授涪州別駕、黔州安置。徽宗崇寧二年，黃庭堅被列入元祐黨籍，以「幸災謗國」之罪名，被除名羈管宜州。寓居城樓上，黃庭堅自言「上雨傍風，無有蓋障」（〈題自書卷後〉），條件之苦可知。但黃庭堅並不因此而消沉，他在此撰寫日記〈宜州家乘〉，與范寥「圍棋誦書，對榻夜語，舉酒浩歌」。正像蘇東坡從海南島貶所歸來時寫的〈六月二十日渡海〉：「九死南荒吾不恨，茲游奇絕冠平生。」在酷熱的夏末，忽然來了場小雨，黃庭堅情不自禁將腳伸出欄杆，讓雨水淋濕，如此平凡細微的生活體驗，竟然讓黃庭堅覺得是人生中最快樂的事，這真是一種難得的人生境界。

（四）

趙廣，合肥❶人，本李伯時❷家小史❸。伯時作畫，每使侍左右。久之，遂善畫，尤工作馬，幾能亂真❹。建炎中，陷賊❺。賊聞其善畫，使圖所擄婦人，廣毅然辭以實不能畫，脅以白刃，不從，遂斷右手拇指遣去。而廣平生實用左手。亂定，惟畫觀音大士而已，又數年乃死。今士大夫所藏伯時觀音，多廣筆也。

【注釋】❶合肥　今屬安徽。❷李伯時　李公麟（西元一〇四九—一一〇六年），字伯時，號龍眠居士，舒城（今屬安徽）人。神宗熙寧三年（西元一〇七〇年）進士。歷南康、長垣尉，泗州錄事參軍。元豐二年（西元一〇七九年），為禮部試官。哲宗元符三年（西元一一〇〇年），病痹致仕，歸龍眠山。以書畫知名，工山水、人物、鞍馬、佛像。❸小史　書童；侍從。❹亂真　模仿逼真，使人真假難辨。❺陷賊　被金人俘擄。

【語譯】趙廣，合肥人，曾經是著名畫家李伯時的書童。伯時作畫，趙廣總侍奉左右。時間久了，趙廣也學會了作畫，尤其擅長畫馬，幾乎與李伯時的作品真假難辨。建炎年間，趙廣被金人擄去。金人聽說他擅畫，便命令他畫俘虜來的婦人，趙廣毅然拒絕，說自己不會畫，金人以刀相威脅，趙廣仍舊不屈服，最終被砍斷右手的拇指。而趙廣實際上是用左手作畫。戰亂平定，趙廣只畫觀世音菩薩像，又過了幾年而去世了。如今士大夫所收藏的李伯時畫觀音像，多半是趙廣的筆跡。

【研析】陸游的《老學庵筆記》常記載一些名不見經傳的人物，他們貧乏的政治經驗沒有資格進入正史。而他們之所以被陸游看中，主要是因為他們的人生經歷與靖康之亂有關，陸游通過敘述他們的故事，表達自己對故國的哀思。李伯時的書童趙廣，被金人俘擄後，面對白刃，毅然不屈，寧被斬斷手指也不肯畫婦人像，因為所擄婦人是他的同胞，為之畫像以供金人玩賞在他看來是一種恥辱，是喪失民族尊嚴的行為。在這一點上，陸游與趙廣取得了心靈共鳴。手指對於畫家而言無比重要，所幸斬斷的是右手指，而趙廣實際用左手作畫。歷史上左撇子畫家很多，如「揚州八怪」之一的高南阜。陸游特別提到趙廣是左撇子，似乎也是一種「精神勝利法」，金人縱然殘暴，卻並不能奈我何。

（五）

今人解杜詩，但尋出處❶，不知少陵❷之意，初不如是。且如〈岳陽樓〉詩❸：「昔聞洞庭水，今上岳陽樓。吳楚東南坼，乾坤日夜浮。親朋無一字，老病有孤舟。戎馬關山北，憑軒涕泗流。」此豈可以出處求哉？縱使字字尋得出處，去少陵之意益遠矣。蓋後人元不知杜詩所以妙絕古今者在何處，但以一字亦有出處為工。如《西崑酬唱集》❹中詩，何曾有一字無出處者，便以為追配❺少陵，可乎？且今人作詩，亦未嘗無出處，渠❻自不知，若為之箋注，亦字字有出處，但不妨其為惡詩耳。

【注　釋】❶出處　詞語典故的來源和根據。❷少陵　杜甫自稱「少陵野老」，少陵在京兆杜陵（今陝西西安南）附近。❸岳陽樓詩　原題〈登岳陽樓〉。❹西崑酬唱集　宋真宗景德二年（西元一〇〇五年），王欽若、楊億等人聚於皇家藏書之祕閣，編纂大型類書《冊府元龜》。修書之餘，彼此唱和。大中祥符元年（西元一〇〇八年），楊億將這些唱和之作編集，名為《西崑酬唱集》。參與者包括楊億、劉筠、錢惟演、丁謂、張詠等十七人，五七言律詩共二百五十首。詩風學習李商隱，辭藻華麗，運用典故。西崑，《山海經》中西北昆侖群玉上的先王藏書府，楊億以之比擬祕閣。❺追配　與前人媲美匹敵。❻渠　他。

【語　譯】現在人詮釋杜少陵詩歌，只知道尋找詞語典故的來源，而不知少陵作詩的旨意和精神，並不以用典為首要。比如〈岳陽樓〉詩：「昔日曾聽聞洞庭水，今日登上岳陽樓。吳楚由此分開，日月出沒於煙波浩渺中。沒有親戚朋友的一點消息，與病身相伴的只有一葉孤舟。此時關山之北正值戰亂，我倚靠軒窗流下眼淚。」這首詩難道單憑考索典故就能理解其精神嗎？即使找到詞語來源，也與少陵的詩旨相差甚遠。後代人不理解杜詩千古絕妙處在於哪裡，只以為每個詞有來源便算是工巧。又比如《西崑酬唱集》中的作品，何曾有一個字沒有出處，那麼就此認為它們可以和杜詩相媲美，這樣的看法對嗎？而且當今的作者寫詩，也未嘗沒有出處，只是他自己不知道罷了，如果給他們的作品箋注，也會字字有出處，但並不能改變它們是差詩的事實。

【研　析】在這則筆記中，陸游表達了他對杜甫詩歌的認識。北宋大詩人、江西詩派宗主黃庭堅就說過：「老杜作詩，退之（韓愈）作文，無一字無來處，蓋後人讀書少，故謂韓、杜自作此語耳。古之能為文章者，真能陶冶萬物，雖取古人之陳言入於翰墨，如靈丹一粒，點鐵成金也。」（〈答洪駒父書〉）黃庭堅原是強調讀書、學識對於創作的重要，但在後輩詩人那裡，便發展成對詞語典故出處的過分關注，而忽略了詩歌的意旨和精神。陸游就是要通過自己的實際創作和理論批評，來糾正這一偏頗。他舉出杜甫的名詩〈登岳陽樓〉，將身世之感與家國之感結合在一起，雖沒有用很多典故，卻是千古絕唱。相反，《西崑酬唱集》中都是用典之作，卻不能傳諸後世。陸游又論及當代作者，其作品也有詞語典故的出處，但作者創作時沒有用典的刻意和自覺。中國古典詩歌的詞語典故，經過歷代詩人的不斷創作和重複，已成為一種作者群中的「集體無意識」，即姜夔〈白石道人詩集序〉所謂：「不求與古人合，而不能不合。」

（六）

東坡先生❶省試❷〈刑賞忠厚之至論〉有云：「皋陶❸為士，將殺人，皋陶曰殺之三❹，堯曰宥之三。」梅聖俞❺為小試官❻，得之以示歐陽公❼。公曰：「此出何書？」聖俞曰：「何須出處？」公以為皆偶忘之，然亦大稱歎。初欲以為魁❽，終以此不果。及揭牓，見東坡姓名，始謂聖俞曰：「此郎必有所據，更恨吾輩不能記耳。」及謁謝❾，首問之，東坡亦對曰：「何須出處？」乃與聖俞語合。公賞其豪邁，太息不已。

【注　釋】❶東坡先生　蘇軾（西元一〇三七—一一〇一年），字子瞻，號東坡居士。❷省試　唐宋時由尚書省禮部主持舉行的考試，又稱禮部試。❸皋陶　虞舜時掌刑法之官，《論語·顏淵》：「舜有天下，選於眾，舉皋陶，不仁者遠矣。」蘇軾誤為唐堯之臣。❹三　連續三次。❺梅聖俞　梅堯臣（西元一〇〇二—一〇六〇年），字聖俞。❻小試官　嘉祐二年（西元一〇五七年），歐陽修知禮部貢舉，梅堯臣為參詳官。❼歐陽公　歐陽修。❽魁　第一名。❾謁謝　晉見道謝。

【語　譯】東坡先生在參加禮部考試時寫了一篇文章〈刑賞忠厚之至論〉，其中寫到：「皋陶為刑法官，將要處治罪犯，皋陶連續三次說要殺，而堯卻連續三次要寬宥他。」梅聖俞為禮部試參詳官，看了蘇軾的文章後，交給歐陽公。歐陽公說：「此事出自哪部書？」梅聖俞說：「何必要尋出處呢？」歐陽修認為是偶爾忘記了，但依然非常讚賞此文。本來歐陽修想定蘇軾為第一名，終究因為此事找不到出典，便沒有給蘇軾第一名。放榜之後，看見東坡的姓名，才對聖俞說：「這個年輕人寫文章必定有出典，只遺憾我們不能記起來。」等到東坡來拜見考官，歐陽公便問他，東坡回答道：「何必要尋出處呢？」竟然與聖俞的話相合。歐陽公欣賞東坡的豪邁，不停地讚嘆。

【研　析】蘇軾在參加考試的文章中，用典不拘泥，為了文章的意旨需要作發揮，甚至「虛構」事件。這不僅沒有得罪主考官歐陽修，反而得到他的讚賞，從一個側面反映了宋代士人的開明自由的文化精神。陸游此則筆記，說歐陽修因「皋陶曰殺之三」找不到出典，故而沒有讓蘇軾佔得魁甲，這可能是陸游的誤記。因為據蘇軾之弟蘇轍在〈亡兄子瞻端明墓誌銘〉中所言，歐陽修之所以沒有把魁甲給蘇軾，是因為歐陽修以為〈刑賞忠厚之至論〉是他的學生曾鞏所作，為了避免嫌疑，故將其置於第二等。宋代考試實行糊名制度，考官在閱卷時並不知道考生姓名。蘇轍還寫道，當蘇軾以書信致謝歐陽修時，歐陽修曾寫信給梅堯臣，表達「讓賢」之意：「老夫當避此人，放出一頭地。」南宋詩人楊萬里在《誠齋詩話》為蘇軾的這一「虛構」事件找出了原典，在《禮記・文王世子》中：「獄成，有司讞于公……公曰：『宥之。』有司又曰：『在辟。』公又曰：『宥之。』有司又曰：『在辟。』及三宥不對，走出，致刑于甸人。」

（七）

紹興末❶，予見陳魯公❷。留飯，未食，而楊郡王存中❸來白事❹，魯公留予便坐而見之。存中方不為朝論所與❺，予年少，意亦輕之，趨幕後聽其言。會魯公與之言及邊事，存中曰：「士大夫多謂當列兵淮北，為守淮計，即可守，因圖進取中原；萬一不能支，即守大江未晚。此說非也。士惟氣全，乃能堅守，若俟其敗北，則士氣已喪，非特不可守淮，亦不能守江矣。今據大江之險，以老❻彼師，則有可勝之理。若我師克捷❼，士氣已倍，彼奔潰❽不暇，然後徐進而北，則中原有可取之理。」

然曲折尚多，兵豈易言哉？」予不覺太息曰：「老將要有所長。」然退以語朝士，多不解也。

【注　釋】❶紹興末　紹興三十一年(西元一一六一年)，金主完顏亮大軍南侵。❷陳魯公　陳康伯，封魯國公。❸楊郡王存中　楊存中，本名沂中，字正甫，宋高宗賜名存中。他是楊家將的後代，與岳飛、韓世忠、劉琦等並稱「南渡十將」。❹白事　陳說事務。❺不為朝論所與　據《宋史·楊存中傳》：「存中在殿巖凡二十五載，權寵日盛，太常寺主簿李浩、敕令所刪定官陸游、司封員外郎王十朋、殿中侍御史陳俊卿，相繼以為言。三十一年(西元一一六一年)，罷為太傅、醴泉觀使，進封同安郡王，賜玉帶朝朔望。時金主亮有南侵意，存中上〈備敵十策〉。步帥趙密謀奪存中權，因指為喜功生事。存中聞之，上章乞免。密竟代之。未幾，邊聲日急。九月，詔存中為御營宿衛使。」❻老　使疲憊、困乏。《國語·晉語四》：「且楚師老矣，必敗，何故退？」韋昭注：「老，罷也。」❼克捷　克敵制勝。❽奔潰　奔跑逃散。

【語　譯】紹興末年，我拜見陳魯公康伯，魯公留我一同用飯。還沒吃的時候楊存中來陳說事務，魯公讓我坐著而出去接見他。存中那時正被朝中官員彈劾，我那時年少，也很輕視他，便走到簾幕後面聽他說事。魯公與他正談論邊防之事，存中說：「士大夫都認為應當在淮河北岸設置軍隊，以守衛淮河，進而恢復中原故地；萬一抵擋不了金兵，再退守長江，為時未晚。這種觀點是錯的。士氣一定要完全充備，才能堅守陣地，如果等到打了敗仗，士氣已喪，不僅不能守衛淮河，連長江也不能守了。現在應該在長江沿岸設置防衛，讓金人的軍隊疲於長途跋涉，或許有戰勝的可能。如果我方軍隊戰勝，士氣完備，對方來不及逃散，趁此機會逐漸向北進攻，那麼中原就有收復的希望了，但其中複雜情況尚多，戰事難道是可以輕易說說的嗎？」我聽了不禁讚嘆道：「老將一定是有所擅長之處的。」但是將此事與朝中人談論，他們多半不理解。

【研析】陸游記述了楊存中對於設置邊防的一段見解，與一般人的想法不同。宋金之間有兩條「天塹」——淮河與長江，當時朝中之士多認為應該首先在淮河設防，因為那是前線，如果淮河被攻破，那麼再退守長江，倚靠第二道防線。這確實是比較合理的思路。但楊存中認為如果淮河一旦失守，那麼長江也保不了，他的根據在於「士氣」。「士氣」要「完」，不能有絲毫減損，就像輪胎或氣球，一旦破了個小口子，就沒有用了。因此，楊存中建議，與其置重兵於淮河，不如置重兵於長江，在長江與敵人決一死戰。而金人南侵，先到淮河，再到長江，等他們到達長江時，已身體疲憊不堪，便增加了我軍戰勝的把握。

（八）

紹聖、元符❶之間，有馬從一者，監南京排岸司❷。適漕使❸至，隨眾迎謁。漕一見怒甚，即叱之曰：「聞汝不職❹，本欲按❺汝，何以不亟去？尚敢來見我耶！」從一皇恐❻，自陳湖湘❼人，迎親竊祿❽，求哀不已。漕察其語，南音也，乃稍霽威❾，云：「湖南亦有司馬氏乎？」

從一答曰：「某姓馬，監排岸司耳。」漕乃微笑曰：「然則，勉力職事可也。」初蓋誤認為溫公❿族人，故欲害之。自是從一刺謁⓫，但稱監南京排岸而已。傳者皆以為笑。

【注釋】❶紹聖元符　宋哲宗年號，紹聖，西元一〇九四—一〇九七年，元符，西元一〇九八—一一〇〇年。❷南京排岸司　南京歸德府（今河南商丘）主持水運的公署。❸漕使　轉運使，負責地區財賦，並有監察州府官吏之責。❹不職　不稱職。❺按　治罪。❻皇恐　恐懼驚慌。❼湖湘　洞庭湖和湘江地帶，代指湖南。❽迎親竊祿　奉養父母，領取官祿。❾霽威　收威。霽，本指雨晴。❿溫公　司馬光（西元一〇一九—一〇八六年），字君實，號迂夫，陝州夏縣（今屬山西）人。仁宗景祐五年（西元一〇三八年）進士。熙寧三年（西元一〇七〇年），因與王安石政見不合，出知永興軍，改判西京留司御史臺。六年，以端明學士兼翰林侍讀學士居洛陽，主編《資治通鑑》。哲宗元祐元年，拜左僕射兼門下侍郎，盡廢新法。卒，贈溫國公，諡文正。⓫刺謁　投名刺以求見。

【語譯】紹聖、元符年間，有個人叫馬從一，主持南京的水運事務。適逢漕使來到，便隨眾人一同迎接。漕使一見馬從一即發怒，訓斥道：「聽說你不稱職，本來想治你的罪，你為何不躲避，反而來見我？」馬從一非常驚恐，說自己是湖南人，為了奉養雙親，才不得已作官，失職之處，請求寬恕。漕使聽他說話，知道是南方口音，便稍微平息怒氣，說：「湖南也有姓司馬的嗎？」馬從一回答：「在下姓馬，監管排岸司。」漕使於是微笑說：「既然如此，好好工作吧。」原來漕使一開始錯把馬從一當作司馬溫公的族人了，因此要陷害他。從此以後，馬從一向人投名刺求見，只稱「南京排岸馬從一」，把「司」字去掉。說起這種故事，人們都覺得好笑。

【研析】北宋中後期，黨爭激烈。哲宗元祐年間，高太后臨朝，舊黨領袖司馬光執政，盡廢新法，驅逐新黨。元祐八年，高太后病卒，哲宗親政，改元紹聖，起用新黨，舊黨人士遭到迫害，蘇軾、黃庭堅等即是鮮明的例子。只因為馬從一掌管排岸司，名刺上寫「南京排岸司馬從一」，令新黨人物「漕使」誤認為他的名字為「司馬從一」，便將馬從一視作司馬光的族人，欲對之進行報復打擊，孰料卻鬧了個笑話。陸游這則筆記反映了新黨人物在進行政治迫害時的蠻橫無理、醜惡可笑。

家世舊聞

【題解】此書作於淳熙年間，記述了陸游高祖陸軫、曾祖陸珪、祖父陸佃、叔祖陸傅、父陸宰等家族前輩的遺聞軼事，涉及北宋的政治經濟、典章制度、文化風俗等各方面。此書不僅有助於我們對陸游的了解，也為宋史研究提供了重要的史料文獻。南宋史學家李燾在《續資治通鑑長編》注文中即曾徵引《家世舊聞》。以下選錄其中數則。

（一）

太傅❶辟穀❷幾二十年，然亦時飲，或食少山果。醉後，插花帽上，先君嘗言此，游因請問：「前輩燕居❸亦著帽乎？」先君曰：「前輩平居往來，皆具袍帶，惟出游聚飲，始茶罷換帽子、皂衫❹，以為便服矣。衫袍下，冬月多衣錦襖，夏則淺色襯衫，無今所謂背子❺者。致仕則衣道服，然著帽。大抵士大夫無露巾❻者，所以別庶人也。王荊公在金陵山中，騎驢往來，亦具衫、帽。吾記紹聖、元符間，士大夫猶如此。」

【注　釋】❶太傅　陸軫，字齊卿，陸游高祖。❷辟穀　不食五穀。道教的一種修煉術，辟穀時仍食藥物，並做導引等工夫。《史記・留侯世家》：「乃學辟穀，道引輕身。」❸燕居　閒居。❹皂衫　黑色短袖單衣。❺背子　宋代一種常見服飾。《事物紀原・衣裘帶服・背子》引《實錄》：「秦二世詔衫子上朝服加背子，其制袖短於衫，身與衫齊而大袖。今又長與裙齊，而袖纔寬於衫。」❻巾　古人以巾裹頭，後即演變成冠的一種。《後漢書・郭太傳》：「嘗於陳梁閑行遇雨，巾一角墊，時人乃故折巾一角，以為『林宗巾』。」

【語　譯】太傅不食五穀近二十年，然偶爾也飲酒，吃些山果而已。喝醉後，便將花插在帽上。父親曾經對我說起此事，我因而問父親：「前輩人閒居時也戴帽子嗎？」父親說：「前輩平日交往走訪，都穿長袍繫腰帶，只有在外出遊覽，朋友會飲時，喝完茶可以換去帽子和皂衫，穿便服。衫袍裡面，冬季多穿錦製棉襖，夏季則穿淡顏色的襯衫，沒有現在人們常穿的背子。退休後則穿道服，但也戴帽子。一般來說士大夫很少把頭巾露出來，以和一般平民有所區別的。王荊公在金陵山中閒居，騎驢往來，也穿襯衫、戴帽子。直到紹聖、元符年間，士大夫的穿著習慣仍是如此。」

【研析】此則筆記，反映了宋代士人的衣著風俗。陸游高祖喝醉後，插花於帽，陸游自己也如此，其〈閒中頗自適戲書於客〉：「剪紗新製簪花帽，乞竹寬編養鶴籠。」清趙翼《陔餘叢考．簪花》：「今俗惟婦女簪花，古人則無有不簪花者。」但即使古代習俗男女皆可簪花，陸游特別指出高祖是在「醉後」插花的，可見即使在宋代，男性簪花仍是一種「非常」的舉動。在北宋紹聖、元符前，即徽宗朝以前，士大夫一般都戴帽子，不把頭巾露出來，但此風俗到了陸游的時代已不復如是了。

（二）

楚公❶仕宦四十年，竟無屋廬。元祐中，以憂❷歸，寓妙明僧舍而已。晚得地臥龍山❸下，欲築一區❹，竟亦未果。山麓有微泉，引作一小池，名之曰三汲泉，今歲久，遂不知其處矣。

【注釋】❶楚公　陸游祖父陸佃，字農師。❷憂　居喪，在父母的喪期中。❸臥龍山　在山陰縣治後。❹一區　一所宅院。《後漢書．劉盆子傳》：「賜宅人一區，田二頃。」

【語　譯】楚公作官四十年，其間竟然沒有造一間屋舍。元祐中，因居喪歸家，也只是寓居在妙明僧舍中。晚年買得臥龍山下一塊地，想要造屋，卻最終沒有實現。臥龍山腳下有細微的泉水，楚公曾把泉水引作一個小池，取名為三汲泉，年歲甚久，現在已不知在哪裡了。

【研　析】陸游此則筆記表示了對祖父勤儉生活的讚美，為官四十年，都沒有添造一間房屋。陸游自己繼承了祖父的勤儉，他第一次在鏡湖邊築廬是乾道二年（西元一一六六年），〈幽棲〉自注：「乾道丙戌，始卜居鏡湖之三山。」又〈家居自戒〉：「曩得京口俸，始卜湖邊居。屋財十許間，歲久亦倍初。」所謂「京口俸」，即指隆興二年（西元一一六四年）至乾道二年通判鎮江府的三年俸祿。陸游的房屋是較為簡樸的，以致辛棄疾晚年竟欲捐資給陸游造房。唐代韓愈也在〈示兒〉中說：「辛勤三十年，以有此屋廬。」

（三）

東坡先生守錢塘，六叔祖❶祠部公為轉運司屬官，頗不合。紹聖中，章子厚❷作相，力薦以為可以任諫官、御史。遂召對，哲廟❸語訖，公至殿上，立未定，上即疾言曰：「蘇軾！」公度章相必為上言❹錢塘事，乃對曰：「臣任浙西轉運司勾當❺公事日，軾知杭州，葺公廨及築堤西湖，工役甚大，臣謂其廢財動眾，以營不急❻，勸止。軾遂怒，語郡官曰：『比❼舉一二事，與諸監司議，皆以為然，而小勾輒呶呶❽不已。』『小勾』，蓋指臣也。然是時歲凶民飢，得食其力❾以免死、徒者頗眾。臣所爭亦未得為盡是。」上默然。章相聞之，亦不悅，以故仕卒不進。

【注　釋】❶六叔祖　陸游六叔祖陸傅，字岩老。原缺「叔」字，據後文「六叔祖祠部平生喜作詩」補。❷章子厚　章惇（西元一一三五—一一〇五年），字子厚，建州浦城（今屬福建）人，嘉祐四年進士。熙寧初，王安石用為編修三司條例官。元豐三年（西元一〇八〇年），拜右諫議大夫、參知政事。哲宗親政，起為尚書左僕射兼門下侍郎，專以紹述為事，排斥打擊蘇軾、黃庭堅等元祐之臣。❸哲廟　宋哲宗趙煦。❹言　原作「尹」字，據文意改。❺勾當　宋時稱各路屬官為勾當公事，指主管辦理某種公務的官員。後因避宋高宗趙構名諱而改為「幹辦公事」或「幹當」。❻不急　不是急需的事務。❼比　近來。❽呶呶　多言；喋喋不休。❾食其力　以勞動養活自己。

【語　譯】東坡先生在擔任杭州知州時，我的六叔祖陸傅正擔任轉運司屬官，兩人時常意見不合。紹聖中，章子厚作宰相，強力推薦六叔祖擔任諫官、御史。於是面見皇上，哲宗皇帝發話完畢，叔祖來到殿上，還未站定，皇上突然說：「蘇軾！」叔祖猜測大概章惇把自己在杭州與蘇軾不合的事，告訴了皇上，於是對皇上說：「臣在擔任浙西轉運司屬官的時候，蘇軾正知杭州，修葺官署並在西湖上築堤，工程浩大，臣認為他耗費錢財和勞動力，去做這些不重要的事，因此勸阻他。

蘇軾便生氣了，向其他官員說：『近來實施一些政務，與各位同僚商議，其他人都贊同，唯獨這個小勾當喋喋不休。』『小勾當』說的就是臣。但話說回來，當時正鬧饑荒，蘇軾用修署築堤的辦法招募了不少百姓，讓他們能自食其力，免於飢餓和流亡。臣與他爭執也未必全對。」皇上聽後沉默了。章惇丞相聽後，非常不高興。叔祖後來在仕途上所以沒有成就，就是因為這次得罪了章惇。

【研　析】陸游六叔祖陸傅雖與蘇軾不合，但他在哲宗和章惇面前，實事求是，不僅沒有借機報復蘇軾，反而經過事後反省，對這場爭執採取客觀態度，肯定了蘇軾「以工代賑」之法的功績，讓許多百姓平安度過災荒之年。章惇本來看好陸傅，想籠絡他，誰知陸傅不懂得奉承拍馬，沒有在哲宗面前數落蘇軾，於是陸傅的仕途因此葬送。蘇軾自己也對「以工代賑」頗為得意，〈申三省起請開湖六條狀〉：「艱食之歲，使數千人得食其力以度凶年，亦歸於賑濟也。」〈奏戶部拘收度牒狀〉：「將前來度牒變轉賑濟外，所餘錢米，招募艱食之民，興功開淘。今來才及一月，漸以見功。吏民踴躍從事，農工父老，無不感悅。」但蘇軾的性格確實是比較直爽而幽默的，因此不免心直口快，甚至刻薄尖酸，遂得罪了一些人。蘇軾與程頤之間的不合，引發了「蜀黨」與「洛黨」之間的矛盾，然起因只不過是蘇軾罵程頤「鏖糟鄙俚」而已。黃庭堅說蘇軾「短處在好罵」，陳師道說蘇軾「故多怨刺」，兩位門生所言應屬事實。

（四）

李作乂知剛，楚公之婿，才極高，公愛之。作乂與馬巨濟善。巨濟在太學❶有聲，及赴省試，作乂擬杜子美杜鵑詩體❷，作詩戲之曰：「太學有馬涓，南省❸無馬涓，秋榜有馬涓，春榜無馬涓。」公聞之不樂。作乂曰：「某與巨濟忘形，故有此戲。」公曰：「與人交當有禮，何謂『忘形』❹？凡世之交友卒為仇讎❺者，皆忘形者也。嘗記熙寧中，與舒信道❻、彭器資❼同在景德考試。信道一夕中夜叩器資門，欲有所問，器資已寢，亟起束帶。信道隔門呼曰：『不必起，止有一語，欲求教耳。』器資不答，束帶竟，開門延坐，然後共語，信道頗不樂。然處朋友間，如器資乃是。」

【注釋】❶太學　古代設於京城的最高學。❷杜鵑詩體　杜甫〈杜鵑〉：「西川有杜鵑，東川無杜鵑。涪萬無杜鵑，雲安有杜鵑。」杜甫此種重複手法，本自樂府〈江南詞〉：「魚戲蓮葉東，魚戲蓮葉西，魚戲蓮葉南，魚戲蓮葉北。」❸南省　指代省試。唐代中書、門下、尚書三省皆在大內之南，尚書省更在另二省之南，故以南省指代尚書省，又指代尚書省的禮部及由禮部主持的考試。❹忘形　朋友相處不拘形跡。白居易〈效陶潛體詩〉其七：「我有忘形友，迢迢李與元。」❺仇讎　冤家對頭。《左傳・哀公元年》：「(越)與我同壤而世為仇讎。」❻舒信道　舒亶（西元一〇四一－一一〇三年），字信道，號懶堂，明州慈溪（今浙江慈溪市東南）人，英宗治平二年（西元一〇六五年）進士。神宗熙寧中，王安石當國，召為審官西院主簿。元豐二年（西元一〇七九年），論奏蘇軾謝表譏切時事，並上其詩三卷，釀成「烏臺詩案」。❼彭器資　彭汝礪（西元一〇四二－一〇九五年），字器資，饒州鄱陽（今江西波陽）人。英宗治平二年進士。神宗熙寧初，召為監察御史裡行。哲宗元祐二年（西元一〇八七年），為起居舍人。紹聖二年（西元一〇九五年），召為樞密都承旨，未及赴而卒。

【語　譯】 李作乂，字知剛，是楚公陸佃的女婿，很有才華，楚公欣賞他。作乂和馬巨濟相友善。巨濟在太學很有名聲，將要赴省試了，作乂模仿杜甫〈杜鵑〉詩的結構，寫了一首跟他開玩笑：「太學有馬涓，南省無馬涓，秋榜有馬涓，春榜無馬涓。」楚公知道此詩後不高興。作乂說：「我與巨濟乃『忘形』之交，關係親密，所以跟他開玩笑。」楚公說：「與人交往應有禮節，什麼叫『忘形』？大凡世上朋友變成仇人，都是因為『忘形』。記得在熙寧時期，我與舒信道、彭器資同在景德考試。信道一天夜晚敲器資的門，想有所詢問，器資已睡下了，聽到敲門聲便急忙穿衣服。信道隔門喊道：『不用爬起來，只有一兩句話要說，想向你求教。』器資不回答，把衣服穿好，打開門，請信道屋內坐，然後一起談論，信道因此不開心。但是在我看來，朋友之道，應該像器資這樣。」

【研　析】 這則筆記今天看來依然有很強的現實性，生活中我們常會遇到一些「忘形」的朋友，他們雖然直率坦誠，但某些舉動畢竟逾越了人與人之間必要的禮節，不免引起一些尷尬。關鍵在於把握不拘形跡與遵循禮儀之間的度。彭器資的行為，遵循了古代儒家的禮儀傳統，《論語》裡就說：「食不語，寢不言。」

（五）

元祐中，李作乂為楚公言：「蘇子瞻作〈富公神道碑〉❶，言爭歲幣❷用『獻』字甚力。某以當時國書❸考之，畢竟許他『納』字，則富公乃是不曾爭得。碑既不言許之，復以能拒虜請為富公之功，豈非誤乎？」公曰：「此非誤也。大抵大典策與尋常文字不同，須有為朝廷諱處。如歐陽公作〈范文正碑〉❹，言天子得率百官為太后上壽，以文正爭而止。後來蘇明允❺、姚子張❻修《太常因革禮》，見當時實上壽，便以歐陽公作不如此。是亦為朝廷諱爾。此等文字，必傳之四夷❼，若人主改過、罪己❽之類，自是好事，直書無害；若如此二事，則系國體❾，不得不諱也。」

【注釋】❶富公神道碑　富公，富弼（西元一〇四四—一〇八三年），字彥國，河南（今河南洛陽）人，仁宗天聖八年（西元一〇三〇年）舉茂才異等。慶曆二年（西元一〇四二年），假尚書戶部侍郎，出使契丹議和，宋增歲幣十萬兩、絹十萬匹。神道碑，舊時立於墓道前記載死者生平事蹟的石碑。❷歲幣　指宋代每年向外族輸送的錢物。❸國書　指宋與外族間往來或共同議定的文書。❹范文正碑　歐陽修為范仲淹撰寫的〈資政殿學士戶部侍郎文正范公神道碑銘〉。❺蘇明允　蘇洵（西元一〇〇九—一〇六六年），字明允，眉山（今屬四川）人。與其子軾、轍合稱三蘇。仁宗嘉祐間，得歐陽修推譽，遂知名。曾與姚闢同修《太常因革禮》一百卷。❻姚子張　姚闢，字子張，金壇（今屬江蘇）人。仁宗皇祐元年（西元一〇四九年）進士。❼四夷　四方少數民族。❽罪己　引咎自責。❾國體　國家或朝廷的體統、體面。

【語　譯】元祐年間，李作乂曾對楚公說：「蘇子瞻寫〈富鄭公神道碑〉，提到富公為歲幣是否用『獻』『納』字而據理力爭。我考索了當時的國書，宋朝最終還是同意用『納』字，如此則富公並不曾與契丹爭論。〈神道碑〉中既不說富公同意用『納』字，反而以拒絕契丹的請求為富弼的功績，難道不是錯誤的嗎？」楚公回答道：「這不是錯誤。朝廷的重要文件與一般文字不同，必須為朝廷忌諱。比如歐陽公寫的〈范文正碑〉，說皇帝要率領百官為太后祝壽，因為范文正力爭而停止。後來蘇明允、姚子張修《太常因革禮》，發現當時確曾有祝壽之事，便認為歐陽公記錯了。這其實也是為朝廷避諱。這些文字，要傳播到四夷，如果是皇帝改過自責之類的事，本來是好事，故如實書寫即可；如果像上面這兩件事，關係到國家的體面，故不得不避諱。」

【研　析】臺灣中央圖書館藏舊抄本《家世舊聞》，此條上有眉批：「或略其事，不竟其始末，可也；直云能拒能止，則失其實。《春秋》諱惡之法不如是。」關於富弼爭「獻納」事，此條筆記說得不清楚，實際是契丹要求歲幣前加「獻」字或「納」字，富弼堅決不同意，只用「增」字。蘇軾〈富公神道碑〉原文如下：「（富弼）既至北，不復求婚，專欲增幣，曰：『南朝遺我書，當曰獻，否則曰納。』公爭不可。北主曰：『南朝既懼我矣，何惜此二字？若我擁兵而南，得無悔乎？』公曰：『本朝皇帝兼愛南北之民，不忍使蹈鋒鏑，故屈己增幣，何名為懼哉？若不得已而至於用兵，則南北敵國，當以曲直為勝負，非使臣之所憂也。』北主曰：『卿勿固執，自古亦有之。』公曰：『惟唐高祖借兵於突厥，故臣事之。當時所遺，或稱獻、納，則不可知。其後頡利為太宗所擒，豈復有此禮哉？』公聲色俱厲，敵知不可奪，曰：『吾當自遣人議之。』於是留所許增幣誓書，復使耶律仁先及六符以其國誓書來，且求為獻、納。公奏曰：『臣既以死拒之，敵氣折矣，可勿復許，敵無能為也。』」富弼與蘇軾之父蘇洵不合，但當富弼子孫求蘇軾撰寫〈神道碑〉時，蘇軾還是答應了，葉夢得《石林燕語》以此事讚美蘇軾：「歐陽文忠公初薦蘇明允，便欲朝廷不次用之。時富公、韓公當國，雖韓公亦以為當，然獨富公持之不可，曰：『姑少待之。』故止得試銜初等官，明允不甚滿意。再除，方得編修《因革禮》。前輩慎重名器如此。元祐間，富紹庭欲從子瞻求為〈富公神道碑〉，久之，不敢發，其後不得已而言，一請而諾，人亦以此多子瞻也。」

（六）

先君❶言：米元章❷「瓜州閘」❸三大字，神彩飛動，妙絕古今，非惟他人所不能彷彿❹，元章自書亦無及此者。嘗於膝上，以指畫此三字，歎息不已。因言：元章晚病瘍❺，前知死日，買棺，舁❻至便齋❼，倦則臥其中。客至，邀至棺側，臥與語。如期❽死。且死，索筆大書曰：「吾自眾香國❾來，今復歸矣。」

【注釋】❶先君　陸游父陸宰（西元一〇八八—一一四八年），字元鈞。❷米元章　米芾（西元一〇五一—一一〇七年），字元章，號襄陽漫士、鹿門居士、海嶽外史等，原籍太原（今屬山西）。徽宗崇寧五年（西元一一〇六年）為書畫二學博士，遷禮部員外郎，世稱米南宮。宋代著名書畫家，與蘇軾、黃庭堅、蔡襄並稱四大家。❸瓜州閘　瓜州在江蘇邗江縣南，與鎮江市隔江斜對，向為長江南北水運之要衝。閘，可以啟閉的水門。陸游〈常州奔牛閘記〉：「岷山導江，行數千里，至廣陵丹陽之間，是為南北之衝，皆疏河以通餫餉。北為瓜州閘，入淮汴以至河洛；南為京口閘，歷吳中以達浙江。」❹彷彿　相似；相近。❺瘍　皮膚破損潰爛。❻舁　抬。❼便齋　日常閒居之室。❽期　所預測之日期。❾眾香國　佛國名。《維摩經・香積佛品》：「上方界分過四十二恒河沙佛土有國名『眾香』，佛號『香積』，今現在。」

【語　譯】父親曾說：米元章書寫的「瓜州閘」三個大字，飄逸生動，精妙絕倫，不僅其他書家不能與之媲美，即使他自己的作品也沒有比這更好的了。父親曾對著米元章的這三個字，手指畫膝以臨摹，不停地讚嘆。又說：米元章晚年生潰瘍病，預先知道那天會辭世，便買好棺材，抬到閒居之室，困倦了就躺在其中。若有客人來，便請他坐在棺材邊，躺著與他說話。果真在那天去世。臨死之前，寫下了幾個字：「我從眾香佛國來，如今又回去了。」

【研　析】米芾有許多怪癖，例如出行喜戴高帽子，帽觸轎頂，則撤頂而坐轎；洗手不用巾拭，相拍至乾，有「狂生」、「米癲」之號。此則筆記描寫了米芾辭世前的一些行為，在令人驚異的同時，也不得不佩服米芾對待生死的超脫。蘇東坡晚年被貶儋州後，第一件事就是買棺材，〈與王敏仲〉：「生不挈家，死不扶柩，此亦東坡之家風也。」大抵宋代士人皆較豁達。

古籍今注新譯叢書

書種最齊全　注譯最精當

【哲學類】

新譯四書讀本　謝冰瑩等編譯
新譯學庸讀本　王澤應注譯
新譯孝經讀本　賴炎元等注譯
新譯論語新編解義　胡楚生編著
新譯易經讀本　郭建勳注譯
新譯乾坤經傳通釋　黃慶萱著
新譯易經繫辭傳解義　吳怡著
新譯禮記讀本　姜義華注譯
新譯儀禮讀本　顧寶田等注譯
新譯孔子家語　羊春秋注譯
新譯老子讀本　余培林注譯
新譯帛書老子　趙鋒注譯
新譯老子解義　吳怡著
新譯莊子讀本　黃錦鋐注譯
新譯莊子讀本　張松輝注譯
新譯莊子本義　水渭松注譯
新譯莊子內篇解義　吳怡著
新譯列子讀本　莊萬壽注譯
新譯管子讀本　湯孝純注譯
新譯墨子讀本　李生龍注譯
新譯公孫龍子　丁成泉注譯
新譯晏子春秋　陶梅生注譯
新譯鄧析子　徐忠良注譯
新譯荀子讀本　王忠林注譯
新譯尹文子　徐忠良注譯
新譯尸子讀本　水渭松注譯
新譯鶡冠子　趙鵬團注譯
新譯鬼谷子　王德華等注譯
新譯韓非子　傅武光等注譯
新譯呂氏春秋　朱永嘉等注譯
新譯韓詩外傳　孫立堯注譯
新譯淮南子　熊禮匯注譯
新譯春秋繁露　朱永嘉等注譯
新譯新書讀本　饒東原注譯
新譯新語讀本　王毅注譯
新譯潛夫論　彭丙成注譯
新譯論衡讀本　蔡鎮楚注譯
新譯申鑒讀本　林家驪等注譯
新譯人物志　吳家駒注譯
新譯張載文選　張金泉注譯

新譯近思錄　張京華注譯
新譯傳習錄　李生龍注譯
新譯呻吟語摘　鄧子勉注譯
新譯明夷待訪錄　李廣柏注譯

【文學類】

新譯詩經讀本　滕志賢注譯
新譯楚辭讀本　林家驪注譯
新譯楚辭讀本　傅錫壬注譯
新譯文心雕龍　羅立乾注譯
新譯六朝文絜　蔣遠橋注譯
新譯世說新語　劉正浩等注譯
新譯昭明文選　周啟成等注譯
新譯古文觀止　謝冰瑩等注譯
新譯古文辭類纂　黃　鈞等注譯
新譯樂府詩選　溫洪隆注譯
新譯古詩源　馮保善注譯
新譯千家詩　邱燮友等注譯
新譯詩品讀本　成　林等注譯
新譯花間集　朱恒夫注譯
新譯南唐詞　劉慶雲注譯
新譯唐詩三百首　邱燮友注譯
新譯宋詩三百首　陶文鵬注譯

新譯宋詞三百首　汪　中注譯
新譯宋詞三百首　劉慶雲注譯
新譯元曲三百首　賴橋本等注譯
新譯明詩三百首　趙伯陶注譯
新譯清詩三百首　王英志注譯
新譯清詞三百首　陳水雲等注譯
新譯唐人絕句選　卞孝萱等注譯
新譯唐才子傳　戴揚本注譯
新譯拾遺記　石　磊注譯
新譯搜神記　黃　鈞注譯
新譯唐傳奇選　束　忱等注譯
新譯宋傳奇小說選　束　忱注譯
新譯明傳奇小說選　陳美林等注譯
新譯容齋隨筆選　朱永嘉等注譯
新譯明散文選　周明初注譯
新譯人間詞話　馬自毅注譯
新譯白香詞譜　劉慶雲注譯
新譯幽夢影　馮保善注譯
新譯菜根譚　吳家駒注譯
新譯小窗幽記　馬美信注譯
新譯圍爐夜話　馬美信注譯
新譯郁離子　吳家駒注譯
新譯歷代寓言選　黃瑞雲注譯

新譯賈長沙集　林家驪注譯
新譯揚子雲集　葉幼明注譯
新譯曹子建集　曹海東注譯
新譯建安七子詩文集　韓格平注譯
新譯阮籍詩文集　林家驪注譯
新譯嵇中散集　崔富章注譯
新譯陸機詩文集　王德華注譯
新譯陶淵明集　溫洪隆注譯
新譯江淹集　羅立乾等注譯
新譯庾信詩文選　歸　青注譯
新譯初唐四傑詩集　李福標注譯
新譯駱賓王文集　黃清泉注譯
新譯王維詩文集　陳鐵民注譯
新譯孟浩然詩集　楊　軍注譯
新譯李白詩全集　郁賢皓注譯
新譯李白文集　郁賢皓注譯
新譯杜甫詩選　張忠綱等注譯
新譯杜詩菁華　林繼中注譯
新譯高適岑參詩選　孫欽善等注譯
新譯昌黎先生文集　周啟成等注譯
新譯劉禹錫詩文選　閻　琦注譯
新譯柳宗元文選　卞孝萱等注譯
新譯白居易詩文選　陶　敏等注譯

新譯元稹詩文選	郭自虎注譯
新譯李賀詩集	彭國忠注譯
新譯杜牧詩文集	張松輝注譯
新譯李商隱詩選	朱恒夫等注譯
新譯范文正公選集	王興華等注譯
新譯蘇洵文選	羅立剛注譯
新譯蘇軾文選	滕志賢注譯
新譯蘇軾詞選	鄧子勉注譯
新譯蘇轍文選	朱　剛注譯
新譯曾鞏文選	高克勤注譯
新譯王安石文選	沈松勤注譯
新譯唐宋八大家文選	鄧子勉注譯
新譯柳永詞集	侯孝瓊注譯
新譯李清照集	姜漢椿等注譯
新譯陸游詩文集	韓立平注譯
新譯辛棄疾詞選	聶安福注譯
新譯歸有光文選	鄔國平注譯
新譯唐順之詩文選	馬美信注譯
新譯徐渭詩文選	周　群等注譯
新譯薑齋文集	平慧善注譯
新譯顧亭林文集	劉九洲注譯
新譯方苞文選	鄔國平等注譯
新譯袁枚詩文選	王英志注譯
新譯李慈銘詩文選	潘靜如注譯
新譯聊齋誌異全集	袁世碩等注譯
新譯聊齋誌異選	任篤行等注譯
新譯閱微草堂筆記	嚴文儒注譯
新譯浮生六記	馬美信注譯
新譯弘一大師詩詞全編	徐正綸編著

歷史類

新譯史記	韓兆琦注譯
新譯漢書	吳榮曾等注譯
新譯後漢書	魏連科等注譯
新譯三國志	吳樹平等注譯
新譯資治通鑑	張大可等注譯
新譯史記—名篇精選	韓兆琦注譯
新譯尚書讀本	吳　璵注譯
新譯尚書讀本	郭建勳注譯
新譯周禮讀本	賀友齡注譯
新譯逸周書	牛鴻恩注譯
新譯左傳讀本	郁賢皓等注譯
新譯公羊傳	雪　克注譯
新譯穀梁傳	顧寶田注譯
新譯春秋穀梁傳	周　何注譯
新譯戰國策	溫洪隆注譯
新譯國語讀本	易中天注譯
新譯說苑讀本	左松超注譯
新譯說苑讀本	羅少卿注譯
新譯新序讀本	葉幼明注譯
新譯吳越春秋	黃仁生注譯
新譯西京雜記	曹海東注譯
新譯列女傳	黃清泉注譯
新譯越絕書	劉建國注譯
新譯燕丹子	曹海東注譯
新譯東萊博議	李振興等注譯
新譯唐六典	朱永嘉等注譯
新譯唐摭言	姜漢椿注譯

宗教類

新譯金剛經	徐興無注譯
新譯高僧傳	朱恒夫等注譯
新譯碧巖集	吳　平注譯
新譯百喻經	顧寶田注譯
新譯楞嚴經	賴永海等注譯
新譯梵網經	王建光注譯
新譯法句經	劉學軍注譯
新譯六祖壇經	李中華注譯
新譯禪林寶訓	李中華注譯

新譯維摩詰經　陳引馳等注譯
新譯經律異相　顏洽茂注譯
新譯阿彌陀經　蘇樹華注譯
新譯無量壽經　邱高興注譯
新譯無量壽經　蘇樹華注譯
新譯妙法蓮華經　張松輝注譯
新譯景德傳燈錄　顧宏義注譯
新譯大乘起信論　韓廷傑注譯
新譯釋禪波羅蜜　蘇樹華注譯
新譯八識規矩頌　倪梁康注譯
新譯永嘉大師證道歌　蔣九愚注譯
新譯華嚴經入法界品　楊維中注譯
新譯地藏菩薩本願經　李承貴注譯
新譯悟真篇　劉國樑等注譯
新譯无能子　張松輝注譯
新譯坐忘論　張松輝注譯
新譯列仙傳　張金嶺注譯
新譯抱朴子　李中華注譯
新譯神仙傳　周啟成注譯
新譯性命圭旨　傅鳳英注譯
新譯老子想爾注　顧寶田等注譯
新譯周易參同契　劉國樑注譯
新譯道門觀心經　王　卡注譯

新譯養性延命錄　曾召南注譯
新譯樂育堂語錄　戈國龍注譯
新譯沖虛至德真經　張松輝注譯
新譯長春真人西遊記　顧寶田等注譯
新譯黃庭經・陰符經　劉連朋等注譯

【軍事類】

新譯司馬法　王雲路注譯
新譯尉繚子　張金泉注譯
新譯三略讀本　傅　傑注譯
新譯六韜讀本　鄔錫非注譯
新譯吳子讀本　王雲路注譯
新譯孫子讀本　吳仁傑注譯
新譯李衛公問對　鄔錫非注譯

【教育類】

新譯爾雅讀本　陳建初等注譯
新譯顏氏家訓　李振興等注譯
新譯聰訓齋語　馮保善注譯
新譯曾文正公家書　湯孝純注譯
新譯三字經　黃沛榮注譯
新譯百家姓　馬自毅等注譯
新譯幼學瓊林　馬自毅注譯

新譯增廣賢文・千字文　馬自毅注譯
新譯格言聯璧　馬自毅注譯

【政事類】

新譯商君書　貝遠辰注譯
新譯鹽鐵論　盧烈紅注譯
新譯貞觀政要　許道勳注譯

【地志類】

新譯山海經　楊錫彭注譯
新譯水經注　陳橋驛等注譯
新譯佛國記　楊維中注譯
新譯大唐西域記　陳　飛等注譯
新譯洛陽伽藍記　劉九洲注譯
新譯徐霞客遊記　黃　珅注譯
新譯東京夢華錄　嚴文儒注譯